NIEVES HERRERO nació en Madrid. Es licenciada en Periodismo por la Universidad Complutense y en Derecho por la Universidad Europea, y lleva treinta y cinco años ejerciendo el periodismo en prensa, radio y televisión. Su trayectoria en los medios ha sido reconocida con los premios más relevantes de su profesión.

Es autora de los best sellers *Lo que escondían sus ojos*, cuya adaptación a serie de televisión batió récords de audiencia y ganó un Premio Ondas; *Como si no hubiera un mañana*, Premio de la Crítica de Madrid; *Carmen*, que se mantuvo durante sesenta semanas en la lista de las novelas históricas más vendidas; y *Esos días azules*, alabada unánimemente tanto por la crítica como por el público. Su última novela es *El joyero de la reina*.

Papel certificado por el Forest Stewardship Council®

Primera edición: marzo de 2023

© 2015, Nieves Herrero
© 2023, Penguin Random House Grupo Editorial, S.A.U.
Travessera de Gràcia, 47-49. 08021 Barcelona
Diseño de cubierta: Penguin Random House Grupo Editorial / Marta Pardina
Imagen de cubierta: © RetroAtelier / Getty Images

Printed in Spain – Impreso en España

ISBN: 978-84-1314-670-6
Depósito legal: B-957-2023

Compuesto en Pleca Digital, S. L. U.

Impreso en Novoprint
Sant Andreu de la Barca (Barcelona)

BB 46706

Como si no hubiera un mañana

NIEVES HERRERO

A Jesús Hermida

«Libre te quiero...
Pero no mía
ni de Dios ni de nadie
ni tuya siquiera».

<small>Agustín García Calvo</small>

1

El cielo estaba gris, encapotado, y la mañana de aquella incipiente primavera de 1953 amenazaba lluvia. El calendario,
aunque acababa de cambiar de estación, no había estrenado
todavía los primeros rayos de sol. Parecía que el invierno no
quería irse en aquellos primeros meses del año en los que todo
invitaba a pensar que lo peor de la posguerra había pasado ya.

En el aeropuerto de Barajas poco a poco crecía la expectación. Una treintena de hombres con traje y corbata y una de-
cena de mujeres con abrigo, guantes y sombrero se apiñaban
en la pista del aeropuerto de Madrid para recibir a una de las
actrices más admiradas de Hollywood. Pisaría suelo español
en tan solo media hora. Su vuelo venía procedente de Londres, donde había estado probándose el vestuario para su
nueva película. Hollywood había encontrado un auténtico
filón rodando en Europa, ya que los costes de producción eran
mucho más bajos y se pagaban menos impuestos.

Con quince minutos de retraso, aterrizó el avión de la
TWA en la pista principal, recién ampliada. No tardaron mucho los operarios en acercar la escalera móvil para que descen-
diera el pasaje. La puerta de aquel Lockheed Constellation
americano se abrió y el día, anodino y gris, se iluminó.

Sonaban los *flashes* de los fotógrafos mientras Ava Gardner, con la melena negra más corta y vestida con un traje sastre

—chaqueta muy entallada, con cinturón y una falda tubo por debajo de la rodilla—, bajaba la escalerilla del avión con majestuosidad. Iba protegida con unas gafas de sol que no tardó en quitarse después de detenerse y prolongar ese momento ante las cámaras. Quedaron visibles sus felinos ojos verdes. Los fotógrafos no dejaban de disparar con sus aparatosos *flashes* que iluminaban su rostro. Se había descubierto los ojos con la misma sensualidad que exhibía en sus películas. Su boca entreabierta, pintada de rojo, mostraba su sonrisa más fotogénica mientras saludaba con un leve gesto de su mano derecha —recién desenfundada de unos guantes oscuros—a todos los que habían acudido al aeropuerto. Portaba una estola de visón en el brazo izquierdo así como una cartera de mano. Los periodistas y diplomáticos comprobaron lo bella que era al natural.

En la cartelera de esos días de finales de marzo se podía ver a la actriz en el papel de Cinthya Green, el personaje que seducía al aprendiz de novelista Harry Street, interpretado por Gregory Peck, en *Las nieves del Kilimanjaro*. Ella moría tras un accidente mientras trataba de esquivar las balas de los dos bandos que dividían a los españoles, en plena Guerra Civil. Tenía razón el autor del libro en el que se basaba el film, Ernest Hemingway: «Los mejores son Ava y la hiena que aparece al final de la película de Henry King». Aquella mujer tenía algo que eclipsaba todas las miradas allá donde fuera. Muchas veces su sola presencia hacía que la película fuera un éxito de taquilla al margen del guion. Su fuerza traspasaba la pantalla.

No era la primera vez que visitaba España; ya lo había hecho tres años antes. Pero sí era la primera vez que lo hacía para huir de sí misma. Mirándola nadie se podía imaginar el terremoto interior que estaba viviendo. Faltaban varias semanas para que comenzara en Londres el rodaje de *Los caballeros del rey Arturo,* a las órdenes de Richard Thorpe. Quería aprovechar los días que tenía libres para ver a su amiga Doreen

Grant, que residía en Madrid, y a su marido, Frank, que sabía muy bien lo que eran las estrellas ya que trabajaba como productor cinematográfico. Ava trataba de olvidar su tercer fracaso matrimonial. Había sumado otro error a su vida al casarse con el cantante y actor Frank Sinatra.

Tenía la sensación de estar sola rodeada de gente permanentemente. Le costaba conciliar el sueño y sus noches se prolongaban hasta el amanecer. No quería pensar. Tan solo deseaba vivir. Le ahogaba la sensación de no ser capaz de construir un hogar. Estaba convencida de que siempre se enamoraba del hombre equivocado. Su amigo, el magnate Howard Hughes, le solía decir que «fama y amor eran incompatibles».

Hasta ahora habían formado parte de su vida hombres que solo se habían enamorado de su belleza pero no de la verdadera Ava Lavinia Gardner. «Soy una chica de campo americana con sangre escocesa por parte de madre y sangre irlandesa por parte de padre», así solía presentarse en la intimidad.

Sus tres maridos, Mickey Rooney, Artie Shaw y Frank Sinatra —todos relacionados con el mundo del espectáculo—, habían querido cambiarla, educarla, adaptarla a sus gustos y tapar su verdadera personalidad. Entre ellos y los directivos de la productora de cine Metro Goldwyn Mayer —pensaba Ava a menudo— habían acabado con lo auténtico y verdadero que quedaba de ella.

No se reconocía a sí misma sin su marcado acento de chica rural de Grabtown, una pequeña localidad del condado de Johnston, en el estado de Carolina del Norte. Habían conseguido refinarla a pesar de llevar en su interior a la mujer de toscos modales, a la que le gustaba sentarse en las escaleras, masticar chicle, jugar con su perro, atiborrarse de comida, salir con los chicos a buscar emociones y soltar sin motivo su amplio repertorio de palabras malsonantes, que en su pueblo interpretaban como una actitud masculina muy marcada. Ahora iba con zapatos de tacón y se contoneaba tal y como le habían enseñado los profesores y publicistas de la productora que habían conseguido borrar sus orígenes. En este momento ya no sabía ni quién era.

Siempre que se veía como hoy, delante de las cámaras, le venía a la mente la idea de quitarse los zapatos y salir de allí huyendo descalza como cuando corría por los campos de tabaco que cultivaba su padre. Adoraba esa sensación de libertad que le proporcionaba el contacto de los pies con la hierba; el sol recorriendo su piel y el olor a tierra mojada. Pero no, lo correcto era seguir allí, mostrando su sonrisa a la prensa, haciendo creer a los que la veían que estaban ante una de las grandes del cine. Odiaba ese mundo al que pertenecía. Interpretaba su propio papel de estrella de Hollywood cuando, en realidad, se sentía la pobre más pobre de las chicas más pueblerinas de Estados Unidos. Así se lo había hecho creer su segundo marido —Artie Shaw—, y ella se lo había grabado a fuego en su mente.

El músico quiso hacer de ella una intelectual, pero tan solo consiguió que aborreciera la lectura. Un día tiró la toalla y la dejó por imposible. Siempre, con cualquier excusa, salía a relucir su origen humilde. Se rebelaba cuando se reían de ella. Ahora no se callaba y se defendía con su amplio repertorio de tacos. Sin embargo, cuando era una adolescente no sabía responder y tenía que soportar a las muchachas de Newport News, Virginia, que se reían de ella y de sus modales cuando la familia tuvo que abandonar Carolina del Norte. Siempre lo mismo: le echaban en cara su origen humilde y su educación.

Ella no había soñado con ser una estrella de cine. Fue el cine quien se encargó de descubrirla por casualidad. Como todo en su vida, ocurrió por azar. Se sentía permanentemente sola, como un gato enjaulado. Tenía dinero, comodidades, caprichos, todo cuanto quería, pero añoraba ser ella y no quien su entorno deseaba que fuera.

Llegaba a España con treinta años recién cumplidos, agotada física y psicológicamente después de un largo periplo por África donde había rodado a las órdenes de John Ford. Necesitaba hacer un paréntesis en su vida tras el extenuante rodaje en Kenia, Uganda y Tanganica. Esta experiencia africana había dejado muchas cicatrices en su vida. Muchas. Hoy sabía que el matrimonio con Sinatra estaba acabado.

Los fotógrafos disparaban sus cámaras sin apartar la vista del visor. Era difícil no seguir haciéndolo ante una mujer tan bella. Ava, con una enorme simpatía, les sonreía y dirigía su mirada allí donde oía su nombre. Un periodista le habló en un inglés poco inteligible y le preguntó qué iba a hacer en España.

—Descansar, estar con los amigos, escuchar mucho flamenco y no pensar en nada.

—¿Vendrá su marido a España para estar con usted?

—No, sus compromisos se lo impiden. —Le habría gustado decirles que su matrimonio no existía, ¡era una jodida mierda! Pero volvió a actuar fuera de la pantalla.

—¿Cuánto tiempo estará con nosotros?

—Tres semanas.

—¿Cómo ha vivido su experiencia africana?

—Ha sido muy excitante. Jamás olvidaré los días que he vivido allí con todo el equipo.

—¿Cómo se va a llamar la película?

—*Mogambo*.

—¿Tiene algún significado esa palabra?

—En la lengua suajili significa «pasión» —explicó, sin dejar de sonreír. Los fotógrafos seguían disparando.

—¿No se ha enamorado de Clark Gable? —preguntó un periodista pícaramente.

—Por supuesto que sí. Es imposible no enamorarse de él. Tengo que decir que la primera vez que vi *Tierra de pasión*, interpretada también por Clark, fui con mi madre al cine y las dos caímos en sus garras. Entonces los escenarios eran una plantación de caucho del sudeste asiático y ahora han sido los exóticos paisajes africanos. Para mí ha supuesto una experiencia inolvidable estar al lado de Clark en esta nueva versión de aquella maravillosa película.

—¿Va a permanecer todo el tiempo en Madrid?

—Casi todo el tiempo, aunque quisiera visitar la Feria de Sevilla. Al menos, eso es lo que me gustaría...

La rueda de prensa improvisada se dio por terminada y una joven de la embajada americana se aproximó y la obsequió con un pequeño ramo de flores a modo de bienvenida. Su amiga Doreen se acercó a besarla cuando la sesión fotográfica se dio por concluida.

—¡Ava, qué bien te veo! —exclamó su amiga mientras la abrazaba y le hacía una confidencia al oído—: Vas a olvidarte de todo. Te lo aseguro. No te vamos a dejar ni un minuto libre.

—¡Extraordinario! —Se puso de nuevo sus gafas de sol, y después de saludar a todos los americanos que habían acudido a recibirla, se subió al coche de su amiga y se quitó los zapatos.

—No te preocupes por tu equipaje, te lo llevará el personal de la embajada a casa en cuanto lo descarguen del avión. Ahora vamos a dar una vuelta por Madrid. ¿Te parece bien?

—¿Quién está por aquí ahora? —preguntó con curiosidad.

—Lana está en España —dijo, refiriéndose a Lana Turner.

—¡No! ¿Cuándo la veremos? —preguntó sorprendida.

—Cenarás con ella esta noche en casa de un matrimonio encantador que ofrece una fiesta en tu honor: Ricardo y Betty Sicre. Allí te vas a encontrar con algunas de las personas más interesantes que hay por aquí.

—¡Estupendo! —Se relajó sobre el asiento del coche.

Doreen no se atrevía a preguntarle por Frank. Todo el mundo sabía que las cosas no iban bien entre ellos. Sus peleas eran sonadas y la prensa no cesaba de acosarles. En estas semanas quería que olvidara sus problemas, pero fue la propia

Ava la que sacó el tema a relucir mientras iban en el coche hacia el centro de la capital.

—Estoy cansada de pelearme con Frankie. Ya no puedo más. Hemos llegado al final. Te aseguro que la convivencia con él resulta imposible. ¡La cama es el único sitio donde no peleamos! Los malos modos empiezan cuando nos dirigimos hacia el bidé. Ya sabes, las viejas locuras de siempre: los celos, el rencor, las pullas... todo por nada.

El chófer de vez en cuando miraba por el retrovisor a aquellas mujeres que hablaban entre ellas en inglés. Observó que los ojos de Ava se iban llenando de lágrimas.

—Sigues enamorada de él... te lo nota cualquiera —apostilló Doreen.

—No. No te equivoques. Demasiados ceniceros volando, demasiados insultos han ido minando ese amor que sentía por él. Precisamente junto a Lana tuvimos alguna de nuestras peleas más sonadas.

—¿Con Lana? —preguntó Doreen con curiosidad.

—Sí, nuestro «nido de amor» de Pacific Palisades se convirtió en un auténtico polvorín. Mira, una noche salí a cenar con Lana y otra amiga actriz a Frascati's, uno de mis restaurantes favoritos de Beverly Hills. Pues bien, en mitad de la cena se presentó Frankie hecho una furia. Tenía más alcohol que sangre en las venas y de repente nos empezó a llamar «lesbianas». «¡Sois un atajo de jodidas lesbianas!», nos gritó.

—¿Y qué hicisteis?

—Pues, ¿qué íbamos a hacer? Como si no fuera con nosotras. ¡Le ignoramos! No tuvo más remedio que darse la vuelta e irse de allí hecho una furia —las dos amigas se echaron a reír. Ava continuó—: ¡No tiene solución! Sé que está loco por mí, pero pasa de la lujuria a la ira y no soporto sus infidelidades. Ya se encarga Howard de enviarme toda la información al respecto.

—Lo de Howard Hughes contigo es enfermizo. Ya he visto que has venido en uno de sus aviones.

—Por casualidad... Pero tienes razón, parece enfermizo. Sin embargo, pilla a mi marido con otras, y gracias a él, bueno, a sus espías, me entero. No puedo soportar que esté siempre en los brazos de cualquiera. Recibo cartas y sobres con fotos que lo evidencian.

—Lo mismo son montajes de tu amigo Hughes.

—No, es la realidad pura y dura. Frankie no soporta que yo sea feliz. Cuando me ve bien, se inventa algo para que sufra. En otra ocasión, quiso precisamente enemistarme con Lana. Pero solo consiguió que nos uniéramos más.

—Los hombres a veces se comportan como adolescentes...

—Fue una noche que habíamos discutido después de ir a cenar. Decidí darme un baño y ¿sabes qué me dijo Frankie? «Muy bien, nena, me largo. Si quieres localizarme estaré en Palm Springs. ¡Follándome a Lana Turner!».

—¿Qué dices? —Doreen no podía creer lo que estaba oyendo—. ¿Y tú qué hiciste?

—Pues desperté a mi hermana Bappie y nos fuimos a la casa que le había ofrecido a Lana para que pasara allí unos días. Cuando llegamos, se encontraba con su asesor financiero, Ben Cole. Se estaban dando un baño en la piscina. Al final, ¿sabes qué hice? —Su amiga negó con la cabeza—. Pues darme un chapuzón con ellos.

—¿Ahí quedó la cosa?

—¡Qué va! Estábamos preparando algo de comer cuando apareció Frankie por la puerta de atrás hecho una furia. Nos dijo: «¡Malditas, estoy seguro de que me habéis puesto de vuelta y media!». Después se dirigió a mí y me soltó: «Tú, ¡ven a la habitación! Quiero hablar contigo». Te imaginas que los dos solos no nos calmamos, ¿verdad? Todo lo contrario. Empezamos a insultarnos y a lanzarnos objetos que se estrellaban contra las paredes. En un momento determinado, Frankie decidió abrir la puerta y echar a los invitados, Lana, Ben y a mi propia hermana. Yo me di por aludida y le contesté: «¡Muy bien, yo también me voy, pero me llevo todo lo que me pertenece!». Comencé a romper aquello que encontraba a mi paso. Formamos tal escándalo que los vecinos llamaron a la policía y acabé yéndome con los agentes junto a mi hermana, dejando al señor Sinatra que reinara en sus dominios.

—Bueno, ahora olvídate de Frank...

—Eso es lo que quiero, pero no puedo —dijo enjugándose las lágrimas con los dedos.

—Pues te aseguro que aquí sí vas a poder. —Se acercó a ella y le dio un beso.

Doreen se esforzó en cumplir su promesa y esa mañana la paseó por Madrid. Hicieron un alto en el Museo del Prado. Fue un recorrido rápido por las distintas salas. Al llegar a las pinturas negras de Goya, la actriz hizo un comentario que dejaba en evidencia su estado de ánimo: «Son tan negras como mi vida».

—Vamos a acabar con lo oscuro de tu existencia. Nos vamos a tomar un martini muy seco en el local que tanto te gustó la otra vez que estuviste en España.

—Eso suena bien —dijo Ava, sonriendo a su amiga mientras la agarraba del brazo.

A los pocos minutos llegaron a Chicote, en plena Gran Vía madrileña. Los cristales del establecimiento eran grises, opacos. No se podía curiosear desde afuera. Había que entrar y consumir para poder estar allí codeándose con lo mejor de aquella sociedad que despertaba lentamente. Nadie quería oír hablar de la Guerra Civil y menos en público. Parecía que la gente hubiera hecho un pacto de silencio para poder sobrevivir. Ahora todo lo que llegaba del extranjero era bien recibido. La sociedad española abría los brazos a los americanos, ya que de su mano llegaba el impulso económico necesario. Se sabía que los acuerdos económicos y de defensa estaban a punto de sellarse y el desbloqueo internacional se intuía inminente.

La guerra fría que dividía el mundo había provocado que Estados Unidos buscara pactos con todos los países anticomunistas. España era uno de ellos, aunque Franco estuviera marcado por una dictadura claramente relacionada con Alemania e Italia. No obstante, con la posición estratégica del país se habían ido incrementando los contactos diplomáticos y se trataba de borrar el pasado. La elección del republicano Eisenhower como presidente de Estados Unidos a finales de 1952 parecía el impulso definitivo que necesitaba España.

2

Cuando Ava Gardner entró en Chicote, durante unos segundos se hizo un silencio. Parecía que los clientes se hubieran quedado sin respiración. Al cabo de un rato, comenzaron de nuevo los murmullos. Se formaron corrillos comentando la presencia de la estrella americana. El dueño del establecimiento y barman, Perico Chicote, salió rápidamente a su encuentro.

—Es para mí un inmenso placer volver a verla en mi establecimiento.

Ava desnudó su mano del guante que llevaba y Chicote la besó.

—No español —saludó Ava divertida.

Doreen Grant salió al paso, agradeciendo el gesto a Chicote. Le explicó a Ava que la fama del barman era grande en Madrid. Se había convertido en un personaje muy conocido por aquella sociedad de los años cincuenta. No había cóctel, comida o cena de postín que no diera él. Incluidas las que se organizaban en las cacerías a las que acudía Franco.

Se acomodaron en una mesa y la primera ronda de bebidas fue invitación de la casa. Siguieron tomando martinis hasta que Doreen decidió que ya era hora de descansar. Por la noche tenían una cita en casa de los Sicre y debían deshacer maletas y recuperar fuerzas.

No muy lejos de su mesa había unos ojos escrutadores. No se perdían ningún movimiento de la estrella. Se trataba de Domingo González Lucas, al que muchos llamaban Dominguito para distinguirlo de su padre. El mayor de la saga de toreros apodados Dominguín no apartó la vista de aquella mujer que había provocado el silencio en Chicote. Una cornada, que le había partido en dos, le alejó de los ruedos y le había convertido en empresario taurino, igual que su padre. Vestido de luces había conseguido ser un buen lidiador y excepcional estoqueador. Se llevaba tres años con su hermano Pepe y cinco con Luis Miguel, la figura del toreo del momento. Los tres hermanos habían elegido la misma profesión que el padre: Domingo González Mateos, el creador de la saga. Ahora el primogénito se encontraba en Chicote reunido con el apoderado Andrés Gago y el conde de Villapadierna, propietario de una de las cuadras españolas más importantes de caballos de carreras. Hablaban de negocios, ya que los Dominguín regentaban un gran número de plazas de toros de España y de América. Aprovechó la presencia de la actriz para hablar de política, uno de sus temas favoritos.

—Nos están invadiendo los americanos. ¡Lo que nos faltaba! Aquí lo que necesitamos es más libertad y menos pobreza.

—¡Shhhhhh! —el conde de Villapadierna le hizo un gesto para que callara—. ¿Estás loco? En voz alta solo se puede hablar de fútbol, de toros o de religión.

—Hombre, ya sabes que los santos por los que siento más devoción son: san Marx, san Lenin y san Stalin. Por cierto, «el padrecito» Stalin ha muerto hace pocos días de un derrame cerebral, ¿os habéis enterado?

—Delante de mí no saques tus ideas comunistas. Me levanto y me voy —insistió el conde—. Además, tú tienes de comunista lo que yo de cura.

—Perro ladrador, poco mordedor —intervino el apoderado, quitando importancia al comentario—. ¿Qué tienes contra esa belleza, eh? —señaló con los ojos a Ava Gardner.

—Contra ella nada, sí contra los yanquis.

—Vamos a dejar el tema, ¿cómo está tu hermano Luis Miguel? —Andrés Gago quiso cortar la deriva de la conversación.

—Bueno, ya sabéis que después de la cornada de Caracas, que fue a principios de este año, ha decidido tomarse un tiempo alejado de las plazas. De todas formas, todavía no está recuperado. Le queda mucho.

—Entonces ¿se ha retirado? No será por mucho tiempo. No me creo que tu hermano esté más de una temporada sin pisar los ruedos —apostilló el conde.

—Pues de momento no tiene intención de volver. El 15 de febrero dijo que se retiraba y lo ha hecho. Mi padre se ha cogido un cabreo monumental, como os podéis imaginar. —Los dos interlocutores asintieron con la cabeza—. Dice que Camará tiene que estar dando saltos de alegría, ya que mi hermano ha dejado más fácil el camino a sus representados. Pero bueno, todos sabemos que no es definitivo, pero ahora quiere tiempo. Lo necesita. Lleva diez años matando toros sin parar y cinco como figura. Ahora desea disfrutar de la vida.

—Dicen que fue una cogida muy grave, ¿no? —insistió Gago.

—Muy grave. ¡Mucho! Todo lo que pasó allí fue como de película.

—¡Cuéntanos! Hemos oído que el médico de la plaza estaba pimplado —el apoderado hizo un gesto con la mano señalando su boca.

—Mira, toreaba Miguel con Antonio Bienvenida y el diestro local Joselito Torres. Estaba muleteando, sentado en el estribo, como a él le gusta, cuando un toro de La Guayabita le hirió gravemente, atravesándole el muslo. Le llevamos hasta la enfermería, y el médico, cuando mi hermano estaba de pie, apoyado en nosotros, le metió el dedo en la herida y le dijo que podía entrar andando solo porque se trataba de un rasguño. Añadió algo ofensivo: «Todos los toreros son unos cobardes».

—¡Menudo gilipollas! —se le escapó a Andrés Gago.

—El caso es que mi hermano tenía atravesado el tercio superior del muslo. Todos veíamos la gravedad, pero el médico seguía erre que erre, con que aquello no era nada. Pretendió que Miguel se desnudara solo. Quiso que yo me fuera de allí y me pegó un empujón que me tiró al suelo. Yo me levanté y me enzarcé con él. El tío sacó de su bata blanca un revólver y me encañonó. Miguel, que ve que me apunta, se incorpora de la camilla y se abalanza sobre él cayendo los dos al suelo. Un ayudante sanitario empieza a pegarme y yo me defiendo.

—Casi parece una película del Oeste —apostilló el conde.

—Todos los que estábamos allí empezamos a pegarnos. Aprovechando la confusión, mi hermano, al que cada vez le pesaba más la pierna, me dice que debemos irnos de allí. Salimos como pudimos a la calle y, como no estaba el chófer, paramos a un coche particular conducido por una señora que nos hizo el favor de llevarnos a un centro médico. Mi hermano, que oye que tiene acento catalán cuando le dice: «¿Qué es usted? ¿Torero?», le contestó con su sentido del humor: «¿Qué es usted? ¿Catalana?». Ya veis, bromeaba en su estado. ¡Genio y figura!

—Parece auténticamente de película —sus interlocutores seguían atentos.

—No acabó ahí la cosa... Le opera un médico negro, que no tenía pinta de cirujano, de dos trayectorias; pero no se encontraba bien. Al saber lo de la cogida vino a verle una azafata mulata, Noelie Machado, muy guapa, que había conocido mi hermano días atrás, y ni corto ni perezoso se escapó con ella disfrazado de mujer, con los drenajes puestos. Acabaron en un hotel de La Guayra, donde ella le ayudó con las curas —se echaron los tres a reír.

—Tu hermano es tremendo —afirmó, riendo, Andrés Gago.

—Bueno, no veas qué empeño puso la chica en su curación.

—Ya, podemos imaginarlo —dijo con sorna el conde.

—Pero el bruto de mi hermano, sabiendo que no estaba recuperado, toreó dos corridas más. Una en Valencia, Venezuela, y otra en Bogotá para no perjudicarme, ya que soy el empresario de las dos plazas. Como era de esperar, no estaba en las condiciones físicas adecuadas. De modo que nos vinimos a España y aquí regresó al quirófano.

—Le ha operado Tamames, ¿verdad? —preguntó Villapadierna.

—Sí. El toro hizo tres trayectorias en el muslo y el médico de allí solo le operó de dos. Tamames ha sido quien le ha operado aquí y le ha dejado la pierna lista. El cirujano debe ir con mi hermano siempre que vaya a América o a plazas de segunda porque si no ocurren estas cosas. Por él supimos que había tres trayectorias y no dos. De ahí que su recuperación estuviera siendo mucho más lenta.

—Así que de América se ha traído a la mulata con él... —insistió Gago.

—Ya sabes cómo es mi hermano. Mujeres y toros son sus dos pasiones. Bueno, podríamos hacerlo extensivo a toda la saga de Dominguines...

Todos se echaron a reír. El humo de los cigarrillos formaba en aquel local una especie de neblina que envolvía a los allí presentes. Parecía que vivían algo irreal, un sueño. Compartir mesa con Ava Gardner, aunque fuera desde lejos, incrementaba esa sensación. Hasta que no salió de allí la estrella, nadie se movió de Chicote.

Cuando llegó a casa de sus amigos, en La Moraleja, una zona residencial a las afueras de Madrid, Ava se encontró con todo su equipaje deshecho y colocado.

—Os adoro —agradeció al servicio—. Me dejáis todo el tiempo del mundo para dedicarme a lo que más me gusta.

—¿Qué es, señora? —preguntó una de las dos muchachas, vestidas con uniforme y cofia, que la seguían a todas partes.

—¡Comer! —todas se echaron a reír.

—¡Nadie lo diría, con la figura que usted tiene! —exclamó la que parecía más lista.

—Pues no hago gimnasia y tampoco guardo ninguna dieta. Como lo que me da la gana —les explicó la actriz, que tiró sus zapatos y se quedó descalza.

—Podéis marcharos —dijo Doreen a las dos mujeres uniformadas que no pestañeaban mientras miraban a Ava Gardner—. ¿Sabes? —le comentó a su amiga—. Son americanas que nos proporciona la embajada porque en España es difícil que encuentres a alguien que hable nuestro idioma. De modo que tendrás que espabilarte si quieres hacerte entender en este país.

—Bueno, solo voy a estar tres semanas. Whisky y martini se entiende en cualquier idioma —nuevamente se echaron a reír.

Después de comer huevos con beicon y gachas de maíz —dos de sus platos favoritos—, mientras tomaban una copa, Ava siguió hablando de Frank Sinatra.

—¿Crees que un hijo habría podido cambiar las cosas? —preguntó Ava, cómoda, con los pies puestos encima del sillón.

—Es un error pensar que los hijos pueden solucionar nuestros problemas.

—Me habría gustado tener tres, cuatro, seis hijos... A pesar de las estrecheces que había en mi casa, creo que fui feliz en mi infancia con tantos hermanos.

—¿Cuántos sois?

—Siete, yo soy la séptima. Tuve dos hermanos varones, Raymond y Jonas Melvin, y cuatro chicas, Beatrice —Bappie—, Elsie Mae, Inez y Myra. Molly, mi madre, tenía treinta y nueve años cuando yo nací.

—Ahí lo tienes, estás a tiempo de cumplir tu sueño. Tienes treinta años recién cumplidos. Por cierto, felicidades por una cifra tan redonda.

—Muchas gracias. Te aseguro que habría sido mejor madre que estrella de cine. Pero con mi profesión es imposible crear una vida familiar estable y no tengo la capacidad de darle a un hijo las atenciones adecuadas. —Se hizo un ovillo en el sillón.

—En cuanto te sosiegues y detengas esta actividad tan frenética podrás conseguirlo. Ahora, desde luego, parece imposible: unes el rodaje de una película con el de otra. Eso no es vida.

—Tengo claro que con Frankie no voy a ser madre. Doreen, no pensaba decírselo a nadie, pero te voy a hacer una confesión: he tenido un aborto.

—¡Ava, cuánto lo siento! —Doreen no sabía qué decir.

La actriz se echó a llorar con desconsuelo. Era la primera vez que hablaba de ello.

—Fue a finales de este otoño...

—Entonces, hace nada.

—Sí, me encontraba en África, en pleno rodaje de *Mogambo*. Supe que estaba embarazada porque comencé a vomitar cada vez que comía. El médico del rodaje me lo confirmó. Tuve claro que tenía que poner fin a ese embarazo.

—Pero Ava, ¿por qué? Siempre te han gustado los niños.

—Frankie vino a África cuando comencé a rodar, pero regresó inesperadamente porque le llamaron a una prueba para una película. Piensa que Frank está en bancarrota absoluta y probablemente seguirá así por mucho tiempo. Pensé que si seguía embarazada la Metro me penalizaría.

—Eso no puede ser —se indignó Doreen.

—Pues así es. Me hubieran cortado el sueldo. Soy la que mantiene a Frankie. Solo entra en casa lo que gano yo. Además, no creo que sea la vida ideal para un hijo. Imagínate al padre llegando siempre a las cuatro de la mañana a casa y yo yéndome a las seis a rodar... Y por si fuera poco, estoy la mayor parte del año fuera de Estados Unidos.

—¿Qué hiciste? ¿Por qué no me llamaste? —De la boca de su amiga salían todo tipo de preguntas.

—Hablé con Jack Ford, mi director, e intentó desesperadamente hacerme cambiar de idea. Me explicó que estaba casada con un católico y que no me lo perdonaría nunca. Me insistió en que si el embarazo empezaba a notarse, me protegería en pantalla para que fuera imperceptible. Tanto me pidió que tuviera al niño que me hizo dudar... pero yo no estaba preparada para ser madre. Así que fui a Londres a finales de noviembre.

—¿Fue cuando tuviste una infección?

—Dijimos que era una infección tropical, pero en realidad fui a una clínica privada de Londres a... ya sabes...

—Ya. ¿Frankie estuvo al corriente?

—No, esa vez no se lo dije.

—¿Por qué dices esa vez? —le preguntó extrañada Doreen.

—Porque en mis dos matrimonios anteriores tuve problemas para concebir, pero con el aborto algo que estaba mal en mi aparato reproductor se puso bien y me ocurrió la cosa más tonta... Me convertí en la mujer más fértil del mundo y volvió a ocurrir... —Se hizo un silencio incómodo—. Al acabar el rodaje, en Navidad, Frankie regresó para mi cumpleaños y me volví a quedar embarazada. Me convertí en una jodida coneja. Estaba conmigo cuando el médico me lo comunicó.

—¿Hablas de un segundo aborto? ¿Por qué no seguiste adelante esta vez?

—Me lo pensé muchísimo. Sobre todo porque vi a Frankie más feliz que nunca. ¡Hasta me cantó al oído «When You Awake». Siempre recordaré ese momento porque los artistas fuera del escenario no abren la boca para cantar. Fue maravilloso. Pero ya tenía programado este rodaje que empezaré en tres semanas y seguía pensando que no era el estilo de vida que yo deseaba para un hijo. Yo creo que Frank, en el fondo de su corazón, sabía lo que iba a hacer.

—Pero Frank es católico, como te dijo Ford. No te lo perdonará nunca.

—Lo sé. De hecho, cuando desperté de la anestesia, aunque yo no se lo había dicho, allí estaba llorando a los pies de mi cama, en una clínica de Wimbledon. No quería que me sometiera a las mismas preguntas que en Londres. No tengo ni idea de quién le avisó. Sus ojos llenos de lágrimas, decepcionados, acusadores... me lo decían todo sin hablar.

Ava siguió llorando durante un buen rato. De pronto, irrumpió en el salón Frank Grant, el marido de Doreen, y la conversación cesó de golpe. Ava se enjugó las lágrimas de forma apresurada.

—Perdón, ¿interrumpo alguna conversación íntima? —se disculpó Frank, azorado.

—No, ya está. Una confidencia que no deseo repetir, Frank. No quiero amargaros con mis problemas. ¿Por qué no me sirves una copa?

—Eso está mejor —dijo Frank acercándose a saludarla cálidamente con un beso—. Cada día estás más guapa.

—¿Cómo puedes decirme esas cosas delante de Doreen? —Le pegó con un cojín en la cara.

—Pero si ella sabe que me tiene loco —se acercó a su mujer y le dio un beso en la boca.

Se echaron a reír y Frank —como productor cinematográfico— le preguntó por el rodaje en África.

—Estupendo! —le guiñó un ojo a Doreen—. Te puedes imaginar lo que ha sido para mí rodar con mi héroe: Clark Gable.

—¿Has roto el corazón del viejo Clark?

—Los ojos de Clark no estaban puestos en mí sino en Grace Kelly. Y los de ella, por supuesto, en los de él.

—¿O sea que ha habido un romance?

—Uno no, muchísimos. Pero vamos, Gracie y Clark estaban solteros y era normal que se enamoraran. Todo allí invitaba a olvidarte del mundo.

—¿Qué tal con Jack Ford? —le preguntó con curiosidad por el director de la película.

—Es el tío más gruñón con el que he rodado. También el más mezquino y malvado, aunque pronto me di cuenta de que estaba frente a uno de los grandes.

—Para mí, el mejor de todos —aseveró Frank con contundencia.

—Al principio se portó muy mal conmigo. Me enteré de que él jamás me habría escogido para el papel. Le forzaron a hacerlo.

—¿A quién quería en tu lugar?

—A Maureen O'Hara, y no le importaba que se supiera. Además, adoraba a Gracie, y también se notaba. Conmigo era mucho más frío. Fíjate, me llamó para verme antes de que empezara el rodaje y ni siquiera me miró a los ojos. Lo único que me dijo fue: «Va usted a llevar una ropa exageradamente adornada». Nada más. Cuando llegué a mi habitación, en el hotel New Stanley de Nairobi, tomé la decisión de cantarle las cuarenta. Regresé delante de Ford y le dije: «Soy tan irlandesa y de mal carácter como usted. No voy a aguantar esto. Lo siento si no le gusto; me voy a casa».

—¿Qué te contestó? — Frank seguía interesado en su respuesta.

—Levantó la mirada de sus papeles y me dijo: «No sé a qué se refiere. ¿Quién ha sido descortés con usted?». Tal y como os cuento.

Los tres se echaron a reír a carcajadas. Ava le imitaba exagerando sus contestaciones.

—Tengo que decir que acabé adorándole, pero el comienzo fue horrible. Bueno, el primer día de rodaje le habría matado. Se empeñó en empezar con la escena en la que un leopardo entraba en la tienda de campaña donde estábamos. Clark y yo aparecíamos sentados sobre la cama, cogidos de la mano. El leopardo la cagó, Clark la cagó, yo la cagué y la escena quedó hecha una mierda. Para colmo, cuando dijo: «¡Imprimid esta toma!», el iluminador le contestó: «Perdone, señor Ford, la luz no está bien, la principal se apagó a la mitad». Yo, para terminar de arreglarlo, le dije muy seria —le costaba hablar de la risa—: «Chico, no damos pie con bola. La hemos cagado todos completamente».

—¿Te atreviste? —se asombró Doreen.

—Yo se lo decía al iluminador, pero Ford creyó que iba dirigido a él, y me contestó enfurruñado: «Ah, conque directora... Tú sabes mucho de esto. Pues ¿sabes?, eres una actriz pésima, y sin embargo, ahora te crees directora. Te propongo que te sientes en mi silla y yo interpretaré tu escena».

—¿Es posible que fuera tan grosero? —preguntó Frank.

—El único caballero, Clark. Me cogió por el hombro, me dio un apretón y se fue de allí. Yo, después de quedarme helada, también me fui a mi camerino. Estaba enfadada. Muy enfadada.

—Como para no estarlo. No sé cómo aguantaste ese trato, Ava —dijo su amiga.

—Pasaron varios días hasta que me pidió perdón a su manera. Un día me llevó a su lado y me dijo: «Eres muy buena, pero relájate». A partir de ese momento, nos llevamos estupendamente. Me gustan las personas que, como Jack, si te odian, te lo hacen saber y te obligan a pelearte con él. Los únicos que no me gustan son los que se pican y no te lo dicen.

—Sigo dando vueltas a lo del romance entre Clark y Grace —comentó Doreen.

—Sí, era muy gracioso. Cuando Gracie se enfadaba se perdía, y venía Clark y me decía: «Cariño, ¿sabes dónde se habrá ido?», y yo le contestaba con humor: «Estamos en África, no puede salir corriendo, así como así, por la selva». Yo entonces iba en su busca y la traía de vuelta antes de que se la comieran los leones —volvieron a reír.

—¿Hubo buen ambiente allí? —volvió a preguntar Frank.

—Buenísimo. Menos mal, imagínate tantos meses con el mismo equipo. De no haber sido así, se habría convertido en una tortura. Nos llevábamos todos muy bien, pero como experiencia fue dura. No volvería a repetir. Éramos casi seiscientas personas entre actores, conductores, porteadores, pilotos, guardias, guías, cazadores, jefes, criados, enfermeras, extras (reclutados en Turkana y Samburu), así como miembros de la tribu Makonde de rostros duros, diría que fieros, traídos ex profeso de las colonias portuguesas del África oriental y expertos en canoas de la tribu Wagenia del Congo. Hubo hasta un hechicero... Podría seguir así hasta mañana.

—¡Qué barbaridad! ¿Por qué dices que no volverías a repetir? —quiso saber Frank.

Doreen sabía perfectamente el motivo, pero no dijo nada. Ava no volvió a hablar de nada íntimo, prefirió hacerlo de algo tan socorrido como el tiempo.

—Hay muchos motivos, Frank... Soportábamos temperaturas que alcanzaban los cincuenta y cuatro grados. Y cuando no hacía calor, llovía de tal modo que todo se convertía en fango a nuestro alrededor. Por no hablar de los animales salvajes...

—¡Qué miedo! No sé cómo has podido. Eres una valiente —comentó Doreen.

—Cada noche, mientras estuvimos en la selva, ponía una linterna delante de la tienda de campaña para disuadir a los leones. Un día, por cierto, los rinocerontes por poco se cargan a uno de los cámaras. Tremendo. Me angustio solo de pensarlo.

—Bueno, estamos muy a gusto escuchándote, pero tendremos que pensar en arreglarnos para la fiesta. No puedes llegar tarde, Ava. ¡Es en tu honor! —la interrumpió Frank.

—¡Por supuesto!

Todos se retiraron a sus respectivas habitaciones. Ava estaba realmente agotada. Había revivido muchas emociones en las pocas horas que llevaba en España. Encendió un cigarrillo y se lo fumó a solas. Mientras exhalaba el humo se propuso no volver a hablar de los episodios recientes de su vida que tanto la torturaban. Se dio un baño y se puso una bata de satén blanco. Se adivinaba su figura. Estuvo indecisa hasta que optó por el traje más espectacular que llevaba. Se trataba de un vestido negro de gasa con lentejuelas. La cintura muy ceñida y la falda fruncida hasta el tobillo. Quedaba a la vista su cuerpo bronceado después de tantos meses en África. Se puso unos pendientes largos y un anillo de oro, regalo de Howard. Esa noche estaba dispuesta a ahogar sus penas entre cigarros y alcohol.

3

Una pareja de la Guardia Civil merodeaba por La Moraleja, cerca de la mansión de los Sicre. Con sus tricornios bien ajustados a la cabeza y sus armas pertrechadas a sus cinchos, daban vueltas mientras observaban quién entraba y salía de allí. Siempre que se juntaba mucha gente en un mismo lugar, había que comunicarlo a la autoridad. El secretario de los anfitriones lo había hecho el día anterior. Era obligatorio si no querían acabar todos en la comandancia de la Guardia Civil.

Ricardo Sicre recibía a sus invitados con una copa de champán francés a las puertas de su lujosa mansión. Su mujer había tenido que ausentarse por un imprevisto viaje a Marruecos, de modo que el empresario saludó solo a todos sus invitados. Cuando Ava llegó con los Grant, el hogar de los Sicre estaba abarrotado de aristócratas, escritores, cantantes, actrices... todos cuantos eran protagonistas de la actualidad de aquel 1953.

Ricardo y su mujer Betty eran unos personajes poco comunes en aquella sociedad que había decidido olvidar de golpe el pasado. Ambos habían estado ligados a los servicios secretos americanos desde la Segunda Guerra Mundial. Los dos tenían nacionalidad estadounidense, a pesar de que Ricardo era de origen español. Tenía el pelo rubio —más oscuro que su mujer— y muchas entradas. Su complexión era fuerte y un fino bigote bordeaba su labio superior. Hablaba varios idiomas por sus largas estancias en diferentes países, tras abandonar España al terminar la guerra. Sus ideas de izquierdas le obligaron a salir por Francia después de la entrada triunfante de Franco en Madrid. Aunque acabó en un campo de prisioneros, se las ingenió para trabajar para Estados Unidos en contraespionaje, en Marruecos, Italia y la misma Francia. Ahora, tras una vida netamente de película, era un ciudadano estadounidense avalado por la Office Strategic Services. Ricardo y Betty habían prestado importantes servicios a la OSS.

Ahora ya no corrían el peligro de los años anteriores, vivían dedicados cien por cien a los negocios. Manejaban dólares y eso les había abierto todas las puertas en España. Trabajaban ambos en la World Comerce Corporation, cuyo director era Frank Ryan, el que fuera responsable de la OSS para España y Portugal durante la Segunda Guerra Mundial. Todos sus compañeros también habían ejercido como espías. Por lo tanto, nadie conocía los hilos que se movían en los países europeos como ellos. Se volcaron en la importación y exportación de productos. Sicre era capaz de vender arroz valenciano a los japoneses y, a su vez, se traía de Japón artículos de consumo que vendía en España. Sabía las necesidades de los españoles y les ofrecía los productos que requerían. Conocía a quién tenía que «tocar» para que los trámites se agilizaran. No había visita de alto nivel a España que no pasara por la casa o el yate de los Sicre. Eso les hacía poderosos en aquel régimen que intentaba abrirse al extranjero. Ricardo y Betty acababan de gestionar una ayuda de veinticinco millones de dólares de Estados Unidos a España y habían conseguido que el gobierno español les encargara la importación de toneladas de trigo que el país necesitaba. El negocio era doble para los Sicre.

El embajador americano, James C. Dunn, que no acababa cien por cien de fiarse de Ricardo por sus ideas de izquierdas, salió al encuentro de Ava en aquella lujosa casa donde se exhibían sofisticados aparatos de transmisión, varias radios y un aparatoso mueble por el que se podían ver imágenes: la televisión. En España este aparato no se veía más que en los escaparates de las lujosas tiendas de electrodomésticos; solo se lo podían permitir las familias más adineradas. Era evidente el poder adquisitivo de los anfitriones.

—Como embajador, me pongo a su disposición ante cualquier eventualidad que surja durante su estancia en España —se ofreció James Dunn, besando su mano.

—Muchas gracias, señor embajador, espero no tener que molestarle —dijo Ava educadamente.

Ricardo Sicre y Doreen Grant hicieron un aparte rápidamente con la actriz.

—Vas a encontrar aquí a muchos personajes relevantes y algunos muy curiosos. Deseo que te diviertas. Esta casa la hemos abierto para ti. Si alguien te da la lata, solo tienes que mirarnos e iremos a tu rescate.

—Ava, nuestro anfitrión es todo un personaje. Mucho más interesante que cualquiera que pueda estar esta noche en este salón. Por no hablar de su mujer, a la que me gustaría que conocieras antes de que te vayas —dijo Doreen.

—¿Por qué? —preguntó Ava—. ¿Qué hace su mujer?

—Ha sido de las pocas mujeres capaces de pilotar un avión. Durante la Segunda Guerra Mundial hizo servicios muy importantes para Estados Unidos. Bueno, hicieron; en esta casa hay que hablar en plural.

—Di que no es para tanto —la interrumpió Ricardo—. Estoy de acuerdo con respecto a Betty. A ella le habría gustado entrar en combate, pero a las mujeres no os dejaban, y eso que su padre la instruyó como si fuera un hombre.

—¿Su padre también era piloto?

—Y de los buenos —aseguró Doreen—. Incluso combatió contra el Barón Rojo. Ya ves en casa de quién estamos.

—Por favor, no hablemos tanto de mi mujer, a la que espero que conozcas pronto. Me gustaría que saludaras a algunas de las personas que están aquí. Mi mejor consejo es que te des una vuelta a tu aire.

—Te estoy muy agradecida. Necesito evadirme y olvidarme de la selva donde he estado tantos meses.

—Lo sé —comentó Ricardo—. Me lo ha dicho Doreen. Pues aquí no hay monos ni hipopótamos, aunque sí tenemos a una amiga tuya: Lana Turner.

—¿Dónde está Lana? Me muero por verla.

—Estará cerca de algún hombre guapo —apostilló Doreen.

—Oh, bueno, eso seguro —rio Ava.

Las mujeres la observaban sin perder detalle y los hombres se acercaban a saludarla solo por el placer de verla de cerca y estrechar su mano. La actriz se dirigió poco a poco hacia un corrillo que se reía de forma muy escandalosa. Hablaba un caballero delgado que estaba de espaldas y al que todos miraban con admiración. Mientras dirigía sus pasos hacia él descubrió a Lana no muy lejos de allí y cambió de idea. El pelo rubio de su amiga la hacía inconfundible.

—¡Lana! —saludó Ava, contenta de haberla encontrado.

—¡Ava! Sabía que estabas a punto de llegar. —Las dos amigas se fundieron en un abrazo.

—¡Déjame verte! —le pidió Lana, haciendo que girara sobre sí misma—. ¡Estás preciosa! Si te viera Frank, te llevaba a la habitación principal de los Sicre.

—¿A qué, a romper ceniceros? No me hables de Frankie.

—La última vez que le vi daba miedo. No dejes que te haga más daño, cielo. Te advertí de que siempre te engañaría y te diría lo que quieres oír.

—No te hice caso. Creía que estabas despechada porque habías estado con él un par de años antes y llegué a pensar que no me hablabas sinceramente. Pero me equivoqué. Estaba ciega.

—Estabas enamorada y, sinceramente, creo que sigues estándolo... Bueno, ¿cuántos días vas a pasar aquí? —preguntó, cambiando de tema.

—Tres semanas. —Ava se quedó pensativa con las palabras de su amiga.

—¿Por qué después de esta fiesta no nos vamos las dos a Chicote? Solas, y hablamos tranquilamente.

—Me parece una idea sugerente. Me hará mucho bien.

Ricardo Sicre se acercó a ellas en compañía de Doreen y de una dama muy elegante y delgada que lucía unos pendientes de oro muy llamativos, así como un brazalete de perlas en su muñeca derecha.

—Ava, Lana, os quiero presentar a Aline Griffith, compatriota norteamericana.

—Encantada de conoceros —dijo Aline, sonriéndoles con complicidad.

—Fijaos si ha hecho bien su trabajo de conocer España que se ha casado con todo un conde español. Hoy Aline es la condesa de Quintanilla. —No quiso dar más detalles a las actrices, pero la americana afincada en España, la agente 527, era conocida como *Butch* por todos los que habían pertenecido a los servicios secretos americanos.

—Me encantaría invitaros a Pascualete, mi finca de Cáceres. Si queréis pasar un par de días en el campo, cazar codornices y olvidaros de todo, es el lugar indicado. Lo pasaríamos bien en Trujillo.

—Adoro el campo. Siempre digo que más que actriz soy chica de campo. En realidad, me siento orgullosa de ello —le contestó Ava.

—Yo te diré que soy feliz allí por lo auténtico que es todo en ese lugar. Yo también adoro el campo, la gente sencilla... y los martinis —todos se echaron a reír—. ¡Pues estáis invitadas! Así os presento a mi marido y conocéis a mis tres hijos.

—¿Tienes tres hijos? —se sorprendió Ava.

—Sí, en seis años de casada ya tengo tres hijos.

—¡Vaya carrera que llevas! —le dijo Lana.

—Pero tengo tiempo para todo. Afortunadamente, resulta muy fácil encontrar institutrices aquí en España. Yo sigo haciendo mi vida.

Ava dejó por unos segundos a Lana, a su amiga Doreen y a Ricardo Sicré con la condesa para acercarse curiosa al corrillo que no paraba de reír. No veía la cara de aquel hombre que centraba todas las miradas y fue dando poco a poco la vuelta mientras cogía al vuelo una copa de champán que llevaba un camarero en una bandeja. No sabía quién era él, pero, ahora que lo observaba de frente, comprobó que poseía un gran atractivo. Parecía muy delgado, con unos ojos llenos de vida y una sonrisa tremendamente magnética. Le escrutaba a poca distancia cuando él paró de hablar en seco al sentirse observado. Todos se giraron para saber el motivo de su silencio y descubrieron a Ava. El corrillo se abrió y ella se fue acercando poco a poco hacia aquel hombre. No tenía ni idea de quién se trataba, pero sabía que acabarían juntos... Se dijo a sí misma que no se iría de España sin estar a solas con él. Le tendió la mano y él se la llevó a la boca y la besó suavemente. Clavó sus ojos marrones en sus ojos verdes. Fueron segundos. Los suficientes para descubrirse y comprender que la atracción que sentían, uno por otro, era mutua.

—No español —dijo ella divertida.

—No inglés —repuso él, sonriendo, sin apartar sus ojos de los suyos.

Fueron segundos, pero los dos se lo dijeron todo con la mirada. El deseo entre ambos era muy fuerte. Aquel sentimiento que brotaba parecía salvaje. Entre tanta gente, solos ellos dos balbuceando alguna palabra del idioma del otro. No hacían falta las palabras. No eran necesarias. Se deseaban. Luis Miguel Dominguín la habría besado en la boca sin mediar palabra, pero... se reprimió.

Doreen rompió ese momento en el que los dos supieron que la atracción era superior a lo razonable. Los asistentes fueron testigos de cómo se devoraban con la mirada. No había palabras, solo química entre ellos.

—Es un torero español muy reconocido —explicó en inglés—. El número uno. Tiene fama de conquistador. —Esta segunda parte se la susurró al oído.

—Me encantan los hombres valientes y conquistadores. —No dijo más y se dio la vuelta. Doreen tradujo solo lo de valiente al torero.

Luis Miguel siguió mirándola mientras se alejaba del corrillo sin pestañear ni una sola vez. Necesitaba saber dónde se alojaba, qué planes tendría para los próximos días... Se acercó hasta el anfitrión, Ricardo Sicre.

—¿Dónde vive Ava Gardner? —indagó.

—En casa de Frank y Doreen Grant. ¿Has caído en sus redes? —le preguntó Ricardo.

—Totalmente. No había visto una mujer igual en toda mi vida. Tiene algo que no sé cómo definir.

—No busques palabras. No te molestes. Te comprendo perfectamente. Vamos, que te la quieres llevar a la cama. Pero deberás ponerte a la cola...

Los dos se echaron a reír. Ricardo no le dio más información. Luis Miguel sacó un cigarrillo y se acercó hasta su amigo Enrique Herreros, que se encontraba entre los invitados rodeado de muchas de las actrices que deseaban que las catapultara al estrellato como había hecho con Sara Montiel.

—¿Has visto a Canito? —Preguntaba por el fotógrafo que había compartido con él tantas tardes de triunfos y de tragedia en las plazas de toros—. No tengo idea de dónde se ha metido.

—Está haciendo fotos a los invitados. Le acabo de ver por alguno de los corrillos.

—Si le vuelves a ver, dile que le busco. Es importante. —Fumaba con ansiedad.

—No te preocupes. ¿Pasa algo?

—No, nada... Simple curiosidad —disimuló.

Luis Miguel ya no tenía otro pensamiento que el de volver a encontrarse con Ava. Necesitaba que le tradujeran cada palabra que ella dijera. Se prometió a sí mismo hacerse entender en inglés. Antes de apurar el cigarrillo, mientras conversaba con los invitados, se le acercó Antonio Suárez, su persona de confianza. Un hombre simpático, alto, fuerte, cetrino, reposado en el hablar, al que todos llamaban por su sobrenombre: Chocolate.

—Creo que soy la persona que mejor te conoce después de tu padre. Te he visto con tres años dando pases a las sillas. Me enorgullezco de haber sido el primero en descubrir que eras una figura desde niño. No me lo tomes a mal y con la confianza que nos une: sé que te está pasando algo.

—No se te escapa una. No sabría decirte qué me ha ocurrido cuando he visto a esa mujer mirarme de la forma en la que lo ha hecho.

—Hemos sido muchos los testigos de ese momento. Os mirabais de tal forma que pensé que la ibas a coger de la mano y escaparte con ella.

—No ha sido por falta de ganas... Necesito volver a verla fuera de aquí. El único que se puede enterar de sus pasos por Madrid es Canito, pero no sé dónde se ha metido.

—No te preocupes, te lo traigo ahora mismo. —El fiel Chocolate, que siempre había sido uno de sus mejores consejeros y mozo de espadas de su padre, se fue con la misión de encontrar entre tanta gente al pequeño pero vivaracho fotógrafo.

Luis Miguel encendía un cigarrillo detrás de otro hasta que apareció Chocolate con Canito.

—Miguel, ¿andabas buscándome? —se presentó el fotógrafo. Era más bajo que él, de ojos muy pícaros y una sonrisa muy contagiosa.

—¿Dónde te metes? Me hubiera gustado que le hicieras una foto a Ava Gardner. Pero más importante que eso es que te enteres de qué va a hacer en las próximas horas. Necesito toda la información...

—Veré qué puedo hacer. ¡Vamos, que quieres otro trofeo! —Canito le guiñó un ojo.

—¡Cállate! Dame cuanto antes toda la información. —Se le notaba nervioso, y eso que siempre parecía muy templado.

—Anda que como se entere esa mulata que te has traído de Venezuela, se te va a caer el pelo.

—China no tiene por qué enterarse. Es más, no ha ocurrido nada. Solo quiero información.

Paco Cano le volvió a guiñar un ojo y se fue de su lado dispuesto a averiguarlo todo sobre aquella mujer que había dejado a Luis Miguel tan obsesionado. Este, por su parte, siguió junto a Chocolate como si no hubiera ocurrido nada, pero estaba intranquilo. Hablaba con unos invitados y con otros cuando media hora después se volvió a acercar el fotógrafo y le dijo que la actriz iría después de la fiesta a Chicote y que en unos días viajaría a Sevilla para conocer la feria.

—¿Ves como cuando quieres te enteras de todo? —Le dio una palmada en la espalda. La cara de Luis Miguel parecía más relajada.

—Lo mío es hacer fotos —apostilló Canito.

—Pues haz una bonita a Ava y te la pagaré bien.

—¡Eso está hecho!

Paco Cano fue fotografiando a los invitados y cuando llegó cerca de Ava le explicaron que era un fotógrafo taurino y que acompañaba en muchas ocasiones a Luis Miguel. Ava entonces se entregó completamente ante los ojos escrutadores de aquel simpático retratista de pequeña estatura con ojos tremendamente vivarachos. Cuando terminó, la actriz le dio dos besos en las mejillas y le dejó la huella de su carmín.

—Dígale que pienso ir así a mi casa —le pidió a Doreen.

La señora Grant lo tradujo y Ava se rio muchísimo.

—Espero no crearte ningún problema —le contestó divertida.

—No pienso lavarme, me da igual lo que diga mi mujer —afirmó Canito.

En cuanto le tradujeron sus palabras, volvió a soltar una risa muy sonora y contagiosa.

Era tarde y los invitados comenzaron a irse. Luis Miguel esperó a que Cano terminara de retratar a la mujer que le había despertado tanto interés y al poco rato se fueron de allí.

—Gracias, Paco. —Le estrechó la mano y se marchó en su coche junto con Chocolate. Teodoro, el chófer, a quien llamaban Cigarrillo, natural de Quismondo, el pueblo de su padre, le estaba esperando con la puerta abierta desde que le vio salir de la casa de los Sicre.

—Déjame al volante. Lo voy a llevar yo. —Se refería a su Cadillac—. Vamos a buscar a China al Wellington. Y después iremos a Chicote.

—Está bien, maestro. Como mande. —Cerró la puerta y antes de que arrancara se sentó de copiloto. Chocolate se acomodó detrás.

—Ya sabes que hay días en los que el coche me parece un nicho. Hoy es uno de esos días. Me destroza los nervios ir atrás mucho tiempo. Me ahogo.

—No será ni la primera ni la última vez que cojas el volante. Recuerdo la temporada pasada que tenías que ir de San Sebastián a Vitoria después de torear, y decidiste conducir —apuntó Chocolate con su forma parsimoniosa de hablar.

—Y llegamos a tiempo. Fue el único torero que estuvo presente en el homenaje que los aficionados de Vitoria rindieron a Manolete —intervino el chófer.

—Lo recuerdo perfectamente —alcanzó a decir Luis Miguel.

—Sobre todo porque la carretera guipuzcoana era infame,

muy zigzagueante. ¡Como para olvidarla! —apostilló Chocolate.

Luis Miguel estaba poco expresivo.

—Esta noche tiene mejor cara y parece que la pierna ya no le duele. —El conductor quiso despertarle una sonrisa.

—La procesión va por dentro...

Luis Miguel se quedó callado y serio. El chófer sabía que cuando el torero no quería hablar lo mejor que podía hacer era guardar silencio. Y así, sin pronunciar una sola palabra, hicieron todo el recorrido desde La Moraleja hasta la calle Velázquez, en Madrid. El único que hablaba era Chocolate. No dejó de hacerlo durante todo el trayecto.

—Mañana iré a La Companza. —La finca que tenía en Quismondo el padre de Luis Miguel—. Tengo que hablar unas cosas con tu padre.

No hubo respuesta por parte del torero. Chocolate continuó hablando en un soliloquio que se hizo largo e incómodo.

—Tu padre y yo somos amigos desde niños. Los mejores amigos. Soñábamos los dos con ser toreros. —Luis Miguel se sabía al dedillo la anécdota porque la había contado muchísimas veces—. Nos escapamos de Quismondo llenos de sueños y, ya ves, acabé de banderillero en la cuadrilla de tu padre y me retiré de la profesión el mismo día que él la abandonó. Siempre he estado a su lado y al tuyo. No sabría vivir de otro modo. —Solo el sonido del motor del coche y los baches de la carretera perturbaban las palabras de Chocolate—. Conozco a tu padre desde el año 15, ¡fíjate si ha llovido! Los dos, envenenados por la afición, ya andábamos rodando por esas capeas de Dios. Así empezamos a juntar nuestros sueños, nuestros trabajos y nuestros riesgos, ¡que los hubo...!

Luis Miguel había desconectado. Pensaba en la mujer más bella que había conocido jamás. No parecía real, sino salida de un sueño. Era como si se hubiera fugado de la pantalla de cine y lo que acababa de vivir no fuera más que algo irreal. Venían a su mente una y otra vez sus ojos llenos de pasión mirándole descaradamente. Su piel y el beso que le dio en la mano. También tenía grabado en su cerebro el sonido de su risa. Se podía pensar que se trataba de un hechizo. No parecía normal lo que le estaba ocurriendo. Soñaba con verla a solas. No podía apartarla de su mente.

—Tu padre tenía más condiciones que yo para ser torero —seguía hablando Chocolate—, y logró brillar. Yo quedé metido dentro de su sombra. Nos vestimos juntos de toreros en el año 16, en la plaza de La Torre de Esteban Hambrán. Alquilamos los trajes que para nuestra imaginación eran de oro puro. Cuando el toro no estaba delante aquello me parecía facilísimo, pero después... cuando estaba enfrente, era otra cosa. Bueno, de banderillero no he sido de los malos.

—Ni mucho menos —fue lo único que se atrevió a decir el chófer. Luis Miguel seguía callado.

—Desde el 17 formé parte de la cuadrilla de Domingo y con él seguí hasta que se retiró. Cuando tu padre dijo adiós a los toros me fui con él, para tu casa, y en ella he seguido y seguiré ¡pa los restos!

—¡Qué sea por muchos años, Chocolate! —por fin habló Luis Miguel, casi a punto de llegar a la calle Velázquez.

—La gente no sabe cuánta energía y qué carácter más fuerte tuvo que tener tu padre para arruinarse y rehacerse varias veces. Pero siempre trabajando honradamente, ¿eh? Que otros no pueden decir lo mismo. Tu padre siempre a pecho descubierto.

Al llegar a la puerta del hotel, Luis Miguel se bajó del Cadillac y le dejó las llaves a Teodoro, el conductor. Chocolate hizo ademán de acompañarle, pero el torero frenó sus intenciones.

—Chocolate, voy a subir a la habitación para hablar con China. Vete a casa. El resto de la noche no te voy a necesitar. Descansa, que mañana mi padre querrá verte temprano.

—Sí, eso es verdad. Últimamente está mohíno y enfadado. No le voy a dar más motivos. Pues entonces ¡hasta mañana! ¡Con Dios! ¿Seguro que no me necesitas?

—No, en Chicote ya no te necesito. ¡Vete tranquilo! Bueno, sí, haz algo por mí. Queda con el doctor Tamames, quiero hablar con él. ¿Le dices que me venga a ver a la hora que quiera a partir de la una de la tarde?

—Eso está hecho. ¡Con Dios! —Chocolate se alejó de allí.

Luis Miguel se introdujo en el hotel. Saludó al portero y se fue directamente al ascensor. En el segundo piso estaba la habitación que casi siempre tenía el torero reservada: la 212. Noelie llevaba todo el día sola, esperándole.

4

Noelie Machado estaba en la cama leyendo un libro cuando se abrió la puerta de golpe. Su piel mestiza, sus ojos rasgados y su mechón blanco en el pelo hacían de ella una mujer diferente, elegante y exótica. Luis Miguel la había invitado a venir a España cuando la descubrió en Venezuela y ella, con diecinueve años, aceptó. Dejó su trabajo como azafata y a su familia; lo abandonó todo por aquel hombre al que admiraba. No sabía nada de toros ni de toreros hasta que se topó por casualidad con él en un restaurante de Caracas. Ahora su vida solo giraba en torno a Luis Miguel. No conocía a nadie en España, excepto a él y a su familia.

—¡China! Arréglate, que nos vamos a Chicote —le dijo Luis Miguel nada más abrir la puerta.

—Mi amor, no tengo ganas de salir. Mira qué hora es. —El reloj marcaba las doce y media de la noche—. Llevo todo el día esperándote —le hablaba con un acento latinoamericano muy meloso.

—Me lo agradecerás. Vas a conocer a dos personas de Hollywood a las que admiras mucho. —Se acercó a ella y la besó suavemente en los labios. Comenzaron una cascada de besos que acabaron con Luis Miguel acariciando su cuerpo. Le hablaba al oído—: Sabes que tengo muchos compromisos. No me gustan las mujeres que me asfixian... Lo sabes. Déjame libre y estaré siempre cerca.

—No conozco a nadie. Estoy aquí sola. Tu presencia es mi único contacto con el mundo.

—Chinita, sabes que me tienes loco...

Le quitó el camisón y comenzó a besarla por el cuello, por el pecho... Noelie olvidó su enfado y correspondió a sus besos desnudándole y dejándose llevar por aquel instante en donde el torero parecía amarla.

—Flaco, sabes que te amo. Por ti haría cualquier cosa.

—¿Qué harías? Dime.

—¿Te parece poco? ¡Seguirte hasta el fin del mundo!

Luis Miguel se echó a reír y la abrazó con fuerza. Noelie tenía la piel más suave que había tocado nunca. Su cuerpo era tan estilizado que parecía el de una bailarina. Cualquier hombre se hubiera perdido en él, pero el torero no podía quitarse de la mente a Ava Gardner. La joven se dio cuenta de que algo le pasaba porque le veía inquieto y ausente. No comentó nada. Luis Miguel, sin demasiado preámbulo amoroso, la hizo suya. Estaba loco por acabar esa danza salvaje. De hecho, cuando cerró los ojos pensó que a quien estaba amando era a la mujer a la que acababa de besar la mano. Oía las palabras de Noelie, pero podía ver los ojos verdes, felinos, de la actriz. Aquella noche no amó a China, pensaba en otra mujer, en Ava Gardner, a la que deseaba poseer con todas sus fuerzas.

Se duchó y le pidió a Noelie que se vistiera cuanto antes. Ahora la azafata ya no oponía resistencia. Estaba dispuesta a hacer cuanto él quisiera.

Ava Gardner y Lana Turner acudieron a Chicote tal y como habían previsto en la fiesta de Ricardo Sicre. El público se quedó tan impactado al verlas como por la mañana cuando había aparecido con Doreen. Perico Chicote les ofreció una mesa discreta en el interior del local para que pudieran hablar sin que nadie las molestara. Ava y Lana eran buenas amigas.

Las dos habían amado al mismo hombre: Frank Sinatra. No se anduvieron por las ramas, y en cuanto Antonio Romero, el barman, les sirvió un martini comenzaron a desahogarse.

—Este *dry* martini es mejor que el que prepara el barman del Stork Club de Nueva York —afirmó Ava, dando un sorbo.

—Tienes razón... Ava, sabes que yo estuve loca por Frank —confesó Lana sin tapujos.

—Lo sé. A lo mejor ya no te acuerdas de que me diste muchos detalles «íntimos» —hizo hincapié en la palabra— de Frankie antes de que le conociera en la cama.

—¿Sí? No lo recuerdo. Bueno, en realidad, se lo he confesado a todo el que me ha querido escuchar.

—Pues me dijiste que estaba muy bien dotado y tengo que confesarte que cuando me fui a la cama con él me acordé de ti.

—Por favor, Ava...

—Sí, te lo aseguro. Dijiste que su polla era como un diapasón y al verlo casi me muero de la risa. Era jodidamente grande.

—Es la polla más grande que he visto en mi vida. —Las dos amigas se echaron a reír—. Eso de que parece un diapasón se lo copié a Jackie Gleason. Todo el que le ha visto desnudo se queda sin palabras.

—Si todo lo que tiene de polla lo tuviera de cerebro... nos habría ido mejor.

Las dos amigas desinhibidas se reían tan sonoramente que centraban todas las miradas de las personas que abarrotaban aquel local acostumbrado a albergar a las estrellas más fulgurantes del momento.

—Sé que me ama con locura —continuó Ava, poniéndose seria—. Me ama a su manera, pero para mí no es suficiente. Se acuesta con todas las mujeres que se le acercan, le da igual que sean prostitutas, negras o blancas.

—Eso lo sabías antes de enamorarte de él. Te lo advertí. Te dije que te haría daño, como me lo hizo a mí.

—No es solo eso, hay cosas de él que ignoro por completo.

Howard me dice que está cerca de gente muy turbia. Incluso asegura que Frankie tiene relaciones con el crimen organizado.

—Bueno, Howard y sus espías exageran.

—No, no. Me da datos que son escalofriantes y me insiste en que me tengo que alejar cuanto antes de él.

—Él siempre está esperando su oportunidad. Si hay uno, te cuenta ciento. Yo pondría en cuarentena todo lo que me dijera Howard Hughes.

—Es igual... Con Frankie no puedo vivir. Lo he intentado, pero me resulta imposible. A su lado paso del cariño a la ira en cuestión de segundos. Muchas veces tengo la sensación de poder saber qué está pensando. Él me lo dice: «¡Eres una bruja! Me lees el pensamiento». Y sinceramente, creo que es así.

—¿Te refieres a lo de bruja?

—Me refiero a lo de leerle la mente. —Ava soltó una carcajada.

Pidieron otro martini. La noche parecía que iba a ser larga. Las dos tenían ganas de hablarse a corazón abierto.

A la una y media el chófer de Luis Miguel paraba en plena Gran Vía. El torero descendía de su Cadillac en compañía de su exótica amiga y entraba en Chicote. China tenía una elegancia fuera de lo común. Muy delgada, peinada con un moño «arriba España» —el pelo cardado exageradamente hacia arriba— que la hacía parecer más alta que el torero. Iba vestida con un traje azul muy ceñido en la cintura que dejaba la falda fruncida y voluminosa en su caída. Llevaba guantes y sombrero a juego. Mostraba su figura de forma sensual al andar.

Fue entrar por la puerta giratoria del local y, después de un silencio, el público, al reconocer a Luis Miguel Dominguín, empezó a aplaudir y a ponerse en pie. Era la celebridad más apreciada del momento. Hombres y mujeres se acercaron a saludarle y a pedirle un autógrafo. Era el torero de moda. Se hablaba de él en la radio y en la prensa. Su foto estaba expuesta en periódicos y revistas ante la sorpresa de su retirada tras la grave cogida de Caracas. Luis Miguel saludó con efusividad a los escritores y humoristas que se hallaban en la primera mesa con la que uno se topaba nada más entrar: Edgar Neville; Antonio de Lara, *Tono*; los dos hermanos Mihura, Miguel y Jerónimo, y Enrique Herreros, con el que acababa de coincidir en casa de los Sicre. Miguel Mihura con su voz bronca se dirigió al torero:

—¡Ya sabemos todos por qué te has retirado! ¡Qué listo eres! —le dijo, señalando con los ojos a Noelie.

—Las mujeres son lo único que me puede retirar de los toros —replicó el torero sonriente, sin pararse a hablar más con ellos.

Perico Chicote les condujo hasta una zona más discreta. Ava y Lana, con curiosidad ante el alboroto, pararon de hablar y se mostraron expectantes ante quien provocaba esa algarabía. Cuando el torero apareció en la parte de atrás del local, se repitió la misma acogida que en la entrada. Las actrices se sorprendieron ante ese recibimiento mucho más caluroso que el que ellas habían despertado. Resultaba evidente que se trataba de una figura muy reconocida y sintieron mucha curiosidad por el personaje.

Ava notó un escalofrío. Era el hombre que tanto la había impactado en casa de los Sicre. Y ahora estaba allí en compañía de una mujer. ¿Sería casualidad? Se preguntó si alguien le habría informado de que la encontraría a ella en ese local. No tardaría mucho en salir de dudas.

—Le conozco. Es un torero que estaba en casa de los Sicre esta noche —le dijo a su amiga.

—¿Y yo dónde tenía los ojos? —contestó Lana.

Luis Miguel y China seguían los pasos de Perico Chicote, que se acercó a la mesa de las actrices para presentarlas al torero y su acompañante. Tanto el torero como Ava no le dijeron al barman que ya se conocían.

—Les presento al torero más importante del momento: Luis Miguel Dominguín, y su acompañante, a la que no tengo el placer de conocer.

—Noelie Dasouza Machado —se presentó a sí misma la joven hablando un perfecto inglés.

El torero volvió a besar la mano de Ava mientras la miraba con los mismos ojos de deseo que en casa de los Sicre. Disimuló al besar igualmente la mano de Lana Turner. Había conocido a tantas estrellas y personajes relevantes que no hacía especial aspaviento por ser presentado. Además, Luis Miguel se sentía tan divo como ellas. Eso a las actrices les gustó. No tanto a Noelie Machado, que sintió que se enfrentaba a dos rivales difíciles y tenía las de perder ante semejantes estrellas cinematográficas.

—Siéntense —pidió Ava en inglés, sin disimular su atracción hacia él.

China asumió el papel de traductora en aquella situación tan difícil para ella. Se daba cuenta de cómo miraba también el torero a la actriz y le faltó poco para echarse a llorar. Intentó ser lo más amable posible. Allí se estableció un duelo entre las dos actrices para ver quién seducía antes al torero. Dieron por sentado que China no estaba a su altura, y eso que tenía un enorme atractivo.

—Usted no es española, ¿verdad? —le dijo Lana a Noelie.

—No, tengo mucha mezcla. Soy de mil sitios: nací en Shanghái pero por mis venas, además de sangre china por parte de madre, corre sangre portuguesa por parte de padre. Después he residido en Buenos Aires, Perú y Venezuela... Bueno, y ahora, en Madrid.

—Cielos, ¡vaya lío! —le dijo Lana.

—Pues para lo joven que eres, tienes mucho «recorrido» —añadió Ava.

Pero Lana dejó de interesarse por su traductora y volvió con las preguntas al torero.

—¿Ha tenido algún percance? He observado que anda con cierta dificultad.

—Sí, tuve una cogida muy grave en Caracas. Allí me operaron mal y ahora he tenido una segunda intervención donde ya me han dejado «restaurado», pero estas cosas son largas. Dejan secuelas, sobre todo en el alma. Ahora quiero vivir —dijo mirando fijamente a Ava.

La joven Noelie traducía sin parar. Estaba rabiosa con ganas de dejarlos a los tres. Sabía que estaba contribuyendo a ese encantamiento que tenían entre sí.

—Fue allí donde nos conocimos —explicó China, sin que nadie le preguntara—. Tuvimos que huir furtivamente del hospital y le estuve cuidando las heridas. Eran tremendas.

—¿Escaparon del hospital? —se interesó Ava.

—China, diles que me fui de allí contigo vestido de mujer. No me quedaba otra si no quería quedarme cojo para toda la vida.

Las dos se echaron a reír con la anécdota. No se podían imaginar a aquel torero tan seductor vestido de mujer. Resultaba cómico.

—Diles que me he tomado un año sabático no solo para recuperarme, sino para divertirme y vivir. Quiero exprimir cada minuto de mi vida. No te olvides de traducir esto último.

—¿Estás flirteando con ellas? —masculló Noelie en voz baja.

—No seas niña. Sabes que me encanta el talento y aquí lo hay ahora mismo a raudales. Quiero quedar bien con ellas. —Le tocó la pierna por debajo de la mesa y Noelie siguió adelante haciendo de puente entre el torero y las actrices.

—Los toreros tienen fama de valientes —dijo Lana.

—¿Ha sentido miedo alguna vez? —quiso saber Ava, dejando su boca, pintada de carmín rojo, entreabierta.

—Yo no tengo miedo a nada. Bueno, miento. Tengo miedo al ridículo y a las mujeres. El miedo me ha proporcionado mis mayores éxitos en las plazas de toros. Y las mujeres son el motor que me hace salir al ruedo a jugarme la vida.

—De modo que es usted un conquistador —apostilló Lana, dándole una calada a su cigarrillo.

—Yo no he salido nunca a conquistar mujeres —replicó Luis Miguel—, sino a buscar a la mujer con mayúsculas y conquistarla. Y, sin modestia, creo que soy el «antidonjuán», aunque más de uno no parece estar de acuerdo y me pregunta siempre por mi truco con las mujeres.

—¿Y cuál es su truco? —insistió Lana con interés.

—Que he sido honesto y con todas las que han sido importantes en mi vida sigo manteniendo amistad. Yo voy con vosotras con más profundidad que un *play boy*. Es más, creo que son las mujeres las que me han gozado a mí, y mucho. No al revés.

—Eso no lo voy a traducir. Miguel, no soy tonta y te puedo asegurar que, aunque sea muy joven, sé perfectamente qué estás haciendo.

Luis Miguel pidió un momento a las actrices y se llevó a Noelie fuera de la mesa y del alcance de sus ojos.

—¿Qué te está pasando, Chinita? —Le dio un beso en la boca.

—No me pasa nada, pero a ti sí. Te conozco y ese juego de seducción ya lo has tenido conmigo.

—Soy así con las mujeres, pero con quien me voy a dormir es contigo. Haz el favor de comportarte como una adulta.

Noelie se dio cuenta de que no era el momento para discutir con Luis Miguel y menos para mostrar en público sus celos. Regresaron a la mesa donde estaban Ava y Lana Turner. China siguió traduciendo, pero cada vez se sentía peor. Estaba contribuyendo a que Ava y él se conocieran más. Su interés por la actriz le pareció a la joven evidente. Tomó la palabra de nuevo la acompañante de Dominguín.

—Yo desde pequeña las he admirado a las dos. —Lo dijo para poner en evidencia que ella era mucho más joven—. ¿Están aquí sin sus maridos?

—Sí —respondieron a la vez—. Por lo tanto, estamos libres. —Se echaron a reír.

—¿Qué les estás diciendo? —preguntó Luis Miguel. Sabía que los celos de Noelie iban a estar presentes toda la noche—. China, pregúntales si conocen la noche de Madrid. —Lo hizo para distender el ambiente que de repente se había creado entre las tres mujeres.

—No lo suficiente —contestó Ava—. Nos encantaría que fueras nuestro cicerone.

China traducía intentando disimular su enfado. Parecía que todos la habían hecho invisible. Era el único vehículo de comunicación entre los tres. Solo se miraban entre ellas y el torero.

—¿Os gustaría ir a escuchar flamenco del de verdad y no el que os enseñan a los turistas?

—¡Oh, sí! Nos encantaría —exclamaron al unísono.

—Pues nos tomamos la última copa y nos vamos a un lugar donde solo encontraremos gitanos y flamenco del bueno. Perdonadme, que voy a hacer una llamada para que nos esperen y os reciban como os merecéis.

Se quedaron las tres solas. Noelie observó que las dos actrices hablaban sin tapujos delante de ella.

—¿Quién se lo lleva a la cama? —preguntó Lana.

—Yo lo vi primero —dijo Ava riéndose.

—Te lo voy a poner difícil.

Noelie miraba para otro lado como si no escuchara. Había ido a Chicote con el torero y no tenían la delicadeza de pensar que les estaba entendiendo todo.

Luis Miguel no tardó en incorporarse a la mesa.

—Ya está arreglado. Lo pasaremos bien. ¿Dispuestas a ir en mi coche?

—¡Por supuesto! —dijeron a la vez.

A los diez minutos salían las dos de Chicote junto al torero y su joven acompañante.

5

Teodoro esperaba a la salida de Chicote con el coche en marcha. El portero del establecimiento le había avisado de su salida inminente. Cuando vio al torero flanqueado por tres mujeres, supo que esa noche no conduciría él. Se salió del vehículo para abrir las puertas a todas aquellas damas tan atractivas.

—Teodoro, no hace falta que conduzcas —le dijo el torero—. Dame las llaves, que llevaré yo el coche. No quiero que vayan dentro como sardinas en lata. Hasta mañana por la tarde no te voy a necesitar.

—Está bien, como usted diga, maestro. —Le cedió las llaves del Cadillac y esperó a que Luis Miguel arrancara y se fuera Gran Vía abajo hacia la calle Alcalá.

Luis Miguel miró por el espejo retrovisor y se encontró con los ojos felinos de Ava que le miraban fijamente. Aquellos ojos verdes parecían invitarle a una noche de pasión. Llevaba mucho camino recorrido —aunque solo tenía veintiséis años— al lado de mujeres bien diferentes y diversas, y sabía cuándo una mujer le estaba diciendo sí antes de formular la pregunta. Ava Gardner le deseaba tanto como él a ella. Era evidente. Mientras conducía, de forma intermitente miraba al retrovisor y siempre se la encontraba observándole. Le pareció una mujer realmente fascinante, desafiante y hermosa. Durante todo el trayecto hasta llegar a El Duende, en la calle

Claudio Coello 48, solo habló Noelie con Lana Turner. Luis Miguel y Ava estaban a otra cosa, se devoraban con los ojos.

Al llegar al destino, el torero cogió del maletero del coche una capa negra española para resguardarse del relente de la noche. Nadie llevaba esa indumentaria con tanto estilo como Luis Miguel. Parecía que iba haciendo el paseíllo por la calle arropando su cuerpo estilizado con cierto donaire. A la vista quedaba parte del forro, tan rojo como la pasión que sentía por las mujeres. Estaba realmente atractivo. Ava y Lana se pusieron su estola de piel y Noelie dejó su abrigo en la mano. No solo no tenía frío sino que sentía calor después de la noche que estaba pasando. El portero de El Duende los recibió casi con una reverencia y rápidamente un camarero los sentó en la mejor mesa.

El artista Antonio, *el Bailarín*, estaba zapateando en el escenario. Se quedaron las tres acompañantes muy impactadas al observar el ritmo al que se movían sus pies y sus manos al compás de la música. Vestía una camisa con chorreras y pantalón negro con la cintura alta y ceñida. Giraba los brazos y las manos, a la vez que su pelo se movía al ritmo que marcaba la guitarra. Veían con admiración cómo evolucionaba al son del cante y las palmas. Cuando acabó, se pusieron de pie. Hicieron lo mismo Luis Miguel y Noelie.

La noche prometía. Ava estaba fascinada. Aquel sonido le gustaba. Lo sentía muy dentro. El flamenco se había apoderado de su corazón desde su anterior viaje a España. Le parecía un cante que salía de las entrañas del ser humano, allí donde las pasiones se ocultan. Aquella forma de expresarse de los artistas españoles tenía mucho que ver con la forma en la que ella entendía la vida: fuerza, pasión y corazón.

Una de las dueñas del local, la artista Pastora Imperio, con su pelo negro recogido en un moño bajo y sus ojos bordeados de negro, se acercó a saludar a Luis Miguel, al que consideraba, más que cliente, un buen amigo.

—Una de las grandes artistas de España —les dijo a sus acompañantes—. El sentimiento que pone a la hora de recitar, cantar o bailar hace que sea única.

—¿Podríamos verla bailar, por favor? —solicitó Ava Gardner.

—Hoy no vengo preparada... Quizá otro día, con mucho gusto.

Saludó a todos de nuevo y se fue. Enrique Herreros no pudo por menos que acercarse también a ver de cerca a las actrices a las que tantas veces había pintado en los carteles de las películas que se estrenaban en la Gran Vía.

—Hombre, Enrique, volvemos a vernos —se sorprendió Luis Miguel—. Llevamos toda la tarde y toda la noche coincidiendo en todos los saraos. Con los Sicre, en Chicote y, ahora, aquí. Os presento —se dirigió a ellas— a un gran pintor, humorista, actor y director de cine: Enrique Herreros. Es un fuera de serie. No he visto a nadie como él capaz de hacer tantas cosas y todas bien.

—No es para tanto. Lo que soy es un buen montañero —repuso Enrique sonriendo.

—Bueno, pero como loco de la montaña no vas a pasar a la historia y por todo lo demás, sí.

Enrique, de corta estatura, calvo y con gafas, admiraba sin recato a las tres mujeres que acompañaban a Luis Miguel.

—Vaya mujeres de bandera las que hoy te acompañan. ¡Eres la envidia de todos los que estamos aquí!

—¡Será porque tú vas siempre mal acompañado! —contestó el torero como un resorte.

—Bueno, encantado de verlas por aquí —se dirigió a las actrices—. Me gustó mucho su última película —le comentó a Ava en particular—. ¡Cuidado con Luis Miguel, que tiene muy mala fama!

—¡Serás cabrón! —replicó el torero, dándole una palmada en el brazo.

Enrique se sentó en otra mesa, no muy lejos de la de ellos. Continuó la noche entre copas de vino, cante y baile flamenco. En un momento determinado también se acercó el torero Rafael Vega, *Gitanillo de Triana*, yerno de Pastora y dueño con ella del local.

—Miguel, ¿cómo estás? ¡Qué alegría verte!

—Os presento a un compañero de profesión. Nadie ha dado las verónicas como él. ¡Gran torero!

—Bueno, no exageres, que tú eres el número uno.

Se dieron un abrazo y mantuvieron una conversación al margen de las tres acompañantes.

—¿Te has *retirao* o es un respiro?

—Todavía no lo sé. No me he cortado la coleta como tú. Ese momento todavía no me ha llegado. ¿No lo echas de menos?

—Solo ha *pasao* un año, pero como me he *metío* en todos estos *fregaos* empresariales, pues no tengo tiempo *pa pensá*. Bueno, tú sabes que del toro no te retiras nunca. ¿Cómo va tu pierna?

—Ahí va. Mira, tú te retiraste en Caracas y yo allí estuve a punto de palmar. No veas qué chapuza me hicieron. El médico estaba completamente borracho. Acabamos a puñetazos...

—Sí, ya me han *contao*. Bueno, que estás mu bien *acompañao*. Ya hablamos en otro momento. Mira, mi suegra parece que va a bailar...

Pastora se subió al escenario e improvisó un baile. Tenía tanta fuerza en sus manos y en sus movimientos al compás de la guitarra que Ava y Lana la aplaudieron con agradecimiento por el gesto que había tenido con ellas.

—Tened por seguro que lo ha hecho por vosotras —comentó Luis Miguel.

Noelie seguía traduciendo, pero con un dolor de estómago que no le dejaba disfrutar de la noche.

—Es la suegra del torero que ha venido a saludarnos antes.

Con él toreé la corrida en la que murió Manolete. Sabéis de quién hablo, ¿verdad?

Lana Turner dijo que sí. Ava negó con la cabeza sin pronunciar una palabra.

—Los toreros, cuando tenemos pundonor, apretamos los dientes y nos la jugamos en la plaza. Esa tarde la tengo grabada en mi memoria a fuego. No me la quito de la cabeza. —Se quedó absorto en sus pensamientos—. No debía haber muerto. Aunque todos tenemos un día, un destino.

—Además de las mujeres, ¿hay algo que te apasione? —preguntó Lana, cambiando de tema ya que el torero había perdido su sonrisa.

—Los toros son mi pasión. En mi casa, desde que nos levantamos hasta que nos acostamos, no se habla de otra cosa. Piensa que desde niño tenía claro que quería ser torero. Con tres años, ya daba capotazos a las sillas; con cinco estaba enrabietado porque mi padre no me dejaba torear y yo sentía que era hombre para hacerlo. ¡Ya veis, hombre con tan pocos años! Al final, hice mi debut en una plaza de Madrid con diez años.

—¡Qué barbaridad! ¡Los toros serían más grandes que tú! —exclamó Ava.

—Por supuesto. Yo era un renacuajo, pero con las ideas muy claras.

—Sí, desde luego, parece que sabes lo que quieres, cómo y cuándo —replicó Lana.

—No te quepa la menor duda. Sé lo que quiero y hasta que no lo consigo no paro. —Esta frase la dijo mirando a Ava—. Pero no hablemos tanto de mí. ¿A vosotras qué os apasiona?

—A mí, los hombres —replicó Lana entre risas.

—A mí lo que me encanta por encima de todo es no hacer nada. —Todos se echaron a reír—. Soy realmente feliz sin trabajar. La sensación que tengo se parece a cuando floto en agua tibia. Sencillamente delicioso, perfecto —dijo por su parte Ava.

—¿No te gusta hacer cine? —preguntó Luis Miguel extrañado.

—Yo hago cine por la pasta y porque no sé hacer otra cosa. —Volvieron a reír, pero Ava hablaba en serio—. Una vez se me ocurrió ser enfermera, pero sabía que vomitaría cada vez que viera sangre. No era lo mío. Podría haber vuelto a mi puesto de secretaria. Sí, sí, fui secretaria antes de que me metiera en esto del cine. Sin embargo, creo que sería para mí muy difícil volver a coger la velocidad de dictado de ciento veinte palabras por minuto. Eso acabaría por volverme loca. De modo que regresamos al cine y a lo que más me gusta, que es no hacer nada.

—A mí me apasiona —cogió la palabra Noelie harta de traducir y que nadie le preguntara a ella— el mundo que rodea a Miguel y el propio Miguel. Él, en sí mismo, me parece fascinante.

—¿Qué les estás diciendo? —le preguntó Luis Miguel, extrañado de que cesaran las risas.

Ava y Lana hablaban entre ellas después de escuchar a Noelie. Él se levantó y se fue a decirle algo a Pastora. Al rato, una de las bailaoras salía del escenario e invitaba a bailar a Ava Gardner. La actriz no se hizo la interesante y no puso ningún impedimento. Le gustaba tanto la música que le daba igual no hacerlo bien. Bailó con gracia, aunque no sabía cómo mover los brazos. Se limitaba a taconear y a dar vueltas sobre el escenario. Estaba bellísima con aquel traje negro que había elegido para la fiesta de los Sicre. Antonio *el Bailarín* subió a acompañarla. Aquellas miradas del bailaor, la música... lograron que rápidamente se sintiera atrapada por el ambiente. Antonio se puso de frente, tan cerca de ella que podía sentir su aliento. Aquellas palmas, la guitarra, el cante... la envolvieron en una danza que parecía un desafío. Luis Miguel la contemplaba con admiración. Invitó a Lana Turner y a Noelie a que también subieran al escenario. Las dos rehusaron hacerlo.

Una bailaora bajó a por él. La sala se puso en pie y el torero no tuvo más remedio que salir al tablao. De pronto, se vio cara a cara con Ava. Antonio daba palmas y las bailaoras los jaleaban. El torero, más que bailar, toreaba. Era un artista y miró a Ava de forma desafiante, tal y como miraba a los morlacos antes y durante la lidia. Le rozó con un brazo el pecho, puso su frente pegada a la suya. Podían escuchar sus respiraciones. Decidió rodear su cintura con las manos. Casi podía besarla. Sus bocas estaban tan cerca que le costaba frenar su instinto. Una de sus manos se trasladó a la espalda de la actriz. Mientras bailaba con dificultad —la pierna le molestaba—, fue bajando la mano lentamente por la columna de aquella mujer salvaje. Ava se descalzó y tuvo la sensación total de libertad. El deseo entre ellos crecía. La música y el flamenco contribuyeron a que ese momento se transformara en mágico. El torero necesitaba amar a aquella mujer que se contoneaba y movía al son de las palmas. Cuando todo acabó, pensaron que estaban solos. No se veían más que a sí mismos. Comenzaron a oír aplausos y no tuvieron más remedio que dejar de mirarse y saludar al público puesto en pie. Luis Miguel le susurró al oído:

—Te deseo...

Ella le besó en la mejilla —sin entender lo que había dicho, aunque lo intuía— y bajó del escenario ayudada por él. Ardían de pasión, pero disimularon al llegar a la mesa donde estaban Lana y Noelie.

—Bravo, bravo! —dijo Lana aplaudiéndoles.

Noelie sonreía por no llorar. Sabía que Luis Miguel había entrado en un juego peligroso con aquella mujer tan bella con la que se sentía incapaz de competir. Era una de las actrices a las que más admiraba. Ahora estaba allí protagonizando la peor de sus pesadillas.

La noche se hizo corta entre palmas, música y vino. Acabaron saliendo del local a las cinco de la mañana. Iban más alegres que cuando entraron. El vino y la música habían hecho ya sus efectos.

—Podemos tomar la última en la venta de Manolo Manzanilla. Está no muy lejos de aquí, en Barajas. Cuando cierran los locales de Madrid, nos vamos todos para allí. ¿Qué os parece?

—Estupendo —dijo Lana.

—¡Encantada de seguir la noche! —añadió Ava.

—Pues yo no puedo más —repuso Noelie Machado—. Estoy agotada. Si me puedes llevar o alguien me busca un taxi... —Sabía que sin ella no se iban a entender y estaba harta de ser el puente entre los tres.

—Chinita, vente con nosotros —insistió Luis Miguel.

—Me voy. Pero ya veo que no te quieres ir. ¡Un taxi, por favor! —le pidió al portero.

—Está bien. Si eso es lo que quieres...

Dominguín sabía que sin ella el diálogo con las actrices sería casi imposible, pero, a la vez, podría estar más libre. El portero de El Duende se fue en busca del sereno, el hombre que tenía las llaves de los portales de las casas y controlaba el barrio. Aparecieron al poco rato. El sereno iba armado con una porra que hacía sonar contra algunos edificios para indicar que la autoridad de la noche pasaba por allí.

—Don Luis Miguel, no se preocupe. Conozco a un taxista que no tendrá ningún inconveniente en hacer este servicio. Todo lo contrario.

A los pocos minutos ya tenían allí un taxi de color negro con una raya roja. Luis Miguel se dirigió al conductor:

—Por favor, lleve a la señorita hasta el hotel Wellington. Haga el favor de acompañarla hasta la puerta. Tome. —Le dio dinero para el viaje y una buena propina—. Chinita —volvió su cara hasta su estilizada amiga—, mañana te veo. —Y besó su mano.

Noelie hizo ademán de sonreír pero tenía congelado el rictus. Estaba completamente deshecha. Era consciente de lo que significaba regresar sola al hotel. Él había elegido a las actrices para acabar la noche. Eso podía suponer el final de su relación con el torero. Se quedó paralizada y con la mirada perdida mientras el taxi recorría las calles casi vacías de Madrid.

Cuando llegaron al local de la carretera de Barcelona, había bastantes coches aparcados en la puerta. Era uno de los sitios donde se podía concluir una noche de juerga en Madrid. Al entrar, un aire cargado de humo los envolvió a los tres. Cantaba El Cojo de Madrid, que cambiaba palos sin parar mientras bebía manzanilla y comía taquitos de jamón serrano, a invitación de los señoritos que hasta allí llegaban. «¡Estoy *asfixiao*!», no paraba de decir entre canción y canción.

Enseguida les prepararon una mesa y disfrutaron de un flamenco menos refinado que el que habían visto en El Duende. Bebieron sin parar. Se hacían entender con la mímica y algunas palabras sueltas en inglés que hablaba Luis Miguel y algunas en español que chapurreaba Lana Turner.

La ciudad iniciaba el día entre nubes negras que amenazaban lluvia. Cuando salieron del local, las dos actrices se agarraron cada una a un brazo del torero. Se reían sin parar y emulaban a las bailaoras que acababan de ver, zapateando en el suelo. Estaban completamente desinhibidas. Las dos querían llevarse a la cama al torero, pero a él solo le interesaba Ava. Estaban ebrias y Luis Miguel tomó la decisión de dejarlas en casa de los Grant.

—Voy a La Moraleja y allí os dejaré a las dos. ¿Os parece bien?

Las dos se reían sin parar y no eran capaces de emitir ni una sola palabra.

Luis Miguel llegó hasta esta zona residencial de Madrid y las bajó una por una del coche. Habían perdido la noción del tiempo y de las palabras. Primero sacó a Lana y, como pudo, llegó hasta la puerta de los Grant. Una joven del servicio se hizo cargo de ella. Se fue a por Ava, pero antes de cogerla en brazos, la miró de cerca, ella abrió los ojos y se besaron. Fue un beso entre sueños y efluvios de alcohol. Un beso largo, pasional. Lo repitieron. Salió otra vez la misma chica de servicio y Luis Miguel cogió a Ava en volandas para sacarla del coche. La metió dentro de la casa y la dejó sobre la cama del dormitorio que tenían preparado los Grant para ella. Luis Miguel se despidió del servicio. Cuando se cerró la puerta a sus espaldas pensó en Ava. Tenía la completa seguridad de que le haría perder la cabeza. Era diferente a todas las demás.

6

—¡Señorito! ¡Señorito! ¡Despierte! —María, la muchacha que servía en casa de los Dominguín, llamaba con insistencia a la puerta de la habitación del torero.

Era la una de la tarde y el doctor Manuel Tamames había acudido a casa de Luis Miguel, tal y como le había solicitado Antonio Suárez, *Chocolate*, el día anterior. Mientras Luis Miguel se desperezaba, su madre —doña Gracia— daba conversación al médico en el que tanto confiaba toda la familia. Le ofreció un vaso de vino.

—Doctor, no hay día que le vea a usted que no me acuerde de Manolete. Si en lugar de encontrarse en Madrid, cuando le llamó mi hijo, usted hubiera estado en Linares durante la corrida, el torero no se muere —afirmó la madre de Luis Miguel.

—Yo le puedo asegurar que cuando llegué a Linares y vi a Manolete, aunque estaba recostado en la cama fumándose un cigarrillo, le dije a José Flores, *Camará*, su apoderado: «Este hombre se muere. Tiene un *shock* irreversible. No puede remontar». Ya no había nada que hacer. A las cinco de la mañana moría.

—Menos mal que mi hijo ha dejado los toros. Pero sé que no es para siempre. Lo sabemos todos —manifestó con preocupación.

—Su hijo ahora tiene que recuperarse de una cogida muy

grave y de una mala operación. No todos los quirófanos están igual de preparados.

—Más que los quirófanos, los médicos. Nosotros le tenemos a usted mucha fe.

—Muchas gracias. Es usted muy amable, doña Gracia.

—¿Cómo están sus hijos?

—Muy bien. Estudiando mucho. Ya sabe que yo soy muy exigente con ellos. Los mayores apuntan a que serán buenos médicos.

—Tienen buen maestro, la verdad.

En ese momento de la conversación apareció la joven María —bien entrada en carnes, pero atractiva— para avisar al médico de que ya podía pasar a la habitación del torero. Tamames apuró su vaso de vino antes de coger su sombrero y el maletín y atravesar el inmenso pasillo de aquella casa de los Dominguín, en la calle Príncipe 35, en pleno corazón de Madrid.

Era una casa cómoda, sin ninguna ostentación. No tenía el blasón del lujo que tanto gustaba a los toreros con éxito. Y, sin duda, si alguien gozaba de popularidad era Luis Miguel Dominguín. A pesar de eso, no había una decoración pretenciosa ni nada que indicara que los toros habían dado mucho dinero al pequeño de la saga.

—¡Pase, doctor! —sonó la voz de Luis Miguel desde la habitación. Fumaba un cigarrillo rubio sin filtro de forma parsimoniosa.

Cuando el médico entró estaba en la cama. Desnudo de cintura para arriba. Tan solo ataviado con un calzoncillo blanco que dejaba ver todos los costurones y cicatrices que tenían sus piernas y su abdomen tras tantos años de toreo y de cornadas, a pesar de su juventud.

—Doctor, perdone que le reciba en la cama. Ayer o, bueno, mejor dicho, esta mañana me acosté tarde. Ya sabe que no estoy en activo y procuro divertirme.

—Pero sigues convaleciente. ¡Ten cuidado! Tu pierna no está para muchos trotes. Déjame echar un vistazo.

El médico abrió el maletín y primero le auscultó con su fonendo. Después le tomó la tensión y, por último, revisó con minuciosidad la cicatriz de la última operación que tuvo que hacerle tras la cogida de Caracas. Permanecían los dos en silencio hasta que Luis Miguel tomó la palabra.

—Me encuentro bastante bien, pero arrastro un poco la pierna. Imagino que eso es normal, ¿no, doctor?

—Tienes que hacer una buena rehabilitación si no te quieres quedar con una ligera cojera. Imagino que desearás volver cuanto antes a los ruedos, ¿me equivoco?

—Se equivoca en lo de volver a los ruedos, pero en lo de que no deseo cojear, ¡por supuesto que acierta! De todas formas, quería hacerle una proposición. Por ese motivo le he hecho llamar.

—¿De qué se trata? —El médico se sentó a los pies de la cama.

—Sabe, doctor, que después de la muerte de Manolete le pedí que me acompañara a muchas corridas en las que la enfermería de la plaza era deficiente. Ahora le ruego que, el día que decida volver, me acompañe a todas. No a una o dos al mes. Me gustaría que viniera conmigo a todas sin excepción alguna. Va mi vida en ello. Sería esa la única manera en la que yo regresaría a los ruedos. Ya no me fío de nadie que no sea usted.

—Eso no puede ser, Luis Miguel. Sabes que tengo mi clientela y no puedo dejar a los pacientes tanto tiempo.

—Si es cuestión de dinero, dígame cuánto quiere ganar.

—Me resulta muy difícil evaluar lo que dejo de ganar para pedirte una compensación.

—Pues tire hacia arriba.

—Afortunadamente, no toreas todos los días... No sé. Podría llegar a un acuerdo si los días que estés sin torear yo vuelvo a mi casa con mis hijos y a mi consulta. De modo que quieres que esté contigo en tus salidas a América y en todas las corridas que hagas por España, pero...

—¿De qué pero me está hablando?

—Es que eso va a suponer mucho dinero, Luis Miguel.

—Dígame cuánto.

—No sé, tendré que organizar un instrumental propio. Eso requiere material especial esterilizado que deberá viajar en una especie de bombona que lo mantenga herméticamente cerrado. Vamos a requerir plasma y sangre tuya, que iremos sacándote cada mes para hacer nuestro propio banco de sangre. También necesitaremos para su conservación una nevera. Es un lío, Luis Miguel.

—Usted no me diga lo que necesita, dígame de cuánto dinero estamos hablando.

—Pues no menos de tres mil pesetas diarias.

—¡Hecho!

Se dieron la mano y cerraron el acuerdo. Tres mil pesetas diarias era mucho dinero, pero Luis Miguel no había pestañeado cuando el doctor Tamames dijo la cantidad. Estaba claro que no quería pasar más calamidades en los ruedos. Su seguridad no tenía precio. Tamames se quedó sin palabras cuando, sin titubear, le dijo que sí. No hubo regateo, sino un apretón de manos.

Luis Miguel siempre tenía en la mente la muerte de Manolete. Habían pasado casi seis años y todavía podía sentir el olor a sangre de aquella tarde y podía ver la cara del torero desangrándose en aquella enfermería de Linares en la que todos los esfuerzos resultaron infructuosos.

—Doctor, si usted hubiera estado en Linares durante aquella corrida conmigo en Caracas, hoy Manolete viviría y yo tampoco tendría la pierna así.

—La medicina es una vocación y un arte. Mira, ahora tengo a tres hijos estudiando medicina, como yo.

—¿A tres?

—Sí, a los tres mayores: José Manuel, Rafael y Ramón. Y a los tres les obligo a no matricularse de todas las asignaturas a la vez. Tienen que ir poco a poco, porque detrás de nuestro trabajo de médicos hay seres humanos. Tienen que saberse el temario de todas las asignaturas al dedillo.

—Menudo es usted de perfeccionista. ¡Por eso le necesito a mi lado!

—¿Dónde está tu padre? Me resulta raro no verle por aquí.

—Se ha ido a La Companza, a la finca. Está con Chocolate, y eso que la relación entre los dos se nota algo tensa. Mi padre está rarísimo.

Entró María con un café para Luis Miguel y un vaso de vino para el doctor. Este se fijó en la muchacha que llevaba la bata a rayas entreabierta. Le cerraba con dificultad. Una vez que salió de la habitación, el torero habló en tono confidencial al médico.

—Esta chica trae a mi madre por la calle de la amargura. Está celosa de los ojos con los que la mira mi padre.

—¡Ah, las mujeres! Nunca llegaré a entenderlas, y eso que me gustan tanto como a ti.

—Como a todos en esta familia, para ser más exactos.

Después de compartir unas risas, el médico le habló en voz baja:

—Yo juraría que esa chica está embarazada...

—¿Cómo dice? —se sorprendió Luis Miguel.

—Me da la impresión, por sus piernas, sus pechos y sus carnes de que está comiendo por dos porque está embarazada. Tampoco pasaría nada. Me parece algo natural. ¿Está casada?

—No. Espero que su ojo clínico falle en esta ocasión y simplemente esté entrada en carnes. Aunque es verdad que desde hace unos meses su cuerpo ha empezado a cambiar. Pero pensamos que come más porque se la ve nerviosa.

—Bueno, Luis Miguel, no me meto en lo que no me importa. Seguramente tengas razón. En fin, tú empiezas el día, pero yo me tengo que ir a comer con mis hijos y después a mi tertulia de republicanos, ya sabes. —Se levantó y le dio la mano.

—Me alegro mucho de que haya decidido acompañarme a donde vaya cuando regrese a los ruedos.

—Luis Miguel, tú te quedas tranquilo, pero a mi cuñada le va a dar algo cuando le diga que se quedará sola a cargo de los niños. ¡Son cinco!

—Un viudo como usted lo que tiene que pensar es en volver a casarse.

—¡Eso sí que no! Con dos mujeres ya tuve suficiente. —No dijo nada de que ambas, la madre de sus hijos y su amante, se habían suicidado. Luis Miguel y todo su entorno lo sabían—. Bueno, empezaré a preparar el equipo para cuando decidas regresar a los toros. En dos o tres semanas, que ya estarás más recuperado, te empezaremos a sacar sangre. ¿De acuerdo?

—De acuerdo, doctor.

Tamames salió de la habitación y Luis Miguel se tumbó de nuevo. Se encontraba cansado. Cerró los ojos. No le dio más importancia al comentario del doctor. María seguro que no estaba embarazada... Siguió con los ojos cerrados y apareció en su mente la imagen de Ava Gardner mirándole a través del espejo retrovisor. ¡Era la mujer más bella que había visto nunca! Sus ojos felinos, su risa, su boca, su cuerpo... Deseaba verla de nuevo. Si hubieran salido solos, se decía a sí mismo, habrían acabado juntos en la habitación de cualquier hotel. Estaba seguro. Pero China y Lana Turner impidieron que ambos siguieran su instinto.

—¡Miguel, te están esperando en la Cervecería Alemana! Tu cuartel general.

Apareció Marcelino Cano. Un hombre de cuarenta y nueve años nacido en Madridejos, Toledo. Tenía la voz aflautada y aspecto de niño. Había dejado de crecer a los ocho años por una enfermedad de la hipófisis que detuvo su desarrollo. Su pequeña estatura —un metro escaso— provocaba más de un equívoco cuando iba por la calle con un cigarrillo o con un puro en la boca ya que vestía con pantalones por la rodilla y calcetines a media pierna. Había pasado de ser el más ferviente admirador de Luis Miguel, desde que tomó la alternativa en La Coruña, a ser su hombre imprescindible allá donde fuera. Era muy instruido, trabajaba como bibliotecario y le iba proporcionando los libros que consideraba necesarios para su formación. El torero suplía sus pocos estudios con las lecturas recomendadas por su pequeño y culto amigo, así como con las interesantes conversaciones de los intelectuales con los que le gustaba rodearse y aprender.

—¿Quién me espera?

—Tu hermano Domingo y parte de tu cuadrilla. Ya sabes que Chocolate está con tu padre.

—Vale. Llama a María, por favor.

Al rato la muchacha entraba en la habitación. Luis Miguel seguía en calzoncillos, sin tan siquiera taparse al entrar la criada.

—María, dame un pantalón y una camisa.

—Sí, señorito.

—¿Te encuentras bien? No parece que tengas buena cara —le dijo para sonsacarle.

—Llevo un tiempo un poco pachucha. ¿Por qué me lo pregunta? —Él no contestó—. Me ha dado por comer y siempre tengo ganas de arrojar.

—¿No deberías ir a un médico? —preguntó Luis Miguel, vistiéndose delante de ella y de don Marcelino.

—¿Para qué? Salvo esas ganas de arrojar después de comer, estoy bien.

—¿No estarás embarazada?

—¡Qué cosas tiene, señorito! —Se quedó blanca.

Don Marcelino se sentó a los pies de la cama mientras la muchacha se excusaba y salía de la habitación. El torero, después de un rato pensativo, preguntó a su pequeño amigo:

—Marcelino, ¿qué tal se te da el inglés?

—Me defiendo algo. ¿Por qué?

—Me tienes que dar clases aceleradas. Necesito aprender inglés cuanto antes.

—No te preocupes. ¿Por qué tantas prisas?

—Porque cada vez tengo más amigos americanos y no quiero hacerme entender solo a través de la mímica y las cuatro palabrejas que todos sabemos.

—Empezamos cuando quieras. Pero, mejor que yo, te daré varios libros para comenzar. No tengo ningún problema para venirme contigo y aprovechar los huecos que tengas para practicar inglés.

—Pensaré lo que me dices. De momento, hazme llegar los libros.

Al poco rato, ambos salieron a la calle. Resultaba curioso ver al largo y espigado Luis Miguel al lado de un hombre tan pequeño que le llegaba a la cintura. De espaldas parecía que un niño acompañaba al torero. No tuvieron que andar mucho. Diez minutos más tarde entraban en la Cervecería Alemana de la plaza de Santa Ana. Su hermano Domingo se encontraba con Ramón, el dueño del bar, sirviendo cervezas. Los Dominguín tenían allí su cuartel general. El hermano mayor estaba siempre de broma.

—¡Invita la casa a una ronda!

Los clientes celebraron mucho la iniciativa de Domingo. El dueño le dejaba hacer y deshacer. Los Dominguines eran uno de los atractivos de aquel lugar.

—¡Miguel! Vienes en compañía de don Marcelino. ¿A estas horas no debería estar usted trabajando en la biblioteca? —Era el único del grupo, junto con su padre, que le llamaba de usted.

—¿Quiere callarse? —le respondió don Marcelino con voz chillona.

—Díganos, ¿por qué se cargó a los sesenta o setenta segadores de Tembleque?

—¿Quieres dejarlo, Domingo? —intervino Luis Miguel.

—Yo no me cargué a nadie, cuántas veces se lo tengo que decir. Yo solo los metí en la cárcel por intentar cachondearse de un tribunal serio.

—Menudo tribunal! La máxima autoridad medía un metro. Un tribunal que solo hacía una misma pregunta a todos: ¿dónde estaba usted el 28 de julio de 1936? Pues qué quería que le dijeran. ¡Que estaban segando!

—Me parece, joven comunista, que confunde usted el culo con las témporas. ¿Qué tiene que ver la estatura con la inteligencia, ni con la justicia? —Parecía que crecía a medida que chillaba.

—¿Fusiló o no a todos esos segadores? ¡Diga la verdad!

—¡Cállese, rojo de mierda! —soltó don Marcelino, que cuando le picaban se ponía de muy mal humor, y eso a los Dominguín les hacía mucha gracia—. Yo soy un hombre con conciencia y ayudé a muchos de aquellos energúmenos a que fueran a campos de concentración en lugar de ser fusilados. Usted no puede decir lo mismo porque ha matado rojos, cosa que yo no. ¿Le tengo que recordar que usted fue voluntario en la Segunda Bandera de Castilla? ¡Falangista fracasado!

—Rectificar es de sabios. Eso no quita que usted sea un mentiroso, porque toda aquella gente fue fusilada en otro lugar fuera del pueblo, pero los fusilaron. —A Domingo le encantaba sacar de sus casillas a don Marcelino y siempre lo conseguía.

—Usted es un gilipollas. ¡Menudo comunista! Así yo también digo que lo soy yendo a los mejores hoteles, vistiendo como un príncipe, comiendo caviar, bebiendo champán, coñac, fumando unos habanos que Dios tirita...

Entre risas, Luis Miguel levantó en volandas a su pequeño amigo y dio por zanjada la discusión. Lo llevó consigo a la mesa donde estaba parte de su cuadrilla. Hasta el corpulento picador Epifanio Rubio, *el Mozo*, rompía su seriedad y sonreía. Su primo Domingo Peinado, el banderillero Paco Balbuena y el entrañable Bizco aplaudían las malvadas intenciones del maestro. La clientela no se extrañaba y disfrutaba con el cruce de insultos y reproches entre el primogénito del clan de los Dominguín y don Marcelino Cano. No era la primera vez que lo hacían. Todos le rieron a Luis Miguel la gracia de dejar a su amigo colgado de un perchero. Don Marcelino pataleaba y maldecía a los allí presentes. La clientela volvió a tomar una nueva ronda a cargo del dueño del local.

7

Ava Gardner se levantó a la hora de la comida. Los Grant la esperaban en el salón tomando el aperitivo con Lana Turner, que también había pasado allí la noche. Cuando Ava apareció sin maquillar estaba igual de guapa que cuando salía con sus ojos pintados y su boca de carmín rojo pasión. Se había puesto un pantalón ajustado capri y una camisa. Se paseaba con los pies descalzos.

—Buenos días... Tengo una resaca enorme. Lana, creo que ayer me pasé un poco con el vino y el flamenco.

—Nos pasamos... pero lo repetiría una y mil veces. Fue una noche inolvidable.

—Fuisteis con el torero Luis Miguel Dominguín, ¿no? —preguntó Frank Grant.

—Sí, y me encantaría volver a verlo —confesó Ava, sentándose de manera informal sobre una de sus piernas en el sofá del salón—. Creo que a su lado me puedo olvidar de Frankie.

—Por cierto —le dijo Doreen—, tu marido te ha llamado diez veces desde Estados Unidos. Quiere comunicarte que viene de gira a Europa.

—¡Oh, no! Ya sabes lo que significa: discusiones, numeritos, celos... No quiero saber nada de él.

—Querida, me parece que no vas a tener más remedio que escucharle. ¡Es tu marido!

—¡Calla, Lana! Será mi marido por poco tiempo. De hecho, ya ves cómo convivimos. ¡Somos la pareja perfecta!

Frank se acercó y le puso en la mano un martini recién preparado.

—¡Toma! Ahora no te agobies y disfruta de tu estancia en España. ¿Qué tal si mañana nos vamos a Sevilla?

—¡Estupendo! —Ava le dio un sorbo a su copa.

—Bueno, yo os dejo —intervino Lana—. Me tengo que ir. Debo hacer hoy un montón de gestiones y papeleos. Ya sabes dónde estoy, Ava. Me encantará volver a salir una noche contigo. ¡Querida, no dejes de llamarme!

—Descuida. ¡Claro que lo haré!

Lana iba vestida de calle con un traje que le había prestado Doreen y llevaba colgando del brazo el vestido de la noche anterior. Nada más quedarse solos el matrimonio Grant y Ava, sonó el teléfono. A los pocos segundos apareció una de las dos jóvenes del servicio y le comunicó a Ava que tenía una llamada.

—Señorita Gardner, es una conferencia con Estados Unidos. La llama su marido.

—¡Parece que me huele! ¿Os dais cuenta? No me deja ni a sol ni a sombra. ¡Dígale que no me he levantado todavía!

—Lo siento. He dicho que se acababa de levantar.

—¿Por qué tienes que dar información a quien llama? —le recriminó Doreen.

—Está bien, está bien. No pasa nada. En algún momento tendré que contestar a sus llamadas.

Al ver que la joven del servicio se llevaba una regañina de Doreen, Ava se levantó y se dirigió hacia el teléfono.

—¿Sí?

—Señor Sinatra, ¡su mujer al teléfono! ¡Hable! Le está escuchando —se oyó a la telefonista.

—Querida, ¿cómo estás? No sé nada de ti —hablaba con naturalidad, como si no hubieran existido discusiones entre ellos.

—Estoy bien, muchas gracias por preocuparte. —Ava adoptó un tono distante.

—Nena, tengo muchas ganas de verte y creo que va a ser pronto.

—¿Sí? No me digas... —No mostró ilusión alguna por las palabras que le dirigía su marido.

—Cielo, he visto un pase previo al montaje definitivo de la película *De aquí a la eternidad*. Creo que el papel de Maggio me pondrá otra vez arriba. Todos mis compañeros de rodaje lo dicen. Pero bueno, ahora estoy organizando una gira para estar cerca de ti mientras ruedas tu próxima película. Cantaré en Nápoles, Roma, Milán... ¿Qué te parece?

—¿Eso quiere decir que me vas a montar un numerito durante mi estancia en Europa?

—Nena, sé que estás enfadada conmigo, pero tomaste unas decisiones que me afectaron mucho. Ni tan siquiera me consultaste y tú sabes la ilusión que me hacía tener un hijo tuyo.

—Si vas a empezar por ahí, te cuelgo. No quiero ningún sermón de los tuyos.

—No, no, todo lo contrario. Quiero que pensemos en esta gira mía como una segunda luna de miel. Vamos a intentarlo de nuevo. Nos queremos, nos amamos, pero parece que no podemos estar juntos.

—Hay amores que matan. Yo necesito tranquilidad. No estoy dispuesta a llevarme más disgustos a tu lado.

—Solo te pido que me acompañes. Dame esta segunda oportunidad. Te demostraré que he cambiado. Todo aquí me indica que mi nombre vuelve a salir a flote. También he conseguido que me represente la agencia William Morris, ya me han puesto un contrato discográfico en las manos con Capitol Records. Vuelvo a ser el de antes. Insisto, dame otra oportunidad.

—Me lo pensaré... —dijo Ava despechada—. Además, no depende de mí. En un mes comienzo el rodaje de *Los caballeros del rey Arturo*.

—Estaré en Europa en un mes o mes y medio. Lo que tarde en grabar el nuevo disco. Me va a ayudar Nelson Riddle, será el arreglista y el director. Buscan un nuevo estilo y un nuevo sonido, más insinuante y con más ritmo. Solo faltas tú para que vuelva a ser feliz. Tienes tiempo para pensártelo. Puedes pedir a la Metro que te den unos días más.

—De acuerdo. Me lo pensaré. Ya sabes que mis relaciones con la Metro no están en su mejor momento. De todas formas, no puedo asegurarte nada. Ahora me iré a Sevilla los próximos días. Será difícil que me localices. Además, es mejor así. No hagas por localizarme. Te llamaré yo cuando llegue a Londres.

—Esperaré ese momento. No dejes de hacerlo. Nena, estoy deseando volver a verte. ¡Te quiero!

Ese te quiero de Frankie le provocó a Ava un escalofrío que recorrió todo su cuerpo. Se quedó sin aliento durante unos segundos.

—La conferencia ha terminado —sonó la voz de la telefonista.

Ava colgó y se quedó muy pensativa. La voz de Frank Sinatra removía todos los monstruos del pasado. Sentía hacia él odio y amor. Las dos cosas a la vez. Deseaba no volver a verle en la vida y, al mismo tiempo, esta proposición de acompañarle le parecía una buena idea. Se habían amado como dos adolescentes, el problema siempre era el mismo, la convivencia. No podían estar juntos sin insultarse y echarse en cara mil y un reproches.

Frank Grant le acercó el martini seco que le había servido antes. Ava se lo bebió de un sorbo. Nadie se podía imaginar el daño que le hacía volver a oír la voz de su marido. Era evidente que todavía sentía algo por él.

—¿Comemos algo? —propuso Doreen, invitándola a pasar al comedor.

Ava siguió con sus pensamientos durante unos minutos sin

pronunciar una sola palabra. Las doncellas servían los platos. La actriz tenía la mirada perdida hasta que volvió a hablar.

—Me pide que le acompañe en una nueva gira por Europa. Le da igual que yo tenga un compromiso con la Metro en Londres. Cree que le voy a seguir como si fuera su perrito faldero. Me habla de una segunda luna de miel. Ahora parece que todo le sonríe otra vez, pero a mí me pilla cansada. Durante meses, todo lo que he ganado ha sufragado sus insensateces.

—Bueno, ahora no le des vueltas a lo que has hecho por él. Tu marido intenta no perderte. Hasta cierto punto es comprensible lo que está haciendo —afirmó Frank Grant—. Piensa en lo que tuvisteis que pasar hasta que conseguisteis el divorcio de Nancy y las críticas de la prensa. El camino ha sido muy duro como para tirarlo todo por la borda.

—Frank tiene razón —intervino Doreen—. No pierdes nada por intentarlo de nuevo. Muchos no daban un dólar por vuestro matrimonio. Al menos, que no se salgan con la suya. Está bien que lo pelee. Yo haría lo mismo.

—Me pone mala. Le amo como jamás he amado ni amaré a otro hombre, pero ya no puedo más. Me faltan las fuerzas. Todo resulta maravilloso mientras estamos en la cama, pero según pongo un pie en el suelo, mi vida a su lado se convierte en un infierno. Mi matrimonio con Frankie está acabado. No tiene solución.

—No pierdes nada por pasar con él unos días en Italia. A lo mejor es cierto que ha cambiado de actitud.

—Ya no me creo sus promesas. Le amo más cuando estamos lejos porque cerca no le soporto. Solo le importa lo que tiene que ver con él. No me pregunta cómo estoy. Él, él y siempre él. Los demás no existimos, no sentimos, no tenemos corazón. Solo me quiere en función de sus necesidades. Con Frankie solo tienes que escuchar. No le interesa lo que te pasa por dentro, ni cómo estás, ni si sientes o padeces... ¡Oh, le odio! ¡Quiero que me deje en paz!

Sonó de nuevo el teléfono. Ava se quedó muda. Pensó que era otra vez Frankie desde Estados Unidos. Levantó la vista del plato buscando la mirada cómplice de la muchacha del servicio.

—Preguntan por usted, pero no es una conferencia. Se trata de un caballero.

—Déjeme. —Doreen se levantó enfadada. Cuando el servicio estaba, Ava parecía que no tenía la misma disposición que cuando se encontraban solos—. ¿Quién es? —preguntó a través del auricular.

—Soy Luis Miguel Dominguín. Pregunto por Ava. La dejé muy mal esta mañana. ¿Cómo se encuentra? Solo quería saber si está bien.

—¡Luis Miguel! ¡Qué alegría oírte!

Al oír su nombre, a Ava se le iluminó la cara. El torero se interesaba por ella.

—Está estupendamente. Mira, vamos a empezar a comer. ¿Quieres que le transmita algo? —preguntó Doreen.

—Sí, pregúntale si le apetece que vayamos esta noche a cenar al Riscal con unos amigos. Sería para mí todo un honor.

—Espera un momento. —Doreen tapó el auricular—. Me pregunta Luis Miguel si te apetece ir a cenar con él y unos amigos a un restaurante estupendo de Madrid.

—¡Por supuesto! Dile que sí. Necesito salir y divertirme. ¡Quiero olvidarme de Frankie!

—Luis Miguel, me dice Ava que estará encantada de acompañarte.

—Pues la recogeré a las nueve de la noche.

—Muy bien. Aquí te estará esperando.

Cuando Doreen colgó el teléfono, Ava sonreía. De repente le entró un apetito feroz. Parecía otra mujer. Bien diferente a la que acababa de hablar con su marido.

—No sé cómo os vais a entender —dijo Frank Grant.

—Ni yo tampoco. Sinceramente, no me importa. —Se rieron los tres.

Ava pasó la tarde eligiendo el vestido que se iba a poner para su cita con el torero. Aprovechó también para leer el guion de *Los caballeros del rey Arturo*. Salió un momento de su habitación y le comentó a Frank algo de la película.

—Me parece una auténtica fantochada histórica. ¡Infumable!

Frank dejó de leer el libro que tenía entre las manos para contestarle.

—¿Tan malo es el guion?

—No te puedes ni imaginar. Tipos vestidos con armaduras brillantes, con mi querido Robert Taylor a la cabeza, clavando lanzas a todo el que pasa por allí y corriendo de un lado para otro de la pantalla. Este tipo de dramones históricos nunca han sido mi género favorito.

—No será el tuyo, pero a la gente le encanta.

—A lo mejor no me gusta porque bastantes dramas tengo encima como para hacer frente a uno más en la ficción.

Doreen apareció en el salón al oír la voz de Ava.

—¿Hablas de la nueva película?

—Sí.

—¿Quiénes serán tus compañeros de reparto?

—Robert Taylor como Lancelot y Mel Ferrer como el rey Arturo.

—¡Vaya! ¡Qué suerte tienes!

—Sí, lo mejor de la nueva película son ellos. El guion no tiene desperdicio.

—Tú eres Ginebra, ¿no? —apuntó Frank.

—Sí. Suena bien, pero si leyerais el guion entenderíais lo que estoy diciendo. ¡Apesta!

—Eres muy exagerada, Ava. No tienes término medio.

—Te aseguro que la película solo tiene batallas y me meten a mí en mitad de tanto sonido de armaduras y duelo de espadas con un diálogo malísimo.

—Pues Richard Thorpe, el director, es un veterano de la

Metro —apuntó Frank, que se conocía a todos los profesionales del cine—. Ha hecho buenas películas. La última con gran éxito: *Ivanhoe*. Otra historia de capa y espada.

—Yo no digo que sea mal director. Ahí están también los éxitos cosechados con las aventuras de Tarzán. Sin embargo, con esta historia del rey Arturo, nos vamos a estrellar todos. Te aseguro que no pasaremos a la historia del cine.

—Ava, vienes de rodar *Mogambo,* donde todo ha sido una aventura que ha durado dieciocho meses. Te va a costar cambiar de ir casi desnuda a ir parapetada en los trajes de época, pero nada más.

—Tenéis mucha seguridad en Richard. Yo lo único que quiero es coger el cheque y salir corriendo. Bueno, me voy a arreglar.

Ava se retiró a darse un baño caliente con sales. Allí, en el agua, le gustaba permanecer horas. No existía para ella nada más delicioso. El agua caliente conseguía evadirla de su vida incoherente. Le hacía recordar los baños que le preparaba su madre en la pensión de Brodgen donde vivían. Casi podía escuchar las risas de sus hermanos y de las profesoras del colegio a las que atendía Molly, su madre. Tampoco le costaba recordar a su padre. Jonas había renunciado por aquel entonces al sueño de recuperar sus tierras y de dejar un legado para sus hijos. El negocio del tabaco se había acabado y su padre lo único que sabía hacer era cultivar la tierra. Ante la negra oleada de desastres económicos que el país vivió durante 1929 y los años siguientes, su padre dejó de encontrar sentido a la vida. Podía oírle toser las noches enteras. Molly, sin pegar ojo, se levantaba con ánimo para tirar hacia adelante con la pensión, con sus hijos y con su marido. ¡Qué mujer! ¡Cómo la echaba de menos! Su mundo se había alejado por completo de la vida sencilla y humilde de su familia. El único contacto con todos ellos era Bappie, su hermana mayor, que tantas veces la acompañaba en sus viajes. Ahora, volverían a encontrarse en

Londres y le hacía ilusión que le diera pormenores de toda la familia.

Una de las chicas interrumpió sus pensamientos para pedirle que se diera prisa. Faltaba solo una hora para que llegara su cita a buscarla.

—Señora Sinatra, si quiere la ayudo a salir del baño.

—¡Oh! Por favor, no me vuelvas a llamar así. Soy Ava Gardner, y punto. Pasa, pasa...

Ava salió del baño y mostró su cuerpo desnudo sin ningún pudor a la joven sirvienta. Esta pudo apreciar su silueta escultural sin las trampas del cine. La envolvió con una enorme toalla y se afanó en secarla. La actriz parecía absorta en sus pensamientos.

—¿Quiere que la ayude a vestirse? —preguntó la joven.

—Sí, por favor. El traje que quiero llevar es el de lamé dorado, el brillante, y las sandalias a juego.

La joven admiró aquel vestido. Parecía salir de un sueño.

—¿Le ayudo con su ropa interior?

—No, vísteme sin más.

No quiso ponerse sujetador ni culotes ni tampoco combinación alguna. Su cuerpo desnudo solo llevaba encima el traje dorado de lamé.

—Como ves, no puedo llevar sujetador porque el vestido tiene un hombro al aire.

—De todas formas a usted no le hace falta llevar nada para que uno pueda apreciar el cuerpo que tiene. A pocas personas he visto tan hermosas como usted.

—Muchas gracias. ¿Cómo te llamas?

—Catherine.

—Pues, Cathy, aprende que nadie te va a querer más que tú a ti misma. Es mentira que los hombres nos amen. Solo se quieren a ellos mismos. ¿Estás enamorada?

—No, señora.

—Pues mejor para ti. Los hombres han hecho de mí lo que

han querido. Me han usado y luego me han tirado como si fuera un pañuelo con mocos. Todos mis maridos me han utilizado, me han querido cambiar y convertirme en la persona que no era y luego, cuando se han dado cuenta de que no podían hacer conmigo lo que deseaban, me han tirado a la basura. ¡No hay que confiar en los hombres! Y si al final nos fiamos de alguno, que haga lo que nosotras queramos y no al revés. Si somos sus marionetas, estamos perdidas. ¿Me has entendido?

—Sí, señora.

—¿Me ayudas a peinarme y a pintarme las uñas?

—Será un honor para mí.

—Mira, píntamelas de rojo.

Cuando estuvo completamente arreglada, pidió a la joven Cathy que le alcanzara su sofisticado perfume.

—Échame, por favor.

La muchacha apretaba la válvula de aquel frasco y no paró de dar vueltas en torno suyo a medida que impregnaba a la actriz de un olor extraordinario. Parecía que toda la primavera hubiera llegado de golpe a aquella habitación.

—Ya puedes marcharte. Has sido de una gran ayuda.

Ava se quedó sola y se pintó la boca de rojo y bordeó los ojos de negro con una gran maestría. Había aprendido observando a las maquilladoras en los rodajes de las películas. Se puso en el cuello un colgante de rubíes a juego con los pendientes. Echó en una cartera de mano el carmín y un espejo. Nada más. Estaba convencida de que esa noche no dormiría en casa de los Grant.

Sonó el timbre de la puerta, pero no quiso salir a recibir a Luis Miguel. A los hombres hay que hacerles esperar, pensó. Al rato, la joven Cathy llamaba a su habitación.

—El señor Dominguín está en el salón.

—Muchas gracias, ¡ya salgo!

Escuchó que los Grant hablaban con el torero y decidió

hacer una de esas entradas que en las películas impactan tanto al espectador. Luis Miguel sujetaba una copa en una mano y en la otra un cigarrillo recién encendido. Cuando la vio entrar en el salón como si fuera la estrella más rutilante del firmamento, se quedó sin aire. Igual que si un toro le hubiera dado un topetazo en el pecho. Tuvo que apagar el cigarrillo en un cenicero de forma precipitada antes de articular palabra.

—No he visto a nadie tan bello en todos los días de mi vida. Ava, eres un espectáculo para los ojos.

Aunque Ava no sabía español, entendía que lo que le estaba diciendo era elogioso. Solo había que verle la cara. Sintió fuego en sus labios cuando besó su mano. Los dos ardían de deseo.

8

Cigarrillo les esperaba con la puerta del coche abierta. El conductor sabía que la noche sería larga. Se lo había dicho el maestro y él estaba acostumbrado a esperar.

Esa tarde, Luis Miguel le pidió a sus hermanas, Carmina y Pochola, que sacaran de compras a Noelie Machado. Bajo ningún concepto podía regresar al hotel. Ellas sabían lo que eso significaba. La China debería dormir en la habitación de invitados de su casa en la calle Príncipe. Doña Gracia no consentiría que durmiera en la de Luis Miguel. Había que mantener las formas entre sus cuatro paredes. El torero se había excusado diciendo que iba a un tentadero. Le comentó a la joven que deseaba medir sus fuerzas junto a otros matadores de toros, a pesar de estar todavía convaleciente. Sus hermanos Domingo y Pepe tampoco deberían aparecer por allí. Serían sus cómplices. Noelie no sospechó nada y doña Gracia tampoco.

Cuando la pareja entró en el ascensor del restaurante Riscal, en la calle Marqués de Riscal 11, Ava se descalzó. Luis Miguel sonrió ante ese gesto. La miró con deseo y ella contestó desafiante a su mirada. Sabía que esa noche vería con él el amanecer. La puerta del ascensor se abrió cuando el torero se había decidido a besarla. Ella rozó su boca con la suya y caminó hacia la entrada del local con las sandalias doradas en la mano. Los comensales dejaron de hablar. Se hizo un silencio, como siempre que irrumpían en cualquier local. El torero más popular aparecía en la terraza del restaurante con la estrella más rutilante de Hollywood. Vestida de oro, Ava parecía una diosa.

Enrique Herreros les esperaba con un médico amigo de Luis Miguel, Juan Antonio Vallejo-Nágera. Se conocían desde que ambos tenían veinte años y ya habían pasado seis. No solo habían nacido el mismo año —1926— sino el mismo mes: noviembre. El doctor conoció al torero cuando era estudiante, y se hicieron amigos a pesar de ser completamente distintos. «Los polos opuestos se atraen», solía repetir. Disfrutaba estudiando la mente humana. Cada día iba a trabajar al Instituto Provincial de Sanidad, donde ejercía como director de la sección de psiquiatría e higiene mental. Había obtenido la plaza por concurso-oposición. Luis Miguel le gastaba muchas bromas sobre las locuras de sus pacientes.

Allí se habían juntado un dibujante, humorista y director de cine y un médico para acompañar a la actriz y al torero. Ambos hablaban inglés, lo cual facilitaba mucho las cosas.

—Ava, ayer ya te presenté a mi amigo Enrique Herreros. A quien no conoces es al psiquiatra Juan Antonio Vallejo-Nágera.

—¡Oh! Me tiene que dar su teléfono porque estoy a punto de perder la cabeza.

—¡Encantado de atenderla! ¡Será un verdadero placer! —respondió el doctor.

—Serías la loca más bella del hospital —aseguró Luis Miguel.

Pidieron la cena y el torero le enseñó a agradecer en español el servicio a los camareros.

—Muchas *grasias*... —repetía Ava—. Es usted muy amable... *Grasias*, está todo cojonudo... —Todos soltaron una carcajada. Ninguno de los dos amigos le dijo que aquello que acababa de decir era una de las muchas bromas que gastaba el torero a los extranjeros. Fueron cómplices y la dejaron que siguiera diciéndolo toda la noche.

—Este médico que quieres que te estudie la cabeza es uno de los mejores loqueros de España. Durante la carrera ha obtenido veinticuatro matrículas de honor. Es un empollón indomable. Y sigue estudiando a las ratas para sacarse el doctorado. Está peor que sus pacientes. —Todos rieron las ocurrencias de Luis Miguel—. ¡Cuéntale cuando me llevaste a ver a uno de tus pacientes! ¡Dile a lo que sometiste a tu pobre amigo!

—Tengo un paciente que dice ser Luis Miguel Dominguín. Pensé que presentándole al auténtico Luis Miguel, tendría un *shock* y se curaría, pero me equivoqué.

—El loco me dio la mano, sin hacer ningún comentario, y se marchó. Eso fue todo. ¡Menudo tío más raro! —comentó el torero.

—Al final, a fuerza de insistir a mi paciente sobre qué le parecía el hecho de haber conocido al torero, me soltó: «Pero qué médico más tonto. Me presenta a uno diciendo que es Luis Miguel cuando sabe perfectamente que Luis Miguel soy yo». Juro que no invento nada y que es rigurosamente cierto —apostilló el doctor.

—De todas formas, Juan Antonio, dinos qué diferencia hay entre un loco y un torero —preguntó Luis Miguel.

—Ninguna —dijo Herreros, riéndose por la ocurrencia y adelantándose al médico.

—Muy bien, Enrique. Has acertado.

—No hay ninguna porque para ser torero hay que estar loco —apostilló Luis Miguel.

—Bien dicho, menos mal que lo reconoces —remató Vallejo-Nágera.

Volvieron a reírse. La noche transcurrió entre tapas variadas de primero y *steak tartare* de segundo, el plato preferido de Luis Miguel. Ava comía y bebía sin parar. Nadie se podía imaginar que la actriz con un cuerpo tan esbelto cenara tan copiosamente sin sentirse nunca llena. Esa noche estaba bellísima vestida de lamé dorado. Se sentía a gusto. Olvidó sus propios problemas.

—Me encanta vuestra comida. Me voy a tener que venir a vivir aquí.

—¡Será la mejor decisión de tu vida! —afirmó el torero.

—Dime la verdad sobre la personalidad de Luis Miguel —se dirigió al doctor sin ocultar su interés, mientras le miraba a los ojos y jugaba con sus pies descalzos por debajo de la mesa.

—A Luis Miguel le han hurtado su infancia, vinculándole a muy temprana edad a una profesión muy dura y sacrificada. De ahí vienen todos sus problemas. Por eso, no deja de ser un niño grande.

—Bla, bla, bla... Eso son paparruchas de médico loquero. Yo no tengo ningún trauma infantil. El único trauma que tengo está relacionado con no haber conocido a Ava antes. Ese sí que es un trauma.

Rieron la chispa y lo rápidas que eran sus contestaciones.

—Dejemos de hablar de este tío tan largo. ¿Estás preparando alguna nueva película? —le preguntó Enrique, cambiando de tema.

—Sí, una sobre el rey Arturo, pero es malísima.

—Ah, ya. Se trata de una película alimenticia. Solo esperas a recoger el dinero para salir huyendo.

—¡Exacto! La Metro me somete a unas torturas increíbles, pero no tengo más remedio que soportarlas si no quiero tener un verdadero problema.

—Últimamente todo Hollywood se está viniendo a Europa.

—Sí, Estados Unidos nos fríe a impuestos a los actores y tenemos que pasar muchos meses fuera del país si no queremos perder todo lo que hemos ganado.

—Pues nosotros estaríamos encantados de que te quedaras a vivir en España —añadió Luis Miguel.

—Te aseguro que me lo estoy planteando. Cada vez me resulta más interesante quedarme aquí. —Miró con intención a Luis Miguel.

En el local se oían sus risas a distancia. Estaban completamente desinhibidos. Todo se le perdonaba a Luis Miguel y a sus acompañantes. Llegó el momento de cambiar de sitio. El torero se puso su capa y decidió que todos tenían que ir a Arco de Cuchilleros, un tablao en el corazón de Madrid. El doctor se excusó.

—A mí me vais a disculpar. Mañana tengo que ir al hospital. Ha sido un placer conocerte, Ava.

—El placer ha sido mío. Lo mismo te llamo para lo de mi cabeza... ya sabes —le dijo con simpatía, atusándose el pelo.

—Está bien, Juan Antonio. Nunca te perdonaré que no vengas con nosotros, pero sé que todo lo que te digamos va a ser inútil. Tú te lo pierdes... Ya hablaré contigo. Tengo un plan para tentarte próximamente. No me podrás decir que no.

—¿De qué se trata?

—Me han invitado a ir al festival de Cannes y me gustaría que me acompañaras, pero ya hablaremos.

—Hombre, dímelo con tiempo para que pueda pedir permiso en el trabajo. ¡A esa invitación cualquiera dice que no!

—Ya quedamos uno de estos días y te digo con exactitud.

Luis Miguel, Ava y Enrique Herreros entraron en el Cadillac.

—Cigarrillo, ¡llévanos a Arco de Cuchilleros!

—Muy bien —dijo el conductor mientras miraba por el retrovisor cómo se acomodaba el matador de toros.

Enrique se sentó delante con el mecánico y se quedaron Luis Miguel y Ava en la parte de atrás. Los dos se desnudaban con la mirada. Ava sonreía mientras volvía a descalzarse en el coche.

—No soporto los zapatos. Si por mí fuera, iría descalza.

—Por mí, ve como quieras. Lo malo es que todavía no hace calor y te puedes coger un resfriado que te deje en cama todos tus días libres antes de rodar tu próxima película.

—Por nada del mundo me quiero poner mala. Además, necesito pasarlo bien.

Hubo un silencio en el coche y Luis Miguel se acercó poco a poco a la actriz hasta que sus bocas estuvieron tan cerca que sintieron sus respiraciones. Finalmente, la besó. Cigarrillo no perdía ojo mirando con disimulo por el retrovisor. Esbozó algo parecido a una sonrisa. Enrique Herreros se puso a hablar ante el silencio de los ocupantes del coche, desconociendo que en la parte de atrás la pareja se besaba con pasión.

—Tengo pensado hacer una excursión por los Picos de Europa. La montaña se está convirtiendo para mí en una afición tan fuerte como el cine. Voy con un grupo este fin de semana. Estoy tan emocionado que cuento los días con ansiedad. Resulta difícil de entender para los que no lo habéis hecho nunca. ¿Cuál es tu pasión, Ava? —preguntó Enrique.

Ava, que estaba mirando a los ojos de Luis Miguel, tardó en contestar. Necesitaba perderse, olvidarse de su pasado y de su presente.

—Mi pasión, además de los hombres —dijo con picardía—, no es otra que el campo.

—Los hombres lo esperaba, pero ¿el campo? —se extrañó Luis Miguel.

—Sí. Muero por pisar la hierba y por correr descalza. Me siento libre fuera del asfalto de las ciudades. Nací en el rojizo y polvoriento corazón de Carolina del Norte. Me gustaba pasearme por las plantaciones de tabaco. Ese que te fumas —señaló el humo que exhalaba en ese momento Luis Miguel—, hasta que llega a tu boca tiene un largo y difícil recorrido que empieza en enero y termina a finales de verano. Hay que cavar, sembrar, cosechar, cortar, separar y, a veces, incluso dormir en el granero junto al tabaco. Al final, llega agosto o septiembre para preparar las enormes y jugosas hojas para el mercado. Eso lo sabemos los campesinos de allí.

—Todos los Dominguín también somos gente de campo. En eso, y en el gusto por el sexo contrario, somos iguales. —Volvieron a reír durante el trayecto hacia el tablao—. Ahora, yo añadiría a lo que tú has dicho el toro, montar a caballo, cazar... Todo eso forma parte de mi mundo.

—No he cazado nunca. ¿Podrías enseñarme? —preguntó Ava.

—Pues Miguel ha conseguido ser una de las mejores escopetas de España. ¡Hasta Franco le invita a sus cacerías! —comentó Enrique, mientras traducía lo que allí se decía y se adelantaba a la respuesta de su amigo.

—¿De verdad? —quiso saber Ava.

—Sí. Voy a cazar allá donde me invitan y desde hace tiempo lo hago con Franco.

—Desde la corrida de la beneficencia del año 46, ¿no?

—Sí. Creo que sí.

—Le brindó un toro a Franco y a este le gustó su forma de ser. Desde entonces, el único que se atreve a ser insolente e incluso a contarle los chistes que se hacen sobre él es Miguel... Tiene ese desparpajo con todo el mundo.

—¿No te da miedo? —inquirió Ava, extrañada de que alguien le dijera todo lo que pensaba a un dictador.

—A veces las personas que están arriba necesitan a alguien que les diga la realidad y les ponga en contacto con lo que se dice sobre ellos en la calle. Yo no tengo miedo más que al toro. Lo demás, me da igual. Me traen sin cuidado el cargo o el dinero de las personas. —Volvió a dar otra calada a su cigarrillo.

—Ava, créeme, Franco se lo consiente todo. Parece su niño mimado. Y eso que sabe que su familia no respira los aires del espíritu nacional.

—¿Eso qué quiere decir?

—Que en su familia hay republicanos y comunistas. —Hizo

como que tocaba madera dentro del coche—. Y que Miguel ayuda a todos y se lleva estupendamente con el régimen y con los contrarios al régimen.

—Ya, un espíritu libre. Oye, veo que tus amigos te llaman Miguel...

—Lo de Luis Miguel es de cara al público. En realidad me llamo Miguel Luis González Lucas. Por eso, mi familia y mis amigos me llaman Miguel.

—Entonces yo también te llamaré Miguel.

—Llámame como quieras, que me parecerá bien.

—Otros le llaman Lucas o Largo, también atiende por esos nombres —apostilló Enrique, girando su cuerpo ligeramente para mirarles mientras sonreía.

—Me gusta más el nombre de Miguel. Yo, en cambio, soy Ava para todo el mundo. Mi familia hace muchos años me llamaba Liz, por respeto a mi tía Ava, la hermana soltera de mi padre que se vino a vivir con nosotros a Grabtown. Pero yo reclamé mi nombre en la adolescencia y así se quedó.

—Más que nada, lo que hace precioso a tu nombre eres tú —le dijo Miguel y tradujo Enrique.

—¡Vaya piropazo te acaba de echar! —apostilló Herreros.

Bordearon con el coche la plaza Mayor y no tardaron en llegar al tablao que emergía en pleno Madrid castizo de calles estrechas y adoquinadas.

—¡Déjanos en la puerta, Cigarrillo!

—Como usted quiera, maestro.

—Nos vienes a buscar a las dos de la mañana.

—¿Tan temprano? —preguntó Enrique Herreros extrañado.

—Sí, hoy sí. Tengo cosas que hacer. Pero tú sigue sin nosotros.

—Eso haré...

—Pues a las dos en punto aquí —repitió el mecánico su orden.

Aunque Ava no comprendía todo lo que se hablaba, había

entendido lo de las dos. Imaginaba que Luis Miguel tenía otros planes para ella. No dijo nada. Sabía que esa noche no la pasaría en casa de los Grant. Se lo había advertido a Doreen, aunque todavía no había hablado con el torero. Pero existían cosas que no se necesitaban verbalizar. Lo de ella con Luis Miguel era algo de piel, una atracción irrefrenable a la que deseaba sucumbir. Se preguntaba con curiosidad qué tipo de amante sería.

Entraron en el tablao. El local exhibía las divisas de diferentes ganaderías a modo de ornamentación entre las paredes de madera y ladrillo.

—Verás que este sitio es muy simpático —le explicó Herreros a la actriz—, porque los cantantes y bailaores hablan con el público. Resulta muy curioso. Vale la pena vivirlo.

En la sala estaban dos bailaores taconeando y cinco mujeres dando palmas, siguiendo el ritmo que imponían dos jóvenes con sus guitarras. Ellas iban vestidas de gitana con claveles rojos y blancos prendidos en el pelo.

Los llevaron a una de las mejores mesas, y Ava ya no tuvo ojos más que para los artistas. Aquel ritmo la apasionaba. Intentaba seguir la música con las manos. Luis Miguel pidió vino y algo con lo que ralentizar el efecto del alcohol. Los camareros le trajeron unas migas que la actriz celebró mucho.

—Muchas gracias, es cojonudo —le dijo al camarero, que esbozó una sonrisa.

Luis Miguel y Herreros se miraron y rieron sabiendo que esa expresión era impropia en su boca.

—¿He dicho mal la frase? —preguntó Ava divertida.

—No, no. Lo has dicho de maravilla —le aseguró Luis Miguel entre carcajadas.

Los interrumpió el alborozo de varios extranjeros que se pusieron de pie mientras gritaban: «¡Bravo! ¡Bravo!». El ambiente se caldeó de tal forma que Ava movía sus manos, imitando lo que hacían las bailaoras. En un momento determinado, Luis Miguel le dijo que se subiera, si quería, a la mesa.

—¡Hazlo! Nunca pasa nada. Te aseguro que si un día me pongo aquí mismo a orinar, nadie me diría nada.

—Tiene pase para eso y mucho más. ¡Súbete a bailar a la mesa si quieres! —la animó Enrique Herreros.

Ni corta ni perezosa, Ava, con la ayuda de Luis Miguel, posó sus pies descalzos sobre la silla y dio un salto a la mesa previamente despejada por un camarero a la llamada del torero. De pronto, el nivel de palmas y olés subió en aquel local. Las miradas se desplazaron al lugar en el que Ava movía las manos y subía el largo de la falda dejando a la vista sus muslos. Viendo que ya nadie observaba a los bailaores ni a las gitanas, Luis Miguel pidió al camarero que sacasen a la actriz a bailar. Discretamente le deslizó dos billetes de cien pesetas. Al poco tiempo, uno de los bailaores invitó a Ava a irse con él al escenario. El público asistente aplaudió la buena disposición de la actriz. Descalza, atravesó los escasos metros que la separaban de la tarima donde actuaban. Mientras sorteaba las mesas sonreía a todos los que se encontraba a su paso. Actuaba como una estrella fuera y dentro de los estudios de cine. Su belleza era extraordinaria. No había truco, ni trampa... sus ojos verdes, su boca sensual, su cuerpo y su forma de moverse habrían llamado la atención aunque el cine no la hubiera descubierto. Enrique Herreros la contemplaba con admiración y Luis Miguel con deseo. A nadie dejó impasible. Parecía un terremoto en medio de aquel Madrid que intentaba despertar del letargo de la posguerra.

Luis Miguel miraba inquieto las manecillas del reloj. Se le hizo eterna la espera hasta las dos de la madrugada. Solo pensaba en Ava y en estar a solas con ella. La veía evolucionar en el escenario y le pareció la mujer más atractiva sobre la Tierra. Su sensualidad la hacía brillar más que su traje dorado. Cuando uno de los camareros le dijo al oído que le esperaba su chófer, respiró hondo. Había llegado el momento.

—Bueno, Enrique. Ya está aquí Cigarrillo. Ava y yo nos

vamos a tomar la última al hotel Wellington. Seguro que me comprendes.

—¡Perfectamente! Es tu momento, ¡aprovéchalo! —Le guiñó un ojo.

Le pidió al camarero que rescatara a Ava del escenario y que la trajera de vuelta a la mesa con ellos. Y eso hizo inmediatamente. Ella llegó agotada a su silla y apuró de golpe toda la copa de vino que tenía encima de la mesa. Luis Miguel dejó que transcurrieran algunos minutos hasta que la vio recuperada y, finalmente, le dijo que había llegado la hora de irse de allí.

—Ha sido estupendo estar contigo todo este rato. ¡Nos vemos! —Ava le dio la mano a Enrique Herreros.

—Me ha encantado compartir contigo esta velada. Tienes mi admiración. Procuraré pintar los carteles de tu próxima película con mucho más amor de lo que lo hago habitualmente. Ahora conozco mucho mejor tus facciones. ¡Toma! Regalo de la casa. —Le entregó una caricatura de ella y de Luis Miguel dibujada en un posavasos.

—Muchas gracias, Enrique. Es preciosa y muy divertida. —Le dio un beso, recogió su cartera de mano e introdujo el dibujo. Rodeó su cuerpo con la estola de visón y salió hacia la calle.

Ava notaba que su corazón latía a más ritmo de lo normal. Sabía que ese hombre que tanto le gustaba acabaría en la cama con ella. Le sonrió pícaramente al entrar en el coche.

—¡Al hotel Wellington! —No le dijo nada más al mecánico.

Mientras se dirigían hacia la calle Alcalá y de ahí hasta el desvío por Velázquez no dejaron de mirarse a los ojos. Ardían. Luis Miguel le besó la mano, el antebrazo, el cuello... Hizo un largo recorrido hasta la boca... Repitió. Los dos, espíritus rebeldes y libres, habían decidido entregarse uno al otro.

9

Luis Miguel dejó a Ava en el coche con Teodoro, mientras él se acercaba hasta la recepción del hotel para pedir la llave de otra habitación que no fuera la suya. No dijo por qué motivo no quería la de Noelie Machado y el recepcionista tampoco le pidió explicaciones. Con la llave entre las manos, salió en dirección a donde estaba aparcado el coche. El mecánico le abrió la puerta a la actriz y no hizo falta ninguna aclaración. Ava sabía lo que significaba que el torero llevara entre sus manos la llave de una habitación de hotel. Entraron los dos con rapidez, como huyendo de sí mismos, y se dirigieron hasta la puerta del ascensor sin saludar al empleado. Afortunadamente, a esas horas no había ningún cliente en los pasillos. Y al recepcionista no le dio tiempo a ver la cara de la mujer que le acompañaba. Sonrió al comprobar que tanto secretismo tenía que ver con otra conquista del torero. Lo que estaba claro es que no era la joven que pasaba la mayor parte del día encerrada en una habitación, costeada por Luis Miguel, desde hacía un par de meses. Al cerrarse la puerta del ascensor, la besó con tanta pasión que la acorraló hasta el espejo del pequeño cubículo de forma atropellada. A Ava le gustó ese ímpetu. Por su mente pasó de forma fugaz su anterior experiencia con otro torero español: Mario Cabré, que acabó enamorándose de ella de tal manera que escribió un libro de poemas... «Cuán tórrida era tu sangre mientras me acariciabas», decía en uno de sus versos. Aquella relación despertó los celos de Frank Sinatra y consiguió que se aceleraran los trámites de su separación de Nancy. Hoy la situación era distinta. Estaban casados, pero alejados uno de otro. Se dijo a sí misma que su marido estaría haciendo lo mismo en Estados Unidos con cualquier mujer que se cruzara en su camino. ¡Lo había hecho tantas veces! No tenía complejo de culpa ni sensación de que le estaba traicionando. Pensó simplemente que le pagaba con la misma moneda. Tenía rabia contenida. No quería enamorarse. Solo deseaba una noche de amor.

Al abrir la habitación el torero comenzó a besarla. Cerró la puerta con el tacón del zapato y suavemente recorrió con una mano su espalda. Ava sintió un escalofrío. Luis Miguel, con cuidado, bajó el único tirante que llevaba el vestido sin que sus labios se apartaran de su boca. Fue deslizando despacio la cremallera y el vestido cayó al suelo, dejando su cuerpo al desnudo. Al torero le sorprendió que la actriz no llevara ropa interior. Eso le hizo sentir más deseo hacia aquella mujer tan libre y distinta a todas las demás. Besándole el cuello de nuevo, la llevó hasta la cama. Ella se tumbó al tiempo que jugueteaba entre las sábanas. Luis Miguel se desanudó la corbata y se desabrochó la camisa botón a botón sonriéndole. Al fin, se quitó los pantalones y la ropa interior dejando a la vista no solo su sexo, sino sus cicatrices. La actriz se quedó asombrada de tantas costuras en aquel cuerpo tan fibroso y delgado. Él estaba dispuesto a perderse en el cuerpo de Ava. Se deslizó entre las sábanas para abrazar a aquella mujer a la que tantas veces, en las últimas horas, había imaginado junto a él.

No hablaban. Solo se oían sus respiraciones agitadas mientras Luis Miguel la amaba con la precipitación del hambriento. Sin preámbulo y por instinto decidió poseerla en un baile desenfrenado y apresurado. Parecían dos locos, dos vampiros dispuestos a dejarse sin sangre. Ava no quería más que sexo en estado puro. No deseaba escuchar palabras en la boca de su amante. Cuando Luis Miguel iba a decirle algo, le tapó con un dedo los labios. No quería mentiras. Esa noche, no. Eran dos solitarios dispuestos a no hacerse daño. Atracción e instinto. Ella deseaba olvidar y él solo quería encontrar aquello que llevaba años buscando y que ni tan siquiera sabía qué era.

Cayeron rendidos. Luis Miguel encendió un cigarrillo que Ava le quitó de la boca para dar una calada. Se sentía intranquilo. Se levantó y se vistió con celeridad para bajar a recepción. Necesitaba beber algo.

—¿Adónde vas? —le preguntó Ava, extrañada de que se fuera así.

—¡A contarlo! —Se echó a reír y le guiñó un ojo. Con las manos le dio a entender que regresaba en cinco minutos.

No esperó al ascensor. Bajó por las escaleras y en cuanto llegó a recepción le pidió al muchacho algo de beber.

—¿Tienes alguna botella para servir dos copas?

—Me parece que hay una botella de whisky por ahí dentro.

Se fue al interior de las oficinas y regresó con una botella y dos vasos.

—Muchas gracias. ¿Me lo cargas a la habitación?

—Como usted mande.

Volvió al ascensor y cuando entró en la habitación Ava no estaba en la cama. Por el ruido del agua se dio cuenta de que se encontraba en el baño. Optó por quitarse la ropa y quedarse desnudo encima de la cama. Se sirvió un whisky. Cuando vio que Ava no salía, decidió servir otra copa y dirigirse hacia el baño.

—Ava, ¿se puede? —Dio unos golpes a la puerta.

Se oyó desde dentro la voz de ella que le invitaba a pasar. Estaba relajada en la bañera. Se había preparado un baño caliente y a él la estampa le pareció maravillosa. La espuma tapaba su cuerpo y solo dejaba al descubierto su cara y sus brazos.

Le miraba con la cara ligeramente inclinada hacia el agua, lo que le daba un toque mucho más felino a sus ojos. Luis Miguel extendió el brazo y le ofreció la copa que la actriz no rechazó.

—¿Puedo? —preguntó señalando la bañera.

Ava entendió que quería compartir ese momento con ella y dijo que sí con la cabeza. Él se sentó en el otro extremo envolviendo el cuerpo de ella entre sus piernas.

—Esto es lo más parecido al paraíso. Un baño de agua caliente, una copa y un hombre maravilloso a mi lado. ¿Qué más puedo pedir?

Luis Miguel, aunque mal hablaba inglés, la entendía. Se le escapaban conceptos, pero la comprendía. Ava soltaba palabras sueltas, inconexas, en español, cuyo significado a veces no era el que ella pretendía. Daban igual las palabras. Se entendían porque eran parecidos: dos estrellas solitarias siempre rodeadas de gente. Dos espíritus libres dispuestos a amarse hasta la extenuación.

—No se me dan bien los hombres, aunque parezca lo contrario. Siempre me enamoro del hombre equivocado.

—Espero que eso no lo digas por mí... —Se fue hacia su lado, removiendo el agua hasta verter gran parte en el suelo, y la besó.

Se quedaron juntos abrazados. El agua caliente era un bálsamo en sus vidas.

—Al final, he tenido que separarme de las mujeres que he amado. Empezando por mi primer amor con quince años. Era una muchacha doce años mayor que yo, de una familia sudamericana multimillonaria. Pero no pudo ser.

—¿Por qué no seguiste con ella? —preguntó la actriz.

—Mi padre me hizo entender que el amor y los toros eran incompatibles y, con quince años, yo ya despuntaba y estaba cerca de convertirme en una figura del toreo. Estaba convencido de ello. Y elegí los toros. Por eso, poco a poco, me fui haciendo experto en «mundología». Sé lo que es renunciar a determinadas cosas por el objetivo que me marqué. No ha sido la única mujer a la que he tenido que apartar de mi vida. —Parecía como si se entendieran a pesar de la barrera del idioma.

—Yo también sé lo que es eso. Soy experta en éxitos profesionales y en fracasos matrimoniales. Estoy condenada a vivir sola.

—Eso vamos a evitarlo.

Comenzó a besarla. Esta vez no había prisa. Sus bocas se necesitaban. Ava dio un sorbo al whisky y no lo tragó del todo, el sobrante se lo pasó a él. Juguetearon con el agua y con el alcohol. Él tocó con sus manos todo su cuerpo como si fuera un ciego, palpando cada centímetro de su piel. Hicieron el amor sosegadamente. Nada tenía que ver con la precipitación con la que se habían amado en la cama. El reloj se había parado. No existía tiempo ni lugar. Solos ellos dos reconociéndose como amantes. Un hombre y una mujer frente a frente. No había prisa para fundirse en aquel fuego que sentían desde que se conocieron. Hubo química entre ellos. Se gustaron desde que se descubrieron. Existía una atracción muy fuerte, algo irrefrenable entre los dos. Ya no les mojaba el agua, ni notaban la espuma sobre su boca... Ya eran uno. Él se movía como si fuera la primera vez que amaba a una mujer. Además de instinto puso afecto. Ava le miraba a los ojos mientras Luis Miguel seguía moviendo sus caderas de forma cadenciosa. Ella era importante para el torero. Así se lo hizo sentir. Esa segunda vez, se mostró delicado con ella. La estaba poseyendo como mujer, no como trofeo, y Ava lo percibía. Parecía que significaba mucho para aquel hombre con el que casi no podía hablar. Sin embargo, había algo que la hacía comprender que todo tenía sentido. En plena danza amorosa supo que podría perder la cabeza por él. Luis Miguel cerró los ojos y tuvo la misma sensación que cuando buceaba en el mar. De repente, sintió como si el aire se le acabara y una ola le pasara por encima. Estaba dispuesto a morir en aquellas aguas. Creyó que aquello que sentía por ella era diferente a lo que había experimentado con otras mujeres. Ava parecía distinta a todas. Libre como él, dispuesta a amar y ser amada. Se quedaron sin habla durante unos segundos fundidos uno en el otro. El agua tibia hizo que no quisieran concluir aquel momento que se convirtió casi en un sueño. Cerraron los ojos y así estuvieron durante varios minutos. Cuando la piel se les arrugó completamente, decidieron salir del agua para meterse de nuevo en la cama. Los dos, cansados, durmieron profundamente.

Cinco horas después, el sol en la habitación despertaba a Luis Miguel. Durante unos segundos, no sabía dónde estaba. No reconoció el lugar hasta que miró a su compañera de cama. La observó con admiración mientras dormía. Le pareció la mujer más hermosa del mundo. Era el único espectador de aquella escena que parecía salida de una película prohibida por la censura. Pensó que ella reunía belleza, inteligencia y libertad, algo que perseguía en las mujeres y pocas veces hallaba. No quería compromisos, pero Ava tampoco. Intuía que aquella mujer le iba a complicar la existencia.

Luis Miguel se levantó y se fue a la ducha. Salió con una toalla anudada a la cintura. Ava comenzaba a despertarse y él la saludó antes de besarla.

—Gracias por dejarme pasar esta noche contigo. Ha sido un placer. Difícil de olvidar. Ya te lo digo...

—Tengo mucha hambre...

—Voy a llamar al servicio de habitaciones.

—Ven... —Ava le quitó suavemente la toalla de la cintura.

Invitó al torero de nuevo a la cama. Eran las doce de la mañana y daba la impresión de que la actriz no deseaba concluir ese momento. Luis Miguel tampoco opuso resistencia. La deseaba como a ninguna otra mujer.

—Ava, como ves, no sé resistirme a la tentación.

La actriz reía y le gustaba la idea de que él siempre estuviera dispuesto a amarla. Aquel torero larguirucho y con más piernas que cuerpo tenía un atractivo más allá de su físico. Era su manera de reír, su forma de tratarla, el encanto y fuerte personalidad que le hacían diferente.

No quería que aquel momento terminara y comenzó a provocarle. Sonreía mientras le besaba. Dominguín la correspondía y la abrazaba. La actriz jugaba a quitarse unos guantes imaginarios con una enorme sensualidad. Estaba espléndida, coqueta y bellísima. Luis Miguel sentía admiración por Ava, y aquella actuación, solo para él, le pareció extraordinaria. Casi no podía creer que la estrella de Hollywood, la mujer más deseada por los hombres de todo el mundo, estuviera en la cama con él. Tuvo un impulso irrefrenable de amarla de nuevo. No hubo caricias, no la besó, sencillamente la hizo suya con la ansiedad de la primera vez. Ava le clavó las uñas en los brazos mientras sentía el vaivén de su cuerpo en sus entrañas. El calor la ahogaba. Casi no podía respirar. Aquel hombre lograba ser delicado y salvaje dependiendo del momento. Sabía que el torero acabaría enamorándose de ella. Solo había que ver cómo la miraba. Luis Miguel había encontrado a su álter ego. Una mujer que siempre estaba dispuesta a reír, a amar y a no pensar en los problemas. Una mujer a la que admirar no solo por su belleza. Ava reunía justo lo que él buscaba desde que se inició en las artes amatorias a las que se entregaba con mucha frecuencia. Pero esta experiencia parecía distinta y quería apurar hasta el último minuto con la actriz por si no había otra oportunidad.

—¿Cómo voy a salir vestida de noche a la una de la tarde? Todo el mundo sabrá que hemos estado juntos —le dijo cuando decidieron reincorporarse a la vida social.

—Llamaré al mecánico para que vaya a casa de los Grant a por uno de tus vestidos y te lo traerá hasta aquí. Ya me las ingeniaré para que en recepción no se enteren de que has estado conmigo. ¡Tranquila!

—Tengo pánico a los periodistas y miedo a la reacción de Frankie. A todos los efectos sigo siendo una mujer casada.

—No te preocupes.

Luis Miguel llamó por teléfono a Teodoro y le indicó paso por paso lo que tenía que hacer.

—Ava, ahora pídele a Doreen que venga a buscarte. Será la mejor forma de disimular que hemos estado juntos. ¡Llámala!

Su amiga no puso ningún impedimento en acudir en el coche de Luis Miguel a recogerla. Entendía que Ava estuviera nerviosa. Los rumores de sus aventuras amorosas volaban rápidamente a Estados Unidos. La prensa se encargaba de ello y los espías de su amigo Howard Hughes también.

Mientras llegaba la ropa tomaron dos cafés y algo de comer. El servicio de habitaciones tardó poco en subírselo. Ava se escondió en el baño. El camarero no alcanzó a ver con quién estaba el torero. Se dio cuenta de que la cama estaba tan deshecha que era evidente que había sido una noche muy larga. Ava volvió al agua y cuando Luis Miguel la llamó salió descalza y envuelta en un albornoz.

—Estoy hambrienta —comentó, dispuesta a devorar unos huevos fritos con beicon.

Luis Miguel tomó solo un café con leche mientras fumaba uno de sus cigarrillos rubios sin filtro. De su cara desapareció la sonrisa antes de preguntarle a Ava:

—¿Nos vemos pronto?

—Por supuesto. Me voy mañana a la Feria de Abril, pero a la vuelta te veré seguro, si tú quieres.

—No podré esperar tanto tiempo sin verte. Iré también a la feria dentro de un par de días.

Apagó el cigarrillo de forma apresurada en el cenicero y se acercó a besarla.

—Iré a donde haga falta para volver a verte.

—Dame un teléfono y así te tendré localizado. A mí también me gustaría verte a solas otra vez.

Le escribió en un posavasos del hotel su número de teléfono.

—En mi casa siempre hay alguien. Si no estoy, dejas el recado. Con que solo digas tu nombre, me darán el aviso y me pondré en contacto contigo.

Llamaron de recepción para comunicarle que había una señora abajo dispuesta a subir a la habitación.

—Sí, sí, hágala subir, por favor.

Al rato, Doreen llamaba a la puerta. Saludó al torero y le dio la ropa a su amiga para que se vistiera.

—¡Oh! No me acordaba de que el traje de noche era muy largo. Bueno, lo envuelvo en el interior del abrigo. Total, el coche está en la puerta. Nadie se va a dar cuenta.

A los diez minutos, Ava salía vestida con un traje de chaqueta de color gris marengo. Estaba bellísima. Irradiaba luz.

—Se te ve feliz, Ava —dijo admirada su amiga.

—Sí... ha sido una noche muy especial —le contestó sonriendo mientras miraba a Luis Miguel.

—Luego decís que somos los hombres los que vamos contando cosas. —Se echó a reír.

No recogieron la habitación. La dejaron completamente desordenada. Las sábanas estaban hechas una madeja en el medio del colchón. La colcha, en el suelo junto con una toalla. El albornoz de Ava yacía en el taburete del baño. Salieron los tres hasta el ascensor. A punto de llegar a la planta baja, Luis Miguel la besó por última vez.

—Sal directamente hacia la puerta con Doreen y meteos en mi coche. Teodoro os llevará. Yo me iré por otros medios a mi casa.

—Gracias, Miguel —le dijo Ava, poniéndose sus gafas de sol y emprendiendo una salida apresurada junto a su amiga.

Él se fue hasta la recepción y entregó la llave. Sacó de su cartera un par de billetes y se los dio al empleado.

Las miradas de aquel *hall* se centraron en el torero, que no paró de firmar autógrafos. Nadie identificó a Ava Gardner, que salió del hotel junto a Doreen sin despertar la atención y el interés de ninguno de los que estaban allí. Esta vez nadie supo en el hotel Wellington qué mujer había acompañado al torero durante toda la noche.

10

Luis Miguel llegó en un taxi hasta el cuartel general de los Dominguín: la Cervecería Alemana. Estaban sus hermanos mayores, Domingo y Pepe, con el pelo hacia atrás engomina-do; así como don Marcelino vestido como si fuera un niño y el fiel Chocolate ataviado con pajarita y boina. Fue abrir la puerta del local y sus hermanos levantaron las voces.

—¡Ya era hora! —exclamó Pepe, señalando el reloj—. Nos espera doña Gracia a las tres para comer. —A veces los herma-nos llamaban así a su madre, por el nombre de pila.

—¡Queda una hora! —dijo serio Luis Miguel, sentándose en la mesa que siempre tenían reservada.

—¡Menudas ojeras traes! ¡Vaya nochecita! ¡Cuenta, cuen-ta! —le picó Domingo.

—¿Queréis callaros? No pienso contar nada. ¡Ponme una cerveza! —dijo esto último alzando la voz al dueño del local.

—¿Te has tirado a la actriz o no? —insistió Domingo—. ¡Te la has tirado! —afirmó rotundo.

Luis Miguel no contestó a la pregunta ni a la afirmación y se levantó a por la caña de cerveza que ya estaba servida en la barra.

—Será mejor que cambie de tema —intervino don Marce-lino—. A su hermano nunca le ha gustado hablar de sus an-danzas amorosas.

—Salió el defensor de pleitos pobres. Está bien, pues hablemos de política. ¿A cuántos mataste durante la guerra?

—¿Quiere pelea? ¡Rojo de mierda!

—Por favor, no empecéis... Hoy no está el horno para bollos —dijo serio Luis Miguel.

—Sí, dejadlo ya —se metió Chocolate en la conversación—. Además, tengo algo muy serio que contaros ahora que estáis los tres hermanos. Os afecta a todos.

—¿De qué se trata? —preguntó Pepe.

—De vuestro padre... No sé cómo decíroslo.

—¡Habla sin rodeos! —le ordenó Luis Miguel—. ¿Le pasa algo que no sepamos?

—¿Está enfermo? ¡Desembucha! —insistió Domingo.

—No se trata de eso. Es algo mucho más grave. Vuestro padre...

—¡Chocolate, habla de una vez! —Luis Miguel alzó la voz.

—Vuestro padre ha *dejao preñá* a la Mari.

Hubo un silencio entre los tres hermanos y don Marcelino. Era como si la noticia se les hubiera atragantado a todos. Domingo rompió a hablar.

—¿La criada?

—Sí. La misma.

—¡Qué tío! Genio y figura —dijo Luis Miguel, encendiéndose un cigarrillo.

—¿Qué vamos a hacer? No puede seguir en casa —afirmó Pepe.

—No la podemos echar. Ese niño es sangre de nuestra sangre —apuntó Domingo.

—Lo primero que tenemos que hacer es que nuestra madre no sepa nada, ¿entendéis? —apuntó Luis Miguel.

—Vuestra madre de tonta no tiene un pelo —intervino don Marcelino—. Seguro que tarde o temprano se enterará. Ya sabéis que tiene cualidades para averiguar cosas.

—Va a seguir todo igual. Yo me haré cargo de ese crío. No

le faltará de nada. Le diremos a mamá que su novio la ha abandonado y la cuidará como nosotros —sentenció Luis Miguel.

—Pero si no tiene novio... salvo tu padre —apuntó Chocolate.

—Pues desde ahora, que todavía no se le nota, va a tener novio —añadió Domingo, siguiendo la estela de su hermano.

—Por eso parecía entrada en carnes... Debe de estar de tres meses —especuló Luis Miguel.

—Parece ser que de dos o así, me ha confesado tu padre. Podéis imaginaros lo mal que se siente. No pensó que esto pudiera pasar. Sobre todo, no quiere ni imaginar la reacción de vuestra madre.

—De ninguno de nosotros va a salir la historia. De modo que puede estar tranquilo. Mamá no debe saber absolutamente nada —insistió Luis Miguel.

—Las mujeres son muy largas —apuntó de nuevo don Marcelino—, y vuestra madre más.

—No se va a enterar de nada. Si acaso dudará de mí cuando le diga que me haré cargo de todo. No la querrá echar por si es un nieto, ni se le pasará por la imaginación que se trate de un hijo de nuestro padre.

—¡Menudo lío! ¿Cómo se le ocurre...? —Pepe no acabó la pregunta.

—Los Dominguines siempre hemos sido débiles ante una falda. Creo que no somos los más apropiados para echarle nada en cara a nuestro padre —sentenció Domingo.

—Vamos a pedir otra ronda por el chaval que está en camino —le dijo Luis Miguel a Chocolate.

El camarero les sirvió una caña a todos los de la mesa.

—¿Se celebra algo? —preguntó curioso.

—Sí, que Luis Miguel se ha beneficiado a la actriz más deseada del mundo —apuntó Domingo para disimular.

—¿Estás tonto? ¡No le hagas ni caso! —saltó Luis Miguel enfadado.

—¿No será a Ava Gardner? Me he enterado de que está en Madrid.

—No sigas por ahí. Nos tomamos unas cañas y punto. Ya sabes que mi hermano tiene la lengua muy larga. Celebramos que en estos momentos no nos exponemos ninguno a dejarnos la vida en una plaza de toros. ¡Eso es lo que celebramos hoy!

Luis Miguel subió su vaso y lo chocó con el de todos. Así quedaba sellado el secreto del hijo bastardo de su padre. Ninguno de los que estaban allí abriría la boca nunca. El camarero se fue de la mesa dando por hecho que Ava Gardner había sido la última conquista del torero. La conversación continuó donde la habían dejado.

—Nuestro padre es un caso. ¡A su edad se lía con la criada! —dijo Pepe.

—¿Te recuerdo que con la anterior todos tuvimos algo que ver también? ¡Somos Dominguines! —le quitó la palabra Domingo.

—Lo habéis heredado de vuestro padre —añadió don Marcelino.

—Tenemos que ir a casa —cortó Luis Miguel, mirando el reloj—. Estarán nuestras hermanas y la China esperándonos como agua de mayo. No metáis la pata, venimos de un tentadero...

—Por favor, tampoco le digáis a vuestro padre nada cuando lleguéis a casa. Esperad a que vuestra madre no esté cerca —pidió Chocolate.

—Está bien... Estaremos todos con la boca sellada —concluyó la conversación Domingo.

Se levantaron todos de la mesa y una mujer con un pañuelo a la cabeza y un crío desarrapado de la mano se acercó al mayor de los Dominguines. Los demás salieron del local mientras Domingo se paró a escucharla.

—¿Es usted Domingo?

—Sí, soy yo.

—Mire, soy la viuda de un camarada del Partido Comunista. —Hablaba muy bajito—. No tengo nada que dar de comer a mi hijo. Era por si me podía ayudar.

El niño miraba a Domingo con dos velas, una en cada orificio de la nariz. Los dos esperaban una respuesta de aquel hombre bien parecido, con aires de torero aunque ya se había retirado.

—Está bien. —Sacó de su chaqueta un sobre y de las cinco mil pesetas que llevaba dentro, le dio tres mil.

—Se las devolveré.

—No me tiene que devolver nada. ¡Limpie los mocos al crío!

Se fue de allí con tres mil pesetas menos. Los hermanos le preguntaron:

—¿Qué quería esa mujer?

—No, nada... Me hablaba de un viejo camarada.

—Tu hermano está sufragando al Partido Comunista. ¡Seguro! —apuntó don Marcelino mientras todos echaban a andar en dirección a la calle Príncipe.

—¡Cállese! No a todo el mundo le va como a usted. Aquí solo comen los del régimen, los demás sobrevivimos.

—¡Tendrá cara dura! ¿A usted le va mal cobrando como empresario taurino y llevando a todos los toreros que se precian de serlo? Usted se siente comunista, pero es más capitalista que todos los que estamos aquí.

Don Marcelino iba vestido con chaqueta, pero con pantalones bombachos y medias hasta la rodilla, como siempre. Iba fumando tranquilamente un puro hasta que una señora les recriminó por la calle:

—¡Parece mentira, Luis Miguel, que vaya con un niño fumando un puro!

—Señora, no soy ningún niño —respondió don Marcelino sin dar tiempo a que lo hiciera Luis Miguel—. Tengo pelos en los cojones.

—¡Encima maleducado! ¡Qué mal ejemplo! Será muy bueno en los toros, pero...

—Señora, tiene usted toda la razón. Muchas gracias por recordarme lo que está bien y lo que está mal. —Cogió el puro de la boca de don Marcelino y lo tiró al suelo.

La señora le sonrió y se fue de allí tranquila.

—Marcelino, no vuelvas a fumar por la calle.

—Haré lo que me salga de los cojones. —Se quedó durante un rato refunfuñando mientras todos iban andando en dirección a la calle Príncipe, donde vivía Luis Miguel con sus padres. Domingo y Pepe, desde que se casaron, tenían su propia casa en Ferraz número 12. Vivía uno en el segundo y el otro en el octavo. Los hermanos, de todas formas, se habían acostumbrado a no estar muy lejos de la figura paterna.

—Antonio —se refería a Ordóñez— hoy come en casa también. Me lo ha dicho Carmina —apuntó Domingo, que era su apoderado.

—Nos lo estás metiendo en casa a todas horas. Sabes que no es plato de mi devoción —afirmó Luis Miguel—. A mí un tío que se calla que mantiene una relación con nuestra hermana durante tanto tiempo no me va. No me fío.

—Bueno, cuando estuvimos en América, nos enseñaba las cartas de una chica que parecía colada por él. Le faltó decirnos que se trataba de nuestra hermana.

—Nuestro padre lo adoptó casi como un hijo y yo creo que se equivocó —sentenció Luis Miguel, que tenía predilección por su hermana pequeña y no le gustaba nada la idea de que estuviera tonteando con un torero.

—Carmina siempre ha estado rodeada de toreros, ¿de quién se va a enamorar? Pues de uno de los muchos toreros que pasan por casa. —Pepe intentó quitar hierro a la situación.

—Pochola no se ha enamorado de un torero, afortunadamente. Miguel Chávarri parece un buen tipo, empresario, uno de los dueños de las aguas de Carabaña. Y, sobre todo, nuestra hermana hace lo que quiere con él —afirmó Domingo.

—¡Menuda es! —exclamó don Marcelino—. Miguel tiene la paciencia del santo Job, hace todo lo que dice tu hermana. El pobre ha renunciado a ir al fútbol y a comer bocadillos porque a tu hermana las dos cosas le sacan de quicio. ¡Es un santo!

—Yo reconozco que tengo atravesado a Ordóñez. Se ha aprovechado de nosotros y ahora se hace novio de nuestra hermana. Su ambición le pierde. —Luis Miguel seguía erre que erre.

—Cuanto antes lo aceptéis, mejor irán las cosas —aseguró don Marcelino.

—Hombre, le estamos encumbrando y tiene madera. Nuestra hermana no está con un pelanas —añadió Domingo.

—Hay algo en él que no me va. Es cuestión de piel. No sé cómo explicarlo —insistió Luis Miguel.

—Se enamorara de quien se enamorara Carmina, a ti no te gustaría. Eso lo sabemos todos —afirmó don Marcelino y todos le dieron la razón.

Llegaron hasta el 35 de la calle Príncipe y antes de entrar en la casa renovaron el pacto de silencio con respecto al delicado tema que relacionaba a su padre con la criada. Llamaron a la puerta y les abrió precisamente María.

—¡Buenos días! Ya les están esperando en la mesa.

—Muchas gracias, María —saludó don Marcelino mientras los tres hermanos la observaban sin perder detalle de sus hechuras.

—¿Está Domingo? —preguntó Chocolate por el padre de la saga.

—Sí, claro. Está a la mesa. —La chica se ruborizó.

Cuando entraron en el salón, el padre, la madre, las dos hermanas, Antonio Ordóñez y Noelie Machado se hallaban ya sentados a la mesa.

—¡Benditos los ojos! Ya era hora... —afirmó doña Gracia—. ¿Qué tal os fue en el tentadero?

—Muy bien. Muy bien. Poco a poco mi pierna se va reponiendo. —Luis Miguel no quería extenderse en la mentira.

—Esa es muy buena noticia —se alegró el padre.

—¿En qué tentadero habéis estado? —preguntó Antonio con curiosidad.

—Bueno, de eso no vamos a hablar, Antonio. Llevamos dos días solo comentando de toros. Estoy cansado. ¿China, qué tal te han tratado las harpías de mis hermanas? —Le dio un beso en la mejilla.

—¡Oye! —protestaron las dos hermanas.

—Muy bien. Nos hemos ido de compras y he picado con algunas cosillas. Espero que te gusten.

—Pues has hecho muy bien, porque mañana nos vamos a Villa Paz y de ahí, al día siguiente, a Sevilla. A la feria. ¿Qué te parece?

—¿La feria?

—Sí. Te aseguro que lo vamos a pasar muy bien. A ti, que te gustan tanto la música y el baile, te va a encantar.

—¿Y a los demás que nos parta un rayo? —replicó Pochola.

—Podéis venir si queréis. Estáis todos invitados —contestó Luis Miguel.

—Yo no puedo, tengo muchas cosas que hacer por aquí —afirmó Domingo.

—Yo tampoco. Debo resolver varias cosas, las niñas, ya sabes... — Pepe se quedó cabizbajo.

—Ha pasado muy poco tiempo del fallecimiento de su esposa. No estaría bien visto que tu hermano Pepe se dejara ver por la feria. Está demasiado reciente. Hay que guardar las formas —aseveró doña Gracia.

Dolly Lummis MacKennie, así se llamaba la mujer de Pepe, era una peruana preciosa, alta, rubia, de ojos azules y de piel de melocotón con la que se había casado tres años atrás. Pero a finales del año anterior, el 28 de diciembre de 1952, murió en el parto de su segunda hija. Un fallo en la anestesia, había comido antes del parto, la ahogó en el quirófano sin que los médicos pudieran hacer nada por ella. Bárbara, así se llamaba el bebé, se había salvado. Pepe ahora era un viudo de treinta y un años con dos hijas muy pequeñas. Verónica, la mayor, tenía dos años nada más.

—Verónica está un poco rara. La voy a llevar a que la vea el doctor Tamames —Pepe parecía preocupado.

—Ya sabes que los niños lo cogen todo. Seguramente estará incubando algo —le tranquilizó Pochola.

—La niña estaba estupendamente bien la última vez que la vi. Tampoco te obsesiones —le dijo Carmina.

—¡Vuestro hermano sabe lo que tiene que hacer! Es padre de dos hijas y está solo. De modo que tiene doble responsabilidad.

—También tiene derecho a divertirse. Es muy joven —le respondió Luis Miguel.

—Miguel, lo que está bien, bien parece. Nosotros somos una familia honrada y el luto se tiene que guardar.

Apareció María para servir la sopa y los tres hijos varones se quedaron mudos observándola. No le quitaban ojo a medida que servía los platos que había preparado. Volvió a sonrojarse al llegar a la altura del padre de familia. Este se quedó mirando su escote, que era prominente.

—Bueno, ¿hoy daremos clase de inglés o no? —preguntó don Marcelino para que no se notara tanto que todos seguían a María con la mirada.

—Sí, claro —le dijo Luis Miguel.

—¿Vas a aprender inglés? —le preguntó China—. ¿Es por tus nuevas amistades americanas?

—Es porque quiero hacerme entender con todo el mundo que visite nuestro país.

China torció el gesto. Intuía que ese repentino interés por el inglés tenía que ver con Ava Gardner. No necesitaba que nadie se lo dijera, simplemente lo sabía.

—China, después de Sevilla, iremos a Cannes y quiero hablar con la gente que acuda allí, no me gusta depender solo de ti y tus traducciones.

—Ya..., que yo sepa, en Cannes se habla en francés.

—Bueno, el francés también lo chapurreo, pero irán muchos actores americanos con los que ya tengo cierta amistad.

—¿Irá Ava?

—No creo. Nos dijo que tenía que rodar una película. ¿No lo recuerdas?

—Siento interrumpir vuestra conversación, pero necesito saber si vas a ir a Villa Paz seguro —preguntó doña Gracia, queriendo que su hijo saliera de tanta pregunta con segundas—. ¿Verás a los tíos?

—Sí, claro. ¡Viven allí! —contestó Luis Miguel.

—Pues les vas a llevar algo de mi parte.

—Eso está hecho. Había pensado decirles que la niña debería dejar la Asunción y probar en el Liceo francés.

—¿No es demasiado pequeña tu prima para estar ya lejos de sus padres?

—Ya te he dicho que quiero hacer de ella una señorita. No es tan pequeña. Tiene que aprender idiomas. Primero, Madrid, después, Francia y, por último, Inglaterra... Por cierto, está un poco gordita. ¡Debe adelgazar!

—Pero si es una cría. ¿Qué más te da? Por cierto, lo de sus estudios te va a costar mucho dinero —intervino el padre—. Dice mucho de ti que quieras ayudar a tu prima. Mi hermana y mi cuñado te estarán agradecidos toda su vida.

—Está bien que nuestra prima consiga hacer una carrera. Algo que ninguno de nosotros hemos logrado.

—Bueno, hasta que estudie una carrera queda mucho. ¡Es muy pequeña! Con diez años y ya tienes su vida planeada. Desde luego, no sé qué le has visto a esa criatura —añadió don Marcelino.

—Moldear a una persona y hacerla toda una señorita lleva

tiempo. Tengo muchos planes para ella. Ya toca el piano y da clases de baile. —Parecía sentirse orgulloso de su prima.

—Está bien, hijo. Quizá deberías ir pensando tú en sentar la cabeza y en preocuparte por tus propios hijos —apuntó su madre— y no tanto por tu prima.

—¡Lagarto, lagarto! ¿Qué le he hecho yo, madre? Como buena pelotari que es, ¡menuda pelota me ha lanzado...! —Todos se echaron a reír.

China le miraba fijamente y si se hubieran cruzado sus ojos con los de ella habría visto que estaba deseando que le hiciera alguna proposición. Con Luis Miguel se iría al fin del mundo.

Estaba convencida de que algo había cambiado en Luis Miguel. No parecía el mismo, pero no se atrevió a decirle nada. Simplemente se dejó llevar por el momento y las circunstancias.

11

El teléfono en casa de los Dominguín comenzó a sonar cuando ya estaban en los postres. María acudió a los comensales con la cara desencajada. Llamaban de la casa de Pepe, para informar de que Verónica —su hija mayor de dos años— se había puesto peor. Su fiebre era de cuarenta grados y había comenzado a tener convulsiones.

—Ahora mismo voy para allá —dijo Pepe—. Cuando me fui le dolía un poco la cabeza.

—Yo voy contigo —apuntó Luis Miguel.

—Yo también —dijo Domingo.

—Cigarrillo te llevará al hotel —le comentó a Noelie a la vez que se levantaba de forma apresurada—. Sabrás de mí. Pochola, llama a Tamames y dile que vaya a casa de Pepe inmediatamente.

—De acuerdo —dijo la hermana, levantándose para llamar al médico.

—¡Ay, por Dios! Solo nos faltaba otra desgracia en la familia —lamentó en voz alta la madre cuando sus hijos desaparecieron del comedor.

—Gracia, por favor. No todo pueden ser desgracias. Tranquila, no va a perder a su mujer y ahora a su niña. Se tratará de un simple enfriamiento —replicó Domingo padre.

Doña Gracia comenzó a rezar para sus adentros. Intuía

que algo malo iba a pasar. La comida se dio por concluida; nadie quiso tomar nada más. La noticia había alterado la vida familiar. Antonio Ordóñez hizo un aparte con Carmina.

—No sé de qué manera podría ayudar.

—Quedándote conmigo. Si hemos de salir corriendo, es mejor que andes por aquí. Mis padres están mayores para estos sustos.

—Está bien.

No hablaban. Permanecieron callados. Don Marcelino encendió un puro y jugueteaba con las múltiples formas que adquiría el humo al salir de su boca. Antonio daba vueltas por el comedor mientras Carmina arropaba con sus brazos a su madre. Domingo padre se ausentó del salón.

Lejos de allí, en las afueras de Madrid, Ava Gardner se levantaba de la cama, después de una noche imposible de olvidar junto a Luis Miguel Dominguín. Al llegar a casa de sus amigos Doreen y Frank Grant, se había vuelto a acostar. Estaba agotada y sorprendida con el torero. Dos horas después se incorporaba a la vida de la casa saludando a sus anfitriones, que ya habían almorzado.

—¡Buenas tardes! —la saludó su amiga Doreen.

Ava sonrió. Iba con un pantalón pitillo muy ceñido y una camisa blanca. Nada de pintura en su cara.

—Se te ve radiante —alabó Frank, al verla tan sonriente y descansada.

—Sí, hacía tiempo que no me sentía así. He de reconocer que al lado de Luis Miguel he conseguido olvidarme de mis problemas.

—A lo mejor tienes menos problemas de los que piensas o estos se reducen a un solo nombre: Frank Sinatra.

—No me lo menciones, por favor. Estos días no quiero ni oír su nombre.

—¿Te apetece un martini?

—¡Buena idea!

Al rato, Cathy, una de las dos jóvenes del servicio, le servía un martini seco. Se sentó en el sofá ladeando las piernas. Sus pies, como siempre, descalzos.

—Esta misma tarde nos vamos para la finca Pascualete, de Aline Griffith. Seguro que ya nos está esperando. Yo creo que un día de campo antes de meternos en plena Feria de Sevilla te vendrá bien —le comentó su amiga—. Además, nos pilla de paso.

—Por supuesto. Me apetece mucho ir al campo. Me reconforta y me reconcilia con la humanidad.

—Pues no te meto prisa, pero conviene que nos pongamos en marcha cuanto antes. Piensa que hasta Extremadura hay un largo viaje.

—Está bien, meteré todo en la maleta porque no sé qué me hará falta y qué no. Así no pierdo tiempo.

—Si te lo vas a llevar todo, le digo ahora mismo al servicio que te haga la maleta.

—¡Buena idea! Me da dolor de cabeza preparar el equipaje.

—Dicho y hecho, no te preocupes en absoluto.

Doreen se levantó y se fue a dar la orden. Una hora después estaban ya viajando camino de la finca de los condes de Quintanilla. En este viaje, dentro del coche, las confidencias surgieron de forma espontánea.

—Sé que no quieres hablar de Frank, pero debes saber que me ha llamado al despacho —comentó Frank Grant.

—¿Para qué te ha llamado? —preguntó Ava enfurecida.

—Para preguntarme por ti, y me ha contado que le va muy bien. Dice que su mala racha ya ha terminado.

—Bueno, pues me alegro por él. Espero que empiece a aportar algo de dinero a nuestro matrimonio. De momento, los gastos son míos. —Se puso a mirar a través de la ventanilla del coche como si lo que le fuera a contar no le importara en absoluto.

—Parece ser que la película por la que tanto peleaste para que le hicieran una prueba...

—Sí, *De aquí a la eternidad.*

—Bien, dice que ha visionado ya un pase privado y su interpretación es fantástica. Por lo visto, el director y sus compañeros de reparto le han dicho que es lo mejor que ha hecho nunca. Tenías que oírle, está eufórico.

—Pues cuánto me alegro. Ya me lo contó cuando me llamó a tu casa por teléfono.

—Quiere hablar contigo, pero, como no te localiza, me ha llamado a mí.

—Ya veo... —Seguía displicente.

—Ha cambiado de representante. Ahora le lleva la agencia William Morris, y sus nuevos agentes le han conseguido un contrato discográfico. Aunque el anticipo no es muy grande, se trata del mínimo estipulado por el sindicato, ¡una forma de estar en el mercado!

—¿Con quién grabará ahora? —preguntó Doreen.

—Me pareció entenderle que con Capital Records. Está incluso a punto de meterse en el estudio de grabación.

—Mira, yo me alegro de que empiece a ser quien era. Eso lo mismo suaviza su carácter, pero, sinceramente, me preocupa poco su futuro. Tengo claro que ya no es mi futuro.

—Eso no lo sabes. Ava, a lo mejor vuelves a su lado y se comporta de otra manera. Piensa que durante estos años te ha visto a ti crecer como artista y él, sin embargo, se ha ido quedando anulado poco a poco.

—No creo en las segundas oportunidades. De verdad, no quiero seguir hablando de Frank.

—Perdona. Solo queremos lo mejor para ti —añadió Doreen.

Durante unos minutos fueron en silencio en el coche. Ava hizo como que volvía a quedarse dormida. De vez en cuando, abría los ojos y observaba que, a medida que se alejaban de

Madrid, parecía que abandonaban el siglo xx. Atravesaban grandes extensiones sin árboles, sin cruzarse con ningún otro coche por la carretera. Raramente se encontraban con estaciones de gasolina y paraban en algún pueblo pequeño para tomar un café. Prefería viajar así, con los ojos medio cerrados, a seguir hablando de su marido. Necesitaba olvidarle y, desde luego, la noche anterior lo había conseguido. De pronto, sintió la necesidad de saber más cosas del torero con el que había pasado la noche.

—¿Por qué no me contáis cosas de Luis Miguel o, bueno, Miguel, como le llaman sus amigos?

—Tiene fama de conquistador... De modo que no te hagas muchas ilusiones porque has conocido a todo un rompecorazones. No sé ya los idilios que le achacan, he perdido la cuenta —añadió Doreen.

—Tengo que confesaros que me gusta mucho. Creo que somos dos almas gemelas. Me contó que de joven se enamoró de una mujer mayor que él y su padre no le dejó seguir.

—Bueno, su padre y sus hermanos han formado una especie de clan. Si quieres llegar a algo más serio con él, tienes que caer bien a toda su familia. Esto es así en España y, por supuesto, en la familia del torero.

—Ya, sí que parece muy familiar.

—Ahora se relaciona con una mujer exótica. No está bien vista en todos los ambientes.

—¿Por el color de su piel? —preguntó Ava extrañada.

—Sí, en España no están acostumbrados a ver a una mujer de color y con rasgos asiáticos.

—Yo la conozco y me parece guapísima. Quizás, si va a la feria, vaya con esa chica.

—Pero está con esa chica como podría estar con otras. Luis Miguel representa lo que aquí se llama el macho español. De todas formas, se comenta que se hizo un picaflor después de enamorarse y morir la joven por la que suspiraba.

—¿De verdad? —preguntó con curiosidad.

—Sí —continuó Doreen—. Se ennovió con Cecilia Albéniz, la nieta del famoso compositor español y de la que Luis Miguel estaba perdidamente enamorado. Al menos, eso dicen. Con ella compartió las primeras mieles del triunfo y le acompañaba a todas partes. Incluso a cazar. Dicen que esa es otra de sus grandes pasiones.

—Sí, me lo ha comentado. —Se quedó pensativa—. Me refiero a lo de cazar.

—Unos días antes de la Navidad de hace cuatro años, Cecilia Albéniz viajaba a París en coche con unos amigos que iban a casarse allí cuando, al rozar la barandilla de un puente, perdió el control del coche, a quince kilómetros de Madrid, y se empotró contra un camión que venía de frente. Así acabó todo. Al torero le afectó muchísimo.

—Bueno, se comenta que luego se enamoró de una niña bien y su familia no le dejó casarse con ella —añadió Frank.

—Pero ¿cómo sabéis tanto de su vida privada? —preguntó Ava sorprendida.

—Bueno, Luis Miguel es uno de los personajes más relevantes de España y sus amores son la comidilla de las reuniones.

—¿De quién se enamoró? Me interesa...

—Se enamoró de una joven, hija del duque de Pinohermoso.

—Se llama Ángela Pérez de Seoane —Frank le refrescó la memoria a su mujer.

—Se enamoró de ella precisamente en una Feria de Abril. Bueno, se conocían desde hacía años, pero la chispa surgió allí. El torero visitaba mucho la finca del duque, situada a pocos kilómetros de Madrid.

—Sí, entre Guadarrama y El Escorial —concretó Frank.

—Doreen, sigue con la historia —le pidió Ava.

—La chica, muy bella y con muy buenos modales, fue puliendo al torero, que ha tenido escasa formación. Su escuela han sido los toros, al parecer era mal estudiante, y sus conquistas.

—Bueno, como yo. Cada hombre que he conocido me ha ido transformando. ¿Y qué pasó?

—Luis Miguel vio en ella a la mujer ideal para formar una familia. En aquella Feria de Sevilla, donde surgió la chispa, paseó con ella a caballo.

—Por ese caballo que montaba sentía Luis Miguel verdadera adoración. Con él practicaba el salto sin silla ni bocado. Todo lo hacía con la fuerza de sus piernas —interrumpió Frank—. ¡Increíble!

—Por favor, Doreen, termina la otra historia. Me interesa mucho.

—Después, se siguieron viendo a escondidas, se llamaban por teléfono, se enviaban mensajes a través de terceros. Incluso se fue a verla en verano al internado donde estaba... hasta que un día decidió pedir su mano. Además, tenía una espléndida amistad con su padre. Citó al duque en una cafetería y le pidió la mano de Ángela. Pero su padre sencillamente le dijo que no. Fin de la historia.

—No, pero ¿por qué dijo que no?

—El duque alegó que no quería para su hija un torero con una vida tan llena de sacrificios. Le dijo que Angelita era muy joven. Vamos, que deseaba un partido mejor para su hija —contó Frank.

—¿Por qué? No entiendo. Luis Miguel es un buen partido, además del hombre de moda.

—Pero su familia tenía otros planes para la chica. De hecho, la madre llegó a pegar a su hija con una fusta por seguir viéndose a escondidas con el torero. Lo tuvieron que dejar a la fuerza. Yo creo que, aunque la gente le vea con una y con otra, no ha tenido mucha suerte en el amor. Se llegó a decir que la había secuestrado, pero intuyo que será uno de tantos bulos que circulan por Madrid.

—Bueno, ese tema supuso un escándalo en la sociedad que frecuentamos, porque la hija del duque se escapó de casa, y este, alertado por el portero de la huida de su hija, interpuso una demanda contra Dominguín por rapto en la comisaría de la Puerta del Sol. Hay otra versión que yo creo más. Se dice que ella, después de la monumental paliza que le pegó su madre, se escapó por la ventana con la ayuda de una sábana. El portero, que la vio huir, llamó a Pochola, la hermana de Luis Miguel, y esta la localizó y la llevó a casa de unos conocidos —informó con detalle Doreen.

—Los Cembrano eran esos conocidos. Fue allí donde se vio con Luis Miguel. Angelita llegó a pensar en poner una demanda por malos tratos contra sus padres, pero fue Luis Miguel quien le quitó la idea y la convenció para que regresara a casa —concretó Frank.

—Bueno, todo quedó en nada, porque el duque retiró los cargos cuando su hija regresó. Su hermano, Manolo Pérez de Seoane, estuvo durante un tiempo esperando a Dominguín cerca de su casa. Quería pegarle por la deshonra que supuso ese episodio en su familia. Pero me contaron que Luis Miguel se lo explicó todo con detalle y continuaron la amistad. No así con su padre.

—¿Y ya está? ¿Acabó la historia de amor entre los dos?

—Pues claro, piensa que ella tenía diecinueve años y se prometieron que a los veintiuno, edad en la que alcanzaría la mayoría, se podrían casar. Sin embargo, cuando los cumplió, nada era igual, su amor por el torero se había enfriado. Luis Miguel tuvo más amores, que la prensa se encargó de exhibir, y ella miró hacia otro sitio —puntualizó Doreen.

Con los amores de Luis Miguel Ava hizo el camino muy entretenida hasta que, dos horas después, llegaron a Extremadura. La naturaleza hizo acto de presencia en la carretera. El paisaje se volvió más verde y agreste. Comenzaron a atravesar bosques de alcornoques y de encinas en una tarde de un cielo azul añil, que poco a poco fue perdiendo su intensidad. Llegaron a Trujillo ya anocheciendo. Una ciudad fortificada y llena de historia. En la plaza, con Pizarro presidiendo desde su pedestal las idas y venidas de los vecinos, les estaba esperando el capataz de la finca para conducirles hasta Pascualete. Los caminos se fueron ennegreciendo y se hicieron cada vez más difíciles y tortuosos. Llegaron a la finca ya bien entrada la noche. Con la conversación, el trayecto se le hizo corto a la actriz. Al bajar del coche, sintió unas ganas inmensas de volver a ver al torero. Se preguntaba en qué momento aparecería de nuevo en su vida.

12

Cuando el doctor Tamames llegó a la casa de Pepe Dominguín, en la calle Ferraz, se encontró a muchas personas alrededor de la niña opinando sobre lo que había que hacer.

—Doctor, gracias por venir tan rápido —le dijo Luis Miguel, agobiado ante la delicada situación de su sobrina.

—Me habéis pillado de milagro, porque ya me había ido de
casa camino de la tertulia. Menos mal que regresé a por unos
papeles y gracias a eso me he enterado de tu recado.

El doctor, desde los pies de la cama, miró a la niña y pidió
a todos que se fueran de allí menos al padre y sus hermanos.
La pequeña ya no abría los ojos y las convulsiones cada vez
eran más fuertes. Tamames se quitó el sombrero, la chaqueta
y se arremangó la camisa, sin dejar de observar a la pequeña.

—Quitadle ahora mismo las mantas que tiene encima.

—Era para que rompiera a sudar —se justificó el padre,
visiblemente afectado.

—Eso son costumbres equivocadas. Por favor, voy a reco-
nocerla, pido el máximo silencio.

El doctor seguía sin perder de vista los ojos y la cara de la
niña. Lo primero que hizo fue intentar mover su cuello, que
estaba rígido como una piedra. El doctor torció el gesto. Le
abrió el pijama y procedió a auscultarla. Observó que su frecuencia cardiaca era rápida y, aunque hubiera deseado hacerle

una radiografía, los pulmones hablaban por sí solos con la tos constante de la menor. Tenía el diagnóstico. Subió las mangas del pijama y observó su piel con algo parecido a un sarpullido.

—¿Ha habido alguien cerca de la niña con tuberculosis? —preguntó al padre.

—Mi mozo de espadas, Miguel Cirujeda. Es mi hombre de confianza y siempre ha estado cerca de nosotros.

—Pues tu hija tiene meningitis tuberculosa. El bacilo de Koch, que causa la tuberculosis, le ha dañado las meninges. No os quiero ocultar que tiene pérdida de la consciencia y está muy grave. Si no recibiera tratamiento, sería mortal. Vamos a intentarlo, pero me temo que, aunque la salvemos, la niña se va a quedar postrada en la cama con secuelas muy graves.

Pepe se tuvo que sentar. Su hija mayor enferma grave, después de la muerte de su mujer en el parto de su segunda hija... Era demasiado. Otra prueba insoportable para su vida.

—¿Por qué me tiene que pasar a mí esto? —se preguntó, completamente desolado—. Mi preciosa niña, mi niña...

Luis Miguel y Domingo también recibieron la noticia como un mazazo. Se sentían impotentes para consolar a su hermano.

—Pero, doctor, tiene que haber una solución —dijo Luis Miguel.

—Afortunadamente, Fleming descubrió la penicilina. Las personas, con lo que hoy tiene la niña, antes se morían. Vamos a hacer todo lo que la ciencia nos deje porque la enfermedad está muy avanzada.

—Le hemos llamado tarde. Igual si en las primeras toses me hubiera puesto en contacto con usted... Pensé que era un catarro y no se me pasó por la mente que se pudiera contagiar de mi mozo de espadas.

—La pillaría con las defensas bajas. La niña también ha pasado mucho. No solo padecemos los adultos, los niños notan también las ausencias.

Todos se quedaron en silencio mirando a la pequeña, que tenía la cabeza hacia atrás y las manos retorcidas.

—¡Pobre angelito! —exclamó el padre.

—Ahora mucho cuidado. No pueden venir niños a visitarla.

—Tiene una hermana de meses —explicó Pepe.

—Pues debería estar lejos de esta habitación. Y la persona que la cuide tampoco debe tener contacto con tu hija Verónica. Tú y todos deberíais extremar las precauciones cuando estéis con la pequeña. El bacilo de Koch es muy agresivo. Hay que evitar el contagio.

El médico se puso a extender una receta y se la dio a Pepe para que fueran al boticario sin perder un solo minuto y la pequeña recibiera el tratamiento inmediatamente.

—Será caro, pero vamos a luchar por salvarle la vida —le dijo el doctor Tamames.

—Lo que haga falta —saltó Luis Miguel—. No vamos a reparar en gastos.

—Por supuesto —añadió Domingo.

—Si tuvierais alguna dificultad para encontrar las medicinas, por favor, me lo decís sin dilación. Tengo contactos en la embajada americana que nos podrían ayudar. Conozco también a la condesa de Quintanilla. Sé que tiene dosis altas de penicilina. Por una vía o por otra, tendremos la medicina.

El doctor se fue al lavabo, se limpió las manos con jabón y los antebrazos. Después se dio alcohol y se fue de allí preocupado por el grave estado de la niña.

—Cualquier novedad, por pequeña que os parezca, me la comunicáis —les pidió el médico al salir.

—¡Con Dios! —se despidió Manuela, el ama de llaves.

—Aquí no menciones a Dios, que estoy cabreado con él —le dijo Pepe a la mujer que se había hecho cargo de la casa al morir Dolly.

La mujer se santiguó y se fue corriendo al cuarto de la niña.

—¿Cómo me puede estar pasando todo esto? ¿No era suficiente con la muerte de Dolly, para que ahora me llegue esta otra desgracia? Mi preciosa niña, mi angelito, ya para siempre en la cama.

—Espera a que evolucione la enfermedad. Estoy seguro de que Tamames la sacará adelante.

—Tú tienes mucha fe en Tamames, pero yo ya no tengo fe en nada ni en nadie.

—Normal, la vida te ha golpeado muy duro —comentó Domingo.

—Es como un tifón que se ha llevado por delante todo lo que tenía. Esa justicia infinita en la que yo creía, ¿dónde está?

—La justicia infinita, como tú dices, siempre ha tenido muchas grietas —afirmó Luis Miguel.

—Tienes otra hija muy pequeña por la que seguir luchando, y Verónica seguro que se repone —dijo Domingo, pero sin mucho convencimiento.

—No me tratéis de engañar. Mi hija se va a quedar así. Tal y como está. Le ha afectado a las meninges. El doctor no lo ha dicho, pero ha dado a entender que nunca va a recuperarse porque la enfermedad le ha llegado al cerebro.

—No pienses eso. El doctor no lo ha dicho tal y como tú lo estás diciendo —insistió Luis Miguel.

—Es igual, ya me da lo mismo. ¿A qué responde que mi mujer muera en el parto y mi hija mayor se contagie de la tuberculosis de Cirujeda? —Pegó con el puño en la pared del pasillo y se quedó durante unos minutos con la mirada perdida.

Los hermanos no se apartaron de su lado. Hubieran hecho lo mismo porque tenían rabia contenida, pero se limitaron a sacar un cigarrillo rubio y a ponerse a fumar sin pronunciar una sola palabra. Esperaron a que Pepe rompiera el silencio.

—A lo mejor si me hubiera quedado en Perú, con la familia de Dolly, todo hubiera sido distinto. Los padres de mi mujer y sus hermanas me invitaron a quedarme. Podía haber comprado tierras y haber plantado té en la selvática Amazonia peruana. O haberme dedicado a los cultivos de algodón, ¡con lo que me tira la tierra!

—No pienses eso. Siempre hiciste lo que era más conveniente para tu familia —aseguró Domingo.

—Con Maruja, mi suegra, aprendí hasta a jugar al bridge. Hubiera llevado una vida más tranquila.

—No digas tonterías, aquí juegas al póquer y al mus, que es mucho más divertido. Además, ¿qué harías lejos de nosotros? —le dijo Luis Miguel—. No te vamos a dejar solo. Estamos contigo y vas a tener todo nuestro apoyo.

—Lo sé, lo sé, y os lo agradezco. —Los tres hermanos se abrazaron.

A Pepe se le saltaron las lágrimas. Eran de impotencia y de rabia. Sus hermanos se quedaron hasta la noche con él. Nunca le habían visto tan desolado, ni tan siquiera cuando murió Dolly. Resultaba muy difícil darle ánimos. Los tres fumaron hasta formar una espesa neblina en el salón. Al menos, parecía que el tabaco paliaba sus angustias.

—Estoy pensando en no ir a Cuenca, a Villa Paz. Iré en otro momento.

—No, Miguel. No cambies tus planes. Aquí ya solo toca esperar. No me podéis ayudar ninguno de los dos. Os lo agradezco, pero casi prefiero estar solo.

—Como quieras... —dudó Luis Miguel.

—Solo no te vamos a dejar, por mucho que te empeñes. Tienes una familia que te va a arropar e insuflar fuerzas para luchar. No te olvides de Bárbara, tu hija pequeña —le comentó Domingo.

—El problema de Bárbara es que cuando la miro, me acuerdo de que su madre murió el día que nació, y en el fondo de mi alma eso está ahí.

—¿Qué culpa tiene la cría de que los anestesistas metieran la pata y no preguntaran a tu mujer si había comido algo? —se apresuró a decir Luis Miguel.

—Cuando mires a la niña, solo piensa en que se trata de tu hija y punto. Ahora tienes que apretar los dientes y seguir luchando. La vida no es justa para nadie.

—Sí, pero parece que se ensaña con unos más que con otros —le contestó Pepe.

—Tienes razón. De ahí mi teoría de que hay que aprovechar el momento. Debemos exprimir la vida como si fuera un limón. Apurar los buenos momentos al máximo y, con los malos, echarlos a la espalda, porque no nos podemos imaginar el enorme peso que somos capaces de soportar —reflexionó Luis Miguel.

—Pues yo con este peso ya no puedo más. Se acabó. Hasta aquí he llegado. Creo que, en realidad, no soy capaz de pensar en nada ni asumir ninguna responsabilidad —confesó Pepe.

—Date tiempo. Las decisiones y la venganza hay que servirlas en plato frío. Ahora lo mejor que puedes hacer es atender a tu hija y, si quieres, ayudar a la familia a regentar alguna de las plazas que tenemos. Para ponerse delante de un toro uno tiene que pensar nada más en el morlaco. Tú no estás en condiciones ni de hacer el paseíllo —expuso Luis Miguel.

—Estamos papá, Luis Miguel y yo para llevar los asuntos de nuestra familia. Ahora olvídate de todo. Debes estar al lado de Verónica y poniendo en orden tu cabeza.

—Me hace falta, porque me dan ganas de quitarme de en medio.

—¡No digas tonterías! —exclamó Luis Miguel.

—No toca... Yo siempre digo que no hay que morir de viejo. Uno tiene que irse antes de que una enfermedad nos quite de en medio. No hay que dar tiempo a la decrepitud para que nos robe la dignidad —comentó Domingo con seriedad.

—Pero ¿qué estás diciendo? No le hagas caso —salió Luis Miguel al quite—. Tienes que reponerte y asumir que la vida sigue. Piensa en ti y en que te necesitamos. Debes cuidarte porque eres el único salvavidas de tus hijas. No te queda otra más que pelear. Los Dominguín no somos cobardes. Sabemos encarar la vida tal y como nos llega.

—Somos valientes —comentó Pepe con la mirada perdida.

—Acuérdate de la abuela Bicicleta. Dispuesta a ir a la cárcel con tal de dar de comer a sus hijos —les recordó Luis Miguel.

—¡Qué personaje! Salía por la noche a robar melones para que comiera su familia. Incluso recordad que nos contaba papá que se iba embarazada, soportando un peso tremendo, con la mercancía que conseguía en huertos ajenos —añadió Domingo.

—Bueno, nuestro padre me dijo que alguno de sus hermanos nació entre rejas después de que la Guardia Civil la hubiera detenido quitando «el sobrante» de la finca El Alamín del marqués de Comillas —comentó Pepe, sacando fuerzas. Incluso esbozó algo parecido a una sonrisa mientras evocaba el pasado de la tía Pilar, como también llamaban a la abuela.

—Hemos salido así de peleones por ella, ¿no creéis? —preguntó retóricamente Luis Miguel—. A nosotros no nos hunde nadie. ¡Somos fuertes, Pepe! Llevamos esa fuerza en nuestra sangre. Cuántas veces nos habrá contado el tío Cruz —ese era el nombre que daban al abuelo— que nuestra abuela daba a luz sola, en el reclinatorio que utilizaba para sus rezos y que también le sirvió para traer a sus diez hijos al mundo. No quería que pasara nadie hasta que el parto hubiera concluido. De esta estirpe de hombres y mujeres fuertes hemos salido los Dominguín.

—No te olvides de la alergia a la Guardia Civil. Eso también lo hemos heredado de la abuela Bicicleta —añadió Domingo, y los tres sonrieron.

Estaban en el salón y Pepe pidió algo de beber. El servicio les sirvió vino. Se sentaron en el sofá y lograron animarse entre ellos.

—Tengo que decir que lo de la alergia a la Guardia Civil yo no lo he heredado —confesó Luis Miguel.

—¡Claro! Como tú te codeas con Franco, no sientes gato —hizo ademán de tocar madera— por los del tricornio.

—¡Cállate! Que por mis amistades estoy sacando a tus amigos de la cárcel constantemente. El otro día don *Camulo* —se refería a Camilo Alonso Vega— me preguntó si todos mis amigos eran delincuentes y prostitutas. ¿No ves que constantemente me vienes con algún encarguito de los tuyos para sacarlos de la cárcel?

—¿No le contestaste? —preguntó Pepe.

—¿Tú crees que yo me voy a quedar callado? Le dije: «No, don Camilo, también le tengo a usted por amigo».

Se echaron a reír. Domingo y Luis Miguel habían conseguido que Pepe se olvidara por unos segundos de la terrible situación que estaba viviendo.

—Un día te van a llevar a ti por delante —le dijo Pepe.

—No, descuida. Es el niño intocable de Franco. ¿No ves que le consiente que le cuente los chistes que se dicen sobre él? Nuestro hermano no le teme a nada ni a nadie. Se pone al mundo por montera —comentó Domingo.

Se quedaron allí hasta la madrugada. Cuando decidieron irse, era ya noche cerrada. Domingo solo tuvo que subir al octavo piso y Luis Miguel regresar a casa. Esa noche no quería más que dormir. Era un día para olvidar.

En Pascualete estaba todo el servicio esperando en la puerta para recibir a Ava Gardner. Había mucha expectación por ver a la actriz fuera de la pantalla. Los condes de Quintanilla, advertidos de su presencia, salieron inmediatamente a darles la bienvenida en compañía de sus dos hijos mayores y sus institutrices. En cuanto Ava bajó del coche, sonó un aplauso espontáneo de todos cuantos estaban allí para su recibimiento. Era un acontecimiento para el personal de la finca que la estrella de Hollywood fuera a visitarles.

—Bienvenida, Ava. Acabas de llegar a un lugar mágico. Casi te diría que único. —Luis Figueroa, conde de Quintanilla, se dirigió a ella en inglés—. Esta es tierra de conquistadores y de aquí han salido gran cantidad de hombres dispuestos a la aventura. Créeme que tus pies se acaban de posar en un lugar de hombres valerosos, aventureros y dispuestos a arriesgar la vida por un sueño. No estás en cualquier sitio.

—Lo sé. Me doy cuenta de que se trata de un lugar muy especial. Gracias por vuestra invitación.

—Querida, cuando mañana amanezca en Pascualete, verás que este lugar no se parece a nada de lo que hemos conocido en América —le dijo Aline—. Este palacio de la familia de Luis es el más antiguo de la región. Ahora vamos adentro y tomamos algo para cenar. Tienes que estar hambrienta después del viaje.

—Ha sido un viaje fantástico. Como veníamos hablando, no nos hemos fijado en las distancias. Sinceramente, creo que ha merecido la pena.

Varios candiles de aceite iluminaban al servicio bajo el arco de piedra. Antes de pasar al interior, les presentaron al guarda de la finca, un hombre alto, delgado y de rostro cetrino, surcado de arrugas.

—Aquí tienes al que más manda de todos nosotros. Primitivo, saluda a la señora. Ha nacido entre estos muros, igual que su padre y su abuelo. Han sido los guardeses durante varias generaciones.

Primitivo se quitó el sombrero e hizo algo parecido a una reverencia. Cuando accedieron al interior del palacete, les dieron la bienvenida primero con un vino y después con jamón ibérico cortado fino, especialmente para la ocasión. Ava se entregó por completo a la bebida y a la comida. El jamón, que había descubierto en su primer viaje a España, le encantaba. Lo encontraba delicioso.

—Está sencillamente cojonudo...

Todos se quedaron asombrados de su expresión. El conde casi se atraganta al oírla. Después se echó a reír.

—¿He dicho algún inconveniente? —quiso saber Ava, al ver la cara de estupefacción de Aline.

—¿Dónde has aprendido esa expresión? —preguntó con curiosidad.

—Me la ha enseñado Luis Miguel Dominguín.

—Pues, querida, no la uses en las reuniones de sociedad. Suena muy fuerte. Te ha gastado una broma.

—¡Oh, ese diablo de Luis Miguel! —Ava se echó a reír y todos la siguieron.

Apareció una mujer mayor del servicio, toda vestida de negro, y anunció que la cena estaba servida. Rápidamente invitados y anfitriones se levantaron para dirigirse al comedor.

—Las personas que has visto ahí fuera son pastores en su mayoría. Esta finca sobre todo es ganadera. Los empleados viven cerca en chozos de paja. Las personas aquí son muy humildes pero de gran inteligencia —le comentó Aline mientras indicaba el camino a sus invitados.

Dos mujeres arrodilladas ante el fuego de la chimenea terminaban de dar la última vuelta a un pesado asador donde se hallaban ensartados dos lechones cuya grasa se vertía en una olla de judías que se hacían lentamente a un lado de la lumbre. Se pusieron en pie de inmediato.

Los condes y sus hijos, junto a las institutrices, así como los tres invitados se dirigieron hacia los únicos muebles que había en la estancia: una mesa larga cubierta con un grueso mantel que llegaba hasta el suelo y varias sillas rústicas. La luz provenía de dos grandes candelabros. Cuando Ava y los Grant introdujeron las piernas bajo el mantel sintieron una agradable sensación de calor. Un brasero calentaba sus pies y fue objeto de admiración durante largo rato. Aquella experiencia que vivían parecía salida de un cuento.

—Un lugar realmente mágico —admiró Ava—. La sensación no puede ser más agradable.

—Se trata de un viaje al pasado. Venir a Pascualete nos devuelve a cómo debieron de vivir nuestros antepasados. ¿Verdad que es fantástico? —apuntó Aline.

A los americanos les fascinaba el palacio y la historia que encerraba entre sus muros de piedra. Tenía todos los ingredientes para hacerles sentir que se trataba de una aventura difícil de olvidar.

—¡Cuánto me alegro de haber venido! Nunca he estado en un lugar parecido —insistió Ava.

—Pues espera a ver Pascualete con luz. Además, mañana hemos organizado una cacería. Comprobarás que se trata de otra experiencia inolvidable —añadió Luis Figueroa.

—Estoy intrigado de cómo ha llegado hasta aquí una americana. Nos lo tienes que contar algún día, Aline —intervino Frank.

—Muy fácil, casándome con este señor —señaló entre risas a Luis.

—¿Cómo os conocisteis? —preguntó Ava con curiosidad.

—¡Huy! Sería muy largo, ¿verdad, cariño? —comentó Aline.

—Tengo que decir que me conquistó su desparpajo —admitió el conde—. No parece tener miedo a nada, ni a mi abuelo, que tuvo que dar el visto bueno para casarnos y era de armas tomar.

—Ese episodio fue muy gracioso. Luis me dejó a solas con él porque tenía fama de mal carácter, pero tengo que decir que congenié con él desde el primer momento, para asombro de todos. Al final dijo algo así: «A esta familia le viene bien sangre nueva».

—No sé cómo lo hizo, pero le engatusó y él le dio permiso para nuestra boda —añadió el conde.

—Tristemente se nos fue hace tres años. Yo le echo de menos. Escucharle era una lección de historia. ¡Un personaje fantástico! —comentó Aline.

—Te envidio, porque no sé si hubiera sido capaz de dejarlo todo por amor —comentó Ava.

—Bueno, te diré que todavía, si me llaman «de la oficina», me atrevo a hacer alguna cosa.

Doreen le dio con el pie sin que nadie lo notara.

—¡Aline ha sido espía! —le comentó entre dientes y en voz baja.

—¿Es cierto? —preguntó Ava sorprendida.

—¿Si es cierto qué? —preguntó Aline.

—Le he comentado que tu trabajo era similar al de los Sicre que ella conoce, ¿verdad, Ava? —Doreen le volvió a dar con el pie.

—¡Ah! Sí, sí, por supuesto. Ya no hago prácticamente nada porque con Luis es imposible. —Aline le guiñó un ojo a Ava.

—Bueno, este momento que vivimos me parece mucho más tranquilo que durante la Segunda Guerra Mundial —repuso Ava.

—Tranquilo, lo que se dice tranquilo en España, sabes que nunca se puede asegurar —le explicó Aline.

—Bueno, mi país por fin se está abriendo más al exterior. Espero que la constante visita de norteamericanos favorezca ese intercambio económico y cultural —añadió Luis Figueroa.

—¡Queda mucho por hacer aquí! Pero tienes razón, Luis. Los negocios están abriendo las puertas de América a los españoles —añadió Frank.

—Sí, pero hay que tener mucho cuidado con lo que dices y con lo que haces —comentó Aline—. No hay libertad de expresión.

—Tú precisamente no te callas nada. Hay quien puede decir lo que piensa y quien no puede abrir la boca. Estas cosas han pasado siempre y seguirán sucediendo. La Guerra Civil está muy reciente. La gente que trabaja aquí, por ejemplo, no se atreve a hablar conmigo de política —apuntó Luis.

—Franco sigue matando a todo aquel que respira aires comunistas o les encierra en sus cárceles en unas condiciones lamentables —apuntó Frank.

—Sabes que los aristócratas no somos afines a Franco, pero bueno, no estropeemos la noche hablando de política. Las paredes oyen —afirmó Luis—. Es mejor hablar de cine, de arte, de fútbol...

—Sí, pasemos al salón —sugirió Aline, poniéndose de pie.

El resto de los comensales hicieron lo mismo y siguieron a la joven condesa hasta llegar a una gran sala de techo abovedado y grandes puertas de madera tallada, encajadas en arcos de granito. Un gran escudo en el suelo con cinco rosas negras les dio la bienvenida.

—Aquí tenéis el escudo de Pascualete, el más importante de esta región —señaló Aline orgullosa.

La noche no había hecho más que comenzar entre aquellos muros tan gruesos y aquellos vestigios del pasado. Ava estaba completamente fascinada. Sin embargo, echaba de menos que no estuviera cerca Luis Miguel para compartir con ella este momento que consideraba único.

13

Luis Miguel no madrugó. A las doce del mediodía le desper-taron unos golpes insistentes en la puerta.

—¡Señorito! Son las doce, la hora a la que me dijo que le despertara. ¿Me oye?

María insistía en dar golpecitos a la puerta mientras el to-rero no diera señales de vida. Sabía que quería salir camino de Saelices, Cuenca, a visitar su finca. Su prima Mariví estaba en casa y se unió a la misión de despertarle.

—¡Miguel! ¡Miguel, despierta! Tienes que ir de viaje a ver a mis padres.

—¡Pasa! —se oyó una voz pastosa desde dentro de la habi-tación e inmediatamente un *clic* que indicaba que el torero acababa de encenderse el primer cigarrillo del día.

—Miguel, son las doce —dijo la adolescente divertida, entrando en la habitación de su tío.

María, que iba por detrás, subió la persiana para iluminar aquel gran dormitorio. Luis Miguel se hallaba desnudo de cintura para arriba. Solo le tapaba un calzoncillo blanco que exhibía con toda naturalidad delante de su prima y de la muchacha. Cuando comenzó a hablar con la niña, María se ausentó.

—Voy a charlar con tus padres porque te quiero cambiar de colegio —dijo, dándole una calada a su cigarrillo.

—¿De verdad? —Mariví abrazó a su tío efusivamente—. ¡Eres genial! No aguanto a las monjas.

—Lo sé. Por eso quiero pasarte al Liceo, porque el año que viene te irás a Francia.

—Yo estoy bien aquí. En Francia me sentiré muy lejos de todos.

—No, debes educarte en los mejores colegios. Tengo planes para ti... Es importante que hables varios idiomas.

—Ya hablo francés.

—Pero no como si hubieras nacido allí. Primero, te preparas en el Liceo y, luego, a París. ¡Hazme caso! Sabes que solo quiero lo mejor para ti.

—Está bien, pero solo porque me quitas de encima a esas brujas de profesoras. Librarme de ellas hace que no me sienta mal con la idea de irme de España.

María volvió a entrar en la habitación. Llevaba una bandeja con el desayuno para el torero.

—Aquí se la dejo.

—No te vayas, María, que quiero hablar contigo. Mariví, déjame un segundo a solas, que tengo que pedirle un favor a María.

La joven se fue de allí sin rechistar. Adoraba a su tío y sabía que quien estaba costeando sus estudios en Madrid era él. Sentía una gran cercanía hacia su persona.

—Usted dirá... —dijo María, estirándose el uniforme.

—¿De cuántos meses estás? —preguntó Luis Miguel a bocajarro.

—¿Cómo dice? —Se quedó de piedra. Tuvo que apoyarse en el cabecero de la cama.

—Sé que estás embarazada de... bueno, sabemos los dos de quién. —María guardó silencio. Estaba muy pálida atendiendo a lo que decía el torero—. Mira, vamos a contarle a mi madre una verdad a medias. Tú no le dices quién es el padre y yo te pago absolutamente todo lo que tenga que ver con ese niño. ¿Me entiendes?

—Bueno, yo... —La muchacha, completamente aturdida, no sabía qué decir.

—Me parece muy fácil. No dices quién es el padre y yo me hago cargo de tu hijo. Así de sencillo.

—Me tendré que ir de esta casa —se atrevió a sugerir.

—No te vas a ir a ningún lado. Te lo digo yo. Eso sí, doña Gracia no debe saber jamás quién te hizo la barriga. Ese es mi trato. Si se rompe por tu parte, no daré ni un solo duro para la manutención y la educación de tu hijo. ¿Entiendes?

—Entiendo —bajó la cabeza avergonzada.

—¿No tienes un novio por ahí para que mi madre se quede tranquila?

—No. Yo me vine del pueblo y no he salido de esta casa.

—Pues empezarás a salir alguna tarde para que mi madre no sospeche.

—Pero no puedo irme sin permiso.

—Tienes ya el mío. De todas formas, le diré a mi madre que te deje salir dos tardes a la semana. El jueves y el domingo. ¿Te parece bien?

Movió la cabeza en sentido afirmativo. No se atrevía a despegar los labios. Estaba asustada y avergonzada.

—Tardarás un mes en contarle a mi madre que estás embarazada. Y luego, cuando nazca el niño, le diremos que se ha adelantado. ¿De acuerdo?

—Sí, señorito... No sé cómo agradecérselo.

—Deja de llamarme señorito, por favor.

—Sí, señorito... Perdón... Sí.

—Ahora pregúntale a mi madre qué quiere que les lleve a mis tíos. En media hora me gustaría salir hacia la finca. Dile a Chocolate que venga a por mí y que avise a China. Pasaremos a buscarla en una hora. ¿Te acordarás de todo?

Asintió con la cabeza y se retiró de allí. María no pudo por menos que meterse en el baño y echarse a llorar antes de hacer los recados que le había mandado Luis Miguel. Se refrescó la cara con agua y, con los ojos todavía enrojecidos, salió en dirección a la cocina. Chocolate y doña Gracia charlaban.

—Una desgracia más en la familia, Chocolate. Digo yo que para la niña, para que se quede postrada en la cama como un vegetal, es mejor que Dios se la lleve. Me ha dicho Manuela que está muy mal. ¡Qué desgracia! —Se echó a llorar.

—Doña Gracia, lo mismo se recupera. No podemos preocuparnos hasta que veamos cómo va evolucionando. Los médicos son muy agoreros. Se lo digo por experiencia. ¡Tranquilícese!

—¿Qué hemos hecho esta familia para este castigo?

—Nada, doña Gracia. Nada. Todas las familias tienen enfermos. No conozco ninguna que no tenga un tullido, un enfermo grave e incluso nada que llevarse a la boca. Esa sí que es la peor desgracia. En esta casa siempre hay un bocado para la familia y para todo el que viene de fuera.

—Pero las desgracias se han concentrado sobre Pepe. Me da mucha pena mi hijo. No se merece lo que le está pasando.

—Señora, perdone que la interrumpa —se atrevió a hablar María después de un rato de merodear por la cocina.

—¿Qué quieres? —dijo la madre de los Dominguín, enjugándose las lágrimas con un pañuelo.

—Me dice el señorito Miguel que en media hora quiere irse a Villa Paz. Que le prepare todo lo que deba llevar a sus cuñados.

—¡Está bien! Haz un hatillo con parte de la matanza del pueblo y un queso. Todo lo que veas por ahí. No tengo ánimo para hacerlo yo.

—Chocolate, don Miguel me ha dicho que avise a China de que en una hora pasarán a recogerla por el hotel.

—Muchas gracias. Así lo haré. —Se levantó inmediatamente a llamar a la joven al hotel Wellington.

María y doña Gracia se quedaron a solas.

—Tienes los ojos rojos de haber llorado —se extrañó doña Gracia—. ¿Te pasa algo?

—No, nada. Bueno... sí que me pasa. Me ha dicho el señorito que tendré dos tardes libres a la semana y se me han saltado las lágrimas.

—¿Dos tardes a la semana? ¿Y para qué quieres tanto tiempo libre?

—Para salir con mi novio. —Estaba de espaldas y cerró los ojos esperando la respuesta.

—¿Pero tienes novio? —preguntó la matriarca de los Dominguín con extrañeza.

—Bueno, alguien hay...

—Pues ten mucho cuidado, no te vaya a hacer un bombo.

Como siempre, doña Gracia daba en la diana. Parecía que leía el pensamiento de la gente.

—Señora, por favor.

—¡Ándate con cuidado, que los hombres prometen mucho y luego nada de nada!

Cuando volvió Chocolate a la cocina, la conversación entre las dos mujeres cesó. No tardó mucho en aparecer por allí Luis Miguel. Venía abrazado a su prima.

—Entonces, quieres que les lleve este sobre a tus padres y ¿nada de besos?

—Sí, dales mil besos —dijo ella mientras llenaba de besos la cara de su tío—. En la carta les cuento cómo me van los estudios y lo mucho que les quiero.

—Eso está muy bien. —El torero le respondió con otro beso, guardándose el sobre en el interior de su chaqueta—. Madre, ¿qué quieres que les lleve a los tíos?

—Le he dicho a María que les ponga un poco de todo. Parte de la matanza y un queso de Quismondo. Estoy aturdida con lo de Verónica.

—Madre, no se preocupe innecesariamente. Vamos a esperar unos días. Yo confío en que Tamames la saque adelante. Está en las mejores manos. —Le dio otro beso a su madre.

—Dile a Cigarrillo que no corra. ¡Cuando llegues has llegado! No tienes prisa.

—¡Claro que no! ¡Tranquila! Tardaré tres o cuatro días en volver. Aprovecharé para ir a la Feria de Sevilla.

—¿No querrás encontrarte con la hija de Pinohermoso?

—Madre, eso ya es agua pasada. Voy a pasármelo bien. Lo necesito.

—Eso está bien. Bastante te has jugado la vida por esas plazas. ¡Diviértete! Te lo mereces. Pero ten cuidado con tu pierna. No vayas a estropear la convalecencia.

—Tranquila. Los toreros somos como los gatos. Tenemos siete vidas. Ahora, en cuanto me reponga, la reto a jugar un partido de pelota.

—¿Quieres perder? Recuerda que soy pelotari y de las buenas.

—Como para olvidarlo. No hay quien le gane. ¡Sigue en forma!

—¡Qué va! No soy la que era. Con tu padre dejé aparcadas mis cualidades.

—Me voy. ¡La llamaré desde la finca! —Le dio otro beso.

—¡Cuidado por esas carreteras tan malas!

—¡Descuide, madre!

El torero y Chocolate —que cargaba con la maleta— se fueron con rapidez escaleras abajo. Hasta Saelices les quedaba un largo camino. Cigarrillo les esperaba justo a la puerta del inmueble dispuesto a conducir lo que el maestro dispusiese. Así lo venía haciendo desde hacía años. Mientras los demás iban dormidos, el mecánico podía echar horas al volante que no le entraba sueño. Era un auténtico as del volante. Ahora, además, no iban camino de ninguna plaza de toros, ni con la necesidad de pisar el acelerador por llegar tarde a algún compromiso, sino que se trataba de un viaje doble: primero a Villa Paz y después a Sevilla. Antes, una parada obligatoria para recoger a China en el hotel.

Cuando llegaron a la calle Velázquez, Luis Miguel pidió a Chocolate que recogiera a la joven en la habitación. El torero estaba apático, afectado por la enfermedad de su sobrina. Tenía dudas sobre si hacía lo correcto, pero podía más el instinto de volver a ver a la mujer por la que estaba dispuesto a perder la cabeza.

China apareció vestida con un abrigo y un gorro de visón blanco. Estaba bellísima.

—¡Qué guapa! —admiró el torero—. Para Cuenca bien, pero en Sevilla vas a pasar un calor tremendo.

—Llevo otras cosas.

Chocolate apareció por detrás con una maleta bien cargada. El mecánico tardó hasta que encajó el equipaje de la joven en el coche. La mezcla de rasgos mulatos y asiáticos conseguía en su rostro un resultado nada común. No dejaba a nadie indiferente a su paso, todo el que se cruzaba con ella giraba la cara.

—¿Qué tal la niña? Te noto preocupado —le dijo China al entrar en el vehículo.

—Mal. Está muy mal. —Se quedó pensativo—. Me temo que el tratamiento le va a llegar tarde.

—¡Vaya! ¿Cómo se encuentra tu hermano?

—¡Imagínate! Destrozado. Como estaríamos cualquiera al perder a su mujer y ver así a su hija en un corto espacio de tiempo. Muy mal.

—Por mí podíamos haber suspendido el viaje.

—Lo sé y te lo agradezco. Pero tengo que ir a la finca y de allí a Sevilla hay poco camino.

China sabía que deseaba ir al sur para encontrarse con Ava. Cuando estuvieron juntas, ella insistió mucho en que fuera a la feria. Lo hacía por ella. No tenía ninguna duda. Por eso, la joven se había esmerado en vestir como las estrellas de cine que acababa de conocer.

—Solo pasaremos esta noche, y mañana por la mañana saldremos camino de Sevilla. Tenemos dos habitaciones reservadas en el hotel Alfonso XIII.

—¿Dos habitaciones? —preguntó extrañada.

—Sí, hazme caso. Hay que guardar las formas. En Madrid no pasa nada, pero en Sevilla todo se sabe. No quiero arriesgarme. Ya me denunciaron una vez por secuestro de una joven y no quiero que ahora se inventen otra mentira.

—¡Ya! —No estaba muy convencida de que el torero durmiera con ella las noches que pasaran en Sevilla.

—Deberías tener alguna ocupación para que tu cabecita dejara de dar vueltas a tantos miedos como te atacan.

—Sí, lo tengo decidido. Creo que ya sé lo que quiero.

—¡Me sorprendes! ¿Qué has pensado hacer cuando yo no esté contigo?

—Quiero prepararme para ser maniquí. Me lo sugirió un modisto y me parece que le voy a hacer caso.

—¿Maniquí? Si lo tuyo es ser azafata.

—Tengo altura y creo que la moda me gusta más.

—Bueno, pues adelante. No sé qué te lo impide.

—Seguirte a ti hace imposible que cuenten conmigo de manera profesional, pero empezaré poco a poco. Primero, quiero aprender a caminar. Por lo pronto hay un modisto que me ha dicho que por qué no pasaba su ropa para sus clientas. Estaría con otras jóvenes de buenas familias que también lo hacen.

—No sé yo si eso les gustaría a tus padres...

—¿Por qué no? Me parece algo bonito y no sé cuál es el problema.

—Mientras no te impida viajar conmigo.

Eso a China le gustó. Significaba que Luis Miguel hacía planes con ella y, de momento, seguía formando parte de su vida, aunque nunca le hablaba del futuro.

Después de un rato sin hablar mientras miraban la maltrecha carretera llena de baches, Luis Miguel se dirigió a Chocolate:

—Trata de localizar a Canito y dile que quiero que esté conmigo en un tentadero que voy a organizar para dentro de cinco o seis días.

—¿Otro? —se metió por medio Noelie.

Chocolate se limitó a decir que sí sin entrar en detalles. Todos los que iban en el coche sabían que el anterior tentadero no había existido. Fue una excusa para estar con Ava Gardner.

—Hay un joven novillero que me ha pedido un traje de luces tuyo —dijo Chocolate.

—No le des uno, dale por lo menos dos o tres. Yo tardaré en volver y pienso hacerme otros cuando regrese a los ruedos. Ya sabes lo que creo: un torero debe vestir bien en la plaza para demostrar el enorme respeto que siente por el público.

—Eso lo saben el público y tu cartera. Este último año el sastre te hizo veinte trajes. Debes de ser el torero que va más al sastre.

—Estropeo mucho los trajes.

—Te arrimas mucho al toro. De todas formas, yo creo que la seda era mejor antes y no daba tanto de sí. A mí me parece que duraba más.

—¿Cuánto cuesta uno de esos trajes? —se metió China en la conversación.

—Entre cinco mil quinientas pesetas y seis mil. Depende del bordado en oro que lleve. Son trajes muy laboriosos.

—Imagino... por el precio.

—De todas formas, Miguel regala los trajes casi nuevos. No creo que se haya puesto uno más de cinco veces. A veces incluso con tres corridas ya los da. Con alguno que me cae, yo me saco algún dinerillo, que siempre viene bien. Lo mismo hace con los capotes de paseo y estos cuestan más, entre siete mil y ocho mil pesetas. Y capotes de brega, ni te cuento. Gasta una barbaridad: unas tres docenas de mil quinientas pesetas cada uno. Son de seda y en cuanto no los ve bien, también los regala. Por no hablar de las camisas... Este año habremos comprado unas tres docenas de trescientas cincuenta cada una.

—Chocolate, por favor. No nos hagas aquí la lista de precios de todo lo que llevo encima y de todo lo que regalo.

—Está bien, ya me callo. Si lo digo porque no todos los toreros dan tanta importancia al vestir bien.

—Además, hay que torear...

—Por supuesto, y de eso tú sabes un montón. Ahora nadie te hace sombra. Eres y serás el número uno. Yo le vi torear cuando casi no sabía ni andar.

—Chocolate, hoy te han dado cuerda. ¿Ahora le vas a contar mis proezas de niño? No, por favor.

—Hoy el maestro está de malas pulgas. Digo yo que alguien le tendrá que contar a esta muchacha quién eres.

—Bueno, ahora lo sé perfectamente, pero cuando le conocí reconozco que no era aficionada a los toros. ¿Cuántos viajáis con Miguel?

—La cuadrilla fija la forman cinco hombres: tres banderilleros y dos picadores. Pero en la mayor parte de las corridas, por hacer favores a algún subalterno, saca a alguno más. Con Miguel también vamos su padre, que es su apoderado; Miguelillo, su mozo de espadas, y dos chóferes contando con Cigarrillo y otro para el Hispano, en el que viaja la cuadrilla. Luego un ayudante para el mozo de espadas... En total unos doce. Bueno, y ahora el médico: Tamames. Trece, o catorce si le acompaña Merchán a alguna plaza. —Ramón Merchán era el hijo del farmacéutico de Quismondo.

—¿Y toda esa gente depende de ti?

—¡Claro! Uno detrás lleva a las familias de todos ellos. Así debe ser.

—Oye, y cada banderillero y picador cobra más de mil quinientas pesetas por corrida. Luis Miguel les da más y...

—Ahora no vas a empezar con los sueldos. Por Dios, Chocolate, déjanos dormir un rato. Tengamos la fiesta en paz...

Hasta que no llegaron a Villa Paz, Luis Miguel fue con los ojos cerrados. Chocolate se quedó frustrado. Se sentía orgulloso de para quién trabajaba y le encantaba relatar las excelencias del torero.

14

Ava se despertó temprano. El olor a pan recién hecho le hizo abrir los ojos y vestirse rápidamente. Así amanecía cada mañana en la casa de huéspedes que regentaban sus padres en Newport News, Virginia, cuando ella era una adolescente.

Le encantaba ayudar a su madre. Estaba acostumbrada a cocinar para muchas personas y se le daba bien. Lo había hecho desde los diez años cuando su padre cayó enfermo y su madre había tenido que cuidarle día y noche. Una receta que causaba furor entre sus amistades era el pollo frito al estilo de Molly, su madre, a la que recordaba constantemente. El secreto estaba en la mezcla de huevo, leche, harina y pimienta y, antes de freír, enharinar de nuevo. Más de una vez, invitada en alguna casa de sus amigos, se metía en la cocina para preparar esta receta.

Mientras se vestía para salir tras ese rastro de olor a pan en Pascualete, le vino a la memoria el día en el que un huésped pretendió propasarse con ella y, a sus gritos, acudió su madre con tal furia que acabó echando al huésped con cajas destempladas de aquella casa. Molly siempre la había sobreprotegido, ya que era la pequeña. Su madre la tuvo bordeando los cuarenta. Pero lo mismo hacían sus hermanos, sobre todo la mayor, Bappie, que tantas veces la acompañaba, excepto en este viaje a España.

Salió de su habitación y se presentó en la cocina, donde el personal de la finca preparaba el desayuno. Por gestos se hizo entender y con un delantal blanco se puso a ayudar en los preparativos como si fuera una más del servicio. Primitivo alertó a Aline, la anfitriona, que a los pocos segundos se presentó allí.

—¿Ava, qué haces aquí? —le preguntó divertida.

—Me encanta la cocina. No me puedo resistir al olor a pan. Son recuerdos más fuertes que mi voluntad.

—Si te hace feliz, adelante, pero deberías sentarte a la mesa, porque tenemos que desayunar fuerte antes de salir de caza.

—No sé yo si quiero salir a pegar tiros.

—Es la excusa para pasar una mañana en el campo.

—Por ese lado me has convencido.

Se quitó el delantal. Se despidió de todos y se fue al salón tras los pasos de Aline.

Cuando entraron en la estancia, ya eran muchos los que estaban sentados en la larga mesa de comedor. Sus amigos los Grant tomaban un té.

—Buenos días, está a punto de llegar el pan caliente —dijo la actriz.

—Y Ava ha sido una de las manos que han amasado ese pan —añadió Aline.

—Sí, lo confieso. No me he podido resistir.

En la mesa, Luis comenzó a organizar la cacería. Irían en tres grupos. Aline y Luis formarían uno con Ava y los Grant. Los otros dos estarían integrados por gente del pueblo. Primitivo designó a un responsable para cada grupo. Pillete se encargaría, con otros cinco muchachos de la finca, de asistirles.

—Os presento a Pillete. Desde que le conozco se ha convertido en mis manos y mis pies. No solo se trata de alguien enérgico e inteligente, es astuto para los negocios y goza de todas las simpatías de Trujillo, el pueblo que está aquí cerca. Me ha ayudado a organizar la vida aquí. Luis y su familia tenían esto abandonado y yo me he propuesto activarlo. No he visto en mi vida nada parecido.

—Me parece estupendo lo que estás haciendo —alabó Doreen—. Recuperar las raíces de los apellidos de tus hijos. ¡Menuda labor!

—Bueno, pues sin Pillete no habría sido capaz. Esta tarde, antes de que partáis a Sevilla, nos pasamos por su bar para tomar algo caliente. Y, de paso, si quieres hablar con alguien en Estados Unidos, te consigue las conferencias antes de una hora.

—Pues me gustaría hablar con mi hermana para que me cuente cómo van las cosas por casa —afirmó Ava.

—No hay ningún problema. Eso sí, dale el número cuando termine la cacería y así su nuera lo va solicitando. Las cosas aquí llevan su tiempo.

El bajito y rechoncho Pillete, con un diente de oro presidiendo su boca, les llevó hasta el puesto que tenían asignado para cazar y les pidió que se sentaran en una especie de asientos rudimentarios que había preparado el día anterior.

—Ahora hay que esperar y no hacer ruido. —Pillete hizo un gesto con la mano para que todos bajaran el tono de voz.

—La manera de cazar en Pascualete —explicó Aline en voz baja— es igual a la de cualquier otro coto de caza en España. El cazador no sale acompañado de un perro a pasear por el campo con la esperanza de levantar una nidada, como en Texas. Aquí los cazadores esperan.

—¿Y qué se supone qué tenemos que hacer? —preguntó Frank Grant.

—Luis será el primero en disparar para que veáis la técnica. Pasan cuarenta hombres batiendo arbustos, levantando a los pájaros de las ramas y haciendo que se dirijan hacia la línea de cazadores.

Con las escopetas en el hombro habían partido tras el desayuno a la parte norte de la finca. Después de andar durante media hora, se resguardaron en una especie de trincheras prefabricadas con ramas de retama y allí comenzaron las explicaciones de Luis, que era un gran cazador.

—Cuando da comienzo la batida, tenemos que estar preparados porque todo pasa muy rápido, entre media hora y cuarenta minutos. Nuestros ayudantes de campo os cargarán las escopetas; seguid sus consejos. Ya os aviso de que son bastante parlanchines, pero hacedles caso si queréis disparar y acertar.

—¿Qué pájaros son los que tenemos que dar? —insistió Frank.

—Codornices, perdices sobre todo. Nuestros ayudantes se encargarán de recoger las piezas que abatamos.

—¿Contáis las de cada uno? —preguntó Frank.

—Nosotros no entramos en esa competición. En Pascualete, no —aseguró Aline.

—A ti se te dará bien, ¿no? —le dijo Ava a Aline en voz baja.

—¿Por mi trabajo en la OSS? —preguntó la condesa divertida.

—Sí, por eso mismo —le dijo Ava, sonriente—. Te enseñarían a disparar.

—No tiene nada que ver. Mis objetivos eran otros, aunque tuve que disparar alguna vez y no a aves precisamente. Pero te diré que aprendí a cazar al poco de casarme porque debía elegir entre pasar varios meses sin ver a mi marido o aprender a hacerlo, y opté por lo segundo.

Ava se echó a reír y Pillete rápidamente le pidió que guardara silencio. Los de la tierra se tomaban como un ritual estas batidas de caza. Ava estaba bellísima, y eso que no llevaba una sola gota de maquillaje.

De repente, Pillete les puso a todos alerta y dio la orden de empezar la batida... Comenzaron a revolotear aves por el cielo y Luis Figueroa empezó a disparar con una enorme destreza. Las aves caían haciendo una cabriola sobre sí mismas hasta que muertas chocaban contra el suelo. Los perros salían disparados hacia ellas y se las llevaban como un trofeo a los ayudantes. Ava pidió una escopeta e intentó alcanzar a alguna de las aves que salían en tropel al ser descubiertas entre los árboles. Sin embargo, no alcanzó a ninguna.

—El vuelo es muy rápido y tiene que anticiparse y más o menos intuir la trayectoria. No puede disparar donde la ve su ojo, sino donde estará en segundos. ¿Entiende? —Pillete se desesperaba y Aline, divertida, le traducía a la actriz.

—Lo veo muy complicado. Me divierte más veros.

—Pues a los toreros les encanta ir de caza. Deberías ejercitarte... —le dijo Doreen en voz baja a Ava.

Esa reflexión le hizo intentarlo de nuevo. Esta vez le puso más interés y acertó. Cayó una perdiz dando vueltas sobre sí misma mientras todos celebraban su destreza.

Ava no se había quitado de la cabeza al torero. No había olvidado la noche en el Wellington. No solo le pareció que Luis Miguel era un buen amante, sino que tenía un optimismo del que carecía su marido. Frank siempre estaba nostálgico y padeciendo por su destino. Sin embargo, aquel hombre divertido, espigado, fibroso, valiente y lleno de cicatrices rebosaba vida. No se lo podía quitar de la cabeza. Estaba deseando volver a verle y amarle de nuevo. Eran dos espíritus dispuestos a vivir la vida exprimiéndola hasta la última gota. Le pesaba el fracaso de su matrimonio y necesitaba amar amando. Lo bueno de ir junto a Luis Miguel en España era que las miradas se repartían entre ella y él. Que se desviara el foco de atención durante unos días la hacía descansar de esa prensa americana que estaba encima de ella a todas horas. Sobre todo, *Confidential* era la revista nueva —solo llevaba un año en el mercado— que más estragos había hecho entre las actrices de Hollywood. Robert Harrison, su editor, había descubierto que al público le entusiasmaba la vida íntima de los artistas. En especial si sobrepasaban los límites de la moralidad norteamericana, y Ava lo hacía con creces.

—Ava, te has quedado ensimismada —le dijo Doreen, rompiendo la ensoñación que la había atrapado durante unos minutos.

—Tienes razón, estaba pensando en algunas cosas... ¿Cómo van por aquí los cazadores?

Seguían sonando tiros en aquella finca que olía a romero, a jara y a pólvora. Ava se sentía en el campo como pez en el agua. Sin embargo, no acabó de mostrar mucho entusiasmo por las escopetas y los disparos. Aline hizo un aparte con ella.

—Anímate a residir en España. Te aseguro que no sentirás el peso de la fama con tanta intensidad como en otra parte de Europa y pagarás muchos menos impuestos.

—Ya, me lo estoy planteando. Me gusta mucho. Creo que aquí sería más libre y más feliz.

—Seguro, pero has de saber que las mujeres todavía tenemos obstáculos.

—¿A qué te refieres?

—Pues me refiero a que no nos podemos mover sin el permiso de nuestros maridos.

—¡Por favor! —exclamó Ava incrédula.

—Sí, es así —asintió Doreen.

—Mira, el otro día fui a la Dirección General de Seguridad para obtener el permiso de salida que era imprescindible para viajar y salir de España. ¿Sabes lo que me dijeron? Que no podía salir sin la autorización por escrito de Luis.

—¿Qué hiciste? —le preguntó Ava curiosa.

—Pues indignarme y quejarme al empleado a voz en grito, diciéndole que no pensaba presentar ese escrito y que saldría del país. También le grité que me quejaría a la embajada norteamericana. ¡Tonta de mí! Como si la embajada tuviera jurisdicción sobre las leyes españolas.

—Corroboro todo lo que dices —añadió Doreen.

—No veas cómo sufre Luis con mis ideas y costumbres de mujer americana e independiente.

—¡Que se jodan los hombres! —apostilló Ava.

Las tres rieron mientras los cazadores continuaban disparando.

—¿Aquí no se bebe nada? —le preguntó la actriz a la anfitriona.

—¡Por supuesto! —Hizo un gesto, y uno de los mozos que les acompañaba sacó tres vasos y les sirvió vino tinto. También les preparó un plato con jamón, que Ava devoró.

—De modo que es aplastante el poder que tienen legalmente los hombres sobre las mujeres —comentó Ava entre sorbo y sorbo.

—Tengo ganas de encontrarme frente a frente con Franco para echárselo en cara —dijo Aline.

—Mejor que guardes silencio, porque no sabes las consecuencias que puede tener para ti y tu marido que incomodes al dictador —le advirtió Doreen.

—Pues no me parece difícil que coincidamos en alguna cacería. Pero sí, tienes razón, será mejor que me calle. Menos mal que casi nadie entiende lo que estamos diciendo.

—Yo sí os entiendo y espero que no digáis nada más en público —apuntó Luis—. Nunca sabes quién está escuchando vuestra conversación, aunque sea en inglés. Mejor, insisto, que habléis de otras cosas. —Volvió a disparar al aparecer una bandada de pájaros.

Cuando la caza terminó, los invitados se entregaron al vino y a la comida que el servicio había traído como tentempié. Poco a poco fueron dando por concluida la jornada de caza y comenzaron a pensar en regresar al palacete para celebrar la despedida de los invitados con una olla de cocido que había preparado la mujer de Primitivo.

Luis Miguel abrió los ojos al oír el sonido de los perros que le daban la bienvenida al entrar en la finca Villa Paz, en Saelices, Cuenca. Noelie se alegró al observar que en el coche se podía volver a hablar. Luis Miguel decidía poner fin a ese silencio que había impuesto durante el final del trayecto. Ya había llegado a su finca, tres mil hectáreas de terreno pedregoso, rodeado de ruinas romanas y de tierra donde no se podía cultivar todo lo que él deseaba. Por eso estaba replanteando la explotación agrícola y había reñido con su tío y administrador.

—¡Qué bonito parece este lugar! —Era la primera vez que Noelie iba allí—. ¿Por qué le pusiste Villa Paz?

—No se lo puse yo. Se llama así por su anterior inquilina: la infanta Paz, hija de la reina Isabel II y hermana de Alfonso XII. Ella se enamoró de estas tierras manchegas. Algo parecido a lo que me pasó a mí.

—No está muy lejos de Madrid, ¿verdad?

—A poco menos de cien kilómetros —respondió el conductor. —Al entrar en el pueblo he visto una iglesia.

—Sí, es lo primero que se ve de Saelices, pero lo mejor es lo que uno no percibe a simple vista. Muy cerca de aquí se encuentran las ruinas de la vieja ciudad de Segóbriga. Para que te hagas una idea de lo antiguas que son estas tierras, esta zona ya estaba ocupada en la Prehistoria. ¡Cigarrillo, antes de ir a la casa, danos una vuelta por la finca!

El chófer les dio una extensa vuelta y paró en un ojo de lo que parecía un puente romano medio sepultado bajo la tierra.

—El río que ves se llama Cigüela y, si excaváramos, encontraríamos ruinas de una ciudad romana.

—¡Es maravilloso! No me extraña que pases mucho tiempo en tu finca.

—Aquí vengo a torear, a tentar, a prepararme para una nueva temporada. Por eso hice construir una plaza de toros. Bueno, vayamos a ver a mis tíos, que a estas alturas ya sabrán que estamos por aquí, aunque solo sea por el revuelo de los perros.

A los pocos minutos llegaban a la casa-palacio. A las puertas ya estaban esperándole el servicio y sus tíos, Ana María, hermana de su padre, y Miguel Gutiérrez, su marido y administrador.

—Miguel, ¿qué tal estás? —lo saludó su tía al salir del coche mientras le besaba. Su tía en la confirmación se quitó su verdadero nombre: Macaría.

—Muy bien. ¿Cómo están las cosas por aquí? —Miró hacia su tío, tendiéndole la mano con efusividad.

—Van bien, Miguel, pero creo que deberíamos cambiar el cultivo de la finca. Seríamos más productivos.

—Bueno, de eso ya hablaremos. Antes os presento a mi amiga Noelie Machado.

Los tíos estaban acostumbrados a que su sobrino llevara por allí a su última conquista. Habían visto pasar por esos aposentos a actrices, mujeres de alta alcurnia, solteras y casadas... Nunca preguntaban y siempre recibían con cariño a todo aquel que venía de su mano.

—¿Cómo está la niña? —preguntó la madre por su hija María, a la que llamaban Mariví. Su nombre completo era Ana María del Milagro.

—Estupendamente. Ha crecido y se ha puesto un poco rellenita. Ya le he dicho que tiene que adelgazar.

—¡Pero si es una niña! Déjala que coma bien —saltó su padre.

—No, si vuestra hija hace lo que quiere y atiende los consejos que le vienen en gana.

—Pasa adentro y seguimos hablando, que aquí nos vamos a enfriar.

Entraron y Noelie se quedó maravillada de las escalinatas y de los salones que había dentro de Villa Paz.

—Es precioso —decía la joven, mirando los techos y la majestuosidad de toda la casa.

—Chocolate, acompaña a Noelie a su habitación. Así hablo con mis tíos. ¿Te parece? —le preguntó de forma retórica a su amiga.

Ella cazó la indirecta y dijo que sí con la cabeza. Otra vez habitaciones separadas, pensó. Sin embargo, la curiosidad de ver el palacete por dentro pudo más que la contrariedad de no dormir al lado del torero. Había aprendido pronto que en España las apariencias y guardarse del «qué dirán» se consideraba algo importante.

15

Luis Miguel pasó a una de las estancias más acogedoras del palacete. Se sentó junto a sus tíos en uno de los sillones de terciopelo verde que había en el salón. Su tía le sirvió una copa de vino y comenzó a hablarles de su hija.

—He pensado que a vuestra hija le conviene cambiar de colegio. El Liceo francés me gusta mucho.

—Pero ¿a mitad de curso? —se extrañó la madre—. ¿Ha pasado algo?

—No, simplemente creo que es lo mejor para Mariví y, además, su forma de ser no encaja demasiado bien con las monjas. Demasiado parecida a mí. Un espíritu rebelde. Pienso que para el salto a un colegio en Francia le irá mejor.

—¿A Francia? Pero si es muy pequeña —afirmó su padre con cara de sorpresa.

—Mariví tiene que hablar francés e inglés perfectamente. Para eso hay que salir al extranjero. Os lo digo yo, que estoy siempre con la maleta viajando y los idiomas son necesarios.

—Sí, pero eso nosotros no lo podemos costear. Ya lo sabes.

—Por ese tema ya os he dicho mil veces que no os preocupéis. Yo me hago cargo de todo. Haremos de Mariví una joven bien preparada para el mundo.

—Si tú lo dices... —consintió su tía Ana María.

—Sigo pensando que es demasiado joven para arrancarla de sus raíces —apuntó el tío Miguel.

—Ni mucho menos. Está en la edad justa. Ahora hacemos el cambio de colegio y así Mariví hablará todavía mejor el francés antes de salir de España. La mandaremos a un colegio cien por cien francés y haremos de ella toda una señorita. Estudiará todo lo que nosotros no hemos podido estudiar. Será la Dominguín más instruida, exceptuándote a ti, tía. Os lo garantizo.

Luis Miguel no había sido muy estudioso. Desde los cinco años solo le interesaba torear. Siempre se medía con sus hermanos y su pasión por los toros pudo mucho más que su interés por los libros. Era consciente de sus carencias, y aunque lo intentaba remediar leyendo todos aquellos libros que le recomendaba don Marcelino, su amigo bibliotecario de pequeña estatura, siempre sintió no haber acabado el bachillerato.

—Sé que quieres lo mejor para ella —afirmó su tía.

—Quizá deseas para ella esa educación que tú no tuviste —apostilló su tío.

—Bueno, en casa, mis hermanos y yo no oíamos otra cosa que hablar de toros. Íbamos casi todos los días a la plaza de Tetuán, que mi padre llevaba en arriendo, para jugar con otros chiquillos a que éramos toreros. Para mí los estudios no eran prioritarios, pero llegué al bachillerato.

—Fuiste a los maristas de la calle de los Madrazo, ¿no? —preguntó el tío.

—Sí, y mi padre me puso un profesor particular al que finalmente despidió porque acabábamos siempre hablando de toros. Le pillaron toreando una silla con mi chaqueta —contó entre risas—. Después llegó la guerra y nos fuimos a Portugal.

—De todas formas, el más estudioso fue Dominguito. —Luis Miguel asintió con la cabeza—. Escribía y escribe cosas muy bonitas. No me pierdo ninguno de sus artículos cuando los publica en algún periódico. Siempre me ha dado gloria ver el nombre de mis sobrinos en la prensa. Pepe también era estudioso. Fíjate, pensé que haría una carrera. Y contigo, desde pequeño tuve claro que lo tuyo serían los toros. Igualito que mi hermano. Ahora, nos parecías endiabladamente serio, pero a todos nos encantaba esa seriedad. Eso sí, siempre ibas con algún libro encima.

—Los libros, más ahora que antes. Recuerdo que me felicitaste el día que me viste salir de casa con cuatro libros, hasta que te diste cuenta de que eran tuyos. Por entonces estudiabas Farmacia y vivías en casa.

—¡Como para olvidar que te los llevabas debajo del brazo para venderlos! Eras un mico, pero como lo hacían los mayores, tú los imitabas. —Se rieron los tres—. Y no llorabas nunca, aunque te echaran una bronca descomunal. Vamos, no lloraste ni cuando te clavaste un clavo en la cabeza y se te infectó la herida. Por la fiebre que tenías nos enteramos de lo del clavo. Has sido muy fuerte siempre. Debías haber estudiado porque tenías capacidad.

—Tía, seguí estudiando en Portugal. Fui al Instituto Español de Lisboa durante dieciocho meses, pero yo tenía dentro otro veneno.

—Y a tu padre se le caía la baba con ese veneno. Mi hermano nos contó lleno de orgullo la primera vez que una plaza entera te ovacionó. Creo que tenías once años o menos. Pusiste un par de banderillas cortas a un toro y además en los medios, desoyendo a tu padre. Poseías el valor de un hombre siendo un crío.

—Fue mi primera ovación y desde luego no la he olvidado. Eso ocurrió en Portugal precisamente. Pero, bueno, no he venido a hablar de mí, sino de Mariví. ¿Os parecen bien los planes que tengo pensados para ella?

Los tíos se miraron entre sí y finalmente consintieron todos los cambios que Luis Miguel ya había proyectado en la educación de su hija. Ana María sentía devoción por su sobrino. Sabía que le estaba proporcionando a Mariví la mejor educación. Unos estudios que ellos no podían pagarle.

—Tenéis una hija muy inteligente. Y me he dado cuenta de que posee una especial habilidad de estar donde se celebra algo y desaparecer cuando se produce un momento de tensión. Posee esa facilidad para detectar lo bueno y lo malo. —Los padres sonrieron—. Yo le digo muchas veces que no tendrá graves contratiempos en la vida porque, además de inteligente, tiene un puntito de mala que la hace muy graciosa.

—Pero si es una cría sin maldad —dijo su padre.

—Entiendo lo que dice mi sobrino. Que tiene esa chispa de los Dominguín, que yo no llamaría maldad.

—Dominguín en estado puro. Bueno, tía, mi madre me ha dado varias cosas, que imagino habrá dejado Chocolate en la cocina.

—Voy a ver qué nos ha mandado tu madre. ¿Qué tal está, por cierto?

—Bueno, la familia está preocupada porque la mayor de Pepe está muy mal.

—¿Qué le ha pasado a Verónica? —La tía se sujetó en el respaldo del sillón.

—Tiene una meningitis tuberculosa. Está gravísima.

—¡Dios mío! —Se echó a llorar—. ¡Qué desgracia más grande! ¡Pobre Pepe! ¡Tan seguido de la pérdida de su mujer! —Después de un rato sin poder hablar, le dijo a su marido—: Miguel, quiero ir a Madrid.

—Vamos a esperar... Mujer, no podemos abandonar Villa Paz.

—Tiene razón el tío. Es lo más prudente.

—Pondré una conferencia para hablar con mi hermano. ¡Qué desgracia! —Ana María se fue con la cara completamente blanca. Parecía que la noticia la hubiera dejado sin sangre.

—Vaya golpe para la familia —apuntó el tío Miguel—. Pepe tiene que estar roto. ¡Menuda racha!

—Sí. Estamos todos muy jodidos... Bueno, ¿cómo van por aquí las cosas?

—Miguel, tienes que convencerte de que la alfalfa no aporta tantos beneficios como pensábamos. Sería mucho mejor que cultiváramos centeno. Esta es una finca muy bonita pero con demasiada piedra y poco campo para lo que tú quieres.

—Esta finca debe rendir más. No me conformo con los girasoles y cuatro cosas más. La alfalfa tiene mucha demanda.

—No te engañes. Es mejor el centeno, pero haremos lo que digas. De todas formas, en esta finca en cuanto meten la azada, ya tenemos una ruina de Segóbriga. Resulta más útil para fiestas que para explotarla.

—Tío, no me fastidie. Necesito que produzca porque aquí tengo a demasiada gente trabajando.

—La gente da la vida por esta finca, pero no luce el esfuerzo. Ya te lo digo yo.

—Tío, siempre está negativo.

—No, soy realista.

—¡Pues modifiquemos las cosas! Hay que sacar más producción y no hay más que hablar.

El tío administraba y regentaba la finca. Tenía criterios diferentes a los del torero. Discutían más de lo que le gustaba a su mujer. Lo había dejado todo por ella. Ana María era seguidora a ciegas del clan Dominguín. No era feliz si no se encontraba cerca de ellos o con la sensación de serles útil. Miguel, que trabajaba de administrador sin sueldo, había estudiado Derecho, pero nunca ejerció por seguir a su mujer.

En Pascualete, Ava jugó mucho con los tres hijos de los anfitriones. Parecía disfrutar al lado de los niños. Doreen, mientras la observaba, no entendía cómo podía haber interrumpido sus embarazos. Pensó que habría sido feliz como madre, aunque no hubiera encontrado al padre perfecto. Los hilos de

Sinatra todavía la tenían inmovilizada. Quería cortarlos, pero no sabía cómo.

Durante la comida, Ava desconectó. Se sentía mal. Hubiera deseado vivir como Aline, rodeada de hijos. Pensó que había amado desmesuradamente a Frank, pero su relación siempre le había parecido una batalla. Se habían dado pocas treguas en su convivencia. Solo se entendían en la cama. No eran capaces de mantener una vida familiar normal. Habló poco mientras tomaba aquel plato delicioso que, junto al vino, le hacía entrar en calor rápidamente.

Aline les contó a sus invitados su reciente experiencia en un barrio del extrarradio de Madrid.

—Tuve la suerte de que William Larimer Mellon, el agente de la OSS que llegó conmigo a España en 1943, me mandó un gran número de antibióticos para ayudar a personas necesitadas de las zonas pobres de Madrid.

—En España es complicado encontrar antibióticos o penicilina a un precio asequible. Tienes que acudir a amigos americanos o incluso a la embajada —explicó Doreen.

—El caso es que, el pasado diciembre, vinieron dos mujeres a casa justo cuando iba a salir con Luis a un cóctel. Teníais que haber visto sus caras de desesperación. Decían que un familiar se estaba muriendo y necesitaban penicilina para salvarle la vida.

—No te fíes, a veces algún aprovechado se acerca a los americanos, pero luego la venden en el mercado negro —afirmó Frank.

—En este caso era obvio que estaban desesperadas.

Ava se incorporó a la conversación y abandonó sus pensamientos melancólicos.

—¿Quiénes estaban desesperadas? Me he perdido.

—Hablo de unas mujeres que hace tres meses vinieron a casa a pedir ayuda. Por si acaso me engañaban, me fui con ellas a su barrio. Vallecas, no sé si vosotros lo conocéis.

—No, nunca hemos estado allí —afirmó Doreen.

—Pues es una parte alejada del centro de la ciudad y de noche puede resultar peligrosa. Luis no me pudo acompañar porque el cóctel se celebraba en casa de su hermano, el marqués de Santo Floro. Quedaba feo que ninguno de los dos acudiéramos. De modo que me fui con el chófer, Pepe, y con un enfermero que sabía poner inyecciones.

—Aline, qué valor tuviste. Yo de noche no hubiera ido a ese lugar tan desfavorecido —afirmó Doreen.

—El panorama que vi era desolador. Fuimos en un jeep a esa zona en la que solo había chabolas y una calle hecha un barrizal sin asfaltar. Había caminos embarrados que se entrecruzaban alrededor de la estación de ferrocarril del Mediodía. En un determinado momento, las mujeres nos dijeron que el resto del camino tendríamos que hacerlo a pie porque el coche se podía quedar atascado en el lodo. Así fuimos andando por allí ante el recelo de las personas que salían a nuestro paso. Yo, imaginaos, vestida para el cóctel con un abrigo de Balenciaga, mi sombrero y con mis tacones, que se hundían en el barro.

—Parece de película —dijo Frank.

—Bueno, mi mujer vive cada día una película. Le encanta la aventura.

—El caso es que, de pronto, una de las dos mujeres dijo que ya habíamos llegado. Era una especie de choza con un trapo de tela en la puerta. Tuve que agacharme para entrar. Encontramos a una mujer sentada sobre un cajón de naranjas vacío, pegada a una cama ancha donde un niño pequeño rubio yacía inmóvil. Se levantó nada más verme y vi sus ojos verdes llenos de lágrimas. Aquel panorama me pareció desolador.

—¿Qué ocurrió con el niño? ¿Llegaste tarde? —preguntó Ava, conmovida con aquella historia.

—El practicante le quitó la manta andrajosa y me dijo que no valía la pena malgastar la penicilina con él porque estaba agonizando.

—¡Qué pena! —se condolió Doreen.

—No, espera al final, porque Aline es una cabezota —intervino Luis.

—Sí, la madre me enseñó una receta que ponía doscientas mil unidades de penicilina cada doce horas y Pepe nos dijo que llevábamos diez millones de unidades, pero que ya no quedaba más.

—¿Entonces qué hiciste? —siguió preguntando Ava con curiosidad.

—Mandé ponerlas todas. Sí, a pesar de que el practicante insistía en que el niño estaba casi muerto. Me dije a mí misma que aprendería a poner inyecciones por si tenía otra experiencia como esta. Además, me indigné al ver que sus vasos eran latas viejas. Pensé qué tipo de monstruo era Franco, la verdad. Le prometí a su madre que el niño iría a un hospital y de allí me dejé de fiestas y me fui a llamar a la embajada. Pero me dijeron que no podía ingresar un español en el hospital británico-norteamericano. Busqué en otros lugares, y nada. Por fin lo aceptaron en el hospital San Carlos. El segundo problema fue encontrar una ambulancia. Regresé a Vallecas y llevé al niño en el coche.

—¡Bueno, pudiste contagiarte! No sabías qué enfermedad tenía.

—Sí, en la receta del médico ponía meningitis tuberculosa. Lo que me daba pánico era que el niño muriera por el camino. Pero llegamos. Lo malo fue que el médico de guardia nos dijo que el niño no sobreviviría. Pero allí se quedó ingresado, y su madre, Felisa, sin despegarse de él.

—Es evidente que se salvó. Si no, tendrías otra cara —afirmó Ava.

—Efectivamente, se salvó contra todo pronóstico. Yo, sin embargo, siempre tuve el convencimiento de que el niño lo conseguiría. Y dos días después me dijeron que había salido del coma y estaba fuera de peligro.

—¡Cuánto vales, Aline! ¡Ese niño te debe la vida! —afirmaron todos con idénticas expresiones.

—No, pero no penséis que ahí terminó todo. Aline se fue a la chabola con comida para la madre y se encontró con otros dos niños más —siguió contando Luis—. Y no contenta con eso, consiguió que Miguelín acabara en casa de un piloto norteamericano, que le cuidó hasta que estuvo bien, y contrató en nuestra casa los servicios de Felisa.

Siguió la comida con la historia de Felisa y Miguelín. La condesa lo contaba con tanto entusiasmo que parecía una película con final feliz.

—Lo de Felisa daría para otra comida. —Todos sonrieron—. Trabajaba limpiando oficinas y sus niños mayores no iban al colegio, sino que recogían carbón por las vías del tren. Me dijo que en Vallecas nadie iba al colegio. Ella misma no sabe leer ni escribir. Os lo cuento rápido porque podría estar hablando de ella todo el día. Encontré plazas para los chicos en un colegio recién construido, donde fueron admitidos como internos, pero a Encarna, la niña, le hicieron hueco en un colegio parroquial dirigido por monjas que estaban en deuda con la tía de Luis, la duquesa de Pastrana. Lo malo fue encontrar la partida de nacimiento de los tres niños. Tuve que hacer los papeles y poner las fechas y día de nacimiento que a mí me dio la gana, porque la madre no se acordaba o no quería acordarse. A la niña le puse doce años, al segundo, Antonio, ocho, y a Miguelín, cuatro.

—¡La historia me parece fascinante! —replicó Ava, y los demás asintieron.

—Entonces ¿Felisa ahora está en tu casa? —insistió Doreen.

—Sí, aunque prefirió seguir yendo a dormir a su chabola. No conseguí hacerla cambiar de opinión. Pero es una buena mujer y atiende a mis tres hijos de maravilla. Estará unida a nuestra casa de por vida. Piensa que siente un agradecimiento total hacia nosotros por salvar la vida de Miguelín.

—Bueno, seguiríamos aquí todo el día con tus historias, Aline, pero tenemos que irnos —apuntó Frank.

Después de haber comido el cocido, que en la finca era todo un ritual, comenzaron los preparativos para continuar camino de Sevilla. Se despidieron con un ¡hasta la vista!, ya que los condes de Quintanilla tenían pensado bajar a la capital hispalense, pero sin sus hijos. Quedaron en verse en la caseta del duque de Pino hermoso.

Todo el personal de la finca, con Primitivo a la cabeza, hizo una fila para despedirles con sus boinas en la mano y las mujeres con sus pañuelos a la cabeza. Habían sido unas horas entrañables. Parecía que hubieran dado marcha atrás en el tiempo en aquel lugar que rezumaba historia por cada una de sus piedras.

—No te olvides de pasar por el bar Imperio, Pillete tendrá ya la conferencia.

—Sí, pararemos antes de poner rumbo a Sevilla —dijo Frank.

—Os daréis cuenta de que en el bar no hay ninguna mujer. Las mujeres, excepto yo, no van allí. Doreen, Ava, os mirarán como si fuerais bichos raros.

—¿Y dónde están las mujeres?

—En sus casas, con sus hijos. Pero tampoco es normal ver a mujeres en pantalones ceñidos. De modo que os mirarán más. Ya os digo que no os sintáis mal. Son costumbres.

—Pues seremos bichos raros. Muchas gracias por todo. ¡Nos vemos en Sevilla! —se despidió Ava, entrando en el coche.

La actriz estaba feliz después de haber pasado tantas horas al aire libre. Además, faltaba menos para reencontrarse con el torero...

16

Luis Miguel se hallaba intranquilo, nervioso y, después de comer con sus tíos y sus acompañantes, decidió no esperar al día siguiente para ir a Sevilla. Esta iniciativa de partir inmediatamente incomodó a su tía.

—¿Le has dicho algo a mi sobrino para que se vaya tan rápido? —le preguntó a su marido en un aparte.

—En absoluto, las cosas normales del funcionamiento de Villa Paz. Tendrá otros planes.

—Me da la impresión de que has metido la pata en algo. Veo a Miguel muy serio.

—¡Que no, mujer! Quiere ir de fiesta cuanto antes. ¿No lo entiendes?

Ella siguió pensando que algo había pasado entre los dos, aunque su marido no lo contara.

—Pero si le habías enseñado a Noelie su habitación y todo, ¿por qué no os quedáis? —preguntó, yendo al encuentro de Luis Miguel.

—Tía, tengo cosas que hacer en Sevilla y cuanto antes llegue, mejor. De verdad que la próxima vez me quedo más tiempo. ¡Qué más quiero que estar en mi casa! Además, vendré en unos días con un grupo de amigos. Voy a organizar una capea y habrá que tenerlo todo a punto para comer y cenar.

—No tienes más que decirnos el día.

—Está bien.

Noelie no entendía nada. Había deshecho parte de la maleta para, un par de horas después, volverla a hacer. No comprendía estos cambios de última hora de Luis Miguel, pero debía aceptarlos si quería seguir junto a él. Chocolate y Cigarrillo volvieron a cargar todo en el vehículo sin rechistar. Estaban acostumbrados. Luis Miguel tenía prisa y nadie de su entorno se atrevía a llevarle la contraria.

—Da igual a la hora que lleguemos, pero quiero dormir esta noche ya en Sevilla. Tía, hazme el favor de llamar al hotel Alfonso XIII y diles que llegaremos esta noche. Un día antes de lo previsto.

—A lo mejor no hay habitaciones.

—Para el maestro, siempre —repuso Chocolate.

—Está bien, así lo haré. ¡Descuida! Se os va a hacer de noche y estas carreteras son muy malas. No me gusta, ¿estás seguro de que no te merece la pena esperar a mañana? —insistió su tía por última vez.

—No, de verdad. Necesito llegar hoy. Además, llevamos al mejor conductor del mundo. —A Cigarrillo le gustó mucho oír eso. Luis Miguel reconocía que al volante no había muchos que le ganaran—. Piensa que durante meses recorro las carreteras para torear hoy aquí y mañana allí. Otro día nos quedaremos en Villa Paz más tiempo.

—No, si no tengo miedo de Cigarrillo, sino de ti. Sé que te gusta ponerte al volante y pisar el acelerador. Me lo ha contado tu padre. Has tenido ya dos percances.

—¿Eso te ha dicho mi padre? Yo no he tenido ninguno, ha sido la cuadrilla la que ha tenido dos. Una vez yendo desde La Línea de la Concepción a Madrid y otra este año a la salida de Albacete, donde Canito, el fotógrafo, resultó herido leve. Pero yo te aseguro que no he tenido ninguno. De modo que no te preocupes por eso.

Se montaron en el coche y salieron en dirección a Sevilla.

El único que hablaba era Chocolate. Noelie estaba visible-mente enfadada. No entendía a qué venía este cambio de planes.

—Tu tía, como siempre, tan guapa. Desde luego, es la más agraciada de todos los hermanos.

—Sí. —No hablaba mucho—. Ten en cuenta que es veinti-cinco años menor que mi padre.

Sabía que Noelie estaba enfadada, pero necesitaba ver a Ava cuanto antes. No podía esperar a otro día.

—Ha salido a su madre por lo despierta que es. La abuela Pilar era para echarla de comer aparte —le dijo Chocolate a Noelie, dándose la vuelta para mirarla desde el asiento delan-tero.

—Con la abuela Bicicleta podríamos escribir un libro. —No dijo más Luis Miguel.

—¡Por supuesto! ¡Qué mujer! ¿Sabes, Noelie, por qué la llamaban así? —La joven no contestó. Seguía mohína. Cho-colate continuó relatando pormenores como si le hubiera pe-dido que siguiera con el relato—: Pues la llamaban Bicicleta porque se pasó su juventud andando por esos caminos de Dios con un hatillo al hombro mientras pedía dinero para sa-car de la cárcel a su hijo, el padre de esta saga de toreros. —Se-ñaló a Luis Miguel—. El primer Dominguín conocía todas las capeas de Castilla, a las que acudía en los topes de los trenes. Como eso estaba y está rigurosamente prohibido, daba con sus huesos en el calabozo. Y allí que se iba su madre a sacarle del pozo. ¡Qué mujer! Por eso, cuando su hijo triunfó, hizo la promesa de ir andando desde Quismondo a Madrid pidiendo limosna.

—Seguida por mi abuelo, que era un ateo ejerciente, a cier-ta distancia montado en una borrica. Y el dinero que ella re-caudó lo depositó en el cepillo de la primera iglesia que en-contró a la entrada de Madrid, sin que él abriera la boca para impedírselo.

—No sé si esto lo sabes tú —señaló a Luis Miguel—. La tía

Bicicleta me dijo en una ocasión: «Cuando en la vida no tengas para comer, pide trabajo. Si no te dan trabajo, pide limosna, y si no te la dan, ¡roba! Pero solo entonces, porque Dios lo entenderá y te perdonará».

Luis Miguel soltó una carcajada. Noelie tampoco pudo evitar sonreír. Aquello que contaba Chocolate era curioso y divertido.

—Bueno, eso que te dijo mi abuela lo conocía bien. Mi tía Tomasa nació en el calabozo un día que la tía Bicicleta se fue embarazada a la finca El Alamín, del conde Güell, a recolectar bellotas y la pilló la Guardia Civil. Pero hay que decir que era generosa dentro de su miseria. Todos los pobres de la zona sabían que nunca les faltaría una sopa de ajo si llamaban a su puerta. De su casa no se fue nunca nadie con las manos vacías.

—Bueno, se dice que la finca la compró tu padre en Quismondo animado por tu abuela e, incluso, también le sugirió que plantara viñedos, a fin de dar más trabajo a los pobres quismondanos. Seguramente por eso, cuando vinieron los milicianos a darle el paseíllo, los republicanos del pueblo se negaron y le escondieron en la iglesia. Les dijeron: «Domingo no sale de aquí porque ha sido y es un hombre bueno para el pueblo». Y la abuela Pilar, agradecida por aquel gesto de sus paisanos, siguió dando de comer a todos los que se acercaban a pedir un mendrugo de pan. En el sótano refugiaba a los nacionales y en el sobrado, a los rojos. En aquella finca durante la guerra no se hacían preguntas. Se iba allí, se comía y se dormía. Acogía a todos. Está claro de dónde habéis sacado ese valor y esa fuerza que tiene la familia.

—¿Por qué os llaman Dominguín a todos? —preguntó Noelie, ya con otro rictus—. No tiene que ver con vuestro apellido.

—Es un mote que pusieron en Quismondo precisamente a mi padre. Su pequeña estatura hizo que le llamaran por el diminutivo de su nombre, y bastó que le molestara para que todos en el pueblo se lo llamaran más. En los lugares pequeños es así.

—Pero del mote con sorna ha pasado a ser algo que lleváis con orgullo todos los hijos —dijo Chocolate—. Tu padre abrió el camino porque sería pequeño de estatura, pero su valor en la plaza le hacía grande. Su valor y el vuestro. Eso nadie lo puede negar.

Al final, Chocolate y Luis Miguel derivaron la conversación hacia el valor y su contrapunto: el miedo. El torero tenía su particular visión de las cosas.

—Desde pequeño te acostumbraste a tragarte el miedo —le dijo su hombre de confianza.

—Procuro enfrentarme al miedo como a los toros. De frente. Solo tengo respeto al dolor, pero la muerte no me atemoriza.

—Eso lo sabemos todos. El otro día estaba tu padre muy picado contigo porque le dijiste que había hecho construir una plaza en La Companza, en Quismondo, en la que no toreaba porque el miedo se lo impedía.

—¡Pero si se lo dije en broma! Precisamente para picarle y verle otra vez frente a un toro.

—Pues te digo una cosa. Tu padre nunca ha tenido miedo, otra cosa es que los años pesen. Mira, cuando él se vestía también lo hacían Joselito y Juan Belmonte. ¡Vaya tela! Pero te diré algo que tu padre me ha dicho al oído: «Yo he sido el más grande... pero después de mi hijo Luis Miguel». Esto se lo he oído yo.

—¡Qué va a decir mi padre, Chocolate!

—Tu padre de esto entiende un rato. ¿Ya no te acuerdas de lo que dijo Pagés sobre él? Te lo he contado muchas veces. «Dominguín será un torero, pero un torero grande, de los que, llegando a la cumbre de su profesión, legan a la posteridad y dejan un nombre para que lo repitan tres o cuatro generaciones...». De momento, no se ha equivocado, aquí estáis sus hijos. Bueno, sobre todo, tú.

—El buen amigo Pagés... siempre nos apreció mucho. Oye, antes de que se me olvide, ¿hablaste con Cano para que fotografíe la capea que quiero organizar en Villa Paz?

—Al poco de decírmelo. Solo hay que fijar el día y vendrá con nosotros.

—Muy bien.

Noelie tenía el convencimiento de que Luis Miguel no hacía otra cosa que pensar en la estrella de Hollywood. Sentía ganas de llorar, pero no deseaba que él viera que se había dado por vencida ante la evidencia.

Ava viajaba a Sevilla recostada en su amiga Doreen. Cuando pensaba en su vida, se sentía desdichada y, sobre todo, sola. El caso es que la canción de Sinatra «Begin the Beguine» sonaba en el interior de su mente. Hoy hubiera pedido otra conferencia para oír la voz de Frankie. No sabía nada de él. Llevaba unos días sin que su marido intentara localizarla. Le pareció una evidencia de que su amor estaba roto, quebrado. Cerró los ojos pero no se durmió. Pensaba en su corta vida matrimonial. Incluso llegó a culparse por sus fracasos emocionales. Seguramente el problema radicaba en ella, se dijo a sí misma. «Si solo soy una chica de campo que desea que la quieran de verdad. Esa puede ser mi culpa. Y mis tres maridos eran estrellas, que se querían más a sí mismos».

«Volver a empezar —*Begin the Beguine*—, contigo una vez más bajo las estrellas, junto a una playa mientras una orquesta está tocando...». «¡Oh, Dios mío! ¿Por qué le maldigo y a la vez le echo de menos? ¡Frankie, qué mal lo hemos hecho! Te he amado tanto... tanto... Te odio y te amo a la vez, jodido Frankie», se torturaba en silencio. Podía escuchar su voz cantándole que se habían jurado amor eterno... *Begin the Beguine*, volver a empezar. ¡Cuántas oportunidades se habían dado ya y siempre acababan tirándose ceniceros a la cara!

Tenía un pellizco en el estómago insoportable. Necesitaba olvidarle.

—Paremos a beber algo en cualquier sitio. Necesito una copa. —Se irguió en el asiento—. Me urge olvidarle. Me acuerdo demasiado del jodido Frankie.

—En la primera desviación me salgo y paramos en un bar a tomar algo —afirmó Frank.

—Podíamos haber sido felices y siempre la ha fastidiado con sus continuas infidelidades. Ahora, que yo le gano. Si él me traiciona una vez, yo cinco. Así de sencillo. ¡Que se joda!

—No te acabo de entender. Si has decidido que tu matrimonio está muerto y quieres terminarlo, ¡adelante! No des continuos pasos atrás —le dijo Doreen.

—Me acuerdo de él. Hoy especialmente. Tenías que oírle cantar. No hay nadie que lo haga como él. Su voz me tiene atrapada. Escucharía sus discos una y otra vez. Bueno, hay una canción que aborrezco. La que le dedicó a Nancy, su primera mujer, y a su sonrisa. Ya le he dicho que no la cante si quiere que vaya a verle, pero el mierda de mi marido sigue cantando a la sonrisa de Nancy. ¡Oh! ¡Para el coche, Frank, cuanto antes!

Ava comenzó a llorar con desconsuelo. Parecía una adolescente a la que acabaran de dar calabazas. Estaba rabiosa y triste. Todo el mundo la envidiaba y nadie se podía ni imaginar lo infeliz que era.

—Necesito el calor de una familia. Me siento muy sola en las jodidas habitaciones de los hoteles. La Metro me está matando con una película detrás de otra. Solo soy un negocio para ellos. Yo quiero volver a casa... pero no sé dónde está. Ese es el problema. No tengo ningún hogar. ¿Comprendes, Doreen? Me arrancaron de mi familia, me convirtieron en el monstruo que soy y me soltaron en un mundo al que no pertenezco. Yo soy una pueblerina y solo quiero ser eso: una mujer de campo.

—Piensa que muchas actrices querrían tu suerte. Viajas, ganas muchísimo dinero y te reconoce el público. Te admiran.

—Renunciaría a todo por mi casa en Carolina del Norte, por volver a ser la niña de Grabtown.

—Eso es imposible. Ahora tampoco te encontrarías bien allí. Te has quedado en un territorio incómodo porque no eres feliz cien por cien en ningún sitio. Quieres atrapar momentos porque sientes que la vida se te escapa en aquello que no amas —le explicó Frank.

—¡Qué bien lo has descrito! Así me siento.

—Nos pasa a muchos que no vivimos en nuestro país. Ya uno no pertenece a ningún sitio pero te sientes de todas partes al mismo tiempo. Piénsalo fríamente. Has vivido experiencias que muchos quisieran. Mira, aquí hay un pueblo... Voy a parar.

A los pocos minutos, estaban los tres en la barra de un bar de carretera bebiendo un coñac. No había más donde elegir. Eso o vino tinto. Ava se lo bebió de golpe y pidió otro brandy. Las dos mujeres despertaban murmuraciones entre los hombres que ocupaban las mesas. Las taladraban con la mirada. Dos copas más para Ava y los Grant. Regresaron al coche a los pocos minutos.

—Espero estar borracha todos los días en Sevilla. No quiero pensar, solo deseo reír y beber hasta caerme al suelo.

—Pues a eso vamos. Estamos dispuestos a seguirte en esa carrera.

Ava sonrió con la respuesta de su amigo. No soportaba beber sola, siempre necesitaba la presencia de alguien. Se sintió mejor al saber que sus amigos la iban a acompañar en ese viaje hacia el olvido frente a todo lo que la perturbaba.

—No me vais a creer si os digo que a Reenie, la persona que me hace la vida más fácil desde hace años, en más de una ocasión le he pedido que no me dejara sola en la cama. Me pesa mucho la soledad. Es una buena mujer. Además, no se asusta con mis extravagancias. Voy a pedirle que se venga a Europa.

—Deberías plantearte seriamente lo de venir a vivir a España, porque no te sentirías así. Ya que pasas la mayor parte del tiempo rodando por Europa, podrías barajar la posibilidad de tener aquí tu cuartel general. Te encontrarías mucho mejor.

—Seguramente. Lo tengo ahí, en mi cabeza. Además, no os engaño, me gusta mucho Luis Miguel Dominguín. Hay algo en él que le hace diferente a los demás. A su lado me río mucho y tenemos un sentido de la vida muy parecido.

—Está claro que, por alguna razón, sientes una atracción especial hacia los toreros. Te gustan los hombres valientes —afirmó Doreen.

—Ya tuviste una aventura con otro torero. Mario Cabré. ¿Se llamaba así?

—Ni me lo menciones. Ese jodido cabrón se enamoró de mí y me complicó la existencia. Fue uno de mis muchos errores.

—Ocurrió en el rodaje de *Pandora y el holandés errante*, ¿verdad? —preguntó Frank.

—Sí. Hace un par de años. Ahí comprendí que a un hombre no se le puede decir la verdad. Le conté a Frankie que me había acostado con Cabré y se volvió loco.

—Comprendo que los toreros tienen algo... —Doreen se quedó sin acabar la frase.

—Doreen, ¿qué estás diciendo? ¿Me vas a poner los cuernos con un tipo vestido de traje de luces? —preguntó Frank divertido.

—Hay que reconocer que Mario era guapo y viril como solo sabe serlo un latino —le replicó Doreen a su marido.

—Al principio me pareció emocionante acostarme con un torero. Me quedé fascinada con la primera corrida en la que le vi torear. No sé, el dramatismo del espectáculo me hizo perder la cabeza, pero luego me echó para atrás su vanidad. Estaba convencido de que era el único hombre del mundo para mí.

—Tú te impresionaste al verle en la plaza frente a un toro —señaló Doreen.

—El jodido Mario me tiró la montera y me brindó un toro. ¿Se dice así? Luego le metió la espada al animal hasta la empuñadura.

—No es espada. Se dice estoque —la corrigió Frank.

—Oh, Dios, como se diga. El caso es que se enamoró e incluso escribió versos sobre mí: «La noche tenía un solo color, pero cuando apareció ella, el cielo mostró el arcoíris. Ava era el amanecer». ¿Se puede ser más cursi? —Soltó una carcajada y los Grant la siguieron—. Todo lo que viví con Mario fue un error: error acostarme con él, error que se lo dijera a todo el mundo y error que yo se lo contara a Frank. Todo fue un jodido error. Con Cabré solo me entendía por el lenguaje de signos y con el sexo. Nunca supe lo que me decía.

—Sin embargo, la prensa sí que supo lo que él contó sobre ti.

—No me lo recuerdes, por favor.

—Fue Cabré el que dijo a los periodistas que le habías golpeado más fuerte que un asta de toro.

—Un presumido arrogante. Eso era Cabré. Sus declaraciones llegaron hasta Estados Unidos. Por eso, cuando Frankie las leyó, no tuve más remedio que negarlo al principio. Piensa que tardó horas en llegar a Barcelona y un montón de periodistas se encargaron de contarle con detalles mi amistad con el torero. Frankie venía con un collar de esmeraldas, que me costó diez mil dólares. Me costó porque, al final, quien lo pagó fui yo... Frank no tenía ni un dólar. Todo se complicó más porque cuando llegó, yo no estaba en el rodaje. Mis amigos técnicos se pusieron a jugar al póquer con él para entretenerle. Cuando me localizaron, no dudé en ir a verle corriendo.

—¿Qué le dijiste? —preguntó Doreen.

—«¡Qué sorpresa tan maravillosa!». ¿Qué mierda le iba a decir? Además, le vi fatal. Yo creo que había perdido diez kilos. Estaba en los huesos. Pero bebimos lo suficiente para emborracharnos, mirarnos con pasión y amarnos como siempre. Después, Frankie me preguntó qué había entre esa maldita bola de grasa y yo. Le contesté que no había nada. Él insistió en que lo decían los periódicos, pero le repliqué que solo éramos compañeros de rodaje y que era una invención de los malditos periodistas. Pero estaba celoso, y durante los días siguientes no cesamos de pelearnos y reconciliarnos. Cuando volví al rodaje, se fue a París visiblemente triste porque finalmente se lo reconocí. Los que hablaron a la prensa fueron los dos. Mario, por su lado, y Frankie, por el suyo. Los dos aseguraron que yo estaba con ellos. Los hombres siempre creen que me poseen, que soy algo así como un trofeo del que no quieren desprenderse. A mí hay que dejarme libre para conquistarme. Ese es el secreto.

Ava volvió a echarse a llorar. Tardó en calmarse. Le parecía escuchar a Sinatra despidiéndose de ella con un «¡adiós, nena!». Nunca había dejado de amarle. Los Grant decidieron guardar silencio. Ella poco a poco se fue calmando hasta quedarse dormida. Media hora después entraban en Sevilla.

17

Luis Miguel le pidió a Cigarrillo conducir un rato. Le gustaba mucho ponerse al volante y pisar el acelerador. Evitaba así dar vueltas a los problemas en su cabeza. Significaba para él una evasión. Chocolate se fue al asiento de atrás junto a Noelie, y Teodoro se sentó de copiloto.

—¿Qué, te gusta España? —le preguntó Chocolate a la joven, cuatro años menor que el torero.

—Sí. Me gusta mucho.

—El cicerone que llevas no es moco de pavo. A Luis Miguel todas las puertas se le abren. Tiene bula hasta con Franco.

—No seas exagerado, Chocolate. Por cierto, me ha invitado a una cacería —dijo el torero sin apartar su vista de la carretera.

—¿Sí? ¿Para cuándo?

—Antes de viajar al festival de Cannes.

—¿Sabes? —Chocolate volvió a dirigirse a la joven—. Miguel es una de las mejores escopetas y Franco lo sabe. Por eso le gusta compartir con él una jornada al aire libre. Además, el valiente este —señaló al torero— le dice lo primero que le viene a la cabeza, sin reparar en que se trata del jefe del Estado.

—A mí me da igual que sea Franco o que sea Dios. A nadie le tengo más miedo que a mí mismo. Nunca pienso si con quien estoy hablando ocupa este cargo o este otro. Es más, me digo a mí mismo que están ellos hablando con Luis Miguel Dominguín.

—¡Un genio! ¡Ya te lo digo yo! Mira, tiene tanta habilidad matando que le da igual que sean piezas grandes o pequeñas, las deja secas de un solo tiro certero. Para él tampoco existe ningún problema en cazar de noche o de día. Donde pone el ojo, pone la bala. Igualito que con las mujeres.

—¿Quieres callarte, Chocolate? —cortó Luis Miguel, dándole un acelerón al coche.

—Bueno, he querido decir que tienes una habilidad especial también con las mujeres. Solo hay que verte a ti, Noelie. —Lo quiso arreglar, pero fue peor—. Pero, volviendo a la caza, Miguel tiene mucha inventiva e imaginación. Figúrate, lo mismo mata liebres, vacas, perdices, jabalíes, ciervos que elefantes, leones, garzas reales, codornices, palomas, búhos o conejos a capón. Se le da bien cazar de todas las maneras posibles que estén permitidas.

—¿A capón? —preguntó la joven extrañada.

—Quiero decir con hurones. Se aposta uno a la entrada de la madriguera y los conejos nada más ver a los hurones salen de allí pitando. La habilidad está en cazarlos cuando huyen a una velocidad bárbara. En décimas de segundo tienes que abatirlos a la carrera. Yo, por ejemplo, reconozco que no sé hacerlo, pero a este Miguel, con una escopeta en la mano, no hay blanco que se le resista.

—¡Pobres bichos! —exclamó la joven—. A mí no me gusta la caza. No sé cómo puedes disfrutar con eso, Miguel.

—A mí me apasiona. De todas formas, ¿has visto el abrigo y sombrero que llevas? —Noelie no supo qué decirle—. Míralo de otra manera. La caza me parece una buena tarjeta de presentación en sociedad. Si hubiera querido, me habría hecho multimillonario porque allí te enteras de todos los negocios que se están fraguando. Podría haber invertido en la Bolsa con los datos que manejaba después de una cacería, pero no he querido. No me parecía bien. De todas formas, he asistido a cómo se ha concedido un estanco para fulanito; un piso de protección oficial para menganito; una licencia de taxi... Lo que nunca he presenciado ha sido un baile de millones. En una cacería lo que intercambias es mucha información.

—Pero, entonces, ¿más que ir a pegar tiros vais a hacer negocios?

—Noelie, no lo vas a entender nunca. Vienes de otra cultura y, por mucho que te expliquemos, no te va a gustar. Algo parecido pasa con los toros.

—Verdaderamente, no tengo nada que ver con todas esas cosas que me contáis. Menos mal que ahora vamos a bailar y no a cazar.

—Sí, lo pasarás bien. Ya verás. En cuanto lleguemos, sea la hora que sea, nos iremos a la feria. La gente está en las casetas hasta las tantas. Tremendamente divertido.

—Ya tengo ganas. Me lo habéis pintado como algo único y me muero de curiosidad.

—Pues ya no queda mucho. —Volvió a dar un acelerón al coche.

—Maestro, tenga cuidado, no vayamos a salirnos de la carretera. Total, lleguemos a la hora que lleguemos, la feria va a seguir —sentenció Chocolate.

Luis Miguel no contestó. No le gustaba que le criticaran la velocidad a la que llevaba el coche. Los siguientes minutos fue sin hablar. Estaba deseando encontrarse con los ojos verdes de Ava, oír su risa y contemplarla desnuda como una obra de arte. En una hora y media estaría en Sevilla. El sentimiento que experimentaba hacia ella era mitad admiración, mitad conquista.

Ava se dio un baño caliente en una de las habitaciones del lujoso hotel Alfonso XIII de Sevilla. Le impactó el olor a azahar que la envolvió nada más bajarse del coche. Al llegar la estrella de Hollywood, el personal del hotel se esmeró en hacerle un gran recibimiento. Mientras ella se relajaba entre la espuma y las sales de baño, una doncella le sacaba la ropa de su maleta.

Con los ojos cerrados, pensó en el traje que se pondría esa noche. Le dijeron que no fuera de largo porque la tierra de albero le podía estropear los bajos del vestido. De modo que eligió un traje de terciopelo azul marino corto, de cóctel. Quedó con los Grant en que estaría arreglada en una hora. Se dio crema perfumada por todo el cuerpo. Se pintó la boca de rojo y se arregló los ojos con verdadera maestría. Con una paciencia infinita, comenzó a separarse las pestañas una a una. Tenía una habilidad especial para arreglarse, aunque sin gota de maquillaje estaba igual de hermosa. Cuando llegó Doreen a buscarla, tuvo que esperarla media hora más. Finalmente se colocó un tocado en el pelo, dejando caer una redecilla sobre sus ojos, se puso encima de los hombros desnudos una estola de piel de visón, introdujo las manos en sus guantes largos azul marino, dio el último retoque a sus labios y se fue de la habitación pensando en regresar a ella acompañada. La doncella se quedó recogiendo las toallas y todo cuanto había dejado la actriz por el suelo.

Cuando llegaron al *hall* del hotel, Frank Grant las estaba esperando pacientemente con un periódico en la mano. Había allí un enorme revuelo a pesar de la hora que era. Ava no quiso pararse para saber qué ocurría.

—Cuando quieras, Frank.

—Pues vámonos antes de que se enteren de que estás aquí. Mira el lío que se ha organizado cuando ha llegado Luis Miguel.

Ava se quedó paralizada. Ese revuelo lo protagonizaba el hombre del que tanto se acordaba. El corazón le dio un vuelco. Estaban tan cerca uno de otro. Su viaje a Sevilla solo tenía sentido por volver a verle. No podía irse de allí sin que, al menos, supiera que ella también acababa de llegar.

De todas formas, no hizo falta que fuera en su busca, el torero, que hablaba con sus seguidores, la descubrió con la mirada. Iba con su acompañante, Noelie Machado, mientras Chocolate se preocupaba de su equipaje y de registrar su llegada en el hotel.

—Perdonadme un momento. Tengo que saludar a alguien. —No dio más explicaciones.

Noelie se quedó junto a aquellas personas que envolvían al torero. Le siguió con la mirada y enseguida se dio cuenta de que iba a saludar a una mujer que estaba de espaldas. Casi se desmaya.

—Ava, ¡qué placer verte por aquí! —saludó a sus espaldas.

La actriz sintió un escalofrío, pero se dio la vuelta como si no supiera de quién se trataba.

—Miguel, ¡qué alegría! —Se quitó uno de sus guantes de tal manera que parecía que estuviera desnudándose.

Luis Miguel besó su mano mientras la sujetaba con fuerza. Los dos se taladraron con la mirada. Había fuego entre ellos y el deseo parecía a punto de desbordarse allí mismo.

—Necesito verte otra vez —le susurró al oído. Su mal inglés se hizo perfectamente inteligible para ella.

—Voy a la caseta de Pino... no sé qué. Allí he quedado con los condes de Quintanilla.

—¡Ah! No nos veremos. Ahí yo no voy. Te refieres a Pinohermoso. Aunque éramos muy amigos, ya no quiero saber nada de él. —Se le congeló la sonrisa.

Ava, de repente, recordó que había tenido un problema con un duque cuya hija se había querido escapar con Luis Miguel y el padre le denunció. Dedujo que debía de ser esta persona de la que el torero no quería ni oír hablar.

—Que se joda ese Pino... Prefiero ir donde tú estés.

Luis Miguel volvió a besar su mano. Percibió que la actriz tenía tantas ganas como él de volverse a encontrar.

—Yo estaré en la caseta 57 con el conde de Beaumont, además celebra su cumpleaños. Podemos encontrarnos allí en dos horas. Mientras tanto, tú ve con quien hayas quedado. No te preocupes. Acabo de llegar. Necesito instalarme y darme una ducha.

—Está bien. En dos horas nos vemos. ¿Has venido con tu amiga?

—Sí, pero dormiremos en habitaciones separadas. Espero que amanezcamos juntos tú y yo... —La última frase se la susurró al oído.

—Podría ser interesante —dijo la actriz, le sonrió y se fue con sus amigos que permanecían algo retirados. No quisieron estar presentes en la conversación de ambos.

Luis Miguel se quedó observándola, como le gustaba a él escrutar a su enemigo en la plaza, mientras la actriz contoneaba sus caderas de forma cadenciosa al salir del hotel. Ava era consciente de que los ojos del torero no perdían ninguno de sus movimientos. Los dos tenían algo en común: las ganas de vivir y de olvidar sus problemas. No pudo por menos que sonreír, al tiempo que se giraba para mirarle una vez más.

Noelie Machado hubiera salido corriendo de allí, pero no tenía a dónde ir. Había abandonado su país por él y ahora era consciente de que estaba perdiendo esta guerra. Un sonriente Luis Miguel volvió a su lado. Aunque físicamente estaba con ella, su mente volaba lejos de allí, y ella lo sabía.

No tardaron en arreglarse y salir camino del Real de la Feria para ver a los amigos en la caseta 57. Los sonidos de la calle del Infierno, donde estaban las atracciones, sonaban de fondo. El polvo de albero que había en el ambiente se metía en la garganta y tapizaba los tacones de las mujeres y los zapatos de los hombres, empañándolos con una capa de polvo difícil de quitar.

Al llegar a la caseta, cientos de farolillos adornaban la entrada. Un hombre vestido de corto decidía si dejaba pasar o no a quienes se acercaban hasta allí. Fue ver a Luis Miguel acompañado de la espectacular Noelie y dio la orden para que alguien del interior viniera a recibirles y acomodarles. Sonaba la voz de un cantaor en su interior y varios palmeros acompañaban los bailes de los invitados en una improvisada pista de madera.

Todos se levantaron a saludar al torero. Aristócratas y artistas se acercaron a cruzar unas palabras con él. Noelie hablaba con Chocolate. No había forma de cruzar dos palabras seguidas con Luis Miguel sin que alguien los interrumpiera.

—Maestro, le echamos de menos en la Maestranza. El cartel de este año no es lo mismo sin usted —le dijo un espontáneo.

—¿Cuándo volverá a los ruedos? Estamos deseando su pronta recuperación.

Luis Miguel les sonreía y agradecía sus expresiones de afecto y admiración. Rápidamente un camarero les acercó tres copas de manzanilla y unos taquitos de jamón.

—Verás qué fácil entra este vino. Espero que te guste. —Chocó su copa con la de su acompañante.

Noelie le dio un sorbo, otro y otro... Cuando se quiso dar cuenta, ya le estaban llenando la copa. Muchas mujeres vestían trajes de volantes con lunares de todos los colores. Una de ellas intentó sacar a bailar al torero.

—Muchas gracias, pero no tengo bien la pierna.

—Es igual —le dijo la gitana—. A un número uno se le permite que esté de pie y mueva las manos nada más.

La mujer siguió insistiendo y el público comenzó a jalearle. Luis Miguel cedió. El conde de Beaumont se puso en pie y le aplaudió el gesto. Comenzó la sevillana y se puso a torear con aquella mujer que le sacó a bailar. Parecía que estaba en la plaza. Empezaron los primeros olés y fue venciendo su timidez inicial. Comenzó a zapatear. Se olvidó del dolor de la pierna. Apareció en la caseta la cantante y bailaora Lola Flores y no se lo pensó dos veces: se convirtió en la pareja de baile del torero. Los vivas y bravos se escuchaban con tal alborozo que pronto se hizo un corrillo de gente alrededor de la caseta. Los curiosos que se arremolinaron ya no se movieron de allí hasta que concluyó aquella actuación improvisada.

Noelie continuó bebiendo manzanilla. Seguía el ritmo con las palmas tal y como le había enseñado el torero. Luis Miguel regresó a su sitio después de estrechar cuantas manos salieron a su encuentro.

—¿No te *dole* la *perna*? —le preguntó Noelie sin pronunciar cien por cien bien.

—Sí, claro que me duele, pero me aguanto. Oye, China, ¿cuántas manzanillas llevas?

—¡Unas cuantas! —afirmó Chocolate.

—Te advierto que este vino se sube mucho a la cabeza. El secreto está en comer. ¡No bebas más!

—Pero si he comido algo.

Luis Miguel llamó al camarero y al rato había gambas, queso y más jamón encima de la mesa.

—¿Por qué no sales a bailar, Noelie? A ti te encanta.

—Pero no sé bailar así, como tú lo haces. Me da *vergonza* —seguía sin pronunciar bien.

—Mira, te aconsejo que con esto de la vergüenza hagas una especie de terapia de choque.

—No sé qué quieres decir. —Noelie hablaba despacio para que Luis Miguel no la mirara con cara pícara y le volviera a decir que no bebiera. Vino un camarero y le volvió a llenar la copa. Se la bebió de un trago.

—Me refiero a que la timidez se vence de golpe, justo haciendo aquello que temes. Es decir, ¿temes bailar en público? Pues baila de forma exagerada. Si temes hablar en público, habla alto y fuerte. Incluso grita si viene al caso, ¿entiendes? Si te dan miedo los perros, vive con uno. Terapia de choque.

—Y si me da miedo perderte, ¿qué tengo que hacer? —le preguntó a punto de echarse a llorar.

—No seas niña. China, no debes beber más... No estás acostumbrada.

—Me da igual. Todo me da igual. No me importa nada. Sé lo que va a pasar y no sé cómo evitarlo —se llevó a la boca la copa que volvía a estar llena nada más apurarla.

—Te vas a poner mala. Cuando te pasas, este vino da dolor de cabeza. Tenía que haberte advertido.

—Ya es tarde, porque todo me da vueltas. —Al poco rato, se sintió indispuesta. El mareo era monumental.

—China, tengo que seguir aquí, Chocolate te va a llevar al hotel para que duermas la mona. Será lo mejor. Hazme caso.

La joven hubiera preferido quedarse, pero no tuvo fuerzas. Se encontraba muy mareada.

—Quien con niños se acuesta meado se levanta, Chocolate. Por favor, cuídala. Hazlo por mí.

—Descuida!

Chocolate se la llevó casi en volandas. Noelie no podía resistirse. Estaba rendida desde que salió del hotel. Intuía que le quedaban pocas horas al lado del torero.

18

Ava Gardner, junto a los Grant, apareció por la caseta a las cuatro de la madrugada. El vigilante de la puerta ya estaba advertido por Luis Miguel, y, en cuanto reconoció a la actriz, la dejó pasar haciendo un gesto que casi pareció una reverencia.

Luis Miguel, al escuchar los murmullos entre los invitados, se percató de que Ava había llegado. Se levantó de la silla y con la mano saludó a la actriz para que supiera dónde estaba. Rápidamente sus acompañantes dejaron libres las sillas contiguas para que se pudieran sentar Ava y los Grant.

—¡Cuánto me alegro de que hayáis venido!

—Gracias por invitarnos —contestaron los Grant.

—¿Aquí se bebe algo? —preguntó Ava cuando Luis Miguel se acercó a besarla en la mejilla.

Olía a un perfume muy sofisticado. El olor dulce y penetrante se quedó en su pituitaria. Estaba tan bella como en sus películas. Sus ojos verdes se clavaron en los suyos. Durante unos minutos los dos se quedaron sin palabras. El torero fue quien habló primero:

—Antes de que te vayas, quiero invitarte a una capea en mi casa de Cuenca. Está a cien kilómetros de Madrid. —Se dirigió a Frank—: Me encantaría que hicierais noche allí. Será en honor de Ava.

—¿Qué es una capea? —quiso saber la actriz.

—Un día en el campo donde se acaba toreando a unas vaquillas. Me encantaría enseñarte a torear.

—¡Oh, me parece fascinante! Si tú estás conmigo, me atrevo.

Llegó el camarero y les sirvió a todos una copa de manzanilla.

—A los señores y a mí sírvanos una copa de vino. La manzanilla ha hecho ya sus estragos con Noelie.

—Ya me extrañaba no verla por aquí.

—Se ha puesto malísima.

Empezaron a sonar de fondo las palmas de varios gitanos y las guitarras de dos flamencos que se habían sumado a la fiesta. Lola Flores comenzó a cantar de forma improvisada.

—Esta artista tiene un temperamento fuera de lo normal.

—Se le ve mucho carácter —comentó Ava con admiración.

—Luego te la presento.

El humo de tabaco a esas horas de la noche impregnaba el pelo y los trajes de todos los asistentes. El conde de Beaumont se acercó hasta su mesa. Sus ojos curiosos no perdían de vista a aquella mujer de rasgos tan perfectos.

—Miguel, me gustaría que mañana me acompañarais a la comida que estoy organizando con motivo de mi cumpleaños.

—¡Felicidades! ¿No es hoy? —preguntó Luis Miguel.

—Sí, pero lo celebro mañana.

—¡Fantástico! Cuenta conmigo. ¿Os apuntáis? —preguntó a Ava y a los Grant.

—Estamos en Sevilla y nada me parece mejor que una fiesta —señaló Ava, mientras sus amigos asentían con la cabeza.

—Será un honor contar con su presencia. —El conde besó la mano de la actriz y de su amiga Doreen—. Espero que lo pasen bien aquí —les deseó, y luego se retiró a la mesa en la que departía con sus amistades.

La misma gitana del principio se acercó hasta Luis Miguel y le volvió a insistir para que saliera de nuevo a bailar a la tarima de madera. El torero ya no opuso resistencia. Un bailaor hizo lo propio con Ava, que tampoco se negó. Sonó la música y Luis Miguel improvisó unos pasos con los que parecía que toreaba de salón con la actriz. Se despertaron de nuevo los olés en la caseta. Cada vez se unían más personas a las palmas. Aquel baile se transformó en una danza sensual donde torero y actriz se retaban a la vista de todos. Ella le envolvía con sus brazos y él la miraba con deseo. Sus caras se acercaron tanto que pareció que Luis Miguel la iba a besar de un momento a otro. La actriz se descalzó y se sintió libre para dar vueltas en torno a él. Ardían de deseo mientras el rasgueo de la guitarra y las voces rotas de los cantaores, a esas horas de la noche, les invitaba a la pasión. Dominguín le sonrió y ella le correspondió con una caída de ojos insinuante. Se cruzaron sus cuerpos en una coreografía improvisada. Por un momento, se olvidaron de todo y hasta de donde estaban. El torero agarró los laterales de su chaqueta con las manos, abullonándolos a la vez que zapateaba. Ava se movía con soltura al ritmo de la música. Había arte y magia en el pequeño escenario. Y de pronto, el sonido cesó e irrumpieron los aplausos enardecidos. Los dos se quedaron frente a frente con la respiración agitada. Luis Miguel le ofreció su brazo para bajar de la tarima y volver a sus asientos.

—Creo que deberíamos retirarnos ya para estar frescos mañana si vamos a ir al cumpleaños del conde. Si seguimos bailando y bebiendo, llegaremos rotos.

—Por mí, podemos irnos ya. —Ava no se anduvo por las ramas.

Los Grant lo agradecieron, porque el día había sido muy largo: primero en la cacería en Extremadura y después, por la tarde, en la Feria de Abril. Tuvieron que regresar en coche de caballos. Luis Miguel había dado permiso a Cigarrillo para que descansara esa noche. Atravesaron Sevilla todavía sin luz al ritmo del traqueteo del caballo. Faltaba poco para que amaneciera en la ciudad. El olor de azahar los acompañó hasta el histórico barrio de Santa Cruz donde se ubicaba el hotel Alfonso XIII. Durante el trayecto el torero envolvió con su capa a la actriz. Los Grant iban en los asientos que estaban frente a ellos. Luis Miguel deslizó su mano por los muslos de Ava y le hablaba en susurros. La deseaba con todas sus fuerzas. Aquella situación divertía a la actriz, que soltó una carcajada nerviosa. El atrevimiento del torero le gustó.

Al llegar al hotel de estilo mudéjar con grandes arcos y bellísimos azulejos, Luis Miguel volvió a ponerse la capa y ayudó a bajar a todos los ocupantes del coche de caballos. Pagó al cochero y se reunió con Ava y los Grant, que acababan de entrar en el hotel. El recepcionista dio las llaves a los cuatro, pero la actriz, antes de despedirse del torero, le dijo al oído el número de habitación. Dominguín saludó a los rezagados que, como él, llegaban de la feria y le pedían un autógrafo. Finalmente, se fue a su habitación y esperó varios minutos hasta que decidió que había llegado el momento de estar a solas con Ava. Se encontraba en su misma planta, reservada a las celebridades que visitaban la ciudad. Solo tuvo que llamar dos veces con los nudillos y la puerta se abrió.

Ava vestía con una bata de satén blanco que dejaba en evidencia la desnudez de su cuerpo. Llevaba un vaso de whisky en la mano, que ofreció al torero. Este le dio un sorbo y lo apoyó en la mesita de la suite. Ya nada podía frenarle. Se aflojó el nudo de la corbata y, mirándola fijamente a los ojos, comenzó a besarla. Deseaba amarla y no esperó a llevarla al dormitorio. Deshizo el nudo del cinturón de la bata de satén y la dejó caer al suelo. En un impulso, la cogió en volandas apoyándola en sus caderas. Los dos querían sucumbir al deseo y no esperaron a llegar a la cama. De una manera impetuosa, se entregaron a un vaivén frenético en el que se abandonaron. Luis Miguel deseaba explorar ese territorio misterioso que se presentaba ante él y Ava solo pretendía olvidar. Aquella noria de sensaciones provocó que en segundos pasaran de la euforia a la tristeza, de la emoción al desasosiego sin poner punto final a la cascada descontrolada de sentimientos. Cuando sus respiraciones se normalizaron y cesaron los sonidos que salían de sus gargantas, los dos volvieron a enfrentarse a sus soledades. Luis Miguel la cubrió con la bata y encendió un cigarrillo. El humo del tabaco volaba tan alto como sus pensamientos. Ava olvidó sus problemas a esas horas en las que Sevilla amanecía. Era todo un espectáculo contemplar desde los ventanales de la habitación cómo se iluminaban los tejados de las casas y observar cómo poco a poco la ciudad comenzaba a despertar.

—Es hora de ir a la cama. Ven —le dijo él.

—No tengo sueño. Nunca tengo sueño. —Se metió en la cama serpenteando entre las sábanas.

—Eres increíble.

Luis Miguel comenzó a mesar el cabello de Ava de forma parsimoniosa. La actriz apoyó la cabeza sobre su pecho. El torero, de haber podido, hubiera detenido el tiempo. Ava le hacía sentir especial. Ante él, parecía frágil, aunque ante los demás jugara a ser una gata salvaje. Se acercó el cigarrillo a la boca y le dio una calada honda y larga. Hubiera querido prolongar aquella situación hasta el infinito. Ellos solos buscándose a sí mismos. No hacían falta palabras. Los dos, desnudos, desbordados de pasión, parecían hechos el uno para el otro. De no tener la carga de la fama, habrían sido la pareja perfecta. Sin embargo, eran dos estrellas, pertenecientes a dos mundos distintos, que se atraían como los polos opuestos. No esperaban nada el uno del otro. Solo se querían dejar llevar. Mientras estuvieran en la cama amándose, aquello era cierto. Había que prolongar el momento, quizá el mañana no existía para ellos. No hacían planes, no deseaban más que descubrirse, tocarse, amarse sin preguntas, sin mentiras, sin frases grandilocuentes. Solo ellos como dos adolescentes queriendo descubrir el amor que no acaba de llegar nunca a sus vidas. Luis

Miguel apuró el cigarrillo dando otra honda calada y se entregó de nuevo a la única verdad que existía entre ellos: el deseo.

Entre las sábanas jugaron a amarse de nuevo. Para la actriz era una necesidad y para el torero, un reto. Sus cuerpos se atraían de forma animal. Se olvidaron de quién era cada uno y se dedicaron a lo que mejor sabían hacer: amar con desmedida precipitación y locura. Luis Miguel cayó rendido tras ese último lance y cerró los ojos. Ava le observaba de cerca. Estaba con el torero, en la cama, mientras escrutaba con detenimiento sus cicatrices. Él sintió el roce de sus dedos.

—Son medallas, Ava —respondió a la pregunta no formulada—. Para los toreros, cada señal que nos deja un toro en nuestra piel es un fallo en la lidia y, a la vez, un paso hacia adelante para alcanzar la gloria.

Finalmente, a Ava el sueño le ganó la partida. Ya la ciudad estaba en pleno movimiento cuando a él también le pudo el cansancio. Así pasaron seis horas. Alejados de compromisos, de *flashes* y periodistas, de amores truncados... Allí estaban ellos sobre la cama, amantes extenuados siempre dispuestos a volver a empezar. Parecía una carrera sin límite en la que los dos deseaban medir sus fuerzas.

A la una de la tarde sonó el teléfono en la habitación. Nadie respondió. Sonó tres veces más. La mano de la actriz lo descolgó y apenas pudo pronunciar una sola palabra.

—¡Ava! ¡Ava! Soy Frank. Por fin te localizo. ¿Me escuchas?

—Frankie, ¿sabes qué hora es? —respondió Ava.

—Necesito hablar contigo. Escucha...

A través del teléfono comenzó a sonar una melodía y al cabo de un rato Sinatra le cantaba una de sus nuevas canciones: «My One and Only Love». Su voz sonaba con más fuerza y energía. Tenía más *swing* en su garganta. Ava fue poco a poco desperezándose y emocionándose a la vez. Retumbaban las notas de manera especial en su confundido corazón. Nadie como Frank Sinatra para aturdirla.

—Ava, necesito que oigas esta canción. Quiero que sepas que la canto pensando en ti.

Cantó con más sentimiento que, nunca. Le decía que ella era la única, su amor verdadero. De sus ojos comenzaron a brotar lágrimas...

—Es realmente hermosa —alcanzó a decirle.

—¿Qué crees, nena? ¿Verdad que es maravillosa? El productor, Voyle Gilmore, ha incorporado al músico Nelson Riddle, que me está haciendo unos arreglos extraordinarios. Estoy entusiasmado. ¡He vuelto a ser el que era! ¡Se acabó mi mala racha!

—Cuánto me alegro —dijo con pocas ganas de seguir la conversación—. ¿De dónde ha salido ese Riddle?

—Este músico había sido trombón y arreglista de Tommy Dorsey. También fue el autor de los arreglos de «Mona Lisa» de Nat King Cole. Te lo juro, nena, nos entendemos. Hablamos el mismo idioma. Sé que el disco va a ser un éxito.

Se oyó una voz femenina cerca del teléfono.

—Imagino que no estás solo.

—Ni tú tampoco. Estarás con algún jodido gilipollas.

—A lo peor estás con alguna de las coristas que últimamente te llevas a la cama.

—Pues esta vez has acertado.

Ava colgó el teléfono.

—¡Que te jodan! Hijo de puta. Primero me ablandas el corazón y después me humillas. ¡Jódete!

La actriz se levantó de la cama con ganas de romper cualquier cosa que pillara a su alcance. Resoplaba dando paseos con su bata blanca de un lado a otro. Luis Miguel se despertó de golpe con el sonido de un vaso estrellado contra la pared.

—¿Qué te ocurre? ¿Ha pasado algo?

—Mi marido... ¡Ohhh! Deseo estamparle un cenicero en la cara.

—¡Para! —Se levantó de un salto y se apresuró a frenar su

intención de tirar otro vaso al suelo. La abrazó casi inmovilizándola y Ava poco a poco fue calmándose—. Estás muy guapa cuando te enfadas, pero cada destrozo en la habitación luego tendrás que pagarlo.

—Este jodido Frank, que es capaz de lo mejor y de lo peor. Puede ser un cordero y un auténtico búfalo, un ángel y un demonio a la vez. ¡Incorregible! Ahora mismo no sé si me ha llamado para mostrarme una de sus últimas canciones o para ridiculizarme diciéndome que estaba con otra mujer. ¡Le odio!

—Te advierto que tú también estás con un hombre.

—Pero es distinto...

Luis Miguel la llevó en volandas a la cama.

—Con lo guapa que estabas, no merece la pena que te lleves un disgusto. ¡Olvídalo! ¿No tienes hambre? —intentó cambiar de tema—. ¿Qué tal si nos traen un desayuno, aunque casi sea la hora de la comida?

—Sí, llama al servicio de habitaciones. Yo quiero unos huevos con beicon y un café.

—Yo con un café ya me pongo en marcha. El que hacen aquí no sabe como el americano. Le echan otras cosas que le dan un sabor parecido pero no es exactamente café. De todas formas, piensa que hemos quedado a comer en una hora.

—No hay problema. Como ahora y luego también. Tengo hambre.

Luis Miguel llamó por teléfono para pedir los desayunos y de paso solicitó que localizaran a Chocolate por el hotel. Enseguida su hombre de confianza le llamó por teléfono a ese número de habitación.

—Chocolate, busca a Cigarrillo. En una hora tenemos que estar arreglados para acudir a la celebración del cumpleaños del conde de Beaumont. Despierta a China y dime si está en condiciones de venir o no.

—Así lo haré.

Luis Miguel dejó a la actriz desayunando. Él simplemente se bebió el café y se fue a su habitación.

—¡Ava, en una hora en recepción!

La volvió a besar y se retiró de allí no sin antes sonreírle con complicidad. No tenía mucho tiempo para arreglarse.

Después de una ducha, se vistió de nuevo y acudió a la habitación de Noelie. Sabía que esa mañana no estaría para muchas bromas.

—China, abre la puerta. Soy yo, Miguel.

La puerta se abrió y apareció Noelie prácticamente vestida.

—Te estaba esperando para que me abrocharas el vestido.

China era una auténtica belleza exótica. No parecía enfadada, pero tampoco se mostraba todo lo alegre que ella era. El torero abrochó su vestido y le metió prisa para ir al cumpleaños.

—Dime si me quieres, Miguel.

—No seas niña, no empieces. ¿Te encuentras bien después de lo que bebiste ayer?

—Estoy bien... pero no me has contestado. ¿Me quieres?

—No seas niña. Sabes que a mí me cuesta hablar de amor.

—Necesito oírte una palabra. Si no, tampoco tiene sentido que yo esté aquí siguiendo tus pasos, lejos de mi país, de los míos.

—Lo sé, China. Soy consciente del sacrificio que has hecho por mí, pero no me lo recuerdes todos los días. Tú sabes cómo soy. No engaño a nadie.

—Pensé que lo nuestro era más serio. Esa mujer te ha apartado de mi camino.

—No sé a qué mujer te refieres.

—¡Por favor! Soy joven pero no estúpida. Estoy segura de que has pasado la noche con ella. De no ser así, ya me habrías amado. Tú no haces preámbulos, vas como los toros, a embestir.

—No sé si sabes que estuve hasta las tantas en la caseta, bebiendo y comiendo. Y ahora no hay tiempo porque llegamos tarde a un cumpleaños al que nos han invitado. ¡Vámonos!

—¿Estará ella también? —le dijo, mirándole a los ojos de frente, intentando descubrir la verdad en ellos.

—¡Por supuesto que estará! El conde nos invitó a todos. Va a ser una fiesta muy divertida. Me ha dicho Chocolate que entre todos los invitados vamos a contribuir a un regalo muy especial —le guiñó un ojo.

—No me apetece ir. Te estás alejando. Lo veo y no me gusta, porque yo te amo. ¿Entiendes? Yo sí lo puedo decir abiertamente. ¡Te amo! —Se echó a llorar.

Luis Miguel no podía ver llorar a una mujer. Se acercó a ella y la abrazó. Enjugó sus lágrimas con sus dedos y la convenció para que le acompañara al cumpleaños del conde. Noelie accedió a regañadientes.

En el *hall* tuvo que disimular. Había muchas personas esperando al torero. Luis Miguel atendía a todos. De pronto, salió del ascensor la mujer más bella y elegante de Hollywood. Ava Gardner iba vestida con un traje blanco, que dejaba sus hombros casi al aire, y un tocado del mismo color, que resaltaba su pelo negro. Al andar contoneaba las caderas. Se hizo un silencio de admiración que pronto se transformó en un aplauso espontáneo. La acompañaban los Grant, que se dirigieron hasta recepción para pedir que alguien les trajera su coche hasta la puerta del hotel. Luis Miguel no perdió ojo de los movimientos de aquella mujer tan bella con la que se había despertado ese día. Noelie le miró y supo que estaba rendido a los pies de ella. En ese momento, tomó la decisión: tenía que separarse del torero. Él había elegido otro camino. Sintió un deseo inmenso de salir corriendo, aunque sabía que hasta volver a Madrid tenía que fingir. Le hubiera abofeteado allí mismo, pero no tenía fuerzas ni ganas.

Luis Miguel la cogió del brazo y la invitó a salir rápidamente.

—Están Cigarrillo y Chocolate esperándonos. ¡Vamos!

—A lo mejor prefieres ir solo. He visto cómo mirabas a Ava.

—Noelie, no empieces, por favor. Quiero que me acompañes y punto. No te hagas películas en tu cabeza.

La joven calló, pero tenía la certeza de que aquello que percibía no era fruto de su imaginación. El torero no era el mismo desde que la había conocido. No encontraba el momento para estar con ella a solas. Ya no formaba parte de su vida.

El coche de los Grant les siguió. No tardaron mucho en llegar al restaurante. Tenían que estar antes que el conde para observar su cara cuando viera el regalo que le iban a hacer los amigos. Luis Miguel y otros invitados salieron del salón. Se pusieron de acuerdo para aquello tan especial y secreto con que le iban a sorprender. Chocolate se quedó en medio entre Noelie y Ava Gardner. El aire se podía cortar.

—Una noche agitada... —comentó Noelie con segundas.

—Sí. Una noche muy agitada. —No dijo más. Sin embargo, no tenía en la cara ninguna secuela de haber dormido poco.

Doreen y Frank se acercaron hasta ellas y comenzaron a hablar, ajenos a ese duelo de gatas.

—Hemos cogido seis sitios para que estemos juntos. Nosotros no conocemos a nadie.

—Bien pensado —dijo Chocolate—. Miguel es el único que conoce a toda esta gente. De modo que mejor que nos sentemos todos juntos.

Chocolate se daba perfecta cuenta de lo que estaba pasando. Nadie tenía que decírselo. Ya había vivido, alguna otra vez, una situación parecida.

19

El conde de Beaumont apareció vestido con una chaqueta azul marino, dejando sobresalir un pañuelo blanco del bolsillo de la pechera y unos pantalones grises. Sus ojos de pillo observaron rápidamente que no le había fallado nadie. Sonreía a todos y agradeció la presencia de invitados tan ilustres.

—Gracias por acompañarme en mi fiesta de cumpleaños. Nunca jamás pensé que mi estrella favorita, Ava Gardner, compartiera conmigo mesa y mantel. Ava, gracias, y a todas las mujeres hermosas que hoy me honráis con vuestra presencia. A ellos, a mis amigos, ¡que os parta un rayo!

Todos celebraron con risas sus palabras. Le tenían reservada una sorpresa difícil de olvidar.

—Vamos a comer y en los postres te daremos nuestro regalo. Ya te digo, querido amigo, que te sorprenderás —dijo Luis Miguel en voz alta.

Los que estaban en el secreto se rieron con complicidad.

—Lo dudo, ya hay pocas cosas que me sorprendan. Está bien. Bebamos y comamos, y luego me dejaré sorprender.

La comida fue pantagruélica. No paraban de salir bandejas de jamón, langostinos, pescado adobado, pescado frito, carne de ternera, chuletas de cordero... vino blanco y vino tinto. El postre no llegaba nunca. Los comensales estaban completamente saciados. No parecía que los camareros fueran a traer los dulces jamás. Ava pedía una y otra vez más vino. Aquellas botellas de Marqués de Riscal que se servían en la mesa la volvían loca.

—Es realmente delicioso. —Lo bebía como si fuera agua, pero no le provocaba ningún efecto.

—Parece que quieres emborracharte para huir de algo —le comentó Luis Miguel—. Yo que tú no bebería más.

—Es posible que para mí sea un refugio para huir de la realidad que no me agrada.

—Creo que valen la pena las horas que vas a pasar aquí. Yo que tú no me las perdería. —Luis Miguel le rozó su brazo.

Noelie, aunque estaba al otro lado, supo que algo se decían entre los dos en clave. Chocolate intentaba distraerla y hablarle de mil cosas relacionadas con Sevilla. La joven fue la única que apenas comió. Su estómago estaba cerrado ante la evidencia de que él ya no la quería. Tampoco deseaba beber después de lo mal que le sentó la manzanilla el día anterior. Observaba y callaba. Se convirtió en un testigo impertinente e incómodo de ese *affaire* entre el torero y la actriz.

Luis Miguel cada vez se manejaba con más soltura en inglés. Ya no necesitaba a Noelie para traducir. Había algo entre la actriz y el torero que les hacía entenderse a la perfección, aunque ninguno de los dos dominaba el idioma del otro.

—Me encantan tus ojos, tu pelo... —le decía al oído.

—Pues de pequeña no tenía pelo. Mi cabeza era una bolita de billar. Mi primer año de vida, para horror de mi madre, lo pasé sin un solo pelo. —Rio y los Grant la siguieron.

—¿En serio? —quiso saber el torero.

—¡Seguro! No te miento. Más de un año sin un solo pelo, pero luego... llegó todo de golpe. Mi madre siempre me decía que ni antes tan poco, ni después tanto. La pobre tenía que cepillarme mis rizos negros todas las noches. ¡Cómo la echo de menos!

Se quedó un momento absorta en sus pensamientos. Uno

de los comensales comenzó a hablar de los signos del zodiaco. Eso la divirtió muchísimo. El experto en signos zodiacales le preguntó cuál era el suyo. Superó de golpe la nostalgia que sentía por su familia.

—Soy capricornio. Nací el 24 de diciembre a las diez de la noche. Creo que mi signo tiene la culpa de todos mis males...

—Es el décimo signo del zodiaco. Se rige por Saturno y su elemento es la tierra. Tu número de la suerte será siempre el ocho.

—¿Ah, sí? Tendré ocho maridos, ocho amantes... Dices que el ocho.

—¿Yo soy el octavo amante? —le susurró al oído Luis Miguel.

—El ochenta y ocho —contestó divertida.

—Tu metal: el plomo —siguió el experto en signos del zodiaco—. Utiliza perfumes dulces. Cualquiera relacionado con la vainilla y el benjuí.

—Eso puedo rubricarlo yo. Tu perfume es tan dulce como tú —siguió diciéndole Luis Miguel al oído.

—También los capricornio sois prácticos y solitarios en vuestros propósitos.

—Exacto —se asombró la actriz—. Es muy difícil que un hombre me atrape el corazón.

—Espero que conmigo esa máxima se rompa —le volvió a comentar en voz baja Luis Miguel.

Ava no paraba de reír y de beber mientras que Noelie estaba a punto de explotar. Chocolate y los comensales que se encontraban a su lado trataban de darle conversación.

—¿Cuál es tu signo?

—Me parece de ignorantes dar crédito al hecho de que nacer un mes u otro te condicione.

Lo dijo en inglés y en voz alta para que lo oyera Ava, que parecía creer todo lo que le decían de su signo. Sin embargo, en lugar de molestarle el comentario, a la actriz le dio por reír más.

—Soy una chica de campo muy ignorante. Eso decía de mí Artie, mi segundo marido, y le mandé a la mierda. No me gustan los que presumen de saber mucho. —Siguió bebiendo.

—¿A qué ha venido eso? —le dijo furioso Luis Miguel a Noelie.

—A que yo también estoy en esta mesa y no me prestas la más mínima atención.

—Noelie, por favor. Tus celos te matan. Relájate y pásalo bien, como hacemos los demás —le dijo en voz baja—. No seas niña. Sabes que para mí eres especial.

Noelie le miró a los ojos. Era lo primero amable que le decía en días. Sin embargo, supo que esas palabras tenían más efecto terapéutico que otra cosa. La realidad parecía bien distinta.

—Me voy a empolvar la nariz —comentó Ava en voz alta.

Luis Miguel se levantó para retirarle la silla y aprovechó para ir donde estaban los autores del «regalo» para decidir si había llegado ya el momento. Se retiraron los que participaban del secreto. Luis Miguel les pidió que le esperaran en la habitación contigua. Alegó que deseaba ir al excusado. Se ausentó. Sin embargo, no fue en dirección al baño de hombres sino al de mujeres.

—¿Ava? —preguntó el torero en voz alta.

—Aquí estoy. —Se abrió una de las puertas de los servicios.

Él se metió en aquel pequeño cubículo, cerró la puerta y le pidió que no hiciera ruido. Ella sonrió divertida ante su transgresión. Comenzó a subirle la falda del vestido a la vez que se desabrochaba su pantalón. Después de un breve jugueteo amoroso, la poseyó con determinación. Ava le clavó con todas sus fuerzas las uñas en el cuello. Luis Miguel ni siquiera sintió dolor. A la actriz aquella situación le pareció un atrevimiento divertido y al torero, una nueva aventura. Como casi siempre, no llevaba ropa interior y al torero le fue fácil hacer realidad su deseo sexual. Los dos procuraron no hacer ruido, pero fue inevitable que, en aquel lavabo, se escucharan los jadeos y la risa que la situación provocaba en la actriz. Finalmente, él la besó como colofón a ese encuentro breve pero apasionado, salvaje. Esperó a ver si se oía algún ruido y abrió sigilosamente la puerta. Sonrió pícaramente a Ava y se fue de allí abrochándose el pantalón. Un cliente del restaurante le vio salir del lavabo de mujeres y le advirtió que se había equivocado y él, divertido, se limitó a encogerse de hombros. Como si no hubiera ocurrido nada, apareció en la habitación donde se encontraban los invitados que ya habían envuelto el «regalo».

—¿Dónde estabas, Miguel?

—Me han entretenido. Perdonadme.

—Tendremos que llevar entre todos este delicado detalle —dijeron entre risas.

—Tú, no abras la boca —se dirigió uno de ellos al interior del «regalo».

—¿Cuánto hay que poner? —el invitado más bajito se echó mano a la cartera.

—No hay problema, está todo solucionado —afirmó Luis Miguel.

—Bueno, vamos allá —resolvió otro finalmente.

Luis Miguel abrió la puerta que los separaba de los comensales y pidió a todos un poco de silencio.

—Querido conde, ha llegado el momento de que correspondamos a tu invitación de cumpleaños con un regalo a la altura de las circunstancias.

—Me tenéis intrigado con tantas idas y venidas y tanto secretismo. ¿De qué se trata?

—Le pido que cierre los ojos y no los abra hasta que yo le diga.

El conde obedeció y los invitados, que estaban expectantes, cesaron sus conversaciones. Apareció Ava perfectamente retocada y se sentó en la mesa como si no hubiera ocurrido nada en los lavabos. Noelie no se podía imaginar lo que acababa de suceder a pocos metros de donde se hallaban. Todos observaban ese extraño regalo largo y pesado, que tanto les costaba trasladar. Estaba perfectamente envuelto y lo colocaron en medio de aquel gran salón donde acababan de comer.

—Ya puede abrir los ojos. ¡Acérquese! —pidió Luis Miguel divertido—. Adelante, ¡ábralo!

—Me tenéis hecho un flan. Necesitaré una silla para quitar el lazo que está tan arriba y desenvolverlo.

Le arrimaron una silla, se subió a ella y fue poco a poco desembalándolo. En un momento determinado, pareció que el interior del regalo se movía.

—Pero ¿de qué se trata? A ver si va a ser un bicho y me gastáis una broma pesada.

Los que estaban en el secreto se rieron. El resto de los comensales, sin conocer de qué iba aquello, les imitaron. El conde quitó un último lazo y el papel se vino abajo, dejando a la vista a una mujer rubia teñida, entrada en carnes con unos pechos prominentes.

—¡Sorpresa! —fue lo único que alcanzó a decir aquella mujer que se prestaba como regalo para el conde previo pago de una cantidad importante de dinero. Ese mes había hecho el negocio. Durante unos días no tendría que salir de casa a hacer la calle.

—Sois unos puñeteros. Pero ¿qué clase de regalo es este? —dijo entre risas y la gente, después de los murmullos, le siguió con carcajadas.

—Debe retirarse, con el «regalo» a la sala contigua —afirmó uno de los que habían preparado la sorpresa.

—Sí, retírese, señor conde, que nosotros seguiremos aquí cuando vuelva.

El conde se bajó de la silla y salió con aquella mujer.

—¿Qué os ha parecido? —preguntó Luis Miguel a la mesa.

—Realmente ingenioso —dijo Ava divertida.

—Me parece una ordinariez y una falta de respeto para las mujeres que estamos aquí —repuso Noelie.

—China, se trata de una broma. Hay que tomárselo como algo divertido. El conde de Beaumont tiene de todo. Solo le hemos tomado el pelo con cierta picardía. No sé por qué te ofendes de esa manera.

—Es una mujer. No se nos puede regalar como si fuéramos una cosa.

—¿Te has vuelto feminista? —Le dio un sorbo a su copa de vino.

No a todo el mundo le pareció correcto el «regalo», pero los asistentes estaban curados de las excentricidades que se podían llegar a hacer en estas reuniones. Ava le pidió un whisky al primer camarero que pasó a su lado.

El conde de Beaumont reapareció media hora después y todos le aplaudieron, dando por hecho que había cumplido con aquella prostituta que le habían proporcionado los invitados a la fiesta.

—Sois unos amigos odiosos y deplorables... Bebamos champán a mi salud —dijo eufórico.

Los camareros comenzaron a descorchar botellas y a servir la bebida abundantemente por todas las copas distribuidas entre los comensales.

—El whisky déjalo para luego. No conviene mezclar —le dijo Luis Miguel a Ava.

Sin embargo, la actriz se bebió su whisky de dos sorbos. Parecía que buscaba emborracharse.

Unos flamencos irrumpieron en el salón y la fiesta cobró otro brío. Ellas, ataviadas con traje de flamenca, y ellos, vestidos con traje de corto y sombrero cordobés, comenzaron a cantar y a bailar. El público, que estaba contento de tanta comida y bebida, se puso a seguir con palmas aquellos primeros compases de sevillanas.

Ava se descalzó y Luis Miguel la animó a que se subiera encima de la mesa a bailar. Y la actriz, ni corta ni perezosa, lo hizo. Los Grant apartaron todo lo que podía romperse. Se convirtió en la gran atracción de la fiesta, jaleada por todos. Movía las manos y las caderas con gracia. Se dejó llevar por la música que tanto le gustaba y que conseguía que olvidara sus problemas. Al concluir la sevillana, se bajó de la mesa y se bebió el champán como si fuera agua.

—Ava, nos vamos a los toros. Quiero que veas una corrida conmigo. Hoy torean tres toreros a los que conozco mucho. Uno de ellos lo apoderan mi padre y mi hermano: Antonio Ordóñez. Deseo presentártelos. Estarán ya por la plaza.

—¿Lo apoderan? ¿Qué es eso?

—Le consiguen corridas y lo representan.

—Los actores también tenemos esa figura. Son representantes que gestionan nuestro trabajo y se quedan con gran parte del dinero que ganamos.

—Bueno, no voy a discutir contigo. ¿Nos vamos?

El grupo de los Grant, Ava, Noelie y Chocolate se fueron de allí en bloque. Quedaron con el resto en verse por la noche en la misma caseta del día anterior. La tarde era soleada y, en cuanto se acercaron a los aledaños de la plaza de la Maestranza, ya había un hervidero de gente donde unos revendían entradas y otros ofrecían almohadillas para los asientos. Chocolate se encargó de coger para cada uno. Vendedores ambulantes ofrecían bocadillos, bolsas de pipas, de cacahuetes, bombones helados... Aquel ambiente les encantaba a Ava y a sus amigos americanos. Noelie se sintió incómoda porque la miraban como a un bicho raro por su mezcla morena y asiática. Algunos hombres se acercaban y le decían algo que no entendía. Luis Miguel se limitaba a mirarlos y se iban de allí como alma que lleva el diablo.

—Paletos! —mascullaba entre dientes—. El que te incomode me lo dices, que le pego un puñetazo y me quedo tan fresco.

Noelie sabía que el torero lo decía en serio. No tenía miedo a nada ni a nadie. Le gustó su actitud protectora frente a aquellos que tenían algún prejuicio hacia ella. Ese ambiente de gentío y confusión era propicio para los ladrones de carteras, que se acercaban a los extranjeros con la intención de aprovechar su descuido. El torero los cazaba al vuelo y les daba una voz antes de que metieran su mano en lo ajeno. Reconocido por todos, le abrían paso y aplaudían. Rápidamente entró, junto a todos los del grupo, al patio de cuadrillas. Su hermano Domingo y su padre le divisaron entre el gentío que se agolpaba interesado en preguntarle por su pierna.

—Mucho mejor, muchas gracias.

—La fiesta sin usted, maestro, no es lo mismo. ¿Para cuándo su vuelta?

—Ya veremos.

—Usted no se puede retirar así como así. Le necesitamos. Es el número uno.

El torero sonreía a todos, pero resultaba imposible caminar.

Su hermano y su padre le dieron un abrazo y lo rescataron de los aficionados. Chocolate acompañó al grupo a que se acomodaran en la barrera. Luis Miguel le pidió a su hermano, ya de regreso, el capote de paseo de Antonio Ordóñez para que se lo pusieran a Ava Gardner.

—¿Qué tal el lote? —le preguntó refiriéndose a los dos toros que tendría que lidiar Ordóñez.

—Le han tocado dos buenos morlacos, espero que no haya ningún gilipollas que los vea justos de peso.

—Ahora ese parece el tema de moda, pero esta plaza es muy seria. Se fijarán más en la lidia. ¿Cómo le ves?

—Está fuerte y centrado. Digo yo que algo tendrá que ver nuestra hermana Carmina.

—No me hables de eso. El tío cabrón callado sin decirnos ni mu, enseñándonos las cartas de su enamorada, y resulta que era Carmina.

—Lo llevas mal porque te ha robado el cariño de tu ojito derecho.

—No me gusta para ella. ¿Qué quieres que te diga? Hubiera preferido alguien que no fuera de la profesión. Nuestra hermana será infeliz, como todas las mujeres de toreros.

—Espero que te equivoques. Además, de aquí a la boda queda mucho.

—Bueno, Antonio está deseando entrar en la familia y nuestro padre no lo ve con malos ojos.

—Es como un hijo para él. Son muchos años juntos.

—No, si él no ha perdido el tiempo...

—Viene pisando muy fuerte. Cabeza del escalafón el año pasado. En América, acuérdate de que toreó contigo y tuvo una importante faena. A ti te jode que esté con Carmina.

Luis Miguel no llegó a contestar. Los toreros comenzaron a hacer el paseíllo. Aprovechó para hablar un minuto con su padre, que atendía a varios empresarios taurinos.

—¿Todo bien por casa?

—Bueno, ya sabes, la niña de tu hermano sigue muy mal. No mejora.

—¿No ha reaccionado al tratamiento?

—De momento, sigue como un vegetal.

Luis Miguel pegó un puñetazo a las maderas del burladero.

—¡Te veo luego! —No le dijo más al padre. Estaba enfadado con la vida, en particular, y con el mundo, en general. Iba a empezar la corrida y se fue a la barrera con sus invitados.

Durante la corrida, los tres toreros —el mexicano Jesús Córdoba, el joven Emilio Ortuño, *Jumillano*, y el rondeño Antonio Ordóñez— le brindaron su primer toro a Luis Miguel Dominguín. La plaza en pie en cada brindis obligaba al torero a levantarse y saludar. Ava Gardner estaba impresionada de lo que él representaba en aquel ambiente taurino. Se moría de ganas de verle vestido de luces.

—¿En la capea irás así vestido también?

—No, llevamos un traje diferente. El de luces solo es para este tipo de plazas. Ya lo verás. Entonces ¿quedamos dentro de un par de días? Yo me iré a Madrid mañana. Nos vemos al otro en Cuenca, ¿te parece?

—¿Esta noche me dejarás sola? —La actriz se lo dijo al oído con una mirada que dejaba en evidencia sus intenciones.

Noelie, al otro lado del torero, estaba harta de la actriz y de sus insinuaciones delante de ella. No alcanzaba a oír lo que le decía, pero se lo podía imaginar. El segundo toro de Ordóñez se lo brindó a Ava. Noelie no podía estar más incómoda.

En la suerte de varas, los espectadores creyeron que se había castigado excesivamente al toro porque estaba blando de patas y comenzaron a protestar. Sin embargo, Ordóñez sabía que no era cuestión del picador sino del propio toro, al que se le doblaban las patas ante los trallazos de su muleta.

—¡Si el toro está muerto! —gritaron desde un tendido.

—Sí, le has mandado tú matar —apostilló otro aficionado.

Ordóñez, en un alarde de valor, comenzó a torear en los medios. Al final, dio ocho, diez, quince pases naturales. Se mezclaban los que aplaudían con los que le pitaban.

—Ahora viene el peligro —le dijo Luis Miguel a Chocolate en voz alta—. Me acuerdo de quien tú sabes. —Siempre tenía la muerte de Manolete en la memoria—. Que intentó ganarse al público y pasó lo que pasó. —Cerró los puños y miró hacia el suelo. Sabía que Ordóñez se iba a jugar la vida y más en la Maestranza.

Su hermano y su padre se miraron. Era evidente que estaba dispuesto a todo. Su cara le delataba.

Ordóñez entró a matar y hundió el estoque hasta la empuñadura. El toro estaba herido de muerte y buscó las tablas para morir. El torero no quiso que entrara su cuadrilla. Dejó solo al morlaco ante la muerte.

Unos aplaudían, pero otros seguían con sus críticas...

—¡Si el toro estaba muerto!

Luis Miguel, desde la barrera, miró al tendido que profería esos gritos. Su mirada fue tan recriminatoria que cesaron de golpe.

Después de cortar una oreja, Ordóñez dio la vuelta al ruedo con el trofeo en la mano. Antes de recoger su montera, al pasar a la altura de Ava Gardner, Luis Miguel le sugirió lo que tenía que hacer:

—Debes darle algo personal tuyo, ya que te ha brindado el toro. Una flor que lleves, un reloj, una pitillera...

La actriz sacó su pitillera de plata y se la lanzó a Ordóñez. Este, al cogerla al vuelo, la besó. Después, la actriz le devolvió su montera. Luis Miguel siguió con las explicaciones:

—En el toro hay un ritual que uno no se puede saltar.

—Me gusta mucho la fiesta. ¡Sois tan valientes!

—Piensa que los toreros sabemos que cada tarde que toreamos puede ser la última. Yo he visto morir a algún compañero y te puedo asegurar que eso no se olvida. El peligro comienza cuando te exiges a ti mismo más de lo que el toro puede dar. A veces, para callar algunas bocas, somos capaces de exponer nuestra vida a sabiendas. Es difícil de explicar. Hay un momento que frente al toro no te importa perder la vida.

—Miguel, prefiero no verte torear... con lo que me estás diciendo. Me das miedo.

Antes de que la corrida concluyera, le pidió a Chocolate un favor en voz baja.

—Recupera para mí esa pitillera. Dale a Antonio lo que pida por ella, pero dile que tiene que ser mía. ¿Me has entendido?

—Perfectamente, maestro.

Antonio Suárez, Chocolate, se fue tan rápido como pudo de la barrera y se introdujo en el callejón. Luis Miguel le siguió con la vista. El torero de Ronda se estaba lavando las manos con agua para limpiarse la sangre del toro. Vio cómo Ordóñez le decía que no con la cabeza a su hombre de confianza. Este levantó la vista y se encontró con los ojos escrutadores de Dominguín. Al final, supo que no podía negarse a su petición y cedió. No quiso dinero. Sabía que, si deseaba llegar a algo serio con Carmina, necesitaría el visto bueno no solo del padre, sino del benjamín del clan, que tanto peso tenía sobre todos.

Precisamente esa noche, cuando terminó el festejo, se retiraron al hotel Alfonso XIII. Mientras Ava y Noelie se iban a sus respectivas habitaciones para cambiarse y prepararse para la salida nocturna de la feria, Luis Miguel se despidió de su padre. Su hermano y Ordóñez estaban con los preparativos del viaje que emprendían hacia Madrid esa misma noche. Tenían otro compromiso taurino al día siguiente.

—¿Cómo está mamá? —le preguntó a su padre mientras ambos fumaban un cigarrillo en unos sillones del *hall* del hotel.

—Tirando. Se ha quedado muy afectada con lo de la nieta. Ya sabes. Estamos muy preocupados por Pepe, que se ha encerrado en sí mismo y no habla nada.

—Es normal. Piensa cómo sería —le dijo Luis Miguel— si nos hubiera pasado algo similar a uno de nosotros. Tenemos que apoyarle más que nunca.

—Eso intentamos hacer.

—¿Y cómo estás con las «otras» preocupaciones que tienes ahora mismo? —No especificó el asunto del embarazo de María, pero los dos sabían de qué estaba hablando.

—Bueno —dijo azorado—, he metido la pata y no sé cómo voy a salir de esta si tu madre se entera.

—¿Y por qué se tiene que enterar? Nosotros somos hombres capaces de guardar un secreto. Yo le he dicho a María que cuente conmigo para todo. Quiero que ese niño, que es de nuestra sangre, tenga la mejor de las educaciones.

—Lo sé, me lo ha dicho y te estoy muy agradecido. No sé cómo pagártelo...

—A mí no me digas esas cosas. Para eso está la familia, para cubrirse las espaldas unos a otros y más en estos asuntos. Los Dominguín entendemos las cuestiones de faldas mejor que nadie.

—He sido un inconsciente. Menudo ejemplo para vosotros.

—Ahora no me parece que sea el momento de las recriminaciones, sino de actuar. Es importante que María mantenga la boca cerrada, porque, si no, te aseguro que aquí va a arder Troya como mamá se entere.

—Lo sé. Tú sabes que adoro a tu madre, pero me pueden las faldas... Digo yo que será por haber compartido tantas horas con las mujeres con las que viví recién llegado a Madrid.

—Si no es por la abuela Bicicleta, no sé cómo habrías acabado rodeado de putas.

—Pues te diré que me trataron como a un rey. Llegué hasta la calle Tudescos con los cuatro duros que le cogí a la abuela. Román Merchán, que entonces era estudiante de farmacia, me dijo que buscara a Pepe Merchán, digo yo que serían familia, que había vendido sus tierras en Maqueda para instalarse en Madrid. Lo que no sabía era el negocio que tenía.

—Ya, pero cuando te abrieron la puerta, saldrías de dudas...

—Sí, pero como me dieron un pequeño cuarto, con un catre y una jofaina... Tenía una bombilla que colgaba de un cable pelado y un crucifijo como toda decoración, y yo, sinceramente, miré para otro lado. Ese fue mi hogar durante muchos meses. Esas chicas me trataron como si fuera su hijo.

—Menos lobos, papá, que yo no me chupo el dedo. Además, de eso ha pasado mucho tiempo, pero tuviste esa escuela y eso resulta difícil de olvidar. Por eso, creo que, a pesar de querer a nuestra madre, la cabra tira al monte.

—Bueno, las mujeres son nuestra perdición. Digo son, porque tú tampoco te quedas atrás.

Sonrió a su padre y siguió fumando. La conversación derivó hacia el tema preferido de los dos: los toros.

—Bueno, hablemos de trabajo. Me preguntan por tu vuelta a los toros.

—Mi pierna no está al cien por cien.

—Tenemos que poner una fecha. Estás perdiendo mucho dinero.

—Necesito despejar mi cabeza y vivir. Sabes que desde niño mi única meta han sido los toros. Ahora, quiero hacer otras cosas.

—Quizá te ha llegado el momento de que sientes la cabeza y formes tu propia familia.

—Papá, por favor, tengo veintiséis años.

—A tus años yo ya tenía tres hijos. Debes pensar en tu futuro. Así no puedes seguir.

—Pareces la abuela Bicicleta. Yo ahora no quiero hacer planes. No ha llegado el momento.

—Está bien, está bien. A los genios no se os puede presionar. Regresa sobre tus pasos. Encuéntrate a ti mismo, lo primero, y, después, no tardes en vestirte de luces. Me están ofreciendo contratos suculentos por tu vuelta. Hay mucho interés por saber en qué feria vas a regresar.

—Lo sabremos cuando el doctor Tamames me diga que estoy preparado. Hasta que no llegue ese momento, pienso disfrutar.

Interrumpieron la conversación con la llegada de Domingo y Ordóñez.

—Debemos despedirnos ya, porque hay que viajar a Madrid.

—¿No os da tiempo a tomar nada por aquí? —le preguntó Luis Miguel a su hermano.

—Lo haremos durante el viaje. Hay que salir ya o llegaremos tardísimo a Madrid. —Parecía que estaba más nervioso de lo habitual.

—Está bien. Pasado mañana estaré en Villa Paz y al otro regresaré a Madrid. Si os animáis, voy a organizar una capea en honor de Ava Gardner.

—No me lo perdería por nada del mundo —afirmó su padre.

—Está bien, allí nos veremos —convino Domingo.

—Dile a Pepe que le espero. Por lo menos durante un día haremos que se olvide de sus preocupaciones. Además, podríamos aprovechar para celebrar su cumpleaños.

—¡Iremos toda la familia! —sentenció su padre.

Hasta que no salió el último miembro de la cuadrilla no se movieron del *hall* ni Luis Miguel ni Chocolate. Durante unos momentos se quedaron los dos solos hablando. Después de cinco minutos, regresó su hermano Domingo apurado.

—Creo que me he dejado una cosa en la habitación. Voy a pedir la llave de nuevo. Enseguida bajo. —Daba la impresión de que guardaba algo bajo su chaqueta.

Al rato, irrumpió en el hotel una pareja de la Guardia Civil y Chocolate se puso nervioso.

—¿Qué te pasa? —le preguntó Luis Miguel.

—No, nada. Uno de esos guardias me ha recordado a Estira Higos. ¿Nunca te he hablado de él?

—Que yo sepa, no.

—Tu padre sí sabría de quién estoy hablando. Estira Higos era un guardia civil alto y enjuto, de nariz ganchuda y ojo pequeño.

—Dirás ojos...

—No, ojo. Solo tenía uno. Me acuerdo de él porque no disimulaba su especial ojeriza a los maletillas y, siempre que podía, nos pegaba unas palizas con el cinturón de su pantalón, que nos dejaba con las nalgas al rojo vivo sin poder sentarnos durante un largo tiempo. Yo, como tu hermano Domingo, a todos los Estira Higos los tengo atravesados.

—Espero que Domingo no se haya dejado en la habitación nada que le comprometa con los del tricornio —se preocupó Luis Miguel—. Tú espérame aquí. Voy a ver qué le pasa a mi hermano. No parecía el mismo cuando se fue que cuando regresó.

—Sí, ve. No vaya a ser que esté la Guardia Civil aquí por algo y se líe.

Preguntó en recepción por la habitación de Domingo. Inmediatamente subió al ascensor y se fue a la carrera por el pasillo hasta la estancia.

—Soy yo, Miguel —dijo llamando a la puerta con los nudillos—. Abre, joder, que soy tu hermano.

La puerta se abrió y vio a su hermano tan pálido como la pared.

—¿Qué pasa, Domingo?

—Llevaba encima unos papeles comprometedores y, al ver a la Guardia Civil que se acercaba al coche de la cuadrilla, he decidido regresar al hotel y meterme en la habitación hasta que pase el peligro.

—Joder, ¿qué papeles son esos? ¡Enséñamelos!

—Son unos pasquines en contra de Franco.

—¡La madre que te parió!

—Se los tenía que dar a un camarada que me esperaba a la salida de Sevilla.

—Por eso tenías tanta prisa.

Se escuchó un ruido seco en la puerta.

—Son ellos, Miguel, me han descubierto.

—Haz el favor de mantener la calma. Estás conmigo. Se me ocurre algo... Dame tus jodidos panfletos. Voy al baño. Si llaman abre y di que me estoy bañando.

—No, tú no. Te puedes meter en un lío.

—Ya estamos metidos en un lío. ¡Joder!

A los pocos minutos de desaparecer Luis Miguel con dos paquetes que llevaba Domingo metidos en su camisa, llamaron bruscamente a la puerta.

—¡Guardia Civil! ¡Abra la puerta!

Domingo se metió la camisa dentro del pantalón y se secó el sudor de la frente con la mano. Al fin, abrió la puerta.

—¿Qué se les ofrece?

—¿Es usted Domingo González Lucas?

—Sí. ¿En qué puedo ayudarles? —Tragó saliva.

—Nos han dicho que podría tener usted algo que nos interesa.

Sin mediar palabra, le empujaron dentro de la habitación y cerraron la puerta. Uno le apuntaba con un fusil mientras el otro le cacheaba.

—¡Está limpio!

—Aquí lo único que les puede interesar es mi hermano Luis Miguel Dominguín, que se está dando un baño. ¿Qué quieren, un autógrafo? —dijo con sorna.

—Pues precisamente un autógrafo, no. —Se metieron hasta dentro de la suite y no tuvieron ningún miramiento a la hora de entrar en el baño.

Luis Miguel estaba desnudo dentro de la bañera llena de

espuma. Parecía dormido y ni se inmutó cuando entraron los guardias civiles. Abrió los ojos con toda naturalidad.

—¿Ocurre algo, amigos?

—No, nada. Perdone. Nos habían dicho que a lo mejor su hermano tenía algo que podía interesarnos.

—Pues como no sea una entrada para los toros de mañana en Madrid... No creo que tenga nada más. Yo cuando les veo a ustedes, me siento seguro. Se lo digo a Franco y a Camilo Alonso Vega cuando cazamos juntos. Su trabajo es extraordinario.

—Muchas gracias, don Miguel. ¡Ojalá todos pensaran como usted! Pero hay mucho rojo suelto y nos habían dicho que su hermano...

—Pues a mi hermano lo controlo yo. No hay peligro. Perro ladrador, poco mordedor.

—Le dejamos con su baño. ¡Perdone la intromisión! Entenderá que...

—Por supuesto. Dígale a mi hermano que les ofrezca un whisky.

—Estamos de servicio. No podemos beber. Se le agradece igual. ¡Con Dios! —Se cuadraron y se fueron de la habitación.

Domingo los acompañó hasta la puerta como si no pasara nada.

—Ha debido de ser un error. Hay gente muy mala deseando arruinarme la vida.

—¡Buena corrida mañana!

—Gracias.

Cerró la puerta, respiró hondo y se fue corriendo al baño cuando se cercioró de que los guardias civiles ya se habían ido.

—Miguel, lo siento —se disculpó compungido.

—¡Eres un cabrón!

Se puso en pie y le enseñó a su hermano los dos paquetes completamente mojados que había mantenido bajo su espalda.

—Gracias por jugártela por mí —murmuró cabizbajo.

—Haz el favor de trocear pasquín a pasquín y tirarlos por el váter. ¡Pero hazlo ya! No vaya a ser que vuelvan estos con más refuerzos.

—No creo. Les has dicho lo de Franco y don Camulo y se les han quebrado las piernas.

—¡No vuelvas a jugar con fuego! ¡Nos comprometes a toda la familia! ¡Júralo!

—Miguel, no puedo jurar algo que no voy a cumplir.

—¡Eres un cabrón! —Se secó con la toalla y se volvió a vestir.

—Te debo una —le dijo, haciendo pedazos los pasquines y tirándolos al retrete.

A los veinte minutos, bajaron otra vez al *hall*. Chocolate estaba con Ordóñez.

—¿Pasa algo? —preguntó el torero intrigado—. Se hace tarde.

—Se le había olvidado coger un dinero para la cuadrilla. ¡Ya está arreglado!

—¡Pues venga, vámonos!

Salieron los dos, se metieron en el coche donde les esperaba Domingo padre y arrancó el mecánico a toda velocidad. Luis Miguel respiró hondo.

—¿Ha pasado algo? —preguntó Chocolate.

—No, afortunadamente. Sería largo de explicar. Otro lío de Domingo. Me voy a cambiar de traje. Tú deberías hacer lo mismo.

Se retiraron a su habitación. En media hora debían estar listos para ir a la feria.

21

Luis Miguel fue a buscar a Noelie a su habitación antes de bajar al *hall*, donde habían quedado con Ava y el matrimonio Grant. La joven iba vestida con un traje verde entallado a la cintura y falda de capa. Llevaba encima una estola de piel. Estaba bellísima, pero sus ojos delataban una tristeza inmensa.

—China, ¿te pasa algo? —preguntó el torero nada más verla.

—No estoy bien, la verdad. Pero ahora no es momento. ¡Vámonos! —le dijo con los ojos llorosos.

—A ti te pasa algo. No me lo puedes negar. Te conozco y no me engañas.

—Ahora no. Cuando quieras quedarte conmigo a solas, hablaremos. Pero, mientras tengamos que estar con tanta gente alrededor, no merece la pena.

—En Sevilla, en plena feria, intentar estar solos resulta imposible.

—Ya, por eso. Cuando lleguemos a Madrid, tú y yo tenemos una conversación pendiente.

—¡Hecho! —le dio un beso en la boca y abandonaron la habitación.

Luis Miguel sabía que su joven amiga tenía mucho carácter, pero no podía ni imaginar que lo mismo que abandonó su país y su familia por él, un día desaparecería de su vida. Acababa de tomar la determinación de no continuar con esa situación que tanto la torturaba. Tenía pensado llamar a una amiga suya que trabajaba en París por si podía echarle una mano durante un tiempo. Había dado unos primeros pasos como maniquí en España y pensó que en París también podría abrirse camino en el mundo de la moda. El torero era ajeno al volcán que estaba a punto de explotar.

Chocolate, vestido de traje y pajarita ancha, ya los esperaba en el *hall*.

—No hemos tenido mucho tiempo para entretenernos, pero aquí estamos los primeros.

—Oye, Chocolate, ¿por qué te llaman así y no por tu nombre? —preguntó curiosa Noelie para disimular su estado de ánimo.

—¡China, esa es una larga historia! A los Dominguín nos encanta poner apodos, pero Antonio ya lo traía puesto —dijo un sonriente Luis Miguel.

—Eso viene de largo, cuando yo era un mozalbete, todo el dinero que me ganaba con «los guantes», peleando, lo empleaba en chocolate. Te habrás percatado de que me gusta mucho.

—Más que mucho, muchísimo —apostilló el torero—. Ya es un vicio.

—Arranca de mi época de muletilla. Yo me presenté como Chocolate a la abuela de Miguel. Tendría trece años. Estaba hecho un imberbe, pero acudimos varios mozalbetes a su casa a pedir que la tía Pilar nos hiciera un guiso con los pocos víveres que llevábamos.

—La tía Pilar atendía a todo el que se acercaba a su hogar. Pero, en este caso, serían cuatro patatas las que llegarían a su puchero —dijo sonriendo Luis Miguel.

—Pues algo más, pero, con un trozo de chorizo reseco y restos de pan duro, la abuela nos hizo un guiso que estaba para chuparse los dedos. Después nos sirvió unos huevos fritos con torreznos, que nos supieron a gloria. Además, nos remendó los sietes y las camisas que llevábamos rotas. ¡Qué mujer! Se reía mucho de nuestras correrías y le resultaba curioso que me llamaran Chocolate. Le hacía gracia.

—Creo que os preguntaba por mi padre...

—¡Claro! Su obsesión era saber algo de su hijo, que se había escapado de casa, como tantas veces, y nos pidió que si coincidíamos con él, que iba de capea en capea, igual que nosotros, le dijéramos que volviera a su casa. Tenías que ver la cara de preocupación con la que nos miraba. Imagino que como la que pondría mi madre cuando yo me escapaba. Una pobre cigarrera viuda que luchaba por sacarme adelante.

—Este, cuando se presenta, dice Antonio Suárez y Riojo, reivindicando el nombre de su santa madre.

—Pues sí, y a mucha honra. Gracias a las madres estamos aquí tu padre y yo.

Se abrió el ascensor y apareció Ava acompañada de Frank y Doreen. La conversación se dio por concluida. Noelie sintió un pellizco en el estómago al verla. Estaba bellísima, vestida con un traje de flamenca, tocada con una peineta y con unos zapatos de tacón a juego con los lunares del vestido.

—Pareces una flamenca de Triana —le dijo Chocolate.

—Bueno, como ya estáis aquí, nos dividimos en dos coches y si os parece vamos uno detrás del otro para no perdernos —afirmó Luis Miguel.

Hubo un grupo de jóvenes que se acercaron a pedir un autógrafo a Luis Miguel. De paso, pidieron otro a Ava, que amablemente correspondió.

—La única vez en mi vida que he pedido un autógrafo fue a Henry Fonda, que frecuentaba la misma sala de baile a la que acudíamos las jóvenes de la Metro —le dijo en confidencia a Luis Miguel.

—Pues yo no he pedido uno en toda mi vida. Ahora te lo pediría a ti. Estás bellísima vestida de volantes.

Se miraron con complicidad. El resto del grupo conversaba, menos Noelie, que no perdía la ocasión de observar los movimientos e intuir las palabras de la actriz. Esa mujer le había robado el cariño del torero y, de paso, sus planes de futuro. La joven sentía rabia contenida y vértigo porque no sabía cómo reconducir su vida tras la relación con Luis Miguel.

Cuando llegaron al Real de la Feria, había mucha gente paseando por allí. Luces y farolillos de colores en las casetas. Las mujeres lucían —como Ava— sus trajes de flamenca, haciendo mover los volantes con una gracia especial. Los claveles adornaban sus peinados y las solapas de los hombres. También había mucho movimiento de coches de caballos y buenos jinetes exhibiendo sus mejores monturas especialmente engalanadas. Se levantaba mucho polvo al paso de los equinos, pero formaba parte del ambiente de la feria. La gente saludaba con afecto a los rostros populares. Las mujeres como China, Ava y Doreen despertaban comentarios a su paso.

Cuando entraron en la misma caseta del día anterior, Noelie ya no se sentó al lado del torero, prefirió la compañía de Chocolate. Ava, sin embargo, se puso frente a él. Luis Miguel se dio cuenta de la actitud de su joven amiga, pero siguió hablando en la mesa como si no ocurriera nada.

—Dime cómo piensas, cómo sientes... Quiero saber cosas de ti —pidió Ava mientras el resto de los componentes del grupo se ponían a hablar entre ellos.

—Te diré que dentro de mí hay un anarquista. La anarquía sería un régimen perfecto si se respetase a los demás. Me uno a lo que piensa el pintor Salvador Dalí. No sé si lo conoces.

—Por supuesto. Piensa que durante unos meses estuve en Barcelona y Gerona rodando la película *Pandora y el holandés errante*.

—Sí, lo recuerdo. —No quiso mencionar a Mario Cabré.

—Pero, Miguel, la anarquía puede ser terrible. Es el caos —se apuntó Frank Grant a la conversación.

—Bueno, habría que hacer un orden dentro de la anarquía y cortarles el cuello a los que son capaces de matar, porque me considero acérrimo defensor de los derechos humanos, pero también lo soy de la pena de muerte.

—¡Oh! Eso suena terrible —observó Ava Gardner.

—No creo que sea justo que a un asesino no se le pueda replicar con sus mismos procedimientos.

—Pero eso se da de bruces con lo que hablas de defensor de los derechos humanos —apostilló Noelie Machado desde el otro lado de la mesa.

—No te niego que sea una pura contradicción, pero no veo justo que a una sociedad no se la pueda liberar de un asesino que no la respeta porque vive incómodo dentro de ella. ¿Hay algo mejor que quitar de en medio de un tiro a un perro rabioso?

—Lo dices de tal forma que parece que le haces a él un favor porque no está cómodo en la sociedad —replicó Frank.

—Algo así.

—La mayoría de las veces, los asesinos no son responsables de sus actos, la sociedad les ha hecho así —observó la China.

—No, por favor. Ese argumento me parece demasiado fácil. Tampoco el perro es responsable de su rabia, razón muy insuficiente para que se le suelte y muerda a todo el que se le ponga por delante.

Chocolate se percató de que el tema podía derivar en enfrentamiento de posiciones en la mesa. Se levantó para pedir unos vinos y algo de jamón. El camarero, afortunadamente, interrumpió la conversación que iba convirtiéndose en algo más serio.

—Olvidemos los problemas y la política. Brindemos por la fiesta y por nosotros —apuntó Chocolate.

Todos se sumaron al brindis y de forma natural cambiaron de tema.

—Me han dicho que, tanto como los toros, te gustan los caballos —empezó Frank, adentrándose en otros territorios menos espinosos.

—Sí, entre caballos y toros he pasado toda mi vida. Me gustan mucho ambos.

—No va a presumir, pero yo sí —intervino Chocolate—. Aquí donde le ves, es capaz de hacer salto de obstáculos a pelo y cruzado de brazos, sin tocar al caballo con sus manos.

—¿Eso qué quiere decir? No lo entiendo —se extrañó Ava, mirando a China por ver si le ayudaba a comprender lo que decía Chocolate, pero la joven no hizo intención de traducir nada.

—Pues quiere decir que Luis Miguel, solo con la fuerza de sus piernas, sin montura ni nada que le sirva de apoyo, monta a caballo y salta con la única sujeción de sus piernas. Ni manos ni silla ni bridas ni nada de nada.

—Pero ¿cómo es posible eso? Yo no sabría montar a caballo de esa manera.

—Ni tú ni nadie. Este, que es un animal, domina al caballo y le da órdenes solo con la fuerza de sus pies y de sus rodillas. Así de sencillo —concluyó Chocolate.

—Brindemos por eso —Ava volvió a alzar su copa para hacer un brindis por el torero.

Durante la noche sus conversaciones iban interrumpiéndose por el sonido de las sevillanas que sonaban una y otra vez en la caseta. Aparecieron el conde de Beaumont, Aline Griffith y su marido, el conde de Quintanilla. El grupo se hizo mayor y no pararon de beber y salir al escenario en toda la noche. A Luis Miguel le tenía martirizado la pierna y bailó menos que el día anterior. Ava siguió desinhibida y salió al pequeño escenario de madera cuantas veces la reclamaron. Se movía descalza, como a ella le gustaba, siguiendo el ritmo de la música. La noche fue derivando hacia territorios más divertidos. El vino comenzó a hacer sus efectos en todos menos en

Noelie, que no quería que la manzanilla la dejara con una resaca como la de la noche anterior.

—Me ha dicho Lana que vendrá en los próximos días a Sevilla y no precisamente sola —dijo Doreen Grant con misterio.

—¿Qué insinúas? —preguntó Ava.

—Que se ha presentado de improviso Lex Barker y le ha pedido matrimonio.

—¿Que se va a casar con Tarzán? —inquirió Frank.

—¡Oh, calla! ¿Qué más te ha dicho? —insistió Ava.

—No mucho más. Hemos quedado en llamarnos cuando estemos las dos en Madrid.

—Eso es fabuloso. ¡Vamos a brindar! Lana se merece que la vida la trate bien.

—Y a ti, ¿cómo te ha tratado la vida, Ava? —quiso saber el torero en un momento en el que se relajaron en la mesa.

—Depende de cómo lo mires. Desde que firmé el contrato de la Metro Goldwyn Mayer, pasé a ser de su propiedad y Louis Burt Mayer, mi dueño. Me tuve que olvidar de dónde venía y quién era. Crearon un personaje que a veces quiero y otras detesto. De todas formas, me he saltado sus normas cuantas veces he podido y más.

—¿Te impusieron normas? —le preguntó con curiosidad.

—Me previnieron de lo mal que me vendría trasnochar —soltó una carcajada— y, por supuesto, de lo mal que me vendría salir con hombres. También me propusieron llevar escolta, pero la rechacé. Deseaban tenerme controlada a todas horas.

—Pues les has salido díscola —alzó su vaso y brindó con ella.

Frank y Doreen les siguieron en el brindis. Chocolate y Noelie se mantenían al margen de la conversación. Hicieron un aparte en un momento determinado.

—Quiero ser maniquí. Se acabó el acompañar a Luis Miguel a cualquier lado. No puedo seguir esperando. Me he hartado, Chocolate.

—Luis Miguel es un torero y no esperes que sus reacciones sean como las de cualquier persona que te cruces por la calle. Te quiere a su manera. Deberías esperar a que otros «vientos» huracanados pasen de largo. ¿Me entiendes?

—Ya no puedo esperar más. He decidido irme.

—¡Por Dios, Noelie! Haz el favor de pensar lo que estás diciendo.

—No tengo nada que pensar porque ya lo he decidido. Cuando lleguemos a Madrid, me voy.

—En caliente no se pueden tomar decisiones. Después de una tempestad, viene la calma. Miguel ni se imagina lo que estás tramando.

—Tampoco hace por averiguar cómo me siento.

Luis Miguel observaba cómo Chocolate hablaba con Noelie sin integrarse en el grupo. Sin embargo, seguía pendiente de Ava. Le atraía, tanto como su físico, su forma de ser.

—Para mí, ser estrella de cine era algo tan remoto que ni me lo había planteado. Si no llega a ser porque me hacen una foto y se expone en el escaparate de una tienda, hoy no estaría aquí. Mi hermana mayor, Bappie, fue la que siempre creyó en mí, la que puso en riesgo su matrimonio por acompañarme a todas las pruebas que tuve que hacer. Al principio, no daban un duro por mí, pero todos querían acostarse conmigo —se echó a reír.

—Por otra parte, lo considero hasta cierto punto normal. ¿Quién en su sano juicio no quiere acostarse contigo?

Los Grant siguieron a Ava con sus risas. Chocolate y Noelie continuaron ajenos a la conversación. El vino no cesó de correr de vaso en vaso. La China optó por el agua. Esa noche se prometió a sí misma regresar sobria al hotel. La actriz continuó hablando:

—Yo llegué a Hollywood como turista y no como promesa del cine. Me examinaron cada peca, me taparon las imperfecciones, me midieron la separación de los ojos, la longitud de la nariz. Me pusieron fundas en los dientes y me modificaron las pestañas. Tuve profesores para aprender a moverme, para hablar... Piensa que con mi acento de Carolina del Norte nadie me entendía.

—Pues el efecto conseguido fue fantástico... —alabó Frank.

—Me parecía a la Cenicienta, porque todo el glamur se disipaba cuando llegaba la noche y regresábamos a la habitación que teníamos alquilada en el deprimente Hollywood Wilcox. Cada noche, en la minúscula cocina, mi hermana y yo nos hacíamos pollo frito al estilo sureño. Y a la mañana siguiente, vuelta a empezar. Bappie me levantaba y me preparaba el desayuno. Yo tenía que coger dos autobuses para ir a trabajar a los estudios. La única que confiaba en mí, por entonces, era mi hermana. Si no hubiera sido por ella, hoy no trabajaría en el cine.

—Bueno, por ella y por el señor Mayer —apostilló Frank—. Fue quien te convirtió en una estrella.

—Sí, pero hubo un previo que a mí no me gusta olvidar. Los que me descubrieron. Los que se fijaron en mí y me sacaron del anonimato. Larry Tarr, Barney Duhan y Ben Jacobson.

—Tarr era tu cuñado, ¿verdad? —le preguntó su amiga Doreen.

—Larry fue mi cuñado y el que puso mi foto en el escaparate de su tienda de fotografía. No me pidió consejo porque sabía que le hubiera dicho que no lo hiciera. Era jodidamente tímida y, efectivamente, le habría dicho que no.

—Entonces, te quedarías de piedra cuando te llamaron de Hollywood —comentó un Luis Miguel sonriente.

—La que se quedó de piedra fue Bappie, mi hermana, que recibió la llamada. Querían saber todo de la chica morena con el hoyuelo en la barbilla. El que primero llamó interesándose por mí fue Duhan.

—¿Un descubridor de nuevos talentos? —preguntó el torero.

—No exactamente. Más bien el que se beneficiaba a las jóvenes con aspiraciones, pero con Ava pinchó en hueso muy a su pesar. De todas formas, hay que decir, en honor a la verdad, que les pasó las fotos a otras personas que tomaron la decisión de hacerle una prueba. Hubo un cúmulo de circunstancias que hicieron que se fijaran en ella —contestó Frank.

—Pero Ava se enfadó con su hermana y su cuñado cuando le dijeron que su foto había estado en un escaparate y habían reparado en ella —añadió Doreen.

—¿Por qué, Ava? —Luis Miguel no podía creérselo.

—Bueno, tengo que decir que ser estrella era tan remoto para mí como conocer a Clark Gable, mi ídolo. Aquello me pareció una invasión de mi intimidad. No se lo perdoné nunca a Larry. Es más, no se lo he perdonado nunca —se rio sonoramente—. Pero no fue Duhan el que me cazó al vuelo sino Ben Jacobson. Ese sí que fue el que me descubrió porque no sabía nada de mi foto, y cuando mi cuñado Larry llamó a la Metro y le pusieron con él, al hablarle de Duhan, le contestó: «Bueno, ese es el método que utiliza Barney para ligar. Es recadero de nuestro departamento. Si su cuñada hubiera cogido el teléfono en lugar de usted, le habría pedido salir a cenar y algo más» —Ava rio de nuevo.

—Tengo entendido que, cuando tu cuñado llegó a la Metro con nuevas fotos, Jacobson se quedó pasmado con tu cara y con tu físico —apostilló Frank.

—Se quedó sin palabras cuando me preguntó si quería entrar en el cine y le dije simplemente: «No lo sé». Esa fue mi respuesta. Ni tan siquiera le supe decir que sí. Yo era muy torpe. Jacobson fue el que envió una nota con unas imágenes mías sin sonido diciendo: «Si no la contratáis, es que estáis chalados». Pero, bueno, no quiero seguir hablando de ese momento, porque ahí empecé a tener dinero pero comenzaron también todos mis males... ¿Se ha agotado el vino? No me quito de la cabeza a Lana... Me alegro de que se case con Lex. ¡Espero que tenga más suerte que yo!

Siguieron bebiendo y comiendo. Hablaban y daban palmas indistintamente. Luis Miguel y Ava deseaban conocerse más a fondo. Había algo entre ellos que era más fuerte que su voluntad. Su atracción tenía algo de irracional.

22

Cuando regresaron al hotel, cada uno se fue a su habitación. Noelie sabía con seguridad que el torero no iría a su encuentro. Ava, en cambio, le esperó en el baño desnuda. Dejó la puerta de su habitación entreabierta. Estaba convencida de que Luis Miguel aparecería, como así fue. Media hora después de llegar al Alfonso XIII, ya estaban juntos.

Un baño caliente repleto de espuma relajó a la actriz. El torero la invitó a salir. Le colocó una toalla grande envolviendo su cuerpo y la condujo hasta la cama. Necesitaba encontrarse con ella. Después de la noche anterior, esperaba este momento con ansiedad. Eran dos almas solitarias que se complementaban a la perfección.

—Déjame secarte, concédeme ese privilegio.

—Lo tienes.

El torero abrió la toalla con lentitud y encontró su cuerpo desnudo. Primero la contempló de pie como quien admira una obra de arte. Se sentía verdaderamente afortunado de poder ser el único espectador de una visión tan sensual y perfecta. Después deslizó primero la toalla para secar su cuerpo y luego sus dedos hicieron el mismo recorrido. Ese lento proceso aumentó su deseo. Antes de que terminara de explorar cada montículo y llanura de su cuerpo, Ava le sujetó la mano y le pidió que la amara. Ninguno de los hombres con los que había estado antes la había tratado con la delicadeza que lo estaba haciendo él. Luis Miguel se desnudó y le dijo al oído algo que no entendió, pero no importaba. Era evidente que se trataban de palabras de amor llenas de ardor y deseo. La actriz emitía gemidos sonoros que le volvían loco. Quiso hacer de ese momento algo inolvidable y se esforzó en llevarla mentalmente lejos de allí. Deseaba que se olvidara de su pasado e iniciara junto a él un camino de placer sin retorno. Aquello que surgía entre los dos merecía la pena. En esta ocasión, controló su deseo y quiso que Ava gozara con aquella relación y que no fuera uno más en su larga lista de amantes. Había algo en ella que le atraía de verdad. La admiraba y le parecía que su encanto no estaba en su belleza, ni en su risa, sino en ser libre como un animal salvaje. Parecían dos gotas de agua: almas rebeldes que se necesitaban y gozaban a cambio de nada. Pero estaba surgiendo algo entre los dos que se escapaba al exclusivo goce sexual. A Luis Miguel le importaba aquella mujer. Había descubierto a su réplica en femenino. Aquel baile en la cama era entre iguales. Seres solitarios que deseaban beberse la vida a borbotones por si el mañana no existía. Los dos sedientos, lobos solitarios dispuestos a morir amando. Pusieron tanta pasión en cada movimiento de sus caderas que, cuando todo terminó, parecían dos guerreros exhaustos, dos luchadores dispuestos a morir de placer. Él acabó con la espalda y los brazos completamente arañados. Podía sentir el rastro que habían dejado las uñas de aquella felina en su piel. Se tocó la cara y notó también el olor a sangre. Estaba acostumbrado a olerla cuando los toros le señalaban. Esta pelea, pensó, era mucho más placentera que la que mantenía con el toro en una plaza. Los amantes entrelazados, resistiéndose al cansancio, poco a poco, se fueron quedando vencidos por el sueño.

Cuando despertaron, sabían que tardarían veinticuatro horas en volver a verse. Aquello les pareció demasiado tiempo. Necesitaban estar juntos. Se atraían de manera irracional y quisieron atrapar los minutos al vuelo por si luego no volvían a repetirse. Ava, adormilada, se quedó en la cama cuando Luis Miguel decidió marcharse. Debía partir rumbo a Madrid. Chocolate y Noelie estarían esperándole ya en el *hall* con Cigarrillo dispuesto a emprender el viaje de regreso.

Antes de abandonar la habitación, contempló a la actriz una vez más con admiración. Ava, tendida en la cama, con el pelo revuelto y sin una gota de maquillaje, envuelta en un camisón de satén blanco, era tan irreal como la mujer que había descubierto en el cine hacía años. Acarició su pelo negro y la besó en la boca. Tuvo que cerrar los ojos para poder dar los primeros pasos y alejarse de ella. Tenía para él la atracción de un imán y había tomado la decisión de no oponer resistencia. Desde la puerta, la miró de nuevo y se fue.

Al llegar a su habitación, hizo su maleta de cualquier manera. Se limitó a cambiarse de traje y de camisa y bajó corriendo. Al ver el rostro de Noelie, tuvo la certeza de que su historia ya había terminado. Intentó disimular, pero el final de la relación estaba en ciernes. Su pensamiento se centraba en Ava. «La vida de una estrella de cine es la más solitaria que hay», le había dicho la actriz la noche anterior. Estaba decidido a acompañarla por Europa y poner fin a esa soledad. En su mente ya estaba la organización de la capea en Villa Paz. Noelie era el pasado.

—Bueno, nos queda mucho camino. ¿Qué tal habéis dormido?

Noelie no quiso contestar. La pregunta le sonó igual que una bofetada. A ella no la podía engañar. Sabía que había estado con Ava. Un arañazo en su cuello y otro en su barbilla lo delataban. Estaba humillada y dolida. No entendía cómo la había borrado de un plumazo de su vida.

Durante el trayecto, Luis Miguel cerró los ojos. Solo deseaba recordar lo vivido los dos últimos días. Evocaba una y otra vez la risa, los ojos, los labios, el cuerpo de Ava. Deseaba perderse una y otra vez en sus recientes vivencias. No había conocido a ninguna mujer como ella y no estaba dispuesto a dejarla escapar. El cazador que llevaba dentro solo deseaba regresar al lugar donde ella se encontraba. Su pensamiento fue interrumpido.

—Miguel, he hablado con tus tíos. Tienen todo preparado para mañana. Me preguntan cuántos vamos a ir.

—Creo que toda la familia más Ava, los Grant y los Tamames, que tienen ganas de acompañarnos. Bueno, y nosotros.

—En el nosotros espero que no me incluyas —dijo Noelie muy seria, mirando hacia la carretera.

—¿No vas a venir? —Sabía que se avecinaba la ruptura.

—No, no voy a ir. Prepararé todo para mi viaje a París.

—¿Te vas? ¿A París?

—A cualquier parte menos seguir aquí. Tú sabes por qué. No hace falta que te explique nada. Sí, me voy a París.

El torero no replicó. Realmente lo sabía él y lo sabían todos en ese coche.

—¿Cuándo volverás? —preguntó, pensando que era un viaje de ida y vuelta.

—Mi intención es quedarme allí y trabajar como maniquí. Me voy de España. Me ha dicho mi amiga francesa que me va a presentar a dos modistos a los que enseñó una foto mía y parece ser que me van hacer una prueba. Ya ves, vine con intención de quedarme en España, pero mis planes se han truncado. —Seguía mirando a la carretera. Estaba a punto de echarse a llorar.

Ni Chocolate ni Cigarrillo se atrevieron a abrir la boca. En ese momento solo debían oír y callar.

—Está bien, pues iré a verte muy pronto. Mi intención es acudir al festival de Cannes, que se va a celebrar en unos días. Quiero ir con mi amigo Juan Antonio Vallejo-Nágera. Pensé que me acompañarías.

Noelie no entendía nada. La había abandonado por la es-

trella de cine y ahora le estaba proponiendo que le acompañara a Cannes.

—¿No preferirías ir con tu nueva amiga?

—Te lo estoy diciendo a ti. —Ava para esa fecha ya estaría
en el rodaje de su nueva película.

—Me lo pensaré. ¿Cuándo vas a ir?

—La semana que viene. En esta sexta edición han tirado la
casa por la ventana y nos han invitado a mucha gente conocida. Ya que quieres ser una estrella de la moda... vente conmigo. Mejor escaparate, imposible. Uno de los premiados será
Walt Disney. Merecerá la pena ir.

Noelie pensó que el torero siempre sabía decir las palabras
adecuadas para desencajar todas las piezas que ella intentaba
ordenar en su vida. Se quedó callada durante un rato.

—Está bien, iré —contestó finalmente—. Pero de Cannes,
viajaré a París. Ya me las arreglaré de alguna manera.

—Yo te organizaré ese viaje. No te preocupes. —Pensó
que era lo menos que podía hacer por ella después de que le
cuidara primero y abandonara todo después por seguirle a
España.

—Gracias.

—China, por favor. Me gustaría explicarte algunas cosas...
en privado. Quizá este no sea el lugar indicado.

—Es muy difícil pillarte solo para hablar de nosotros, pero
creo que me debes, al menos, una explicación de lo que ha pasado en estos días. Nadie me ha tratado como tú. Me he sentido abandonada y ultrajada. Esa mujer ha enturbiado nuestros
planes.

—Yo nunca te prometí nada. Solo vivo hoy y ahora. Procuro no hacer ningún plan que no sea inmediato. Lo sabías
cuando viniste conmigo de América. No la metas en esto que
solo nos atañe a los dos.

—Si ella no hubiera aparecido en nuestras vidas, seguiríamos juntos.

—China, por favor. Aquí no. Esta noche iré al hotel y charlaremos a solas. No saldré a ningún sitio. También estoy cansado y me gustaría dormir en mi cama. Mi madre estará deseando que llegue a casa.

—Está bien. —Guardó silencio y se puso a mirar otra vez por la ventanilla.

La tensión se podía cortar. Nadie se atrevió a hablar hasta pasado un buen rato. Fue Chocolate quien volvió a hacerlo al salir de Despeñaperros.

—Las cosas por casa siguen como estaban. Tu sobrina no parece que mejore.

—¿Qué te han dicho? ¿Has hablado con Pepe?

—No, he hablado con don Marcelino. Quería saber cuándo llegabas. Le he dicho lo de la capea.

—Has hecho muy bien. Debería haber pedido una conferencia y hablar con alguien de casa, pero como he salido corriendo... Bueno, espero que lleguemos a tiempo para visitar a Pepe. Cigarrillo, antes de ir al hotel, pasaremos por Ferraz para ver a mi hermano.

—Lo que haga falta.

Teodoro pisó el acelerador y le dio más velocidad al Cadillac.

—Tu hermano Domingo, después de tentar las vaquillas, se quiere ir a Pontevedra. Le ha pedido tu padre que vaya a dar una vuelta por la plaza y creo que tiene pensado hacerse con un periódico que está a punto de cerrar.

—¿Un periódico? Esa sí que es nueva.

—Dice que si él no se hace cargo, mucha gente se irá a la calle. Pero si toma las riendas, el peligro será que lo convierta en un panfleto contra Franco. Ya le conoces.

—No tengo duda de que de ese periódico irá contra el régimen. Veremos cuánto tardarán en cerrarlo y cuánto tardaré yo en llamar a don Camulo pidiendo que saque a mi hermano de la cárcel. Este Domingo será siempre un idealista que no tiene los pies en la tierra. Un día nos va a meter a todos en un problema serio.

—No lo creo —le tranquilizó Chocolate—. Ya sabes lo de perro ladrador, poco mordedor. Pero es cierto que cada día se mete en un lío nuevo. Me ha llegado el soplo de que está tonteando con el Partido Comunista en la clandestinidad.

—Cada día está más metido, ya lo sé. En el fondo yo le estoy ayudando sin querer y sin tener arte ni parte. A la vuelta de Cannes me han invitado a una cacería donde irán Franco y su yerno, el marqués de Villaverde; le voy a pedir a Domingo que me acompañe. Espero que; conociéndoles de cerca, se deje de pamplinas.

—¿Estás loco? ¿Metes a tu hermano en una cacería con Franco para que te comprometa con sus ideas?

—Precisamente para tenerle cerca y controlarlo sería bueno que me acompañara.

—Yo que tú no lo haría. Y menos con el yernísimo cerca.

—Descuida, no hay ningún problema. No te creas que goza de la simpatía de Franco. Eso se nota a mil leguas.

—Con que tenga la de doña Carmen...

—No es plato de mi devoción, pero mantenemos una «entente cordiale». No soporta que yo tenga mano con su suegro.

—Imagino que el hecho de que Franco se lleve mejor contigo que con él debe de sentarle mal.

—Bueno, lo disimula muy bien. A Franco y a mí nos une, sobre todo, la caza.

—Eres una de las mejores escopetas de este país y el único que se atreve a decirle lo que cuentan de él en la calle.

—Bueno, no se me dan mal ambas cosas. Cigarrillo, cuando puedas, para, necesito estirar las piernas. La herida la tengo hoy rabiosa.

Pararon varias veces a repostar gasolina y a tomar un café. Cuando quedaban menos de doscientos kilómetros, le pidió a Teodoro que le dejara al volante. Todos sabían que conducir le relajaba. Chocolate pasó a la parte de atrás y Teodoro ocupó el lugar del copiloto.

Ava se despertó a primeras horas de la tarde y lo único que deseaba era regresar a Madrid. Pidió a los Grant que hicieran las maletas para llegar a la capital cuanto antes. La Feria de Abril había terminado para ella. Necesitaba estar más cerca del torero, aunque sabía que esa noche llegarían demasiado tarde como para verle. Los Grant estaban dispuestos a complacerla en todo y no dudaron en partir de inmediato hacia la capital.

—Agradezco volver —dijo Frank—. ¡Cómo echo de menos mi cama y mi almohada! Estas camas de los hoteles son excesivamente blandas y los muelles suenan en cuanto te das la vuelta.

—¡Qué haréis para que los muelles suenen tanto! —dijo Ava divertida.

—Bueno, dejadlo —pidió Doreen—. ¿Qué tal con el torero? Me da la sensación de que te estás enganchando a su cintura.

—No lo voy a negar. Te aseguro que he conocido a pocos hombres como él.

—No quiero saber nada más —dijo Frank—. Ten en cuenta que eres su última conquista. Seguro que está pavoneándose por ahí.

—No es de esos. Cuando estamos juntos, los dos sabemos qué queremos y qué nos hace vibrar.

—Te estás enamorando... —le dijo Doreen.

—Me gusta mucho. Vamos a dejarlo ahí. Oye, contadme más cosas sobre Lana —pidió, cambiando de tema—. Sigo impactada con lo de la boda. ¿Os ha dicho cuándo piensa casarse?

—Sí, en septiembre —informó Doreen.

—Espero que tenga más suerte que con sus tres maridos anteriores. Desde luego, con Artie —comento, refiriéndose a Artie Shaw— batió todo un récord. Su matrimonio duró cuatro meses. ¡Menos que el mío! Las dos vamos pisándonos los talones. Cuando conocimos a Luis Miguel, competimos también para ver quién se lo llevaba antes a la cama.

—Nosotros sabemos quién ganó... —dijo Frank.

—Lana siempre se ha equivocado de hombre. Hace cuatro años se enamoró como loca de Tyrone Power y este tonteó con ella, a pesar de estar enamorado de Linda Christian, con la que se casó meses después. Lana ya estaba embarazada de él, pero Ty no pensó que fuera suyo, sino de Frank, con el que también se veía. Aquello podía ser un escándalo y nuestros «dueños» la obligaron a abortar. Fue muy duro para ella. Nos han gustado los mismos hombres y ninguna de las dos hemos conseguido ser plenamente felices con ninguno.

—Desde luego, la imagen vuestra que nos llega de Hollywood es de una frivolidad tremenda —observó Frank—. Por lo que cuentas, no está muy lejos de la realidad.

—¡Pero, Frank! Tú eres el primero que sabe cuántas mentiras se dicen de las estrellas —le recriminó su mujer.

—Aborrezco esa jodida prensa que nos pinta como personas sin sentimientos, metidas en la mierda y absolutamente frívolas. Casi todo lo que publican es mentira. Nunca me he querido cortar las venas, ni he tomado pastillas para dormir, ni he intentado pegarle una patada a un poli... Han dicho de mí barbaridades. Bueno, pensándolo bien, lo de pegar patadas a un poli sí lo he hecho. He estado en un calabozo con Frankie.

—¿De verdad? —preguntó Doreen—. Eso no llegó aquí.

—Sucedió hace cinco años. Bebimos más de la cuenta y a Frankie no se le ocurrió otra cosa que darme su pistola, una treinta y ocho, y me puse a disparar al aire por Indio, California. Veníamos de Palm Springs. Frank me arrebató el arma en un momento determinado, y rompió todas las farolas y escaparates que encontró a su paso. En una de esas, una bala rebotó y arañó el estómago de un hombre. Acabamos detenidos, pero la policía accedió a mantenerlo en secreto. Quedamos en libertad bajo fianza y nunca nadie se fue de la lengua.

—Por Dios, Ava, esa forma de beber te perjudica. Debes tener mucho cuidado, puedes perder de golpe todo lo que te ha costado levantar durante años, simplemente con una foto o un comentario.

—Beber me libera de esos monstruos que me persiguen en la noche. Es muy fácil enamorarse de la estrella, pero yo aborrezco estar sola y así es como vivimos las rutilantes estrellas de Hollywood: ¡solas! Jodidamente solas. Estamos trece o dieciséis horas rodando y luego te devuelven a tu realidad. Te aseguro que llegar a la habitación del hotel sin compañía es insoportable. Eso no lo llamaría yo frivolidad, sino fragilidad. Somos vulnerables, muy vulnerables.

—Pero, Ava, la soledad no es tan mala. La ves como un martirio y puede ser la solución a muchos problemas.

—No me interesa estar sola porque el vacío que siento es terrible. Imagínate que te asomas a un pozo donde no ves más que oscuridad. Algo parecido me invade cuando llego a una habitación de hotel. Oscuridad y más oscuridad. Soy capaz de llamar hasta al botones para que me haga compañía. Todo menos quedarme sola.

Doreen y Frank se miraron entre ellos. La confesión de Ava les pareció terrible.

—En casa de mis padres siempre estuve rodeada de personas que me querían: padres, hermanos, huéspedes... y, de repente, me atrapa Hollywood y pierdo a mi gente. Gano dinero, mucho, más del que me puedo gastar, pero me quedo en el hotel más grande y la cama más vacía del mundo. Ese reencuentro con lo que soy y con lo que no deseo ser me resulta insoportable. Solo me puede entender otro actor de Hollywood. Esto lo hemos hablado mucho, y por eso nos comportamos a veces como niños. Mientras llamamos la atención, no estamos solos. Mientras bebemos, hay alguien que comparte una copa con nosotros; mientras nos vamos a la cama con alguien, nos están abrazando y nos sentimos mejor. No hay nada peor que un amanecer sin la persona que amas. Soy una millonaria jodidamente desgraciada.

—Bueno, hemos quedado en que estabas en España para olvidar y eso es lo que tienes que hacer. Mañana deberíamos salir a las doce como mucho, aunque nos acostemos tarde. Cuenca está a hora y media y vale la pena que lleguemos allí antes de la comida.

—Sí, nos espera Miguel para comer. Estoy deseando verle torear.

—Lo que vas a ver no son los toros de la plaza de la Maestranza, son vaquillas.

—Es igual. Me ha dicho que me dejará bajar al ruedo...

—No te lo aconsejo, la vaquilla te puede dar un revolcón y dejarte lesionada.

—Quizá tengas razón. Bueno, simplemente estar en ese ambiente ya me parece interesante.

—Si quieres, esta noche duermo contigo —se ofreció Doreen.

—Te lo agradezco. No te digo que no. Me darás seguridad. Desaparecerá el pozo negro.

—No te perdonaré que me dejes sin mi mujer. Pero aprovecharé para roncar todo lo que pueda.

Doreen y Ava se echaron a reír. Todavía les quedaba mucho camino por delante. Madrid tardaría en aparecer en el horizonte de aquella carretera que aparentaba no tener final.

23

Luis Miguel, después de pasar a ver a su sobrina enferma y charlar con sus dos hermanos, fue al encuentro de Noelie. Se había comprometido a hablar a solas con ella.

Cuando llegó al hotel Wellington, no pidió la llave en recepción, subió en el ascensor y, al llegar a la puerta de la habitación, llamó con los nudillos. Al rato, Noelie Machado abría la puerta. Todavía estaba deshaciendo la maleta tras el viaje a Sevilla.

—China, vamos a hablar. Ven, siéntate aquí —le dijo, señalando el borde de la cama—. Quiero centrarme en mi recuperación, y para eso, poco a poco, voy a volver a hacer ejercicio continuado. Eso quiere decir que tendré que desaparecer de la ciudad y pasar más tiempo en el campo.

—Dime la verdad. Estamos solos —le pidió mirándole a los ojos—. No sigas prolongando esta agonía.

Después de un tenso silencio, el torero comenzó a hablar:

—Está bien. China, es mejor que nos separemos... No puedo soportar que me digan lo que tengo o no tengo que hacer. Soy un hombre libre y no me gustan las ataduras. Necesito a mi lado a alguien que no quiera ser de nadie, ¿entiendes? Que no me pida explicaciones. Me resulta muy difícil convivir con una persona que no se sienta tan libre como yo. —Pensaba en Ava.

—Yo nunca me he sentido libre. Desde que te conocí, me he considerado tuya, ¿entiendes? Tuya y de nadie más, pero estaba equivocada. Está bien que me lo digas. Tú te perteneces a ti y solo a ti. Es una suerte ser así. Sufrirás menos que yo. —China empezó a llorar encima de la cama.

—No tomes esto como un adiós. Nos volveremos a ver en el viaje a Cannes. Siempre estaré cerca cuando lo necesites.

—Me ha quedado claro, por favor, no insistas. Se trata de una despedida en dos tiempos. Una ahora y otra después del festival. No quiero que pienses que no tengo dignidad y que estoy dispuesta a todo.

—La vida puede ser más sencilla de lo que tú piensas. Yo no me planteo nunca nada, China. Dejo que las circunstancias manden. Me dejo llevar cada día. No le pido nada a la vida y, a la vez, disfruto con cada segundo como si fuera una prórroga. Me he acostumbrado a despedirme mentalmente de todo y de todos.

—Eres una roca. No todos somos como tú. Otros queremos enamorarnos y vivir con la persona a la que amamos.

—Eso suena muy bonito, pero para que el amor dure no hay que ponerle cerraduras.

—Tú no quieres compromiso, pero yo sí. No entiendo el amor de otra manera.

—China, todavía crees en los cuentos de hadas. El tiempo hará que lo veas todo de manera diferente. Anda, ven. —La cogió y la estrechó entre sus brazos—. No seas niña. Será mejor que te enamores de otro que crea, como tú, en el amor. Yo ya no creo en nada, solo en atrapar momentos. De eso me alimento el espíritu: de ráfagas de amistad, de amor, de familia, de vencer al miedo enfrentándome a él, de exprimir la vida... No me puedes pedir más. Soy así desde que era un niño, desde que tengo uso de razón he sabido que un toro me podía matar al día siguiente y, al final, te acostumbras a vivir a plazos.

—Solo te digo que, aunque mi vida siga, parte de mí se

queda aquí, en estas cuatro paredes en las que tanto he soñado contigo.

Luis Miguel se quedó mirándola fijamente a los ojos y finalmente la besó. Fue un beso largo y prolongado. Sentía afecto por la joven, pero su pensamiento estaba cerca de otra mujer que regresaba a Madrid tan rápido como podía.

—China, me tengo que ir. Mis padres, mi hermana Carmina y mi prima seguro que no se acostarán hasta que llegue a casa. Estoy realmente cansado. Tengo la pierna peor que ningún día. Imagino que es por conducir tanto tiempo.

Volvió a intentar besarla, pero Noelie giró la cabeza. Sonrió y la besó en la mejilla. Se levantó y dirigió sus pasos hacia la puerta.

—Te llamará Chocolate para quedar contigo y viajar a Cannes. Por favor, Noelie, no me lo pongas difícil.

Cerró la puerta al irse y ella volvió a dejarse caer en la cama. No paró de llorar en toda la noche. El torero se escapaba de su vida y no podía hacer nada para evitarlo.

A la puerta del hotel, Luis Miguel cogió un taxi y fue cabizbajo durante todo el trayecto. Sentía un pellizco en el estómago después de haber dejado a la exótica joven destrozada. Cerró el puño con rabia. No le gustaba ser así, pero había algo en Ava más fuerte que su propia voluntad. La actriz irrumpía en su vida con el ímpetu de un terremoto.

Al llegar a la calle Príncipe, el coche paró. Luis Miguel agradeció al taxista que no quisiera entablar una conversación banal. Necesitaba pensar, saber qué deseaba hacer con su vida. Ahora tenía claro que ansiaba pasar el mayor tiempo posible al lado de Ava. Lo demás importaba poco o nada.

Cuando abrió la puerta, se encontró en el portal con su hermana Carmina, que se despedía de Ordóñez.

—¡Hola! ¿Te vas? —saludó a Antonio Ordóñez, al ver que los había sorprendido.

—Sí, he venido a ver a tu hermana, pero ya me voy. Mañana toreo en Cáceres —explicó, mostrándose azorado.

—¡Suerte! ¡Ahora te veo, Carmina!

Los dejó en el descansillo del portal. No le hacía ninguna gracia ver a Antonio con su hermana. No acababa de hacerle un hueco en la familia y menos con su ojito derecho, Carmina.

Al entrar en la casa, su padre salió rápido a recibirle.

—Hijo, ya estás aquí. ¡Cuánto me alegro! —Lo abrazó.

No tardó su madre en aparecer también y besarle.

—Miguel, no sé si quiero ir mañana a verte torear. Estoy muy triste con esto de Verónica. Y me da igual que sea un toro o una vaquilla, siento pánico.

—Madre, por favor, será algo festivo para que disfruten nuestros invitados y todos lo pasemos bien. No puede faltar, quiero presentarle a alguien muy especial.

—¿Otra mujer?

—Una actriz de cine. Una mujer excepcional.

—Una de las mujeres más hermosas que he visto en mi vida —apostilló su padre, sabiendo de quién hablaba.

—Ava Gardner. Seguro que la conoce.

—¿La mujer de Frank Sinatra?

—Sí, pero lo de la mujer de... por poco tiempo. Están separados y ella no quiere saber nada de él. Se lo garantizo.

—Hijo, si a ti te hace feliz... Me gustaría que sentaras la cabeza con alguna de tus conquistas. Ya tienes edad para tener tu propia familia.

—No empiece... Le caerá bien, porque es la mujer más guapa y sencilla que he conocido nunca. Mañana saldremos pronto. —Abrazó a su madre—. Quiero irme ya a la cama. La pierna me ha dolido mucho estos dos últimos días.

—Pero si tenías que haber guardado reposo y no has hecho ni caso al doctor Tamames.

—Padre, por cierto, ¿ha quedado con él mañana?

—Sí, me ha dicho que vendrá con alguno de sus hijos.

—Estupendo.

—Vamos a hacer dos grandes paellas. Confío en que el

tiempo nos acompañe para tomarlas fuera de la casa. A Ava le gusta, como a mí, el aire libre.

Mariví vino corriendo por el pasillo para abrazar a su tío.

—¡Miguel, mañana quiero ir con vosotros a ver a mis padres!

—¿Quién te lo impide?

—La tía me dice que no puedo perder colegio.

—Madre, por favor, no le prive a este muchachita tan guapa de que vea a sus padres y pase un día con nosotros. No todo son obligaciones.

—El problema está en que, en esta casa, nos saltamos las obligaciones cada dos por tres.

—Ande, madre, dé permiso a esta mujercita para venirse con nosotros. —Acarició la cara de la niña.

—¡Está bien! ¡Está bien! Pero que sea la última vez que se pierde una clase.

—¡Qué buena eres, tía! —La adolescente le dio un beso y salió corriendo por el pasillo—. ¡María! ¡María! Que me dejan ir con todos.

Mientras iban hacia el comedor, la madre le hizo una confidencia:

—Esta muchacha a la que tanto quiere Mariví cada día está más gorda. La pillo siempre comiendo. Debería llamarle la atención, pero nunca encuentro el momento.

Domingo padre se quedó mudo y tragó saliva. Luis Miguel salió al paso:

—Ya le diré yo algo. Se ve que tiene hambre. En esta casa y en esta familia damos de comer a todos sin reparar en si comen mucho o poco. De todas maneras, le preguntaré. Lo mismo hay alguna explicación. —Miró a su padre.

Domingo se quedó tan blanco como la pared. Luis Miguel desvió la conversación y siguieron hacia el comedor. Allí esperó el torero a su hermana Carmina. Cuando apareció, la recriminó diciéndole lo que pensaba de Ordóñez.

—Parece que lo de Antonio va en serio —le dijo.

—Sí, eso parece. Ya sé que le pones muchos reparos, a pesar de que todos sois toreros en esta casa.

—Yo quería una vida más feliz para ti.

—Ya lo sé, pero ahora mi felicidad está a su lado. Me he enamorado. Lo que me quieras decir ya llega tarde. Te aseguro que no hay vuelta atrás.

—No me hizo ninguna gracia que nos tomara el pelo en América leyéndonos tus cartas pero sin decirnos que eras tú. Pensábamos en una joven española sin nombre ni apellidos, sin cara. Cuando me enteré de que se trataba de ti, me sentó muy mal. Le faltó tacto.

—Ahora ya lo sabes. No me vas a hacer cambiar de opinión, debes aceptarlo.

—No me gusta. Se ha aprovechado de nuestro padre, que le ha tratado como a un hijo, y ahora quiere meterse en la familia. ¿No comprendes que ha ido demasiado lejos?

—Miguel, como todos los toreros, confía en su apoderado y establece una relación con él casi familiar. Y con respecto a mí, tampoco resulta extraño que me enamore de un torero que goza de la admiración de papá y que ha entrado en casa con familiaridad. Tampoco te entiendo.

—Quería algo más para ti...

—Te recuerdo que eso es lo que te dijo el duque de Pinohermoso cuando te querías casar con su hija, con Angelita.

—Me acabas de dar un golpe bajo, Carmina.

—Di, ¿por qué no es bueno para mí? ¿Por qué tú no eres un buen partido para Angelita cuando no hay nadie en el mundo como tú?

Carmina desarmó a su hermano con el último comentario. Los dos estaban muy unidos desde niños. Luis Miguel siempre había protegido a su hermana pequeña. Había adquirido esa responsabilidad sin que se lo encomendara su padre.

—Está bien. Es tu decisión y la vamos a respetar. Pero quédate con que no le trago. No me preguntes el motivo.

—El motivo lo sabemos todos, Miguel. Vamos a dejar la fiesta en paz y pensemos en mañana. ¿Aprovechamos tu fiesta para celebrar el cumpleaños de Pepe? —medió su padre.

—Sí, sí, se lo dije a Domingo. Aprovecharemos la ocasión para que Pepe también pase un buen día, ¿os parece?

Todos asintieron con la cabeza y Luis Miguel se despidió hasta el día siguiente. Quería dormir por un día. Había pasado dos noches prácticamente sin descansar. Se desabrochó la camisa y el pantalón y se quedó dormido, en ropa interior, encima de la cama.

Al día siguiente, al mediodía, sonaron unos golpes en la puerta de su dormitorio. Su prima llamaba suavemente. Después, su voz le sacó del único sueño que se repetía machaconamente desde que había conocido a Ava.

—¡Arriba, tío! ¡Nos vamos a Cuenca! ¡Miguel! ¡Miguel! —gritó Mariví.

—¡Señorito! ¿Puedo pasar? Le traigo el desayuno.

—¡Pasa, pasa! —logró pronunciar esas dos palabras después de salir del limbo en el que se encontraba.

—¡Tío! Tienes que darte prisa, que quiero ver a mis padres. ¡Anda, levántate ya!

—Aquí tiene el desayuno —le dijo María, apoyando en la cama la bandeja con un café y un pan recién hecho.

—Me siento como si me hubieran pegado una paliza. ¿Qué hora es?

—Muy tarde, casi las doce. Llegaremos muy justos para la comida —insistió la joven.

Se tomó el café de un sorbo y le dio un bocado al pan con mermelada que le había preparado María.

—Me voy a duchar y me visto en cinco minutos. No me hagáis esperar. Tened todo preparado.

Mariví y María se fueron de la habitación y Luis Miguel apareció al cuarto de hora en el comedor con el pelo mojado y peinado hacia atrás.

—¡Vámonos!

Se dividieron en varios coches. Pepe y Domingo irían desde Ferraz junto a don Marcelino. Pochola y su marido ya habían recogido a Carmina por la mañana para llegar antes e ir organizándolo todo junto con sus tíos. Sus padres se acomodaron con la niña en el coche de Luis Miguel. A la una y media ya estaban todos en Villa Paz para dar la bienvenida y recibir a los invitados. Pocos minutos después comenzaron a llegar los primeros: el doctor Tamames y sus hijos.

—Doctor, me alegro mucho de que haya venido —le saludó efusivamente Luis Miguel.

—Me he traído a dos de mis cinco hijos, a Rafael y a Ramón. Pepe, el mayor, tenía cosas que hacer y los dos pequeños, Juan y Conchita, debían estudiar.

—¡Caray, ya sois dos hombres! —les dijo Luis Miguel a los chicos, que bordeaban los veinte años y solo se llevaban entre ellos un año de diferencia.

—Rafael estudia medicina, como Pepe, y Ramón va para abogado. Ya sabes que quería que los tres mayores hubieran sido médicos, pero este —señaló al pequeño de los dos— me dijo que no quería seguir en la Facultad de Medicina porque no había ambiente. Ya ves, como si necesitara de algún ambiente para estudiar.

—Bueno, así no fue exactamente —puntualizó Ramón—. Mis compañeros se pasaban el día hablando de mujeres o leyendo el *Marca* y me gustaba más el ambiente de Derecho. Los estudiantes de esta facultad tienen otras preocupaciones.

Luis Miguel y Rafael se rieron de lo que acababa de decir Ramón con tanta seriedad.

—Le digo que no se meta en ningún lío —continuó Manuel Tamames—. Bastante he padecido yo el haber estado durante la guerra en el bando republicano, como tú bien sabes. Además de la cárcel, me quitaron la cátedra después de once años ejerciendo. No quiero que le pongan la cruz como a mí. Pero nada, erre que erre.

—O sea, que ha salido como mi hermano Domingo.

Aparecieron Pepe, Domingo y don Marcelino, y justo oyeron el final de la frase.

—¿Cómo he salido yo, hermano? —quiso saber Domingo, riéndose.

—Pues rojo hasta lo que no es la sangre. Tu casa siempre está llena de «pecés gordos». Un día saldremos todos detenidos. Tu idealismo nada tiene que ver con la fría realidad. Al final, el dinero es el que manda, y tú lo sabes.

—El dinero está bien en manos de quienes lo persiguen, ya que gozan amontonándolo, aunque para ello tengan que despreciar conceptos como el de justicia o el de humanidad. Esa gente que solo piensa en el dinero es esclava. —Domingo habló de carrerilla.

Domingo y el joven Ramón se miraron con complicidad. El bibliotecario, don Marcelino, se hizo oír en el grupo, alzando su voz a la vez que se ponía de puntillas:

—Es muy fácil hablar así del esclavo capitalista, gastándose el dinero de los demás.

—Ya habló el gran don Marcelino, que mandó fusilar a todo su pueblo.

—Domingo, no me haga hablar. ¿Tengo que recordarle que con solo dieciséis años se enroló voluntario en el bando nacional, que le hirieron en Olivares de Nevares, en el frente de Madrid, y le trasladaron al hospital de Pinto y que, cuando se recuperó, participó en festivales taurinos patrióticos?

—Sabe que después me decepcioné y me pasé al otro bando.

—Eso de los bandazos se le da bien. A mí no me ha llamado el propio Girón de Velasco para ofrecerme incorporarme a su equipo político.

—Fue mi jefe en la Segunda Bandera de Castilla, pero le dije que no y me quedé tan ancho. Solo puede decir que he sido coherente con mi pensamiento.

—Miguel, si estos dos empiezan así, te van a arruinar la fiesta y a mí el cumpleaños —apostilló Pepe, que había estado callado todo el rato—. ¿Estudiáis en la Facultad de Medicina? —preguntó a los hijos de Tamames, cambiando de tema.

—Los dos primeros sí, pero Ramón en la Facultad de Derecho. Será abogado —le contestó el doctor Tamames—. Ya me ocupo yo de que estudien todos los días y se preparen concienzudamente. Un día tendrán la vida de las personas en sus manos, tanto los médicos como el abogado.

—¡Contáis con un buen maestro! Hacedle caso —les aconsejó Luis Miguel—. Doctor, mis padres están dentro de la casa. Lo digo por si quiere saludarles.

Luis Miguel, Domingo y Pepe se quedaron con los dos jóvenes mientras don Marcelino y el doctor pasaron dentro del palacete.

—He notado que no te hacen demasiado feliz los planes de tu padre —Luis Miguel se dirigió a Ramón.

—Yo preferiría estudiar Economía y, de hecho, ya se lo he dicho a mi padre, pero quiere que acabe Derecho. Como dejé Medicina en mitad del primer curso, está un poco intranquilo, pero ya le he dicho que mi intención es estudiar las dos a la vez.

—Mi hermano puede con eso y con más. ¡Menudo cerebro tiene! —apostilló Rafael.

—¿Qué te impide hacerlo?

—Que me salgo del plan trazado por mi padre. Ya me salí una vez, y ahora...

—Por favor, los planes que no sean los de uno mismo hay que saltárselos. Serás un gran economista y un mal abogado si no haces aquello que te gusta.

—Antes tengo que convencer a mi padre sacando buenas notas, porque si no, durante el verano, no podré salir al extranjero.

—Nos gusta perdernos por ahí, salir de España. Y solo

recibimos dinero si sacamos buenos resultados —comentó Rafael.

—¡Dejad el tema de los estudios por un día y pasadlo bien por aquí! ¿Os atrevéis a torear?

—¡Ya veremos! —volvió a hablar Rafael—. No sería por falta de ganas.

El Hispano-Suiza en el que solía viajar la cuadrilla llegó provocando una gran polvareda en la entrada de la casa. De él bajó parte de la cuadrilla de Luis Miguel, con el mozo de espadas, Miguel, a la cabeza, Domingo Peinado, primo de los Dominguín, y el fotógrafo Paco Cano. Llevaba dos de sus cámaras colgadas al cuello. Una la había montado de forma artesanal. Cuando se apeó del coche, Luis Miguel se acercó a él.

—Espero que esta tarde te emplees a fondo. No pierdas detalle de una de mis invitadas.

—¿De quién se trata, maestro?

—Ya la conoces. ¡Ava!

—¿Qué, te la has trajinado ya? —Se echó a reír.

—¡Qué cabrón eres!

—Ningún trabajo me puede gustar más. ¿Dónde está?

—Todavía no ha llegado. Estará a punto de hacerlo.

Canito se movía por la casa de Luis Miguel como uno más de la familia. Llevaba años retratando con su cámara las faenas de los distintos miembros de la saga. Ahora seguía a Luis Miguel allá donde este toreara. El sagaz fotógrafo jamás olvidaría la tarde en la que Luis Miguel le contrató para la corrida de Linares, en la que perdió la vida Manolete de una cornada al entrar a matar. Sus disparos fotográficos fueron los únicos que recogieron aquel instante y sus imágenes dieron la vuelta al mundo. Fue un impacto para él captar con vida al torero cordobés haciendo el paseíllo y, horas después, fotografiarle amortajado. Se quedaron muy afectados tanto Luis Miguel como el testigo que todo lo vio a través del visor de la cámara.

24

Ava y los Grant llegaron pasadas las dos de la tarde. Cuando se bajó del automóvil, el torero ya no tuvo ojos para nadie más. Iba vestida con un traje de pantalón estrecho y de color negro al que había subido el bajo, dejando a la vista sus tobillos y los calcetines blancos que llevaba puestos. Debajo de la chaqueta corta, vestía una camisa blanca anudada a la cintura. Sus gafas marrones la protegían de los rayos solares y de que Luis Miguel viera sus ojeras. No había logrado pegar ojo. Se había acordado del torero durante toda la noche.

Varias muchachas del pueblo, vestidas de negro con delantal blanco y con cofia, habían sido contratadas por el tío de Luis Miguel para esta ocasión. Comenzaron a servir vino a los invitados acompañado de taquitos de queso y jamón. Al poco rato, Luis Miguel desapareció de allí. No pasaron más de veinte minutos cuando reapareció de nuevo junto a sus hermanos vestidos con trajes camperos. Ava se quedó sin palabras al verles ataviados con pantalones estrechos y protectores de cuero, camisa blanca y una especie de fajín anudado a la cintura.

—¡Vamos a la plaza! Ya tendremos tiempo de comer. Ahora os pido que nos acompañéis. El coso está aquí mismo.

Los tres hermanos eran muy bien parecidos. Mantenían la planta de torero incluso fuera de la plaza. El día soleado acompañaba. El albero estaba algo seco. Antes de que salieran los novillos, el mozo de espadas regó la arena para que no se levantara demasiado polvo. El médico se acercó al burladero junto a los tres hermanos González Lucas. Le habló a Luis Miguel:

—¿Cómo va tu pierna, Miguel?

—No muy bien, la verdad. Me duele mucho.

—No has guardado reposo, ¿verdad?

—No, doctor. He ido a la Feria de Sevilla y ahora, como ve, estoy aquí dispuesto a dar algunos pases. No tema, que no voy a poner en riesgo su operación.

—Que estás mejor es evidente pero, si no descansas, la recuperación va a ser mucho más lenta.

—Doctor, ahora vamos a apretar los dientes y a torear.

—Los toreros estamos hechos de otra pasta —afirmó Pepe en alto.

—Eso nadie lo duda. ¿Cómo vas encajando lo de la niña?

—Doctor, lo voy superando a base de esfuerzo.

—Eres todo un ejemplo.

Mientras los Dominguín se preparaban para tentar a las vaquillas, su madre charlaba con la actriz americana. Doreen y Frank hacían las veces de traductores.

—Ya ves, yo no quería unos hijos famosos y ricos, sino unos hijos que hiciesen una vida normal alejada del peligro. No puedo comprender cómo algunos padres dicen que les gustaría que sus hijos fueran toreros.

—Pero tiene usted que estar muy orgullosa de su carrera —comentó Frank.

Ava estaba fascinada no solo por el entorno, sino por esta mujer que se veía tan fuerte y que le recordaba a su madre, Molly, a la que tanto echaba de menos.

—Y torear con vaquillas no me parece tan peligroso como con un toro —continuó Frank con ánimo de tranquilizarla.

—A mí me da igual que sea una corrida o una becerrada.

Mi estado de ánimo es el mismo. Mire, yo he visto a mi marido con los intestinos en la mano cuando toreó un festival en Ricla. Domingo me había dicho antes: «No te preocupes porque solo tengo que darle unos cuantos capotazos a un becerrete». Pues ya ves, el becerrete por poco lo manda para el otro barrio. Para mí estas cosas son un auténtico martirio.

—¿Cómo es que los tres chicos se hicieron toreros? —le preguntó Ava con curiosidad.

—Mira, a la vez que yo pedía a Dios que ninguno de mis hijos fuera torero, me daba cuenta de que iba creciendo en ellos la afición, porque en ese ambiente estaban inmersos todos los días del año. Dominguito, el mayor, era muy buen estudiante y escribía cosas muy bonitas que, cuando se publicaban, me leía con mucho entusiasmo. Incluso hacía versos que a mí me parecían los mejores del mundo. Pepe también era estudioso y le gustaban mucho los libros. En algún momento, llegué a pensar que estudiaría una carrera. Después, Miguel desde niño quiso ser torero. Era muy serio de pequeño y a todos nos parecía mayor de su edad, por ese sentido de la responsabilidad que tenía. Con cuatro años ya le pillamos llevándose los libros de botánica de su tía Ana María, la madre de Mariví, para venderlos. Los hermanos lo hacían para ganarse unas perrillas con libros viejos y él los quiso imitar. Se creía todo un hombre con tan pocos años y su ilusión no era otra que ponerse delante de una becerra. Lo hizo con tan solo cinco años. No pude hacer nada por evitarlo y créeme que lo intenté, pero, ya ves, los tres son toreros en contra de mi voluntad.

—Su marido estará encantado de que hayan seguido sus pasos —quiso saber Frank.

—Por supuesto, además descubrí cuando eran mozalbetes que tenían la complicidad de su padre, lo cual me causó un gran disgusto. Pero me dijo mi marido que el toreo lo era todo para él y que sus hijos, al heredar su afición, de alguna manera continuaban su carrera. Y me aseguró que si no sirvieran para ello, no les dejaría torear. Por lo que se ve, sirvieron.

Apareció el padre de la saga y le pidió a Ava que bajara con él a la arena.

—¡Qué cosas tienes! —le dijo su mujer—. La vaquilla lo mismo le da un revolcón y la mata. ¿A quién se le ocurre?

—Pues a tu hijo Miguel. Va a salir la vaquilla y quiere que Ava esté cerca.

—Bueno, bueno, no digo nada, pero se puede hacer mucho daño.

Ava no dudó ni un instante en bajar junto al hombre por el que sentía tanta atracción. A la actriz le parecía que poseía un gran valor y no sabía lo que era el miedo.

Luis Miguel y sus dos hermanos estaban en la arena cuando salió una vaquilla con mucho brío y se fue rápidamente al capote de Pepe. Este hizo tres pases y se lo puso en suerte a Luis Miguel. El torero se quedó quieto en los medios y comenzó a dar naturales.

—¿Ves, Ava? Ese es el pase más bonito, más airoso. El torero da salida al toro por el mismo lado de la mano con la que sostiene la muleta. Si te fijas, mi hijo está citando a la vaquilla en su terreno, abriendo la muleta en la cara de la res, adelantando una pierna, dando el pecho y alargando todo lo posible la embestida —expuso el padre del torero sentando cátedra.

Ava puso cara de entender, pero en realidad no comprendió nada de lo que le intentaba explicar el padre de Luis Miguel. Hubo un momento en el que sintió un enorme escalofrío al escuchar cómo el animal bufaba cerca de la barrera donde estaba ella. Le gustaba ver a Luis Miguel con tanto dominio en la plaza. En un momento, el torero se volvió hacia ella y la invitó a salir. Ava no se lo pensó dos veces y pisó la arena del redondel. Paco Cano comenzó a hacerle fotos. La miraba a través del visor y pensó que jamás había retratado a una mujer tan guapa.

Luis Miguel y ella cogieron el capote de un extremo cada uno. A la actriz le temblaban las piernas, pero estaba absolutamente segura de que el torero no iba a permitir que le ocurriera nada. El novillo venía hacia ellos y Luis Miguel le indicó que no se moviera. Ava se quedó clavada a pesar de que hubiera querido salir de allí corriendo, y pasó entre medias de los dos. Sus manos comenzaron a sudar más de lo normal, parecía que el capote se le iba a escurrir. Volvieron a citar al animal y regresó de nuevo con todo su instinto derrotando a su paso. La actriz estuvo a punto de soltar el capote. Luis Miguel quiso repetir la suerte una vez más y citó de nuevo al novillo, con el aplauso de todos los invitados.

—Ava, ¡déjalo ya! —le gritó desde la barrera su amiga Doreen, pero la actriz no oía más que a su corazón.

Miraba a ese público que la aplaudía y se olvidó de que aquel animal podía tirarla y voltearla contra el suelo. Luis Miguel, con la mirada, indicó a sus dos hermanos que continuaran con la tienta. Decidió acompañarla hasta el burladero. Canito siguió disparando con su cámara y fue testigo de las palabras que le dedicó el torero.

—¿Qué te ha parecido?

—¡Oh, fantástico! He vencido mi miedo, eso es lo que más me ha gustado. Bueno, también me daba seguridad estar cerca de ti, la verdad.

Luis Miguel sonrió, besó su mano y volvió junto a sus hermanos para continuar con la capea. Los tres se fueron turnando. Tenían hambre de toro y el novillo les permitió lucirse. En un momento, llamaron a su padre, pero este declinó la invitación.

—¿Ya no hay valor en ese cuerpo? —le preguntó Luis Miguel a su padre, que se quedó con ganas de salir y llevarle la contraria; sus tres hijos le provocaron para que saltara a la arena, pero no lo hizo.

—¡Dejad a vuestro padre! —gritó doña Gracia desde el tendido—. Tengamos la fiesta en paz.

—¡Que salga Curro! —dijo el Mozo dirigiéndose a Canito. Epifanio Rubi Borox, al que apodaban *el Mozo,* era un hombre fornido y grande que, antes que picador de la cuadrilla, había sido campesino en las tierras de La Companza. Había abandonado el azadón y la pala para seguir a Luis Miguel de plaza en plaza.

Paco Cano, al que algunos llamaban *Curro,* dejó sus cámaras al Mozo y salió con ánimo de torear. Luis Miguel le cedió sus trastos.

—¡Espero que te luzcas!

Cano empezó a dar naturales y causó sensación entre las mujeres.

—Fue novillero durante un tiempo, igual que su padre —les contó doña Gracia a Ava y Doreen—. Parece ser que la primera vez que se puso delante de un novillo fue el día que se escapó uno en el balneario Madrid, que regentaba su padre. Canito cogió el mantel de una de las mesas y estuvo dando capotazos al bicho. A partir de ahí, le entró el gusanillo y llegó a torear novilladas en plazas relevantes.

—¡Coño, bravo! —gritó Ava en voz alta.

Luis Miguel y sus hermanos se miraron y se echaron a reír. Doña Gracia pensó que había oído mal.

Cano dio varios pases y se llevó las ovaciones de los invitados. Decidió seguir con sus fotografías y dejó a los tres Dominguines, que tenían ganas ya de torear solos.

Salió un novillo más y los hermanos, serios, con la carga de responsabilidad que les caracterizaba, midieron sus fuerzas con el animal. Pepe, rabioso con todo lo que le estaba ocurriendo a su hija, dio muestras de valor arrimándose hasta provocar más de un momento de peligro; Domingo demostró también que su calidad en la plaza seguía intacta, y Luis Miguel los levantó a todos varias veces de los asientos. Los invitados aplaudían enardecidos. Los miembros de su cuadrilla, al verle tan en plena forma y con tantas ganas, no tuvieron ninguna duda de que volvería a los ruedos en breve.

—El maestro posee algo que pocos saben mostrar en la plaza. Torea con verdad, pero da miedo. Si no lo conociera, diría que tiene un desprecio absoluto a su integridad física —le dijo Domingo Peinado, primo de los González Lucas, al padre de la saga—. Tu hijo se ha olvidado de que tiene la pierna jodida.

—Así somos los toreros. Cuando estamos en la arena, nos olvidamos de todos nuestros males. Así es y así debe ser.

En un momento determinado, salió de espontáneo don Marcelino. Su metro escaso de estatura no le impedía ser un gran aficionado e incluso crecer en la plaza gracias a su valor. Le prestaron una muleta y comenzó a dar pases al novillo. De pronto, el animal hizo un derrote y le tiró al suelo. Los hermanos salieron al quite.

Algunos invitados gritaron. Otros se pusieron de pie por miedo. Cuando vieron que don Marcelino lograba levantarse lanzando improperios, se tranquilizaron. El bibliotecario se fue frustrado de la arena.

Acabaron los tres hermanos cubiertos de sudor y polvo. Se felicitaron entre ellos. Nada les podía hacer más felices que torear. En el ruedo encontraban su esencia y se olvidaban de todo lo demás. Se retiraron de allí, directos al baño, mientras los invitados comenzaron a disfrutar de un cóctel. Ava estaba eufórica. Cuando los tres hermanos González Lucas se volvieron a incorporar a la fiesta, vestidos con traje, comenzaron a recibir las felicitaciones de los asistentes. Luis Miguel buscó con la mirada a Ava y, dando las gracias a todos, se fue acercando hasta ella.

—Muy valiente, Ava. Me has dejado verdaderamente admirado. Otros no aguantan tanto como tú. —Besó su mano de nuevo.

—Ha sido increíble. La experiencia más fuerte de mi vida. —Sus ojos no disimulaban la admiración que sentía por él.

—En cuanto te escapes de nuevo a España, organizamos

otra. Como sé que te gusta estar al aire libre y el día nos acompaña, vamos a comer una paella fuera de casa.

Ava le sonrió. Se encontraba feliz en ese ambiente. Todo la fascinaba. Tomaron asiento en una gran mesa que se instaló en la parte de atrás de la casa, la que más colindaba con el campo. Ava no tardó mucho en descalzarse y así estuvo durante toda su estancia.

—¿Cuánto tiempo te vas a quedar aquí?

—Solo hasta mañana, porque tengo que viajar de nuevo a Londres. Me están esperando para rodar la película de la que te hablé, pero te aseguro que de buena gana me quedaba aquí.

—Ya sabes que esta es tu casa y que tendré las puertas siempre abiertas para ti. ¿Estarás mucho tiempo rodando en Londres?

—Sí. Por lo menos hasta el verano.

—Londres no está tan lejos. Cuando quieras que vaya, solo has de llamarme, que iré a tu lado sin ningún problema.

Ava volvió a sonreírle. Le hubiera gustado estirar y ralentizar aquellos instantes junto a Luis Miguel, pero el día pasaba rápido. Después de la comida al aire libre, pasearon a solas por aquel paraje. Nada le gustaba más que sentir la tierra y la hierba bajo los pies. Olía a romero y a jara, respiraba hondo y hubiera dado cualquier cosa por prolongar ese momento. Al pasar por el río, metió los pies en el agua helada. Por un momento pensó que regresaba a su infancia.

—Mis padres eran granjeros. Algunos se reían cuando los profesores me lo preguntaban en la escuela de Newport News y yo hablaba del campo. Siempre se me quedaron grabadas sus caras mofándose de la pueblerina Ava. Mi acento sureño me delataba. Fue lo primero que eliminaron de mí en la Metro. Y, ya ves, ahora es lo que más añoro. Cuando iba junto a mis padres, todos mis temores desaparecían.

—Me hubiera gustado conocerte entonces.

—No te imaginas lo marimacho que era, hasta que un verano me transformé en una jovencita y dejé mis andares hombrunos y mi forma mal hablada de expresarme. Bueno, mi jodida forma de hablar tampoco es que haya cambiado tanto.

Su tono de voz era ronco. Muchos pensaban al conocerla que estaba resfriada, pero se trataba de su personal forma de hablar.

—¿Vive tu padre?

—Mi padre enfermó al poco de abandonar el campo. Donas Gardner, como yo, no era feliz viviendo en Newport. No encajó en la vida de la ciudad y poco a poco su tos de fumador se fue transformando en algo muy serio. Le descubrieron una grave infección en los bronquios. Mi madre le cuidó con verdadera dedicación hasta que murió. Molly estuvo después muy mal porque sufrió un agotamiento total al llevar la pensión y cuidar de mi padre. Le enterramos en Smithfiel, en el cementerio de Sunset Memorial Park, en un extremo de la ciudad.

—Lo siento, Ava.

—Mi madre y yo nos unimos mucho más. Primero, por ser la pequeña y, segundo, porque ella se quedó muy sola. Mis padres habían logrado formar una gran pareja y los dos se necesitaban. Hablábamos de él horas y horas y mi madre envejecía a un ritmo demasiado rápido. Incluso le llegaron a detectar un cáncer de útero al poco tiempo... Todo fue muy duro.

—No quiero que te pongas triste. Hoy no toca. ¿Qué tal se te daban los chicos a esa edad?

—¡Fatal! No lo creerás, pero mi padre, como me intentaba proteger, me metía miedo diciéndome: «Si te acuestas con un hombre antes de casarte, prefiero verte muerta» —imitó la voz de su padre y se rio al terminar la frase—. Y mi madre no te creas que se quedaba corta. Todo lo contrario. Me asustaba a la hora de salir con chicos. Era algo muy común en las madres de mi generación. Yo me creía todo lo que me decían sobre el primer beso.

—¿Qué te decían? Me interesa mucho. —La rodeó con su brazo por la cintura.

—Mi madre decía que el primer beso era el principio del fin. Que de ahí a quedarte embarazada había un tramo muy corto. De modo que la primera vez que un chico me dio un beso, estuve lavándome la cara varios días sin parar. Quería limpiar con agua y jabón las impurezas que había contraído con aquel beso. Increíble.

Ava soltó una sonora carcajada. Y Luis Miguel reaccionó dándole un beso que la dejó sin respiración.

—Deberías lavarte la cara ahora —le dijo divertido.

—¿Y tu experiencia con las mujeres?

—Pues mi primera experiencia me llegó de la mano de mis hermanos, que querían que aprendiera todos los secretos de la vida al lado de una inglesa dispuesta a enseñarme.

—¿Qué quieres decir?

—Que quisieron que una señora mayor fuera mi maestra. Y así fue como aprendí a amar a las mujeres. En América, en un palacio tropical cuya dueña estaba fascinada por los toreros. Estos cabrones de hermanos me metieron en ese lugar para que aprendiera a relacionarme con vosotras. Ya ves, mi primera vez lo hice con una señora que peinaba canas y que nos pagó el hotel, porque mis hermanos y yo estábamos en unas condiciones económicas lamentables. Yo maté mi primer «toro» y supongo que la inglesa, su primer torero.

—Tienes fama de ser un mujeriego. Ya me han prevenido contra ti.

—No sé qué te habrán contado, pero te aseguro que será mentira. Nadie me conoce tan bien como para poder decirlo. Ni tan siquiera yo. Me gustan las mujeres tanto como los toros, es verdad, pero no todas las mujeres encajan con el tipo que a mí me gusta.

—¿Qué mujeres son tu tipo? —preguntó Ava muy interesada.

—Creo que la respuesta la sabes —volvió a besarla—. Tú me vuelves loco.

Al irse el sol, comenzaron a caminar hasta llegar al palacete. En el interior de la casa se habían creado de forma natural varios grupos hablando distendidamente de diferentes temas. Ava y Luis Miguel intentaban agotar los minutos para conocerse un poco más. Doña Gracia se acercó a ellos.

—Deberías invitar a Ava a La Companza. Seguro que le gustará conocer de dónde surgió todo en esta familia.

—Por supuesto, el próximo viaje que haga a España visitará nuestro cuartel general. —Se lo explicó, y Ava aceptó encantada la invitación.

Ella quiso saber qué tenía de especial ese lugar para los Dominguín.

—Es más un símbolo que otra cosa para mi familia. Significa el esfuerzo, los sueños hechos realidad, el éxito... Piensa que mi padre salió de su pueblo, Quismondo, con una mano delante y otra detrás, soñando con ser torero, y regresó siendo matador de toros y con dinero suficiente como para comprar La Companza. Para mi familia simboliza mucho, aparte de ser un lugar precioso.

—Tengo muchas ganas de ir. Queda pendiente, Miguel.

—Prometido. Además, allí tenemos viñedos y hacemos nuestro propio vino. Por allí se da una uva muy buena para vinos exquisitos. Muy apreciados en el mercado.

—Te aseguro que soñaré con ese momento. Nada me gustará más que conocer la tierra de tus padres.

—No, tierra de mi padre. Mi madre es del sur, de un pueblo de Almería, Tíjola. Nada tienen que ver uno con el otro. Mi padre, torero, y mi madre, pelotari, un deporte cuya habilidad consiste en dar a la pelota con la mano. Por casualidad, se conocieron los dos en los sanfermines. Mi padre iba a torear y mi madre a conocer las fiestas. Fue el destino, porque pertenecen a dos mundos bien distintos. Algo así como tú y yo.

25

Ava Gardner y Doreen Grant se fueron a sus habitaciones a cambiarse. Cuando bajaron, estaban casi todos tomando una de sus bebidas favoritas: un *dry* martini. La actriz escogió para la ocasión un traje verde de escote generoso con la espalda al aire. Una hilera de botones bajaba desde el pecho hasta la cintura y la falda de capa se movía al ritmo de sus pasos. Su amiga se puso un vestido negro palabra de honor. Las dos llevaban al cuello un collar de perlas.

Apareció la pequeña Mariví sosteniendo una gran tarta de cumpleaños con una vela. Sus padres —Miguel y Ana María— iban por detrás ayudando a sujetarla. Comenzaron a cantarle a Pepe y todos les siguieron. Ese día, el mediano de los hermanos González Lucas cumplía treinta y un años.

—¡Feliz cumpleaños! —le dijo su madre, dándole un beso cargado de sentimiento.

Todos se acercaron a felicitarle. Sus hermanas, Pochola y Carmina, se abrazaron a él. Pepe estaba emocionado. Le faltaban Dolly, su mujer, y sus hijas para que fuera feliz de verdad aquel día. Últimamente parecía que la mala suerte se había cebado con él. Primero, con la muerte de su mujer y, ahora, su hija Verónica postrada en la cama sin emitir una sola palabra desde hacía días. Pepe era el más apuesto de los tres hermanos varones. Tenía el pelo algo más rubio que el mayor, Domingo, y que el pequeño, Luis Miguel. Lucía también más entradas que los otros dos. Sus ojos, como los de sus hermanos, eran castaños.

Hasta que Luis Miguel comenzó a sobresalir en la plaza por delante de Domingo y de Pepe, este último era quien tenía más éxito con las mujeres. Pero ahora le faltaba ánimo para relacionarse o simplemente para sostener una simple conversación. Agradeció el gesto a todos y sopló la vela, e inmediatamente el esbozo de sonrisa que había iniciado se le congeló.

—Mi hermano —le contó Luis Miguel a Ava— está pasando una mala racha. Estaba casado con una preciosa sudamericana, pero murió en el parto de su segunda hija. Y ahora a la mayor le han diagnosticado una meningitis tuberculosa. En menos de un año su vida se ha hecho añicos.

—¡Cuánto lo siento! Me da pánico quedarme embarazada —le confesó a Luis Miguel—. Además, no he encontrado el hombre adecuado con el que tener un hijo. Mi primer marido, Mickey, quería que me quedara embarazada al poco de casarnos, pero yo tenía miedo al parto. Recordaba a mi hermana Bappie retorciéndose de dolor y se me quitaban las ganas solo de pensarlo. En ese momento, me prometí a mí misma no pasar jamás por algo así. Además, un hijo requiere una estabilidad que yo no tengo.

—Da tiempo al tiempo. Ahora estás volcada en tu carrera. Llegará el momento en el que tus prioridades cambiarán. Algo parecido me ocurre a mí. Aunque me veas con éxito, no creas que a nivel personal la vida me ha tratado demasiado bien. Con las mujeres de las que me he enamorado de verdad, nunca he salido bien parado. De manera que prefiero no hacerlo.

—¿Cómo haces para no enamorarte?

—Yo siempre pongo una barrera. Me dejo llevar por el instinto, pero algo me dice por dentro que no quiero volver a sufrir. Me gusta amar y vivir la aventura de la vida. Nunca he salido a conquistar, sino a buscar la mujer, con mayúsculas. Si no fuera así, me faltaría el impulso necesario para jugarme la vida en una plaza de toros. Por una mujer soy capaz de afrontar la muerte sin ningún problema.

Ava se acordó de lo que le habían contado sus amigos sobre él. A punto de casarse con Cecilia Albéniz, la nieta del compositor Isaac Albéniz, esta encontró la muerte en un accidente de tráfico. Después se enamoró de una joven menor de edad, hija de un duque, cuyo padre le impidió casarse con ella y se la llevó fuera de España, a Bruselas; concretamente a un colegio de monjas, para alejarla del torero después de denunciarle por secuestro. Entre medias, un historial marcado por mujeres hermosas y muy conocidas. Ella seguramente sería una más en su vida, pero le daba igual. Sentía lo mismo que el torero comentaba y también se ponía una barrera para amar sin amor. Solo deseaba pasarlo bien y no sentirse sola.

—Esto de amar es muy complicado, Miguel. Siempre se sale con alguna herida. Vamos a prometernos el uno al otro no enamorarnos.

—Eso no te lo puedo prometer... Pídeme otra cosa.

Se acercó don Marcelino y les interrumpió. El bajito bibliotecario le pidió que recriminara a su hermano.

—Dile a ese rojo hermano tuyo que me deje en paz. No he venido aquí a que se meta conmigo.

Luis Miguel cogió en volandas a don Marcelino y le colgó del perchero que tenían en un lateral de la estancia.

—¡Cabrón, bájame de aquí! No le sigas la estela a tu hermano —gritó don Marcelino, pataleando.

—Ahí te dejarán todos en paz.

—¿Quieres bajarme de aquí? Es una orden. ¿Me oyes? No tiene ninguna gracia. ¡Bájame de aquí, que me duelen la espalda y la muñeca del revolcón de esta mañana!

Todos se rieron al ver al bibliotecario cada vez más enfadado y colgado del perchero. Cuantos más improperios lanzaba más se reían... Después de un rato, Ava le pidió a Luis Miguel que le bajara de las alturas. El torero decidió que había llegado el final de su broma y lo puso en el suelo.

—Está bien. Te bajo porque me lo pide Ava, pero no me vuelvas a interrumpir con tus líos políticos. Estoy harto de vuestras discusiones. Me trae sin cuidado lo que piensas tú y lo que piensa mi hermano. Esto va por ti también, Domingo.

—Tengamos la fiesta en paz. Os propongo un brindis —intervino doña Gracia—. Por Pepe, que cumpla muchos años y que todos lo veamos con salud. Eso es lo verdaderamente importante.

Brindaron y, de momento, pararon las bromas.

El doctor Tamames habló a Pepe sin rodeos:

—Te iría bien hacer un viaje. Te propongo Los Ángeles, Estados Unidos.

—¿Por qué lo quiere mandar allí, doctor? —preguntó Luis Miguel—. Usted no da puntada sin hilo.

—Me he enterado de que allí se encuentra una joven actriz española abriéndose camino. Tienes que acordarte. —Pepe ponía cara de no saber de quién le hablaba—. Te la presenté en la feria de Valencia el año pasado. Noté que os caísteis muy bien, pero estabas colado por Dolly y a lo mejor no te diste cuenta de cómo te miraba.

—¿Se refiere a María Rosa Salgado? Fue la más guapa de las que pisaron la feria de Valencia el año pasado —apuntó Canito—. La están preparando para dar el salto a las grandes producciones de cine en América. Ha hecho varias películas por aquí, con Fernando Fernán Gómez y Fernando Rey. La tenéis que conocer.

—Si es así, ya deberías estar cogiendo el avión. Le pongo cara perfectamente. ¡Un bellezón! —apuntó Luis Miguel.

—¿Con el panorama que tengo aquí? No voy a dejar a las niñas. Ni se me ocurre.

—¿Por qué no? Estamos Carmina y yo para echarte una mano —apuntó Pochola, la mayor.

—Hijo, ve —intervino su madre—. Cambia de aires y despreocúpate, nosotras cuidaremos de tus niñas.

—Pero buscar a María Rosa Salgado será como buscar una aguja en un pajar.

—Sé que ha firmado con la Metro Goldwyn Mayer. A lo mejor por ahí... —sugirió el doctor.

—A esos los conoce bien Ava. ¿Podrías ayudarnos a localizar a esa actriz? Está en tu misma productora.

—¡Por supuesto! No habrá ningún problema.

Repitieron el brindis. Pepe ya tenía otra cara, más sonriente. Ava se excusó para ir al lavabo y la tía Ana María se acercó a Luis Miguel para hablarle de ella.

—Me gusta mucho. Nadie diría que se trata de toda una estrella de Hollywood. Parece una mujer muy sencilla y muy normal.

Luis Miguel la besó.

A los cinco minutos, él también se ausentó. Esperó a la actriz a la puerta del lavabo y, antes de que saliera, la invitó a entrar de nuevo. Entre la bañera y el bidé, le levantó la falda y observó con asombro que llevaba ropa interior. Se la quitó con picardía y, sin más preámbulo que un largo beso en la boca, la sedujo. Fue algo rápido e instintivo. Con la ansiedad de dos adolescentes, se amaron apresuradamente. Luis Miguel le tapó la boca con una medio sonrisa maliciosa y, después de volver a besarla, salió de allí todo lo rápido que pudo... Regresó a la fiesta y Canito, que se había percatado de todo, se acercó a él.

—Vaya mierda de polvo que acabas de echar. Eso ni es un polvo ni es nada. —Le guiñó un ojo.

—¡Eres un cabrón! —le respondió Luis Miguel, dándole un pescozón en la cabeza.

Siguió la noche y los corrillos se deshicieron en un momento determinado para prestar atención a dos bailaoras y un cantaor que se unieron a la fiesta. El flamenco lo inundó todo en Villa Paz. Bailaron, comieron y bebieron hasta que a las doce de la noche sus padres se retiraron a dormir y sus hermanos se acercaron a despedirse de él.

—Nos vamos a Madrid, no nos quedamos esta noche. Mañana Pepe tiene cosas que hacer y yo me voy a Pontevedra a dar una vuelta a la plaza.

—¿Te vas en coche?

—No, en tren. Tengo que hacer varios pagos allí y me he quedado sin un duro. ¿Me puedes prestar algo? Te lo devolveré pronto.

—¿Cuánto necesitas?

—Veinte mil pesetas.

—¿Veinte mil pesetas? Eres consciente de lo que me pides, ¿verdad?

—Te lo devolveré en cuanto cobremos varios festejos, pero ahora tenemos que pagar a nuestra gente allí.

—Está bien. —Se retiró para hablar con Chocolate en un aparte y regresó con el dinero—. Haz el favor de dejar nuestras cuentas saneadas.

—Eso pretendo. Gracias, hermano. —Se abrazaron y se fue.

—Y tú, Pepe, vigila que de aquí a casa no se lo gaste en el juego.

—Bueno, recuerda que no hace mucho perdió sus ganancias, después de torear en América, en una partida de póquer y luego se gastó las mías para recuperar lo perdido.

—Sí, pero entonces tuvo suerte y lo recuperó; ahora no quiero tirar ese dinero a la basura.

—Descuida. Mañana temprano debe salir a Pontevedra. No tiene tiempo material para jugárselo a las cartas.

—¡Este Domingo no cambiará nunca! En fin, buen viaje, Pepe. Mantenme informado de la evolución de Verónica y piensa en lo de viajar a Estados Unidos. Haz caso a Tamames.

—Sí, no te preocupes. Me lo pensaré. —Se abrazaron y también se retiró.

Luis Miguel y Ava sabían que les quedaban muy pocas horas que compartir. Quizá no volvieran a verse y no se lo reprocharían jamás el uno al otro. Existía una especie de acuerdo tácito entre ellos por el que nada se podían echar en cara porque nada se exigían. Esos días habían sido los más trepidantes, intensos y estimulantes de sus vidas. Luis Miguel pensaba que vivir al lado de la actriz hacía cada minuto más excitante que el anterior. Tenía la sensación de estar subido permanentemente en un tiovivo.

Para que su madre no le diera una charla sobre moralidad al día siguiente, guardaron las apariencias y se retiraron cada uno a su habitación. Cuando la casa se quedó en silencio, Luis Miguel acudió a la de invitados donde se encontraba la actriz. Ni tan siquiera llamó a la puerta. Sigilosamente giró el picaporte y entró a la estancia como un ladrón. Ava le estaba esperando en la cama.

—Dudaba si vendrías. No soporto dormir sola. No me gusta la noche, me aterroriza.

Luis Miguel se desnudó y se metió entre las sábanas. La abrazó y la besó en los labios. No tardó mucho en susurrarle al oído:

—Me gustaría volver a verte, Ava. No quisiera perderte.

—Te llamaré. Yo también quiero verte de nuevo.

—En cuanto lo hagas, iré a buscarte donde estés. Por estar contigo, merece la pena cualquier viaje por largo que sea.

—Eso significa que te estás enamorando un poco de mí...

Él comenzó a besar cada pliegue de su cuerpo sin decirle que sí. No le gustaban las palabras de amor. Se quedaban huecas nada más pronunciarlas. Ella no echó de menos la respuesta y disfrutó con aquel recorrido que el torero hacía de forma tan minuciosa sobre los rincones más recónditos de su cuerpo. En un momento determinado, después de besarla de nuevo en la boca, decidió amarla sin paliativos. Las agitadas convulsiones, seguidas de respiraciones entrecortadas y el deseo de poseerla estallaron en aquella noche en la que los amantes se despedían.

Antes de que amaneciera en Villa Paz, Ava acarició al torero y le invitó a que no diera por concluida su danza amorosa. Deseaba empezar de nuevo. No quería que el día le ganara la partida a la noche sin que se amaran hasta la extenuación. Él no había conocido a una mujer como Ava, con tantas ganas de entregarse, libre y generosa, tantas veces en una sola noche. A sus veintiséis años tenía energía suficiente para satisfacer a una mujer tan ansiosa de sexo como la actriz americana. Cuando los primeros rayos de sol iluminaron la habitación, se quedaron dormidos, agotados, sobre aquella cama en la que sus espíritus solitarios no querían alcanzar un final.

Los primeros ruidos en Villa Paz despertaron al torero, que decidió salir de la habitación de la actriz sin despertarla. Olía a limpio en toda la casa. Respiró hondo y antes de llegar a su cuarto se encontró con sus hermanas por el pasillo.

—¡Dominguines, Dominguines! —le dijo Pochola con retintín mientras Carmina se reía con la ocurrencia de su hermana.

—Recordando al Mandíbulas, ¿no? —dijo sonriéndoles. Era el saludo de Manolo, portero del colegio de los hermanos maristas, que siempre recibía así a los tres hermanos cuando llegaban tarde a clase. Solo eran puntuales en ir a misa los domingos para luego salir con sus amigos. Así fue durante siete años—. ¿Os vais ya?

—Sí, mi marido tiene que estar pronto en Madrid. Ya sabes que no posee el don de la oportunidad —comentó Pochola.

—¡Pobre Miguel! Le ha caído encima la más Dominguín de todos.

Se despidieron entre risas, y Luis Miguel se metió en su habitación. Lo primero que hizo fue abrir el grifo del agua caliente mientras se afeitaba. Cuando el agua ya tuvo una altura, se metió en la bañera y, con el efecto del calor, se volvió a quedar dormido. Media hora después, su madre llamaba a su puerta.

—Hijo, ¿estás despierto? Se están yendo los invitados. Deberías salir a despedirlos.

—Sí, sí, salgo enseguida —contestó y se vistió rápidamente.

Los miembros de su cuadrilla fueron los primeros en abandonar la finca junto con Pochola y su marido, a los que se unieron Carmina y don Marcelino, que la noche anterior había decidido no regresar con Domingo. Doreen y Frank estaban desayunando con los padres del torero y él se les unió para tomar algo.

—¡Menudas ojeras tienes! —le dijo su madre.

—¡Deja al muchacho! —la increpó su marido, que no tenía ninguna duda de lo que había ocurrido esa noche.

—No he dormido bien, he extrañado la cama de Madrid.

Frank y Doreen callaban porque sabían que si Ava no hubiera estado con el torero, les hubiera llamado. No había duda. Intentaron desviar la atención de la matriarca con una pregunta.

—¿Volverás pronto a los ruedos, Miguel?

—No. Al menos este año me gustaría viajar y disfrutar todo lo que pueda. Desde pequeño mi vida ha estado ligada a los toros de forma profesional y ha llegado el momento, antes de que un toro me quite de en medio, de vivir todo lo que pueda... Perdonad, voy un momento a mi cuarto a por un jersey.

Se levantó de la mesa muy serio y se fue hacia las habitaciones. Pensó que debería despertar a aquella mujer que le había vuelto loco en las últimas semanas y que, a lo mejor, no volvería a ver en mucho tiempo. Sus padres se quedaron hablando con el matrimonio Grant.

—A Miguel le dejó muy marcado la corrida en la que murió Manolete. Él y Rafael Vega de los Reyes, *Gitanillo de Triana*, no podrán olvidar jamás lo que ocurrió en aquella plaza de Linares, y ya han pasado seis años —apuntó su padre.

—Buenos días. —Canito apareció todavía algo somnoliento y se sentó a la mesa a desayunar.

—Este os lo puede contar con detalle. Estuvo allí y las únicas fotos que existen de ese día son de él.

—¿De qué estáis hablando? —preguntó despistado.

—De la muerte de Manolete y del poso que le ha dejado a Miguel para el resto de su vida.

—Bueno, a él y a todos los que nos encontrábamos allí. Fue algo muy difícil de digerir y que hoy todavía recuerdo en muchas ocasiones. Pensad que Manolete y Luis Miguel se alojaban en el mismo hotel, el Cervantes. Un hotel taurino donde los haya de Linares. ¡Incluso hablaron antes de la corrida!

—Bueno, conocía muy bien a la familia y, en concreto, a Pepe. Manolete y Camará salieron muchas noches con él al cine y lo que no es el cine —apuntó el padre, mirando a su mujer; no continuó por si acaso todavía se llevaba un rapapolvo.

—También sentía un gran respeto hacia usted —apostilló Canito—. Miguel no dejaba de ser un hijo suyo, aunque tuvieran una enorme rivalidad en la plaza fomentada por los partidarios de unos y de otros y, sobre todo, por los críticos taurinos.

—¿De qué hablaron entre ellos? —preguntó Frank Grant.

—Lo típico: un «¡Pasa, Manolo!», un «¡Hola, Miguel!». Y «Cómo aprieta el calor». Algo intrascendente, hasta que Manolete se sinceró reconociendo que «estaba muy cansado y que le habían hecho torear a la fuerza. Cuando termine esta temporada, quiero marcharme», le comentó. Miguel le contestó que a esas alturas de la temporada estaban todos agotados, pero que cuando llegara marzo estaría deseando empezar de nuevo. Pero Manolete insistió: «Al final de la temporada me retiro y con esa decisión a quien más daño voy a hacer es a ti. Tú heredarás mis enemigos y todos irán contra ti y si no, ya lo verás». Miguel escuchó atentamente y después se estrecharon las manos y se desearon suerte. Ya ves, no le faltó razón.

—Yo solo he conocido dos toreros que no necesitaran al toro en el ruedo para crear arte: Manolete, por su solemnidad, y Cagancho, por su empaque —sentenció Domingo, y los demás asintieron.

—¿Cómo fue esa corrida de la que todo el mundo habla? —preguntó Doreen.

—Pues, en realidad, la corrida transcurrió sin especial interés en los dos primeros toros, los que correspondían a Gitanillo y a Manolete. En el tercero, Luis Miguel toreó con gran lucimiento a su enemigo, pero lo mató regular.

—No, lo mató mal —matizó el padre de Luis Miguel—, pese a lo cual le dieron una oreja. Mientras Miguel daba la vuelta al ruedo, un aficionado gritó: «De Joselito a ti, pasando por tres *chalaos*». Parece ser que, al ver contrariado a Manolete, le dijo: «Manolo, no hagas caso». Luego llegó el cuarto toro para Gitanillo y no estuvo mal. Este toro es el que le habría correspondido a Manolete si se hubiera respetado el sorteo y no lo hubiera alterado Camará.

»El destino —sentenció Domingo—. Y llegó el momento del quinto toro, Islero, que ha hecho historia. Por cierto, ya en el quite comprometió a Miguel. Manolete se empeñó en torearle por el pitón derecho, que era el lado malo del toro. Ya en una arrancada quiso arrollarle. Todo sucedió al perfilarse al entrar a matar, fue cuando Islero lo cogió...

Luis Miguel ya estaba de vuelta después de haber despertado a la actriz y escuchó el final de la conversación.

—Manolo lo hizo en la suerte contraria y con los chiqueros detrás del toro —puntualizó—. Por eso no lo cogió, sino que, herido de muerte, se limitó a girar la cabeza y le arrolló. Cuando le vi hacerlo, pensé para mis adentros: Manolo, por ahí, no. Por ahí, no... —Se quedó pensativo.

—Bueno, hablemos de otra cosa. Sé que este episodio todavía te escuece —le dijo su padre—. Hay que mirar hacia adelante. El pasado no es nada porque, al ser irrepetible, ya no cuenta. Eso sí, del pasado debemos coger la enseñanza, la buena o la mala, para proyectarla al mañana, al futuro. Ese no está hecho todavía.

Luis Miguel se quedó serio mientras escuchaba a su padre. Sin embargo, fue aparecer Ava vestida de blanco y le cambió la expresión.

26

Parecía una novia vestida de blanco cuando se despidió de todos. El torero la besó y respiró hondo su perfume al rozar su cuello con la boca. Un escalofrío recorrió el cuerpo de Ava. Antes de meterse en el coche, le dedicó una última mirada y una amplia sonrisa. Se puso sus gafas de sol y siguió mirando al torero a través de la ventanilla del coche. Aquel hombre realmente la había conquistado. Incluso había conseguido algo muy difícil: que olvidara a su marido durante esas últimas semanas. Ahora, cuando todo volvía a su sitio, comenzaban de nuevo sus problemas. Pensó que la tensa situación con Sinatra ya no se podía estirar más. Debía poner fin a ese matrimonio que, hasta ahora, solo le había proporcionado disgustos. Lo tenía claro gracias a Luis Miguel y su cortejo constante de los últimos días.

Durante el viaje a Madrid, estuvo poco habladora. Recordaba las últimas horas vividas junto al torero. No solo era atractivo, simpático y divertido, también conseguía hacerla feliz mientras se amaban, e incluso después de amarse. Tampoco habían discutido ni se habían gritado una sola vez. Aquello le llamó la atención sobremanera, porque con Frank Sinatra todo se había convertido en violencia y gritos cuando salían de la cama. Su matrimonio estaba deshecho.

—¿A qué hora te vas mañana a Londres? —le preguntó Doreen para romper el silencio.

—Por la mañana temprano. De buena gana me quedaba aquí. Han sido unos días muy felices. Os lo agradezco de corazón. Con lo mal que llegué, vuelvo renovada.

—El torero nos lo ha hecho pasar bien a todos. Tiene algo que le hace encantador y misterioso a la vez —dijo Doreen.

—Oye, no sé qué efecto tiene sobre las mujeres, que a todas os atonta —observó Frank, celoso por el comentario de su esposa.

Ava y Doreen rieron.

—No hay peligro, Frank. Solo ha tenido ojos para Ava.

—Miguel resulta enigmático pero fascinante. Difícil de describir —comentó Ava.

—Ahora tendrás que centrarte en tu nuevo rodaje y olvidar tus temas amorosos. ¿Has podido estudiar el papel de Ginebra? —Frank quiso cambiar de tema.

—¡Oh, no me lo recuerdes, por favor! Lo miraré estos días mientras nos hacen la prueba definitiva de vestuario. Nadie sabe lo que odio los trajes de época y más aún tenerme que levantar a las cinco de la mañana para enfundarme en un corpiño y así, bien apretada, pasar el resto del día.

—Luego llegarás allí y se te olvidará todo. Además, compartes reparto con un buen *partenaire*.

—Lo único bueno de la película será Robert Taylor.

—¿No tuviste un romance con él? —preguntó Doreen.

—Sí, pero eso ya es agua pasada. Fue cuando él estaba mal con Barbara Stanwyck. Siempre me ha parecido un ser encantador, cálido y generoso.

—Rodaste con él otra película, la de *Soborno*, ¿no?

—Con esta serán tres. Sí, la que tú dices y *Una vida por otra*. Somos viejos amigos. Espero que no se nos haga demasiado tedioso y largo el rodaje.

—Después de *Mogambo* todo te va a parecer poco —apuntó Doreen.

—Es cierto, el rodaje en África me ha dejado muy marcada. Ha sido duro, pero muy interesante. Será imposible superar a John Ford.

—Esas son palabras mayores... —Frank también respetaba y admiraba al director americano—. ¿Después del rodaje volverás a Estados Unidos?

—Creo que sí. Quiero ver a mi familia y tendré que resolver algunas cosas.

—Ya habrás pasado casi dos años fuera del país.

—Sí, es lo que me aconseja el equipo de asesores financieros de Morgan Mareen. Me tienen prohibido regresar antes de que transcurran dieciocho meses en el extranjero, por aquello de los impuestos. Los actores tenemos muchas ventajas rodando dos películas fuera de Estados Unidos.

—¡Claro! Si no, te fríen y se lo lleva todo el Tío Sam.

Ava hablaba con sus amigos pero pensaba en el torero. Si hubiera podido, se habría quedado más tiempo a su lado, pero la realidad se imponía. Algún día de estos debería hablar con Frankie y zanjar todas las cuestiones que tenían pendientes.

Antes de coger el tren en la estación del Norte para ir a Pontevedra, Domingo González Lucas se había citado con un miembro del Partido Comunista en la clandestinidad. Solían quedar en la fuente del Ángel Caído del Parque del Retiro. Aunque había dormido pocas horas, a las ocho de la mañana allí estaba dispuesto a seguir apoyando económicamente a sus camaradas. Esta vez no le habían dicho la identidad del hombre con el que se tenía que encontrar. Solo sabía que acababa de entrar en España de forma clandestina. Había que darle apoyo logístico y financiero. Cuando le vio cara a cara, le conoció.

—¡Hola, Jorge! —Se sorprendió al ver a Jorge Semprún—. No sabía que eras tú al que hoy tenía que ayudar —se aseguró de que nadie le oyera.

—No me llames así, utiliza el nombre de Federico Sánchez.

—Pero si hace unos meses tenías otra identidad... Te hacías llamar... Agustín Larrea.

—Ya, pero me fui a Francia y ese nombre dejó rastro. Es posible que hoy esté entre los que persigue Franco. Federico Sánchez será mi nueva identidad.

—Está bien, ¿qué puedo hacer por ti?

—Necesito dinero y un lugar en el que esconderme hasta que consiga documentación falsa.

—Pues solo se me ocurre que vayas a mi casa y le digas a Carmela, mi mujer, que me tienes que esperar hasta mi vuelta porque tienes algo que darme.

—¿No le parecerá extraño?

—Está acostumbrada. Sabrá que le mientes, pero te tratará como a un invitado de la familia. Procura no liarla en mi casa. Quédate en la habitación de mi hijo el mayor tiempo posible. Por lo menos, hasta que te den los documentos para poder ir con tranquilidad por la calle. Júrame que no pondrás a mi familia en un aprieto. Si ves algún tipo de peligro, tenemos un armario con doble fondo; da a una habitación «invisible», te metes allí y no sales hasta que yo llegue, ¿de acuerdo?

—Tienes mi palabra. Soy el primero que no quiere que le pillen.

—Toma —le dio cinco mil pesetas—. Confío en que estés sin novedad a mi regreso. Me voy a Pontevedra.

—Muchas gracias, camarada.

Se dieron la mano y cada uno se fue hacia una salida distinta del Retiro.

Tres cuartos de hora más tarde estaba Domingo con sus maletas en la estación del Norte a punto de partir con destino a Galicia. Fue un viaje largo, en el que le dio tiempo a pensar en la propuesta que le habían hecho recientemente: quedarse con el periódico *El Litoral*. Sopesó los pros y los contras y, finalmente, pudo más el hecho de que no cerrara un diario tan crítico con el régimen. Supondría para él una plataforma desde la que escribir aquello que le viniera en gana. Siempre había soñado con poder hacerlo y no de forma clandestina. Eso también significaría que estaría más expuesto por ser el nuevo dueño del periódico. Finalmente tomó la decisión y ya no hubo vuelta atrás. Estaba deseando llegar para comunicárselo a los redactores que se lo habían propuesto. No eran muchos, pero sus familias vivían de ese trabajo. Con parte del dinero que le había dejado su hermano, les daría una inyección económica. Se ilusionó con la idea de poner en marcha una voz que no fuera la de los serviles a Franco. Ahora que, pensaba, los gallegos serían los únicos que sabrían exactamente qué estaba pasando en España. Sería algo así como una ventana abierta a la libertad.

Cuando el tren entró de noche en la estación, Domingo estaba roto de ir sentado en unos asientos de madera incómodos y estrechos. El tren se había movido con un traqueteo infernal durante todo el trayecto y la cabeza parecía que le iba a estallar. Solo deseaba poner el pie en tierra y que le llevaran al hotel. Junto a la vía, le estaba esperando uno de los periodistas más jóvenes de *El Litoral*.

—Don Domingo, soy Pedro. Encantado de conocerle. Vengo para recibirle en nombre de mis compañeros. Ya sabe que los trabajadores del diario estamos dispuestos a seguir bajo su batuta.

—Está bien. Durante el viaje me he decidido. Me haré cargo del periódico.

El chico sonrió y masculló algo para sus adentros. Se le notaba tan eufórico y agradecido que no consintió que Domingo llevara sus maletas. Se ocupó de las dos y eso que parecía que su fuerza le iba a abandonar en cualquier momento. Las noticias no podían ser mejores para los miembros de la redacción, pensó el joven mientras salían de la estación y paraban un taxi.

—Diles a todos que mañana a primera hora estaré allí. ¡Que no falte nadie! —se despidió.

Llovía con ganas en Pontevedra a esas horas de la noche. Un viaje tan largo le había despertado hambre, como puso en evidencia su estómago con un previo concierto de ruidos gástricos durante el trayecto hasta el hotel. Domingo dejó su equipaje y acudió a un bar cercano a tomar algo. Una chica se acercó a darle conversación. La invitó a una copa, pero se dio cuenta de cómo miraba su comida y, al final, pidió lo mismo para ella.

—¿Qué haces aquí a estas horas?

—Ganarme la vida de la única forma que sé.

—¿Qué años tienes?

—Veinte.

—Deberías estar en tu casa, con tus padres. La noche esconde a algunas personas que no son de fiar.

—Mi padre está en la cárcel, combatió en el bando equivocado, y mi madre está agotada de trabajar limpiando en varias casas.

—Pues has ido a dar con la persona más roja que hay en varios kilómetros a la redonda.

La cara de la chica se iluminó.

—Mi padre va camino de trece años en la cárcel. Lo cierto es que está muy enfermo y tememos que no salga jamás de allí. —La muchacha se echó a llorar.

El dueño del bar se acercó a la mesa y la increpó.

—Los clientes no están para escuchar penas. Haz el favor de irte. Aquí se viene a hacer compañía. ¿Entiendes?

—Y usted trate con más respeto a esta joven. Estamos hablando y no tiene por qué llamarle la atención. Han sido mis preguntas las que han provocado su llanto. Métase conmigo y no con ella. —Domingo se levantó de la silla.

El cantinero se retiró nada más ver sus ojos llenos de ira. Domingo no conocía el miedo y le daba igual que fuera más alta o más fornida la persona que tuviera enfrente. Su padre le había criado, como a sus otros hermanos varones, sin ningún temor a nada ni a nadie. Aquel hombre vio tal fuego en sus ojos que decidió no enfrentarse a él.

—Muchas gracias... No sé su nombre —dijo la joven.

—Domingo González Lucas. Mañana mismo espero una nota detallada con todos los datos de tu padre. Me alojo en el hotel que está enfrente. Veré qué puedo hacer. —Pensó en su hermano Luis Miguel y en sus contactos con los hilos más importantes del régimen—. Tu padre ya ha pagado suficiente por combatir en otro bando. No te preocupes. Toma, dale esto a tu madre. —Sacó mil pesetas y se las dio a la muchacha.

Ella cogió el dinero y se fue de allí corriendo. Aquel hombre podía ser el salvador que necesitaba su familia.

Terminó de cenar, pagó y se fue al hotel. Una vez allí, pensó que la historia de la chica le había espabilado. Era el momento perfecto para una partida de póquer y así recuperar el dinero que les había dado a Semprún y a la joven. Preguntó al hombre de recepción y, bajo cuerda y con mucho secretismo, le pasó una dirección donde podría jugar unas manos.

—Diga que va de mi parte... Me llamo Xuxo, pero no comente con nadie que yo se lo he proporcionado. Llame una vez al timbre y espere. Después repita dos veces seguidas su llamada, que alguien le abrirá.

—Descuide. Así lo haré.

A los diez minutos un taxi le dejaba en la puerta de una casa de ladrillos rojos cuyo portal estaba abierto. Subió al primer piso y llamó, tal y como le había dicho el recepcionista. Se percató de que alguien le observaba por la mirilla y, finalmente, aquella puerta se abrió. Una mujer entrada en años con un pañuelo negro anudado a la cabeza le saludó.

—Buenas noches. ¿En qué puedo ayudarle?

—Buenas noches. Quería jugar unas manos de póquer.

—Se ha debido de equivocar, aquí no se juega. —Hizo ademán de cerrar la puerta.

—Perdone, se ha debido de confundir Xuxo, el recepcionista del hotel en donde estoy. —Se dio la vuelta para bajar las escaleras.

—Bueno, ¡espere! En ese caso, pase usted. —Se aseguró de cerrar la puerta antes de decirle nada más—. Perdone, pensé que era usted de la Secreta.

—No, descuide... ¡Lagarto, lagarto!

Atravesaron un pasillo y aquella señora, con cara de no haber roto un plato, dio varios golpes con los nudillos en la puerta del fondo de aquel piso que olía a humedad. Después de unos segundos, se abrió. La casa escondía un tugurio donde el humo de tabaco casi se podía masticar. Unos jugaban al bacarrá y otros al póquer. Domingo no tuvo que esperar mucho para que le hicieran sitio. Comenzó la noche perdiendo y acabó de madrugada dejando sobre la mesa las últimas mil pesetas que le había prestado su hermano Luis Miguel.

Salió de allí desolado y sin un duro. Le habían desplumado las catorce mil pesetas que llevaba encima. ¡Catorce mil pesetas! Y al día siguiente le esperaban los empleados en el periódico, necesitados de una inyección de dinero. Las ilusiones de los trabajadores de *El Litoral* acababan de esfumarse en aquel tugurio clandestino. Igualmente en la plaza de toros también estaban convencidos de que cobrarían los meses atrasados al haberles anunciado su llegada. Tampoco podría pagarles. Se recriminó una y mil veces en las horas siguientes.

Desde el año 29, la marquesa viuda de Riestra y sus hijos habían vendido a don Domingo González Mateos, el padre de la saga, y a don José Miguel Montero, de La Coruña, la plaza de toros. Una plaza que su padre llevaba tiempo queriendo dejar cien por cien en sus manos. Domingo se fue hasta el hotel andando. De paso, la caminata le sirvió para despejarse y, sobre todo, para pensar qué haría al día siguiente.

El recepcionista, adormilado, le abrió la puerta del hotel. No tenía Domingo muchas ganas de conversación.

—¿Qué tal se le ha dado la noche?

—Peor, imposible. Lo malo es que me he quedado sin un duro y mañana tenía que hacer unos pagos.

—Conozco a un prestamista que le puede dar algo de dinero por el reloj que lleva. —El recepcionista tenía salida para todo.

—¿Podría estar aquí ese prestamista a las ocho de la mañana? En tres horas más o menos...

—¡Claro!

Se fue a la cama algo más aliviado. Llevaba un reloj bueno, de oro, por el que le darían algún dinero.

A las ocho en punto llamaron a la puerta de su habitación.

—Don Domingo, soy Xuxo. Ya está don Marcial abajo esperándole.

—Está bien. ¡Bajo enseguida!

Se vistió rápidamente y se encontró a Xuxo charlando con un hombre bajito, mayor de edad, vestido de traje oscuro.

—Le presento a don Marcial. Si quieren sentarse en una de las mesitas de la entrada, les sirvo un café —le dijo el recepcionista.

Domingo fue claro con el prestamista desde el primer momento.

—Tengo un reloj de oro que creo que le puede interesar.

—Enséñemelo.

Dejó su muñeca izquierda al aire. El hombrecillo se puso un monóculo y estuvo observando el reloj con detenimiento.

—Es un reloj suizo... Le puedo dar por él cien pesetas.

—¿Cree que estoy loco? Solo por el oro que lleva puede costar quinientas pesetas.

—O lo toma o lo deja. Le doy doscientas pesetas. Ni una más ni una menos.

—Si me da trescientas, es suyo. Sé que pierdo dinero, pero usted sabe que lo necesito.

—Trescientas pesetas me parece mucho, pero me gusta la

maquinaria suiza. —Sacó un fajo de billetes y le dio trescientas pesetas.

Domingo se quitó el reloj y se lo dejó al hombre encima de la mesa de forma despectiva.

—Al menos invite usted al café.

Se levantó y se fue del hotel.

Media hora después estaba en la redacción y el taller de *El Litoral.* Le esperaba toda la plantilla, formada por el maquetista, el apoderado, el copista, dos jóvenes que aprendían el oficio de periodista y el director.

—Buenos días a todos —les saludó sonriente. Sus ojeras parecían mitigadas. Los trabajadores del periódico le ofrecieron rápidamente una silla, pero él prefirió seguir de pie—. El único periódico disidente de toda España, no voy a dejar que se cierre. Ya se lo digo a ustedes. —Todos sonrieron y comenzaron a hablar entre ellos—. ¿Qué periodicidad tiene?

—Sale tres veces por semana —explicó Alejandro Milleiro, que era el apoderado general y tan de izquierdas como Domingo. Había combatido en el Frente Popular durante la guerra.

—Pues seguiremos saliendo los mismos días y con la misma filosofía: ser una voz libre entre tanta bazofia en letra impresa. —Su idea era que el Partido Comunista tuviera un altavoz por el que difundir su ideología—. Alguien tiene que contar la verdad en esta nación de borregos, y seremos nosotros los que digamos las barbaridades que están cometiendo Franco y sus adláteres. Vamos a ser la voz del pueblo, de los parias, de los que han perdido la guerra. Para eso necesito todo el esfuerzo que hacían ustedes multiplicado por dos.

—Don Domingo, aquí tenemos clara la filosofía, lo que nos falta es aceite para engrasar la máquina. No tenemos ni un duro. Los propietarios quieren vender o cerrar. Esto ya no da más de sí.

—Pues díganles a los propietarios que me comuniquen el precio final. Yo he venido aquí para informarles de que no les voy a dejar en la estacada, pero también les diré que deseo que se mojen.

—Hasta ahora hemos ido sorteando la censura como buenamente hemos podido. Soy el director.

—¿Es usted el señor Andín?

—Sí, para servirle. —Le tendió la mano.

—Pues tengo que felicitarle. Conmigo, espero que vayamos un poco más allá. Ustedes ya han cruzado la línea roja y vamos a seguir por ese camino.

—Yo solo le quiero decir que nuestras familias comen de nuestro trabajo. Lo único que queremos es seriedad y también cobrar a fin de mes.

—Por eso no se preocupen. Sigan como hasta ahora con noticias nacionales e internacionales. Franco quiere granjearse la amistad de los americanos y ahora no se atreverá a cerrarnos. Estará más preocupado de no quedarse aislado que de nuestro periódico. Ahora solo llevo trescientas pesetas encima. —Sacó la cartera—. Estoy esperando un giro que todavía no me ha llegado. Mañana les daré a todos un anticipo.

—Muchas gracias, don Domingo —dijo el director.

El mayor de los Dominguín salió de allí camino de la plaza de toros. Se repetía a sí mismo que debía encontrar el dinero para pagar a esa gente costara lo que costara. Sudaba como si fuera verano, y eso que en Pontevedra la lluvia y la humedad no daban tregua. Todavía le quedaba hablar con el personal de la plaza, que llevaba más de un mes sin cobrar. Cuando estuvo frente a frente con ellos, les dijo lo mismo que a los trabajadores del periódico.

—En cuanto me llegue el giro, pagaré las deudas que tiene la empresa con ustedes. Mientras tanto, sigan con su trabajo. Además, tengo pensado traer también espectáculos no taurinos. Estoy en negociaciones con Xavier Cugat para que venga de gira a España y, si podemos, nos lo traeremos también aquí, a Pontevedra, con su orquesta.

La idea fue muy aplaudida por el personal de la plaza, que lo que deseaba era mayor actividad, taurina y no taurina.

Cuando se fue de allí, ya tenía una idea en la cabeza. Tan deprisa como pudo llegó a la calle donde la noche anterior le habían desplumado por completo. Siguió los pasos que le dijo Xuxo, el recepcionista: llamar primero una vez y después dos veces seguidas. No tardó mucho en abrir la misma mujer de la noche anterior.

—Buenos días, quisiera saber si puedo pasar a... usted ya sabe.

—No son horas. Tendrá que esperar a la noche. Hasta las nueve aquí no encontrará a nadie.

—Está bien. Regresaré esta noche.

—¡Vaya usted con Dios! —La señora del pañuelo negro cerró la puerta.

Estuvo merodeando por los alrededores durante todo el día. No tenía ni reloj para saber qué hora era. Cuando oscureció, volvió a hacer la misma operación.

—Buenas noches, llega el primero pero pase, pase —le dijo la mujeruca con acento gallego.

Domingo empalmaba un cigarrillo con otro esperando a sus compañeros de timba. Confiaba en que acudieran los mismos que la noche anterior le habían dejado sin blanca. No tardaron en llegar, y se sentó con la intención de poner a prueba de nuevo su suerte. Se lo jugó todo, las trescientas pesetas que llevaba, y las primeras mil llegaron rápido a su mano. Estaba en racha. Se lo decía el corrillo que se formó en la mesa después de varias manos sin perder. Alguien le insinuó al oído que parara, pero no atendió y quiso seguir hasta superar las catorce mil que había perdido el día anterior. Uno de los jugadores se fue enfadando a medida que perdía y comenzó a blasfemar. La mujer del pañuelo le invitó a que se fuera.

—La noche se te dio mal, vete ya a casa. —Parecía que le conocía mucho.

—Ayer perdí todo lo que llevaba encima. La suerte es así de caprichosa —comentó en voz alta.

Cuando recuperó las veinte mil que le había dado su hermano, paró de golpe y dijo que se iba de allí. Recogió apresuradamente el dinero y se lo metió como pudo en los bolsillos de la chaqueta.

Iba eufórico por la calle, contento con el cambio que había dado su suerte en tan solo unas horas. De pronto, sintió que alguien le seguía y aceleró el paso. Un taxi circulaba cerca y lo cogió a la carrera. Se alejó de allí con intención de no volver. El azar le daba una segunda oportunidad para solucionar los problemas económicos de muchas personas.

27

Cuando Domingo bajó a recepción, la joven que había conocido en el bar la noche anterior le estaba esperando. Sonrió
tímidamente.

—Me alegro de verte. Espera un momento, ¡Xuxo, tomaré
un café con esta joven! Por cierto —le susurró al oído al recepcionista—, llame al usurero de ayer, que quiero recuperar
mi reloj.

—No faltaría más.

Se sentaron en una de las mesitas del hotel.

—Tome, don Domingo. Estos son los datos de mi padre.
Si puede hacer algo por él, mi madre y yo le estaremos eternamente agradecidas. —Le pasó un papelito pequeño doblado a
la mitad con el nombre y la cárcel donde se encontraba su
padre y un teléfono.

—Veremos lo que puedo hacer. —Se lo guardó en el bolsillo del pantalón—. Tienes mejor aspecto que la otra noche.

—Muchas gracias. No le quiero molestar más. Le he dejado un número de teléfono de una vecina. Si tiene alguna
novedad, allí nos puede dejar recado. Nunca olvidaré lo que
está haciendo por mi familia.

—¡Ojalá muy pronto tenga buenas noticias!

La joven salió del hotel y Domingo se quedó solo tomando un café con magdalenas. El prestamista, don Marcial, ves-

tido de negro como el día anterior, no tardó en aparecer por allí.

—Me han dicho que quería usted recuperar su reloj —le dijo, encaminándose despacio hacia la mesa.

Domingo le hizo un gesto para que se sentara.

—Sí, quiero mi reloj. —Dio un sorbo al café.

—Parece que los problemas monetarios se le han solucionado.

—Sí, así es.

—Pues aquí lo tiene. —El prestamista lo llevaba en la muñeca.

Domingo sacó del bolsillo trescientas pesetas y se las dejó encima de la mesa.

—Aquí falta dinero —dijo don Marcial.

—No falta nada. Trescientas pesetas me dio, trescientas le devuelvo a usted.

—Pero ahora vale más. Son quinientas.

—Usted fue el que dijo que no valía más de trescientas pesetas.

—Si lo quiere recuperar, son quinientas. Tenía usted razón. Hablamos de un reloj suizo y con una maquinaria que no se ve por aquí.

Domingo se levantó de la mesa... y sacó del bolsillo de la cartera doscientas pesetas más.

—Tome y haga el favor de devolverme mi reloj.

El prestamista se aseguró primero de que el dinero quedaba a buen recaudo en su bolsillo y después se quitó el reloj de la muñeca.

—Es usted un ser despreciable. Se aprovecha del necesitado para hacer negocio. Saca partido de la pobre gente que se ve apurada... Con personas así no quiero ni compartir un café. Espero que se vea algún día en una situación difícil y se comporten con usted como se merece. En el fondo, las personas como usted me dan asco.

Cogió su reloj y se fue de allí. Le quedaban muchas cosas por hacer esa mañana. Se había despachado a gusto con el usurero. No soportaba las injusticias ni a los aprovechados.

Aquel día se proponía tapar alguno de los agujeros que tenía pendientes. Le pareció que la suerte estaba de su parte en esa mañana en la que, por fin, lucía el sol en Pontevedra.

Ava Gardner se despidió de sus amigos en Barajas y fue hacia el avión que la llevaría de regreso a la capital inglesa. Un grupo de fotógrafos y periodistas la esperaba a pie de escalerilla para hacerle las últimas fotos en España. Uno de ellos comenzó a preguntar.

—¿Cuándo volverá a España?

—Espero que muy pronto. Ese es mi deseo.

—Se la ha visto mucho en compañía de Luis Miguel Dominguín.

—Sí, nos hemos hecho buenos amigos...

—¿Eso quiere decir que su relación con Sinatra está rota?

Hizo como que no entendía y subió por la escalerilla del avión sin contestar. Antes de entrar en el aparato, se giró y les dedicó una última sonrisa.

Durante todo el viaje a Londres fue con los ojos cerrados. Pensaba una y otra vez que vivir en un hotel durante el rodaje sería una tortura. Necesitaba tener la sensación de regresar a un hogar. Creyó que era la más desafortunada de las mujeres a pesar de que muchos la envidiaran. Tener unos rasgos perfectos se había convertido para ella en su propia cárcel. ¡Qué ironía! Algo parecido le ocurría a Robert Taylor, con el que se iba a encontrar en unas horas. Deseaba ser una mujer como las demás. No había conseguido formar un hogar con ninguno de sus tres maridos. Sus padres, con todas las necesidades y problemas que habían sufrido durante toda su vida, sí lo habían logrado.

«Mis padres se querían. Ahí está la clave. Los dos se respetaban y se necesitaban», pensaba mientras el vuelo transcurría con total normalidad.

Sintió un enorme vacío y una sensación terrible de no importar a nadie.

«¿Si este avión se cae? ¿Quién me echará de menos?», se preguntaba en ese soliloquio que mantenía consigo misma.

Su pesimismo iba en aumento a medida que el avión se acercaba al destino. Se dijo que había que poner fin a esa situación hablando con su marido.

Dos personas del equipo de producción la esperaban en el aeropuerto para llevarla al hotel con sus maletas.

—Por favor, quiero que me busquéis un apartamento. Me volveré loca si durante todo el rodaje tengo que dormir en un hotel.

—Se lo diremos a nuestro jefe, Pandro Berman, pero no habrá ningún problema. Robert Taylor ha pedido lo mismo y le estamos buscando uno. Intentaremos localizarte otro que esté próximo al suyo.

Aquella respuesta tan favorable le hizo modificar el humor avinagrado que traía del viaje.

Llegaron al hotel y en recepción solicitó al recepcionista una conferencia con Estados Unidos. Estuvo deshaciendo la maleta y fumando mientras llegaba esa conexión telefónica. Finalmente, sonó el teléfono en su habitación.

—¿Nena, eres tú?

—Frankie, soy yo, Ava.

—¡Hola, nena! Llevas tres semanas huida. No te imaginas cómo te he echado de menos. Casi no puedo respirar.

—No mientas, te habrás acostado con todas las fulanas que te hayas encontrado a tu paso. Quería decirte que esta situación para mí es insostenible... Quiero...

—*I've got you under my skin...* —comenzó a cantar a través del teléfono—. *I've got you deep in the heart of me. So deep in my heart that you're really a part of me.** Estoy repitiendo esta canción una y otra vez mientras pienso en ti.

—¡Oh, Frankie! Si fuera real lo que estás diciendo, sería la mujer más afortunada del mundo, pero no es así.

—*I've got you under my skin. I'd tried so not to give in. I said to myself: this affair never will go so well. But why should I try to resist when, baby, I know so well I've got you under my skin?*** —continuó cantando la canción de Cole Porter.

Se escuchó un llanto desconsolado al otro lado de la línea telefónica. Era Ava, que no podía ni hablar. Decidió colgar el auricular y seguir llorando con desconsuelo tumbada en la cama del hotel.

Su confusión no podía ser más grande. Su marido ahora aparecía ante ella como el hombre más romántico del mundo. La cantaba con tanto *swing*, entonando con tanto sentimiento, que en segundos destruyó de nuevo todas sus decisiones. Volvía a poner patas arriba su vida. De un plumazo acababa con sus nuevas ilusiones. Aparecía seduciéndola cuando ella pretendía acabar con su matrimonio. Volvía el monstruo de la indecisión sobre ella. Así había sido desde el principio su relación con Sinatra. Pasión y destrucción. Una relación de extremos y ella ya estaba agotada. Necesitaba estabilidad.

El teléfono volvió a sonar. Estaba segura de que sería Frankie. Después de dudar unos segundos, descolgó.

—¿Sí? —No dijo más, esperando que hablaran al otro lado del auricular.

---

* «Te tengo bajo mi piel, te tengo en lo profundo de mi corazón, tan profundo en mi corazón que realmente eres parte de mí».

** «Te tengo bajo mi piel. He tratado de no ceder y me dije: este romance no funcionará. Pero ¿por qué debería resistirme cuando, nena, sé perfectamente que te tengo bajo mi piel?».

—Ava, no cuelgues. Te necesito a mi lado. Por favor, dime que todavía me quieres. Dame una oportunidad. Te demostraré que he cambiado. Las cosas vuelven a irme bien. Mi mala racha ha pasado. Nena, no me dejes ahora.

—Frankie, no te imaginas el daño que me haces. Cuando creo que lo nuestro no tiene sentido, vuelves como si nada hubiera pasado entre nosotros, como si no nos hubiéramos hecho daño, y tú sabes que hay heridas que no van a cicatrizar nunca. ¡Mierda! ¿Por qué apareces así, con tu cara más amable?

—Porque me he comportado como un jodido gilipollas. Te pido perdón. Una última oportunidad... He vuelto, nena. He vuelto a ser yo. Me han organizado una gira de tres meses por Europa. Podremos estar juntos. Eso me ilusiona y creo que recompondrá los trozos que están rotos de nuestro matrimonio.

—¿Cuándo tienes pensado venir?

—La semana que viene.

—¿De verdad? —Ava se sorprendió de volver a verle tan pronto—. ¡Pero si tengo el rodaje de la infame película que voy a hacer! —se lo dijo para hacerle ver que no estarían juntos.

—Seguro que te las arreglas para pedir un tiempo para estar conmigo. Habla con la Metro.

—Hablaré con el director. Pero, Frankie, no habrá más oportunidades. Te juro que será la última. ¿Me oyes?

—Nena, no te fallaré. Por aquí ya están hablando de que la nueva película será mi recuperación. *De aquí a la eternidad* me devolverá a la cima. Es lo que necesitaba. ¿Entiendes? Se acabaron mis depresiones y mis malos modos. Además, en Capitol Records dicen que estoy cantando con más fuerza, la voz se me ha hecho más grave... y tengo una sorpresa para ti. Me han cambiado la imagen.

—¿Sí? Espero que no metan la pata como conmigo, que ya no me reconozco ni yo misma.

—Han desaparecido mi pelo rizado y la pajarita en el escenario.

—¿Cómo vas entonces?

—Ya lo verás, ya lo verás... Estoy deseando abrazarte y amarte, nena. Quiero que te vuelvas a enamorar de mí. Será nuestra segunda luna de miel.

—Frankie, se me ha endurecido el corazón. Tendrás que hacer esfuerzos para recuperarme.

—Espérame en Londres la semana que viene y después confío en que me puedas acompañar por Italia.

—Lo voy a intentar.

Frankie comenzó a tararear la canción con la que la había sorprendido al comienzo de la conversación.

—*I love you...* —le dijo cuando acabó.

Sinatra se despidió y Ava se quedó con la mirada fija en la nada. Otra vez se veía sola en un hotel y dispuesta a darle una oportunidad a su marido.

—¡Eres una estúpida y una necia! —se dijo a sí misma en voz alta. Cogió uno de los ceniceros que había en la habitación y lo lanzó contra la pared. Se echó a llorar... Al rato alguien llamó a su puerta.

—Ava, soy de producción. Te esperamos abajo en media hora. Te pide el director que no les hagas esperar. La prueba de hoy parece importante.

—Está bien... En media hora.

Se cambió de ropa en un tiempo récord, se lavó la cara con agua fría, se pintó los labios de rojo y, antes de salir, se perfumó. Los dos productores que habían ido al aeropuerto la esperaban para llevarla a las pruebas. El director ya estaba en compañía de Robert Taylor y Mel Ferrer, que iban a interpretar el papel de Lancelot y del rey Arturo, respectivamente. Los saludó efusivamente a todos. Aunque la película fuera mala, existiría buen ambiente.

Mientras las costureras ajustaban los trajes, poniendo y

quitando alfileres a aquella ropa tan regia y pesada, se acercó a hablar con Richard Thorpe.

—¿Cuándo empezaremos a rodar?

—La semana que viene. Primero, comenzaré a grabar exteriores y alguna de las escenas de armaduras para, finalmente, rodar los diálogos.

—Si no te soy necesaria, ¿me podrías dar libre esos días en los que yo no salgo? Viene Frankie a una gira por Europa y quiere que le acompañe. No te niego que entre nosotros no andan bien las cosas y ese tiempo serviría de alguna manera para ver si nuestro matrimonio tiene alguna solución.

—Por mi parte no hay problema si dejas resuelto todo el tema del vestuario esta semana y repasas tus escenas en voz alta con tus compañeros de reparto.

—Muchas gracias, Richard. Me pondré a ello y me escaparé solo unos días. Dejaré todo listo.

Ava había pasado de la tristeza más absoluta a estar eufórica. En el fondo, le hacía ilusión reencontrarse con Frank. Se preguntaba si sería verdad que había cambiado. Ella no había dejado de amarle, pero la convivencia con él parecía imposible. Lo de «la segunda luna de miel» resonaba en su cabeza una y otra vez.

—Ava, hemos encontrado un apartamento para ti en Regent's Park. Creo que es lo que deseabas —le dijo Tom, uno de los dos productores que estaban pendientes de todos los movimientos de la actriz.

—Realmente maravilloso. ¿Cuándo podré trasladarme?

—A partir de mañana, cuando quieras.

Se ilusionó con la idea de instalarse lo antes posible para que, cuando llegara Frank, ya tuviera todo organizado. La posibilidad de vivir como si estuvieran en casa le parecía estupenda. Esta sí que sería realmente una prueba definitiva para ambos.

Durante esos días no paró de comprar cacerolas, platos,

comida... En algunos momentos le daba la sensación de que era como el resto de las mujeres. Aquello tan cotidiano y normal le parecía extraordinario. Deseaba que esas cuatro paredes tuvieran calor de hogar. Puso cuadros, jarrones con flores, sábanas nuevas, colchas... Ya no habría otra oportunidad. Sería la última.

28

Antes de ir a casa de su hermano Domingo para saber cómo habían ido las cosas por Pontevedra, Luis Miguel se fue a comer con su amigo Juan Antonio Vallejo-Nágera a casa Botín, en la calle Cuchilleros. Un restaurante que antes había sido posada en la zona más castiza de Madrid. Casi tres siglos después seguía convertido en un lugar de referencia para intelectuales y artistas nacionales y extranjeros. Amparo Martín y Emilio González habían conseguido relanzarlo de nuevo después de la Guerra Civil. El escritor norteamericano Ernest Hemingway tenía allí su propio rincón desde que visitó Madrid por primera vez; y Luis Miguel Dominguín igualmente ocupaba siempre la misma mesa en uno de los salones más íntimos con los que contaba el histórico restaurante.

Cuando entraron, les recibió el hijo del dueño, Antonio González, y les pasó a la primera planta. El olor que salía del horno de leña —donde se asaban once cochinillos a la vez— les abrió el apetito.

—Tengo que traer aquí a Ava la próxima vez que venga a Madrid.

—Parece que te ha dado fuerte —le dijo el doctor.

—No pensé que la echaría tanto de menos. Es una mujer muy, muy especial.

—¿Y la azafata que te trajiste de Venezuela pasó a la historia?

—¡No seas cabrón! Oye, hemos venido para hablar del viaje a Cannes. Tú y yo iremos en avión. Cigarrillo, Chocolate y, precisamente, Noelie se trasladarán en coche. Por lo tanto, tendrán que salir el lunes. Nosotros no tenemos tiempo como para hacer un viaje tan largo. Cogeremos el avión a mediodía del miércoles. Así estaremos sin problemas en la gala de la noche. ¿Te parece?

—Estupendo. Ya sabes que me encanta viajar y soy un gran cinéfilo.

—Me invitan con un acompañante. Harás de *partenaire* en el avión y así daremos que hablar a la gente.

—Te encanta, ¿eh?

—Ya sabes: «Que hablen de uno, aunque sea mal». Oye, ¿tu loco sigue pensando que es el auténtico Luis Miguel?

—Sí. Nadie va a conseguir hacerle cambiar de opinión. Así que tú tendrás que admitirlo. Para los restos será él.

Se echaron los dos a reír. Vino el camarero y encargaron una sopa al cuarto de hora y un plato de cochinillo.

—¿Sabes? Me han dicho que el escritor Ernest Hemingway vendrá a España este año. Habrá que ver si le dejan pasar.

—Pues si regresa, ten por seguro que irá a los sanfermines.

—Hace poco leí una entrevista en la que pedían que analizara a algunos toreros y ¿sabes lo que dijo de ti? Pues que tenías una personalidad a caballo entre Hamlet y don Juan. Y que sepas que ya te estoy analizando. —Luis Miguel soltó una carcajada y el doctor continuó—: No te rías. Por un lado, te planteas constantemente tu ser o no ser...

—Yo soy torero, eso lo tengo clarísimo. En ese terreno no tengo dudas; lo demás no me interesa tanto como para tenerlo claro.

—¿Y tu afán por conquistar a todas las mujeres que te parecen interesantes?

—Te equivocas... A veces también las que no lo son.

Ahora rieron los dos con ganas.

—A mí no me la das. Eres mucho más profundo que la imagen que quieres dar.

—Mira, los artistas somos un poco lo que los demás quieren que seamos. Nos analizan y luego nos atribuyen tantos prodigios como a los dioses. Conocernos resulta imposible hasta para nosotros mismos. Uno acaba, si no anda con mucho tiento, por no distinguir la fábula de la realidad. Para tener los pies en la tierra, hace falta una buena familia y buenos amigos, como tú.

—Lo que os hace perder la cabeza a los artistas y a los toreros es el dinero.

—Fortuna sí que tengo: la de tener una fe inquebrantable en mí mismo. Los que dan importancia al dinero, si algún día son ricos, verán que tiene menos importancia de lo que parece. Ganarlo es divertido, pero gastarlo me resulta muy aburrido y conservarlo es casi imposible.

Llegó la sopa al cuarto de hora y dos platos más que no habían pedido.

—Estos camareros son muy amables, pero nos quieren matar. ¡Seguro! —afirmó Luis Miguel en voz baja.

Probaron la sopa de pescado y cogieron un par de croquetas y varios pinchos de morcilla que les habían servido como gentileza de la casa. Continuaron su charla.

—Si sigues con la actriz, lo mismo te pica el gusanillo y te metes a actor, como Cabré.

—Ni me lo menciones. No siento ningún deseo de hacer *El holandés errante* segunda versión, ni aunque me aseguren un gran éxito. Preferiría enseñar al público de dentro y al de fuera el verdadero sentido de la fiesta, lo que tiene de humano y de inhumano, de grandeza y de miseria, pero sin topicazos. Seguramente, eso puede que nunca les interese a los directores y mucho menos a los productores.

Tomaron vino entre plato y plato. De repente, los dos comensales comenzaron a sudar.

—Nuestro estómago está trabajando más de la cuenta —dijo el doctor.

—Un día es un día. No pienses tanto en nuestra salud. Dale una oportunidad a la vida.

—Hablas como un adolescente.

—Bueno, teniendo en cuenta que nací a los cinco años, debo serlo. —El médico se extrañó de lo que decía—. No pongas esa cara. Yo nací a los cinco años, que es mucho nacer —se rieron y el torero continuó—: Los chinos acostumbran a sumar a la edad los nueve meses del embarazo. Mi amigo Salvador Dalí confiesa tener recuerdos intrauterinos. Lo mío es al revés. Nazco muy tarde, muy hecho. ¡A los cinco años!

—A esa edad la memoria empieza a fabricar recuerdos.

—Exacto. De antes no queda nada en mi memoria. Apenas la aventura de que, a los tres años, descendí una noche de mi cuna, fui hasta la cocina y me preparé un biberón. Regresé a mi lugar de descanso, me alimenté y me eché a dormir. ¿Qué te parece?

—Seguramente ese episodio, que te define mucho como ser individualista y autosuficiente desde que eras un niño, te lo habrán contado tantas veces que está en tu recuerdo. Sinceramente, hasta los cinco nuestras vivencias no se nos quedan grabadas.

—Puede que tengas razón, porque esa anécdota me la han contado en casa hasta la saciedad. Bueno, quiero que me digas por qué mi comportamiento cambia mucho de vivir en la ciudad a estar en el campo. No soy el mismo.

—Consideras el campo tu medio natural y te sientes más tú, ¿verdad?

—Le pasa igual a Ava. En las ciudades me comporto como un animal depredador. Me defiendo. Pero en donde estoy a mis anchas es con la naturaleza. Fíjate, sé hablar al perro en su idioma, conectar con la arisca soledad del gato, entiendo los códigos del ciervo o de los pájaros. Desde niño fui así.

—Debes pasar cuanto antes por mi consulta, ¡guau, guau!
—Otra vez sonaron las risas en el restaurante—. Lo más interesante de tu comportamiento —continuó el psiquiatra— no tiene que ver con los animales, sino con las mujeres. Ahí sí me gustaría estudiarte.

—Querido doctor, nunca te lo he contado —seguía en tono de humor—, pero la culpa la tienen Pilarín y mi primera experiencia amorosa.

—Esa sí que no me la sabía... ¡Cuenta, cuenta!

—Pilarín era mi vecina y yo la consideraba como mi novia. No me la podía quitar de la cabeza, y Teófila, la criada que tenían mis padres, me ayudó a redactar una carta de amor. En ella le preguntaba si quería ser mi novia.

—¿Y te dio calabazas?

—No, mucho peor que eso. Me aceptó como novio y me sentí un triunfador. Un día vino a jugar a casa y se fue con mis hermanos mayores sin mediar palabra. Ahí empezaron mis males, ¿te das cuenta? Yo se lo prohibí a Pilarín y no me hizo ni caso. —No paraba de reírse.

—De modo que tu querencia hacia el sexo femenino viene por la primera frustración provocada por Pilarín.

—Sí, porque además me puse malísimo. Decepcionado de que no me hiciera ni caso, me subí al cuarto de mi padre, le cogí un cigarrillo y me encerré en el baño para fumármelo. Luego tuvieron que tirar la puerta porque me desmayé e hice un ruido tremendo. Perdí el conocimiento. Ya ves qué mal me sentó aquella decepción.

—Desde entonces prefieres quererlas a todas, porque no sabes qué amor puede ser el verdadero y, así, no te equivocas. Y todavía peor, si una te abandona, siempre tienes repuesto... Lo tuyo va más allá de don Juan, por lo menos en tu «currículum» no hay una novicia.

—Pues, mi querido amigo, te equivocas. En uno de los azarosos viajes a América, nos vimos obligados a navegar por el río Magdalena en un barco que se llamaba el *Pinchincada* y los pasajeros eran de todo pelaje. Y en él viajaba un misionero español, navarro, y una novicia que estaba para profesar los hábitos. Era una mestiza con rasgos indios. Yo llevaba encima un ocelote, regalo del ganadero colombiano Benjamín Rech.

—¿Para qué metes en esta historia al ocelote? Estás peor que mi paciente.

—Tiene mucho que ver, porque se me escapó, y dio la casualidad de que fue a parar al camarote de la novicia...

—¡Ya! Yo conozco esas casualidades —dijo Vallejo-Nágera divertido.

—Casualidad, sí. El caso es que ella me dejó pasar y además hacía mucho calor... Bueno, acabamos sudando todavía más de lo que habíamos sudado al vernos. Yo luego me quería casar con ella, pero el misionero no me dejó. Me mandó a paseo.

—Mira, Miguel, lo tuyo es para escribir un libro. A mí no me cuentes esas cosas. Tú sabes que soy religioso.

—Lo sé, tú eres religioso por ti y por mí.

—Tengo que conseguir que reces.

—Ya te digo que se trata de una misión imposible. A lo máximo que he llegado ha sido a hacer la señal de la cruz antes de irme a torear y decir eso de: ¡que Dios reparta suerte!

—Algo es algo. Además, llevas siempre estampas, escapularios y un Cristo de tu padre en tus corridas, me lo ha dicho Miguelillo. Tú crees más de lo que dices.

—Lo hago para tranquilizar a mi padre. Nada más. El día que mi padre no me acompañe, no llevaré nada. Bueno, su Cristo y poco más.

—Eres un caso perdido, pero yo no desisto. Alguna vez he hablado de este tema con tu madre y está convencida de que tienes tus devociones íntimas que jamás vas a confesar.

—No le voy a llevar la contraria. Doña Gracia es la única mujer que puede decir lo que quiera sobre mí y yo darle la razón.

—Pues ella me aseguró que has regalado algún capote de paseo para hacer mantos a la Virgen de algún pueblo y que tú nunca has querido que se supiera.

—Bueno, soy un ser contradictorio. Ya lo sabes. Pero te confieso que me gustaría tener tu seguridad de que después de esta hay otra vida. Lo único que me resulta interesante es saber si después de la muerte sucede alguna cosa que no nos haya pasado antes. Sin embargo, he decidido esperar para intentar tener esa certeza. Si un día sintiese apremio, me quitaría la vida. Lo haría sin tragedias, sin hacer discursos para justificarme. Como dice un gran poeta: «La vida es triste. Pero, aunque triste, de todo lo que conocemos, me parece lo mejor». La muerte forma parte de la vida.

—La muerte hay que dejarla que escoja a cada uno, no debemos salir a su encuentro antes de tiempo.

—Mira, Juan Antonio, hay un intercambio constante entre la vida y la muerte. Por ejemplo, ahora que estamos comiendo, se está produciendo un intercambio. Me explico, nos debemos alimentar, pero, al mismo tiempo, tenemos la obligación de nutrir la tierra, de proporcionar células nuevas a los animales y a las plantas. De la única cosa que estoy seguro es de que la muerte nos frena, se convierte en el stop de la vida.

—Otros estamos convencidos de que es la puerta hacia otra vida mucho mejor que esta.

—No te lo niego. Incluso te reconozco que puede que exista otra vida mejor, pero no he conocido a ningún creyente que prefiera morir a seguir viviendo. Cuando el papa está enfermo, procura curarse. Dice que está en acto de servicio en el mundo, pero tampoco quiere morirse.

—La vida solo la puede dar y quitar Dios. Nuestra obligación es vivir. Se trata de un regalo del Creador. No debemos tentar a la muerte.

—Mira, tengo menos miedo a la muerte que a hacer el ridículo en una plaza de toros.

—Ya vuelves a tu terreno.

—No te niego que me gustaría creer, pero no puedo.

—Dame tiempo a curar esas heridas que tienes de tantos años de ateo.

—Lo mío no tiene cura, pero, te corrijo, de agnóstico.

Apuraron el cochinillo que se deshacía en la boca. Sin embargo, no fueron capaces de acabar el postre de arroz con leche. La comida fue una excusa para verse y hablar. Los dos amigos se apreciaban y se conocían sobradamente. Quizá era con el único que Luis Miguel se sinceraba y se mostraba sin doblez alguna. Les ofrecieron sumarse a la tertulia de intelectuales que se formaba cada tarde en Botín, pero declinaron la invitación. Los dos tenían compromisos y citas previamente concertadas. Quedaron para coger el avión el miércoles a la una de la tarde. Dominguín advirtió al médico de que tendría que buscarse y pagarse un alojamiento allí.

—Ya encontraré alguna pensión. No te preocupes.

Se despidieron. Luis Miguel se fue para Ferraz y el doctor, a su hospital. Para el torero, más que una comida, aquel almuerzo había sido como una terapia. Su amigo conseguía liberarle de sus monstruos.

Se dio una buena caminata desde la plaza Mayor hasta la casa de su hermano. Necesitaba dar vueltas a todo lo que había hablado con su amigo. Encendió un cigarrillo y procuró caminar a paso ligero. Cuando llegó al número 12 de la calle Ferraz, se fue directo a casa de su hermano mayor, sin pasar por la de Pepe. Carmela, su mujer, le recibió y le puso en antecedentes.

—Está reunido con un grupo de personas en la habitación invisible.

—¿«Pecés gordos»? —preguntó, guiñándole un ojo.

—Me temo que sí. Uno de ellos ha estado aquí varios días mientras tu hermano se encontraba de viaje en Pontevedra.

—Mientras no os meta a vosotros en un lío...

—Le han traído una máquina pesadísima para imprimir y la ha metido en esa habitación donde permanecen reunidos. Pero de lo de la multicopista todos estamos al cabo de la calle. ¡Hasta los vecinos! ¿Sabes el muerto que ha metido en casa?

—A ver qué planes tiene en la cabeza. Voy a entrar ahí. Solo he venido para que me diga si pagó las deudas de la plaza con el dinero que le di.

Carmela se encogió de hombros. Luis Miguel dio unos golpes en el falso fondo del armario y entró sin esperar a que alguien le diera permiso para pasar.

—Buenas tardes a todos...

—Mi hermano Luis Miguel —les explicó a los cinco del Partido Comunista que se habían dado cita en su casa.

Todos se callaron de golpe y alguno incluso se quedó pálido.

—Con este no hay peligro, aunque sea amigo de Franco —explicó Domingo.

—Más bien al contrario, soy el que os saca de chirona cada vez que os pillan.

Se echaron a reír. Jorge Semprún se levantó a saludarle. Se conocían de tiempo atrás.

—¿Qué? ¿Arreglando el mundo?

—Al menos lo intentamos.

—No me niegues que, en el fondo, a vosotros os gustaría estar en el poder.

—Aunque no nos creas, justamente, lo que no nos gusta es el poder —salió el hermano a replicarle.

—¡Exacto! —añadió Semprún.

—¿Qué decís? Lo único importante es el poder. Ocurre que sois visceralmente hombres de la oposición, de la lucha contra el poder. Hoy estáis en contra de Franco, pero si mandase Carrillo, os pondríais también en contra de él. Yo, en cambio, como no tengo tiempo para ocuparme de la política, no sé cuáles serían los mejores o los peores. Pienso que el mejor llega al poder porque se trata del más inteligente. De ahí que yo siempre esté al lado de los que mandan.

Los miembros del Partido Comunista se miraron entre ellos. Se les notaba incómodos, pero no replicaron.

—Os dejo rápido —continuó—, que imagino que tenéis que conspirar. Solo deseo saber cómo te ha ido en Galicia y si hiciste los pagos en la plaza.

Semprún se dio cuenta de que el dinero que había recibido tan rápido de Domingo debía de proceder del bolsillo del torero sin que este lo supiera.

—¿Me perdonáis un momento? Voy a hablar con mi hermano a solas. Vuelvo enseguida —les dijo Domingo a sus compañeros.

Salieron de aquella habitación camuflada en la que los dos sabían qué estaba pasando. Se fueron hasta el comedor atravesando de nuevo la falsa puerta del armario.

—¿Qué piensas hacer con ese armatoste que has metido en tu casa?

—No, nada.

—A mí no me engañas. Vas a hacer pasquines y nos vas a comprometer a todos como te pillen. Eres un jodido loco. ¡El día que te metan a ti en la cárcel nos arrastras a todos!

—No seas exagerado. A ti, con tus amistades, no hay quien te tosa.

—Las amistades esas te dan la espalda con la misma facilidad con la que te abren sus brazos. Esto es así. No me toques las narices. Bueno, ¿qué has hecho con mi dinero?

—Nada, han quedado casi todas las deudas de la plaza de toros saldadas.

—¿Por qué casi todas? Te llevaste un dineral.

—Todas, todas, es imposible.

—¡Pero si te llevaste veinte mil pesetas! Con eso les pagas la nómina de todo un año.

—Bueno, he hecho otros pagos entre medias.

—Ya estamos...

—Sí, he comprado un periódico: *El Litoral*, y además he echado alguna manilla por ahí. Por cierto, mira a ver qué puedes hacer por esta persona —le entregó el papel que le había dado la joven en Pontevedra—. Lleva trece años encarcelado sin ningún delito de sangre.

—Bueno, eso te dicen, pero a saber qué habrá hecho el angelito.

—Si conocieras a su hija, le ayudarías seguro. Necesita un empujón para salir de la cárcel. Tú se lo puedes dar.

—Está bien, veré qué se puede hacer por él. Pero, dime, ¿te ha sobrado algo del dinero que te di?

—No, nada absolutamente. Ya te he dicho que cuando tengamos varios pagos de las distintas plazas que regentamos, al primero que pagaré será a ti.

—¡A ver si no lo olvidas! Me voy a Cannes. Si ocurriera algo, haz por localizarme. Chocolate y Teodoro vienen conmigo.

—¿Qué va a ocurrir? Vete tranquilo.

Los hermanos se abrazaron y se despidieron hasta la vuelta. Domingo regresó a la habitación invisible y Luis Miguel a la cocina a despedirse de su cuñada. Sonaba un serial en la radio, Carmela y sus sobrinos, incluso la muchacha, estaban en torno a esa Bertran 667 que estaba siempre encendida.

—¿Qué escucháis? ¿A Pepe Iglesias, *El Zorro*?

—«Yo soy el zorro, zorrito, para mayores y pequeñitos...» —le contestó el niño.

—No, qué va. Estamos con un serial de Radio Madrid: *Lo que nunca muere*, de Guillermo Sautier Casaseca. Nos tiene enganchados. Me encantan las voces de Pedro Pablo Ayuso y de Matilde Conesa. Bueno, de todos, le ponen mucho sentimiento, la verdad. ¿Ya te vas?

—Sí, tengo cosas que hacer. Parece ser que tu marido no ha pagado todas las deudas de la plaza. Ha comprado un periódico. ¿Lo sabías?

—Algo me ha dicho. Dice que será la voz del pueblo... Ha vuelto muy contento. Nos ha dado dos mil pesetas —apuntó Carmela.

Luis Miguel se quedó callado. Pensó que aquel dinero que le mencionaba su cuñada también debía de provenir de su bolsillo. Bromeó con Paspas, su sobrino mayor. La niña estaba en la cuna.

—¿Qué? ¿Sigues tan malhablado? —le dijo al chico.

—Joder, ¿por qué lo dices? —preguntó el niño dando un respingo, levantándose del suelo donde jugaba a las chapas.

—No olvidaré nunca tu bautizo. Ya tenías tres años y en cuanto te cayó el agua bautismal, empezaron a salir todo tipo de lindezas por tu boca. Pero lo que más resonó en la iglesia fue: «¡Coño, qué fría!». Me dije a mí mismo que así honrabas a tu padre. —Se echó a reír—. Menuda boca sucia que tienes.

—Coño, no sé por qué dices eso —replicó el niño y, enfurruñado, se tiró al suelo y siguió con sus chapas.

—Paspas, ¿quieres no hablar mal? Esa lengua la voy a frotar yo con un buen estropajo. No te creas, que esta —dijo su cuñada, señalando a Patata— aprenderá antes a insultar que a hablar. Es lo que le enseña tu hermano.

—Domingo no tiene arreglo. Oye, ¿por qué llamáis Patata a una niña tan preciosa?

—Eso ha sido cosa del niño.

—Porque es como una patata. Joder, tío, ¿no lo ves?

Los adultos rieron y después de un rato departiendo con sus sobrinos y su cuñada, Luis Miguel anunció su próximo viaje.

—Me voy a Cannes, ¿quieres algo de allí?

—Nada. ¡Que lo pases bien!

Se fijó en un taquito de dinero que tenía Paspas junto a él.

—¿Qué es eso? —Se agachó a mirarlo y eran dólares falsos con la cara de la artista Lolita Sevilla y del actor Pepe Isbert como si fueran George Washington.

—Es mío, ¡coño! —dijo Paspas, cogiéndolos entre sus manos.

—Es propaganda de una película que se acaba de estrenar: *¡Bienvenido, Mister Marshall!* La calle está empapelada con estos billetes tan curiosos.

—¡Precisamente, la película de García Berlanga va al festival de Cannes! Sí que se han gastado dinero en promocionarla...

—Tu hermano también tiene que ver con ella.

—¿La película es de la UNINCI?

—Sí, Francisco Canet, Vicente Sempere, Juan Antonio Bardem y, claro, tu hermano y todos los que son de su cuerda. Ya sabes, siempre con un mismo objetivo: conspirar contra el régimen.

—¿En qué no está metido Domingo? ¡Acabaríamos antes! Bueno, me voy.

—Aprovecha para divertirte que, cuando vuelvas a los toros, no tendrás tiempo más que para estar en forma y viajar de aquí para allá.

—Está por ver cuándo vuelvo...

—No tengo ninguna duda de que no será muy tarde.

—No lo tengo muy claro todavía. Mi pierna no está bien aún. Me marcho. ¡Carmela, a ver si le metes algo de cordura en la cabeza a mi hermano!

Paspas salió corriendo hasta el descansillo para decirle algo más a su tío Luis Miguel.

—Joder, tío, ¡tráenos chicle El Globo, que trae cromos y golosinas!

—¡Claro que sí, Boca Sucia! Pero si se entera tu padre, te mata: ¡es americano! —Se fue de allí escaleras abajo a toda prisa.

29

Para la Metro Goldwyn Mayer la nueva película que iban a rodar en Londres era todo un acontecimiento, porque se hacía por primera vez en Cinemascope y porque se trataba de una coproducción con Inglaterra, con la British Studios. Igualmente para el director, Richard Thorpe, era importante. Se trataba de la segunda que hacía de una trilogía, que había inaugurado con éxito gracias a *Ivanhoe*. Sin embargo, para Ava no significaba ningún hito en su carrera. Al contrario, se convirtió en un puro trámite. Su único objetivo era coger el cheque y huir lo más lejos posible. Su negatividad hacia la película, basada en la novela de Thomas Malory, *La muerte de Arturo*, acrecentó su mala relación con la Metro.

Los tres artistas principales estaban pasando una mala situación personal. Mel Ferrer, que iba a interpretar el papel del rey Arturo, acababa de separarse de Frances Gunby Pilchard, con la que se había casado en dos ocasiones. Robert Taylor, que sería Lancelot, seguía psicológicamente tocado tras su divorcio de Barbara Stanwyck, después de que se supiera su *affaire* con una artista italiana. Y Ava, la reina Ginebra, a la que achacaban continuos amoríos, estaba casada con un hombre al que amaba y odiaba a la vez y con la misma intensidad. La inestabilidad personal de los actores les hizo conectar entre ellos rápidamente. Los tres soñaban con tener un hogar y una vida al aire libre, en el campo. Algo que, de momento, el destino les negaba.

Después de varios días de ensayos, Ava pidió a la Metro un par de semanas libres para poder ir con su marido de gira por Europa. Se verían después de varios meses de ausencia y de conversaciones telefónicas frustradas y casi siempre interrumpidas. Pero los directivos, hartos de los escándalos que protagonizaban allá donde coincidían, le dijeron que no. El enfado de la actriz fue monumental mientras ensayaba los diálogos con los protagonistas principales.

El director se dio cuenta de lo importante que era para Ava pasar algo de tiempo con su marido y decidió por su cuenta darle varios días libres mientras ellos grababan otro tipo de escenas donde ella no intervenía. Hubo que cambiar el plan de rodaje, pero no supuso ningún trastorno para el resto de los actores principales y secundarios.

Frank llegó a Londres, y Ava, nerviosa, le fue a esperar al aeropuerto. Fue el último avión en aterrizar antes de que cerraran la pista a causa de la niebla. Cuando le vio descender por las escalerillas del aparato, la actriz sintió un pellizco en el estómago. Nunca había dejado de amarle. Intentaría de nuevo, con todas sus fuerzas, sacar adelante su matrimonio. Se decía a sí misma que sería su última oportunidad.

—Nena, estás bellísima —la besó con la misma pasión que la primera vez—. Deseaba verte. No vuelvas a alejarte de mí tanto tiempo.

Un único fotógrafo dejó inmortalizado ese momento. Era demasiado temprano.

—Sabes que estoy dispuesta a empezar de nuevo —se volvieron a besar—. De entrada, no vamos a un hotel. Vivo en un apartamento y estos días, desde que me dijiste que vendrías, lo he decorado como si fuera un hogar. Algo que echo de menos.

—Yo también. Estoy deseando estar contigo a solas y demostrarte que soy un hombre nuevo.

Frank llegó sin sus músicos, que viajarían directamente a Roma, donde tendría lugar su primera actuación en Europa. Llevaba meses cabizbajo e insoportable. Su tristeza estaba ligada al nombre de la mujer con la que llevaba casado desde el 7 de noviembre de 1951. Habían tenido que solventar mil obstáculos hasta decirse: «Sí, quiero». El más grande de todos, el divorcio de Nancy —su primera mujer—, que tardó en llegar mientras las críticas, por parte de los sectores más conservadores de Estados Unidos, hacían mella en la carrera de Frank.

—Estos días he podido seguir adelante porque pensaba en el día más feliz de mi vida. Me impulsaba a caminar.

—¿Qué día es ese? —preguntó con curiosidad la actriz.

—El día de nuestra boda, Ava. Estabas deslumbrante. He repasado una y mil veces cómo sonreías, cómo me mirabas y hasta cómo vestías...

—Íbamos guapos, ¿verdad? Tú, con tu traje azul oscuro y una flor blanca en el ojal izquierdo y yo, con el traje del diseñador Howard Greer. Acertó, la verdad, la parte superior era de tafetán rosa sin tirantes y la falda larga de tul color malva.

—No podía dejar de mirarte. Era imposible —continuó Frank—. Cuando te vi bajar las escaleras de la casa de Lester Sachs del brazo de su hermano Mannie, me quedé hipnotizado.

—Bueno, algo así me pasó a mí también. ¿Te acuerdas del juez que te dijo eso de: «Puede, señor Sinatra, besar a la novia»? Te lo tuvo que repetir dos veces porque no escuchabas.

—Ava le besó en la mejilla.

Frank se rio y descorchó la botella de champán que le daba la bienvenida al apartamento de Regent's Park.

—Más bien me tuvo que despertar con unos golpecitos en el hombro. Me quedé absorto... Siempre que pienso en ti, me viene ese momento a la memoria. Ahora espero que vivamos otro momento para el recuerdo. Nena, te amo y sé que me amas. No lo estropeemos.

—Eso dependerá de que no volvamos a enfadarnos tan

violentamente como lo hemos hecho hasta ahora. Entonces pasamos nuestra luna de miel en el maravilloso Hotel Nacional de Cuba y hoy estamos en este apartamento que bien podría ser nuestra casa.

—Ven aquí...

Frank se la llevó hasta el dormitorio. Necesitaba amarla con la misma pasión que en aquella primera luna de miel. Ava olvidó las discusiones, los ceniceros lanzados a la cabeza, los gritos y salidas de tono de su marido cuando estaba bebido y cuando estaba sobrio. Le susurró al oído alguna de las frases de sus nuevas canciones... Frank Sinatra se encontraba tranquilo, seguro de sí mismo. Le hizo olvidar los peores momentos que habían vivido juntos. Realmente parecía distinto. Ava respiraba nerviosa, aquel momento que vivían lo había imaginado desde que le dijo que iría a Londres a verla. Otra vez él y ella, frente a frente, desnudos y amándose.

Había llegado a pensar que el problema de esos altibajos en su matrimonio estaba en su carácter. Ella no era precisamente el prototipo de mujer que deseaba su marido: una mujer dulce y comprensiva, como lo había sido Nancy. Ava no soportaba la simple mención de su nombre. Había intentado cambiar, pero de dócil no tenía nada, no era su forma de ser. Frank, por su parte, estaba dispuesto a mostrarle su mejor cara. Llegó con dinero para que no fuera ella la que siguiera sufragando el matrimonio. Todo estaba cambiando, y con el rodaje de *De aquí a la eternidad* no solo había ganado algo de dinero, mil dólares a la semana, sino que había recuperado su perdido prestigio. Habría hecho gratis de Angelo Maggio. A Europa había llegado la noticia de que estaba magistral en el papel. Lo habían dicho sus compañeros de reparto a la prensa y el propio director de la película, Fred Zinnemann.

Sin embargo, todos esos violines que parecía que sonaban a los pies de la cama desaparecieron cuando Frank le hizo la pregunta más inoportuna.

—¿Qué hay de verdad sobre tu nueva amistad con otro torero? Deberías saber que siempre hay ojos que te ven y me lo cuentan. No me gusta llevar unos jodidos cuernos en la cabeza.

—¡Oh, no lo estropees! ¡Cómete tus celos y vete a la mierda! ¿Qué hay de verdad sobre que has estado con todas las putas de Hawái durante el rodaje, incluida la novia de Cohn?

—Eso no es cierto. No creas todo lo que se dice sobre mí.

—¿No decías que habías cambiado? Sigues siendo el Frank que aborrezco. —Se levantó de la cama y se fue al baño.

Llenó de agua la bañera y se metió en ella. Estaba furiosa. Otra vez regresaba el Frank de siempre. Estaba convencida de que esa segunda oportunidad no tardaría en convertirse en un polvorín. Intentó relajarse y no pensar en lo que acababa de oír. Aunque se preguntó quién la podría estar espiando continuamente. Siempre venía a su mente el nombre del incombustible Howard Hughes. Su amigo daría cualquier cosa por que su matrimonio se fuera a pique. Mientras tanto, Frank apuró la botella de champán y se enfadó consigo mismo.

—¡Otra vez me he dejado llevar por mis instintos más primarios! ¡La he vuelto a joder! —Pegó con el puño en la pared.

Intentó calmarse y no repetir lo que acababa de decir a Ava. Abrió otra botella de champán y entró en el baño con dos copas.

—Nena, brindemos por nosotros. Ayúdame a superar esos jodidos celos que me matan. No volverá a ocurrir —se disculpó, dándole una de las copas, y la besó como si no hubiera pasado nada.

Ella le correspondió y le besó con menos entusiasmo que cuando se vieron en el aeropuerto. A pesar de todo, estaba dispuesta a seguir adelante con esta segunda oportunidad.

—Ava, la película me ha cambiado la vida. Ha regresado mi autoestima. Cuando fui a verte a África, la tenía por los suelos. Me ha ayudado mucho Monty Clift a ser quien soy de nuevo. Hizo que me descubriera a mí mismo nuevos registros como actor. Le estaré siempre agradecido.

—¿Ya tiene clara cuál es su identidad sexual?

—¿Y eso qué importa? Es tímido, retraído... pero con su método de trabajo me llevó al límite. Me introdujo en el papel de tal forma que me enseñó a experimentar en lugar de reaccionar ante lo que hacían los demás actores. Ha sido algo increíble.

—Me alegro. Sabía que ese papel era tuyo.

No quiso decirle cómo había presionado precisamente a Harry Cohn, presidente de Columbia y director de producción, desde Nairobi. «Es perfecto para el papel. Por favor, dáselo —rogó—. Él ya no aguanta más y yo tampoco».

—Nos hemos emborrachado en mi cuarto todas las noches. Se nos unía James Jones, el autor de la novela. Jones se mostraba contrariado, porque decía que el guion no seguía con fidelidad su libro. Por otro lado, Burt Lancaster y Deborah Kerr tomaban solo una copa y, cuando estábamos ya inconscientes, nos desvestían y nos acostaban... Tenías que haber visto la cara de Harry Cohn cuando nos vio el día que llegamos a Hawái completamente borrachos.

—Espero que estuvieras fresco al día siguiente. Lo que hagan los demás me da igual.

—Te aseguro que fue mucho más conflictivo Burt que yo. Quería cambiar los diálogos y discutía con Fred continuamente. Para Monty, Burt solo es «un gran saco de aire». Nena, el director ha declarado a la prensa que «fue fácil trabajar conmigo en un noventa por ciento». Añadió que me entregué completamente —comentó orgulloso.

—¿Y qué pasó con el otro diez por ciento?

—Bueno, también discutí con él, pero menos que los demás, te lo aseguro, nena. Ha sido realmente glorioso... He tenido mucha suerte de trabajar con Clift. Imagínate que fue a clases de boxeo y de trompeta para su papel. Yo siempre que le observaba, aprendía. Lo bueno es que los dos nos admirábamos. ¡Increíble! Estoy deseando que veas mi trabajo.

—¿Cuándo crees que se estrenará?

—Fred hablaba de agosto. Estos meses se me harán interminables. Bueno, ¿qué tal si sales de la bañera y nos vamos a comer algo?

Ava se arregló rápido. Salió de aquel apartamento con la sensación de que volverían a discutir en cualquier momento. Aunque Sinatra ahora tenía su ego muy elevado y eso, en el fondo, la tranquilizaba. Ya no tendría la sensación de que sentía celos hasta de su éxito.

Luis Miguel citó a don Marcelino y a Noelie en su casa a la hora de la cena. El pequeño bibliotecario no se imaginaba que su amigo le iba a invitar a viajar a Cannes. El torero quería que le acompañara porque deseaba ir al casino y su amigo disfrutaba tanto como él con la ruleta. Noelie, que había recogido ya todas sus cosas, esperaba saber cuándo abandonaría España para siempre.

Antes de que se sentaran todos a la mesa, procuró hablar con María, la sirvienta, en un aparte. Su vientre ya era imposible de disimular.

—María, ya hay que decirle a mi madre que estás embarazada.

—Todavía no estoy preparada. —Se echó a llorar.

—María, esta noche le voy a decir a mi madre que estás esperando un crío. Mientras sea yo quien dé la noticia, mejor para ti. Pensará que yo habré tenido algo que ver. Así quedará descartado quien tú bien sabes.

—Deme unos días más. No me encuentro precisamente bien.

—Nunca vas a encontrar el momento. Yo me voy a ausentar unos días y es mejor que dejemos las cosas resueltas... Diremos que ha sido cosa de tu novio, que además, al enterarse, te ha abandonado. Así tendrá sentido que sigas aquí y que no hagas por casarte, ¿entiendes?

María movió la cabeza afirmativamente. Se tuvo que sujetar a la pared porque pensó que se iba a desmayar.

—Tranquila, María. Todo va a salir bien. Por mucho que te pregunte mi madre, no le digas nada de tu novio. Cuantas menos pistas le des, mejor. A doña Gracia no es fácil dársela con queso. Es vital que no sospeche nada. Ni miradas ni gestos cariñosos a mi padre. ¿Lo has entendido? Si mi madre sabe algo, todo lo prometido con respecto a tu hijo se esfumará.

—Lo sé, lo sé. ¡Descuide!

A medida que iban llegando, los invitados se iban sentando alrededor de la mesa. Luis Miguel había quedado a las nueve con todos. Chocolate, junto a Noelie, y Servando Martínez, el gerente de sus negocios, fueron los primeros en aparecer.

—¡Qué guapa estás, Noelie! —Le dio un beso—. Mañana te pasará a recoger Chocolate temprano. Irás por carretera a Cannes. Yo iré en avión el miércoles con Vallejo-Nágera.

Noelie no pudo más y se echó a llorar. Estaba enamorada del torero y sentía rabia ante el cambio de actitud hacia ella.

—¿Llevas mucho equipaje? —le preguntó Chocolate a la joven.

—Sí, y no sé si cabrá todo en el coche. —Era el único al que respondía.

—Podemos hacer otra cosa... Lo que no sea estrictamente necesario te lo enviaremos a la dirección que nos proporciones nada más llegar a casa de tu amiga, en París. ¿Te encargas tú, Chocolate?

Noelie tenía la sensación de que el torero se liberaba con su viaje a Francia.

—Por supuesto —respondió su mano derecha—. No hay ningún problema. Lo dejaremos en el hotel en consigna hasta que volvamos de Cannes y ya me encargaré yo de enviártelo.

—Muy bien. Me llevaré entonces lo imprescindible —afirmó, tratando de mostrarse digna, aunque estaba completamente herida.

—Don Servando, está usted muy serio —le dijo el torero.

—Sí, aunque no sea el momento, aprovecho que no han llegado los demás para decirte que, antes de dar veinte mil pesetas a tu hermano, tengo que estar informado.

—Me las pidió a punto de irse a Pontevedra y le dije a Chocolate que se las diera. Ha sido una decisión que yo he tomado.

—Me parece muy bien, pero, para llevar las cuentas al día, debo conocer de antemano un desembolso tan importante como ese.

—Con mi hermano siempre es así. No hay previo aviso. O se las doy o no se las doy, pero estaba en Villa Paz con invitados y sacamos todo el dinero que había allí y parte del que llevaba encima Chocolate.

—Don Servando, no hubo alternativa. Se iba a Pontevedra y había que hacer unos pagos de nóminas a los empleados de la plaza de toros —apostilló Chocolate.

—De todas formas, le he hecho venir porque quiero para mañana quinientas mil pesetas...

—Eso es mucho dinero.

—Lo sé.

—Está bien, iré al banco mañana para sacarlo de la cuenta. ¿Puedo saber en qué lo vas a gastar?

—Quiero ir al casino y seremos muchos comiendo y cenando en Cannes.

—De todas formas, a la vuelta tenemos que hablar, porque hay que frenar los gastos.

—Pues volveré a torear. Pero ahora no pienso frenar nada. Este año deseo entregarme a todos los placeres.

—Podíamos hacer la temporada de América para ir tomando contacto con el toro —le sugirió Chocolate—. Para octubre ya tendrás la pierna en condiciones y la cuadrilla necesita trabajar.

—Ese es otro cantar. No me importaría ir allí, pero, desde luego, todavía ni me planteo regresar a las plazas españolas.

—Eso solucionaría muchas cosas.

—Esperemos a después del verano para hablar de este tema.

Los hermanos, Pepe y Domingo, fueron los siguientes en llegar; se incorporaron sus padres y sus hermanas Pochola y Carmina.

—¿Cómo está Verónica? —preguntó doña Gracia.

—Sigue igual. Me ha dicho Tamames que si no ha respondido ya al tratamiento, la niña se quedará así. Como un vegetal.

—¡Dios mío! ¡Qué desgracia! —La madre se sentó, abatida.

—Sabía que era algo muy serio cuando la vi tan mal el primer día. También me ha dicho que en la fase en que está ya no es contagiosa. De modo que tranquilos. Podéis ir a verla sin ningún problema.

—Hijo, iré mañana mismo —le dijo su madre, dándole un abrazo fuerte.

Don Marcelino fue el penúltimo en llegar. Apareció en aquel comedor refunfuñando como siempre.

—Me ha costado muchísimo llegar. Se me ha hecho tarde.

—No se preocupe, don Marcelino, que le hemos esperado antes de empezar a cenar —le dijo Domingo.

—Muchas gracias. ¡Todo un detalle!

—Mañana, si quieres viajar a Cannes, puedes ir en el coche con Chocolate y Noelie. Había pensado que, con lo que te gusta el juego, me podías acompañar al casino —comentó Luis Miguel.

—Joder! ¿Por qué no me lo has dicho antes? No he avisado en el ministerio.

—Para lo que usted hace allí, no se preocupe, que no lo van a notar —apuntó Domingo—. ¡Váyase a Cannes!

—Por respeto a doña Gracia no le voy a contestar. Luis Miguel, ¿por qué no llamas mañana al ministro? Ya no es como antes.

—Pero si usted va a media mañana y nadie le dice ni mu. Tiene una bula especial. Usted no ha madrugado en la vida.

—Ahora las cosas se están poniendo más difíciles e incluso me obligan a ir antes. ¿Podrías, de paso, arreglar eso también?

—Sí, y, de paso, Miguel llama al ministro y le pide que le pague sin ir a trabajar...

—¡Venga, déjalo ya, Domingo! Está bien, mañana llamaré al ministro y le diré que necesito que me acompañes. ¡Cuenta con ello!

—Sí, pero coméntale que no puedo entrar antes de las doce. Me harías un gran favor. No sé adónde vamos a llegar haciéndome ir a las nueve de la mañana. O me lo arreglas, o voy jodido.

—Es increíble que a un trabajador le hagan ir a las nueve de la mañana. Por favor, que paren el mundo e introduzcan nuevos horarios que no perjudiquen a don Marcelino. Tiene usted, señor bibliotecario, que decirle a Franco a partir de qué hora debe un trabajador aparecer por la oficina. ¡Ah, que usted está hecho de una pasta especial!

—Doña Gracia, ¡qué pena de hijo! Lo listo que es para lo que quiere y lo tonto que parece para otras cosas.

Todos se echaron a reír.

Los enfados de don Marcelino hacían mucha gracia a todos los del clan Dominguín. Luis Miguel decidió aprovechar el momento para hablar de María y su embarazo.

—Bueno, don Marcelino, ¡ya hemos quedado! Chocolate irá a por ti a tu casa. No lleves mucho equipaje. —Era el único que le trataba de tú.

—Con la maletita de la Mariquita Pérez será suficiente —lo remató Domingo.

—¡Será cabrón!

—Voy a romper vuestra eterna pelea con una información que atañe a alguien que está empleada en esta casa.

—¿María? —dijo la madre mientras Domingo padre se atragantaba—. ¿Qué ocurre? —Doña Gracia tenía la virtud de adelantarse a los acontecimientos.

—Le he preguntado, al verla tan lustrosa, y me ha confirmado mis temores: está preñada. Al parecer, su novio, al enterarse —miró a su padre de reojo—, no ha querido saber nada del niño. Le he dicho que nosotros no la vamos a abandonar.

—Por supuesto —afirmó doña Gracia—. Estas chicas de pueblo... no se fijan en hombres que se vistan por los pies.

Domingo hijo miró a su padre y se dio cuenta de que no sabía dónde meterse. Doña Gracia era comprensiva porque también ella se quedó embarazada antes de casarse, y solo por eso la abuela Bicicleta la admitió en la familia, aunque no le gustaba como nuera.

—Hablaré con ella. ¿Y cómo es que a mí no me ha dicho nada? No lo entiendo, soy la que más tiempo está con ella.

La noticia fue muy comentada en la mesa. La madre miraba en silencio a Miguel dudando sobre si ese niño tenía algo que ver con él.

María, que lo había oído todo, se enjugaba las lágrimas en la cocina. Intuía que su situación en la familia iba a cambiar. Ahora deseaba que su hijo —que ya venía de camino— no se pareciera al padre de la saga. Eso haría imposible su permanencia en la casa. Todavía tendrían que pasar muchos meses para salir de dudas.

30

Sonó el timbre en la casa de los Dominguín y apareció Ordóñez. Carmina le invitó a sentarse a su lado. Siguieron todos
comentando el tema del embarazo de María, pero el torero de
Ronda venía con otra idea en la cabeza.

—Aprovecho que estáis todos aquí para deciros algo que
llevamos Carmina y yo meditando. Nos gustaría casarnos
antes de que concluya el año... Siempre que usted —se dirigió
a Domingo padre— nos dé su permiso y bendición.

Se quedaron todos sorprendidos. No se lo esperaban y
tardaron en reaccionar, hasta que el padre de la saga Dominguín sonrió y tomó la palabra después de haber estado sin voz
y sin saliva durante toda la noche.

—¡Qué callado lo teníais! ¡Si esa es vuestra voluntad, que
así sea! —convino, levantando su copa. Todos se unieron al
brindis. Luis Miguel fue el único que se quedó rezagado y no
lo celebró como el resto de sus hermanos.

—¿Os casaréis antes de que Antonio se vaya a América?
—preguntó Chocolate.

—Sí, esa es nuestra intención.

—A mí me gustaría en octubre —afirmó Carmina—. No
sé, el 19 estaría bien, ¿no? —Miró a Antonio y este dijo que sí
con la cabeza.

Luis Miguel se quedó callado durante largo rato. Carmina

sabía que su hermano no aprobaba la boda, pero disimuló para que Antonio no lo advirtiera. Sin embargo, saltaba a la vista que era el único que no les había dado la enhorabuena.

—Me parece que fue ayer cuando Antonio venía a América con nosotros. Concretamente fue en México donde nos enseñó la carta de una joven. El muy cuco nos leía algunos párrafos y nos preguntaba: ¿qué os parece que esta chica me escriba estas cosas? —comentó Domingo.

Ese engaño fue precisamente lo que nunca le perdonó Luis Miguel. ¿Por qué tuvo que leerles lo que ponía la carta? Esas cosas íntimas nunca se cuentan y menos a los hermanos, pensaba.

—Sí, y tú le dijiste algo muy ingenioso sin saber que era Carmina —apuntó Pepe.

—¿Qué dijo? Me interesa —preguntó Carmina divertida.

—Pues dijo Domingo algo así como: «No sé si la que escribe es una mosquita muerta o una lagarta. En todo caso, ten cuidado. Estas son las que le cazan a uno...». ¡Y qué razón tenía!

Todos se rieron menos Luis Miguel, que seguía serio ante tanta alegría familiar.

—Miguel, ¿no le dices nada a tu hermana? Te has quedado muy callado —le increpó su padre.

—No, me he quedado sorprendido. Una vez más... Pero si es la voluntad de mi hermana —no mencionó a Antonio Ordóñez—, yo te regalaré la celebración. Ofrezco mi finca Villa Paz para la ceremonia y el convite.

—Muchas gracias, Miguel. Yo había pensado que lo podríamos celebrar en Ronda —comentó Ordóñez.

—Me encantaría que fuera en Villa Paz; el regalo de mi hermano me parece maravilloso. —Carmina se levantó y le dio un abrazo a Luis Miguel. Antonio no le quiso llevar la contraria.

—¿Y quiénes serán los padrinos? —preguntó el padre.

—Todavía no lo hemos pensado, pero sé que a mi madre le gustaría ser la madrina.

—¡Qué contenta se pondrá Consuelo de llevar a su hijo del brazo! —apuntó doña Gracia.

—Y a mí me gustaría mucho entrar del brazo de mi hermano Miguel.

Todos aplaudieron la idea. Su hermano, que seguía serio, por primera vez sonrió.

—Gracias, hermana. Con mucho gusto. Allí estará todo Madrid para ser testigo de tu boda. Ya me encargo yo.

—¡Que sea enhorabuena! —aguantó don Marcelino.

Doña Gracia se levantó a dar un beso a Carmina. Aprovechó que ya estaba de pie para acercarse a la cocina y hablar con María. Seguía dando vueltas al tema del embarazo. Estaba intranquila por si su hijo tenía algo que ver con ello. Pensó: «Lo mismo esta mosquita muerta se hace ilusiones con mi hijo Miguel».

En la cocina María estaba llorando. No había dejado de hacerlo desde que Luis Miguel dio la noticia en la mesa.

—María, qué callado lo tenía...

—Lo siento, señora. No sabía cómo decírselo. Fue el señorito Miguel el que me lo ha sacado.

—¿De cuánto está?

—No lo sé exactamente, pero creo que de cuatro meses.

—¿Y quién es el padre? —le preguntó mirando a sus ojos.

—Pues... pues... ¿quién va a ser? Pues mi novio, doña Gracia.

—Pues vaya a buscarle y dígale que ese niño no se puede quedar sin apellidos. Si no responde, es que es un malnacido.

—No, no responde. Se ha ido y no sé dónde encontrarle —tenía ganas de no seguir mintiendo y salir corriendo de allí.

—Pero tendrá unos padres, una familia a la que redamar e informar del estado en el que usted se encuentra.

—Mi novio no es exactamente del pueblo, sino de otro pueblo de al lado y... —Se acordó de que Luis Miguel le había dicho que hablara poco del novio si no quería que su madre la pillara—. ¡De un hombre así yo tampoco quiero saber nada!

Se echó a llorar con desconsuelo. Estaba muy nerviosa y doña Gracia cesó el interrogatorio. Se quedó con más dudas sobre la paternidad de ese niño que cuando empezó a hablar con la muchacha.

—Estoy sorprendida de mi hijo y de cómo se ha involucrado con su embarazo.

—Sí, le estoy muy agradecida. Igual que a todos ustedes. Son ahora mi familia. Yo tampoco puedo aparecer en este estado en mi pueblo. Mi padre me echaría de casa. Iré diciéndoselo poco a poco.

—No se preocupe, que aquí la vamos a cuidar. Pero tengo una curiosidad, ¿por qué mi hijo está tan pendiente de su embarazo?

—Doña Gracia, porque su hijo es muy buena persona. Nada más. No sé qué más quiere que le diga de don Miguel.

—Me quedaría más tranquila si me dijera que mi hijo nada tiene que ver.

—¡Por Dios, señora!

—Bueno, precisamente porque conozco a mis hijos se lo pregunto. Ninguno de los tres haría ascos a ninguna mujer, y Miguel el que menos de todos.

—No, señora. Nada tienen que ver sus hijos. Se lo juro. —María sudaba mucho. Estaba a punto de salir de allí corriendo antes de que llegara la pregunta sobre su marido; pero no se la hizo.

—Hay que ver lo que nos mienten los hombres para que nos acostemos con ellos. Y, mira, ahora con un bombo. Bueno, no se hable más. Usted no está enferma, va a traer un niño al mundo. La abuela Pilar, mi suegra, paría sola, sin la ayuda de nadie. Se encerraba con unas tijeras, unas gasas, algodones, una faja ancha y la ropa para vestir a la criatura. Utilizaba un reclinatorio, el mismo con el que hacía sus rezos, para parir.

Así vinieron al mundo mi marido y el resto de sus hijos. ¡Llegó a tener hasta diez! Lo malo es que, según nacían, les ponía el nombre del día. Espero, María, que usted elija mejor.

—Si es niña, le pondré como usted y, si es niño, como don Domingo.

—No, haga el favor de ponerle un nombre que tenga que ver con su familia. ¡Qué pensarían las amistades! De modo que, muy agradecida, pero mejor que no. Y, bueno, ya basta de llorar. No la quiero ñoña, ¿eh?

—¡Descuide! Trabajaré como el primer día.

A doña Gracia no se le pasó ni por la imaginación que ese niño fuera de su marido. Y eso que era muy intuitiva. La diferencia de edad entre ambos le descartaba inmediatamente. Pensó que alguien los había mirado mal porque, en esa casa, no paraban de crecer los problemas.

Ava Gardner, antes de viajar a Italia, quiso enseñar a su marido el fastuoso complejo donde se iba a rodar la película. Trescientos mil metros cuadrados de decorado, con castillo de Camelot incluido. La Metro Goldwyn Mayer no había reparado en gastos y había tardado seis meses en construirlo con un gran número de operarios contratados. Tampoco escatimaron en retribuir suficientemente a los actores.

—¿Cuánto te van a pagar, nena? —le preguntó Sinatra.

—Dieciocho mil dólares a la semana —según lo dijo, se arrepintió. Sabía que a él solo le habían dado mil por el papel de Maggio.

—Te mereces eso y mucho más —dijo, pero en el fondo se sentía un perdedor. Su mujer era tratada como una estrella. Él, no—. Soy consciente de que a mí me han pagado una mierda. Pero seguro que remonto... Ha sido muy duro ver cómo Mannie, a pesar de que es vicepresidente de la RCA, no ha podido conseguir que me contrataran para cantar con la Columbia. ¿Sabes lo que le dijeron? Que no creían en mi relanzamiento. Así, sin más. Fue muy desagradable para Mannie tener que decírmelo, pero más duro para mí oírlo. Por eso, estoy agradecido a la Capitol Records, aunque he firmado un pésimo contrato de un año sin anticipos ni nada. Además, los costes de los arreglos, la grabación y los músicos han corrido por mi cuenta. Estoy convencido de que los de Columbia se morderán los puños de rabia cuando escuchen el trabajo.

—Muy bien, no debes dejar que esos gilipollas se salgan con la suya. Somos muchos los que creemos en ti —lo animó, aunque pensó que quien iba a subvencionar ese disco sería ella.

Frank la besó y siguieron paseando por aquel reino de Camelot recién construido.

—Me han dicho los chicos de la banda que soy un perfeccionista, que me dirijo a mí mismo y a los demás de forma implacable.

—Les doy la razón, ¡un jodido perfeccionista!

—Les he gritado más de una vez porque esperaba de ellos lo mejor. Eso me pasa siempre. Nena, a estas alturas no puedo cambiar. Es imposible.

—Debes tener paciencia y aprender a calmar tus malditos nervios. En Europa sabes que te quieren. Acuérdate del concierto que diste aquí hace dos años. Hay una gran expectación por tu vuelta. En Italia, será un éxito seguro.

—Eso espero... ¡Vámonos al apartamento! Deberíamos recoger todo e irnos. No podemos perder ese avión. Va a ser el inicio de algo grande.

—¡Estoy segura!

El matrimonio Sinatra llegó con tiempo al aeropuerto para coger el avión que les llevaría hasta Nápoles. Una nube de fotógrafos quiso dejar constancia del momento de la llegada cuando los dos descendieron de la escalerilla. El primero de los conciertos tendría lugar allí, en la ciudad más poblada del sur de Italia, capital de la región de Campania.

—¿Qué espera, señor Sinatra, de esta gira? —le preguntó uno de los periodistas.

—No son tus enemigos. Contesta amablemente. ¡Olvídate de la prensa americana, por favor! le dijo en voz baja su mujer.

—Espero tener un gran éxito. Creo que los temas y los arreglos que hemos hecho merecen la pena. Van a descubrir a un nuevo Sinatra, con más voz y con una nueva puesta en escena.

—¿Qué tiene que decir de los rumores constantes sobre su separación?

—Por favor, no me hagan contestar estupideces. —Se giró y le dio un beso a su mujer.

—Ava, ¿tiene que decirnos algo de su nueva película?

—Hoy solo soy la mujer de Frank Sinatra. He venido por su concierto. De mí ya hablaremos en otro momento. Muchas gracias.

Posaron una última vez juntos y se metieron en el coche que les estaba esperando. Se fueron al hotel directamente a dejar las maletas. No quedaba mucho tiempo para ensayar, el concierto tendría lugar a las nueve de la noche. Frank deseaba ir pronto a la sala para probar el sonido con sus músicos. Ava iría más tarde. Por lo tanto, aprovechó para pasear camuflada tras unas gafas negras y un pañuelo en la cabeza por la plaza del Plebiscito y admirar la basílica de San Francisco de Paula. Continuó andando hasta la plaza de Trieste y Trento que estaba cerca y, finalmente, visitó el puerto. Desde allí divisó uno de sus principales monumentos históricos de Nápoles, el Castel Nuovo. Tampoco pudo resistirse a la tentación de comprarse un bocadillo por la calle y devorarlo como hacía de niña. Esa sensación de ser una persona anónima como las demás la fascinó. Al comenzar a anochecer ya tuvo que parar un taxi y acudir rápidamente al hotel para cambiarse. No se perdería por nada del mundo a su marido en el concierto.

Ava se vistió de gala, con un traje de noche de color blanco y pedrería negra sobre el escote palabra de honor. Se puso unos guantes largos blancos y la estola de piel azul que le había regalado Frank por su boda. Aquello, al fin y al cabo, no dejaba de ser una segunda luna de miel.

Cuando apareció en el local, tuvieron que ponerle rápidamente un servicio de protección. El público quería tocarla, besarla... Ella les sonreía desde la distancia mientras fumaba nerviosa deseando que el concierto de su marido fuera un éxito. Finalmente salió al escenario Frank. Todos aplaudieron. Ava, también. Le gustó verle vestido de oscuro, con corbata y con sombrero. Ciertamente había dejado atrás el esmoquin y la pajarita y estaba más atractivo que nunca.

Frank buscó a Ava entre el público y enseguida la divisó entre la gente. Brillaba entre todos con luz propia.

—Buenas noches. Hoy para mí es un día cargado de emociones —se presentó—. Inicio en Nápoles una gira por Europa. Y en esta bella ciudad deseo estrenar una de las canciones que más me gustan de mi próximo disco, «I'm walking behind you», de Billy Reid, y dice así... —Comenzó a cantar con más fuerza y *swing* que nunca—: *I'm walking behind you on your wedding day and I'll hear you promise to love. Though you may forget me, you're still on my mind...*[*]

Esta canción con la que abrió el concierto se la dedicó a Ava en la distancia. No la dejó de mirar un solo minuto. Ella sabía que esa noche esa canción tenía un doble significado para los dos. Siempre estarían en la mente uno del otro. Se amaban, pero debían demostrarse que podían convivir. Ese era su gran reto.

El público aplaudió a rabiar y Frank, más relajado, explicó algo más de la canción que acababa de interpretar:

—Es un estreno que hoy comparto con ustedes. La ha escrito Billy Reid y es una de las canciones que irán en el próxi-

---

[*] «Estoy caminando detrás de ti el día de tu boda. Voy a escuchar tu promesa de amor. Aunque puede que me olvides, tú estarás en mi mente todavía...».

mo disco que acabo de grabar. Hoy la he cantado para todos, pero en especial para mi mujer, que me acompaña.

El público empezó a gritar con insistencia: ¡Ava, Ava! Frank, sonriente, cantó de nuevo.

—En esta ocasión, una canción que ha arreglado Tommy Dorsey con un título que suscribo: «I love you»...

Frankie comenzó a cantar:

—*You're just too good to be true. I can't take my eyes off of you. You'd be like heaven to touch...** —Era evidente que canción tras canción se declaraba a Ava—. *I love you, baby* ...

A Ava se le saltaban las lágrimas. No cabía más amor en esa garganta. ¡Qué fuerza y qué sentimiento! De repente el foco que iluminaba a Sinatra en el escenario se trasladó hasta Ava. El público, de manera atronadora, comenzó a gritar otra vez el nombre de la actriz. Frank intentó seguir, pero aquello no tenía sentido. No entendía nada. Los gritos del público silenciaban su música. Tuvo que soltar el micrófono y abandonar el escenario enfadado. Ante la posibilidad de que se produjera un disturbio en el local, hubo que sacar a la actriz con ayuda policial.

Hasta que no se restableció el orden, Sinatra no salió al escenario. Ya no tenía el mismo sentimiento. Acabó el *show*, pero se le quedó grabado cómo coreaban el nombre de su mujer. Una vez más estaba a su sombra. Cuando regresó al hotel, Ava le esperaba en camisón. Imaginaba cómo se sentía e intentó que lo olvidara.

—Amor mío, has estado descomunal. Me encanta tu voz, tu forma de cantar... Realmente maravilloso.

—No me digas eso, nena. Tú y yo sabemos que ha sido un auténtico fiasco.

Se desabrochó la corbata. Tiró el sombrero lejos y se sirvió una copa de whisky. Estaba completamente hundido. Siguió

* «Eres demasiado buena para ser verdad. Yo no puedo apartar mis ojos de ti. Serías como tocar el cielo...».

bebiendo durante toda la noche hasta que comenzó a despotricar contra todo y contra todos.

—Frankie, no me hagas esto. No puedes tomarte las cosas así. ¿He tenido acaso yo la culpa?

—Te prefieren a ti antes que a mí. No les importaba que yo estuviera en el escenario. Solo les importabas tú. ¡Eso es muy jodido cuando intentas empezar un nuevo camino!

—Solo ha sido en Nápoles. Espera a ver qué pasa en Milán, en Suecia o en Dinamarca... en el resto de Europa. Queda mucha gira.

—Nena, tú sabes que tengo a la prensa siempre en contra. ¿Quieres que vaticine lo que van a decir mañana? Que el único interés que tenía el concierto eras tú. ¡Eso es lo que van a decir esos jodidos periodistas!

Aquella noche, en la que no dejó de beber, Ava sintió lástima por él, pero a la vez se dio cuenta de que su felicidad seguía siendo a ráfagas. Tan pronto estaban en las nubes como al rato descendían a los infiernos, y Ava ya no tenía fuerzas para aguantar esa tensión constante.

Al día siguiente partieron con destino a Milán y, efectivamente, los periódicos hicieron más hincapié en la histeria colectiva que despertó Ava que en su vuelta a los escenarios. Cuando viajaron al norte de Italia, a la región de Lombardía, ya al poner el pie en la mayor ciudad de la Italia septentrional, protagonizaron un encontronazo con los fotógrafos y los periodistas.

—Señor Sinatra, ¿cómo le fue por Nápoles? —le preguntó el reportero con una sonrisa.

—Si le pego un puñetazo, se le va a quedar congelada esa cara que tiene de gilipollas...

El periodista no entendió perfectamente lo que le dijo en inglés, pero por su tono agresivo comprendió que estaba enfadado con todos ellos.

—¿Renace de sus cenizas? —preguntó otro.

—Señores, vengan esta noche al concierto y óiganme. Espero que entonces digan y escriban lo que vean.

Salieron de allí huyendo en un taxi del aeropuerto. Ava estaba cansada de huir de la prensa como si fueran delincuentes. Aquella segunda luna de miel empezaba a convertirse en una pesadilla. En el hotel observaron con estupor que los periódicos anunciaban su retorno hablando de una carrera en declive. La furia que sentía el cantante era inmensa.

—¡Todos están contra mí! Son unos jodidos mentirosos.

—Por favor, ¿quieres calmarte? La imagen que estás dando parece la de una persona desequilibrada y jodidamente vulnerable.

—¿Eso piensas de mí?

—No pienso eso, digo que es la imagen que das. ¡Por favor, Frankie, no lo estropees!

En Milán ocurrió algo parecido a lo que sucedió en Nápoles. Los fans de Sinatra mostraban más interés por Ava que por sus canciones. De modo que Ava decidió no acudir a los conciertos. Pensó que era la mejor decisión. En Suecia y Dinamarca le esperaban titulares que le encendieron más: «¡Sinatra, vete a casa!». O «El ocaso de Sinatra». Siguió peleando con los periodistas y con las tripulaciones de los vuelos con los que tenía constantes encontronazos. Ava y Sinatra discutían en los locales nocturnos, en los taxis, en los hoteles. Las peleas fueron subiendo de tono.

Frank decidió suspender la gira y regresaron a Londres cabizbajos y con la misma fractura de siempre en su matrimonio. Aquella relación de montaña rusa ya no la soportaba Ava. El papel secundario que se veía forzado a ocupar tampoco le gustaba a Frank. Decidieron vivir como cualquier otra pareja en los apartamentos de Regent's Park. La actriz tenía que comenzar el rodaje de *Los caballeros del rey Arturo*. Sinatra le daría muchas vueltas en su torturada cabeza a todo lo que había acontecido. Los dos intuían su final, pero no se atrevían a verbalizarlo.

31

Volaban Luis Miguel Dominguín y Juan Antonio Vallejo-Nágera en un avión DC-4, cuatrimotor, de Iberia, con destino a Niza. Durante el vuelo casi no hablaron. El torero tenía desplegado un periódico sobre su cara. Parecía que leía, pero el psiquiatra pensó que su amigo lo que en realidad hacía era ocultar su punto de flaqueza.

—¿Qué? ¿Te da miedo volar?

—¡No digas gilipolleces! —le contestó, bajando el periódico de su cara.

—No sabía cuál era tu talón de Aquiles, pero ya te he pillado.

—Mi punto flaco son las mujeres, ¿o es que todavía no te has enterado? ¡Cabrón!

—¿Qué ocurre? ¿No puedes sentir miedo como el resto de la humanidad?

—Yo no tengo miedo, porque lo único que me puede pasar es perder la vida, y eso ya lo tengo asumido desde que era un niño.

—No te exijas más a ti mismo de lo que se exigen el resto de los mortales. Puedes sentir y padecer como los demás.

—Tú sabes que me he acostumbrado a vivir al filo de la navaja y eso me ha llegado a hacer completamente libre, porque no tengo miedo al naufragio.

—Pareces de otro planeta.

—Dejémoslo estar. Vamos a planificar un poco este día en Cannes. Por la noche iré a la gala con Noelie, pero te dejaré en la recepción del hotel un pase a tu nombre para que puedas entrar al festival.

—¡Perfecto! He encontrado una pensión en el centro de Cannes, pero no tiene bañera y hay un solo retrete para todos los huéspedes.

—No hay problema. Te vienes por la mañana al hotel y subes a mi habitación, pasas al baño y te duchas.

—Pero si estás durmiendo con alguien, ¿paso sin más? Es decir, entro como si pasara por allí con toda normalidad.

—¡Claro! Te dejaré también en recepción un duplicado de la llave de mi habitación. En los hoteles suele haber dos. ¡Así lo hacemos! No te preocupes por si estoy o no acompañado. Noelie tendrá que venir a mi habitación, porque la organización solo me da una doble. Otra cosa es que, cuando entres, me veas en el suelo porque me ha echado de la cama. De cualquier forma, ¡déjame dormir!

—Sí, descuida. Quedaré con Chocolate para recorrer la ciudad por la mañana. A lo del casino no iré, ya se encargará tu amigo el bibliotecario de acompañarte.

El avión hizo un extraño giro y descendió de golpe varios pies.

—¡Joder! Ya podía ser este avión uno de esos Super Constellation que ha comprado el INI.

—Esos son para cruzar el Atlántico. La *Pinta*, la *Niña* y la *Santa María*. Ya los probarás tú a no tardar mucho.

Se acercó hasta ellos una azafata para indicarles que se abrocharan los cinturones. El piloto iba a empezar la maniobra de descenso hasta la pista de aterrizaje. El segundo aeropuerto de Francia, a veinticuatro kilómetros al sureste de Cannes, les hacía un recibimiento especial a aquellos invitados de la sexta edición del festival.

Les esperaba un chófer con un cartel con el nombre del torero, que tenía encomendado llevarles hasta el hotel. Allí ya se encontraron con los miembros de la organización del festival, que les citaron a las ocho y media de la noche en el *hall*. Chocolate, Noelie y Cigarrillo estaban aguardándoles desde hacía dos horas, porque no sabían la hora exacta de su llegada a Cannes.

—¿Habéis hecho un viaje sin problemas?

—Bueno, pinchamos por Perpiñán, pero, aparte de eso, no hemos tenido ningún problema más. Maestro, ¿te ayudo a subir el equipaje? —le dijo Cigarrillo.

—No, me lo sube el botones. Vamos a tomar una copa en el bar. Hemos tenido un viajecito fino.

—No le hagáis ni caso. Se ha movido algo al final, pero poca cosa —dijo Vallejo-Nágera entre bromas.

—Noelie, deberías ir arreglándote —sugirió Luis Miguel—. Coge la llave y sube a la habitación. ¿Están allí tus cosas?

—No, siguen en el coche.

—¡Cigarrillo! ¡Trae sus cosas y se las das también al botones!

Noelie seguía enfadada con el torero. Se fue a la habitación de Luis Miguel sin abrir la boca. Tenía claro que no dormirían juntos. Muy a su pesar, la relación había terminado. La decisión ya no tenía vuelta atrás.

—¡Tienes enfadada a la joven! —le dijo su amigo médico.

—Lo sé, pero te aseguro que no puedo hacer nada para impedirlo. Jamás le he prometido algo que no sea capaz de cumplir. Me volvió loco quien tú sabes y no disimulé.

—¿Sabes algo de ella? —Ninguno mencionaba el nombre de Ava.

Chocolate y don Marcelino permanecían allí como testigos ciegos y mudos. A la mano derecha de Luis Miguel le caía muy bien la joven azafata que soñaba con ser maniquí.

—No sé nada, pero no tengo la menor duda de que acabará llamándome. Somos dos espíritus libres y semejantes.

—¡Vaya seguridad! —apostilló don Marcelino, rompiendo su silencio—. Ya quisiera yo que las mujeres me tuvieran en cuenta algo y no me ningunearan.

—No vayas de víctima, que con eso de que eres pequeño todas te cogen en su regazo. Eres un mamón con suerte. ¡Ya quisiera yo que me toquetearan tanto como a ti! —le dijo Luis Miguel.

Don Marcelino se echó a reír y encendió un puro. Las señoras de alrededor, al verle vestido de niño con pantalones bombachos, comenzaron a murmurar.

—Don Marcelino, no estamos en España... Ya se están poniendo nerviosas las señoras pensando que estamos dejando fumar a un niño.

—¡Pues tengo pelos en los cojones! ¿Qué le voy a hacer? ¡Que se jodan!

—Don Marcelino, debería hacerse mirar ese carácter. Cada día está usted más enfadado con el mundo —comentó el médico.

—¡Pues que se joda el mundo también! Usted no me va a ver en su consulta, en compañía de sus locos, así me maten.

Todos rieron y bromearon hasta que Cigarrillo avisó al torero de que en media hora le esperaban en recepción. Luis Miguel se despidió del grupo y quedó con el bibliotecario para ir de madrugada al casino.

Tuvo que llamar dos veces a la puerta de la habitación hasta que Noelie le abrió. Le habían dado una de las mejores suites del hotel, con unas vistas extraordinarias.

—China, ¿todavía no estás vestida?

Noelie no le contestó y siguió arreglándose en el baño. Luis Miguel continuó como si no hubiera pasado nada entre ellos y entró en el baño desnudo dispuesto a darse una ducha. La azafata ni se inmutó. Como si no le viera. Al cabo de unos minutos, después de ducharse, se enfundó en un albornoz y se afeitó. Noelie le dejó arreglarse a solas mientras ella se vestía con un traje rosa con un lazo enorme a la cintura. El pelo se lo había recogido. Estaba bellísima.

—¡China, no se puede estar más guapa! —La besó en el cuello—. Deja de estar enfadada conmigo. Yo sigo pensando que eres una mujer única. Tú has cambiado con respecto a mí, pero yo sigo pensando lo mismo.

—¿Qué mujer consentiría que delante de sus narices la persona que ama se vaya con otra? ¿Cómo crees que me he sentido y me siento?

—Nunca te he mentido. Sabes que me gusta la belleza y me atraen las mujeres inteligentes. Jamás te hice una sola promesa que no haya cumplido. Sabías cómo era antes de venir a España conmigo.

Noelie se echó a llorar y se le corrió toda la pintura de los ojos. Luis Miguel se acercó y la besó. Esta vez la azafata no tenía fuerzas para rechazarle. Estaba demasiado herida y enamorada de él. Sonó el teléfono de la habitación anunciándoles que les esperaban en recepción.

—¡Anda, vámonos! ¡Disfruta de la noche y no pienses más con esa cabecita! Deja las cosas estar.

Noelie se limpió la marca que habían dejado sus lágrimas mezcladas con el rímel y procuró tener una actitud menos arisca con el torero.

Muchas caras conocidas, invitadas al festival, se encontraron en el *hall* del hotel y comenzaron a saludarse. Luis Miguel se acercó a una de las personas a las que más admiraba en Francia: Jean Cocteau.

—¡Qué alegría, Jean! No sabía que venías. Mira, te presento a una buena amiga: Noelie Machado. Aquí tienes a un gran poeta —le dijo a su joven acompañante—, novelista, director de cine y un montón de cosas más.

—¡Exagera! No le hagas caso. Él sí que es el mejor torero que he visto jamás. ¿Vienes al festival?

—Sí, me han invitado y, como estoy retirado, no lo he dudado.

—Es cierto, me enteré de que te cogió un toro en América, ¿no?

—Peor que la cogida fue la operación que me hizo un médico que no tenía ni puta idea.

—Aprovecha para viajar y vivir todo tipo de experiencias. Me cambiaba por ti ahora mismo.

—Por mí, ya, ¡saldría yo ganando! ¿Te quedas a la gala?

—Sí. Venir aquí ha sido una excusa para ver a Picasso. Tengo muchas ganas de saber qué hace ahora. Su cabeza siempre está maquinando algo nuevo.

—¡Me encantaría conocerle! Tengo muchas ganas de estrechar su mano.

—He quedado mañana por la mañana en Vallauris en la barbería de Eugenio Arias. Vente conmigo si quieres. Todo el que quiere ver a Picasso va allí.

—Mañana no puedo. Estoy aquí con un grupo de gente. No te creas que no me parece tentadora la oferta. ¿Ese Arias es español?

—Sí, se trata de un republicano español, de Buitrago, más ateo que Picasso e incluso más enemigo de Franco que nadie que tú conozcas.

—Más que mi hermano Domingo no creo. ¡Habría que juntarlos!

—Eugenio hace pelucas a todos los comunistas que se infiltran a España por Perpiñán. ¡Es un caso! Pero a Picasso le encanta ir allí para que le hable en español. Lo descubrió un día que Françoise Gilot se enfadó con él y no quiso afeitarle. Apareció en su barbería y, a partir de entonces, son uña y carne. No hay corrida de toros en Vallauris o en Arlés a la que no vaya con él. Hay gente que piensa que es su guardaespaldas. ¡Imagínate!

—Picasso está deseando hablar con españoles. Ya me lo había dicho precisamente mi hermano Domingo.

—Sobre todo si son comunistas españoles. Ahora está especialmente dolido con los comunistas franceses después de la reacción que han tenido con el dibujo que hizo a Stalin tras su muerte.

—Algo nos ha llegado a España. ¿No les gustó?

—La secretaría del partido publicó un comunicado en el periódico *L'Humanité* para mostrar su desaprobación hacia la publicación de este retrato. Parece el punto de partida del divorcio entre Picasso y el Partido Comunista. Te lo digo yo. Picasso no ha contestado nada, pero, conociéndole, tiene que estar muy dolido.

—Como siempre, política y más política. Los políticos no tienen ni idea de lo que es el arte. ¿Qué le impide salirse del Partido Comunista?

—No creo que lo haga. Ya sabes que fue muy activo ayudando a la compra de armas para el bando republicano en la Guerra Civil de tu país. Financió también comedores infantiles, y ayudó a sacar a gente de los campos de concentración franceses. Hace nueve años, seis semanas después de la liberación de París, se sintió obligado a tomar una posición política y se afilió al Partido Comunista francés. Consideró que era una llave para liberar al mundo del fascismo.

—Pues a raíz de ese posicionamiento, Estados Unidos, que alberga el *Guernica,* le tiene vetada su entrada. Lo mejor que podía hacer era darse de baja de un partido desagradecido. ¿Sabes lo que dijo Dalí hace un par de años en una conferencia?

—No, ni idea.

—Fue realmente ingenioso. Pues dijo: «Picasso es español; yo, también. Picasso es un genio; yo, también. Picasso tendrá unos setenta y dos años; yo, unos cuarenta y ocho. Picasso es conocido en todos los países del mundo; yo, también. Picasso es comunista; yo, tampoco». —Los dos se echaron a reír de la ocurrencia del pintor de Figueras.

—Te digo que le gustará conocerte. Pero la próxima vez que vengas me lo dices y yo me acerco desde París hasta aquí y te lo presento. Tiene fijación con los toreros. Yo creo que más que pintor le hubiera gustado ser matador de toros. De vez en cuando, torea de salón.

El torero se rio nuevamente.

—No me digas... Tiene gracia. ¿Cómo está en este momento a nivel personal?

—Sigue su estela de ruptura que ha iniciado hace algún tiempo. Todo el mundo creativo que había construido se tambalea a sus pies. Siempre anda buscando no sé qué nuevo. Está volcado en mil cosas, pero ahora le gusta trabajar las litografías, porque quiere demostrar el poder que tiene sobre la técnica... La impresión plana que consigue con la ayuda de los artesanos de un taller de París le ha proporcionado muchos estímulos.

—En los toros también la técnica es la base del arte. Creo que podríamos entendernos. Volviendo a la pintura, sé que ahora muchos artistas se están volcando con la impresión gráfica. También son trabajos más asequibles al bolsillo de la gente.

—Sí, son las nuevas exigencias del mercado y parece la única forma de acceder a un Picasso.

—Me da la sensación de que se trata de un inquieto buscador, como yo. Un inconformista redomado.

—No para. También está entusiasmado con la alfarería y con la cerámica. La materia prima, la arcilla, se adapta perfectamente a las intenciones artísticas de Picasso de modificar las formas. Un jarrón aplastado lo transforma en una mujer de rodillas...

—O sea, la forma original de los objetos constituye un punto de partida para desarrollar una idea. ¡El tío es un genio!

—Ya te digo que le encanta hablar con toreros y está obsesionado con las corridas. Dibuja escenas de la lidia continuamente: toros, caballos, toreros, para luego plasmarlas en sus lienzos o en cualquiera de sus múltiples formas de expresión artística. Me parece un ser libre de todo escrúpulo a la hora de trabajar y un ser que se siente muy aislado.

—Insisto en que nos vamos a entender. ¿A nivel personal cómo está?

—Ahora se encuentra en una situación familiar dura. Parece que un día rompe y que al otro se reconcilia con Françoise, con la que tiene dos niños pequeños, Claude y Paloma. Está especialmente herido porque ha sido ella quien le ha dejado y no parece estar muy segura de lo que quiere, pero se siguen viendo. Y entre medias se ha cruzado una mujer mucho más joven de ojos azules que ha conocido en un taller: la alfarería Madoura de Vallauris. Bueno, si Picasso conociera a tu amiga, le encantaría. —Noelie se sintió halagada y sonrió—. Jacqueline, que así se llama, tiene también rasgos exóticos, que dice que le recuerdan a la joven que aparece con un narguile en *Las mujeres de Argel,* de Delacroix.

—¿Qué años tiene Picasso?

—Setenta y dos. De verdad que me apetece mucho presentaros. Se lo diré mañana cuando le vea.

—¡Estupendo! Espero regresar pronto. Ya sabes que si vas por España, será un honor tomar unas copas y organizar una capea en mi finca en tu honor. ¡Estamos en contacto!

—¡Igual te digo! No vengas a Francia sin avisarme.

Se dieron un abrazo y cada uno se fue en un coche diferente de la organización. Noelie y Luis Miguel, mientras iban de camino a la gala, hablaron de él.

—Es un tipo genial con una vida auténticamente de novela. Desde que murió su gran amor, Raymond Radiguet —otro poeta, *un enfant terrible*—, no es el mismo. De entrada dejó de escribir poesía y se entregó en cuerpo y alma al diseño, la dramaturgia, la pintura, el cine... Desde entonces comenzó a fumar opio a todas horas; se ha intentado desintoxicar varias veces, pero vuelve.

—El amor puede ser desgarrador —dijo Noelie—. Sé perfectamente cómo se siente.

—Luego tuvo una relación tormentosa con una princesa, hija del gran duque ruso Pablo Románov, con la que iba a tener un hijo, pero finalmente el embarazo se malogró. Después de esta relación ya no se le han conocido amoríos importantes con mujeres. Solo con hombres. Creo que ahora está con un actor. ¡Es otro prodigio de mente! ¡Un gran amigo!

—Lo primero que haré al llegar a París será comprarme alguna de sus novelas o libros de poesía. Me apetece mucho leer algo suyo después de conocerle.

Periodistas y fotógrafos esperaban la llegada de las celebridades. Cuando Luis Miguel Dominguín y Noelie descendieron del coche, fueron el centro de atención. El torero sonreía y saludaba a todos. Los periodistas le pedían que levantara su dedo índice tal y como lo hacía en la plaza de toros. Ese gesto lo realizó por primera vez en Las Ventas durante la feria de San Isidro de 1949. Fue un impulso de juventud y de soberbia. Madrid no le trataba bien y cuando el público se volcó con otro de los toreros de la terna, Manolo González, sintió rabia interior y un impulso de salir al ruedo a por todas. Hizo un pase circular perfecto que ya había puesto en práctica en Zaragoza y, al finalizarlo, proclamó con un gesto de su dedo que era el número uno. Pero ese día en Cannes, fuera de la plaza, no quería repetirlo. Se limitó a sonreír y saludar con la mano. Después de posar a la entrada del Palacio del Cine junto a otras celebridades, tomaron asiento y asistieron a la gala de premios.

La coproducción italofrancesa *El salario del miedo*, de Henri-Georges Cluzot, basada en la novela de Georges Arnaud, mereció la Palma de Oro del Festival. Película neorrealista en su primera parte y, en su conjunto, un film de denuncia protagonizado por Yves Montand; fue la gran triunfadora. El premio internacional se lo llevó una película que a Luis Miguel le resultaba cercana. Justamente había hablado de ella con su cuñada antes de salir hacia Cannes: *¡Bienvenido, Mister Marshall!* Luis Miguel y Noelie aplaudieron con más fuerza por aquello de ser españoles. Era el reconocimiento a una película hecha por un cineasta muy joven: Luis García Berlanga. Una comedia que contaba con humor cómo el plan Marshall pasaba de largo por el pueblo de Villar del Río.

—Esta película se ha rodado a cincuenta kilómetros de Madrid, en un pueblo que se llama Guadalix de la Sierra. Como les pagaban treinta pesetas al día a los que tenían una frase, el pueblo se ha quedado sin campesinos que labraran la tierra. Han tenido que contratar a personas de los pueblos de al lado para que no se malograran los patatales. Han intervenido cuatrocientos cincuenta vecinos. ¡Todo un acontecimiento! Mi hermano Domingo participa también en la joven productora —le comentó orgulloso a su acompañante.

—¿Pero no se trata de un pueblo de Andalucía?

—¡Qué va! Se ha hecho en un pueblo de Madrid, pero eso a los productores les resulta muy fácil. Está tirado para ellos transformar un pueblo del centro de España en uno del sur.

Transcurría la noche y continuó la lluvia de premios para *¡Bienvenido, Mister Marshall!* Ahora una mención especial al mejor guion. Un reconocimiento al trabajo de Juan Antonio Bardem, Luis García Berlanga y Miguel Mihura.

—¡Caray, menudo éxito! —afirmó el torero—. Mihura es un escritor muy reconocido, pero los dos primeros deben de estar recién salidos de la escuela de cine de Madrid. Seguro que Mihura habrá metido mano a los diálogos. En sus obras de teatro ha demostrado ser un gran dialoguista.

Un tercer premio recayó sobre la película española. Luis Miguel estaba eufórico. Ahora le daban el segundo premio de la crítica. Suponía todo un éxito. Sin embargo, se desató la polémica en el patio de butacas de aquel palacio. Unos empezaron a aplaudir y otros a pitar. El torero no entendía qué pasaba y preguntó a un miembro de la organización.

—Es que, al parecer, el presidente del jurado internacional, el actor Edward G. Robinson, ha intentado prohibir la entrada de la película en el certamen. Y ahora tanto premio no ha sentado bien al sector crítico del jurado.

—¿Por qué? —preguntó Luis Miguel extrañado.

—Aseguran que injuria a los americanos. Incluso han elevado la protesta a la embajada americana. ¿No se ha enterado del lío que se ha montado con la Armada americana?

—Ni idea, he llegado de España hace unas horas.

—Como hay un barco americano atracado en Cannes y han visto empapeladas las calles de este lugar de la Costa Azul de billetes de dólares con las caras de los protagonistas, han denunciado a los responsables de la película.

—¡Caray! ¿Pero no es una comedia?

—Sí, pero la consideran ofensiva. Y lo de los billetes sin la cara de George Washington, y con la cara de los protagonistas, una doble afrenta.

—Pues, al final, será más promoción para la película, digo yo.

El hombre de la organización se encogió de hombros. Continuó la noche de premios con otro reconocimiento a un documental español: *Duende y misterio del flamenco*, de Edgar Neville.

—¡Menuda noche para nuestro cine! —comentaba eufórico Luis Miguel.

La gala concluyó con un galardón que resultó muy emotivo: el premio especial para Walt Disney y su contribución al cine.

Al acabar el acto, la pareja fue a saludar a los galardonados. No pudieron por menos que estrechar la mano de Luis García Berlanga.

—¡Enhorabuena! Menudo éxito.

—¡Asombroso! —exclamó el director de cine Robert Siodmak, acercándose—. Con su presupuesto no hubiera podido hacer en Estados Unidos ni un documental. Mi más sincera enhorabuena.

—Muchas gracias —les dijo a los dos un Luis García Berlanga sonriente, acompañado de dos de sus actrices: Lolita

Sevilla, que llevaba un ramo de rosas apoyado en uno de sus brazos, y Mari Luz Galicia.

No hablaron mucho más porque todos los asistentes querían felicitar al director que acababa de convertirse en la gran revelación del cine español. Pero en pleno cóctel sucedió un episodio lamentable. Hicieron su aparición varios gendarmes y se llevaron de forma atropellada a los responsables de la película española para ser conducidos a la gendarmería a prestar declaración.

—Esto es inaudito. ¿Dónde está la libertad? —increpó Luis Miguel airado a uno de los gendarmes—. Ya me dirán qué mal han hecho estos jóvenes que se han llevado gran parte de los premios de la noche. No tiene sentido.

Alguien le sugirió que no se alterara, que era un puro trámite y que, después de la denuncia que había presentado la armada americana, los dejarían inmediatamente en libertad. Luis Miguel y Noelie decidieron dar por concluida la gala. El torero y su amiga se fueron al casino dispuestos a hacer saltar la banca. No entendía nada de lo que acababa de ocurrir. A la puerta les esperaba desde hacía tiempo su pequeño amigo, don Marcelino.

—¡Joder, sí que habéis tardado!

—No se queje, que estoy con un cabreo importante. ¿Sabe que se han llevado a la comisaría a los directores y guionistas de la película española que lo ha ganado casi todo? Bueno, me han dicho que, después de prestar declaración, los dejarán en libertad inmediatamente. Necesito desfogarme de la rabia que tengo. En fin, vengo dispuesto a hacerle ganar muchas perras esta noche.

—¿Ahora me llamas de usted? No hagas como Domingo, por favor.

—Ha sido un lapsus.

Luis Miguel pasó enseñando su flamante Documento Nacional de Identidad. Se lo había regalado don Camilo Alonso Vega y era uno de los pocos privilegiados que ya lo tenían.

También llevaba el pasaporte, pero no hizo falta que lo presentara. Los demás sí tuvieron que mostrarlo, y ahí surgió el problema. No fue tan fácil que dejaran pasar a don Marcelino porque, a pesar de que exhibía una mayoría de edad, hubo que explicar su problema de crecimiento. Aunque miraban al bibliotecario con cierto recelo, al ir acompañando a la figura del torero del momento, le dejaron pasar. La noche de ruleta comenzó con pérdidas sustanciosas. No obstante, en el *blackjack* tuvieron una buena racha y empezaron a ganar. Luis Miguel se convenció de que era su noche y continuó hasta que duplicó las ganancias. Encelado, regresó a la ruleta y comenzó de nuevo a perder...

—Miguel, has ganado mucho dinero, no lo vuelvas a perder en la ruleta. ¡Déjalo ya! ¡Vámonos!

—No, ¡déjame! No se me va a atravesar la noche. He tenido mucha suerte con las cartas. Verás cómo todo cambiará ahora con la ruleta. Son rachas.

Siguió perdiendo y a don Marcelino no se le ocurrió otra cosa que dar dinero al camarero para que levantara de la mesa al torero diciéndole que le llamaban al teléfono. Mientras atravesaba toda la sala para llegar adonde se encontraban los teléfonos, don Marcelino recogió todas las fichas que tenía sobre la mesa con la ayuda de Noelie y se fueron a canjearlas por dinero. Cuando Luis Miguel regresó a la mesa sin que nadie le hubiera hecho una llamada y comprobar que no estaban sus amigos, se dio cuenta de la jugada. Se fue hasta la salida y allí estaban ellos.

—¡Eres un cabrón, Marcelino! ¿Quién te ha dado vela en este entierro? Estaba en racha.

—En racha de volver a perderlo todo. Me da igual lo que me digas. ¡Toma! —le dio todo el dinero y, efectivamente, la noche todavía era de ganancias—. Si no llego a decir que tienes una llamada, no te levantas de la ruleta hasta que lo hubieras perdido todo. Me debes una.

—Bueno, no necesito que me lo restriegues por la cara...
Está bien. ¡Vámonos!

Dejaron a don Marcelino en una de las pensiones que había en Cannes y de allí se fueron al hotel. Luis Miguel no quiso agobiar a su joven acompañante. Echó una colcha al suelo y se acostó allí. Noelie se puso un camisón de satén rosa y durante unos minutos ambos estuvieron pendientes de los movimientos del otro. En un momento determinado, se oyó a la joven que le decía:

—Puedes dormir aquí. Lo has hecho más veces.

Luis Miguel no se lo pensó y se puso en un extremo de la cama. Intentó dormir, pero no podía. Se acercó hasta la joven y comenzó a hablarle...

—Me daría mucha pena que nuestra amistad acabara sin el afecto que nos profesamos. Sabes que te aprecio mucho. —Se acercó hasta ella y la besó.

Noelie no podía hablar. Se le saltaron las lágrimas. Aquel hombre realmente le gustaba. Lo había dejado todo por estar a su lado... No pudo resistir, no quiso. Le correspondió y le besó.

Luis Miguel le quitó el camisón y la ropa interior. Desnudos comenzaron la danza que tanto le gustaba al torero. Pero su mente estaba lejos de allí, al lado de la mujer que le había arrebatado el pensamiento nada más conocerla: Ava Gardner. Se imaginó en la oscuridad de la habitación que era ella. Casi podía oler ese perfume exótico que siempre la envolvía y la amó con la misma pasión con la que se entregaba a la actriz. Noelie intuyó que no hacía el amor con ella. Era algo que percibía a nivel de piel, pero no se lo verbalizó al torero. Aquella noche sería la última con el hombre al que amaba. Ella sí le quería y le daba vértigo imaginarse sola en París sin él. Pero aquella decisión no tenía vuelta atrás. Los dos sabían qué iba a pasar y no se prometieron amor con palabras huecas. Solo el roce de sus cuerpos, con la ansiedad del que no va a volver a verse jamás, habló por ellos. Luis Miguel se quedó dormido en los brazos de Noelie, que no pegó ojo en lo poco que quedaba de noche. Deseaba observarle, porque era consciente de que jamás estarían desnudos frente a frente después de esa noche. De pronto, la puerta de la habitación se abrió. Intuía en la oscuridad que alguien estaba caminando y entrando. Movió con sigilo al torero y le habló en voz baja:

—¡Miguel, ha entrado alguien en nuestra habitación!

Antes de abrir los ojos, recordó que su amigo Vallejo-Nágera había quedado en ir a ducharse.

—Ah, sí. Aquí es normal. Viene alguien a utilizar el baño. —Se dio media vuelta y siguió durmiendo.

Noelie pensó que las costumbres francesas eran extrañísimas. Sin estar muy convencida con lo que le decía el torero, esperó a que aquel hombre, del que solo vio su sombra, se marchara de su cuarto. Cuando se convenció, a juzgar por el ruido del agua, de que el hombre se había dado una ducha y luego lo vio desaparecer, pensó que tenía razón el torero. «Seguramente no todas las habitaciones tienen baño y algunas lo comparten», pensó antes de quedarse dormida.

32

Frank Sinatra se encontraba en Londres como un león enjaulado. La gira que creía que iba a ser un éxito estaba interrumpida por culpa de unas críticas infames. El sentimiento de fracaso le invitaba a beber de la mañana a la noche. Tampoco soportaba la soledad en el apartamento y le llevaban los demonios ser solo el marido de Ava Gardner. Por unas cosas o por otras, estaba todo el día de mal humor. Ava intentaba distraerle por la noche con diferentes planes. En una ocasión, unos compañeros de rodaje salieron con ellos a un estreno teatral... Ava trataba con todas sus fuerzas de salvar aquel matrimonio.

—Nena, cuando lleguemos al teatro, no te pares con nadie a firmar autógrafos. Sabes que algún comentario puede que merezca un puñetazo. Mejor evitarlo.

—Está bien. —Notaba que Frank sufría cuando le pedían autógrafos a ella y a él no—. De todas formas, deberías relajarte —le recomendó—. Algunos de la prensa saben que te altera su presencia y te provocan. Una foto tuya dando un puñetazo ya es noticia. ¿No te das cuenta de que son trampas? Por favor, ¿podrías prepararme, antes de irnos, un *manhattan* con una guinda? Me sentaría de fábula.

—¡Por supuesto! Esa prensa bazofia que solo espera pillarme en algún renuncio —dijo mientras mezclaba el whisky con vermú rojo—. ¡No puedo con ella!

—Pues estás en este negocio. Tendrás que poder.

Chocaron sus vasos y se bebieron el cóctel de un solo trago. Sus amigos les avisaron de que estaban esperándoles en el coche. Bajaron y fueron besándose durante todo el recorrido hasta el teatro. Parecía que la historia de amor volvía a funcionar.

—Nena, estás cada día más bella. Tiene razón François Truffaut cuando dice eso de que «tu cuerpo junto con tu pelo son capaces de deshacer los lazos de todas las fatalidades». Sin ti, te juro que nada tiene sentido.

—Eres un halagador. Tu voz tiene en mí un efecto que no puedo dominar. Me haces llorar de felicidad. Cuando hablas de amor o cuando cantas, me recuerdas a un hermoso atardecer o un coro de niños cantando villancicos. Me emocionas de verdad.

—Nada se interpondrá en nuestro amor, nena.

—Bueno, eso me dices ahora, pero cuando estás con otras mujeres no piensas lo mismo.

—No nos íbamos a hacer reproches, ¿recuerdas? Estoy cansado de oírte siempre la misma monserga.

—Está bien, prometimos no sacar los trapos sucios. Lo que daría por una nueva vida donde no hubiera nada que echarse en cara. Merecemos una segunda oportunidad.

Se besaban con tanta pasión que parecía que Frank la iba a poseer allí mismo, en la parte trasera del coche. Tal y como esperaban, había mucha prensa aguardando su llegada. Primero salió Ava del coche y no se paró con nadie. Siguió hacia adelante hasta entrar en el teatro. Cuando se dio la vuelta, vio a su marido firmando autógrafos con los fans, que estaban parapetados en uno de los pasillos que se habían formado en la entrada, mientras coreaban su nombre. Su marido les sonreía y se dejaba fotografiar.

—¡Será cabrón! ¿No me había dicho que no me parara? Ese jodido Frankie se va a enterar. —Ava echaba maldiciones y palabras malsonantes por la boca. Sus amigos la acompañaron hasta su butaca. Ella no se podía creer lo que acababa de suceder—. No quería que hablara con nadie y que ni tan siquiera me hiciera una sola foto. Me dan ganas de salir ahí y decirles que es un jodido mentiroso.

Los compañeros de rodaje intentaron calmarla. Cuando Frank —después de bastantes minutos— llegó hasta su butaca, Ava no pudo callarse:

—¿De qué va esto, Frankie? Me dices que no me pare con los fans y resulta que te paras tú. Has quedado como el simpático y cercano y a mí me has dejado como una auténtica gilipollas. ¿Es eso lo que querías? Pues estarás satisfecho, porque lo has conseguido.

—No me acordaba de lo que habíamos dicho y, al oír mi nombre en la boca de esos chicos, me paré.

—Yo también escuché mi nombre y no me paré porque me habías dicho en un tono jodidamente amenazador que no lo hiciera. ¡No hay quien te entienda! Me dices una cosa y haces la contraria. ¿Ves como esto no tiene solución?

Los amigos les pidieron que rebajaran el tono de la discusión porque todo el mundo se estaba percatando de la batalla que estaban librando entre ellos.

—Nena, si te sientes mal porque me pidan autógrafos, entonces dímelo porque me voy.

—¡Serás cabrón! Yo no tengo ningún problema con que te pidan autógrafos. Tú en cambio sí tienes problemas, y muy serios, si me los piden a mí. ¿Me quieres volver loca? Acababas de decirme que ni tú ni yo nos pararíamos en la entrada y justamente has hecho lo contrario. ¿Cómo llamas a eso? No hay quien te entienda, pero a mí me has dejado jodidamente mal frente a esa gente.

Antes de que las luces se apagaran y la función diera comienzo, Ava se calló de golpe al ver a un fotógrafo acercándose hacia ellos. Frank no se percató, porque estaba furioso removiéndose en el asiento. El reportero, sin mediar palabra, les hizo una foto a los dos. Frank se levantó, lo cogió por la solapa de la chaqueta y le echó del patio de butacas arrastrándolo de malos modos. Regresó todavía más alterado al lugar donde se encontraba Ava. Se le oía la respiración agitada, aunque no decía ni palabra. Se apagó la luz y ninguno de los dos prestó atención a la función. Ava pensaba que esta segunda oportunidad había sido una equivocación. Su matrimonio no tenía solución. No entendía los malos modos de su marido. Tan pronto estaba bien como alterado. Sonriente o hecho un demonio. Esos altibajos de su conducta la alteraban. Esperaron a que acabara el primer acto y los dos abandonaron el teatro sin dirigirse la palabra.

Al llegar al apartamento se puso cómoda y se echó en la cama a estudiar el papel que le tocaba rodar al día siguiente. Frank se fue directamente a donde estaba la botella de whisky y se sirvió una copa, que bebió como si fuera agua. Finalmente, apareció con la botella en la mano frente a Ava.

—Me siento mal porque cuando no estamos juntos, te echo de menos y cuando convivimos, no nos soportamos. —Dio un trago a la botella y se desajustó el nudo de la corbata.

—Sabes que a mí no me gustan las reglas. Soy la primera que me las salto, pero si quedamos en algo, debemos cumplirlo. Juegas conmigo y crees que siempre voy a ceder en todo. —Ava nunca meditaba las palabras. Las soltaba tal y como acudían a su mente—. ¡No soy un pelele! ¿Entiendes?

—Nena, estoy pensando que lo mejor que puedo hacer es irme. No aguanto Europa ni a sus malditas cañerías, ni la jodida lluvia ni el *smog* ni la comida...

—Ni a tu mujer, ¡termina la frase! No aguantas tener que esperar a que yo termine mi rodaje. Estoy todo el día en tensión pensando que si me retraso puedes estar deprimido. Pero ¿tú algún día piensas en mí y en que tengo que interpretar a Ginebra encorsetada y embutida en un jodido traje desde las cinco de la mañana? ¿Lo has pensado? Dime la verdad. Me encuentro en esta maldita situación.

—Nena, pienso en ti cada segundo. Te aseguro que si no fuera así, no estaría aquí sino en Estados Unidos. Aquí no se me ha perdido nada.

—Aquí está tu mujer. ¡Tu mujer! No soy tu idolatrada Nancy, con la que podías hacer lo que se venía en gana. Yo soy Ava, y no te has enterado todavía de lo que significa estar casado conmigo. Para mis padres estar juntos era todo lo que deseaban, su universo, y para tus padres exactamente igual. Su mundo se componía de la pareja para lo bueno y para lo malo. Pero para ti soy un jodido trofeo. Nada más. Desde que nos casamos has seguido haciendo la misma vida de crápula que hacías antes. Yo, en cambio, no he parado de trabajar, empalmando una película con otra, ganando dinero para los dos —soltó la última frase con énfasis.

—¿Y cómo ha sido tu maldita vida en estos meses? No te hagas la víctima. Júrame que no te has acostado con nadie. Dime que no son verdad las conquistas que dicen los periódicos. Aquí parece que yo soy el único infiel, pero dime con sinceridad cuántas veces me has puesto unos jodidos cuernos... Mientras tú estabas follando por ahí, yo intentaba localizarte como un loco sin ningún éxito. Así también es muy difícil trabajar, y yo lo he hecho. Emborrachándome para olvidar, porque no me queda otra compañía que el alcohol. Si yo hubiera podido sacarte de dentro, lo habría hecho, pero me he rendido... porque no puedo. Te amo, nena. ¡Te amo con locura! Nadie puede ocupar tu lugar. Te soy jodidamente fiel.

—¡No me hagas reír! ¡Por favor, mentiras no!

Frank se acercó hasta la cama donde estaba recostada y, como un desesperado, comenzó a besarla. Le rasgó el camisón con furia y la poseyó con desesperación. Ava no se resistió, pero aquella forma de ser amada la alejaba todavía más de su marido.

—Joder, estás lejos de esta cama —reprochó Frank a su mujer.

—Y tú no te estabas follando a tu mujer, sino a alguna de tus fulanas.

—¡Joder! No sé cómo acertar contigo. —Cogió la botella de whisky y la estampó contra la pared.

Ava sintió ganas de salir corriendo de aquella habitación, pero aguantó por el estado en el que se encontraba Frank. Pensó que esa forma de amarla era fruto de su frustración permanente. Le vio tan mal que se dio cuenta de que tenía que bajar su nivel de exigencia con aquel hombre que parecía dispuesto a todo por recuperarla y cada cosa que hacía o decía le alejaba más de ella.

—Frank, tranquilízate. Te quiero —le besó—. Lo sabes. Pero no podemos vivir a ráfagas, necesitamos estabilidad.

—Espera a que se estrene *De aquí a la eternidad*. Necesito ocupar el lugar que me corresponde. Conmigo se está cometiendo una injusticia... Deseo que me admires, ¡joder!

—Está bien, está bien... Necesitas tiempo y yo te lo voy a dar, pero compórtate como una persona normal. No vayas de matón por las esquinas. Necesito a mi lado a un hombre corriente.

—Pues yo no soy normal ni yendo a la bolera. ¡Soy una estrella! Necesito que me reconozcan, Ava. Por ti y por mí.

—Eso nadie lo cuestiona, Frankie.

Ava le besó y Frank Sinatra le correspondió. Poco a poco, se volvieron a fundir en un abrazo. En esta ocasión, la ternura hizo olvidar la desesperación con que anteriormente la había amado. Ahora parecía el Frank que la enamoró hacía unos cuantos años. Se cruzó con sus ojos azules cuando todavía estaba casada con Mickey Rooney y Frank acudió a la mesa donde estaban cenando en el Mocambo de Sunset Strip, y le dijo: «¡Eh, ¿por qué no te he conocido antes que Mickey? Hubiera sido yo quien se casara contigo». Ava se quedó sin palabras.

Solo tenía diecinueve años y estaba recién casada. Conocer a Frank Sinatra le pareció lo más emocionante que le había pasado en su corta vida. Después llegaron los encuentros fortuitos y no fortuitos. Los que provocaba y los que eran casuales. Mientras Frank dormía tras hacer el amor, Ava recordaba cómo gritaba su nombre cuando se emborrachaba con sus amigos el día que alquiló un estudio cerca de su apartamento. Otro día, ya separada de su segundo marido, salió a su encuentro y le preguntó: «¿Por qué no podemos ser amigos?». Y esa noche salieron a cenar y a tomar unas copas. Ava sabía perfectamente que estaba casado, pero se hablaba de que las cosas no funcionaban con Nancy. Se sentía mal, pero no pudo resistirse a aquella sonrisa y esos ojos azules que tanto la persiguieron. La primera vez que quedaron no se fueron a la cama porque Ava salió corriendo. La segunda, Frank se disculpó diciéndole «que se equivocó yendo demasiado deprisa» y soltó un «empecemos de nuevo» que le gustó. Ahora intentaba recordar todo aquello que la enamoró para recuperar el sentimiento perdido. Estaba casada con él desde hacía dos años y aquello que le parecía tan fascinante al comienzo ahora le resultaba insoportable. La atracción no se había ido, pero el amor se había resquebrajado.

—¡Frankie, Frankie! —Ava repetía su nombre pero no respondía. Se había quedado dormido después de tanto jadeo, tanto sexo y tanto alcohol. Ella, en solo tres horas, tenía que convertirse de nuevo en Ginebra. Pensó que sería complicado para los maquilladores disimular sus ojeras.

Sin embargo, el rodaje de aquella mañana fue fluido y nadie notó la dura y difícil noche que había pasado.

A Frank aquellos días en Londres se le hicieron interminables y agónicos. Para Ava, combinar sus frustraciones con el rodaje se convirtió en una auténtica tortura. Un día Frank recibió una llamada de Estados Unidos.

—Nena, quieren que regrese cuanto antes. Necesitan que los actores comencemos a promocionar la película. Me dicen que mi interpretación es de Oscar... ¿Te das cuenta? Por fin, se va a hacer justicia. Tengo que salir en el primer avión.

Cuando hizo sus maletas y se despidió de ella, Ava sintió un gran alivio. Era evidente el fracaso de su segunda luna de miel. En realidad, los dos sabían hacía tiempo que todo había concluido entre ellos. «Parecemos dos trenes en direcciones opuestas», pensó. A partir de ese momento, en el rodaje, todos la vieron más concentrada en su papel de reina en Camelot. Tampoco nadie dudaba de que su separación estaba cercana. La actriz llamó a su hermana Bappie.

—Necesito que vengas a Londres cuanto antes. Me voy a volver loca. Esta segunda vez junto a Frank ha sido un fracaso y me siento sola. Muy sola. —Se echó a llorar.

—Ava, tranquila. Estaré contigo en dos días. Concéntrate en tu trabajo. No pienses en nada más. ¿Por qué no acudes a Robert?

—No, por favor. Sería patético por mi parte.

—No pasa nada por dormir sola. Eres una mujer hecha y derecha. Ava, saldrás de esta. Ya lo verás...

Cuando colgó, estaba nerviosa. Necesitaba una copa y salió al encuentro de los cámaras y los técnicos del rodaje. Conocía el bar en el que quedaban porque ya lo había visitado con Frank. Uno de los cámaras, Jimmy, la acompañó hasta el apartamento después de compartir varias copas con ella. Estaba completamente bebida, pero le pidió que tomara allí la última. La actriz hablaba de su marido:

—¿Sabes lo que le dije a John Ford cuando en una cena me presentó al embajador británico y a su esposa? —Casi no podía pronunciar de lo bebida que estaba—. Pues me dijo: ¿por qué no le explicas al gobernador qué es lo que has visto en ese alfeñique de cincuenta y cinco kilos que se hace pasar por tu marido? Verás, John, le respondí, en realidad Frank no pesa más de cinco kilos pero su polla pesa cincuenta... ¿Qué te parece? Tenías que haber visto las caras de todos —se echó a reír—. Se quedaron jodidamente sorprendidos. No se esperaban esa respuesta de mí, pero soy una malhablada chica de campo. Me gusta soltar tacos porque así soy más yo, ¿entiendes?

Jimmy hacía que entendía lo que le decía, pero le resultaba complicado.

—No me gusta estar sola. No te vayas. —Le llevó hasta la cama.

—Mira, Ava, se ha hecho tarde. No sabes lo que haces.

—Sí que lo sé... Necesito follar... ¿entiendes? —se desnudó y se echó en la cama—. Jimmy, ¿acaso no te resulto atractiva? ¿Eres un jodido homosexual?

Jimmy se bebió de un trago la copa y se desnudó. Realmente —pensó— no se podría mirar al espejo si rechazara esa proposición.

Estuvo torpe y poco afortunado, pero a ella le dio igual. Solo quería hablar de su marido y estar abrazada a alguien.

—No tengo ningún remordimiento y ¿sabes por qué? Siempre me ha engañado. El muy cabrón se lo ha hecho con todas las que se han cruzado en su camino. Antes de nuestra boda, estuve a punto de no casarme. Recibí una carta que me abrió los ojos. Era de una prostituta que me decía que había estado con Frank. Era una inmundicia, daba detalles que me hicieron sentir verdaderas náuseas. Pero ya ves, me casé con un jodido mentiroso. Estoy segura de que Howard Hughes tuvo algo que ver. Le pagaría para que me escribiera y seguro que fue él quien me la hizo llegar. Está obsesionado conmigo, ¿sabes? ¡Que se joda! No me dejes... No quiero estar sola.

Ava siguió bebiendo y confesando episodios de su pasado.

—No te vayas a creer que soy una cualquiera. Crecí siendo una niña formal, reprimida, que creía que besar era pecado. Mi madre era adorablemente victoriana. Imagínate, me enamoré con diez años de alguien como tú: negro, alto y delgaducho. Venía cada año a ayudar a mi padre, pero un año no regresó jamás... Mi madre nos vio demasiado unidos. Siempre me acuerdo de Shine... Tú te pareces a él. No me engañes, ¿te llamas Jimmy o Shine? Después de tantos años vuelves a estar aquí, a mi lado... Shine, tenía ganas de verte. ¿Por qué dejaste de acudir a mi casa? ¿Te lo prohibió mi madre?

El joven tenía ganas de salir de allí a toda costa. Ava estaba muy mal, completamente borracha y casi inconsciente. En cuanto se quedó dormida, Jimmy se vistió y salió de allí corriendo. Nunca había visto a una mujer en un estado tan lamentable. Decidió no regresar jamás a ese apartamento.

Al día siguiente, Ava se levantó con una resaca tan grande que le impedía acordarse de lo que había sucedido. Sentía una presión fuerte sobre las sienes y apenas podía abrir los ojos. Al entrar en el estudio después de transformarse en Ginebra, los cámaras murmuraron lo bella que estaba. Jimmy, ojeroso y sin afeitar, les había dado todo lujo de detalles de lo que había sucedido durante la noche. Sin embargo, mirando a Ava nadie diría que lo que contaba el cámara fuera verdad. La mayoría pensó que se lo había inventado. Ella parecía una diosa y no hizo ademán de saludar al que decía haber estado toda la noche con ella. Jimmy no volvió a repetirlo porque nunca una verdad pareció ser tan falsa.

En su viaje de regreso, Frank se tomó todo el Jack Daniel's que había en el avión y se puso a hablar con su compañero de asiento como si le conociera de toda la vida:

—Estoy casado con la mujer más bella que jamás nadie haya soñado. La amo y todos me tienen envidia. ¿Tú también? No disimules... Lo que nunca sabrá es que por ella estoy dispuesto a quitarme la vida. Ya lo intenté hace años. Ella no sabe nada. Shhh! —Hizo un gesto como pidiendo silencio a su callado interlocutor, que no daba crédito a lo que Sinatra le contaba—. Un día que salí solo y bebí más de la cuenta, como hoy, me fui a casa de mi amigo Mannie Sachs. No estaba pero sabía dónde escondía su maldita llave. Entré y me puse un cigarrillo entre los labios y fui al cuarto de baño a por somníferos. Distraídamente entré en la cocina y durante unos segundos contemplé la posibilidad de quitarme la vida. Abrí uno de los quemadores de gas y me incliné, olía bien, me gustaba porque olía a muerte. En esa fracción de segundo decidí que mi vida era una mierda y abrí todos los quemadores del gas. Cogí una silla y me senté allí cerca mientras pensaba que todo acababa. Pero mi jodido amigo llegó y me zarandeó hasta que volví a la vida. Si hubiera tardado un poco más en llegar, ahora no estaría aquí y se hubieran acabado todos mis problemas. Estaba harto de estar cansado, de estar solo, de luchar por el amor, la carrera, la vida... Siempre se me ha puesto todo cuesta arriba. Nada me ha sido fácil. Me sentía mal por separarme de Nancy y de mis hijos, pero a la vez no podía vivir sin el amor de mi vida. Y ahora... ya no sé si todo lo que hice mereció la pena.

—Señor Sinatra, no sabe lo que está diciendo —intervino el silencioso compañero de viaje—. Está bebido. Muy bebido.

—Estoy perfectamente. ¿No quiere escuchar mi jodida vida? ¿Tiene algo en contra de que haya querido quitarme de en medio? Si no tiene nada mejor que decirme, haga el favor de dejarme en paz. ¡Azafata, más whisky!

La azafata se acercó, le pidió que no gritara y guardara silencio. Igualmente, le ofreció al otro pasajero cambiar de asiento.

—¿Le molesta mi compañía? Pues a la puta mierda... ¿Me oye? ¡A la mierda! Tampoco me interesa su jodida vida. Bastante tengo con la mía. Soy Sinatra. Se enterará de quién soy porque se va a estrenar una película que me devolverá a mi sitio. ¡Soy Francis Sinatra! ¿Qué le pasa a todo el mundo? ¿No quieren un autógrafo?

Se acercó un auxiliar de vuelo para invitarle a guardar silencio:

—Señor Sinatra, haga el favor de dormir. El pasaje está protestando por sus voces.

—¡Más whisky! Si me trae más Jack Daniel's, me callo. ¡Necesito una copa, joder! ¿Qué pasa en este jodido avión? ¿Nadie me escucha?

—Señor Sinatra, si sigue dando esas voces, tendremos que inmovilizarle. No puede seguir organizando este escándalo.

—El escándalo lo está organizando usted. Solo quiero una copa, ¿qué clase de avión es este?

El auxiliar se acercó con refuerzos y, con dificultad, le inmovilizaron. Sinatra viajó atado a su asiento. Sus voces poco a poco fueron apagándose hasta que se quedó dormido. Al llegar a Nueva York, acudió el servicio de seguridad. No era la primera vez que tenía que ser apercibido e incluso amonestado en el aeropuerto. Para la prensa ese tipo de noticias ya no eran novedad y no tenían ninguna trascendencia.

Acudió su amigo Mannie a por él. Su estado parecía lamentable. Era evidente que el viaje para recuperar a su mujer había sido un auténtico fracaso.

—Estuve doce años con Nancy y no he sido capaz de retener a Ava más de dos años. No podemos estar juntos y la llevo aquí dentro —admitió, señalándose el corazón—. Lo que toco lo destruyo. Tenías que haberme dejado morir aquel día en la jodida cocina de tu casa.

—Maldita sea, Frank. No vuelvas a decir eso. Justo ahora, que tu carrera vuelve a ponerte en el sitio que mereces. Ahora, no. Todo el mundo habla de tu interpretación en *De aquí a la eternidad*. Debes disfrutar del éxito y de todo lo que va a venir detrás. Más voz que nunca, mejores temas, una nueva imagen... Las mujeres son tu tumba. Deja de pensar en ellas.

—Solo pienso en Ava. La amo, Mannie. La amo con todas mis fuerzas —se echó a llorar.

—Vamos a tomar café y a darte un baño. Hoy tienes reunión con la productora y no te pueden ver en este estado tan lamentable.

Los espías del millonario Howard Hughes le informaron de las últimas novedades sobre el matrimonio Sinatra. Pensó que había llegado su momento de actuar cuando le contaron que todo hacía indicar que había llegado a su fin. El aviador y hombre de negocios respiró hondo al pensar que tenía el camino libre para conquistar a Ava. Los dos habían nacido el mismo día, los dos Capricornio, los dos amigos desde hacía diez años. Howard deseaba a la actriz a la que rondaba cuando sus maridos o amantes dejaban hueco. Había aparecido en la vida de la actriz en 1943, cuando ella acababa de separarse de Mickey, aunque todavía no había obtenido el divorcio. Estaba trabajando en alguna de sus primeras películas con papel más largo y la invitó a cenar. A Ava le impresionó su altura, un metro ochenta, y lo delgado que estaba, ya que no debía de pesar ni setenta kilos. Bronceado, con bigote y con ojos oscuros y penetrantes, Ava estaba convencida de que era el director de cine Howard Hawks y, cuando se lo presentaron, creyó que había entendido mal su nombre. Al final de la noche, el millonario dueño de la TWA, entre otras empresas, la tuvo que sacar de su error. No logró acostarse con ella, pero siguió siempre al acecho. Un beso en la mejilla a la décima cena fue lo máximo que consiguió de la actriz.

—Estás loca si dejas escapar al hombre más rico del mundo. Cualquier chica desearía estar en tu piel —le decía su hermana Bappie antes de que conociera a Artie.

Ahora Howard veía más claro que nunca que había que ayudar al matrimonio Sinatra a tomar la decisión de su divorcio. Promovió rumores subidos de tono en la prensa más amarilla del país, donde se aseguraba que la vida en pareja de

Francis y Ava estaba rota. Los periódicos daban detalles de sus múltiples discusiones en Londres y de las últimas peleas de Frank en los aviones y aeropuertos.

En casa de los padres de Frank —Marty y Dolly Sinatra— esas noticias eran especialmente dolorosas. Ellos habían protagonizado una bonita historia de amor: se escaparon siendo adolescentes y se casaron en secreto. Dos años más tarde, tuvieron que volver a celebrar la ceremonia por segunda vez con el beneplácito de las dos familias. No entendían la inconsistencia de las relaciones que mantenía su hijo. Con treinta y siete años volvía a estar solo si era cierto lo que publicaban los periódicos. Su madre intentó localizarle. Finalmente lo consiguió.

—Hijo, ¿es cierto lo que publican los periódicos? ¿Habéis roto Ava y tú?

—¡Oh, mamá! No hagas ni caso a esa prensa que siempre escribe en mi contra. Estamos mejor que nunca —decía esto mientras pegaba con su puño en la pared.

—No me engañas, ¿verdad? Sois dos niños que discutís por nada. Os haría bien tener un hijo. Debes limar ese carácter de niño mimado si no quieres acabar solo. Hijo, hazme caso. Ava es una buena chica. Dejaos ya de reproches.

—Mamá, no creas nada de lo que dicen de nosotros. Estamos bien.

Cuando colgó, Frank se echó a llorar como un niño.

—¡Dios, no puedo comer, no puedo dormir... la amo desesperadamente! ¡Mierda! —Cogió un cenicero y lo lanzó contra la pared.

La presencia de Montgomery Clift en la promoción de la película y su compañía a la hora de beber hasta la extenuación le ayudaron a superar esa sensación de fracaso que le perseguía.

33

Antes de despedirse de Luis Miguel y del resto del grupo que había ido a Cannes, Noelie pasó unas horas en la Costa Azul disfrutando del sol y la playa, mientras los demás la observaban tomando un tentempié. En bañador la joven destacaba por su piel morena y por su cuerpo escultural.

—Ya tenía ganas de ver el sol. Menudo añito con tanta nevada. ¡Hasta los gatos atacaban a la gente en Huesca enajenados por el frío! —comentó el torero.

—Los únicos enajenados somos nosotros, las personas —le rectificó el doctor Vallejo-Nágera—. Los animales no tienen juicio, por lo tanto no lo pueden perder.

—¿Me vas a decir que ese gato que hirió a la gente que intentaba reducirle y que salió en las noticias no había perdido el norte por el frío de menos veinte grados? No hace falta ser muy listo para saber que a los animales también se les puede cruzar un cable. Yo te aseguro que más de un toro, cuando ha salido a la plaza, tenía la mirada torcida.

—Ahí, perdóneme, doctor, le doy la razón a Miguel. Hay toros y toros —intervino don Marcelino.

—¡Pero ese es otro cantar! —reconoció el doctor.

—Yo he visto torear a Miguel algunos toros cuya mirada era de muerte, se lo aseguro, doctor. Hay toros asesinos —comentó Chocolate.

—No me vengas con esas. Lo que hay es buen o mal toreo, nada más. No metamos conceptos como el de asesino a un toro. Es mejor hablar de si se torea bien o no se torea bien.

—Islero era un toro asesino —volvió a intervenir don Marcelino—. Ya intentó coger a Luis Miguel antes que a Manolete.

—Ese toro quería sangre, se lo aseguro —terció de nuevo Chocolate.

—Creo interpretar que el doctor viene a decir que si un toro hiere a un torero es porque algo se ha hecho mal durante la lidia, y no le falta razón. Al final, todo se reduce a técnica.

—Doctor, no irá a decirnos que antes se toreaba mejor —apuntó Chocolate.

—No, quizá más puro... —replicó el médico.

—Ahora se torea bastante más cerca. Otra cosa es que discutamos si se hace un toreo menos puro que antes. Efectivamente, creo que se ha perdido pureza. Eso no quiere decir que piense que se toree mejor ni peor que en los tiempos pasados.

—¿Qué es torear con pureza? Preguntas a dos toreros y no se van a poner de acuerdo —aseveró don Marcelino.

—El toreo puro consiste en cargar la suerte. Si no se carga, no hay pureza. Un novillero de ahora torea más cerca, pero...

—Sí, el toreo se ha ido ajustando a los gustos de la gente, aunque esos gustos hayan ido torciéndose. Aquí al pan, pan y al vino, vino —afirmó con rotundidad don Marcelino—. El público lo que quiere es el parón y eso al toreo le hace perder variedad y colorido. Solo gustan los muletazos con la derecha y los muletazos con la izquierda, dejando todo lo demás de lado. El público está desquiciado, ¿no crees?

—Salvando a la solera de aficionados, la evolución del toreo la ha provocado el público y los toreros se la hemos servido en bandeja. También os digo que el público tiene siempre el instinto de lo bueno.

Estaban desayunando mientras hablaban de su tema favorito: los toros. Un empresario taurino francés se acercó hasta su mesa. Le dio un gran apretón de manos y Luis Miguel le invitó a sentarse con ellos.

—¿Qué tal va tu pierna?

—Poco a poco me voy sintiendo mejor. Muchas gracias.

—Habría mucho dinero si te decides a torear en la finca de un empresario en Arlés este otoño. ¿Para entonces estarás recuperado?

—No, en absoluto. No tengo intención de torear este año.

—No lo tomes como tu vuelta, sino como una forma de medirte frente al toro. ¿Qué me dices? Hay mucho dinero por medio. Es un evento privado.

—Tenía pensado ir a América y torear dos o tres corridas precisamente para lo que está diciendo. No sé, deme unos días para meditarlo y le llamará mi apoderado.

El empresario le dio su tarjeta y se despidieron con otro apretón de manos. Luis Miguel no había dicho que no. Chocolate y don Marcelino se miraron. Ambos pensaron que su regreso no se hallaba muy lejos. El torero se quedó callado y no volvió a hablar hasta que Noelie llegó con el pelo mojado, vestida y dispuesta a partir.

—¡Cigarrillo! Nos vamos cuando quieras. Deberíamos llegar a París antes de que se nos haga de noche —dijo, mirando a Luis Miguel como quien se despide para siempre.

Todos le dieron un beso. Luis Miguel hizo un aparte con ella.

—China, espero verte pronto por Madrid. Ya sabes que si el tema de ser maniquí te falla, yo estaré encantado con tu vuelta. Jamás olvidaré que fuiste quien me curó la pierna de esa primera operación que estuvo a punto de dejarme cojo. Me acordaré siempre de la cara que pusiste cuando te propuse venir conmigo a Madrid. Eres importante en mi vida. —La besó en la boca.

Noelie se emocionó. Estaba realmente enamorada del torero, pero sabía que Ava Gardner le había arrebatado su cariño. Entró en el coche enjugándose las lágrimas, después le miró una última vez por la ventanilla y el Cadillac se perdió por las calles de Cannes. Vallejo-Nágera y Luis Miguel se quedaron solos.

—Esta chica te quería de verdad —comentó el doctor.

—Lo sé... pero uno no manda en el corazón.

—He leído en algún periódico que Frank Sinatra y Ava Gardner han tenido broncas muy sonadas en Londres.

—¿Sí? —Se quedó pensativo—. No sé nada de ella y tampoco he querido llamarla. Espero que cuando acabe el rodaje, regrese a Madrid. Entre nosotros se han quedado algunos asuntos pendientes.

Recogieron el equipaje y se fueron a Niza con idea de tomar el primer avión con destino a Madrid. Luis Miguel volvió a ponerse serio. Sin Noelie y sin noticias de Ava, regresaba a la capital de mal humor.

Por su parte, don Marcelino y Chocolate fueron todo el camino a París comentando anécdotas sobre el torero, muchas de las cuales ya conocía Noelie. Al final, a punto de llegar, hablaron de la cacería a la que acudiría Luis Miguel en un par de días, invitado por el yerno de Franco.

—Le ha invitado Cristóbal Martínez-Bordiú a la finca de Arroyovil, que tiene su familia en Mancha Real, Jaén. Por lo tanto, ha tenido que cambiar sus planes. Quería haber organizado él una cacería por esos días, pero el yernísimo le ha obligado a anularla.

—Lo de la afición a la caza es reciente en el marqués, ¿no? —le preguntó don Marcelino—. Pienso que lo hace para mejorar las relaciones con su suegro, que se dice no son nada buenas.

—Eso se comenta, pero ¿será cierto? —quiso saber Chocolate.

—Mira, mientras Franco le reclama a Miguel que le cuente todos los chismes que se hablan de él, su yerno se reconcome de rabia. Franco se lleva mejor con Miguel que con él. Sinceramente, no me cae mal, quizá un poco creído con eso de que ha emparentado con el Caudillo... pero nada más.

—En la peluquería el otro día comentaban que tiene más errores que aciertos como médico —apuntó Noelie.

—Las malas lenguas dicen que experimenta con algunos enfermos y que después de una cirugía le duran solo horas. Pero nadie se atreve a reclamar por ser quien es —afirmó el bibliotecario.

—¿Por qué le caerá mal a Franco? —les preguntó la azafata.

—Lleva solo tres años de casado, pero tiene fama de mujeriego y un poco «pintas». A Franco esos devaneos no le hacen ninguna gracia, no los tolera. ¡El marquesito está casado con su única hija!

—Es hijo de aristócratas, ¿verdad? —continuó preguntando Noelie.

—Sí, de los condes de Argilo. La madre pertenece a la aristocracia aragonesa. En la boda fue vestido de la Orden del Santo Sepulcro por dar a la ceremonia un poco más de postín, con su penacho de plumas y su espadín. Todo el mundo comentó sus galas. Solo le faltó entrar a caballo. Me parece que el padre estudió ingeniería de minas y llegó a ocupar el cargo de director general de Minas durante la República. Como la mayoría de los aristócratas, firmó un documento de adhesión a don Juan de Borbón que a su consuegro no le hizo ninguna gracia. Pero no se llevan mal. Los Franco pasan hasta la Nochevieja en la finca de sus consuegros.

—Don Marcelino se lo sabe todo. ¡Qué barbaridad! —le comentó Chocolate—. Parece usted un libro de esos que tiene en su biblioteca.

—La familia de Cristóbal Martínez-Bordiú, desde que se casó con Carmencita, ha adquirido cierto relumbrón. Los hermanos han empezado a formar parte de los consejos de administración de grandes empresas, algo que les debe proporcionar importantes beneficios...

Don Marcelino habló y habló sin parar. Al llegar a París, dieron muchas vueltas hasta que encontraron la calle donde la amiga de Noelie esperaba su llegada.

—Confiamos en volverte a ver —le dijo Chocolate.

—Seguro que vas a triunfar como maniquí. No suelo equivocarme —se despidió don Marcelino.

Cuando se quedaron solos, durante varios minutos no pronunciaron una sola palabra. Aquella joven se había introducido en sus vidas casi sin darse cuenta.

El doctor y Luis Miguel llegaron a Madrid a las diez de la noche y decidieron no hacer ningún plan. El médico debía madrugar al día siguiente para ir al hospital y Luis Miguel no tenía ganas de salir. El recibimiento de su prima Mariví le ayudó a superar esa noche en la que le faltaba Noelie y echaba de menos a Ava Gardner. Al final, una llamada de su hermano Pepe le hizo cambiar de opinión y se fue hasta su casa. Le confesó cuál era su estado anímico: estaba deprimido a causa de la situación que estaba viviendo desde hacía meses.

—Verónica no mejora y me temo lo peor. ¿Por qué se ceba en mí la mala suerte? Ya me ves, con dos hijas y sin una mujer a mi lado.

—Deberías salir más conmigo. Aquí no puedes hacer nada más que esperar acontecimientos y tu otra hija es demasiado pequeña para enterarse de lo que está pasando. Piénsate lo de alternar conmigo y conocer a otras personas que...

—No, no me hables de conocer a nadie. No tengo ninguna gana.

—Pues ya es hora de que te plantees traer a una mujer a esta casa que te eche una mano con las niñas. ¿Y lo de ir a ver a María Rosa Salgado a Los Ángeles? ¡Haz caso al doctor Tamames!

—Bueno, de eso no hay nada de nada.

—Hoy mismo deberías platearte en serio lo de viajar a Estados Unidos.

Después de tomarse una copa, decidió subir seis pisos más arriba para saludar a Domingo. Le abrió Manuela, la señora que tenía de servicio, y, como esperaba, al traspasar el falso armario, encontró a su hermano rodeado de miembros del Partido Comunista. Esa noche habían logrado poner en marcha la multicopista y lo estaban celebrando. Ya habían realizado trescientas copias de un panfleto en el que se podía leer: «Franco, asesino. El final del régimen fascista está cerca. Firmado: Partido Comunista». Los miembros del partido en la clandestinidad se quedaron sorprendidos de que Luis Miguel entrara allí con normalidad.

—¡Hola, Domingo! Veo que estás entretenido.

—Ya hemos terminado. Pensábamos tomarnos una copa. ¡Únete a nosotros! Voy a llamar a Pepe para que suba también.

—Lo necesita. Acabo de hablar con él, nuestro hermano está realmente mal. Le he animado para que viaje cuanto antes a Estados Unidos a ver a quien tú ya sabes.

—Es una gran idea.

A los cinco minutos, los tres hermanos se encontraban en compañía de los cuatro miembros del Partido Comunista tomando un vaso de whisky. Uno de ellos, Jorge Semprún, era al que más conocían Pepe y Luis Miguel.

—He pasado cerca del enorme rascacielos que nada tiene que envidiar a los de Nueva York —dijo el pequeño de los González Lucas para entablar una conversación que se saliera de sus acciones clandestinas.

—Sí, hablas del Edificio España. ¡Menudo rascacielos! —exclamó Pepe—. Se acaba de inaugurar. Han trabajado un promedio de quinientos obreros cada día. Se ha construido en cuatro años, ¡un tiempo récord! Piensa que se ha hecho íntegramente de hormigón armado. No habrá quien lo tumbe jamás. Ciento ochenta y cuatro apartamentos y más de trescientas oficinas. Dará vértigo ver Madrid desde el piso veinte. Hablamos de ciento diecisiete metros de altura. Los hermanos Otamendi, los arquitectos, ya se pueden retirar.

—Para mí es el símbolo de la explotación del obrero y de la invasión cultural americana —añadió Domingo.

—Y del progreso, hermano. Y del progreso —rectificó Luis Miguel.

—Y del esplendor franquista. Nos están bombardeando con eso de que han construido el edificio más alto de Europa, el único edificio con treinta y dos ascensores. Me pone malo verlo.

—Dejemos el tema, no vamos a discutir. Bueno, ¿tomamos otra copa? —preguntó Pepe con buen criterio.

—Ahora ya solo queda que nos invadan los americanos —insistió Domingo.

—Pues dicen que se está a punto de firmar un acuerdo con Estados Unidos y otro con la Santa Sede —manifestó Semprún—. Se va a acabar el aislamiento y eso lo va a utilizar la propaganda franquista.

—Por favor, me parece mucho más grave que ese edificio mastodóntico haya costado doscientos diez millones de pesetas. ¿Sabéis la cantidad de cosas que se podrían haber hecho con ese dinero? De entrada, dar de comer a los obreros.

—Mejor no pensarlo —intervino uno de los miembros del PC.

—¿Os habéis enterado del último cotilleo? A Franco le han salido curas díscolos —apuntó Semprún.

—¿A qué te refieres? —preguntó Luis Miguel con interés.

—Me refiero a que hay dos obispos que se han negado a que el dictador vaya bajo palio en sus iglesias. Uno es Pedro

Segura y Sáez, arzobispo de Sevilla, que para Franco es como un grano en el culo. Fue expulsado de España en una ocasión bajo graves acusaciones. Había ordenado la venta de todos los bienes eclesiásticos para recaudar dinero para obras de caridad. ¡Ya ves qué mal hacía! Y el otro, el arzobispo de Calahorra, Fidel García Martínez, un pacifista convencido. Desde que acabó la guerra, siempre ha querido reconciliar a los dos bandos. Su oposición frontal a Franco y su ideario contrario a los totalitarismos han despertado las suspicacias de los fachas y no paran de inventarse mentiras para destruirle.

—¡Serán hijos de puta! Mira, nunca pensé que dos curas me cayeran bien —apuntó Domingo.

—No, si te veo volviendo a misa, es cuestión de tiempo —le dijo Luis Miguel con ironía.

—No, Miguel, ni por esas —apostilló Pepe.

—Los servicios de inteligencia del régimen se han puesto en marcha y están conspirando contra el arzobispo. Han empezado una campaña en la que le ponen de chupa de dómine —siguió dando información Semprún.

—Pero ¿qué se puede decir de un obispo? —inquirió Luis Miguel un tanto incrédulo con las conspiraciones que veían por todas partes los amigos de su hermano.

—Pues que es un hombre lujurioso y pervertido, cliente habitual de prostíbulos y locales de mala nota de ciudades como Sevilla, Barcelona y París. Así acaban con su reputación.

—¿Y qué hay de malo en eso? —preguntó entre risas Luis Miguel—. Yo conozco algún curita que va de putas... ¡Son hombres!

—Se supone que los curas deben ser célibes —le contestó Domingo.

—Y que una mentira repetida mil veces termina convirtiéndose en una verdad. La gente que lee o escucha esos rumores acaba creyéndoselos. De hecho, sé de buena tinta que hicieron llegar al obispo de Barcelona, superior directo de Fidel

García, un informe reservado donde se contaban cosas escabrosas del obispo de Calahorra. Han acabado con su carrera eclesial. ¡Un cura! ¡Qué no serán capaces de hacer con nosotros si nos descubren!

—¿No iréis a repartir esos panfletos por ahí? —preguntó Luis Miguel—. Si os llevan a la trena con eso, no podré sacaros.

Su hermano se fue a por los panfletos y los llevó hasta el comedor. Los puso al lado de una mesita que había junto a una ventana.

—Alguien tendrá que decir las verdades —les dijo, cogiendo uno de los panfletos con la mano—. ¡Hermano, los vamos a distribuir! Si no, ¿para qué los hemos hecho?

—Lo que hacéis es pueril. No tiene sentido. ¿Qué conseguís diciéndole a la gente que Franco es un asesino? ¿Se van a despertar las conciencias? Lo vuestro siempre es ir en contra de todo. Da igual quién esté en el poder. ¿Cuándo os vais a enterar?

—Bueno, no empecéis —medió Pepe antes de levantarse para abrir la ventana.

No hizo más que abrirla y un golpe de aire mandó los panfletos volando al exterior.

—¡Joder, no tenía ni idea de que hiciera tanto viento! ¡Han salido disparados!

—¡Mierda! ¡Cierra la ventana ahora mismo! —ordenó Luis Miguel con cara de preocupación—. ¡Apaga la luz! Espero que nadie se haya percatado de dónde han salido. Ojalá el sereno no estuviera haciendo la ronda por aquí.

—Sí, además, todos los serenos no dejan de ser unos fascistas ligados al régimen —dijo Domingo con la cara blanca como el yeso.

—Ahora mismo nos vamos de aquí. Deberíais salir del edificio. Aunque como tengamos la mala suerte de que esté la policía cerca y empiecen a inspeccionar piso por piso... Ya me dirás cómo vas a hacer desaparecer ese armatoste que has montado en la habitación invisible.

—Miguel, ¿me ayudarás a espantar a los grises si vienen?

—No me queda otra.

La conversación terminó de golpe. Luis Miguel mandó a Pepe tirar a la basura los pasquines que no habían salido volando.

—¡Echa encima de ellos todo lo que encuentres a mano! Nadie sospechará de ti. Al fin y al cabo, vives aquí. Hazme caso, ¡deja la bolsa lo más lejos que puedas de este edificio!

—Si le ve el sereno que va con una bolsa y no la deja en la puerta de casa, también sospechará —apuntó Domingo.

—Cierto —admitió Semprún—. ¿Y si metemos las bolsas en una maleta?

—Todavía peor, piensa que la calle ha tenido que quedar empapelada con los pasquines contra Franco. En cuanto alguien dé el chivatazo, empezarán a investigar casa por casa y a todos los que tengan pinta sospechosa. Vosotros la tenéis...

—Ya puedes ir desarmando esa mierda de máquina si no quieres que te lleven de aquí a comisaría —insistió Luis Miguel.

—No puedo, me llevaría días. Me preocupa más que estamos aquí cuatro del partido, conmigo cinco. ¡Todos fichados! No es muy difícil deducir que esos pasquines han salido de esta casa.

—Despierta a tu mujer ahora mismo y dile lo que ha ocurrido. Saca a Paspas de la cama y métele en la tuya. Vais a fingir que está muy enfermo. Píntale marcas rojas con el carmín de tu mujer y, si llamaran, os metéis todos en el cuarto invisible. Si vinieran, Pepe y yo nos encargaríamos de darles largas. Ahora no hay tiempo de tirar nada. Es muy de noche y no anda nadie por la calle. Os van a descubrir. —A Luis Miguel se le veía muy preocupado—. Pepe, no puedes salir con la basura. Demasiado arriesgado. No.

—Lo malo de Paspas es que se ponga a despotricar contra los guardias. Y más si se le despierta a estas horas —comentó Domingo.

—Tengo una idea mejor. Vayamos a mi casa —sugirió Pepe—. Mi hija se encuentra postrada en la cama. Nadie sospechará de que todos los hermanos estemos a su alrededor si decimos que la niña ha empeorado. Vosotros os metéis debajo de la cama.

—No, Pepe, no te vamos a pedir que hagas eso. Con Verónica, no —dijo Domingo.

—Eso o la cárcel. Además, aquí estamos todos involucrados. ¡Hasta tú, Miguel! —insistió Pepe.

—Joder, tienes razón. Es la mejor idea. Vayamos bajando de uno en uno. Son seis pisos. No bajéis corriendo —comentó Luis Miguel.

Semprún miró desde el ventanal a la calle y se dio cuenta de que había movimiento de coches y de personas.

—¡Ya están aquí los de la Secreta! O nos movemos, o nos cogen a todos. Hagamos lo que ha dicho Pepe, pero ¡ya!

Fueron bajando uno a uno sin encender la luz, ayudándose con mecheros para poder ver algo. Pepe iba el primero, abriendo camino con una de las bolsas que debían ocultar. Domingo y Luis Miguel, los últimos. Este llevaba la otra bolsa que debían hacer desaparecer.

Entraron en la casa de Pepe a oscuras. La habitación de Verónica era interior y afortunadamente podían encender la luz. Metieron las bolsas con los pasquines debajo de la cama. La niña ni se inmutó. Siguió con sus manitas retorcidas y el mismo gesto de dolor con el que llevaba semanas sin experimentar mejoría alguna.

—No sé qué lleva una de las bolsas que huele a rayos —dijo Pepe.

—Los niños han comido pescado y he echado las sobras para disimular —apuntó Domingo.

—Venga, no perdáis tiempo. Meteos debajo de la cama para hacer una prueba.

Los cuatro se tiraron al suelo, pero la cama no los ocultaba a todos. A uno se le veía medio cuerpo fuera.

—¡Joder! ¿Y ahora qué hacemos? —preguntó uno de ellos.

—Pues volver a subir a mi casa y dos se meterán donde la multicopista. No queda otra.

—¡Coño! Nos mandas al patíbulo. Al que encuentren ahí lo enchironan de por vida. Todos queremos quedarnos aquí.

De pronto, se oyó un golpe seco en la puerta.

—¡Ya están aquí! ¡Otro, al armario, con la ropa de la niña! No quiero toses o respiraciones. Aquí nos la estamos jugando todos por vosotros y vuestras malditas conspiraciones. —Luis Miguel estaba visiblemente enfadado.

—¡Cuánto siento haberos metido en este lío! —se lamentó Domingo.

—Ahora no es momento para lamentarse. Cada uno que haga su papel. Yo haré el mío. Vosotros, mudos. Todos. Despierta a la señora que cuida a tu hija y dile que se vista de luto riguroso. ¡Corre! Puede ser de gran ayuda que haya una mujer con nosotros. ¡Vuela!

Volvió a sonar otro golpe en la puerta.

—¡Abran la puerta! —gritaron desde fuera.

Pepe llegó con su ama de llaves recién despertada y terminándose de abrochar el vestido.

—¿Qué ocurre? —les dijo a todos sorprendida—. ¿Se ha puesto peor la niña?

—¡No! —dijo Pepe.

—¡Sí! —le contradijo Luis Miguel—. Está muy mal. No la engañes, Pepe.

La mujer se echó a llorar y se sentó cerca de la criatura, cogiéndole una de sus manitas.

Luis Miguel y Domingo se acomodaron en una silla. Pepe fue a abrir la puerta.

—¿Qué ocurre? —preguntó, haciéndose el sorprendido con los policías vestidos de paisano que iban llamando a todas las casas.

—¿Sabe qué es esto? —El policía le enseñó un pasquín.

—Ni idea, no estoy para esas cosas. Respeten mi dolor. Mi hija está muy enferma, si me permiten, vuelvo dentro...

—¿Podemos entrar? —Los policías no esperaron contestación alguna y se metieron dentro de la casa.

—Sí, claro. Pero no sé qué quieren encontrar.

—Al autor de esta ignominia. —Le volvieron a enseñar el pasquín.

—Pues aquí no lo van a encontrar. Insisto, no estamos para eso.

Cuando Pepe entró en la habitación seguido de la policía, Luis Miguel estaba de pie, aparentemente abatido, mientras su hermano Domingo abrazaba a la mujer vestida de negro que no paraba de llorar.

—¿Quiénes son ustedes? —preguntó el torero.

—La policía... ¿No es usted Luis Miguel Dominguín? —se sorprendió uno de ellos.

—Sí, señor. Y esta niña es mi sobrina, que está... bueno, ya ven ustedes cómo está.

El olor a pescado se había extendido por toda la habitación. Los tres que estaban debajo de la cama casi no podían respirar. Se quedaron sin aliento mientras la Secreta hablaba con los hermanos González Lucas. Los policías se disculparon y abandonaron el cuarto.

—Lo sentimos mucho. ¡Ustedes no están para estas cosas! Buscaremos en otros pisos. Muchas gracias y encantado de conocerle —dijo uno de ellos, estrechando la mano a Luis Miguel y tapándose la nariz con un pañuelo, sin ningún disimulo.

Se fueron de allí sin mirar más habitaciones. Pensaron que no merecía la pena contagiarse de la terrible enfermedad que debía de padecer la niña.

—¡Váyase a acostar! —le dijo Luis Miguel al ama de llaves

que cuidaba de la pequeña—. Necesitamos que mañana alguien esté más descansado para seguir atendiéndola. Seguro que mejora. Estaremos pendientes de la visita del médico.

—No, no, yo me quedo aquí.

Se oyó una arcada debajo de la cama. Luis Miguel comenzó a toser y a pedir de nuevo a la señora que abandonara la habitación.

—Tiene razón mi hermano, ¡descanse! —ordenó Pepe, que regresaba tras asegurarse de que los policías se habían ido.

En cuanto la enlutada mujer abandonó la habitación, Luis Miguel dio un puntapié debajo de la cama.

—Ya podéis salir. Menos mal que no estaban los policías.

—Joder, ese olor que sale de las bolsas es irrespirable y me ha dado una arcada —se disculpó uno de ellos.

—Pues has estado a punto de echarlo todo a perder. —Luis Miguel abrió el armario e invitó a salir del cuarto a los amigos de su hermano—. Esperemos que no descubran la habitación invisible allá arriba —le dijo a Domingo—. No hay forma de avisar a tu mujer, pero casi mejor para que se sorprenda con la visita de la Secreta.

Pepe se fue de nuevo para mirar a través de la mirilla e intentar averiguar qué pasaba. Todos permanecieron con la respiración encogida hasta que regresó y les comunicó que los policías habían abandonado el inmueble. Ahora deberían pasar la noche juntos y salir de nuevo por la mañana, cuando hubiera más movimiento en la calle.

—Joder, que alguien se lleve esas bolsas, que huelen que apestan. La pobre niña no tiene culpa de vuestras andanzas —les dijo Luis Miguel.

Pepe las sacó a una terraza que daba al patio interior.

—Mañana te deshaces de esa bazofia —le ordenó Luis Miguel a Domingo—. Por poco nos buscas la ruina a todos.

—De verdad que lo siento. —Se sacó del bolsillo del pantalón una cajetilla de Bisonte y se puso a fumar.

—¡Este hermano no aprenderá nunca! Estás teniendo mucha suerte, pero un día yo no estaré aquí para sacarte las castañas del fuego. —Buscó un paquete de Chesterfield, que había traído de Cannes, y ofreció a todos. Aquel cigarrillo le supo a gloria. Le siguieron todos los amigos de su hermano.

—No tengo la culpa de que en España vivamos sin poder expresarnos y sin poder manifestar que estamos en contra del Gobierno. Por eso, solo nos queda la clandestinidad e intentar ir minando al régimen con estas cosas.

—¡No seas ridículo, por favor! Deja de jugar con fuego, que tienes mujer e hijos y varias empresas de tu padre que se pueden ver perjudicadas. Muchas familias viven de esto. De modo que no más jueguecitos de la guerra. Mira cómo tus amigos se fuman un cigarrillo americano sin problemas. —Los cuatro que fumaban lo apagaron inmediatamente.

Luis Miguel estaba realmente enfadado. Se fue de la habitación y se recostó en el sillón del comedor. Los demás le siguieron y se fueron quedando dormidos allá donde podían. No tardaría mucho en amanecer sobre Madrid; el episodio de los pasquines había consumido casi todas las horas de la noche y casi todas las energías de los allí presentes.

34

El 2 de junio se paró la grabación de *Los caballeros del rey Arturo*. El ambiente festivo que se vivía en Londres hizo imposible el rodaje. Finalmente, Richard Thorpe tuvo que dar el día libre a todos los actores, figurantes y equipo técnico. No se podía trabajar, ya que ese día, con toda pompa y circunstancia, accedía al trono de Inglaterra Elizabeth Alexandra Mary, coronada como Isabel II. El acto tenía lugar en la abadía de Westminster y por primera vez era seguido a distancia desde Francia, Holanda y Alemania, gracias a las primeras emisiones llevadas a cabo por el invento que apuntaba a que podía revolucionar el mundo de la comunicación: la televisión.

Ava fue al aeropuerto a por su hermana Bappie y a por Reenie, la joven de color que había contratado tiempo atrás, cuando estaba casada con Artie Shaw, para ayudarla en todo aquello que tuviera que ver con el cuidado y la organización de la casa. Estaba nerviosa en el taxi. Afortunadamente, no tardó mucho en llegar a Heathrow porque no había nadie en el área oeste de Londres, en el distrito de Hillingdon. Todo el mundo se hallaba en el centro de la capital, en la calle, para ver pasar y adamar a la flamante y joven soberana.

—¡Por fin estás aquí! —saludó a su hermana nada más verla. La abrazó fuertemente y se emocionó.

—¡Qué delgada te veo! Seguro que no estás comiendo en condiciones. Con Reenie a tu lado, verás cómo tu vida será mucho más fácil —exclamó su hermana.

Abrazó a su fiel Reenie —Mearene Jordan— y le agradeció que acudiera a su lado, aunque a muchos kilómetros de donde se encontraba su familia. La doncella sabía por Bappie que Ava lo estaba pasando muy mal.

—¡Oh, Reenie! No sabes lo feliz que me has hecho con tu decisión. Te lo compensaré con creces. —La besó con emoción.

—Lo hago de mil amores, señora.

—No me llames señora, ni de usted. ¡Cuántas veces tengo que decirte que soy Ava, para ti y para todo el mundo!

—Está bien, Ava. Estoy deseando llegar al apartamento para ponerlo al día. —Reenie era pequeña pero muy guapa, con una risa muy contagiosa y una habilidad para hacer frente a todos los problemas que surgían en su vida y en la de la actriz.

—¡Pues allá vamos! Espero que no te asustes con lo que veas.

Veinte minutos más tarde Reenie ya se encontraba ordenando aquel hogar improvisado que, tras el regreso de Frank a Estados Unidos, había quedado sucio, todavía con cristales rotos de sus peleas por el suelo y un dormitorio como si hubiera pasado una manada de búfalos por encima.

—Me faltaba tu mano —se excusó Ava—. Sola se me cae el mundo encima y no sé por dónde empezar. Os agradezco a las dos que estéis aquí conmigo. No sabéis lo feliz que me siento.

Mientras Reenie no paraba de ir de un lugar a otro del apartamento intentando ordenar aquella leonera, Bappie y Ava hablaban en un tono confidencial.

—Bappie, esta pretendida segunda luna de miel ha sido un auténtico fiasco. Lo hemos intentado, te lo juro, pero no ha podido ser. No tengo la culpa de las injusticias que se están cometiendo con él. Estoy cansada de sus complejos y de su temperamento. En cuanto regrese a Estados Unidos, le voy a pedir el divorcio. No puedo prolongar más esta situación.

—Llevas muchos meses fuera de casa y estás agotada. No te preocupes que, en cuanto termines este trabajo, te obligaré a tomar unas vacaciones antes de regresar junto a Frank y, entonces, más serena, le podrás decir todo lo que piensas sobre vuestro matrimonio. Ahora en caliente, no. Te puedes equivocar y arrepentir toda la vida.

—Sí, estoy deseando terminar el rodaje para regresar a España. Además, me han invitado al estreno del hotel Castellana Hilton de Madrid, y pienso ir. He dejado allí muchos amigos.

—Ya te he visto antes esa mirada e imagino lo que significa. ¿Hay alguien especial?

—A ti no te puedo engañar. Sí, hay alguien muy especial que me gustaría presentarte. Es un torero muy reconocido que solo quiere que me divierta a su lado. Con él me siento Ava mujer, ¿entiendes?

—¿Otro torero? Ya viste los problemas que tuviste con el de la película *Pandora y el holandés errante.* No me acuerdo de su nombre.

—Ni falta que hace... No tiene nada que ver. Miguel es un hombre fuerte, pero a la vez delicado. Se trata de una figura conocida en todo el mundo y procede, como nosotras, de un hogar humilde. Nos hemos entendido nada más conocernos y, lo más importante, no he discutido jamás con él. Con Frankie, ya sabes, todo lo contrario. Siempre acabamos gritándonos por las cosas más absurdas. Me hace bien estar al lado de Miguel. Todo son risas y momentos únicos. Me gusta el carácter español. Lo malo es que él habla mal inglés y yo no hablo español. Algunas palabras sueltas, pero quiero saber expresarme en su idioma. ¿Por qué no me buscas un profesor? Tiene que haber alguien en Londres que me pueda enseñar español.

—No te preocupes. Tú a lo tuyo, que Reenie y yo hemos venido para solucionarte problemas. Te encontraré un profesor de español.

—Gracias, gracias, gracias... Bueno, dime cómo van las cosas por casa. ¿Tú cómo estás?

—Tirando. Cada vez veo menos. Pero no hace falta que te lo diga, mira mis gafas de culo de vaso.

—Estás estupenda con gafas y sin ellas. ¿Qué sabes del resto de los hermanos?

—Todos se encuentran bien. Me mandan fotos para que veas cómo van creciendo nuestros sobrinos. Están en la maleta, ahora te las traigo. ¿Y tú por aquí? ¿Cómo te van las cosas?

—Bueno, ya sabes, otra de esas de la Metro para ganar dinero. Si tienes en cuenta que este papel se ha creado a última hora en medio del sonido de armaduras y duelos de espadas, pues te puedes imaginar. ¡Apesta! Después de cuarenta minutos de metraje, aparezco en pantalla.

—¿No estás con el director de *Tarzán* e *Ivanhoe*?

—Sí, anteriormente ha tenido mucho éxito, pero esta película pasará sin pena ni gloria. No tengo ninguna duda. Se supone que soy víctima de un torpe secuestro, y uno de los caballeros del rey Arturo, Lancelot, consigue salvarme sin mucho esfuerzo. Ambos desconocemos la identidad del otro hasta que nos volvemos a ver cuando los caballeros están sentados en la mesa redonda, en presencia del rey. Mira, se trata de una fantochada histórica. Un triángulo amoroso en mitad de constantes batallas.

—A ti no te gustan ese tipo de películas, pero a la gente sí. De eso se trata, de que la gente la consuma y vaya a verla. Te aseguro que se verá.

—Puede que tengas razón, pero a mí estar todo el día vestida con trajes tan pesados me tiene consumida y harta. Mientras acabamos el rodaje, deseo llevar una vida tranquila. Centrada. Me tienes que ayudar, Bappie.

—Para eso tendrás que dejar de beber, quedarte en casa y procurar no salir por la noche. Volver a estabilizar tu vida.

—Sí, Bappie. Pon orden en mi vida. Ya no puedo más.

Esa noche Ava quiso preparar la cena. Cocinó para las tres pollo frito al estilo de su madre.

—Realmente delicioso —alabó su hermana—. Tal y como lo hacía mamá. Eres la única de todos los hermanos que ha heredado su mano en la cocina.

—Lo dices para halagarme.

—No, te lo prometo. Haces el pollo más rico del mundo, al verdadero estilo de Molly. Tuviste de maestra a la mejor cocinera del condado de Johnston.

—Cómo echo de menos a mamá. ¡Papá y Molly se fueron demasiado pronto! ¿Te acuerdas de mamá y sus discursos moralizantes cuando salía con algún chico?

—«¡Si tienes relaciones sexuales con un hombre antes de casarte...

—... te voy a colocar a dos metros bajo tierra!» —las dos terminaron la frase a coro y se echaron a reír.

—Hemos crecido como niñas temerosas de tener relaciones con chicos porque todo estaba prohibido y mal visto. Mamá era el eterno perro guardián para lograr que permaneciéramos respetables hasta el final.

—¿Te acuerdas de aquel chico que me acompañó a un baile en Nochevieja y me dio un tímido beso al llegar al porche de casa y mamá salió de detrás de la puerta como un toro? —Bappie se reía con la anécdota que le contaba su hermana—. En serio, creí que nos iba a matar a los dos. A aquel muchacho le persiguió hasta el coche y él se largó corriendo. Luego vino hacia mí y me gritó: «¡Qué vergüenza! ¿Cómo has podido? No voy a permitir que mi hija menor se convierta en una cualquiera». —Las dos se rieron con ganas—. ¡Qué tiempos aquellos! Muchas veces pienso que habría sido más feliz como secretaria, tecleando una máquina de escribir en Carolina del Norte.

—No digas tonterías. Hoy eres admirada por todo el mundo. Vives como nunca habríamos soñado los Gardner y te queda mucho mundo por descubrir. Nadie ha llegado tan alto en nuestra familia.

—Sí, pero nadie está más solo que yo. No soy capaz de retener el amor de ninguno de mis maridos.

—Mira, Ava, haces un chasquido de dedos y tienes a tres o cuatro pretendientes deseando casarse contigo. Sin ir más lejos, Howard está desesperado, dispuesto a que, por fin, le digas que sí.

—¡Por favor! ¿Me lo estás diciendo en serio? Jamás me acostaría con Howard, eso sí que no.

—Es el hombre que más dinero tiene sobre la Tierra.

—A mí eso me trae sin cuidado. Puedo ser su amiga, pero me carga hasta el extremo de aborrecerle cuando se pone tan pesado e insistente conmigo.

—Deberías darle una oportunidad.

—No me creo lo que me estás diciendo... Se trata de una broma, ¿verdad? Bueno, vamos a dejarlo. Voy a poner la radio por si dicen algo de un asesino en serie que me tiene obsesionada.

—No me digas eso, que soy muy miedosa. ¿Ya le han detenido?

—Sí, hace un par de meses. Incluso te confesaré que me he paseado por el 10 de Rillington Street, en Notting Hill, para ver la casa de ese hombre abominable que ha matado por lo menos a seis personas, incluida su esposa. Me he quedado completamente conmocionada.

—Haz el favor de no pensar esas cosas tan morbosas. ¡Ava, no leas los periódicos! ¡Te lo prohíbo!

—Piensa que mataba a sus víctimas estrangulándolas después de haberlas dejado inconscientes con gas doméstico... Me parece terrible hasta dónde puede llegar el ser humano.

—Bueno, ya sabes, capaces de lo mejor y de lo peor.

—Y no se hubiera descubierto nada si no llega a ser por el nuevo inquilino de la casa donde había vivido este energúmeno. Decidió hacer obra y se encontró con tres cadáveres en un falso muro de la cocina. Luego, la policía descubrió otros dos enterrados en el jardín y el de su mujer sepultado bajo las tablas del suelo de la habitación principal.

—Dios mío, yo a esa casa no iría ya ni regalada. ¡Qué horror! ¡Qué terrible! No pongas la radio, no quiero saber más detalles de ese asesino. Hablemos de cosas más agradables.

—Está bien, ¿qué sabes de Larry? —le preguntó mientras se tumbaba en el sofá.

—Bueno, hablar de mi exmarido no me entusiasma, pero reconozco que, cuando coincido con él, siempre me pregunta por ti.

—La verdad es que sin su obstinación hoy seguiría diciendo: «Me llamo Eeiva Gad-Na». —Las dos se echaron a reír.

—Y yo seguiría siendo Dixie, así me llamaban mis compañeros de I. Miller, en la elegante Quinta Avenida. ¿O no lo recuerdas? Nuestro acento era verdaderamente muy, muy del sur.

—La gente sonreía cuando abría la boca y solían decir que me comía las ges como si fueran chocolatinas. Sin embargo, nunca fui más yo misma. Ahora ya no sé ni quién soy, Bappie.

—¿Quieres que durmamos juntas? Necesito irme a la cama porque el viaje ha sido muy largo.

—¡Una idea extraordinaria! Por un día me meteré pronto en la cama con tal de estar contigo.

Las dos hermanas durmieron abrazadas. Hacía tiempo que Ava no dormía tan bien. Aquel apartamento empezaba a parecerse al hogar que siempre perseguía.

El día amaneció encapotado en Jaén. Los primeros invitados a la cacería organizada por el marqués de Villaverde, en la finca Arroyovil, propiedad de sus padres, los condes de Argillo, comenzaron a llegar en sus relucientes coches último modelo. No era para menos, porque compartirían un día de caza con el mismísimo Franco y el yernísimo, que ejercía de anfitrión. Marqueses, condes, altos cargos del gobierno y del ejército se dieron cita allí desde una hora muy temprana. El matrimonio Martínez-Bordiú-Franco no había mostrado afición por la caza hasta después de casarse. Es más, la finca había estado dedicada por completo a la agricultura, en concreto, al olivar. Por ese motivo, existía una almazara en la que se prensaba la aceituna para transformarla en aceite. Pero, tras la boda, todo cambió en las vidas de los Martínez-Bordiú y tuvieron que ir haciendo cambios en la finca y modificando la casa, para que se pudieran alojar Franco y las más altas personalidades. Al principio, las cacerías tenían un carácter estrictamente familiar, pero luego se fueron transformando en grandes eventos sociales.

Esa mañana estaban invitados personajes de muy diferente extracción social: desde miembros del gobierno y aristócratas, a artistas y toreros, como Luis Miguel Dominguín, que dejaba a todos boquiabiertos con su manejo de las armas. Carmen Polo hablaba con unos y con otros y disfrutaba acompañando a las mujeres de los tiradores hasta que la cacería de perdices se daba por concluida. Los anfitriones se vieron en la obligación de alquilar fincas colindantes a la suya para poder ofrecer suficientes puestos de tiro para sus numerosos invitados. Consiguieron precios muy razonables teniendo en cuenta que Franco era el que iba a cazar y que los dueños de las fincas también estaban invitados.

Comenzó el día con la salida del sol y un desayuno para los cuarenta invitados. Los perros montaban una auténtica algarabía contagiados por el entusiasmo de los cazadores. La organización había sido bastante compleja, porque todo debía estar estrictamente dispuesto y lo único que podía dejarse a la improvisación era la propia perdiz. De modo que comenzaron a establecerse puestos de observación, así como la asignación de un secretario y criado para la ocasión.

Algunos ojeadores estaban especialmente pendientes de Franco y de algún invitado, como el conde de Caralt, a los que acercaban las piezas a la misma línea de caza, poniéndolas a la vista para que solo tuvieran que disparar. En esa mañana se abatieron medio millar de perdices.

—Luis Miguel, tienes buena mano para la caza —alabó Franco una vez concluida la jornada, mientras se servía un aperitivo para los que habían participado y sus acompañantes.

—Su excelencia, yo nací con un capote en una mano y una escopeta en la otra. No es mérito mío, simplemente se trata de algo que he hecho en casa desde que era un niño.

—Buena mano, su excelencia. Le ha salido en Luis Miguel un gran competidor, sí, señor —los felicitó el conde de Teba.

—Que lo diga usted, siendo campeón mundial de tiro, resulta todo un halago. Ya he visto que de una barra de perdices ha descolgado a seis —le comentó Franco.

—El truco no solo está en disparar con habilidad, sino en cambiar de escopeta con rapidez y seguridad.

—A usted, señor conde, no hay quien le tosa en esto de cazar —afirmó Luis Miguel—. Nadie puede competir con sus marcas.

—Me han dicho que tiene una cualidad cuando sale a cazar: se mimetiza con el entorno —comentó Franco mientras el resto de los cazadores se unían al grupo y asentían con la cabeza.

—Suelo intentarlo cuando cazo conejos. Me gusta quedarme solo en el puesto y esperar. Tengan en cuenta que cazar para mí es más que una afición. Nada me parece comparable a vivir en el campo bajo el cielo raso. Eso sí, en compañía de mi escopeta y mi perra Lola.

Nada gustaba más a los cazadores que seguir hablando de caza y de sus perros, después de haberse empleado a fondo.

—¿No me cuenta ningún chiste de esos que se dicen por ahí? —le comentó Franco a Luis Miguel.

—Hay uno que tiene que ver con un gobernador civil que mandó un telegrama a un alcalde advirtiéndole de un terremoto: «Posible movimiento sísmico en su comarca. Sospecha de epicentro en su ciudad. Envíe información». El alcalde tarda en contestar, pero finalmente lo hace: «Movimiento sísmico desarticulado. Epicentro detenido. Y no hemos podido contestar antes porque hubo un terremoto de mil demonios».

Todos se quedaron callados y no sonó ninguna carcajada hasta que Franco esbozó algo parecido a una sonrisa. Entonces las risas se hicieron sonoras.

—¡Ya está Luis Miguel contando chistes! —se acercó Camilo Alonso Vega, procurador en Cortes y director general de la Guardia Civil—. Me lo he perdido...

—Pues no ha dejado en muy buen lugar a nuestros alcaldes. —A Franco le gustaba que Luis Miguel se atreviera a contarle ese tipo de chistes que a ninguno se le ocurría hacer en su presencia—. Usted sabe, Luis Miguel, que el humor es arriesgado —le dijo.

—Ya sabe, su excelencia, que vivo con el riesgo casi desde los cinco años. Me gusta.

—Por cierto, no sé si se lo he preguntado alguna vez: ¿cuál de sus hermanos es del Partido Comunista?

—Todos, su excelencia. Todos. —Siempre le contestaba lo mismo.

Las caras de los que le oyeron por primera vez se quedaron frías. Franco volvió a esbozar una leve sonrisa y Camilo Alonso Vega se rio con ganas. Los demás le siguieron como un coro de grillos.

—¡Este Luis Miguel! ¿Qué, cuándo vuelves a los toros? —preguntó Alonso Vega.

—No lo sé. Mi pierna me tiene a mal traer. Todavía no estoy bien. Ya veré. A lo mejor toreo alguna corrida en Francia y dos o tres en América. Poca cosa. Mi vuelta no está cerca. Estoy aprovechando para viajar. Por cierto, me han dicho en Cannes que Picasso está a malas con el Partido Comunista francés. A lo mejor es el momento de acercarse a él para que vuelva a España, igual que ha vuelto Dalí.

—Esas son palabras mayores. Dalí no es comunista. Sin embargo, Picasso es un enemigo del régimen —le dijo Alonso Vega.

Franco callaba y escuchaba. Los demás lanzaron improperios contra Picasso.

—Pero si su pintura la puede hacer un niño. Parece una tomadura de pelo —dijo uno de los altos cargos del ejército que estaba en el grupo.

—No podemos ir a contracorriente. Todo el mundo valora su pintura como una genialidad. Si queremos abrirnos al mundo, debemos intentar por todos los medios que vuelva el talento que se nos ha ido. Por ejemplo, deberíamos traernos el *Guernica*, que está en el Museo de Arte Moderno de Nueva York.

—No he visto una cosa igual; no se sabe dónde están los ojos, las bocas de los animales ni de las personas. ¿Cómo le puede gustar eso a alguien?

—Al arte no hay que entenderlo. Solo respetarlo. Abrir puertas a los que se fueron es de inteligentes.

—Se han ido los rojos. Aquí se han quedado los patriotas. ¿O es que consideras que solo tienen talento los que se han ido? —dijo otro militar de los que acompañaban a Alonso Vega.

—Hemingway, al que acaban de dar el premio Pulitzer por su novela *El viejo y el mar*, va a venir a los sanfermines y contó la Guerra Civil desde el bando republicano. Lo he leído en la prensa. Eso nos ayuda más de lo que nadie pueda imaginar.

Hubo una ligera discusión entre los que estaban de acuerdo con Dominguín y los que no.

—El mundo se está dando cuenta de que no se puede dar la espalda a una gran nación como España. Excelencia, por cierto, le doy la enhorabuena por ese concordato con la Santa Sede que está a punto de firmarse.

Franco se limitó a agradecérselo con un gesto. Fue más explícito Alonso Vega.

—Joaquín Ruiz Jiménez hizo bien su trabajo cuando era embajador de España ante el Vaticano hace un par de años. Después de ser nombrado ministro de Educación, retomaron esas conversaciones el ministro de Exteriores Alberto Martín Artajo y el embajador Fernando María Castiella. A no tardar mucho llegará ese acuerdo. Por fin se enseñará en las escuelas, de forma obligatoria, la religión católica. La enseñanza, pues, se ajustará a los principios del dogma y de la moral de la Iglesia católica. Pero todavía quedan flecos...

—Ya que habla de enseñanza, este año, con la reforma, mi prima tendrá que elegir entre ciencias y letras. Menos mal que los toros me apartaron de los libros, para disgusto de mi madre —manifestó Luis Miguel—. Yo no hubiera sabido qué elegir. Era regular en todo.

—Al infante Juan Carlos ese cambio en la educación no le pilla, ¿verdad? —preguntó uno de los aristócratas que asistían al aperitivo.

—No, porque ya el año que viene termina sexto de bachiller. No obstante, pensaremos en una formación militar que complete su educación —añadió Alonso Vega.

—La formación del espíritu nacional debe primar por encima de todo y unos buenos profesores al servicio de España —manifestó uno de los altos mandos del ejército.

—Se debe enseñar qué ocurrió en la Guerra Civil para algunos desmemoriados —señaló el conde de Teba.

—Sobre todo, se debe inculcar a los jóvenes que sin esfuerzo no se consigue nada en la vida. No sé si eso encaja en alguna asignatura.

Franco seguía callado, parecía ausente mientras los demás hablaban de cómo se debía seguir cantando el «Cara al sol», rezando en los colegios y venerando las figuras de Franco y José Antonio. Lo decían para que el propio Franco lo escuchara, pero este había desconectado hacía rato. Hizo un aparte con Camilo Alonso Vega.

—Camilo, quiero que Luis Miguel no tenga nunca problema para entrar o salir por la frontera con quien quiera. Tiene carta blanca para moverse, ¿me entiendes?

—¡Como tú digas! —admitió, aunque no acababa de entender que Franco escuchara con tanto interés todo aquello que decía el torero. Le parecía inexplicable, pero estaba claro que su temeridad le gustaba.

Cristóbal Martínez-Bordiú, celoso de tanta atención al torero por parte de su suegro, ordenó que sirvieran el aperitivo antes de tiempo para impedir que siguiera acaparando el centro de atención. Comenzaron a servir bebidas y tapas. Uno de los camareros contratados confundió al marqués con el torero. No era la primera vez que pasaba.

—Señor Dominguín, ¿no coge un poco de jamón?

—¡Pero hombre de Dios!, ¿no sabe usted quién soy? —exclamó en voz suficientemente alta para que todos le oyeran—. Lo de ser marqués es cosa de cuna...

Luis Miguel, que escuchó las palabras de Martínez-Bordiú, le replicó en un tono más alto, también dirigiéndose al camarero:

—¡Hombre de Dios, cómo puede confundirse! Para ser marqués solo hace falta cuna y para ser torero, además, hacen falta muchos cojones.

La disputa se quedó ahí, y siguieron sirviendo el aperitivo. A Franco aquel rifirrafe verbal no le gustó y se dirigió a la mesa en compañía de miembros del gobierno. El marqués anunció a los invitados que la comida estaba servida.

Mientras se acercaban a la mesa, algunos asistentes a la cacería aprovecharon para pedir diferentes prebendas a los altos cargos del gobierno y la administración: desde un despacho de quinielas, la concesión de un estanco, un empleo para un conocido y hasta permisos de importación... Era el lugar donde se cerraban más negocios y se intercambiaba más información. También se trataba del sitio idóneo para las murmuraciones. Al conde de Caralt, que siempre llevaba vinos de su propia cosecha, se le vio especialmente atento con la esposa del conde de Arenales. Algo que no sentó bien ni a su mujer, Manita, ni al marido de Loli del Castaño. Pero su asedio constante a la bella dama no escapó a los ojos de ningún invitado.

—¿Te has fijado que el conde no pierde ojo a Loli? Aquí se va a armar una gorda —aventuró una de las invitadas.

—Me ha dicho uno de los tiradores que se ha pasado toda la cacería subido a un árbol, absorto, mirando con un catalejo a la mujer de Arenales, aunque disimulaba diciendo que estaba oteando a las perdices.

—Pues dicen que es un gran cazador, pero hoy solo ha disparado a Loli, que lo está pasando fatal.

—Bueno, bueno, ojito con las mosquitas muertas.

—Ahora, tiene su gracia, ¿eh? Me parece un catalán muy decidido que, si se propone algo, no cejará en su empeño.

—Con el dinero que atesora, nada le puede frenar. Además de personalidad, posee una inmensa fortuna.

Los comentarios no cesaron hasta que en la sobremesa llegaron los artistas Luisa Ortega y Arturo Pavón, el Beni de Cádiz y Maleni Loreto, una bailaora de gran belleza, que mostraron todo su talento para disfrute de aquellos comensales tan influyentes.

Al anochecer, Luis Miguel regresó a Madrid en su Cadillac, con Cigarrillo al volante, hablando de caza durante todo el trayecto, uno de sus temas favoritos.

—Estoy pensando en organizar en Villa Paz una cacería de zorros. Me parece que puede ser diferente.

—Pero en la finca el zorro se caza mejor de madrugada.

—Sí, debería organizarla a las cuatro de la mañana, con el azufre y toda la preparación que requiere.

—Maestro, siempre está inventando algo nuevo. Todavía recuerdo la caza de la vaca con su prima.

—¡Ah, sí! La niña quería disparar y se me ocurrió lo de la vaca. Su padre le puso una escopeta en las manos con siete años. ¡Dispara como una profesional! Le pasa como a mí. Le encanta cazar y me sorprende que nunca tenga miedo. Lo de la vaca tuvo su gracia... Ella y yo apostados en medio de la plaza de la finca, pidiendo: ¡vaca! ¿Te acuerdas? Nos soltaban el animal de tres o cuatro años, que, en lugar de mandar al matadero, decidíamos cazarlo. Esperábamos el momento adecuado para asestarle un tiro. Ojo, un tiro que debía ser certero, porque la munición que llevábamos no era para un animal tan grande, pero ¡acertábamos!

—¡Vaya que si acertabais! Teníais la sangre fría de no disparar hasta que estaba cerca de vosotros y caía fulminado a vuestros pies. Menudo cuajo que tiene la cría. ¡Es impresionante! Como el día que hicisteis los dos el Tancredo.

—Yo pensé que Mariví, en cuanto viera al toro, correría como un conejo y ¡qué va! Se quedó tan quieta como yo. ¡Tiene tanto valor o más que yo!

—Lo que le pasa a la niña es que posee fe ciega en ti. Pero, aun así, hace falta valor para no salir corriendo.

—Sí, una Dominguín pura porque no se inmuta ante nada. Yo le digo que dispara «de igual a igual» a morlacos enormes. ¡Me sorprende! La verdad es que Mariví me sorprende... —Se quedó pensativo y poco a poco se fue quedando dormido. Así, con los ojos cerrados, llegó a Madrid de madrugada. En cuanto entró en casa, se topó con María, que estaba en una silla dormida con la cabeza apoyada en la mesa del salón.

—María, ¿por qué no estás en la cama? —preguntó sorprendido.

—Señorito, quería esperarle porque tengo mucha preocupación y necesitaba compartirla con usted.

—Qué manía. ¡No me llames de usted, por favor! ¿Qué ocurre?

—Tengo la impresión de que su madre intuye algo. Ya le he dicho al señor que no me mire como lo hace, pero no lo puede evitar.

—María, si mi madre os pilla juntos, todo el plan se va al carajo.

—Si ya se lo digo yo a su... bueno, a tu padre. Pero siempre está merodeando por donde yo estoy. Por eso, lo mejor sería que me fuera a alguna otra casa, porque tengo la angustia de que nos va a pillar doña Gracia.

—Este hombre no tiene solución. Pero no puedes irte de buenas a primeras. ¿No ves que estás embarazada? ¿Quién va a meter en su casa a una mujer que se mueve con tanta dificultad? Cada día podrás hacer menos cosas. ¿No te das cuenta de que no vas a estar protegida en ningún otro sitio como aquí? Hablaré con él. Recuerda que mi madre no puede pillaros una mirada ni tampoco en un descuido. Pondré un cerrojo en tu puerta para que mi padre no pueda entrar. Tranquila, que ya me encargo yo de él. ¡Mañana intentaré arreglarlo!

Se fue a su cuarto con la preocupación de que si su madre se enteraba, el lío que podía organizarse en casa no sería pequeño. Debía evitarlo a toda costa. Intentaría convencer a sus padres para que se fueran a Quismondo cuanto antes. La entrada del verano se lo facilitaba.

35

El cumpleaños de Domingo ayudó al traslado del padre de la saga y su mujer a la finca de Toledo. Allí pasarían una larga temporada. Dominguito, como le llamaban sus padres, cumplía treinta y tres años. Desde hacía cinco años se había retirado de los toros, pero no perdía la oportunidad de encerrarse a torear con sus hermanos en la plaza de la finca cada vez que se terciaba. Aunque se dedicaba junto con su padre a apoderar toreros y a la gestión empresarial de espectáculos taurinos en las plazas de Pontevedra, Granada y las madrileñas de Tetuán y Vista Alegre, de la que era dueña la familia desde 1948, se sentía, por encima de todo, torero.

A la comida familiar se unió Joaquín Pareja Obregón, muy amigo de Domingo y sobrino de la famosa ganadera de Concha y Sierra. Era un señorito andaluz, primogénito de los condes de Prado Castellano, muy buen caballista y rejoneador. Entre risas, comenzó a relatar un episodio protagonizado por Domingo y que a la familia le hacía mucha gracia.

—No vas a contar lo que aquí me están recordando mis hermanos constantemente. Además, están mis hijos... ¡No lo hagas!

—Joder, sí, ¡cuéntalo! —pidió Paspas.

—Si no lo haces tú, lo voy a hacer yo —aseguró Luis Miguel, en tono jocoso.

—Fue en la feria de Granada y yo toreaba la primera corrida. No me gustaba nada el toro que tenía que lidiar y veía claro que no me iba a poder lucir. Yo le hacía gestos al público como diciendo que el toro no veía bien y no estaba en condiciones. Comenzaron a pitar y no tuvieron más remedio que mandarlo a los corrales. Domingo sudaba y me hacía aspavientos.

—Te voy a decir por qué: ese toro que mandaste a los corrales estaba para torear, pero tuviste que pedir otro. ¡Hay que joderse con el señorito! Además, me fui corriendo al ver tus intenciones para decirte que no había sobrero para rejoneo. Pero diste con el ignorante del presidente, que no sabía nada de nada, y lo devolvió, creándome un problema tremendo. Ni sé todavía cómo salí de ese aprieto.

—Domingo se metió en los corrales y el resto ya lo sabéis.

—Remátalo, Joaquín —le pidió Luis Miguel, tronchado de risa.

—¡Sois unos cabrones! —insultó en broma Domingo.

—No puedo, todavía me muero de la risa al recordarlo. Teníais que haber visto su cara.

—A tu padre —le dijo Luis Miguel al niño de cuatro años —no se le ocurre otra que quitarle el cencerro al cabestro y verter encima del arranque del rabo una botella de aguarrás, que escurrió penca abajo hacia el culo.

Los niños y la familia se reían con ganas. En ese momento, llegaron a Quismondo y se incorporaron a la fiesta don Marcelino y el fotógrafo Paco Cano, que venía —como siempre— con su cámara en ristre.

—¡Vaya, los que faltaban para el duro! —los recibió Domingo, levantándose a saludarles—. Usted, don Marcelino, chitón.

—¿De qué están hablando? —preguntó curioso el pequeño amigo.

—Les estoy contando lo del día del pobre buey que tuve que rejonear, porque Domingo no tenía un sobrero y lo único que se le ocurrió fue echarle aguarrás.

—¿Que se le olvidó que debía llevar toro por si acaso?

—Don Marcelino, no se meta en donde no le llaman, que sabe que sale *trasquilao*. La legislación no obliga a llevar sobrero en las corridas de rejones. No se haga el listillo.

—El caso es que el animal estaba medio enloquecido por el escozor que tenía y salió de los chiqueros como si fuera un cohete; brincaba más que un saltamontes. Yo me percaté de la jugada y no hacía más que preguntar a mi cuadrilla que dónde estaba Domingo. En ese momento le hubiera matado.

—Estaría escondido por alguna parte —apuntó don Marcelino.

—¿Qué dice? Usted no estaba allí —le contestó Domingo.

—Estaba detrás de mí y del almirante Cervera —comentó Pepe, muerto de risa también.

—De verdad, si le veo, me bajo del caballo y le mato —añadió Pareja Obregón.

—No, el que te hubiera deseado matar habría sido yo. ¡Gilipollas, que eres un gilipollas! ¿Por qué no pudiste torear el toro? No, el señorito quería el sobrero sabiendo que no existía. ¿Qué querías, que me colgaran del palo mayor?

—Nunca he tenido un éxito más grande. Jamás he visto un animal que embistiera tanto como aquel. Y, además, lo maté de un certero rejonazo —rio coreado por todos los Dominguín.

—¡Anda que no tuviste potra! Fue pura suerte... Todavía me debes ese éxito. ¡Pero dejadme en paz! ¿Me lo vais a recordar cada dos por tres? ¿No tenéis otra gracia que contar sobre mí?

—Podríamos estar así hasta mañana. De esas has hecho cientos —comentó don Marcelino.

—Cuidado con seguir por ahí, que es mi cumpleaños... Además, Miguel tiene más anécdotas que yo. ¿No os acordáis del tío de la Maestranza que siempre le pitaba hiciera lo que hiciera, hasta con dos orejas y, sin embargo, siempre aplaudía a Antonio —dijo, refiriéndose a Ordóñez—? Y un día caminando le ve en la puerta de una óptica con una bata blanca a punto de echar el cierre y a Miguel no se le ocurre otra cosa que pasar. «¿Puedo ver unas gafas?», le preguntó con una enorme flema.

—¿Cómo no lo iba a hacer? No iba a desperdiciar ese momento.

—Sí, pero te probaste varias gafas y el tío quería cerrar, pero luego vino lo mejor...

—¡Cuéntalo, papá! —le pedía su hijo.

—Pues se puso unas gafas y dijo: «¡Qué raro, no veo más que a un hijo de puta!». Y se quedó tan ancho. Podría estar varios días contando anécdotas y no acabaría.

Todos soltaron una carcajada. Estaban a gusto en torno a la mesa.

—Sí, pero hoy el que cumple años eres tú y debes aguantar el tirón. Yo tengo otra de Dominguito que me contó Cristóbal Peris, y tiene también su gracia —intervino el padre, hablando de otro empresario taurino—. Serían cinco o seis días antes de la feria de Albacete y estabais arreglando los últimos detalles. ¿Te acuerdas? —Domingo asintió—. Creo que teníais que hablar con alguien importante de la provincia para pedir algún tipo de papeleo y financiación.

—Sí, me presenté en el hotel donde habíamos quedado y solo veía a un viejuco con boina de espaldas. Al cabo del rato, pregunto al camarero si Peris había dejado un mensaje para mí y me dijo que estaba allí, y señaló al tío de la boina calada con muy mala cara. Cuando me acerco, le veo lleno de lamparones en la ropa vieja que llevaba y le pregunto qué le pasaba: «Nada, que voy a pedir ayudas», me explicó muy convencido de lo que hacía.

—Y a ti, que ibas con corbata por una vez en tu vida, te dijo que no podías acompañarle porque había que dar pena y con esa ropa conseguirías el efecto contrario.

—Sí, no me dejó que fuera con él y, sin embargo, me mandó a tratar con los bancos. «Con esa pinta es con los únicos que puedes hablar», afirmó. Lo tenía clarísimo. Se cansó de repetir: «Según te vean, así te tratan». Bueno, ¿me vais a seguir machacando con anécdotas?

—¿Usted con corbata? No me lo creo. Estaría enfermo. Los rojos van siempre sin corbata.

—Y los fachas con bombachos.

—No empecéis. Os gusta discutir más que a mí jugar a la pelota —comentó doña Gracia, y todos se callaron—. Venga, ¿quién se atreve a jugar contra mí?

Los tres hijos decidieron jugar a la pelota vasca con su madre, y doña Gracia les ganó a todos.

—Va, se han dejado ganar —le dijo la madre de la saga al rejoneador, a don Marcelino y Canito, que habían sido espectadores de ese partido.

—Don Domingo, quisiera hablar con usted —pidió Paco Cano al padre.

—Lo que quieras. ¿Qué te ocurre?

—¿Podría cobrar el trabajo que hice hace meses con Miguel y que todavía no se me ha pagado?

—Me pillas sin un duro, pero díselo a Chocolate, que está por aquí.

—No se preocupe. Se lo diré ahora mismo.

Cano fue al encuentro de Chocolate, que estaba organizando todo dentro de La Companza para el cumpleaños.

—Me dice don Domingo que te pida a ti lo que me debe Miguel por un par de trabajos que le he hecho en estos últimos meses.

—Tengo que hablar con Miguel para ver qué te damos. No te corre prisa, ¿no? Come algo y diviértete. El dinero te llegará. No te preocupes. ¡Qué prisas tenéis los jóvenes!

—¡Si han pasado ya un par de meses!

—Eso son prisas.

—¡Las prisas las tiene mi familia, que come de mi trabajo! Pero si no queda otra, esperaré.

Volvieron a sentarse en torno a una copa de vino y unos aperitivos. Luis Miguel les contó que estaba pensando en torear una corrida en la finca de un empresario francés.

—Domingo, llama cuando puedas a este empresario —le pidió, sacando de la cartera la tarjeta que le habían dado en Cannes—. Dice que hay mucho dinero encima de la mesa.

—No te preocupes. Mañana mismo le llamo.

—Seguro que el que tiene anécdotas para dar y tomar es el pillín de Canito. Si se pone a hablar, no para. ¿Tienes alguna de toreros? —preguntó doña Gracia.

—Las que quiera. ¿Les cuento alguna de otra saga, los Bienvenida?

—Adelante —le apremió curioso Luis Miguel.

—Fundó la estirpe, en el siglo pasado, Manuel Mejías Luján —intervino Domingo padre—. Su hijo, Manuel Mejías Rapela, llamado *el Papa Negro*, siempre les ha enseñado a sus hijos todos los secretos y técnicas de la tauromaquia. Las banderillas las ha puesto como nadie.

—Pues uno de esos días que estaba don Manuel con sus hijos entrenándolos, se percataron de que faltaba Juanito. Nadie sabía dónde estaba el benjamín hasta que se oyó el chasquido de una rama de un árbol del jardín que se tronchó. El joven se pegó un gran costalazo, pero no se hizo nada más que un rasguño.

—¿Qué hacía subido a un árbol? —preguntó doña Gracia.

—La razón de la subida al árbol estaba en que en la casa colindante había una chica de servicio que se entretenía en mostrarle sus encantos físicos; vamos, que se quedaba en pelotas para que la viera el chaval y ponerlo a cien.

Todos se echaron a reír menos doña Gracia.

—No sé qué tienen estas muchachas que les encanta conquistar a los chicos y a los no tan chicos... —miró a su marido.

Domingo padre se quedó sin habla con el comentario de su mujer y posterior mirada. Luis Miguel salió al quite.

—Pues qué van a tener, madre, ¡que son muy jóvenes! Y tienen ganas de juerga, como nosotros. —Se quedó pensando que su madre sospechaba algo del embarazo de María.

—¡Que son unas frescas! Hasta la que parece más mosquita muerta te está engañando, te lo digo yo.

Domingo tragó saliva y bebió un buen trago de vino. Se preguntó si su mujer sabría algo más de lo que decía. Se quedó muy preocupado. Canito se levantó de su asiento y le entregó a Luis Miguel un sobre. Este lo abrió y se sorprendió al ver las fotos de la mujer más hermosa con la que jamás había estado, Ava Gardner, tras su paso por Villa Paz.

—Guapa, ¿eh? —le dijo, guiñándole un ojo.

—¿Son fotos? —preguntó Domingo intrigado.

—Sí, son fotos —se limitó a decir Luis Miguel contemplando a aquella mujer que le había hecho romper con toda su vida amorosa anterior.

—Nuestro hermano se ha enamorado. ¡Por fin, ha caído! ¡Es mortal! —exclamó Domingo.

—No digáis tonterías... Sí, me gusta. ¡Joder! No sé qué os habéis quedado mirando.

—¿Sabes algo de Angelita después de que el padre la mandara a estudiar al extranjero?

Hubo un incómodo silencio tras la pregunta de Pareja Obregón.

—No menciones a esa familia que tanto daño nos ha hecho. ¡Mira que denunciar a Miguel por secuestro! ¡Con lo amigos que eran! Ni se te ocurra mentarlo en esta casa.

—No, no sé nada. El padre se ocupó de separarnos.

—Agua pasada no mueve molino —afirmó su madre—. Hijo, preferiría que te enamoraras de una chica normal, de pueblo. Vas a sufrir mucho de amores.

—Madre, no te preocupes por tu hijo Miguel. ¡De mujeres va bien servido! —observó Pepe.

—Pero, Miguel, debes ir pensando en sentar la cabeza y formar una familia. Como tus hermanos —insistió la madre.

—Si vais a empezar con ese tema, me voy. ¿Qué prisas tenéis?

—¡Dejad en paz a Miguel! Es el más listo de todos. ¿Queréis cargarle de hijos? Ahora puede vivir y viajar. Después llegan estos y se acabó lo bueno —dijo Domingo, señalando a Paspas y a Patata al tiempo que les sonreía.

—¿Dirás tú que no sigues haciendo lo que te da la real gana? —se metió Carmela, su mujer, que intervenía poco en las conversaciones pero esta vez no pudo quedarse callada.

—Si vais a empezar con tiranteces, lo mejor que podemos hacer... —Se levantó y cogió a don Marcelino en volandas—. ¡Vamos, Pepe, cógelo! —Lo lanzó para que lo agarrara su hermano.

—¡Joder! ¿Me quiere bajar, Domingo? ¿No hay otro tonto para pasar el rato?

Paspas aplaudía divertido. Luis Miguel también participó en el juego.

—Pasa, pasa —dijo el benjamín de la saga.

—¿Queréis dejarle? Se va a caer y le vais a hacer mucho daño —les advirtió su madre.

Don Marcelino fue pasando de mano en mano entre los tres hermanos hasta que, hartos de oír los improperios del pequeño amigo, Miguel le dejó en el suelo.

—No sé por qué se queja tanto si es el primero que nos provoca —le dijo Domingo tratando de recuperar el aliento.

—¡Seréis cabrones! Doña Gracia, vaya trío calavera...

—Tome una copa de vino, que los chicos estaban de broma —le invitó a beber Domingo padre.

El día resultó divertido hasta que se incorporaron al festejo Pochola y su marido, acompañados de sus dos hijas, Chiqui y Lidia, de muy pocos meses. Se les veía con caras largas y sin dirigirse la palabra entre ellos. La hermana mayor se sentó al lado de Luis Miguel y su marido, en el otro extremo con su hija mayor.

—¿Pasa algo? —le preguntó Luis Miguel en un tono confidencial.

—No le aguanto, Miguel. No se lo digas a mamá ni a papá, pero estoy decidida a dar el paso.

—¿A qué te refieres?

—Que me voy a separar. Esta situación que estamos viviendo es inaguantable.

—Tú sabes que esa decisión va a repercutir en tu entorno. No está bien visto.

—Me da igual. No quiero seguir así. Ya he hablado con un abogado, Zarraluqui, no sé si te suena.

—Sí, creo que lo conozco. Bueno, si ya estás decidida, sabes que puedes contar con todo mi apoyo. En el momento en que te separes, la familia se volcará contigo.

—Lo sé.

Al final del día todos regresaron a Madrid menos Pochola y los padres, que se habían trasladado cargados de maletas con la intención de pasar todo el verano en La Companza. Luis Miguel se quitaba una preocupación viviendo solo con María en la calle Príncipe, sin la presencia de sus padres. Le quedaba la duda de si su madre intuía algo sobre la autoría de aquel embarazo. Pensó que cuanta más distancia hubiera entre ellos, mejor irían las cosas en su casa.

Frank Sinatra llamaba sin parar al apartamento de Londres deseando hablar con Ava, pero ella rara vez contestaba al teléfono. La última vez que lo intentó, Bappie obligó a su hermana a hacerlo. El artista se puso eufórico al oír su voz, mientras que Ava estuvo tentada de colgarle.

—Nena, necesitaba escucharte. ¿Cuándo volverás aquí? Imagino que te debe de quedar poco para finalizar el rodaje.

—Sí, una semana nada más.

—Contaré los días hasta que llegues.

—No tengo muy claro que vaya a ir pronto, Frankie.

—Nena, tienes que venir y ser partícipe conmigo de lo que aquí está pasando. Todos los que ven la película, en pase privado, me dicen que mi actuación les parece magistral. Deseo que se estrene cuanto antes para poder ir a verla contigo. ¡Te sentirás orgullosa de mí!

—No tengo que ver la película para sentirme orgullosa de tu trabajo. ¡Eres muy grande, Frankie! Siempre te lo he dicho.

—¡Que se jodan los cabrones que me daban por muerto! Estoy deseando ver las caras de algunos cuando las críticas a mi trabajo sean favorables. Ava, ¡este es mi jodido regreso! —Ella apartó el teléfono. Le entristecía observar que solo le interesaba lo que giraba en torno a él. A su mujer no le preguntaba cómo se sentía o simplemente cómo estaba—. ¿Vendrás al estreno?

—Todavía no lo sé. Bappie quiere que nos quedemos varias semanas a descansar por Europa, y creo que le voy a hacer caso. Tengo muchas cosas en que pensar y muchas decisiones que tomar.

—No tomes ninguna decisión y vente conmigo. Necesito tenerte a mi lado para que cada mañana no sea lunes. Nena, te echo de menos. Estoy jodido sin ti.

—Frankie, tú sabes que nuestra convivencia es imposible. Un periodo de reflexión nos vendrá bien a los dos. Además, a los americanos que estamos por Europa nos han pedido que acudamos a la inauguración de un nuevo hotel, un Hilton, en España. La Metro me ha insinuado que le gustaría verme por allí.

—¿De repente te importa lo que te diga la Metro? ¡Ven a mi lado!

Se cortó la comunicación y Frank necesitaba volver a hablar con Ava.

—¡Joder! ¡Señorita, señorita! ¡Se ha interrumpido la conexión! —dijo con tono de desesperación a la operadora. Lo intentó de nuevo, pero le informaron de que las comunicaciones con Inglaterra estaban saturadas.

Ava había colgado el teléfono. No era problema de la línea. No quería seguir oyendo a su marido.

—Bappie, no me lo vuelvas a pasar. Siempre él, él y él. No me ha preguntado por mí, solo ha hablado de su película y de lo bien que lo ha hecho. Su ego es más grande que la Torre de Londres. No puedo con él. Estaba más dulce cuando le iban rematadamente mal las cosas. Ahora me pone nerviosa. ¿No te das cuenta de lo que digo?

—No sabe cómo acertar contigo. Te dice eso como te podría decir lo contrario. Está desesperado. Me lo dice mucha gente que le ve: «Tu hermana le tiene en unas condiciones lamentables».

—No, si aún voy a tener yo la culpa. La gente no tiene ni idea de los problemas que tenemos en nuestro matrimonio. Bappie, no siento nada en la cama con Frankie —le confesó a su hermana.

—¿Cómo que no sientes nada?

—No sé lo que es un orgasmo con él desde hace tiempo, y se da cuenta. De ahí viene su desesperación. No por otra cosa. Su ego masculino está dolido. Casi se partió la columna vertebral cuando estuvo en Londres para la hipotética segunda luna de miel, pero yo me quedé igual que si estuviera con el vecino. No sé qué me está pasando —se echó a llorar.

—Pero si decías todo lo contrario no hace mucho.

—Eso cambió de repente.

—¿Tiene que ver con ese torero que acabas de conocer?

—Es posible... Me acuerdo mucho de él.

—Está claro adónde tenemos que ir de vacaciones. Debes asegurarte de si sientes lo que crees por ese torero. A Frankie le has querido como a ningún otro hombre.

—Así ha sido durante mucho tiempo, pero ahora ya no siento nada por él ni en la cama. Creo que nuestro amor se acabó hace tiempo. Se fue apagando poco a poco.

—Sin embargo, te molesta si te dicen que está con otras mujeres. Si te diera igual, no te importaría tanto.

—Soy muy celosa, lo reconozco porque estoy harta de que se acueste con actrices, camareras, fulanas, cantantes... le da igual. He llegado a mi límite. Han sido muchas las que me ha hecho, sola y en compañía. —La doncella estaba planchando y escuchando lo que decía Ava—. Reenie y yo hemos sido testigos de alguna. ¿Verdad? —La joven asintió, muerta de risa—. Una que vivimos hace un par de años fue el día en que me pidió que le dijera si me había acostado con Cabré. Le contesté que no mil veces, pero a la mil y una ya le dije que sí. Me tenía harta y, además, me aseguró que si le contaba la verdad lo olvidaría inmediatamente, pero no fue así. Nunca me lo perdonó, nunca. Luego empezó a soltarme atrocidades y decidí salir huyendo. Después nos llamó Hank Sanícola para informarnos de que se había tomado una sobredosis de pastillas. Regresamos las dos como pudimos y nos encontramos a Frank recién despertado. Ni siquiera le habían tenido que hacer un lavado de estómago. Solo se había tomado unas pastillas para dormir y, cuando nos vio, dijo un simple: «¡Hola, chicas!». De esas me ha hecho muchas... Muchas. O ese otro día que estaba enfadada con él... como siempre. Hablábamos por teléfono desde habitaciones diferentes, en el mismo hotel, cuando sonó un disparo. Me faltó tiempo para llegar a su habitación temiéndome lo peor y cuando abrí la puerta estaba muerto de risa y con la pistola todavía humeante. Ni te cuento el lío que se montó. Vino a nuestra habitación hasta la policía. A su lado todo se vive al límite.

Volvió a sonar el teléfono, pero las hermanas Gardner no quisieron descolgarlo.

Frank se sintió el hombre más desdichado del mundo. Sus amigos no querían dejarle solo porque intuían qué rondaba por su cabeza desde que había regresado de su nefasta segunda luna de miel. Jimmy van Heusen le alojó en su casa de Nueva York en la calle 57.

—Vamos a comer algo —sugirió su amigo.

—No tengo ganas de comer. ¡Déjame en paz!

—¿Qué tal una copa y unas manos de cartas?

—Eso está mejor —convino Frank. Parecía que el juego y la bebida eran lo único que le permitía olvidar los ojos verdes de su mujer.

Jimmy llamó a varios amigos y media hora después estaban sentados jugando al póquer.

—Espero que alguno de vosotros vaya a por rosquillas glaseadas. Me haríais un gran favor. Llevo todo el día sin comer.

Les dieron las siete de la madrugada jugando a las cartas. En ese momento, cuando empezó a sentir cansancio, los despidió a todos:

—Gracias por acompañarme, pandilla de gandules, pero ahora me voy a la cama.

Los amigos lo tenían claro. No debían dejarle solo ni a sol ni a sombra. Su estado de ánimo estaba bordeando la desesperación.

—Espero que el estreno de la película le insufle ánimo, porque está peor que nunca. Si os parece, haremos turnos hasta que le veamos mejor. No sé cómo puede cantar y hacer la promoción de la película. Solo, ¡jamás! —comentó Jimmy van Heusen.

Todos estuvieron de acuerdo y comenzaron a vigilarle de cerca. Culpaban de sus desgracias a una sola persona.

—Esa mujer va a acabar con él. No he conocido a nadie que tenga un efecto tan negativo en su vida. Lo mismo deberíamos llamarla mañana —siguió diciendo Jimmy—. La solución a los males de Frank la tiene ella.

Al día siguiente, y sin que Frank lo supiera, llamaron a Ava. Cogió el teléfono Bappie y Jimmy se explayó con ella.

—Bappie, dile a tu hermana que va a acabar con él. Está hundido y los que le apreciamos tememos por su vida.

—Bueno, siempre está con las mismas. Ya está bien de cargar a mi hermana con esa responsabilidad. Ava ahora mismo se encuentra trabajando, terminando una película. No puede ir allí. Dile de mi parte que cuando la llame le pregunte lo esencial que debería preocupar a un marido: ¿qué tal estás?, ¿cómo te encuentras? Díselo, y que empiece a hablar menos de él y se interese más por ella. Le irá mejor.

—Bappie, está peor que nunca. Debías haberlo visto ayer por la noche.

—No, a quien tenías que haber visto ayer era a mi hermana, que ya no puede más. Necesita descansar para que piense qué hacer con su vida. Dile de mi parte que no llame durante varios días. Ava necesita poner en orden su cabeza.

—Está bien, pero yo no puedo decirle eso. Su vida depende de hablar con ella. ¿Entiendes? Está convencido de que la ha perdido y no puede soportarlo.

Cuando colgó, Bappie se sintió muy mal. Durante el tiempo que duró el rodaje de ese día, no hizo otra cosa que hablar de su hermana con Reenie.

—No sé qué hacer, porque los dos se quieren pero no se aguantan. ¿Entiendes algo? Yo, desde luego, no.

—Si están mucho juntos, acaban tirándose los trastos a la cabeza y, si están separados, se echan de menos.

—Pero ahora parece distinto. Mi hermana se está enamorando de otro hombre... y cuando eso ocurre, no hay quien la frene. Tiene que equivocarse para darse cuenta de que este tampoco es el hombre que espera. De modo que no nos queda otra: que lo conozca a fondo y acabe convenciéndose de que Frankie sigue siendo el amor de su vida.

—Son como dos niños.

—Eso pienso yo.

Cuando llegó Ava, ninguna de las dos fue capaz de hablarle de la llamada que habían recibido de Nueva York. Estaba emocionada ante el final de aquel rodaje que tan cuesta arriba se le había hecho. Bappie y Reenie callaron y dejaron que ignorara la llamada de los amigos de Sinatra. Ava tomó con ansiedad algo que le volvía loca, un sorbete de cinco sabores: mora, frambuesa, lima, cereza y naranja. Le gustaba que se lo sirvieran en una copa de helado sobre un plato blanco y coronado con pequeñas fresas silvestres.

—Ya no queda nada para mis vacaciones. Estoy deseando coger el cheque y salir de aquí a todo correr. Robert y Mel están igual que yo. Todos tenemos cuestiones pendientes que arreglar en nuestras vidas. Es curioso que todo el mundo desee a los actores y nosotros, en cambio, solo soñemos con tener una vida normal y un hogar sencillo.

—Vosotros no seréis normales ni sencillos nunca. La popularidad os ha arrancado de las vidas que añoráis.

—Bueno, Bappie, en España creo que puedo conseguir esa existencia que tanto sueño. ¿Lo puedes ir arreglando todo para alojarnos allí? Seguramente el Castellana Hilton nos reservará tres habitaciones. ¡Es lo menos que pueden hacer si voy a su inauguración!

—De eso ya me ocupo yo. Tú termina y después, a Madrid. ¡Te acompañaremos!

Ava estaba eufórica. De solo pensar en volver a ver a Luis Miguel, todo esfuerzo merecía la pena. Necesitaba que sus amigos Frank y Doreen la ayudaran. Días después, les envió un escueto telegrama: «Voy a España. Stop. Avisa a Luis Miguel. Stop. Inauguración Castellana Hilton. Stop. ¡Nos veremos allí! Stop. Ava».

36

Luis Miguel y Pepe decidieron viajar hasta Pamplona para ver torear a Antonio Ordóñez. Su hermano Domingo llevaba en la capital navarra varios días, ya que acompañaba como apoderado al diestro de Ronda. Iba a torear en dos ocasiones: el 8 y el 10 de julio. Los González Lucas iban a estar con él en estos últimos sanfermines como soltero. Faltaban solo tres meses para que entrara a formar parte de la familia. La boda con Carmina se había fijado para el 16 de octubre.

Antonio y Domingo salieron de la habitación para encontrarse con varios periodistas en el *hall* del hotel La Perla y se cruzaron de forma casual con el escritor americano Ernest Hemingway. Fue un encuentro lleno de evocaciones hacia Cayetano Ordóñez, *el Niño de la Palma*, padre de Antonio, al que el escritor había profesado una gran admiración.

—Te veré torear esta tarde —le dijo el escritor—. ¿Cuándo tomaste la alternativa?

—Hace dos años en Madrid, de la mano de Julio Aparicio.

—Me dicen que tienes un toreo sobrio, sereno, clásico, propio de un destacado seguidor de la escuela rondeña.

—Espero no defraudarte esta tarde, Papa Ernesto.

—Así me llamabas de pequeño. ¡Te has acordado! Por cierto, ¿cómo está tu padre?

—Muy bien, con muchas ideas en la cabeza. Para celebrar

el bicentenario del nacimiento de Pedro Romero quiere hacer una corrida goyesca en Ronda. Ya te invitará. Quiere organizarla para el año que viene y, si sale bien, hacerla anual.

—Por supuesto, dile que me llame. Te voy a dar mi nuevo teléfono. —Apuntó en un papel su número y se lo dio a Antonio.

—¡Me ha dado mucha alegría verte por aquí! Hacía tiempo que no venías a los sanfermines, ¿no?

—Veintidós años... ¡Se dice pronto!

Domingo le pidió con la mirada que le presentase al escritor.

—Mira, te presento a Domingo Dominguín, mi apoderado.

—Te conozco perfectamente: en tu casa todos sois toreros..., matizo, muy buenos toreros. Me hubiera gustado ver torear a tu hermano Luis Miguel en estas fiestas.

—Hoy vendrá por aquí con otro hermano mío que también es torero, Pepe. Tendré el gusto de presentártelos. Perdona la pregunta, pero ¿te han dejado pasar sin problema por la frontera? —se extrañó Domingo.

—Para mi asombro, sí.

El escritor y periodista había cruzado la frontera española, acompañado por su esposa Mary, después de más de veinte años de no pisar territorio español. Había sido una de las voces más críticas contra Franco durante la Guerra Civil —había narrado las vicisitudes del bando republicano— y, después de la guerra, su inquina contra el régimen continuó en forma de artículos de prensa. Fue durante los últimos quince años, desde América, un látigo constante contra la dictadura.

—Me ha ocurrido algo muy gracioso —comenzó a explicar—, el policía de la frontera me pidió la documentación. Mi mujer y yo le dimos los pasaportes. Observamos que no paraban de mirarnos y de consultar algo por teléfono. Estábamos convencidos de que tendríamos que darnos la vuelta cuando me preguntó: «¿Es usted el escritor de *Por quién doblan las campanas?*». Yo le contesté: «Sí, escribí esa novela hace muchos años. ¿Existe algún problema?». Entonces va y me responde: «Solo uno: ¿me podría firmar un autógrafo? Soy un gran admirador suyo».

—¿Qué? —le preguntó Domingo, incrédulo.

—Te lo juro. Mary y yo nos miramos con asombro y, sin mediar una sola palabra, le estampé la firma en un trozo de papel que llevaba el agente. Le estreché la mano y arranqué el coche a toda velocidad por si cambiaba de opinión.

—Hubo más. Ernesto está resumiéndolo mucho. Lo digo porque yo estaba allí y lo vi todo —intervino Juanito Quintana, amigo del escritor—. Le dijo: «Pase, pase, don Ernesto. Es un orgullo que regrese a España». El agente se cuadró y abrió la barrera.

Juanito Quintana, de barba negra recortada y el pelo con la raya muy lateral para disimular una incipiente calvicie, se había acercado hasta la frontera para esperar a su amigo. Fue testigo de su entrada en España después de tanto tiempo.

Se unió a la conversación Jerónimo Echagüe, experto corredor que había aleccionado al escritor en más de una ocasión sobre cómo tenía que correr por la calle Estafeta. Se reencontraban después de dos décadas.

—¡Qué alegría verte al cabo de tanto tiempo! ¡Qué viejo estás! —saludó a Hemingway, que lucía la barba y el pelo completamente blancos.

—Tú tampoco estás hecho un chaval —replicó el robusto escritor abrazándole.

—Pensé que no te dejarían pasar por la frontera.

—Algo ha cambiado, porque el policía me ha pedido un autógrafo. Me parece increíble.

—No te creas que ha cambiado nada. Habrás dado con un tío raro dentro de la policía. Nada más —observó Domingo—. Aquí cuesta hablar de determinados asuntos. Te lo digo yo que soy del Partido Comunista —esto último se lo dijo al oído.

—¿Eso es cierto? —preguntó sorprendido el escritor—. Tenemos que hablar.

—¿Te alojas aquí? —interrumpió el corredor sin saber qué confidencia acababa de hacerle el mayor de la saga Dominguín.

—Ahora sí. Durante unas horas estuve en Lecumberri, pero, después de la procesión de ayer, cambié de opinión. Estar tan lejos de la fiesta no me gustó mucho y acabé alojándome en la habitación 217 de este hotel, La Perla. Aquí puedo ser testigo de los rituales de los toreros al vestirse antes de las corridas.

—Estás invitado a mi habitación —intervino Antonio—. Si quieres verme vestir, será un honor para mí.

—Hoy no puedo, pero pasado mañana iré antes de la corrida con mucho gusto.

—Cuando quieras.

El americano se despidió con un abrazo al torero y a su apoderado. Antonio regresó a la soledad de la habitación. Quería comer sin cuadrilla y sin aficionados. Necesitaba prepararse mentalmente para la corrida. Hemingway se fue con sus amigos hasta la capilla del santo. Allí se arrodilló durante varios minutos mientras todos le observaban con asombro ya que pensaban que su amor por la juerga y el vino le alejaba de la devoción por San Fermín. Incluso lo quiso dejar patente en una entrevista que le hicieron varios periodistas que acudieron posteriormente a La Perla, a los que dijo que «el pamplonés más interesante era el santo». Después, junto a Juanito y Jerónimo, continuó con la conversación que habían interrumpido.

—Ernesto, me acuerdo cuando llegaste la primera vez aquí. Venías con otra mujer, ¿Hadley? —le preguntó Quintana—. Me parece que se llamaba así, ¿no?

—La acompañaba otra periodista con la que luego te casaste. Pauline Pfeiffer, ¿cierto? —continuó curioso Jerónimo.

—¡Cómo no me voy a acordar! Menos mal que no está Mary porque no creo que le haga mucha gracia ese recorrido por mis matrimonios. Os faltó conocer a Martha Gelhorn, con la que también me casé y tuve hijos, pero mejor será que no habléis de este tema. Contadme de vosotros, de Pamplona... Os voy a decir que los precios han bajado después de tanto tiempo.

—No te confundas. Lo que ha cambiado ha sido tu poder adquisitivo —se rio Quintana.

—Es posible, porque la primera vez que vine me parecieron unos precios prohibitivos para un joven periodista. Entonces me alojaba en una pensión, no en un hotel. Trabajaba para el *Toronto Star*, al que debía enviar un artículo y un resumen de la fiesta cada día. ¡Qué tiempos, amigos! ¡Qué tiempos! Menos mal que Juanito se compadeció de mí y me dejó dormir en su maravilloso hotel Quintana.

—Ernesto, por aquí después de tantos años, se siguen acordando de tus juergas. Las liabas finas —manifestó el corredor.

—Vamos a tomar unos vinos y a dejar de hablar de mí. —Se fueron andando hasta una de las tascas cercanas al hotel—. Seguro que habéis ido agrandando mis aventuras, que no fueron tan interesantes. Se necesitan dos años para aprender a hablar y sesenta para aprender a callar. Yo estoy con lo segundo. Mirad, prefiero que habléis de mí como corredor y como torero.

—¡Bueno, imposible olvidar cuando te embistió un novillo en la plaza! Hay fotos que lo corroboran. Y llegaste a correr varios encierros como cualquier mozo pamplonés —recordó Echagüe—. Espero que este año te atrevas...

—Bueno, bueno, ya no estoy para esos trotes. Además, lo que no decís es que corría a mucha distancia de donde iban los toros. —Se echó a reír y chocaron sus vasos de vino—. ¿Sabéis? Me estoy acordando de aquellos sanfermines con mi amigo John Dos Passos... Nos alojábamos en tu hotel. ¡Por cierto, menuda faena nos has hecho dejando el negocio! Por doce pesetas teníamos alojamiento, desayuno, comida y cena. Esos precios ya hay que olvidarlos. Lo único que continúa igual es el café Iruña. Desde allí se ve, como en ningún otro sitio, el encierro.

—Otro periodista salió peor parado que tú.

—Sí, Donald Ogden Stewart, que se fracturó dos costillas. Yo, al menos, solo me magullé el cuerpo. Lo que ocurrió en América fue que creyeron que nos habían corneado a los dos y que yo había salido peor parado.

—¡Qué le vamos a hacer! Tú has tenido la culpa de poner los sanfermines de moda. ¡Te aguantas! Durante tus estancias en España, yo me preocupaba por tenerte separado de los clientes educados y correctos porque tus juergas eran morrocotudas. Por poco perdemos la amistad. Mientras Pauline dormía, tú te subiste unas prostitutas y al rato armaste un jaleo descomunal saliendo en calzoncillos detrás de ellas porque huían de la habitación. A saber qué les dio tanto miedo.

—Bueno, tenéis grabado a fuego ese pasaje de mi vida del que no recuerdo nada en absoluto. Tú me amenazaste con echarme por la que se montó, pero de verdad que tengo borrado ese episodio. Por cierto, Pauline nunca se enteró.

Los tres se echaron a reír.

—¿Mary qué número hace?

—La cuarta... pero ya pienso parar. —Volvió a soltar una sonora carcajada—. Bueno, contadme, ¿quién es el número uno en estos momentos?

—Luis Miguel Dominguín, aunque después de una terrible cogida que tuvo en América se ha retirado, pero no tardará mucho en volver —le dijo Quintana.

—Me ha dicho su hermano que vendrá esta tarde a ver la corrida de Ordóñez. Espero conocerle.

—Verle torear es toda una lección de técnica. Tiene mando, orgullo, ambición, poder y dominio en la plaza. Las malas lenguas cuentan que no se lleva bien con Antonio.

—¿Y eso? —se interesó el escritor.

—Pues porque se va a casar con la hermana pequeña de los Dominguín, que es su ojito derecho, o vete tú a saber si hay alguna rivalidad entre ellos.

—Eso me resulta interesante. Tengo curiosidad por conocerle. He visto muchas fotografías suyas y he leído muchas crónicas sobre su toreo. Me hace gracia ese gesto de levantar el dedo índice, como diciendo: soy el número uno.

—Bueno, cuando lo hace, unos le aplauden, pero a otros les sienta mal. Hay mucha división de opiniones.

Se fueron a la plaza con tiempo y, en el callejón, los aficionados que le reconocían le saludaban con efusividad. Los apoderados y los toreros que acudieron a ver la corrida también se acercaron a estrechar su mano. Todos agradecían que la fiesta se hubiera internacionalizado gracias a sus crónicas.

De pronto aparecieron en el callejón Luis Miguel y Pepe Dominguín. Se habían adelantado a la llegada de Ordóñez y Domingo. Los aplausos fueron unánimes y espontáneos. Él les dirigió una sonrisa y saludó con la mano a los diferentes tendidos que le vitoreaban.

Domingo no tardó mucho en aparecer en el callejón. Antonio Ordóñez acababa de llegar a la plaza, ya estaba preparado para hacer el paseíllo. Hemingway se encontraba en una barrera, y, cuando le vio, el mayor de los González Lucas se acercó a saludarle.

—Espero que disfrutes de una buena corrida.

—Muchas gracias. ¿Por qué no me presentas a tu hermano Luis Miguel? —le pidió el escritor.

Pocos minutos después apareció con sus hermanos.

—Encantado de conocerle —le dijo Luis Miguel.

—Ha sido una pena lo de tu cogida, porque me hubiera gustado mucho verte torear.

—Pero eso no es un problema. Si viene a Cuenca, le invito a una capea para que toree con nosotros.

—Eso es muy tentador... Antes de nada, espero que me llames de tú para entendernos. Podríamos comer uno de estos días. El 10 he quedado con Ordóñez en ir a verle vestirse. ¿Te parece que comamos antes?

—Por supuesto. Será un honor.

La corrida iba a empezar y quedaron en verse dos días después. Durante la lidia observó el enorme interés y seriedad con que Luis Miguel Dominguín seguía la evolución de los tres toreros en la plaza: Antonio Ordóñez, Jorge Aguilar *el Ranchero* y Juan Posada. Era como si participase en un rito religioso donde no se pudiera reír ni sonreír. No movía un músculo y apenas hablaba. Sabía que los ruidos eran muy molestos para los toreros y miraba a los tendidos cuando alguno lanzaba improperios a los que se estaban jugando la vida en la arena. Los toros de Atanasio Fernández ayudaron al lucimiento de los tres diestros, pero el escritor solo tuvo ojos para Antonio Ordóñez. Supo, desde que le vio dar el primer pase de pecho, que, a partir de ese momento, se iba a convertir en un seguidor del joven rondeño allá donde estuviese. Le gustó su estilo purista, estéticamente intachable cuando sus contemporáneos practicaban más el estilo tremendista. Hemingway se arrepintió de no haber ido a su habitación ese mismo día. Estaba deseando conocer la personalidad de ese torero que le había hecho entusiasmarse de nuevo con la fiesta... y también la del atractivo Luis Miguel, que le dejó atrapado nada más intercambiar unas palabras con él.

Amaneció el 10 de julio lleno de grupos cantando y danzando por la calle. Pamplona daba cobijo a la celebración del sexto congreso internacional de folclore y del segundo festival de cantos y danzas. De modo que, por un lado, uno podía cruzarse con grupos de corredores y, por otro, con grupos de las delegaciones de Alemania, Austria, Bélgica, Francia, Holanda, Italia, Portugal, Suecia, Estados Unidos o Indonesia, que se habían dado cita en la capital navarra y desfilaban por las calles.

En ese ambiente taurino y festivo se encontraron Luis Miguel y Ernest Hemingway. Iba todo el clan Dominguín, incluido el padre de la saga, que había llegado de Toledo para la ocasión. Domingo hijo hizo de anfitrión y se pusieron todos a comer en torno a una buena mesa regada con el mejor de los vinos.

—Don Domingo, todos los hijos toreros; se sentirá orgulloso de que hayan seguido sus pasos.

—Mucho. No me podían haber regalado nada mejor que eso, dedicarse a lo mismo que yo.

—¿Son muy distintos entre sí? —quiso saber el escritor.

—Sí. Domingo tiene un toreo macizo, basado principalmente en una valentía natural que llega deprisa al público. Un especialista de la estocada. Pepe, el más ágil y rápido en la carrera, destaca en la suerte de banderillas. Y a Miguel, que es un asombro de sabiduría y técnica, le cabe en la cabeza toda la teoría del toreo. Está dotado de un valor sereno, consciente y de un gran amor propio. Desde niño estaba destinado a ser una gran figura del toreo. Por no hablar de su afición y dedicación sin tasa. Me siento muy orgulloso de los tres.

—¿Qué va a decir nuestro padre? —interrumpió Luis Miguel, quitando importancia a la explicación que acababa de dar su progenitor.

—El secreto de la sabiduría, del poder y del conocimiento es la humildad... y todos los que estáis aquí tenéis esa cualidad que os engrandece —manifestó Hemingway.

—Bueno, no nos hable... —Hemingway torció el gesto y Luis Miguel rectificó—: No nos hables de humildad después de ser uno de los novelistas más premiados y una de las personas más campechanas que he conocido nunca.

—¿Forma parte de tu leyenda o es cierto que un día en la

plaza hiciste con un toro todas las suertes: picar, banderillear, torear, matar... todo?

Antes de que Luis Miguel pudiera replicar, se adelantó su padre.

—Fue memorable, memorable. No he visto nada igual en todos los días de mi vida. Sucedió en la plaza de nuestra propiedad, en Vista Alegre. Era el tercero que toreaba esa tarde y, como homenaje al público, lo hizo todo. ¡Increíble!

—Fue de esas tardes donde ves que la compenetración con el animal es total. Los días que se produce esa magia entre toro y torero son imborrables —explicó Luis Miguel.

—Estás teniendo unas críticas extraordinarias. Cayó en mis manos una crónica de Alfonso Sánchez que decía algo así: «Para mí solo hay dos clases de toreros, Luis Miguel y los del montón».

—También tengo muchos enemigos, no te lo oculto. Pero hasta me gusta provocarlos.

—La valía de los hombres se mide tanto por la categoría de los enemigos como por la de los amigos —le cortó su padre—. Ambos dan la medida de tu importancia. Gracias a Dios, de los dos tenemos en esta familia y cuanto más crezcamos y mejor nos vayan las cosas, más claramente se delatarán los que tiran la piedra y no esconden la mano. Es preferible la lucha abierta, sin tapujos. Cada cual es muy dueño de atacar y defenderse como Dios le dé a entender. La batalla ya está en marcha y cada uno tiene su puesto en este baile.

—Está claro que un hombre de carácter podrá ser derrotado, pero jamás destruido. Y vosotros sois hombres de carácter.

Chocaron sus vasos de vino y siguieron hablando de toros, que era lo que más podía gustar tanto al escritor como a los Dominguín. Del restaurante se fueron al hotel donde Antonio Ordóñez se iba a vestir inmediatamente. De hecho, su mozo de espadas ya había comenzado el ritual.

Guardaron silencio hasta que tuvo encajado el traje de luces. Vestía de grana y oro. En un pequeño altar improvisado en una de las mesitas de noche de la habitación había varias estampas de diferentes vírgenes. Se paró frente a ellas con la cabeza ligeramente inclinada hacia abajo.

—En ese momento sabes que ya no hay vuelta a atrás y que, cuando salgas de la habitación, no tienes la certeza de que vayas a volver —le comentó en voz baja don Domingo a Ernest Hemingway.

—Lo sé, lo sé... Me ha recordado a su padre, al que vi vestirse de luces muchas tardes. Me ha impresionado ver la cicatriz todavía reciente que tiene en el muslo izquierdo.

—Sí, le cogió un toro en Barcelona el último día del mes de mayo. Y ya ves, está toreando de nuevo sin quejarse y sin decir un ¡ay! Y estuvo grave porque el toro le hizo tres trayectorias.

—Me impresionan los toreros. Son de otra pasta.

Salieron de allí en dirección a la plaza. Nuevamente, cuando el escritor hizo su entrada hacia el callejón, lo saludaron los aficionados, empresarios, apoderados, periodistas, y todos coincidieron en manifestar cuánto le admiraban.

—Los españoles somos así, no precisamos del conocimiento de la obra para admirar. Admiramos de «oído» —le dijo Dominguito con gracia, y los dos se rieron.

—Hoy aprieta el calor —comentó el escritor.

—Sí, quizá deberían aplicar a los toreros el oxígeno que les ponen a los futbolistas antes de salir al campo.

—No había oído hablar de eso.

—Sí, el entrenador del Español, Alejandro Scopelli, les pone a todos los jugadores una mascarilla con oxígeno antes de los partidos. Dice que es un sistema revolucionario de sobrepreparación física. Si funciona, deberíamos hacer lo mismo con los toreros.

—Muchas cosas están cambiando, Domingo. He podido ir a un estanco y comprar tabaco sin tarjeta de fumador.

—Son todo apariencias. También se ha organizado un juego al compás de la liga que se llama «Quiniela» y que ya ha hecho millonario a un encargado de obras de una empresa constructora valenciana. Se ha llevado un millón doscientas cincuenta mil pesetas por adelantar los resultados de los partidos. Ya sabes aquello de pan y circo.

—Sí, ya me he dado cuenta de que solo se habla de fútbol y toros por la calle. En los periódicos se menciona a un tal Di Stéfano, que no se sabe si acabará en el Barcelona o en el Real Madrid; ambos equipos están pugnando por el fichaje de la Saeta Rubia, ¿no le llaman así?

—Sí, es un auténtico fenómeno. No sé qué pasará al final, pero créeme que es una operación de maquillaje. Se trata de hablar de todo menos de política. Ahora soy propietario de un periódico en Pontevedra en el que no dejamos títere con cabeza. De momento, no me explico cómo vamos sorteando la censura.

Cuando apareció Luis Miguel en la plaza en compañía de Pepe y de su padre, comenzaron los aplausos unánimes. Los aficionados eran conscientes de que el número uno acababa de hacer su entrada. Muchos se acercaron a saludarle, otros a tocarle y a pedirle que volviera cuanto antes a los ruedos. Él sentía que debía regresar a la arena. Ahí tomó la decisión de torear en Francia y se lo comentó a su padre.

—Lo que quieras. Nos pondremos en contacto con el empresario. No hay más que hablar. Es muy buena noticia, hijo.

Hicieron el paseíllo: Aparicio, Antonio Ordóñez y Pedro Martínez Pedrés, con reses de Juan Cobaleda. La tarde estuvo festiva, soleada y con grandes aciertos por parte de los tres toreros, pero Hemingway solo hablaba de uno: el de Ronda.

—Me he dado cuenta de que toma al toro con tanta suavidad que me sorprenden su elegancia y sencillez. Cada pase se asemeja a una escultura. Está haciendo una de las faenas más completas que jamás he visto —le dijo a Domingo.

Ordóñez realizó un pase de espaldas, la giraldilla, el toro pasó su cuerno derecho muy cerca de su nalga..., en la plaza se escucharon gritos.

—¡Huy! Menos mal que no le ha cogido. —Miguelillo, su mozo de espadas, y su hermano José no perdían ojo de la faena por si tenían que entrar al quite. Domingo también hizo ademán de salir del burladero al callejón.

Acabó la corrida sin percances y con orejas para cada diestro. Hemingway no había visto torear a Luis Miguel, pero estaba convencido de que Ordóñez sería, desde ese momento, su torero.

Durante las últimas semanas, no había un solo día en el que Ava Gardner no recibiera un telegrama de Frank Sinatra diciéndole en una línea lo mucho que la amaba o pidiéndole que lo intentaran de nuevo. Las celebraciones por el final del rodaje de *Los caballeros del rey Arturo* ya habían tenido lugar en Londres; ahora quedaba tomar la decisión de cuándo regresar a España.

—Me siento mal por no acudir al estreno de la película de Frank —le comentó a su amigo Clark Gable, que se encontraba, como ella, en Londres.

—Si regresas, te va a costar cincuenta mil dólares en cuanto pongas un pie en Nueva York. No debes hacerlo. Hazme caso. Ya sabes cuáles son las normas de los impuestos.

—Este era el momento que Frankie esperaba con tanta ansiedad y no voy a estar a su lado.

—Ava, hace tiempo que no estás a su lado. ¿Has olvidado el desastre que ha sido su presencia en Londres? Si quieres, te lo recuerdo.

—¡Oh, no! Lo sé, lo sé... No hace falta que me lo recuerdes, pero no ha habido día que no me haya llamado veinte veces o me haya mandado un telegrama. Juntos no nos aguantamos y separados nos añoramos. Realmente es algo muy extraño.

—¿No habías dicho de ir a descansar unos días a España? ¡Hazlo! No lo pienses. Date tiempo. ¡No pintas nada en ese estreno! ¿Quieres quitarle el protagonismo? Sabes que si vas se fijarán en ti. Deja que brille solo en su noche. No se la robes.

Ese argumento la convenció. De modo que Bappie, Reenie y ella comenzaron a recoger sus pertenencias del apartamento de Londres y decidieron viajar a España.

Al otro lado del Atlántico, Frank Sinatra vivía la noche más importante de su vida profesional, la noche de su reconocimiento.

El estreno de la película tenía lugar en el Capital Theater de Broadway, en Nueva York. Harry Cohn no quería ninguna celebración especial. Los actores se habían paseado durante semanas por todos los medios de comunicación. Solo hubo un anuncio en *The New York Times* en el que se instaba al público a ver la película. Para asombro de todos, esa noche, las colas eran tan largas que los responsables de la sala decidieron proyectar un nuevo pase de madrugada. Poco después, ante la avalancha de gente, tomaron la decisión de proyectar la película de forma continuada veinticuatro horas al día. Los responsables del film no daban crédito a lo que estaba ocurriendo. Frank se puso en contacto con Ava.

—Nena, sabía que era una buena película y presentía que yo estaba muy bien en ella, pero no me esperaba esta reacción de la gente. Estoy en una nube. Por fin, he vuelto.

—Frankie, nunca te fuiste. Me alegro mucho por ti. Me siento muy feliz. —A la actriz se le saltaron las lágrimas. Compartía su emoción.

—¿Sabes una cosa? Ahí fuera hay un montón de cabrones que creían que estaba acabado, pero les he demostrado que estaban equivocados. ¡Y eso que ni siquiera canto!

Los dos se echaron a reír. Ava participaba de su alegría desde la distancia.

—¿Por qué no vienes a vivir conmigo todo esto que me está pasando?

—¿Eres consciente de que tendría que pagar cincuenta mil dólares al fisco?

—El dinero, en este momento, es lo de menos. Te necesito a mi lado, nena.

—Prometo intentarlo, pero júrame que no es verdad que estás teniendo una aventura con Donna Reed. —Ava se refería a la actriz con la que había protagonizado *De aquí a la eternidad.*

—No empieces con eso. Sabes que me suben todos los demonios cuando me dices esas cosas. Siempre estás pensando que te estoy siendo infiel y va a llegar un día en el que lo voy a ser de verdad y tendrás razones para echármelo en cara.

—Por aquí me dicen muchas cosas de ti y de tu obsesión por las faldas. Tampoco me resulta nada nuevo.

—Nena, no lo estropees. Lo que estoy viviendo es demasiado bonito para mancharlo. ¡Ven de una maldita vez y así no me sentiré solo!

Ava le colgó. Frank podía ser con ella el hombre más tierno del mundo y, a la vez, el más abominable. No había término medio. No estaba en condiciones de regresar a Estados Unidos. Al día siguiente, tomó el primer avión con destino a España.

37

Ava se alojó en el Castellana Hilton y ocupó dos suites días antes de su inauguración. El hotel se había levantado sobre el solar que ocupaba, desde el siglo XVIII, el palacete del marqués del Mérito. El hecho de que Conrad J. Hilton hubiera construido un establecimiento de trescientas dos habitaciones respondía a la nueva política española de apertura a América. Seis años atrás las autoridades ofrecieron al empresario americano la oportunidad de construir uno de sus lujosos hoteles. Hoy ya era una realidad gracias al trabajo de Martínez Feduchi, Vicente Eced y Luis Moya, que proyectaron y construyeron un edificio de ocho plantas, suelos de mármol, amplios salones, suites y habitaciones en torno a un patio central ajardinado. La decoración era muy cuidada, con columnas de mármol en el *hall* y salones con chimeneas revestidas de mármol de Carrara. Al escultor Ángel Ferrant se le pidió que diseñara una fuente para el patio. No le faltaba ni un solo detalle para dejar constancia de que era el primer hotel internacional que se abría en Madrid tras la Guerra Civil y el primer Hilton que se construía en Europa.

Su inauguración oficial se convirtió en el acontecimiento del año. Llegaron personalidades tanto americanas como españolas: los ministros de Información y Turismo, Gabriel Arias Salgado, y de Obras Públicas, Fernando Suárez; los embajadores de Estados Unidos y Portugal; el primer teniente de alcalde en representación del conde de Mayalde, alcalde de Madrid, que se encontraba fuera de la capital; y todos los actores y actrices norteamericanos que estaban rodando películas por Europa se dieron cita allí. El patriarca de las Indias Occidentales bendijo las instalaciones y el empresario Conrad Hilton, junto con el primer teniente de alcalde, izó en el jardín las banderas de España y Estados Unidos. Fotógrafos españoles y americanos dejaron constancia del acto disparando sus *flashes* sobre todas las personalidades allí congregadas.

Fue precisamente en la inauguración cuando Ava y Luis Miguel volvieron a verse. Entre la multitud de rostros conocidos, la actriz llamaba la atención con un traje blanco salpicado de lentejuelas negras y unos guantes negros que cubrían la mayor parte de sus brazos. Luis Miguel iba con esmoquin. Prácticamente ya no cojeaba. Habían pasado muchos meses desde que se conocieron, pero al reencontrarse entre los invitados se quedaron paralizados mirándose a los ojos y sin disimular la atracción que sentían el uno por el otro. Luis Miguel hablaba un inglés más fluido y Ava ya decía varias frases en español.

—Siempre brillas por encima de las demás. ¡Me encanta volver a verte! —La besó en la mano.

—Miguel, ¡no he dejado de pensar en ti en todo este tiempo! Les dije a Frank y Doreen que te avisaran. Deseaba volver a verte.

—Sí, me llamaron y aquí estoy. Yo también he pensado en ti durante todo este tiempo... ¿Cómo fue el rodaje de la película?

—Mejor olvidarlo. No ha sido el mejor momento de mi vida. No solo por la película... —No quiso decir nada más, pero Luis Miguel tenía la seguridad de que se refería a su relación con Frank Sinatra.

—No quiero verte con esa mirada triste. ¿Qué tal si nos vamos de aquí a algunos de mis rincones?

—Me parece estupendo, pero tengo que quedarme una hora al menos. Piensa que me alojo en el hotel y no quiero quedar mal con Conrad Hilton. Iré a por mi hermana, Bappie, que está por ahí con los Grant, y nos vamos contigo. ¡Está deseando conocerte!

—Os llevaré a un sitio nuevo que os va a encantar. —Le guiñó un ojo.

—Necesito olvidarme de todo. Ya no puedo más.

—Confía en mí. —La besó en la mano de nuevo y aspiró su embriagador perfume.

Luis Miguel buscó a Chocolate y le pidió que llamara al Café de Chinitas para reservar dos mesas, sin especificar el número de personas que irían allí en una hora.

Los fotógrafos disparaban una y otra foto sobre todos los invitados, pero había dos americanos que eran el centro de atención: Gary Cooper y Ava Gardner. Entre todos los reporteros, Ava descubrió a una cara conocida, la de Paco Cano.

—¿Cómo estás, Coño? Hacía mucho tiempo que no nos veíamos. —Todos se echaron a reír.

—Ava, un gusto verte. Te voy a pedir un favor, me llamo Cano. Cano o Canito, pero no me digas Coño porque voy a ser el hazmerreír de mis compañeros. Significa eso que tienes ahí, entre las piernas —le señaló sus partes íntimas, y Ava no pudo reprimir la risa.

—Vamos a ir a cenar por ahí con Miguel. Vente con nosotros, Coño. ¡Perdón!, Cano.

—Eso está mejor. Por supuesto que me voy con vosotros. Estaré pendiente.

Por su parte, Luis Miguel charlaba con Aline Griffith, que se encontraba entre los presentes junto a su marido y el actor Gary Cooper. Les invitó a los tres a una capea en Villa Paz. El actor y los aristócratas aceptaron encantados.

—Miguel, quería pedirte un favor por las extraordinarias relaciones que tienes con los ministros —dijo Aline en perfecto español, pero con mucho acento americano—. Habla con quien tú creas para que se ayude a esa pobre gente que se apiña en un lugar del extrarradio que se llama el Pozo del Tío Raimundo y es como otra ciudad dentro de Madrid. Todos son hombres y mujeres que vienen de lejos a probar fortuna. Recorro mucho esa zona y la de Vallecas porque se han enterado de que tengo acceso a la penicilina y se ha extendido la noticia como la pólvora.

—¿Qué quieres que pida? —preguntó Luis Miguel extrañado.

—Que ayuden a cientos de campesinos andaluces, extremeños, manchegos... a edificar sus casas en lugar de prohibir su construcción, porque se las hacen ellos de cualquier manera por la noche, ya que de día la Guardia Civil se lo impide. En una noche las levantan y, como no tienen cemento, utilizan la misma tierra que pisamos. Un día vamos a tener una desgracia y se les van a caer encima. Son construcciones endebles y cuando llueve lo pasan muy mal, pero lo tienen que hacer así para que cuando vuelva la Guardia Civil, al día siguiente, se encuentre que están techadas y que dentro hay gente y enseres: unas sillas, una mesa, una cama... Una vez que están hechas las casas, con personas dentro, ya no las pueden derruir. También necesitan servicios básicos porque carecen de todo. Los niños caen allí como chinches.

—Se lo diré al ministro de Obras Públicas, que está por aquí, pero me temo que la atención a estos barrios es mínima. Ahora quieren grandes construcciones, como este hotel, para que Madrid dé otra imagen a los extranjeros que nos visitan.

—Los propietarios de las fincas agrícolas están parcelando ilegalmente los terrenos. Están haciendo del Pozo un negocio, y lo que no se puede consentir es que carezcan de agua, de luz, de asfalto... Cuando llueve, aquello se convierte en un barrizal. Las personas vienen huyendo de la miseria de sus pueblos, pero caen en la pobreza más absoluta.

—Yo me temo que esa guerra la tienes perdida. El gobierno quiere demostrar al mundo que Madrid está desarrollándose al mismo nivel que otras capitales europeas. La pobreza no le interesa a nadie. Te lo dice alguien que sabe lo que son las estrecheces. Mi padre nació en Quismondo y llegó a Madrid con una mano delante y otra detrás. De modo que sé perfectamente de qué me estás hablando.

— Ya no sé a qué puerta llamar.

—Pues si a ti no te hacen caso, perteneciendo a la aristocracia y siendo grande de España, menos me lo van a hacer a mí.

—Sí, pero todo el mundo sabe que Franco te escucha, y eso te da un poder que otros no tenemos.

—Está bien, está bien...

Se acercaron varios invitados solicitando hacerse una foto con él y la conversación se interrumpió de golpe. Cano aprovechó para decirle que la bella actriz ya podía escaparse.

—Ava me ha dicho que cuando quieras. Su hermana, los Grant y los Sicre se apuntan y, de paso, yo también. Me ha invitado ella.

—Pues en diez minutos salimos. Dales la dirección: calle Torija, número 7, cerca de la Gran Vía. Allí les espero. Tú, si quieres, vente ya conmigo. Avisa a Chocolate y nos vamos. Esperadme en el coche, que quiero decirle una cosa al ministro de Obras Públicas.

Buscó a Fernando Suárez entre los invitados y, cuando le encontró, no se anduvo por las ramas. Le transmitió la situación que se vivía en el extrarradio de Madrid, pero le dio la vuelta...

—Querido Fernando, te estaba buscando porque he oído entre los americanos una conversación que no me ha gustado nada. Hablan de una zona de Madrid extremadamente deprimida.

—¿Qué zona es esa?

—La del Pozo del Tío Raimundo. No me ha gustado que

digan eso de «mucho hotel Hilton, pero Madrid por el extrarradio solo tiene pobreza». Quizá con un poco de ayuda a esa gente, asfaltando y dando los servicios mínimos, estos americanos dejarían de ponernos verdes.

—Querido Luis Miguel, gracias por hacer patria diciéndomelo. A mí tampoco me gusta que nos encuentren el punto flaco y se regodeen en él. Lo que ocurre es que ahora tenemos otras prioridades: asfaltar el centro de nuevo y mejorar su aspecto antes de irnos a las afueras. Queremos modernizar Madrid y no es prioritario lo que me cuentas.

—Lo malo será que aparezcan fotos de ese otro Madrid en periódicos americanos y dé una mala imagen, como pasó con Las Hurdes hace años. Pues, si no se ayuda a esa gente, nos encontraremos esas fotos y serán como una bofetada al gobierno. Yo te he avisado. No tienen ni agua corriente ni luz, y allí hay tanto barro que no pasan ni las palomas. Algo habría que hacer. Se puede convertir en un foco de enfermedades.

—Viven mejor de lo que parece. De vez en cuando pasan aguadores con sus carros y, qué le vamos a hacer, querido Luis Miguel..., dejan su pueblo porque quieren.

—Estoy seguro de que si Franco lo supiera, no se quedaría de brazos cruzados, ya que creo que quiere dar otra imagen a los americanos. No creo que sea necesario que tenga que acudir a él, ¿verdad?

—Por supuesto. Algo haremos. Algo haremos...

A los pocos minutos, Luis Miguel salía del hotel. En la puerta del Hilton le esperaba Cigarrillo con Chocolate y Paco Cano en el interior del coche. Un cuarto de hora más tarde ya entraban en el restaurante, que ofrecía en esos momentos un espectáculo flamenco. Los sentaron en las mesas cercanas al escenario. Sin esperar al resto de los invitados, pidieron raciones de jamón, queso y vino para todos. A los pocos minutos, llegaba Ava con su hermana, seguida de los Grant y los Sicre.

—Miguel, quería que conocieras a Bappie, la hermana con

la que más vivencias he compartido durante toda mi vida. —No se parecía a ella. Era rubia con gafas de culo de vaso—. Si no hubiera sido por ella, no habría aguantado en esta profesión en la que estoy.

—Encantado de conocerte. Espero que tu estancia en España sea agradable. Yo intentaré por todos los medios que así sea. —Besó su mano y aprovechó para hacer lo mismo con todas las damas que allí estaban: Doreen Grant y Betty Sicre—. Señoras, un verdadero placer —les dijo de forma caballerosa.

—Necesitaba oír esta música. No sé qué tiene el flamenco que me hace olvidar todos mis problemas. Me mueve de la silla y necesito salir a bailar —afirmó Ava.

—Pues ¡hazlo! Nadie te lo impide. —Luis Miguel miró al bailaor y, con un gesto, le pidió que sacara a la actriz.

A los pocos minutos, Ava estaba encima del escenario descalza moviéndose con toda naturalidad al ritmo de una bulería. Luis Miguel también fue invitado a subir al escenario antes de una sevillana, y no lo dudó, deseaba encontrarse con ella cara a cara en esa danza que parecía un desafío sensual a la vista de todos. Se rozaron... Él pasó su mano por su cintura... Ella le envolvió con sus brazos... Sus bocas casi se tocaban. Paco Cano sacó su cámara. Quería dejar constancia de ese momento único que estaban presenciando solo unos pocos. Chocolate le paró.

—No rompas la magia. Este momento es únicamente para ellos y nosotros aquí solo miramos.

—Está bien, no te pongas así.

Torero y actriz, ajenos a lo que observaban los demás, continuaron bailando en el escenario. Él le dijo algo al oído. Ava rio y siguió contoneándose alrededor de Luis Miguel. Los flamencos rompían sus gargantas hilando diferentes palos y los guitarristas rasgaban con fuerza sus guitarras. Saltaba a la vista que Ava y Luis Miguel tenían algo más que química entre ellos. Cuando la primera actuación del cuadro flamenco acabó, sonaron los aplausos del público. Los gritos de ¡bravo! y ¡olé! que salían de las gargantas de los asistentes los sacaron de esa especie de encantamiento en el que estaban sumidos desde que se subieron a la tarima del tablao.

Ocuparon sus sitios en la mesa, pero ya no importaba lo que hablaban sus amigos. Los dos se miraban con deseo. La actriz, después de beber una copa de vino de un solo trago, preguntó por el aseo y se excusó. Al rato hizo lo mismo Luis Miguel, y volvieron a repetir la escena que ya protagonizaron meses atrás en un lavabo de mujeres. Se encerraron echando el pestillo e hicieron el amor con tal furor y pasión que cualquiera que hubiera querido pasar al baño se habría asustado ante los gritos que profería Ava. Se amaron con tal precipitación y ansiedad que nada más concluir volvieron a empezar. Sus bocas y sus manos se buscaban. Parecían dos sedientos dispuestos a beberse una y otra vez. Cuando acabaron, Luis Miguel abandonó primero el cuarto y regresó a la mesa. Paco Cano, siempre ojo avizor, se acercó a él.

—Esta vez no ha sido una mierda de polvo. ¡Enhorabuena! —Le guiñó un ojo y volvió a sentarse.

Al rato regresó Ava recomponiéndose el peinado y se sentó como si nada hubiera pasado.

La noche no había hecho más que empezar. En la mesa comentaron el accidente de avión que había ocurrido hacía unos días. Un avión Lockheed Constellation de la aerolínea Air France que cubría París-Saigón se había estrellado a tres mil veinte metros de altitud en el macizo de Pelat, en los Alpes. Treinta y nueve pasajeros, entre los que se encontraba el violinista Jacques Thibaud, y nueve miembros de la tripulación habían perdido la vida.

—Cada día me gusta menos volar —manifestó Doreen, y casi todos en la mesa le dieron la razón.

—A mí me encanta —aseguró Cano—. La pena es que tengo pocas oportunidades.

—Te invito a que vengas conmigo a Estados Unidos —le ofreció Ava.

—Será un placer, pero el viaje es un poco largo, ¿no? Me lo pensaré.

Todos se rieron ante su cara de pánico. Volvieron los flamencos a cantar y bailar. Luis Miguel y sus invitados bebieron y dieron palmas al ritmo de la música. Al rato, les propuso cambiar de local. Quería que tomaran unas migas en la venta de Manolo Manzanilla, en la carretera de Aranjuez. Era el lugar en el que se citaban millonarios y gente famosa cuando todo cerraba en Madrid.

—Nosotros ya os dejamos —se excusaron los Grant.

—Para nosotros también es un poco tarde —afirmaron los Sicre—. Tenemos que madrugar. Nos vamos de viaje.

—¿El resto seguimos? —preguntó el torero, y todos asintieron.

—¡Por supuesto! Sabes que durante la noche me entra actividad, porque no me gusta regresar sola a la habitación de un hotel. De modo que vamos a donde quieras —le dijo Ava.

Tres cuartos de hora después llegaban a la venta. Al entrar observaron que el local estaba atestado de gente. Todo el Madrid noctámbulo se había dado cita allí, pero el dueño enseguida buscó una mesa para el torero. Luis Miguel saludaba a todas aquellas personas que se levantaban a su paso. La última, la cantante y bailaora Lola Flores, recién llegada de una gira por América.

—Ya te echaba de menos. ¿Dónde has estado? —preguntó el torero.

—Ha sido una gira muy larga. He estado en México, Estados Unidos y Cuba. Todo lo que te cuente es poco. Ha sido un auténtico éxito de público y de crítica. Pero ya estoy aquí.

—Vente con nosotros y saludas a Ava Gardner.

—Encantada de volver a verla, Miguel, pero no puedo dejar mi mesa. Acabo de llegar con una gente que he conocido hace unas horas.

—¿No es Coque, el futbolista? —señaló a uno de sus acompañantes.

—Sí, me lo acaba de presentar Paco Rabal en Riscal y hemos venido a tomar una copa.

—¿Quieres dar en los morros a Biosca? —Todo el mundo se había enterado de que el futbolista había dejado a la folclórica para casarse con su novia de toda la vida—. Aquí está Canito, lo digo porque sabes que una foto puede hacer mucho daño.

—He llorado mucho. Ya me da igual. Ya ves, me decía poco antes de casarse que, si no vivía conmigo, se metería a fraile. Me ha hecho mucho daño.

Luis Miguel le hizo una seña a Canito y él se acercó a saludar al futbolista. Le felicitó por el gol que había metido con la selección española frente a la de Irlanda.

—Todavía me acuerdo del partido. Menudo golazo.

—Sí, les metimos seis a uno. Fue un día inolvidable, pero ya ha pasado un año.

Canito comenzó a hacer fotos.

—¿Qué tal en el Atlético de Madrid?

—Le estoy muy agradecido a Quincoces por haber contado conmigo en su plantilla.

—Estás con gente muy buena: Enrique Collar, Ben Barek... Os falta la Saeta Rubia.

—Di Stéfano jugará con el Madrid esta temporada y con el Barcelona la que viene.

—La verdad es que la federación ha tomado una decisión salomónica. Un año con unos y otro año con los otros. No la comparto.

—Oye, ¿vais a seguir hablando de fútbol o me voy a saludar a Ava? —comentó Lola.

Luis Miguel se despidió de Coque y se fue con Lola. Las dos artistas se caían bien desde la primera vez que se vieron, aunque Lola no hablaba nada de inglés. Ava admiraba su temperamento. Enseguida la sacaron a bailar al escenario. La actriz no dejó de aplaudirla durante toda la madrugada. La jerezana se arrancó a bailar y puso en pie a todos los asistentes.

De pronto, entró en el local una joven acompañada de varias personas de la alta sociedad. Cuando la vio, Luis Miguel torció el gesto y decidió que la juerga allí había concluido. Camino de la puerta hizo por pasar cerca de la joven.

—Espero, Angelita, que te vaya bien. Ya veo que vas bien acompañada. ¿No estabas en el extranjero?

—Miguel..., he venido a pasar unos días con mi familia. A ti también te veo bien acompañado.

—No me queda otra. Tu padre me lo dejó bien claro.

—¿Pasa algo por aquí? —preguntó el hermano de Angelita, levantándose.

—Tú y yo todavía tenemos una conversación pendiente —le dijo el torero desafiante.

Luis Miguel hizo un gesto con su cabeza a la joven y siguió su marcha. En la sala no se habló de otra cosa. Todos eran conocedores del episodio del supuesto rapto de la muchacha y la denuncia del duque de Pinohermoso.

—¿Quién es la joven? —preguntó Ava a Chocolate.

—Una chica que le dio muchos problemas a Miguel.

—Fue su novia, le acusaron de querer raptarla —comentó Canito.

—¡Ahhh! Conozco esa historia.

Aunque eran las seis de la mañana cuando salieron del local, Luis Miguel les propuso entrar en otra venta, la de Cotillo, que estaba al lado.

—¿Tomamos la última? —preguntó a Ava, a su hermana y a sus amigos.

—¡Por supuesto! —dijeron Ava y Cano al unísono.

Al entrar, fueron recibidos con todos los honores. Como siempre que iba allí, Luis Miguel le pidió al dueño que despertara a su hija de nueve años, a la que llamaban la Polaca porque no se la entendía nada cuando hablaba.

—Es un auténtico fenómeno. Ya lo verás.

A la media hora, la niña salió como si fueran las dos de la tarde a bailar para ellos. Ava se quedó boquiabierta al comprobar el arte de aquella pequeña. A las ocho de la mañana decidieron que había llegado el momento de regresar cada uno a su hotel y a sus casas.

—¿Cuándo te volveré a ver?

—Solo he vuelto para estar contigo. Cuando quieras.

—¿Te quedarás muchos días en Madrid?

—No lo tengo decidido.

—Espero que mi compañía sea lo suficientemente sugerente como para que te quedes.

Regresaron a Madrid y Luis Miguel acompañó a las hermanas hasta el Castellana Hilton. Bappie les dejó solos y subió a su habitación. Parecía que se estaban despidiendo...

—Lo he pasado muy bien. Gracias, Miguel. ¿Por qué no te tomas la última copa en mi habitación?

—Bueno, eso es algo a lo que no puedo decir que no. ¡Cigarrillo, lleva a Chocolate a su casa! Yo me quedo.

El torero entró en la habitación y Ava le sirvió un whisky. Se excusó para ir al baño y cuando regresó llevaba puesta una bata de satén blanco. Debajo iba completamente desnuda. Luis Miguel se desanudó la corbata a la vez que se servía más alcohol en su vaso. Ava se lo arrebató y se lo bebió de un sorbo. El torero le desató la bata y contempló su cuerpo con admiración.

—Parece que no hubieras visto nunca a una mujer.

—¡Eres perfecta!

—No quiero ser perfecta. Quiero ser una mujer normal, ¿entiendes? No quiero ser solo un objeto de deseo. Necesito que me amen por quien soy, no por lo que represento.

—Conmigo quítate esos traumas que tienes. No sé cómo te han amado tus tres maridos, pero te aseguro que con quien estoy yo esta noche es con Ava Lavinia Gardner.

—¿Con la chica de Grabtown, Carolina del Norte? ¿La mujer de campo a la que todos quieren transformar?

—No, yo te quiero tal cual eres. Me da igual que salgas en el cine y que vengas con la aureola de las estrellas. Yo ahora estoy junto a una mujer, nada más.

A Ava le gustaban las palabras que oía en los labios de Luis Miguel. Pensaba que el torero era tan famoso como ella y le estaba hablando de igual a igual, sin esa admiración con la que se acercaban muchos hombres tan solo deseosos de acostarse con la estrella.

—¿Estás seguro de que, si me hubieras visto por la calle, te habrías fijado en mí?

—Desde el primer momento. A mí me trae sin cuidado que seas esto o lo otro. Para mí eres alguien muy especial que se merece una vida mejor de la que llevas. Quizá algún día debas replanteártelo. —La estrechó entre sus brazos y la condujo hacia la cama. Ava tenía ganas de seguir hablando.

—Ya lo hago. Pero para eso debo enfrentarme a mis propios monstruos.

—¿Cuáles son esos monstruos que te torturan?

—El primero, que siempre me he sentido prisionera de mi imagen. Estoy convencida de que la gente prefiere el mito y no quiere saber nada de mi yo real. Aunque nadie se lo crea, llegué a Hollywood con una timidez casi patológica, era una joven campesina con los valores sencillos de una mujer de campo. Pero la industria del cine vio mucho dinero en promocionarme como una diosa, y aquel proceso se aceleró con la película *Venus era mujer*. Ahí empezaron todos mis males. En ese film hacía el papel de la antigua diosa del amor. Un ser amoroso que viene a la tierra aprisionada en una estatua de una Venus de Anatolia, estatua que adquirió un amante del arte, dueño de unos grandes almacenes. Cuando un empleado me besa, yo me bajo de mi pedestal y convierto la vida de todos en un infierno.

—No tengo duda de que hiciste feliz a mucha gente cuando vieron esa película, aunque la estatua estuviera vestida con una túnica.

—Resulta muy triste que los actores y las actrices que protagonizan estas fantasías en la gente no se puedan proporcionar ese mismo tipo de felicidad para sí mismos en la vida real.

—No podemos tenerlo todo, fama y felicidad. A los que gozamos de la admiración de la gente se nos niega una vida en paz al calor de un hogar. Sin embargo, Ava, nosotros podemos romper esa realidad. Apostemos por nosotros mismos.

—Mi segundo monstruo es ese que tú apuntas. Pero lo cierto es que yo no me fío del amor. Me ha llevado siempre por mal camino. Si un hombre sabe que le quieres, se aprovecha de eso y te trata mal. Lo tengo comprobado, Miguel.

—En esto del amor no se puede generalizar.

—Mira, ¿sabes cuál sería el día más grande de mi vida?

—¡Dímelo! —le pidió, mirándola a los ojos y mesando su cabello.

—El día que pueda dejar todo atrás y vivir la vida como siempre he querido vivirla, con alguien al que ame y que no me traicione. Si llegara esa persona, me gustaría tener una familia y envejecer a su lado. Ese es mi sueño pero también mi gran tragedia. La belleza, y la fama, el que te vean como un ídolo aleja de mí todos esos planes. Me siento muy desdichada, Miguel. —Se echó a llorar con desconsuelo.

Luis Miguel la arropó con la sábana y el resto del tiempo lo pasó abrazado a ella. Ava parecía un ser absolutamente indefenso soportando sobre sus hombros la tragedia de no poder alcanzar la felicidad. El mundo al que pertenecía la alejaba de su ilusión de ser una chica normal.

38

Luis Miguel apareció a mediodía por la calle Príncipe. Sus padres acababan de regresar de Quismondo para pasar el resto del año en su casa de Madrid. María lloraba en la cocina. Doña Gracia creía que era de emoción por la vuelta de la familia. Sin embargo, lloraba al no poder abrazar al padre de su futuro hijo después de todo el verano sin verle. Además, ya no podía ocultar el embarazo y llevaba un traje negro cosido y recosido en sus costuras ya reventadas. Un delantal blanco atado a su voluminosa cintura intentaba disimular su vientre.

—María, no llores más. El chiquillo va a salir un agonías. Haz el favor de dejarlo ya —la consolaba Luis Miguel.

Intentaba calmarla y la abrazó. En ese momento, entró su madre en la cocina y se quedó sin habla.

—Hombre, Miguel, lo que menos me esperaba era encontrarte abrazado a María. ¿No tienes tú cosas que hacer en lugar de llorar tanto? —recriminó a la sirvienta.

—¡Sí, señora! Es de emoción... Hacía mucho que no los veía —dijo y salió de allí a toda prisa.

—Estas mujeres... —refunfuñó—. ¡Y tú, deja de abrazarla! Cualquiera que te vea así pensará que ese crío es tuyo.

—Madre, ¿qué está diciendo?

—¿Qué pasa aquí? —Apareció Domingo padre extrañado del tono con el que su mujer hablaba a su hijo.

—Tu hijo... Le he pillado abrazado a María. Estas lagartonas, ya sabes, que buscan atrapar al señorito con una barriga.

—Mujer, no hables así a tu hijo. Pero ¿qué hacías abrazado a María? —Parecía molesto.

—¿Quiere que le diga qué hacía? ¿Me lo dice en serio? Consolándola, ya que el que le hizo la barriga ha desaparecido.

Domingo se quedó sin palabras porque sabía que su hijo disparaba con bala.

—¿Cómo te atreves a hablarle así a tu padre? Deberías ir pensando en encaminar tu vida, porque ya decía la abuela Bicicleta que «gente parada mal pensamiento».

—Está bien, creo que ha llegado el momento de irme de aquí. No tengo edad para que me riñáis como si fuera un adolescente. Estoy pensando en comprarme una casa en Madrid, precisamente para evitar estas cosas.

—Tienes edad para hacerlo, pero antes deberías ir pensando en formar una familia y sentar la cabeza de una vez por todas —le dijo su madre—. Me gustaría que te fueras de casa el día que te cases.

—Pues ese día queda lejos. Estoy bien así. De todas formas, volveré a entrenarme. Quiero torear una corrida en Francia para ver cómo me siento frente a un toro.

—Pero si todavía estás convaleciente... —comentó su madre, arrepintiéndose de haberle animado a que hiciera algo durante este tiempo.

—Ya me lo dijiste y me parece bien —le animó su padre—. Anda, vamos a comer algo. Voy a decirle a María que prepare la comida.

—Ya voy yo —zanjó su mujer abandonando la cocina.

—Hijo, luego me dices a mí... —le dijo su padre en plan confidencial.

—Padre, no me haga hablar. Mejor que lo dejemos aquí. Sabe perfectamente a quién estoy protegiendo.

—Lo sé, lo sé, y me siento avergonzado.

—Mientras mamá piense en mí, supongo que se le alejan otros pensamientos.

Se abrió la puerta de servicio que daba a la calle y apareció Carmina con la pequeña Mariví.

—¡Miguel! —exclamó la niña, corriendo rápidamente a abrazar a su primo—. Me encanta el nuevo colegio y no han puesto ninguna pega a que en enero me vaya a Francia. *Je t'aime...*

—Brujilla. Así me gusta. Tú hazme caso, que quiero hacer de ti una señorita de bien. Y tú, hermana, ¿nerviosa?

—Un poco. Queda un mes para la boda y estoy preparando el ajuar a toda velocidad.

—No repares en gastos. Lo que necesites.

—Bastante haces con organizar la boda en Villa Paz. Le he dado a don Servando, el administrador, unos cuantos nombres más para las invitaciones.

—Estupendo, no quiero que falte nadie. Te mereces que esté todo el mundo sin restricción alguna.

—Había pensado que podíamos hacer la pedida uno de estos días en Quismondo. Deberíamos juntarnos las dos familias. ¿La semana que viene estarás en Madrid? —le preguntó su padre.

—En principio, sí. Iré a Villa Paz pasado mañana para organizar una capea para mis amigos americanos. Pero la semana que viene no tengo pensado hacer ningún viaje. Esta semana debería haber ido a San Sebastián para asistir a un festival de cine que empieza con mucha fuerza, pero, al estar Ava en Madrid, lo he cancelado todo.

—¿Está en Madrid? —preguntó Mariví—. Yo quiero ir con vosotros a Villa Paz. Me apetece ver a Ava otra vez y a mis padres.

—Por mí no hay problema.

—La niña no puede faltar al colegio —dijo doña Gracia, que acababa de aparecer en la cocina seguida de María, que venía más tranquila pero con los ojos enrojecidos.

—¿Has llorado, María? —preguntó Carmina.

—Dejemos la fiesta en paz —cortó doña Gracia.

Sonó el teléfono de la casa y Mariví fue corriendo a descolgarlo. Al rato, se dirigió a Carmina.

—Es para ti. Te llama Antonio.

Mientras Carmina hablaba con Ordóñez, Luis Miguel y su padre siguieron conversando.

—¿No torea hoy Antonio? —preguntó Luis Miguel.

—Sí, está en Valladolid. Lidiará toros de la marquesa de Deleitosa. Tu hermano Pepe está con él; Domingo no sé qué cosa tenía que hacer en Pontevedra y se ha ido para allá.

—Espero que no olvide todo lo que has hecho por él. Tú le has encumbrado y le has convertido en el torero que es hoy.

—No creo, piensa que va a entrar en la familia.

—Me ha dicho Canito que ve a Camará merodear allá por donde está Antonio.

—Domingo no me ha comentado nada. Serán rumores sin consistencia.

—Eso espero. Eso espero. No quiero ni imaginarme la bofetada que sería para nosotros que cambiara de apoderado.

—Eso sí que no. Sería un feo.

La familia comió tarde y, estando todavía en la sobremesa, volvió a sonar el teléfono. Llamaba Pepe.

—Miguel, a Antonio le ha cogido el primer toro. Díselo a Carmina con cuidado.

Luis Miguel escuchó sin hacer ningún aspaviento para no alarmar ni a su hermana ni a su madre.

—¿Cómo está?

—¿Pasa algo? —Carmina se dio cuenta de que algo malo sucedía.

—Tiene una cornada en el tercio del muslo derecho —comentó Pepe.

—Ya. Llámanos cuando tengas más datos —Luis Miguel colgó más serio de lo normal.

—¿Le ha cogido un toro? ¡Dime la verdad! —Todos se levantaron y se fueron al lado de Luis Miguel esperando una respuesta.

—Tranquilízate —pidió a su hermana—. Sí, le ha cogido un toro, pero es poca cosa.

Carmina se echó a llorar; su madre, también con lágrimas en los ojos, intentaba consolarla.

—¿Está grave? —le preguntó su padre.

—Pepe no me ha dicho nada más. Me llamará en cuanto sepa el pronóstico.

Estaban todos con cara de preocupación. Apenas hablaban. Domingo se dirigió a su mujer:

—No quería esta vida para nuestra hija. Se ha tenido que enamorar de un torero. ¡Maldita sea!

—Como esta he pasado yo muchas tardes. Primero por ti y después por tus tres hijos. Carmina —se dirigió a la pequeña de la saga—, tú precisamente no te puedes llevar a engaño. Ya sabes lo duro que es esto.

Volvió a sonar el teléfono. Luis Miguel se abalanzó a descolgarlo. La madre cogió la mano de su hija.

—¿Sí? —preguntó el torero.

—Miguel, soy Pepe. Buenas noticias, el pronóstico del médico es menos grave. Díselo a Carmina. Este no se libra de casarse, estará bien para la boda.

—Dice Pepe que la cornada no ha sido grave —su madre y su hermana se echaron a llorar—, y que estará como nuevo para la boda. —Del llanto pasaron a la risa—. Oye, ¿necesitas que vaya para allá contigo?

—No te preocupes. Estoy con toda su cuadrilla y ya no podemos hacer más que esperar. Imagino que le darán el alta médica mañana o pasado. Tranquilo.

—Está bien. ¡Mantennos informados!

—¡Descuida!

Cuando colgó se dirigió a su hermana.

—Estará como nuevo para la boda. No te preocupes. Sabes que estamos hechos de otra pasta.

—Bueno, mira los problemas que te ha dado a ti una cornada en la pierna.

—No ha sido lo mismo. Yo tenía tres trayectorias y de una no me operaron hasta que regresé a España. Lo de Antonio será cuestión de días.

Luis Miguel y su padre se sirvieron un coñac. Su hermana y su madre se fueron cada una a su habitación. Llegaron Chocolate y don Marcelino y el torero les comunicó la cornada de Ordóñez. Estuvieron los cuatro pendientes de la radio y del teléfono. El tabaco fue el consuelo de todos en aquella tarde con olor a sangre.

Ava recibió en la suite del hotel una llamada desde Estados Unidos. Reenie no dudó en pasarle el teléfono. Esta vez no era Frank el que llamaba, sino su suegra.

—Ava, soy Dolly.

La actriz se quedó sin respiración.

—¿Ha pasado algo? —preguntó temerosa.

—No, no... pero estoy harta de ver a mi hijo en un estado lamentable. Quiero que me digas la verdad. ¿Le quieres o no le quieres? Porque no he conocido a ningún matrimonio como vosotros dos. Creo que hay que solucionar esta especie de guerra que tenéis.

—Dolly, nos amamos, pero no podemos estar juntos. Acabamos como el perro y el gato. —Ava se echó a llorar.

—Mira, querida, vente a Estados Unidos y resuelve el problema que tienes.

—Perdería miles de dólares...

—Creo que hay algo que está por encima de los miles de dólares: tu matrimonio. Ven cuanto antes. Te gustará leer las críticas a su trabajo. Debes compartir este momento con él.

Estoy muy preocupada por mi hijo. Parece un espíritu de lo delgado que se ha quedado. Anda todo el día suspirando por las esquinas. Te echa de menos. No ha querido a ninguna mujer como a ti. Si no vienes, me temo que hará alguna tontería. Lo conozco perfectamente. No está bien, ha tocado fondo.

—Dolly, te prometo que iré. En una semana estaré ahí. Gracias por tu llamada.

—Querida, lo hago por los dos. Os comportáis como niños.

—No le digas nada. Así le daremos una sorpresa.

—Está bien, pero no tardes.

Cuando colgó Dolly, Ava se echó a llorar. Su hermana Bappie no daba crédito a las palabras de su hermana.

—¿Le has prometido regresar a pesar de saber que te va a costar miles de dólares?

—No tengo más remedio. ¡Soy su mujer!

—Pero si habías dicho que te ibas a separar. Ava, no te entiendo. Estás viviendo un romance con un torero que te hace feliz. ¿A cuento de qué vas a regresar para seguir torturándote?

—Debo ir allí. Además, tarde o temprano debería regresar. Se va a estrenar *Mogambo* y no quiero perdérmelo. Ha sido mi mejor interpretación. Y necesito, de una vez por todas, saber qué voy a hacer con mi vida.

—Ava, recapacita. Aunque se lo hayas prometido a Dolly, piensa en ti. Vas a perder una cantidad importante de dinero.

—¡No me hables más del maldito dinero! Regresamos la semana que viene y punto. ¡Entiéndeme, por favor!

—Está bien, lo que tú digas. Como comprenderás, nosotras preferimos volver a casa. Reenie y yo solo queremos lo mejor para ti y hemos renunciado a muchas cosas por estar contigo.

—Lo sé, lo sé... Perdonadme las dos, pero... se lo debo a Frank. No quiero tener sobre mi conciencia que no quise acompañarle en este momento de su despegue. Bappie, arréglalo todo para regresar el lunes de la semana que viene.

—Está bien. Sacaré inmediatamente los tres billetes. ¿De ida y vuelta?

—No, solo de ida.

—Pues no deberías jugar con el torero. El otro día daba la impresión de que lo vuestro iba en serio.

—Ahora no puedo pararme a pensar en Miguel, ni tan siquiera en mí. Debo ver a Frank cuanto antes. Si me ha llamado Dolly, es que le habrá visto muy mal.

Su hermana y Reenie la dejaron sola. Sabían lo que iba a pasar en Estados Unidos, pero era su decisión y la respetaron. Sonó el teléfono de nuevo. Precisamente llamaba Luis Miguel.

—Ava, ¿qué te parece si salimos a cenar esta noche tú y yo solos?

—Me encantará.

—Paso a recogerte a las nueve, ¿de acuerdo?

—¡Por supuesto!

Cuando colgó, se quedó pensativa. Resonaban en su mente las palabras de su hermana: «¡No juegues con el torero!». Sin embargo, no deseaba que su inminente viaje de regreso a su país estropeara su *affaire* con Luis Miguel. Los dos no se prometían ni se exigían nada a cambio de estar juntos. Solo se daban compañía y afecto. Era la relación más libre que había mantenido con un hombre. Se trataba de un idilio entre iguales: aquí no había uno más famoso que el otro, ni una estrella que brillara más que la otra. Los dos, atraídos por la vida sencilla del campo y con ganas de vivir más allá de sus profesiones, se entregaban a lo que más les llenaba: la pasión.

A las nueve, Luis Miguel vestido de traje y corbata, peinado hacia atrás y con el rictus serio entró en el *hall* del hotel. Teodoro aguardaba en la puerta con el motor encendido. Ava no se hizo esperar y apareció vestida con un traje violeta de gasa, que recordaba al que llevó en su boda con Sinatra. Tuvieron suerte de que no hubiese periodistas en el hotel, porque una foto de ellos dos juntos hubiera dado mucho que hablar y no solo en España, sino en Estados Unidos.

—¿Te apetece ir a donde come Hemingway cuando viene a Madrid?

—Sí, por supuesto.

—Pues vamos a Casa Botín. —Cigarrillo puso rumbo al centro histórico de Madrid: calle Alcalá, Sevilla, Puerta del Sol, plaza Mayor, calle de Cuchilleros.

—¿Conoces a Hemingway?

—He estado con él en Pamplona no hace mucho. Es una persona extraordinaria.

—¿Querrás creer que después de interpretar varias películas basadas en sus novelas no he intercambiado una sola palabra con él? Nadie me lo ha presentado.

—Espero poder hacerlo yo. Me parece un tipo muy campechano. Te caerá bien.

—Sé que habló muy bien de alguna interpretación mía y querría agradecérselo.

—Encontraré el modo y la manera de presentártelo. Hacía mucho que no venía a España. Imagino que a partir de ahora le veremos a menudo por aquí.

El hijo del dueño los recibió con todos los honores y los bajó a la bodega. Allí estuvieron solos y Ava disfrutó mucho con las historias del pasadizo que les contó el *maître*.

—Estos túneles bajo tierra llegan hasta el Palacio Real, atravesando Madrid por el subsuelo. De hecho, se piensa que un trozo de la vieja muralla forma parte de los cimientos de esta casa, que fue una antigua posada siglos atrás.

A los pocos minutos de comenzar a cenar irrumpieron cantando unos tunos que echaron sus capas, repletas de cintas multicolores, al suelo y pidieron a Ava que las pisara. Hicieron todo su repertorio al compás de bandurrias y guitarras. Finalmente pasaron la pandereta a modo de plato para pedir la voluntad. Luis Miguel sacó tres billetes de cien pesetas y se los dio a los chavales.

—Estos chicos son estudiantes y por la noche recorren los sitios más turísticos y cantan para sacarse unas pesetillas.

—Alguno no parecía estudiante —comentó Ava, todavía emocionada del momento que había vivido.

—Bueno, porque se dejan una asignatura de por vida para ser siempre estudiantes y no irse de la tuna. Ser tuno es casi una filosofía: rondar a las mujeres, beber vino e idolatrar la juerga. Tienen mucha razón y mucha gracia, ¿no te parece?

Cuando se quedaron solos, después de haber bebido vino de Rioja y comido unas almejas, cochinillo asado y unos bartolillos típicos de Madrid, pidieron una copa al camarero. Luis Miguel tenía ganas de hablar seriamente con Ava.

—¿Te has planteado quedarte a vivir en España?

—Es una posibilidad que no descarto —le dijo, mirándole seductoramente a los ojos.

—Estoy pensando en comprarme una casa en una zona que se llama El Viso. He visto algunos chalés y me han gustado. Pero yo no soy de vivir solo —insinuó, clavando sus ojos en los ojos felinos de la actriz.

—Hoy por hoy no me planteo nada porque dependo de mi trabajo. Ahora estoy en Madrid, pero mañana puedo tener que desplazarme a cualquier parte del mundo para rodar. No quiero seguir con esta mierda muchos años, pero de momento no tengo pensado dejarlo.

—Ya... pues estoy dispuesto a esperar —dio por zanjado el tema e hizo un brindis con ella.

—La semana que viene tengo que volver a Estados Unidos.

—¿Y eso? ¿Has cambiado de planes? —le preguntó con la seriedad que le caracterizaba.

—Quiero regresar para aclarar definitivamente mis ideas y, si llega el caso, regresar a España con una petición de divorcio. Ahora no puedo dar ningún otro paso. ¿Lo entiendes?

—Conmigo nunca vas a tener ningún problema. Eres libre, Ava. Grábatelo a fuego.

—Eso es lo que me gusta de ti. Hasta ahora todos los hombres con los que he estado solo querían que yo fuera su posesión. Algo de su propiedad. Y no solo he asumido ese papel, sino que en el caso de Frankie también me he convertido en su protectora. Imagínate que cuando firmé otros siete años de contrato con la Metro, les obligué a añadir una cláusula que se ha llamado a partir de entonces Cláusula Sinatra.

—¿En qué consiste? —preguntó con poco interés. No le gustaba que le hablara tanto de su marido.

—Frankie estaba tan mal anímicamente cuando no le llegaban ofertas, que obligué a la Metro a que pusieran por escrito su intención de producir una película que protagonizáramos los dos. Incluso ya teníamos pensado lo que haríamos juntos: un musical de Broadway titulado *St. Louis Woman*. Al final, me enteré de que me habían engañado, porque, aunque el estudio había incluido la cláusula, no era vinculante. No les obligaba a hacerlo. La Metro y sus mentiras. Para ellos siempre he sido solo una cara bonita. Da igual las películas que lleve interpretadas, nunca dejaré de ser la joven ignorante de Carolina del Norte. Eso nadie podrá cambiarlo.

—Mira, Ava, cuando estés a mi lado olvídate de todo. No me interesan nada tus maridos. Entiéndeme. Soy un hombre y me gustas más de lo que yo quisiera, porque eso me hace vulnerable. Solo deseo que nos lo pasemos bien y olvidemos las preocupaciones. Llámame siempre que quieras, que, aunque esté en el otro extremo del mundo, haré por ir a verte. No tienes compromiso alguno conmigo. Estamos juntos porque queremos. Ahora, sigamos disfrutando de la noche. ¿Qué tal si vamos a escuchar flamenco? Se nos unirán mis amigos Vallejo-Nágera y don Marcelino. Olvídate de todo. —La besó y la invitó a salir del restaurante.

Fueron caminando hasta la plaza Mayor en una noche calurosa y estrellada. El empedrado la hacía tropezar a causa de la altura de sus tacones. Luis Miguel no se lo pensó dos veces y la cogió en brazos. Así fueron durante todo el recorrido hasta que el asfalto de la calle le permitió volver a posarla en el suelo. La gente los miraba porque no estaba bien visto que un hombre llevara así a una mujer por la calle. El torero, ajeno a las miradas, seguía hablando con ella.

—Me gustas mucho, Ava. Deberías haber nacido en España y todo sería más fácil para los dos.

—Suelo complicar la vida de aquellas personas que se enamoran de mí. Al final, no logro ser de nadie, me pertenezco solo a mí misma.

—Sabes que no le tengo miedo a nada ni a nadie. Aquí estoy dispuesto a enfrentarme a lo que haga falta.

Se echaron a reír y la besó. Era de noche y pensó que nadie les veía.

—¿Te has enamorado de muchas mujeres? —le provocó Ava.

—Alguna... pero no suelo fijarme en las mujeres más convenientes, como diría mi madre.

—¿Qué dice tu madre de mí?

—No dice nada en especial. Insiste mucho en que debo sentar la cabeza. Pero para eso he de saber quién está dispuesta a sentarla conmigo.

Ava sonrió y continuó hablándole.

—Las madres suelen ver en mí una mala influencia para sus hijos. Prefieren a una mujer sumisa, que diga que sí al marido y que se olvide de ella para siempre. Yo, en cambio, soy egoísta y me gusta que piensen en mí, no tengo nada de sumisa y disfruto llevando la contraria.

—¡Pues habrá que torearte como a esos morlacos a los que me gusta enfrentarme! Hay que saber lidiar a los toros bravos. Yo tengo temple y paciencia para hacerlo.

—¿Me estás comparando con un toro?

—Pues sí, y de los más bravos que me he echado a las espaldas.

Cuando llegaron a la calle Sevilla, divisaron a Teodoro a lo lejos, ya les estaba esperando fuera del coche.

—Podía haber ido a la propia calle de Cuchilleros a recogeros —le dijo el chófer.

—No, quería andar con Ava. Este paseo ha sido delicioso. No tenemos prisa, Cigarrillo.

—¿Adónde vamos?

—Nos están esperando en la Venta de la Peque, en la Ciudad Universitaria.

Recorrieron el trayecto casi sin hablar. Luis Miguel y Ava se miraban a los ojos desbordados de deseo y se besaban con las ansias de dos sedientos, pero quedaba mucha noche por vivir. Entraron en el local, donde Juan Antonio Vallejo-Nágera y don Marcelino ya les esperaban desde hacía media hora.

—Ava, tenía ganas de volver a verte —la saludó el doctor.

—Cada día estás más guapa —le dijo don Marcelino, que fumaba un puro habano, como a él le gustaba.

—¿Cómo sigue el loco que se cree Luis Miguel? —le preguntó, bromeando, la artista.

—Pues hace el símbolo de número uno con la mano, igual que tú en la plaza. Creo que es irrecuperable.

—Como yo —dijo sonriendo Luis Miguel—. Irrecuperable del todo.

—Seguro que muchos de los que tenéis encerrados están más cuerdos que algunos de nosotros —comentó don Marcelino.

—No lo digas dos veces, que te pone la camisa de fuerza y te lleva para dentro —replicó Luis Miguel—. Pasado mañana doy una capea en Villa Paz, vienen muchas caras conocidas. Entre otros, tu compatriota Gary Cooper. ¿Te apetece venir? Os invito a vosotros también.

—Por supuesto —exclamó Ava—. Además, yo ya tengo cierta experiencia toreando —apostilló entre risas.

—Yo no podré ir, tengo trabajo —se disculpó el médico.

—Cuenta conmigo —manifestó el pequeño don Marcelino.

—Siempre trabajando, doctor. ¿No piensas en otra cosa?

—Ahora mismo, no. Bueno, miento, en este instante estoy con vosotros.

—No, cuando estás a mi lado, sigues trabajando y analizándome. No desconectas del todo nunca.

—Eso es verdad. Tu cabeza es para hacer una tesis doctoral. —Se rieron—. Me ha dado recuerdos para ti Enrique Herreros. Ahora está en San Sebastián. A la vuelta del festival de cine dice que tenéis que quedar a comer.

—Dile que cuando quiera.

—Está bien. Gracias por invitarme a la boda de tu hermana. ¿Irá mucha gente importante?

—He invitado hasta a Franco, pero sé que no va a estas cosas. Sí vendrán seguro su hija y su yerno, a pesar de la tensión que siempre existe entre nosotros, y algún miembro del gobierno. Don Camulo no puede faltar.

—Pues un médico en ese ambiente no pinta nada.

—¿Pero qué estás diciendo? Habrá más médicos: Tamames me ha dicho que vendrá con sus hijos. Tú eres mi amigo y no puedes faltar. Imagínate qué pensará Domingo de la gente que va a venir. Ya te digo yo que no querría ni aparecer, pero debe estar allí con todos. Hay personas que sois imprescindibles, y tú eres una de ellas.

Bebieron durante el resto de la noche y Ava no quiso salir a bailar. Estaba dándole vueltas a su regreso a Estados Unidos y a su reencuentro con su marido. Se le quitaron las ganas de salir al escenario, pero no las ganas de seguir bebiendo.

Luis Miguel, en un determinado momento, se desabrochó la bragueta y se puso a orinar por debajo de la mesa. Todos se quedaron asombrados.

—Se trata de una prueba, pero ya os digo que nunca pasa nada. A mí me lo permiten todo.

Efectivamente, ninguno de los camareros ni el dueño le reprochó lo que estaba haciendo.

Ava se rio con ganas.

—Tengo que hacerlo un día, pero encima de la mesa —manifestó la actriz.

—Prueba a hacerlo cuando quieras. Comprobarás que no pasa nada.

—No le hagas caso. Me parece una falta de educación. Llegará un día en el que alguien te recrimine por lo que haces e, incluso, te multe —replicó el doctor.

—Pues todavía no ha llegado ese día... y mira que hago méritos.

Cambiaron de local y fueron, como la noche anterior, al de Manolo Manzanilla. Cuando llegaron, el dueño, que esa noche no cantaba, les saludó. Estaba en el escenario José Salazar Molina, al que todos conocían como Porrina de Badajoz.

—Verás qué forma de cantar —le dijo el torero a la actriz.

Ava se quedó sorprendida del sentimiento que ponía el artista al interpretar las canciones.

—¡Quiero conocerle! Me parece que canta diferente.

El cantaor entonaba un fandango de Huelva que emocionó a todos: «No me digas que no beba, dejadme que beba vino, que puede ser que algún día quiera beber y no pueda porque me falte alegría».

Aplaudieron con ganas y Ava dejó de acordarse de Frank Sinatra. Solo quería escuchar y escuchar más canciones de Porrina. Estaba realmente emocionada. Cuando acabó, el artista se acercó a saludar a la actriz, que no había parado de aplaudirle desde que entró en el local.

—Maravilloso, sencillamente maravilloso —repetía.

—Muchas gracias, pero aquí la única maravillosa es usted. —Besó su mano y se fue a la barra a tomar un vino sin dejar de mirarla.

Luis Miguel se dio cuenta de que la actriz le miraba igualmente con ojos en los que había algo más que admiración y sintió celos en su interior.

—Nos vamos a ir ya —comentó, poniéndose en pie.

El médico se percató de lo que estaba ocurriendo y avaló la idea de su amigo.

—Sí, para mí se ha hecho muy tarde.

—No, yo quiero volver a oír cantar a *Pollina*.

No le dijo que ese no era su nombre y simplemente le prometió que volverían, aunque tenía claro que no pisaría más con ella ese local.

—¿Es hora de irse, entonces? —preguntó don Marcelino.

—Le recuerdo que usted trabaja mañana.

—Bueno, ya sabe que tengo permiso para entrar más tarde. Y no me llames de usted, que eso solo lo hace tu hermano Domingo.

Salieron de allí y Luis Miguel no quiso despedirse de nadie, ni tan siquiera del dueño. Era como si tuviera prisa. No le gustó que Ava mirara al cantante como le miraba a él. Permaneció callado durante todo el trayecto hasta el hotel.

—¿Vas a subir a tomar una copa, Miguel? —le preguntó ella, ajena a todo lo que le estaba ocurriendo.

—No sé. Mañana tengo que irme a Villa Paz para prepararlo todo.

—No me digas que no.

—Está bien. Cigarrillo, lleva al doctor y a don Marcelino donde ellos te digan. ¡Hasta mañana! —Dio un portazo a la puerta del coche y se fue con ella.

Al subir a la suite, no cruzaron más de dos frases. El torero estaba poco hablador y Ava por fin se dio cuenta de que algo le pasaba. Al entrar en la habitación rompió el silencio.

—¿He dicho algo que te haya molestado?

—No, no es eso. —Se sirvió una copa de whisky.

—Pues ¿qué te ocurre? —Se acercó hasta él y le besó en la boca.

—¿Quieres la verdad?

—Sí.

—No me ha gustado cómo has mirado al cantaor. Le estabas provocando con los ojos, ¿no te has dado cuenta?

—Es mi forma de mirar cuando admiro a alguien.

—Pues no me ha gustado. Ibas conmigo y me ha parecido un desprecio hacia mi persona.

—No me hace gracia lo que me estás diciendo. ¿Te das cuenta de cómo todos los hombres pensáis que soy una posesión vuestra? ¿No me hablabas durante la cena de que éramos dos espíritus libres? ¿Dónde ha quedado toda esa teoría que parecía tan bonita? Al final, todos queréis hacer de mí algo vuestro y único. Espero que te enteres de una vez de que ¡yo no soy de nadie! —Cogió el vaso y lo arrojó contra la pared.

—Odio los gritos, pero yo también sé tirar las cosas y también sé enfadarme —lanzó un cenicero contra la pared—. Te estoy consintiendo más de lo que he consentido nunca a ninguna mujer.

—Pues vete de aquí si crees que puedes hacer conmigo lo que te dé la gana. ¡No quiero saber nada de hombres! ¿Me oyes? Nada. Puedo vivir perfectamente sin vosotros, que me tenéis siempre jodida. ¡Jodida! ¡Os odio! —Comenzó a llorar, a gritar y a lanzar contra el suelo todo lo que encontraba a su paso.

Luis Miguel se acercó a ella y le pegó un bofetón. Ava se quedó mirándole fijamente y se fue corriendo al baño, donde se encerró. Él se arrepintió de inmediato de lo que acababa de hacer. El teléfono de la habitación comenzó a sonar.

—¿Sí? —contestó.

—Algunos clientes protestan porque se están oyendo gritos y tirar cosas al suelo. ¿Ocurre algo? —preguntó el recepcionista.

—No, no, ha sido un pequeño percance. Se nos ha caído

un vaso... pero nada más. No oirán ningún ruido más. Lo siento.

—Está bien. Muchas gracias.

El torero se fue a la puerta del baño, que estaba cerrada por dentro. Dio unos golpes y reclamó que le abriera.

—Ava, perdona. No quería hacerte daño. Estabas histérica y solo quería que no siguieras gritando. No me gusta lo que he hecho. Por favor, ábreme la puerta. —Ava no contestó—. Voy a derribar la puerta si no abres. Será un escándalo, te lo puedo asegurar.

Estaba dispuesto a dar un golpe con su pierna buena cuando el pestillo se abrió.

Ava se metió en la bañera e hizo como que no le veía ni escuchaba. Luis Miguel se desnudó y se metió con ella en el agua. Comenzó a besarla.

—Ava, no sé qué me ha pasado. He sentido celos y me he dejado llevar. Lo lamento muchísimo. Te he visto gritando, sin atender a razones. No volverá a ocurrir.

Ava no hablaba, pero se dejaba besar. El torero comenzó a explorarla con sus manos y, tras un beso prolongado, se fundió con ella suavemente. Nunca había amado de una manera tan delicada. Ella, poco a poco, fue olvidándose del incidente. Estaba demasiado bebida como para retener nada. En el fondo, sentía tristeza, los hombres siempre le exigían más de lo que ella podía dar. Necesitaba sentirse amada. Más que nunca sentía miedo de regresar a Estados Unidos, pero a la vez tenía ganas de salir huyendo de España. Parecía que estaba condenada a revivir la misma situación de gritos y peleas con todos los hombres con los que convivía. Luis Miguel la besó por todos los poros de su cuerpo y desarmó sus recelos. Quiso que sintiera sus caricias y pensó más en ella que en él mismo. Deseaba hacerla gozar y prolongó ese momento todo lo que pudo. Se oían sus respiraciones agitadas. Era la primera vez que hacían el amor tras una fuerte discusión. Permanecieron abrazados hasta que la piel se les comenzó a arrugar como si fueran legumbres. La condujo hasta la cama y se quedaron dormidos. Cuando quisieron despertarse, el reloj marcaba la una de la tarde. Luis Miguel la observaba mientras se desperezaba. Pensó que estaba dispuesto a pelear por ella, fuera quien fuera su rival, y viajaría a cualquier lugar del mundo siempre que ella se lo pidiera. Había caído en su tela de araña y se encontraba completamente atrapado.

39

Antes de salir de Pontevedra, donde había estado organizando varios festejos para la plaza de toros que regentaba, Domingo se reunió con el apoderado de *El Litoral*, Alejandro Milleiro Sampedro.

—Don Alejandro, este periódico debe ser la voz del pueblo. Nuestras noticias no tienen nada que ver con lo que escriben el *Arriba* y *El Alcázar*. Seremos justo la antítesis de esos periódicos fascistas, ¿me entiende?

—¿Cómo no le voy a entender? Usted sabe de qué pie cojeamos todos los que estamos aquí, ni sé cómo no nos han cerrado todavía. Pedro Antonio Rivas escribió una crónica de la inauguración de un pantano tan crítica que creí que nos iban a dar el cerrojazo. Pero no pasó nada. Es como si con nosotros hicieran la vista gorda.

—No se fíe. Al revés. Mucho cuidado con toda la información que manejamos y que ofrecemos.

—Rafael Andín, el director, está pensando en dejar el puesto. Ya se lo digo yo, y vamos a tener un grave problema.

—¿Por qué?

—Domingo, no todos los que escriben aquí tienen carné. Debería hablar con él. Me parece normal que se plantee irse. Se le debe dinero. Bueno, como a todos nosotros. Los pagos no llegan a final de mes.

—Hay que tener paciencia. El dinero acaba llegando.

—Llegar llega, aunque tarde, y tampoco en su justa cantidad.

—Otros están peor. Le pido que tranquilice a nuestra gente. Están muy nerviosos. Dígale a Pedrito que en sus crónicas dé más fuerte a los ministros. Y al resto de la plantilla, también. ¡Hasta a Luciano del Río le noto flojo!

—¡Pero si es marxista leninista! Es fácil decir eso cuando se vive en Madrid. Nosotros salimos todos los días a la calle y somos conscientes de que nos la jugamos con aquello que decimos y contamos. No nos puede pedir que además nos inmolemos. Estamos haciendo lo que nadie se atreve a hacer en España. Hasta Jaime Valle-Inclán, ¡que fue ayudante de Líster!, nos ha felicitado, y eso que tiene un genio de mil demonios y, por no dar, no da ni los buenos días.

—Lo sé, lo sé... No me malinterprete. Pero debemos ser el látigo del régimen, ¿entiende? Con ese fin me he hecho cargo del periódico. Esta semana recibirán el dinero que se les debe.

—¿Todo?

—Si no todo, en una gran parte.

—Bueno, así lo transmitiré a la redacción.

—Es importante estar en la calle tres veces por semana y no fallar. ¡Dígaselo a la imprenta! Insisto, somos la voz que espera el pueblo.

—Así lo haré.

Se fue del periódico contento con lo que estaba consiguiendo hacer en Pontevedra. Sus amigos de Madrid no lo creían, pero era tan cierto como los números que llevaba en la mano y que, a pesar de ser completamente contrarios a Franco, no habían recibido ni una sola amenaza de cierre. Se preguntaba el motivo y no lo encontraba. A la salida del portal se topó con Pedro Antonio Rivas.

—¡Cuánto bueno por aquí! —saludó el joven.

—Eso digo yo. Pedro sigue dando fuerte aquí y allá. Bueno, ¿se te han pasado las ganas de torear?

—Eso nunca. Me quedé con la ilusión de vestirme de luces, solo llegué a hacerlo de corto y a tener este carné de novillero.

—Se lo enseñó.

—Si quieres, para quitarte el gusanillo, ven un día a Quismondo o a Saelices y toreas con nosotros una becerra.

—¡Me encantará!

—Tengo que coger el primer tren que sale para Madrid. Mi hermano quiere que esté mañana en Cuenca. Debo salir ya.

—¡Buen viaje! Por cierto, ¿qué tal está Ordóñez? —le preguntó el joven según salía del portal.

—¿Le ha pasado algo que yo no sepa? —Puso cara de preocupación.

—Le ha cogido un toro, ¿no sabías nada? Pero no parece que sea grave. ¡Tranquilo!

—¡Joder! Para un día que no le acompaño. ¡Gracias por la información! Me voy para Madrid.

Durante todo el camino estuvo pensando en Antonio Ordóñez. Hasta que no llegase a su casa no sabría exactamente el alcance de la cornada. No se quitaba de la cabeza a su hermana Carmina y cómo lo estaría pasando. Su futuro cuñado llevaba un mal año de cornadas. Necesitaba hablar del tema y no permaneció mucho tiempo en silencio. Un joven muy delgado, que viajaba en el mismo compartimento del tren, fue el hombro en el que se consoló.

—Menudo añito que lleva. En mayo ya le cogió otro toro.

—¿Dónde fue la cornada?

—En el culo con tres trayectorias. Los médicos finalmente dijeron la región glútea. Este chico nos va a dar un disgusto este año como no le ponga remedio.

—Algo he leído de él. Al parecer mata siempre en su rincón. Ni más bajo ni más alto. Siempre en el mismo punto.

—Si lo oyera Antonio, se mosquearía. El verdadero inventor de lo del rincón de Ordóñez ha sido el escritor Antonio Díaz Cañabate. Mata por derecho, fiel a la ortodoxia. Suele decir que «al torero que no hace la cruz, se lo lleva el diablo». Tiene una técnica impresionante.

—También decía Bergamín que «todo lo que no es milagro en el toreo es trampa».

—¡Oye, tú sabes mucho! ¿Quién te gusta toreando?

—Luis Miguel Dominguín. Para mí es el número uno.

—Ahí no te voy a discutir. Estamos de acuerdo. ¡Soy su hermano mayor!

—¿De verdad? Vaya casualidad. Hombre, entonces usted también es torero. Bueno, todos en su casa son toreros.

—Sí, mi padre nos inoculó el veneno a los tres hermanos.

—Pues usted que entiende tanto de toros y toreros..., ¿ha visto torear a un chico nuevo? Me gustaría saber su opinión. Le vi solo una vez como novillero y me conquistó. No hace mucho que acaba de tomar la alternativa.

—¿Quién es?

—Antonio Chenel, Antoñete.

—Un torero de izquierdas...

—Bueno, eso dicen, pero torea como los ángeles.

—No, a mí no me justifiques lo que acabas de decir. Te haría una confesión, pero ahora no hace al caso. Además, sé que este joven viene de abajo y se ha mostrado muy en contra del afeitado, le gusta el toreo en puntas... Pero no ha logrado firmar muchas corridas este año.

—Pues hace unos naturales perfectos. Aunque insisto en que Luis Miguel me parece el grande entre los grandes. No lo digo por regalarle el oído. No sabía que era su hermano. Una cornada le ha dejado fuera de combate, ¿no?

—Pero volverá y seguirá. Te lo digo yo, que le conozco bien.

—¡Si pudiera conocerle!

—Mira, pásate cualquier día antes de comer por la Cervecería Alemana de la plaza de Santa Ana. Allí nos reunimos siempre cuando estamos en Madrid. Te prometo que te lo presentaré.

—Muchas gracias. —El chico sacó de su maleta de cartón un chorizo y lo compartió con Domingo.

Siguieron durante todo el camino hablando de toros y comiendo chorizo a medias. Llegaron a Madrid ya de noche, pero, gracias a la conversación, el viaje había sido mucho más llevadero. Se despidieron como si se conocieran de toda la vida, aunque solo habían compartido un viaje en tren.

Esa noche Luis Miguel durmió en Villa Paz. Quería preparar todo para el día siguiente. Se acostó pronto, después de haber hablado con su tía de la próxima boda de su hermana y tras comprobar el estado de las cuentas de la finca con su tío Miguel.

Antonio Ordóñez había pasado muy mala noche después de haber sido trasladado al hospital provincial de Valladolid. Los dolores de la cornada eran muy fuertes. Pepe no se apartó del cabecero de su cama.

—Estoy hecho un Cristo. ¡Vaya dos cornadas seguidas! —se quejaba el torero malherido.

—Son rachas, Antonio. Son rachas... Yo mismo soy un ejemplo de que el destino a veces te mira mal. Afortunadamente, pasan las rachas y la vida sigue. Tú tienes una ilusión: casarte con mi hermana. Pues no pienses en nada más.

El mediano de los Dominguín había tomado la determinación de viajar a Los Ángeles. Iría a ver a la joven actriz María Rosa Salgado. Eso le insuflaba ánimo.

—¿Crees que, cuando me case, tu hermano Miguel me admitirá en la familia?

—No, porque te llevas a su niña —rio—. Jamás te perdonará no haber sido el primero en saber lo de tu relación con Carmina.

—Nunca nos hemos llevado bien, Pepe. Tú lo sabes mejor que nadie.

—Tenéis dos formas distintas de enfrentaros a la vida y al toro.

—Torear es lo más fácil del mundo. Todo consiste en citar al toro, aguantar, templarlo, llevarlo donde quieres y dejarlo en situación de poder citarlo de nuevo. Yo toreo como respiro, como mastico o como duermo. Para mí se trata de algo natural.

—Lo mismo podría decir mi hermano. Torea desde que tiene uso de razón. Tiene una técnica que pocos poseen, bueno, mejorando lo presente. Desde que era un crío se metía en la cama con mi padre para que le hablara de toros. Y con cinco años ya se puso delante de una vaquilla. El toreo forma parte de su vida.

—Lo sé, no hay otra cosa que le haga más feliz.

—Estoy seguro de que, cuando tengáis un crío, se te quitará esa idea. Mira, con mi hermana Pochola mi hermano se volcó al nacer sus hijas —Chiqui y Lidia—. Con Domingo y sus hijos ocurrió lo mismo. Siempre se acuerda con generosidad de nuestros hijos, aunque tiene el sambenito de que no suelta un duro así le maten. Bueno, ahí tenemos el caso de mi prima Mariví, a la que le está pagando toda su educación. Mi hermano parece frío, pero la sangre le tira y procura echar mano de esas raíces para acordarse de dónde viene. La fama no le vuelve tarumba porque sabe cuáles son sus orígenes y se aferra a eso. Miguel nació para luchar con los toros y con el ambiente. No solo se ha puesto el mundo por montera, se ha situado frente a los tendidos y les ha retado. Tiene una seguridad en sí mismo que no he visto a nadie.

Antonio callaba pero no asentía. Le rondaba por la cabeza cambiar de apoderado. Necesitaba cerca a alguien que le valorara a él y no tanto a Luis Miguel como lo hacían sus hermanos. Era algo que ya había pensado, pero no sabía si algún día se atrevería a dar el paso. Sobre todo, después de la boda y pasar a formar parte de la familia.

Ava consiguió hablar con Frank después de haberlo intentado varias veces con anterioridad. Su marido, desde mediados del mes de agosto, se encontraba en Nueva York, en el Waldorf Astoria, y, sin previo aviso, había dejado de escribir y llamar.

—Frankie, ¿cómo te encuentras?

—Jodido, nena. Jodido. ¿Acaso te interesa? —le respondió en un tono serio.

—Por supuesto. ¿Lo dudas? Hasta aquí llegan los ecos de la respuesta del público a tu película. ¡Menudo éxito! Me alegro mucho. Ahora veremos qué pasa con la mía. Tengo muchas ilusiones puestas en *Mogambo*. Seguramente el público valorará verme en otro registro. ¿No crees?... Frankie, ¿estás ahí?

—Aquí estoy.

—No has abierto la boca...

—No imaginas el daño que me hace oír tu voz y saber que no te voy a ver entrar por la puerta esta noche.

—Sabes que si voy, pierdo muchos dólares. Me aconsejan que siga por aquí.

—Bueno, haz lo que quieras. Siempre has hecho lo que te ha dado la gana. Tú allí, yo aquí... Nada tiene sentido. Lo sabes. Tengo que dejarte, nena.

—¡Te deseo mucha suerte!

—Gracias. —Frankie colgó el teléfono y se puso a beber directamente de la botella de whisky. Cuando la acabó, la lanzó contra la pared. Abrió otra y se la bebió como si fuera agua. A la mañana siguiente apareció en el suelo en mitad de la habitación.

—¡Frank, Frank, tienes que despertar! Te están esperando para el ensayo en el Riviera —su amigo Paul Clemens le reanimó dándole pequeños golpecitos en la cara. Cuando vio que no lograba que abriera los ojos, cogió un cubo de agua y se lo arrojó entero. La moqueta de la habitación quedó completamente empapada.

—¡Déjame en paz! ¡Dame una copa! —hablaba con dificultad.

—¿Qué ha pasado, Frankie? ¿Por qué estás en este lamentable estado?

—Me llamó Ava. Fue ella quien me llamó. ¿Te das cuenta? Me hablaba como si entre nosotros no hubiera pasado nada. ¡Me ha dejado jodido! ¡Muy jodido! La echo de menos, ¿entiendes? Mi vida sin ella no tiene sentido, pero no se lo he dicho.

—¡Claro que tiene sentido! Deja ya de decir esas cosas. No puedes depender de ella tanto. Piensa en ti y en tus hijos. Debes aprender a caminar solo.

—No sé hacerlo.

—Pues tienes que aprender. Tu hija Nancy me ha llamado y me ha preguntado por ti. Dice que todos los padres de sus compañeros de clase hablan de la película y le dan la enhorabuena. Se siente muy orgullosa de ti.

—¿De veras?

—Sí, joder. Deberías estar disfrutando de este momento y no hecho unos zorros.

—Está muy bien que mi hija se sienta orgullosa de mí. —Hizo ademán de levantarse del suelo pero no pudo.

Su amigo le dio un café bien cargado y poco a poco pudo acercarlo al lavabo de la habitación. Le metió en la bañera vestido y todo.

En Villa Paz la actividad comenzó muy temprano. Luis Miguel, sin embargo, continuó en la cama hasta el mediodía. Su tía le llevó el desayuno y charlaron un rato. Todos los González Lucas tenían una querencia especial por levantarse tarde y recibir a la gente tumbados y sin vestir.

—El servicio está emocionado. Sobre todo, por ver de cerca a Gary Cooper. Pero yo sé que tú hoy solo tendrás ojos para Ava. ¡Toda una belleza y, además, una mujer muy natural!

—No parece una estrella, es una persona encantadora. No te puedes imaginar los muchos problemas que tiene derivados de su matrimonio con Sinatra.

—Se rumorea que lo va a dejar, ¿verdad?

—Sí. Se va a Estados Unidos a poner punto final a su matrimonio. Al menos, eso es lo que me ha dicho, pero le cuesta mucho tomar este tipo de decisiones.

—Me da la impresión de que está coladita por ti. ¿Me equivoco?

—Tía, no me gusta hablar de estas cosas, pero sí. Creo que ella está más colada por mí que yo por ella.

—¿No será al revés?

—No me verás perder la cabeza por nadie. Tengo claro que el amor dura poco. ¿Sabes qué me decía hace poco Jaime de Mora y Aragón? Pues que solo termina arrepintiéndose de algo quien no ha elegido su propio camino o quien deja de hacer lo que le está dictando el corazón. Y yo, te lo puedo asegurar, no he dejado jamás de hacer aquello que me dictaba el corazón, y creo que he demostrado que he sabido elegir mi propio camino. Con Ava, me estoy dejando llevar sin más.

Luis Miguel siguió en calzoncillos encima de la cama hasta que su tío entró en el cuarto y le dijo que Canito, Chocolate y Miguelillo, el mozo de espadas, habían llegado ya. Media hora después salió vestido con traje campero para recibir a sus invitados.

Gary Cooper llegó media hora antes que Ava. Le dieron la bienvenida con un vino y unos tacos de jamón. En las películas no daba impresión de ser tan alto, pero a su lado, con su metro noventa, todos parecían de pequeña estatura. Ava llegó vestida con pantalones y blusa anudada a la cintura. Iba cómoda, dispuesta a volver a torear una becerra.

Luis Miguel sacó a los dos al ruedo. Fue divertido ver a Ava, ya con la experiencia de la capea pasada, salir con más seguridad a la arena. Sabía que el torero impediría que le cogiera la vaquilla. Sin embargo, el actor no las tenía todas consigo, pero, al ver con el capote a don Marcelino, se animó. Era la primera vez que lo hacía.

—Esto no me lo pierdo —dijo Canito con la cámara en la mano—. Parecen el punto y la i. ¡Hay que fotografiarlo!

Los dos, actor y bibliotecario, se animaron tanto que se acercaron más de lo conveniente al animal, y la fuerza de la vaquilla acabó con los dos en el suelo. El peor parado fue don Marcelino, que se quejaba de la muñeca. Al actor, el revolcón no le dejó ninguna secuela.

Fue una capea en la que Domingo se lució con el capote y Luis Miguel dejó patente quién mandaba en el ruedo. Se sintió con mucha seguridad en la arena y con apenas dolores en la pierna. Tomó la decisión de comenzar a entrenar.

—Espero estar en forma pronto para enfrentarme a un toro.

—Si quieres, hacemos juntos tu preparación.

—Me ayudaría...

—Empezamos mañana.

—Hecho.

Pepe no pudo ir, ya que Ordóñez se encontraba todavía en el hospital. Hasta el día siguiente no le darían el alta, para que siguiera la recuperación en su casa. Hubo bebida y comida para que todos los invitados se hartaran. En un momento determinado y sin venir a cuento, Domingo cogió en volandas a don Marcelino y se lo pasó a su hermano Luis Miguel. Como si fuera una pelota, se lo lanzaron el uno al otro y el otro al uno, jaleados por los invitados. Don Marcelino no paraba de proferir improperios.

—Hijos de puta, bajadme ya. No tiene ninguna gracia. Cabrones, ¿queréis parar ya de una vez?

—Coñito, diles que paren —pidió Ava a su amigo el fotógrafo.

—Canito, Ava, Canito, que, si no, vamos a tener un problema. ¡Tíos, dejadlo ya! El bibliotecario se está poniendo blanco como la pared.

Luis Miguel se detuvo de golpe y lo dejó de pie. Pidió que le acercaran un vino y siguió como si no hubiera pasado nada.

—¿Os habéis divertido a mi costa? Pues maldita la puta gracia que tiene.

—Esa boca, don Marcelino —le reconvino Luis Miguel.

—Ni boca ni leches, sois unos cabrones, pero el peor, este: el rojo de mierda.

Domingo se reía a mandíbula batiente. Esta vez no quiso replicarle.

—Canito, tómate una copa conmigo, que tú eres el único que me entiende. Eres comunista como yo, seguro —le dijo al fotógrafo.

Paco Cano se bebió una copa de vino tinto y otra de vino blanco seguidas. Estaba eufórico.

—Me gustan las fiestas de los ricos. No lo puedo evitar.

—Hazme caso, Canito, solo se puede estar con los ricos —apostilló Luis Miguel—, a los pobres que les den por el culo.

—Pues yo soy pobre como las ratas y más con lo que tardan, en general, en pagarme.

—¡No te quejes tanto, tienes más dinero que todos nosotros!

Canito y el resto de la familia y amigos que lo oyeron se echaron a reír. El fotógrafo se dio cuenta de que entre aquellas paredes nadie se daba por aludido. Pensó que no era el momento para insistir en reclamar lo que le debían. Siguieron bebiendo durante las horas siguientes y formaron corrillos distintos hasta que apareció un cuadro flamenco y se colocaron frente a él.

Luis Miguel y Ava fueron los primeros en salir a bailar. Bappie también se atrevió a hacerlo con la ayuda de Canito. Chocolate sacó a una americana de la embajada con la que no cruzó ni una sola palabra en inglés. Y doña Gracia bailó con su cuñada.

A las nueve de la noche seguían bebiendo y bailando. Luis Miguel pidió que hicieran migas para todos. Fue el colofón a un día en el que solo hubo risas y ganas de pasarlo bien. Antes de la medianoche regresaban a Madrid.

Luis Miguel acompañó a Ava y a su hermana al hotel. La actriz, como siempre, le invitó a tomar una última copa a su suite. El torero subió. Iba a ser la última noche antes de que se marchara a Estados Unidos. Hablaron de su próxima partida.

—Quizá no nos volvamos a ver, ¿verdad? —apuntó Luis Miguel.

—Eso no lo preguntes nunca. ¡Qué más da! ¡Vivamos el hoy y el ahora! Miguel, no hagas planes porque siempre se frustran.

—Tienes razón. Por primera vez le pregunto a una mujer cuándo la voy a volver a ver. Hasta ahora siempre había sido al revés. Se ve que contigo todo es distinto.

—Lo he pasado muy bien en tu casa. Ha sido como una inyección de optimismo. Lo necesitaba. Sobre todo ahora, que no sé a lo que me enfrento.

Él sabía que podía arreglarse con su marido y todo lo que habían vivido juntos pasaría a ser nada más que un recuerdo en sus vidas. Sin embargo, se resistía a perderla.

—¿Qué tal si nos despedimos como nos gusta a los dos?

—Me parece una estupenda idea. —Le guiñó un ojo.

Le fue quitando la ropa poco a poco y la llevó en volandas hasta la cama. La actriz olía a su sofisticado perfume que le volvía loco. El torero se quitó la ropa sin perder de vista sus ojos verdes y siguió hablando con ella mientras la acariciaba. Disimuló la desesperación que tenía por volver a amarla. Sabía que ese encuentro podía ser el último.

—Si me necesitas, no dudes en llamarme. Soy capaz de recorrer los kilómetros que sean necesarios con tal de volver a verte.

—Quiero tomar una decisión sobre mi vida. Además, me

ha llamado la Metro al saber que iba a ir para allá, porque quieren hablarme de un nuevo proyecto. Dicen que estará presente un director de cine, pero no me han querido decir de quién se trata. Mucho secretismo, pero saldré pronto de dudas.

—Te deseo toda la suerte del mundo. Yo también quiero volver poco a poco a mi profesión. Empezaré toreando una corrida en Francia y haré algunas más por América. No estaremos muy lejos uno de otro.

—¿Volverás a torear?

—Sí, solo fuera de España. Todavía no estoy cien por cien para las plazas de primera.

—Disfruta mientras yo esté lejos. El tiempo pasa rápido y no sabemos qué nos deparará el destino.

—Yo disfruto más si estás cerca. Lo sabes.

La besó en el cuello, en la boca... Paseó su lengua por toda su espalda con la idea de que podía ser la última vez que se encontraran desnudos frente a frente. Eran conscientes de ello y los dos se entregaron con agitada pasión al momento que estaban viviendo. El sudor hizo que sus cuerpos resbalaran. Él le sujetó las manos e intentó llevarla hasta el mágico lugar donde solo habitan los amantes. Se entregaron a la pasión, sabedores de que podía no existir un mañana para ellos. Se convirtieron en una amalgama de brazos y piernas. Bocas sedientas y cuerpos fundidos, abrasados. Ava se notaba llena de vida, algo que ya no ocurría cuando su marido la amaba. Luis Miguel se despidió a su manera de aquella mujer que durante meses había ocupado su corazón. Mitad niña, mitad salvaje; mujer apasionada y, a veces, depresiva; pero fría, nunca. Ava era un universo en sí misma. Con ella viajaba alrededor de todos los estados de ánimo. Mujer imprevisible con la que siempre se salía extenuado pero jamás derrotado. El torero sabía que amar a la actriz había sido un regalo que le había deparado el destino. Ambos despertaron abrazados al nuevo día. Aquella noche quedaría tatuada a fuego en sus vidas.

Bappie llamó con los nudillos a la puerta. Luis Miguel se levantó de la cama y se fue derecho al baño y Ava, completamente desnuda, abrió a su hermana.

—¿Todavía estás así? Tenemos que coger un avión en un par de horas. Solo tienes tiempo de arreglarte e irnos.

—He estado ocupada... Ha sido una noche muy intensa.

—Ya veo. Aquí hay un calor concentrado que no sé ni cómo puedes respirar. —Oyó los grifos de la bañera—. ¿Sigue aquí el torero?

—Sigue...

—¡Caray! Vaya nochecita. Imagino que habrá valido la pena. —Le guiñó un ojo a su hermana.

—Sí, me hace olvidar lo miserable que es mi vida.

—Venga, no me das ninguna pena. ¡Arréglate cuanto antes y nos vamos al aeropuerto! —Bappie abrió las ventanas de la habitación y se fue de nuevo—. En media hora estamos aquí Reenie y yo para recoger las dos cosas que queden todavía sin meter en la maleta.

Ava se fue al baño y pilló a Luis Miguel afeitándose. Le gustaba ver al torero con espuma en la cara y una toalla anudada a la cintura. Ella abrió los grifos del agua y echó gel de ducha, que se transformó rápidamente en espuma.

—Ven... —Le llevó otra vez hasta aquella marea de jabón.

Luis Miguel se limpió el jabón de afeitar y se metió en el agua caliente. Aquello era el final. Ella volvería a su vida anterior y él, a sus toros. Dos mundos divergentes que nada tenían en común. Solo les unían las ganas de vivir el presente, sin pedirse nada a cambio. Sin embargo, él la miraba como quien sabe que deja escapar un tren que jamás volverá a pasar por su vida.

—Te deseo suerte en tu decisión final. Tomes la que tomes, yo te apoyaré siempre.

—Ahora lo que me espera será muy duro. Frankie y yo somos dos cadáveres en la cama. Él lo sabe y yo también.

Nuestro matrimonio ya no tiene arreglo. Nos hemos hecho mucho daño. De lo que todavía no estoy muy segura es de cómo lo voy a hacer y si me llevará mucho o poco tiempo. No tengo ni idea.

Cuando Ava empezó a hablar de su marido, Luis Miguel salió de la bañera y se puso el albornoz.

—Se te hará tarde y perderás el avión. Os llevaré hasta el aeropuerto. Cigarrillo debe de estar desde hace un buen rato en la puerta. Voy a pedir algo de comer al servicio de habitaciones. No te puedes ir sin tomar nada. El viaje será muy largo.

—Buena idea. ¡Pídeme de todo!

—No sé cómo puedes estar tan delgada con lo que comes —se admiró en voz alta, cogiendo el teléfono para pedir dos desayunos con churros, huevos y beicon.

—Ni yo tampoco. Como todo lo que quiero y, afortunadamente, no tiene efecto en la báscula.

Luis Miguel se vistió con el mismo traje y camisa que había llevado la noche anterior. Abrió al camarero y esperó sin probar bocado hasta que Ava salió vestida del baño. Un traje azul marino y sus zapatos de tacón la volvieron a transformar en la estrella que era dentro y fuera del cine.

No habían hecho más que empezar a tomar el café cuando Bappie y Reenie llamaron a la puerta. Mientras ellas recogían lo poco que quedaba desperdigado por la habitación, Ava acabó con los huevos y el beicon.

—No te digo que me llames cuando llegues, pero, si algún día lo haces, acuérdate de que el mejor momento para localizarme es la una de la tarde. A esa hora estaré todavía en la cama. Me gusta levantarme tarde, ya sabes...

—Descuida. Te llamaré. —Pero él sabía que en esa promesa no estaba implícito que lo hiciera.

Antes de salir de la habitación, la besó de nuevo y bajaron a toda prisa por uno de los muchos ascensores del Castellana Hilton.

Cigarrillo les esperaba en la puerta y, cuando se montaron en el coche, pisó el acelerador todo lo que pudo para llegar a tiempo al aeropuerto. El torero la acompañó hasta la sala de embarque, pero no quiso ver cómo salía su avión. No le gustaban las torturas ni regodearse en el dolor. Y aquella despedida le resultó especialmente dura.

—¡Hasta siempre, Ava!

—Gracias por todo, Miguel. —Le besó fugazmente en la mejilla y se fue corriendo detrás de Bappie y Reenie. Por suerte, no había ningún periodista cerca que recogiera el momento. Ava miró hacia atrás y le dedicó una sonrisa. Se puso sus gafas de sol y se subió al avión. Luis Miguel hizo todo el camino de vuelta a Madrid sin pronunciar una sola palabra.

40

En el palacio de Santa Cruz, sede del Ministerio de Asuntos Exteriores, se ofreció una recepción a todos los americanos de renombre afincados en España. Acababan de rubricarse los Pactos de Madrid. El ministro de Exteriores, Alberto Martín Artajo, por parte española, y el nuevo embajador, James C. Dunn, por parte americana, fueron los que firmaron estos acuerdos que obligaban tanto a España como a Estados Unidos a colaborar para la defensa mutua. Eso conllevaba la instalación de bases norteamericanas en suelo español y la llegada de doce mil norteamericanos y sus familias con todo tipo de prebendas económicas y ventajas legales. Por su parte, España recibiría alimentos americanos y un impulso económico que, sin duda, ayudaría al régimen. La radio, los periódicos y el *Nodo* no hablaban de otra cosa. En la Cervecería Alemana se montó una discusión sobre este tema antes de que llegara Luis Miguel. Domingo y don Marcelino, en presencia de toda la cuadrilla, hablaban de la noticia del día.

—Pues la leche en polvo americana, ¡menuda mierda! —se indignó Domingo—. Todos felicitándose de los importantes acuerdos con la Santa Sede y con los americanos. Nos estamos hipotecando de por vida. ¿Creéis que nos sale gratis? Pues no. Si Estados Unidos entra en guerra con Rusia, ¿sabéis quiénes se irán por delante a luchar? Pues nosotros, los españolitos. ¡Vaya gol que nos ha metido Franco!

—No tiene usted ni idea —replicó don Marcelino con un humor de perros, todavía con la muñeca dolorida tras el revolcón de la becerra—. Esa leche y esos alimentos que nos llegan van a dar de comer a muchas familias. Y que vengan tantos americanos con sus mujeres y sus hijos, al final, es dinero.

—Eso encubre una invasión americana en toda regla. Acabaremos comiendo chicle, bebiendo esa mierda de leche y comiendo carne enlatada con Coca-cola. Se lo digo yo. ¿Y sabe a cambio de qué? A cambio de bajarnos los pantalones y que nos den por el culo. Así de simple y así de llano.

El dueño del local se acercó para decirle que bajara el tono en el que hablaba.

—¡Hay moros en la costa! Ten cuidado. Hay ahí unos tipos que parecen de la Secreta. —Ramón le tenía un especial cariño al mayor de los Dominguín, que se las hacía pasar canutas cuando le daba por ponerse en la barra e invitar a todos.

—Muchas gracias, si lo que tengo que decir a don Marcelino ya se lo he dicho.

—Pues se jode, porque los americanos vendrán a España y podrán hacer lo que les dé la gana. Tendrán inmunidad diplomática, como si todos los militares fueran personal de la embajada.

—¡Qué bonito! ¿Y a usted eso le parece bien?

—Me parece estupendo que nos traigan dinero y que hagan que este país tire hacia arriba. Eso a usted le duele, pero ¿sabe lo que le digo? ¡Que se joda! Franco está haciendo las cosas bien y el tiempo le dará la razón. Mucho aislamiento y, mire, ahora el Vaticano y los americanos, con Eisenhower a la cabeza, haciéndonos la pelota.

—A usted le han vendido la cara A pero tiene también su cara B, como los microsurcos. Y en esa cara B, ¿quién le dice a usted que no nos preparan para una guerra? La Tercera Guerra Mundial. Usted es muy ingenuo. Será bibliotecario, pero no tiene ni idea.

—Usted, que está todo el día entre becerros y toros, ahora resulta que va a tener más idea que yo. Los bancos americanos nos van a conceder créditos muy ventajosos para la adquisición de materiales y alimentos. Por otro lado, nos van a suministrar material de guerra que nosotros no tenemos, así como la construcción de bases en Torrejón de Ardoz, Rota, Zaragoza, Morón... hasta ocho. Eso es desarrollo para esas zonas y dinero que viene a España. Usted es un gilipollas y un ignorante.

—Aquí el único gilipollas es usted. ¿Sabe lo que va a pasar? Pues que harán un eje con Portugal, Italia y Grecia, donde, a cambio de dinero y bases, nos van a hipotecar nuestro futuro. O reacciona Rusia o aquí solo se hablará inglés en poco tiempo.

—Será mejor hablar inglés que ruso. Usted tiene de comunista lo que yo de chino. ¡Venga, cállese de una vez!

En ese momento, apareció Luis Miguel muy serio. Todos se quedaron callados al verle, esperando que contara lo que le pasaba. El dueño le avisó.

—Haz el favor de decirles que se callen, que unos tipos que llevan un par de horas en la barra no les quitan ojo. No paran de discutir que si americanos sí, que si americanos no. Que hablen de otra cosa, de gachís, que eso no ofende a nadie.

—No te preocupes. Ponme una limonada, que tengo mucha sed.

Caminó hasta ellos y, cuando se sentó, intentó disimular.

—Domingo, hoy tengo que entrenar. ¿Me acompañas?

—Por supuesto.

—¿Qué, tenéis el día fino don Marcelino y tú? No me jodáis ninguno de los dos. A ver si por vuestras discusiones tenemos que levantar nuestro cuartel general de aquí. ¿No os dais cuenta de que hay dos tipos sin perder ni ripio de lo que estáis diciendo?

—Por mí que me escuche quien quiera. No tengo miedo —afirmó el pequeño bibliotecario.

—Si es por miedo, yo no le tengo miedo a nada —añadió Domingo.

—Pues deberíais, porque luego me tocará a mí ir a la cárcel a sacaros a los dos por escándalo público, en un caso, y por comunista, en el otro.

—Pero si hemos hablado cuatro cosas. Ya sabes que Ramón exagera mucho.

—Decidme, ¿ha venido por aquí Canito con las fotos de la capea? —Necesitaba ver las fotos de Ava.

—No —dijo Miguelillo—. Por aquí no ha venido nadie.

—Este Canito... debería estar aquí ya.

Fue mencionarlo y apareció el fotógrafo con una cara de no haber pegado ojo en toda la noche. Llevaba un sobre en la mano.

—¿Te pasa algo, Canito?

—Estoy jodido. Mi mujer me ha pillado en una aventura con una chica de la embajada americana.

—¡Qué callado lo tenías! —exclamó Luis Miguel.

—Yo creo que me ha puesto detectives o algo así. He llegado tarde varios días seguidos y se imaginó algo. Yo le decía que había estado contigo o con Balañá, pero no se lo tragó. Lo malo es que fui tonto porque regresaba a casa oliendo a un perfume de esos caros y me pilló. A la chica le ha caído la peor parte. Le ha dado una somanta de palos al salir de la embajada que casi la desnuda. No os lo podéis imaginar. La ha dejado molida a palos.

—¡Pero si a quien tenía que haber molido a palos era a ti y no a la chica! —rio Luis Miguel.

—Una americana secretaria de la embajada... Terrible. Terrible —añadió don Marcelino.

—Aún van a detener a tu mujer. Sabemos las formas de esta gente —apostilló Domingo.

—Si la americana no denuncia, no pasará nada. ¡Anda, tómate un vino! —le tranquilizó Luis Miguel.

—Se ha pasado con esa pobre chica. Necesito dormir algo. No encuentro otra forma de que se me pase este cansancio que tengo.

—Pues vienes a casa y te tumbas en una de nuestras camas —le ofreció Luis Miguel.

—Pues no te digo que no —le agradeció Canito.

El fotógrafo se fue a la casa de los Dominguín y después de comer acabó en la cama de Luis Miguel, durmiendo durante toda la tarde. Pepe, que acababa de llegar a Madrid, se acercó hasta la casa de sus padres, donde sabía que encontraría a todos.

—Dinos cómo se encuentra Antonio —le pidió su padre.

—Está muy dolorido, pero ya le he dejado en casa. No creo que vuelva a los ruedos antes de la boda.

—Sí, mejor será que no toree. No vaya a tentar a la suerte —replicó Domingo padre.

—Fue una cornada muy limpia. Se recuperará perfectamente.

—Ha tenido suerte. No le dejará secuelas —dijo Luis Miguel, pensando en su cogida.

—Bueno, aprovecho que estáis todos para deciros que mañana por la mañana me voy a Los Ángeles. Ya lo he arreglado todo.

—¿No vas a estar en mi boda? —le dijo Carmina con preocupación.

—Vuelvo en dos semanas. No me la perdería por nada del mundo.

—Tenías que haberte ido antes, pero me parece muy bien que hayas tomado la decisión por fin —dijo Luis Miguel.

Carmina abrazó a su hermano Pepe y pidió que la acompañara a ver a Antonio.

—Te acompañaremos nosotros —se adelantó doña Gracia, hablando por ella y por su marido—. Que también queremos verle, y así tu hermano descansa.

A los diez minutos salieron los tres de casa. Carmina deseaba comprobar de cerca el verdadero alcance de la cornada. Faltaba muy poco para la boda y no quería que se volviera a vestir de luces hasta después de la ceremonia.

—Padre, apóyeme. Sé cómo son los toreros, pero ahora, si le vuelve a coger un toro, creo que no lo voy a poder soportar. Necesito estos días tranquilidad. Espero que entre los tres podamos arrancarle el compromiso de que no toree hasta que volvamos de la luna de miel.

—Se lo voy a pedir como favor y estoy seguro de que atenderá a razones. Sus padres también nos apoyarán, no te preocupes —le dijo su padre.

Al día siguiente Pepe llegó a Barajas muy temprano. Fue con mucho tiempo y con poco equipaje. El hecho de cruzar el Atlántico para encontrarse con aquella joven que le miró tan arrebatada en la feria de Valencia le ilusionaba, y eso que desde que murió Dolly por su mente solo se sucedían imágenes de desgracias en cadena. El doctor Tamames le había abierto una ventana a la ilusión y desde entonces procuraba recabar información sobre todos los movimientos de María Rosa Salgado. Sabía que había interpretado varias películas con éxito en España, compartiendo cartel con Fernando Fernán Gómez y con Fernando Rey. En uno de sus viajes a México, un ojeador de Hollywood se fijó en ella. Ahora estaba en Los Ángeles junto a una joven italiana, Anna María Pierangeli, recibiendo clases de dicción para eliminar todo vestigio de sus idiomas natales. Las había fichado la Metro Goldwyn Mayer e, igual que habían hecho con Ava, les daban clases de danza, de canto, de comportamiento... borrando por completo sus orígenes. La información se la había dado la propia Ava Gardner antes de partir hacia Estados Unidos, junto a una dirección del lugar donde impartían las clases.

Cuando pisó suelo americano, no quiso hacer turismo, se alojó en un hotel y esperó al día siguiente para ir a la dirección que tenía apuntada. Hilando un cigarro con otro, esperó enfrente de la puerta hasta que las calles de Los Ángeles empezaron a tener movimiento. Comenzaron a entrar jóvenes bellísimas en aquel lugar, y hubo un momento de duda en el que estuvo a punto de darse la vuelta porque se sintió ridículo. ¿Qué estoy haciendo aquí?, se preguntaba. Lo mismo tiene novio y una vida que compartir junto a otra persona. Inmerso en estas disquisiciones, la vio de lejos. Tiró el cigarrillo que tenía entre sus dedos. Se limitó a mirarla y a irse acercando paso a paso hasta la entrada de aquella escuela de la Metro. Ella se paró de golpe cuando se percató de su presencia.

—¿Es una casualidad? —preguntó nerviosa.

—Las casualidades no existen. Me dijeron dónde estabas y he venido a verte.

—¿Solo a verme? ¿Desde España? —preguntó asombrada.

—Sí, solo a verte. ¿Qué tal si cuando salgas tomamos algo?

—No salgo hasta la tarde.

—Dime una hora y aquí estaré.

María Rosa le sonrió y quedaron a las seis de la tarde. Ninguno de los dos disimuló su nerviosismo. Saltaba a la vista que sentían la misma atracción el uno por el otro.

Tras esa tarde, ya no fueron capaces de separarse. Al día siguiente, en lugar de ir de nuevo a las clases, Pepe la convenció para que se fueran a México a casarse.

—Tú eres libre y yo, también. ¿Qué impide que nos casemos? He aprendido que hay que enfrentarse a la vida tal y como viene. ¿Para qué esperar? Me gustas y te gusto, ¿qué más necesitamos?

—Tu familia y la mía nos van a matar.

—Hazme caso, sigue tu instinto. No sabemos cuánto nos queda por vivir.

—¡Somos jóvenes!

—Sé lo que me digo —pensaba en la muerte de Dolly—. Aprovechemos el tiempo y no lo perdamos en nimiedades.

Cuando cruzaron la frontera, se casaron en el primer juzgado que encontraron. Cazaron a los testigos al vuelo, convenciendo a gente por la calle para que les acompañaran en su boda. Al volver a cruzar a Estados Unidos, ya eran marido y mujer.

Nunca quince días dieron tanto de sí. El enfado de la Metro fue monumental cuando ella les comunicó que se había casado en un juzgado mexicano. La amenazaron con que tenía un contrato y debía cumplirlo.

—¿Y por qué no les mandas a paseo y te vienes conmigo a España? —Pepe vivía con prisa.

—No puedo abandonar mi carrera. Voy a rodar una película en Suiza. Además, yo no dejaré mis películas si tú no dejas los toros. Tu profesión me da mucho miedo. Hagamos ese pacto: si tú dejas de torear definitivamente, yo abandono mi carrera.

—Está bien, cuando termines la película, volvemos a hablar.

La despedida tras aquellos días parecía sacada de un rodaje de Hollywood. Solo ellos dos sabían, en sus respectivos círculos, que se habían casado. Sus vidas cambiarían, aunque aparentemente, a los ojos de los demás, todo seguía igual.

Ava, Bappie y Reenie, nada más llegar a Nueva York, se encontraron con una nube de fotógrafos que no pararon de sacar fotos a la actriz a los pies de la escalerilla del avión.

—Ha sido la Metro. Si no, ¿cómo han sabido la hora de mi llegada?

Cuando bajó el último peldaño, ya le estaban preguntando si se iba a encontrar con Sinatra.

—No me pregunten esas cuestiones. He venido para que me presenten un nuevo proyecto y para el estreno de mi nueva película: *Mogambo*.

—Se dice que al poner pie en Estados Unidos ha perdido miles de dólares.

—Ya saben cómo funcionan aquí los impuestos. En esta ocasión mi viaje es puramente de trabajo.

Bappie logró sacarla de aquella maraña de periodistas y coger un taxi.

—Al Hampshire House —pidió—. ¡Cuanto antes!

Esa noche Ava tenía los nervios a flor de piel. Su hermana le dio una pastilla para dormir y logró que se acostara pronto, algo inusual en ella.

Al día siguiente, Frank Sinatra se quedó helado al leer en el periódico que su mujer estaba en Nueva York y ni tan siquiera le había llamado.

—¡Mierda! —Cogió el periódico con la foto de Ava y lo destrozó en un ataque de ira.

Acudió al ensayo en el Riviera y los reporteros fueron a su encuentro.

—¿Se ha encontrado con su mujer?

—No sabía nada de su llegada a Nueva York. No puedo hacer más declaraciones porque no sé lo que está sucediendo. No me hagan más preguntas.

Frank entró en el local más cabizbajo que nunca y con un humor de perros. Esa tarde su voz sonó más triste y nostálgica que ningún día. De vez en cuando miraba al fondo de la sala esperando que apareciera ella en algún momento. No lo hizo ni esa tarde ni las siguientes.

Su marido supo dónde se alojaba y no paró de llamarla una y otra vez. Le dejaba mensajes suplicantes y ofensivos, según su ira estuviera contenida o no. Inexplicablemente, Ava, que había cruzado el Atlántico para hablar con él, ya no deseaba hacerlo.

Volvió a intervenir Dolly, su suegra. Se fue desde su casa de Nueva Jersey hasta Nueva York y se presentó en el Hampshire House. Reenie la dejó pasar y Ava la recibió con el cariño que siempre le había profesado.

—Frankie se está volviendo loco. No le hagas esto a mi hijo. Si has venido para verle, ¿qué te impide hacerlo?

—Sus mensajes. No son nada cariñosos. Algunos son insultantes y no tengo fuerzas de volver a discutir con él y tirarnos las cosas a la cabeza. No puedo empezar otra vez con ese infierno.

—Ambos sabéis que os queréis, de modo que dejaos de tonterías, ¡por Dios santo!

Ava se echó a llorar.

—Dolly —intervino Bappie—, mi hermana está agotada. Viene de trabajar durante meses y necesita descansar. Ha vuelto porque se lo pediste, pero ahora no puede. Sencillamente, para enfrentarse a tu hijo, necesita fuerzas que ahora no tiene.

—Tonterías! Te propongo que vengas a mi nueva casa en Weehawken. Te prometo que él no sabrá que estás allí y solo pido que os encontréis. Yo estaré a tu lado y verás cómo no se atreve a levantarte la voz. ¿Qué te parece?

—Si tú estás allí, me parece bien. De esa forma no me importaría verle.

—Quedamos mañana a comer, ¿vale? Yo me encargo de convencerle, pero no sabrá que vienes.

—De acuerdo.

Al día siguiente, Frank se desplazó hasta la casa de su madre después de que ella insistiera hasta la saciedad en que fuera a comer. Se había levantado tarde tras actuar la noche anterior. Dolly le abrió la puerta y nada más entrar vio a Ava. Estaba sentada sobre el brazo de un sillón, fumando. Frank se quedó sin palabras e hizo ademán de irse al encontrarse con sus ojos.

—¡Hola, Francis! —Ava no dijo más, pero fue suficiente para que él diera dos pasos atrás.

—¿Qué haces aquí, nena?

—He venido a verte.

—Llevas aquí días y no has tenido tiempo para verme. Hoy sí, ¿por qué?

—¡Oh, Frankie! ¿Quieres hacer el favor de besar a tu mujer? ¡Déjate de reproches! ¡Qué par de críos! —exclamó Dolly.

Frank la besó una primera vez y la miró a los ojos. Ava estaba a punto de echarse a llorar y volvió a besarla. Esta vez le puso pasión y sentimiento. Aquellos besos firmaban de nuevo las paces. Bappie, que acompañaba a su hermana, no daba crédito. Borró en segundos todo lo que había estado diciéndole sobre él los días anteriores.

Dolly celebró mucho la reconciliación y sacó a la mesa todo lo que sabía que le gustaba a su hijo. Comieron y bebieron. Se miraban a los ojos y se besaban constantemente.

—¿Me acompañas esta noche al Club 500, en Atlantic City? Me hará mucho bien tenerte allí. Te dedicaré la actuación.

—¡Por supuesto!

Ava acudió al concierto con sus mejores galas. Aquella noche el cantante realizó su actuación como si no hubiera nadie más en la sala: solo supo mirarla a ella. Y Ava no podía sentir más admiración por aquel hombre al que todos aplaudían y cuya voz parecía acariciar su cuerpo.

—Bappie, todo ha quedado olvidado. Debo darle una oportunidad. ¿Has visto qué cosas tan bonitas me está dedicando?

—Sí, ya lo veo —dijo con poco convencimiento. No creía en la reconciliación. Sabía que su hermana y él eran dos trenes destinados a chocar constantemente.

Esa noche, Sinatra eliminó de su repertorio una canción que hacía mucha gracia a sus fans: «Get a kick out of you», que se podría traducir como «Me produces vértigo», refiriéndose al amor. Pensó que no era oportuna y no la cantó. Su éxito fue apoteósico, ya que puso más que emoción a sus interpretaciones.

Un crítico del *The New York Journal* escribió al día siguiente: «La Voz ha derrochado un torrente de notas en homenaje a la sensual Ava, logrando expulsar tanta emoción como si fuera lava ardiente».

El periodista Sidney Skolsky utilizó todas sus fuentes para localizar a Ava y, finalmente, pudo hacerle una pregunta por teléfono.

—¿Se han reconciliado ustedes?

—Lo cierto es que sí. Mire, nosotros explotamos por nada, posiblemente más rápido que la mayoría de las parejas casadas, pero la reconciliación es fantástica.

Y así lo sentía Ava. Pensaba que este encuentro les había devuelto la pasión. Frankie la amaba y ella le correspondía. Atrás quedaban los gritos, los reproches y los problemas.

—Dolly, gracias —le dijo por teléfono a su suegra—. Cuando quieras pásame la minuta porque has obrado el milagro. Te estaré siempre eternamente agradecida. Hemos vuelto a ser nosotros mismos.

—No sabes la alegría que me das. Sois dos niños, dos niños...

Ava preparó sus maletas para volver al lado de Frankie.

—¿Estás segura? Sabes que hace pocos días estabas en brazos del torero con el mismo sentimiento que hoy tienes por tu marido.

—Me gusta mucho Luis Miguel, pero con Frankie existía algo que no habíamos terminado ni concluido. Ha regresado el amor que sentíamos los dos. ¡Es maravilloso, Bappie! Ha vuelto el hombre encantador que un día me conquistó.

—Espero que dure mucho, Ava. Pero permíteme que desconfíe. Eres una cría y cualquiera puede llevarte adonde quiera. Eres fácilmente manipulable. ¿Por qué no seguimos aquí durante un tiempo? Espera a que se asiente lo que ahora vives de forma tan apasionada.

—Vosotras seguid en este apartamento que nosotros nos mudamos aquí mismo a otro. Vamos a intentarlo. Sabiendo que estaréis cerca, también me sentiré mejor. Más segura.

Todo parecía idílico entre ellos. Había pasión y promesas que sonaban sinceras. Incluso Ava habló seriamente con él de formar una familia.

—Ahora, Frankie, creo que ha llegado el momento de que tengamos un hijo.

—Es lo mejor que me puedes decir. Siempre he pensado que solo nos faltaba eso para que la felicidad fuera completa.

—No sabes lo feliz que me siento, Frankie. Otra vez volvemos a ser nosotros.

Esa noche, Frank cantaba en el Waldorf y se despidió de ella con tanta pasión que Ava solo pensaba en su regreso. Le había dicho que estaría de vuelta a las dos de la mañana. Arregló la casa y se fue con Reenie a comprar vituallas como si fuera un ama de casa cualquiera.

—Estoy contenta. Ahora esto va en serio. Lo siento así. Los dos tenemos ganas de sentar la cabeza de una vez por todas. Necesitamos tranquilidad en nuestras vidas. Parece otra persona cuando me mira a los ojos, sé que sus palabras le salen del corazón. Me dice unas cosas maravillosas. Tan maravillosas como sus canciones.

—No sabes lo que me alegra verte así.

Compraron pollo para hacerlo al estilo de Molly y todo tipo de velas. Iba a convertir aquella cena en una noche romántica. Inolvidable. Se puso un delantal y junto a Reenie prepararon la comida. No faltaba detalle. De primero pasta italiana y de segundo el pollo que ella sabía hacer desde niña. Estuvo nerviosa toda la jornada, parecía que nunca iban a llegar las dos de la mañana. Pidió a su hermana y a Reenie que la dejaran sola. Se retiraron al apartamento que habían alquilado y Ava comenzó a encender las velas por el pasillo, el suelo y alrededor de la mesa. Se puso sus mejores galas. Parecía que esa era la primera noche de una cita con Frank. El reloj siguió su curso. Y llegaron las dos, las tres, las cuatro... y Ava se transformó en la mujer más desdichada del mundo. Pasó de la euforia y el amor volcánico a la desesperación y el odio por aquel hombre incapaz de cumplir sus promesas. Apagó todas las velas y se tumbó en la cama vestida sin poder parar de llorar. En ese estado de desolación, y por cansancio, se quedó dormida. Ya estaba saliendo el sol cuando Frank llegó al apartamento. Lo hizo oliendo a alcohol y a perfume... Y se quedó paralizado cuando observó el pasillo de velas y la mesa decorada de forma romántica con comida italiana y el pollo que preparaba Ava como nadie.

—¿Nena? ¿Dónde estás? —gritó, sin pronunciar excesivamente bien.

Abrió la puerta del cuarto y allí estaba su mujer dormida con la almohada manchada de negro por el rímel. Era evidente que había estado llorando largo rato. Frank se sintió un gusano. No había sabido decir que no a un grupo de jóvenes que habían ido a verle al camerino. Entre todas le animaron a que tomara algo con ellas. Era consciente de que le había prometido a su mujer volver a las dos de la mañana, pero, en la euforia tras un concierto, deseó disfrutar del éxito. Había estado tanto tiempo solo que se olvidó por completo de ella. Se sintió bien entre tantas mujeres que le halagaban y que no disimulaban sus ganas de irse a la cama con él. Volvía a ser un objeto de deseo y, en el fondo, eso le gustaba.

Cuando Ava se percató de que Frank se tumbaba en la cama, se despertó y comenzó a decirle todo lo que pensaba de él.

—¡Vete! ¡Te odio! ¿Te das cuenta de que tus jodidas promesas no duran nada? ¿Qué entiendes por las dos de la mañana? Son las seis, ¿quieres que te reciba con los brazos abiertos y sin hacerte ningún reproche? Pues no puedo, lo siento. Soy una chica de campo que no soporta a los hombres que mienten. Me gustan los hombres que cumplen su palabra. Pensé que habías cambiado, pero sigues en el mismo punto en el que te dejé. —Volvió a caer sobre la almohada y a llorar con desconsuelo.

—Ava, no he podido volver antes. Mi equipo me hizo una fiesta y no me iba a ir...

—No mientas. ¡Para de mentir! Yo no me chupo el dedo. ¿Tu equipo o un grupo de chicas que querían follar? ¿Te das cuenta de que nuestro matrimonio no tiene solución?

—Pero si ayer me hablabas de tener un hijo...

—Pues hoy ya no quiero. Un hijo solo puede llegar a un hogar estable. A un niño hay que darle amor y no esta vida de mierda que tú no estás dispuesto a dejar.

—¿Y tú? A ver si crees que yo pienso que eres una santa. ¿Con cuántos te has acostado a mis espaldas? Se te olvida el pequeño detalle de que yo tampoco me chupo el dedo. —Cogió el despertador que tenía en su mesita y lo lanzó todo lo lejos que pudo. La pared hizo de diana y se rompió en mil pedazos—. Estoy harto de que me atosigues.

Ava siguió llorando sin parar y decidió no dirigirle más la palabra. Cuando se levantó, horas después, Frank seguía dormido en la cama. Ella se fue al baño y se metió en la bañera con agua caliente y gel que se convirtió rápidamente en espuma. Cerró los ojos y se acordó de la última noche con Luis Miguel. Evocó cómo se amaron en la bañera y cómo el torero había recorrido su cuerpo con sus manos. Parecía un ciego reconociendo cada milímetro de su piel con la punta de sus dedos. Ahora, en cambio, estaba con su infiel marido en la cama durmiendo la borrachera de la noche anterior.

«He sido una ilusa. Las personas no cambian. Sigue siendo el mismo de siempre. No tiene solución... En el fondo, me alegro de verlo tan claro ahora. Era la ilusión de una niña tonta como yo», se decía a sí misma.

Intentó arreglarse cuanto antes y salir del apartamento. Se fue al de su hermana y Reenie.

—¿Qué pasa? Traes muy mala cara —se preocupó su hermana—. ¿Ha vuelto a ocurrir?

—Sí, tenías razón. Esta vez ha durado menos que nunca.

—Pero ¿qué ha pasado? —preguntó Reenie, incrédula—. Si estaba todo perfecto para una noche romántica.

—No hubo noche. No se presentó. Sencillamente, me dejó allí plantada sintiéndome la mujer más miserable del mundo. Ha aparecido esta mañana como si nada. ¡Oh, le odio con todas mis fuerzas!

—Pues ayer le amabas. ¿No te das cuenta de que no puedes pasar del blanco al negro? Eso no hay quien lo aguante.

—Tienes razón. Soy una gilipollas que siempre le cree. Pero se acabó. Me quedo aquí con vosotras. No quiero saber nada de él.

A las dos horas, llamaron a la puerta y un par de jóvenes comenzaron a llenar de rosas toda la estancia. Dos mil rosas de parte del señor Sinatra y una carta... Ava la abrió: «Te amo. No lo olvides. Te amaré siempre. Estás en mi mente, en mi respiración, en mis ojos, en mis manos... Todo eres tú y seguirás siendo tú». Al terminar de leerla, Ava rompió a llorar con desesperación. Reenie la abrazó. Bappie dio una propina a los muchachos que habían llenado de rosas rojas toda la estancia.

—Te entiendo, hermana. Es difícil no rendirse a todo esto —dijo, mirando las flores que habían convertido la casa en un rosal florido.

—Paso del odio al amor y del amor al odio en cuestión de minutos. No hay término medio. No debí volver aquí nunca. Mi vida en España tiene más estabilidad. Pero estos detalles solo los puede tener Frankie.

Al rato, sonó el teléfono. Reenie le dijo que era Frank. Ava hizo una señal de que no quería ponerse.

—Frank, está en el baño y no puede salir.

—Está bien, volveré a llamar...

Estuvo llamando sin parar. Ava no se puso. Finalmente, se fue a cantar al Club 500. Hubo una mesa vacía toda la noche. Esperó todo el tiempo a que ella apareciera por allí en cualquier momento, pero no lo hizo. Perdió la concentración y arruinó la actuación. Consciente de lo que había ocurrido, bebió hasta que el alcohol le dejó sin consciencia. Sus amigos le llevaron hasta su apartamento, le desvistieron y le acostaron. Ellos se comieron la cena de la noche anterior que seguía sobre la mesa.

—¿Sabéis lo que debe hacer Frank de una vez por todas?

—¿Qué?

—Ser infiel a Ava con alguien que sea un verdadero problema para ella. Alguien importante. Si no, ella le tendrá siempre dominado. Así no puede seguir.

—Exacto. Tiene que ponerle los cuernos con alguien que a ella le moleste. Así tendrá motivos reales para dejarle. Lo mejor que les puede pasar es que de una vez por todas se separen.

Los amigos hicieron un brindis. Estaban de acuerdo en que su relación con Ava era dañina para él.

41

Al día siguiente, tanto Bappie como Reenie obligaron a Ava a ir a la actuación de su marido.

—En realidad, no ha ocurrido nada. No le has dado la oportunidad de explicar qué le pasó para llegar tarde. No podéis estar siempre así, con malentendidos.

—Está bien. —Ava se arregló y, no muy convencida, apareció en el local. Se sentó junto a Eddie, un conocido, entre el público. Su hermana y Reenie cerca de ella. Ava no le dedicó ni una sola mirada. Cabizbaja y con los ojos puestos en la copa que le habían servido, se mantuvo así durante toda la actuación.

Frank inundó la sala de decibelios. Cantó veinticuatro canciones seguidas sin necesidad de pararse a beber o ni tan siquiera a coger aliento. Fue algo inaudito. Jamás ningún cantante se esforzó tanto en mostrar su chorro de voz y su fuerza en el escenario. Fue memorable, pero Ava... ni se inmutó. Aquello desesperó a Frank desde el escenario. Sus fans coreaban su nombre, pero el cantante no podía corresponder con una sonrisa. Se limitó a levantar una mano y, con la mirada nostálgica, terminar su actuación. No hubo bises y sí algo que algunos interpretaron como una broma. Pidió desde el escenario un bistec poco hecho, una ensalada y una patata al horno. Después se retiró del escenario con un gesto y cinco palabras.

—Buenas noches, damas y caballeros.

Todos pensaron que volvería a aparecer, pero no lo hizo. El público se quedó perplejo. Ava, no. Terminó su copa, se despidió del conocido que las había acompañado toda la noche y se fueron las tres de allí con mal sabor de boca. Cuando llegaron al apartamento, Frank las estaba esperando sentado en el suelo y apoyado en la puerta con su sombrero puesto, su corbata desajustada y un pitillo en la mano.

—Nena, por fin te veo la cara. Has estado todo el concierto con el pelo encima de los ojos. Ni te has dignado a mirarme. Vamos a aclarar las cosas. —Se levantó. Bappie abrió la puerta del apartamento.

Frank cogió una de las rosas que inundaban la estancia e invitó a su mujer a que le acompañara hasta el suyo. Ella aceptó.

—Hablemos de una vez por todas. ¿Qué ocurre? —preguntó, mirándola fijamente a los ojos.

—Lo de siempre.

—¿Qué es lo de siempre?

—Estoy harta de tus infidelidades y harta de que no cumplas tu palabra. La otra noche te esperé llena de ilusión y pensando que nuestro amor se merecía una segunda oportunidad. Pero no apareciste... Tenías otros compromisos. Se te olvidó que habías quedado con tu mujer a las dos de la mañana —lo soltó de carrerilla, sin mirarle a los ojos.

—Surgió un imprevisto. No creo que debas tomártelo así. Mírame a los ojos. Si hay algo que odie es que apartes la mirada.

Ava le miró y él no lo pudo resistir y la besó de forma apasionada. Se la llevó hasta el dormitorio y siguió besándola. Deseaba amarla allí mismo.

—Sabes que te amo con desesperación. El concierto te lo he dedicado a ti. Eres mi motor, mi inspiración. Todos lo saben menos tú.

Ava se dejó llevar. En el fondo deseaba a aquel delgaducho engreído y poco dado a cumplir sus promesas.

—Te prefería cuando no tenías tanto éxito y me querías solo a mí. Ahora estás más preocupado por tu profesión y tus fans que por nuestro matrimonio.

—Eso no es cierto. Ha cambiado que los demás me vuelven a valorar. Deberías estar contenta por mí. Me ha costado mucho llegar hasta aquí. La travesía del desierto ha sido demasiado larga.

—Eras más dulce...

—¿Estás segura? —Comenzó a desvestirla y a acariciarla con la rosa roja por todo su cuerpo desnudo. Cogió una botella de champán y la bañó de la cabeza a los pies con el burbujeante líquido y comenzó a lamerlo. Deseaba que aquella mujer que tanto le hacía sufrir le suplicara que la amara. Se esforzó para que Ava sintiera como la primera vez.

—Ven, Frankie... Ven... —le pidió ella.

Frank dejó de pasear su lengua por su cuerpo para poseerla en un abrazo en el que solo se escucharon sus gemidos. Aquella danza fue frenética. Hoy Ava no parecía tan fría como los últimos meses, pero le desesperaba observarla sin apenas emoción. ¿Qué más podía hacer para que ella mostrara algún interés por él? Acabó agotado a su lado física y psicológicamente. La abrazó y así amaneció al día siguiente.

Ava se levantó feliz y con un hambre terrible. Frank le preparó un desayuno pantagruélico.

—Cuando quieres, eres adorable —le dijo ella.

—Y tú, cuando quieres, te dejas amar. Hoy me siento vivo. —La besó.

—¿Querrás acompañarme esta noche al estreno de *Mogambo*? Tengo que estar a las nueve en el Radio City Music Hall. Me gustaría que vinieras conmigo. De paso, callaríamos muchas bocas que están deseando que nuestro matrimonio se vaya a pique.

—Iré. Pero mañana me gustaría viajar a Hollywood primero y después volver contigo a casa. Tienes dos opciones: o quedarte en Palm Springs o venirte conmigo a Las Vegas, donde tengo que actuar varios días en el Stands.

—Preferiría descansar en casa, francamente. Debemos poner orden a nuestra vida. ¿No te parece?

—Está bien. En cuanto acabe, regresaré a tu lado, nena.

Esa noche, Ava acudió nerviosa al pase de *Mogambo*. Los aplausos del público certificaron el éxito esperado. Casi no podía salir del cine con todas las muestras de afecto de las personas que deseaban saludarla y felicitarla.

—¡Un trabajo de Oscar!

—¡Tu mejor interpretación, Ava!

—¡Menudo papel!

—¡Te has lucido! ¡Enhorabuena!

Estaba feliz compartiendo confidencias con el equipo de la película, con los que había convivido más de un año. Sobre todo con Clark Gable y Grace Kelly.

—¿Has vuelto a ir a un prostíbulo? —le espetó Ava a su compañera de rodaje en un tono confidencial.

—¡Calla! Aquel día fue fantástico —se echaron a reír—. No, no he vuelto a ir.

—¿Sigues con el viejo Clark?

—Tampoco, aquello acabó con la película. Seguimos siendo buenos amigos. Y tú, ¿qué tal con Frank? Parece que os van mejor las cosas.

—En apariencia. Unos días, sí. Pero otros es el infierno.

Frank, harto de esperar a que Ava hablara con unos y otros, se puso a fumar al lado del director de la película.

—¡Hombre, Francis! Tenía ganas de verte para decirte que has hecho un gran papel en *De aquí a la eternidad*. Te han sacado de los musicales por la puerta grande —le dijo John Ford.

—Gracias, John. Tú también has hecho una gran película. Creo que Ava se puede llevar un Oscar este año.

—Sí, tanto ella como Grace están fantásticas. Tu trabajo

también es de Oscar. Ya veremos al final quién se lo lleva de los tres. Ya sabes que estos de la Academia unas veces aciertan pero otras meten la pata.

Antes de regresar con Frank, Ava abrazó a Clark. Este le dijo algo al oído y ella se echó a reír a carcajadas. Finalmente, se despidió y se fue hacia el director.

—Viejo gruñón, has hecho un gran trabajo.

—Señorita Gardner, tú sí que has trabajado duro. ¡Enhorabuena! Te comes la pantalla. ¡Estás fantástica!

—Pues me lo pusiste bien difícil. Sobre todo porque no me veías en el papel de Kelly. Me dijiste que hubieras querido que lo hiciera Maureen O'Hara. Eso todavía lo tengo clavado.

—Bueno, todos cometemos errores. No me lo restriegues más... Es evidente que tú tenías que hacer de Kelly. Este papel permanecerá unido a tu carrera para siempre.

Ava le dio un beso y se fue con Frank en compañía de unos amigos a celebrar el éxito de la película. Cenaron y bebieron durante toda la noche. Al regresar a casa, Sinatra hizo un comentario desafortunado que levantó su ira.

—¿Te tiraste a Clark Gable durante el rodaje? Esta noche había excesiva confianza entre los dos.

—¿Estás loco? Somos buenos amigos. ¿De qué vas?

—No soy tonto, y sabes que a mí también me molesta que media profesión sepa que durante el rodaje no solo te liaste con los actores, sino con los operarios de cámara y los ayudantes.

—¿Te has vuelto loco? ¿Es verdad todo lo que se dice de ti? Me estás arruinando la noche. Sabes que estaba feliz por el resultado de mi trabajo y ahora me vienes con estas. ¿Acaso te digo algo de las coristas con las que follas durante tus actuaciones? Ya se encarga Howard de decirme cuándo estás con unas o con otras.

—A tu amigo podías decirle que se meta sus informaciones por el culo. Intenta joder nuestro matrimonio porque solo desea acostarse contigo.

—Nuestro matrimonio ya está jodido sin necesidad de que Howard intervenga.

Ava estaba muy enfadada. Y Frank, absolutamente bebido sin ser consciente de la mecha que acababa de volver a prender. La actriz no quiso acostarse en la cama y prefirió echarse en el sillón del salón. Vestida y sin hablarle, se hizo la dormida. Frank cayó sobre la cama y ya no cambió de postura en toda la noche.

Cuando Sinatra se levantó al día siguiente, Ava ya no estaba. En una nota le ponía que se había ido con su hermana a Palm Springs. Furioso, preparó su maleta y se fue a Las Vegas directamente sin pasar por la casa de ambos.

—No puedo vivir sin ella. La amo con desesperación y eso me hace ser muy desagradable porque no quiero compartirla. Me salen unos celos que no puedo dominar —le comentó a Louella Parsons, la columnista de la prensa del corazón a la que actores y actrices tenían como amiga y confidente.

—Eso deberías decírselo a ella —le contestó.

Durante su estancia en Las Vegas, en el hotel Stands, Frank no dejó de llamar una y otra vez a Palm Springs, pero parecía imposible localizar a Ava, y cuando lo hacía, ella colgaba. A las tres de la mañana, y después del primer concierto, su mujer le llamó.

—¿Quién desea hablar con él? —preguntó una voz femenina de la centralita.

—Ava Lavinia.

—Tiene prohibido que le pasemos llamadas.

—¡Haga usted el favor de ponerme con él! ¡Soy su mujer!

—Perdóneme, señora Sinatra.

—Señorita Gardner, si no le importa. Señorita Gardner —puntualizó por segunda vez.

Frank descolgó y contestó completamente ebrio.

—Por fin... la se-ño-ra se digna a hablaaar conmigo. Pues, mira, tú que estás siempre obsesionada con que te pongo los cuernos, quiero que sepas que ahora me estoy follando a una amiga de Las Vegas...

Ella, que estaba dispuesta a hacer las paces, se quedó sin palabras. Al otro lado del hilo telefónico, escuchó la risa escandalosa de una mujer, seguida de la risa de Frank.

—Ahora sí tienes motivos para estar ca-bre-a-da...

Ava colgó y le maldijo durante varios minutos. Rompió todo lo que tenía a su alcance y todo lo que le recordaba a él. Su hermana y Reenie acudieron a su habitación para ver qué pasaba.

—Ava, ¿qué ocurre? —Bappie la zarandeó, pero no entraba en razón.

Reenie le hizo una tila. Sin embargo, Ava la tiró al suelo.

—Está revolcándose con una furcia. Si al menos hubiera sido una actriz famosa, podría entenderlo e incluso podría competir con ella. ¡Pero está con una corista! ¿Cómo se atreve? No logro entenderle, ¿prefiere follarse a una corista cuando me puede tener a mí?

—Pero ¿qué te hace pensar eso? ¡Son especulaciones tuyas! —comentó su hermana, intentando calmarla.

—Me lo ha dicho él a las claras y he escuchado a la perfección las risas de una mujer.

—Puede ser del servicio de habitaciones... —intervino Reenie.

—A las tres de la mañana el único servicio de habitaciones que se hace en un hotel es entre las piernas, ¡créeme! Conozco al hijo de puta de mi marido. Mañana mismo inicio los trámites del divorcio.

—Pero, Ava, hace unos días querías tener un hijo y formar una familia con él.

—¡Estaba jodidamente equivocada! No hay solución para nuestro matrimonio. ¡Se acabó! Esto ya es definitivo.

Furiosa, marcó de nuevo el teléfono del hotel Stands y, cuando lo descolgó la telefonista, le dio un mensaje para su marido.

—Dígale al señor Sinatra de parte de Ava Gardner que mañana empezaré con los papeleos del divorcio. ¡Que tranquilamente se puede tirar a quien quiera! Me da igual. ¿Me ha entendido bien?

—Sí, señora Sinatra.

—No vuelva a llamarme así. Gardner. Señorita Gardner. No se olvide de decírselo.

Ava se echó a llorar, pero había tomado ya una determinación. Bappie, en el fondo, se alegraba porque consideraba que esa relación con el cantante la tenía completamente desequilibrada. Su hermana necesitaba tranquilidad y estabilidad.

—Ya sabes cómo es la vida de un artista. Tú mejor que nadie lo sabes.

—Sí, pero yo no deseo compartirle con todo tipo de mujeres, ¿entiendes?

Ya estaba decidida. En sus ojos se veía rabia, rencor y hastío. Esta vez Bappie y Reenie la creyeron.

A Villa Paz comenzaron a llegar los primeros invitados al enlace entre Carmina González Lucas y Antonio Ordóñez. El antiguo palacete se engalanó para la ocasión. La gran escalera central se cubrió de claveles blancos. Las mesas para el banquete nupcial se colocaron dentro de la casa. Tan solo seis, que no cabían dentro, se montaron en el jardín. Se triplicó el servicio y contrataron a Perico Chicote para que sirviera el cóctel y la comida. Personajes de lo más variopinto compartieron mesa y mantel. Desde los duques de Alba y los marqueses de Villaverde a las artistas Lola Flores e Imperio Argentina. Lo mismo se encontraba uno allí con un torero de renombre que con un marqués; un ganadero conocido o un artista internacional. Todo el que era alguien o representaba a algún estamento apareció por la finca del torero tras haber sido invitado por los Ordóñez o por los Dominguín. Dos di-

nastías de toreros se unían. Aquello fue todo un acontecimiento taurino. Domingo, el patriarca, le hizo una confesión
a su hija al emocionarse después de verla vestida de novia.

—No he visto una novia tan guapa como tú. Has hecho
realidad mi sueño. A Antonio le he tomado afecto, te lo puedo asegurar. Nuestros contratos, que son de hombre a hombre, solo de palabra, me han ido acercando a él hasta el punto
de que le quiero como a un hijo. —La besó emocionado—.
Espero que seas muy feliz.

A Luis Miguel, que iba a ejercer de padrino, aquellas palabras no le gustaron. Se limitó a reprenderle con humor.

—No hagas llorar a Carmina. Está muy guapa, no vaya a
abrir el grifo antes de tiempo por tu culpa.

En el patio central se levantó una gran pared verde salpica-
da de flores. Allí se instaló el altar en el que don Julio, el cura
de Saelices, oficiaría la ceremonia.

Antonio, el novio, apareció vestido de traje oscuro con
una corbata gris y un pañuelo asomando tímidamente por el
bolsillo de su pechera. Su madre y madrina, Consuelo Reyes,
iba ataviada con una mantilla española. Cayetano Ordóñez,
su padre, llevaba un buen rato actuando de anfitrión junto
con su consuegro, al recibir los dos a sus amistades en la finca
de Luis Miguel.

Mientras estuvo en activo, Cayetano tuvo muchísimos
seguidores. Entre otros, a Hemingway, que ahora se había
convertido en fiel admirador de su hijo y de Luis Miguel. Antonio era el tercero de sus cinco hijos. Todos habían crecido
presenciando la gloria de su padre. Le respetaban tanto como
los hijos de Dominguín al patriarca de la saga, que, en estos
momentos, ejercía de empresario y apoderado de éxito. Los
dos hablaron antes de la ceremonia.

—Ahora que vamos a ser consuegros —le dijo Cayetano a
Domingo—, quiero agradecerte que, a pesar del mal inicio
que tuvo mi hijo, tú le animaras diciéndole que los toreros se

hacen toreando. Aquello le dio fuerzas y no me duelen prendas al afirmar que, si no hubiera sido por ti, mi hijo se hubiera quedado con las ilusiones por el camino.

—No tienes por qué dármelas, pero te diré que siempre vi algo en él que me pareció poderoso y distinto. Nunca dudé de su valía y la prueba está en el lugar que ocupa hoy en el toreo.

La novia, después de hacer esperar quince minutos a los invitados, apareció bajo los acordes de la marcha nupcial. Iba vestida con un traje blanco ceñido al cuerpo y una gran mantilla a modo de velo. Quedaba sujeta a su cabeza gracias a una tiara de flores de azahar. Luis Miguel la acompañó hasta el altar serio, muy serio. Le pareció que la circunstancia no era para sonreír. Su hermana se casaba con la persona que menos hubiera deseado para ella: un torero. ¡Ya había bastantes en la familia!

Los novios se dieron el sí quiero mirándose a los ojos. Se acababan de convertir en marido y mujer. Luis Miguel fue el primero en abrazar a su cuñado. Después, le dio un beso sentido a su hermana. Cuando la ceremonia acabó, le ofreció su brazo a la madre de Antonio, y los dos padrinos desfilaron detrás de los contrayentes.

A partir de ese momento, se sirvió un cóctel en el que las conversaciones fueron de lo más variadas dependiendo del corrillo donde uno recalara. Si era con miembros del régimen:

—El gobierno va a echar la casa por la ventana en los actos del veinte aniversario de la fundación de Falange —comentó Camilo Alonso Vega.

—¿Dónde va a ser? —preguntó el duque de Alba.

—En el estadio de Chamartín. Se espera que pueda ir mucha gente. Se calcula que ciento cincuenta mil personas acudan desde cualquier punto de España. Por supuesto, lo presidirá mi suegro —informó el marqués de Villaverde.

—Será emotivo. Muy emotivo —insistió Alonso Vega.

Si los corrillos tenían que ver con el mundo del toro, se

podía oír cómo Domingo Ortega, que acababa de regresar a los ruedos a sus cuarenta y ocho años y con el pelo blanco, le hablaba al veteranísimo Joaquín Rodríguez, *Cagancho*:

—Uno no acaba de cortarse la coleta nunca. Le estoy agradecido a la vida. He conocido a los hombres más importantes de mi generación y al mismo tiempo a los más humildes. He subido al cielo y he descendido a los infiernos. Ser torero me ha permitido las dos cosas.

Apareció por allí el patriarca de los Dominguín.

—De lo que este es capaz yo sí lo sé y muchos de los que estáis aquí también. Este paleto de Borox podría torear hasta con los ojos cerrados. De niño, presenciando una novillada en Almorox y tras ser cogido el novillero y quedar sin lidia el becerro, surgió un mozalbete que no solo lo toreó, sino que lo mató con maestría. ¡Ese fue Domingo Ortega!

—Y tú, mi querido amigo, no sé qué verías en mí para convertirte en mi protector y mi apoderado desde entonces. ¡Ha llovido ya!

—Cagancho, contigo mi padre no se quedó atrás. Apostó por ti y también le diste muchos triunfos —apuntó Luis Miguel.

—Y muchos disgustos... —añadió don Marcelino—, porque, si no le gustaba un toro, daba la *espantá*. De ahí lo del chiste de las dos ratas en la cárcel que se dicen la una a la otra: son las diez y Cagancho sin venir.

—Eso son las malas lenguas —se defendió Cagancho entre risas—. Para *espantás* las de Rafael el Gallo.

—Bueno, ¿no recuerdas aquel día que fui a rescatarte a comisaría? El día que tomaste la alternativa en Madrid —le preguntó Domingo.

—¡Como para olvidarlo!

—Me presenté al comisario diciéndole que era su apoderado y que tenía que sacarlo del calabozo.

—Sí, pero te enchironaron a ti también —intervino Chocolate—. El comisario, con una flema más propia de los ingleses, le dijo al alguacil: «Y este, ¡pa'dentro también!». Había que haberos visto a los dos. —Todos se rieron—. Domingo, lo del calabozo lo conocíamos bien por nuestra época de maletillas. Nos vimos allí en más de una ocasión, ¿verdad?

—¡Ya lo creo! ¡Qué mal se lo hice pasar a mi madre!

—Bueno, tuvo que intervenir hasta José Calvo-Sotelo —interrumpió Luis Miguel— para que salierais los dos.

—Sí, siempre fue un gran amigo. Gracias a su ayuda, Cagancho pudo celebrar su alternativa al día siguiente.

—Cuántas anécdotas podríamos contar, muchas... Como para escribir un libro —comentó Chocolate.

—Y ahí le tenéis con casi todos los hijos casados. Ya solo queda Miguel. Pero con el pequeño has pinchado en hueso —afirmó Domingo Ortega.

—No te creas, el día menos pensado nos da la sorpresa —le contestó Domingo padre.

—Ya me habéis echado de aquí —Luis Miguel rio a la vez que se iba del corrillo.

—Pero si a tu hijo le van de todos los colores, de todas las edades y de todos los rangos sociales. Todavía no le veo yo... —señaló don Marcelino, encendiéndose un puro.

—Usted cállese, don Marcelino, que es el menos apropiado para hablar de mujeres. A usted sí que le van todas: gordas, viejas o bajas. Con eso de que parece un niño, todas le dan cariño. Ese truco ya lo querría para mí —le picó Domingo hijo.

—Usted no sé para qué quiere trucos si está casado. Lo que le ocurre es que le van todas las faldas. Otro como su hermano.

—No hable usted de faldas, que veo que no ha quitado ojo a ninguna de las damas que están solteras por aquí.

—Domingo, dígale algo a su hijo, que si no para la vamos a liar en la boda de Carmina.

Todos se rieron y continuaron hablando de toros y toreros.

En otro de los corrillos, las carcajadas eran constantes. Lo formaban artistas y futbolistas. Se hablaba de las sanciones a los forofos y de las retransmisiones deportivas. Ninguna mujer se encontraba entre ellos.

—Pues a un vecino mío le han sancionado sin dejarle ir al campo. Ahora se tiene que presentar en la Jefatura Superior de Policía cada vez que juega su equipo, y todo porque insultó al árbitro y se acordó de su familia. Ya ves qué exageración.

—Eso te dice, pero a saber qué haría en realidad. Oye, ¿os habéis enterado de eso que llaman ley de la ventaja?

—Bueno, la Federación Española de Fútbol se ha sacado esa nueva norma que impide que el castigo de una falta en el juego suponga un beneficio para el bando infractor. Es sencilla jurisprudencia futbolística tendente a darle al fútbol más belleza.

—Eso es discutible. Como otra que está pasando: no hay quien entienda a los clubes que consideran que las retransmisiones en directo de los partidos limitan la asistencia de aficionados. Ahora les ha dado por perseguir a los locutores de radio.

—El mayor enemigo de esas retransmisiones es Santiago Bernabéu, asiste cada semana impotente ante esta situación. Sus empleados buscan a los reporteros «fantasmas» por todo el estadio, pero se las ingenian para que no los localicen y poder cantar los goles y los resultados.

—Hay que ver el éxito que tiene la radio. He visto a más gente arremolinada en torno al aparato de un coche mientras narraban un partido que con los discursos de Franco.

—Shhh, que está ahí su yerno.

—Te cuentan de pe a pa lo que está pasando dentro del estadio. ¿Cómo lo hacen, que ni se entera la policía de quiénes son, ni desde dónde retransmiten? Nadie lo sabe.

—De todas formas, hay locutores que son fantásticos. Matías Prats es un fenómeno. También me he aficionado al programa nuevo de Vicente Marco, se llama *Carrusel Deportivo*, no sé si lo habéis oído los domingos —todos asintieron—. Parece ser que el gran Boby Deglané quería hacer algo parecido a las retransmisiones del béisbol, en América.

—No me pierdo el «Minuto y Marcador». Al parecer, los equipos de fútbol le han hecho a Marco suculentas ofertas para sufragarle los gastos y se ha negado. El tío dice que quiere ser independiente y los clubes le tienen más miedo que a un nublado.

Luis Miguel estaba incómodo teniendo que seguir todas las conversaciones de cada uno de los corrillos. Saltaba de una tertulia a otra. En un momento determinado, hubo una invitada que se acercó a contarle que Ava Gardner había regresado con su marido.

—No sé si lo sabes, pero parece que tu amiga ha vuelto con Sinatra.

—No sé por qué motivo me lo cuentas. Ava puede hacer lo que le dé la gana. Somos amigos y punto.

—Perdona, no quería molestarte. —La invitada se fue.

Hizo como que le daba igual, pero en realidad se sintió muy dolido con la información que acababan de darle. Ava había ido a Estados Unidos a separarse, no para volver a emparejarse con el cantante. Le pareció que había jugado con él. En cuanto pudo, invitó a su cuarto a una de las damas casadas que le rondaban y, antes de que se sirviera la comida, mantuvo un encuentro íntimo con ella. Se trataba de una aristócrata que sentía una atracción especial por él. Se lo había insinuado millones de veces a solas y en compañía; así que el día de la boda de su hermana, no se le ocurrió nada mejor que hacer el amor con esta mujer cuyo marido solo tenía ojos para los toreros.

—Me gustan las mujeres como tú, que no pides nada a cambio.

—Sí pido. Quiero sexo puro y duro, ya que no lo tengo en mi casa, y acudo a ti.

Luis Miguel no le puso ningún interés. Aquello para él fue un puro desahogo. Le quitó la ropa interior rompiéndosela. Estaba furioso recordando a Ava y de rabia la poseyó sin ningún tipo de preámbulo que hiciera gozar a la marquesa. Esta se quedó frustrada, porque entre las mujeres se hablaba mucho del torero y de sus artes amatorias. No le encontró nada especial. La fama no se correspondía con la realidad, pensó. Ambos regresaron con disimulo adonde estaban los demás.

Ella, sin ropa interior, y él, con rabia contenida, continuaron toda la noche sin hablarse. No volvieron a cruzarse ni la mirada. Los pensamientos de Luis Miguel se encontraban muy lejos de allí.

De pronto se dio cuenta de que no había coincidido en ningún momento con su hermano Pepe. Había llegado a la boda por los pelos. Si el avión de vuelta a España se hubiera retrasado algo más, no habría llegado a tiempo a la ceremonia. Le descubrió en una mesa con sus hermanas. Cuando llegó, los tres se callaron. La novia disimuló.

—¿Se lo está pasando bien la gente? —preguntó Carmina.

—¿Pasa algo? Os habéis quedado callados los tres de golpe.

—Bueno, pensaba decíroslo a ti y a Domingo mañana, junto con el resto de la familia, pero ya que estamos...

—Te vas a quedar de piedra —le adelantó Pochola.

—Me he casado en México.

—¡Qué dices! —Tuvo que sentarse.

—Que no soy la única que ha abandonado su soltería. Nuestro hermano se ha casado con la actriz en un arrebato de pasión.

—¡Qué cabrón eres! Siempre te has llevado a las mujeres de calle, muy a mi pesar... De modo que te han atrapado de nuevo...

—¿Para qué esperar, Miguel? Mi experiencia me dice que todo lo que has construido mañana se puede ir al garete.

—Tienes toda la razón, has hecho estupendamente. ¡Menudo notición! ¿Por qué no la has traído?

—Tiene que terminar sus clases y después rodar una película en Suiza.

—¿Va a estar ella allí y tú aquí?

—De momento, sí.

—¡Menudos huevos le echas a la vida!

Su madre y su padre se acercaron a que les hicieran una foto, viendo que sus hijos estaban solos. Al ver a toda la familia, Domingo se acercó también al grupo.

—Ya que estamos todos, aprovecho para deciros que mi viaje a América ha sido un éxito.

—¿Has visto a la chica? —preguntó su madre.

—No solo la ha visto, sino que se han casado en México —apuntó Luis Miguel para aliviar a su hermano Pepe del trago de contarlo—. Me parece lo mejor que podía hacer, teniendo en cuenta que ella, de momento, se queda en Hollywood.

—¡Vaya! Sí que has ido rápido esta vez. —La madre se tuvo que sentar—. Si es para bien, me alegro mucho. Espero que se rompa tu mala racha.

—Brindemos por la novedad.

Se acercaron varios camareros con copas de champán y brindaron.

La fiesta duró hasta las cuatro de la madrugada. No faltó el flamenco, que tanto gustaba a los Dominguín, ni los espontáneos dispuestos a bailar delante de tantas autoridades y personas conocidas. Cuando sonaron las bulerías, doña Consuelo, la madre de Antonio Ordóñez, salió al escenario, recordando el arte que tenía bailando antes de casarse con su marido. Pastora Imperio también se animó a salir con su yerno, Rafael Vega de los Reyes, Gitanillo de Triana.

El *gin fizz,* la bebida de moda, corrió de mano en mano. Entraba bien, pero rápidamente se subía a la cabeza. Una medida generosa de ginebra, el zumo de medio limón, un chorrito de jarabe de azúcar, un huevo, soda y una rodaja de limón. Los bármanes de Chicote se dejaron las muñecas agitando las cocteleras. Era la bebida que más llenaba y por eso la pedían. Aún permanecían en la memoria colectiva los cercanos años del hambre de la posguerra.

Luis Miguel, aclamado por todos, sacó a bailar a sus hermanas, pero, aunque se movía con soltura por todas las mesas y por todos los corrillos, solo tenía en la cabeza una obsesión: los ojos verdes de Ava Gardner.

42

La noticia de la separación de Ava Gardner y Frank Sinatra corrió como la pólvora. Amigos y familiares les llamaron a los dos para que se volvieran a reconciliar. Dolly lo intentó una vez más, pero, esta vez, sin éxito. Para colmo de males, apareció en el periódico una foto de Sinatra abrazado a dos coristas. El abogado de Ava concertó una entrevista con Sinatra, pero este tomó un avión a Los Ángeles y le dejó plantado sin acudir a la cita. La actriz deseaba dejar patente su decisión de disolver su matrimonio y pidió a la Metro que llevara la iniciativa redactando un comunicado. Fue Howard Stridding, el director de publicidad de la compañía, quien redactó la nota: «Ava Gardner y Frank Sinatra han declarado hoy que, después de haber agotado, muy a pesar suyo, todos los esfuerzos por reconciliar sus desacuerdos, no pudieron hallar una base común sobre la cual poder continuar con su matrimonio. Ambos expresaron su profundo pesar y el más grande respeto mutuo. Su separación es definitiva y la señorita Gardner solicitará el divorcio».

Cuando Frank leyó la nota aparecida en toda la prensa americana, bebió casi hasta perder el conocimiento.

—Esta vez sí que va en serio. Se acabó —les dijo a sus amigos—. Me he comportado como un auténtico imbécil —estiraba las palabras por el efecto del alcohol—. La he dejado escapar y es la mujer de mi vida. Nadie llenará el hueco de Ava jamás. ¡Jamás!

—Por favor, deja de beber, Frank, o no estarás en condiciones para cantar esta noche —le pidió su productor.

—Me importa una mierda lo que pase esta noche. Yo ya estoy muerto, jodido para siempre. Sinatra ya no existe. Sin ella nada tiene sentido... ¡Oh, Dios! ¡Dadme una copa! Hijos de puta, necesito beber, este dolor es insoportable.

Los que asistían a este naufragio de Frank decidieron llamar al médico del hotel. Al rato, el cantante descansaba por el efecto de un somnífero. Los compañeros de la orquesta se preocuparon por el lamentable estado en el que se encontraba. Quedaron en despertarle dos horas antes del concierto. Y si no se encontraba en condiciones, suspenderlo, aunque estaban convencidos de que ese día la sala se encontraría llena a reventar tras la noticia de su separación.

Ava no salió de casa y se pasó todo el día recibiendo llamadas de teléfono de sus hermanos, amistades y periodistas.

—¿Cómo se siente después de su tercer fracaso matrimonial? —le preguntó una periodista radiofónica.

—¿Quiere que le diga la verdad? No me siento orgullosa de mis tres fracasos matrimoniales. ¿Qué mujer podría estarlo? Sé que amé a cada uno de mis maridos sincera y profundamente, pero nuestro trabajo nos lo puso muy difícil. Cada vez que girábamos la cabeza ya había alguien especulando sobre nuestra relación.

—¿Será posible otra reconciliación?

—Ahora mismo es imposible. No estoy dispuesta a seguir sufriendo.

—¿Usted se tomó en serio alguno de sus tres matrimonios?

—Maldita sea, empecé cada matrimonio con la certeza de que iba a durar hasta el final de mis días. Sin embargo, ninguno de ellos aguantó más que uno o dos años.

—¿Y entiende cuál puede haber sido el motivo?

—Creo que el principal motivo de mis fracasos estriba en que yo siempre he amado con el corazón y no con la cabeza. Soy terriblemente posesiva con la gente a quien quiero y tal vez a mis maridos los ahogué con tanto amor. Me pongo celosa por cada momento que pasan fuera de mi lado. Quiero estar con ellos, verles, tocarles... Solo entonces soy feliz.

Cuando Ava colgó el teléfono, se echó a llorar. Bappie ordenó a Reenie que no le pasara más llamadas. Su hermana no estaba en condiciones de contestar. Había sido muy difícil para ella dar el paso de la separación, pero, en el fondo, se sentía liberada.

—Estoy hecha una mierda, pero ahora podré seguir caminando. Estaba en un túnel sin salida.

—¡Exacto! Una vez que has tomado la decisión, solo te queda seguir hacia adelante. No serás ni la primera ni la última que se separe. Tienes una vida muy difícil de seguir y tus maridos también han sido artistas. Haz el favor de fijarte en personas que nada tengan que ver con tu profesión.

—No quiero saber nada más de hombres. ¿Me oyes? Nada. Estoy harta de sufrir y de tener que dar explicaciones de cada paso que doy. No quiero problemas, no quiero hombres.

—Te lo recordaré con el primero que salgas.

—Descuida. Mi problema ha sido que mis maridos tenían a mujeres dispuestas a irse a la cama con ellos cada día. El sexo no parece tan importante, pero sí lo es cuando amas mucho a una persona. Tal vez esperé demasiado de ellos. El matrimonio puede que fuese el error.

Reenie le acercó una copa, no esperó a que se la pidiera. Ava se la bebió de un trago. Estaba nerviosa y paseaba de un lado a otro de la estancia.

—¿Cómo habrá reaccionado Frankie?

—¿Y a ti qué te importa lo que piense Frank? ¡Que se joda

tu marido! Y, ahora, que espere sentado tu divorcio. Aprovecha y exige la cantidad que te mereces. Por lo menos, que te devuelva todo lo que te has gastado en él durante todo este tiempo.

—Eso sí que no. Nunca he pedido un céntimo a nadie y menos se lo voy a pedir a Frankie. No, no lo voy a hacer.

—Tú eres tonta. Deberías exigir lo que te corresponda.

—Lo que me corresponde son los recuerdos que nos pertenecen a mí y a él. Con eso me conformo. No quiero nada, solo llorar mi pena. Mamá y papá estarían muy disgustados... Ellos vivieron toda la vida juntos. Eso es lo que hubiera deseado también para mí.

—Y yo, Ava, pero no hemos encontrado a la persona adecuada para compartir nuestra vida. Por cierto, te han llamado todos nuestros hermanos. Se sienten muy tristes por ti. Todos te mandan recuerdos.

Ava siguió llorando. Esta vez lo hizo con tal intensidad que Reenie tuvo que traerle una tila doble para calmarla.

Cuando Frank se despertó de su borrachera, dos horas antes de cantar, se levantó de tan mal humor que comenzó a tirar todo lo que tenía cerca. Sus amigos le sujetaron y, en cuanto abrió la boca, comprobaron que no estaba en condiciones de actuar.

—Acercadme el teléfono, que quiero llamar al director del hotel.

—Si lo vas a estampar contra la pared, no.

—Joder, voy a llamar al director. Hacedme caso.

Se lo acercaron y pidió a la señorita de la centralita que le pasara inmediatamente con el director del Sands.

—¿Sí, señor Sinatra? Soy el director.

—Le pido que prohíba la entrada a Ava Gardner durante los días que dure mi compromiso con ustedes. Y no solo eso, deseo que también prohíba cualquier contacto telefónico. No existo para esa mujer. ¿Me ha entendido?

—Perfectamente. ¿Alguna cosa más?

—Sí, tampoco quiero que me pasen a ningún periodista, si quieren saber cuál es mi estado de ánimo, que se lo pregunten a usted por escrito. Muchas gracias.

Cuando colgó, pidió a sus amigos que localizaran al columnista neoyorquino Earl Wilson, con el que sí se puso al teléfono.

—Earl, estoy muy jodido. Me ayudarías si pusieras en tu periódico unas declaraciones mías.

—¡Cuenta con ello! —El periodista se encontró con una exclusiva en bandeja.

—Escribe: «Aunque tardasen setenta y cinco años en concederme el divorcio, no habría otra mujer en mi vida».

Hablaron durante diez minutos más y dio por concluida la conversación.

—¿Por un lado, prohíbes cualquier tipo de contacto con ella y, por otro, dices a la prensa que no existirá jamás ninguna otra mujer? Tu cabeza va a reventar. Lo primero que debes admitir es que ella se quiere divorciar —afirmó uno de sus amigos.

—¡Joder! No me lo recuerdes. No sé si me saldrá la voz esta noche. Estoy realmente jodido.

Le metieron en la bañera y le obligaron a comer algo. Finalmente, se lo llevaron al concierto. Cuando vio la sala llena, sacó fuerzas. Quiso demostrar que su voz no la apagaba ni Ava Gardner.

A Bappie le llegó la información de la prohibición de Sinatra para que su mujer no pudiera llamarle ni acceder al hotel. No se lo dijo a su hermana, prefirió omitírselo porque estaba segura de que se enfadaría muchísimo y haría todo lo contrario a lo que le impidiesen. Al revés, quiso que su hermana se ilusionara con un nuevo reto profesional y se olvidara de su tercer marido.

—Sé que ahora no quieres hablar de trabajo, pero es importante para ti. Joseph L. Mankiewicz, el director más solicitado del mundo, quiere hablar contigo. Y te ha citado mañana. Se trata de un proyecto importante.

—Bappie, mira qué pinta tengo. No puedo presentarme así delante de Mankiewicz.

—Piensa que todo lo que toca lo transforma en éxito: *Carta a tres esposas*, *Eva al desnudo*... Y con *Julio César* ha convertido a Brando en un Marco Antonio memorable.

—¿Cómo voy a presentarme en estas condiciones?

—¿No eres actriz? Pues mañana apareces ante él y realizas una de tus mejores actuaciones.

—Ohhh, ¿qué me pongo mañana?

—Eso está mejor. Ya me ocupo yo de encontrar un traje bonito y que esté preparado para mañana por la mañana.

Gracias a su cita con el director de cine, el pozo en el que se sentía desde hacía días fue menos profundo y negro. De todas formas, cada vez que sonaba el teléfono siguió esperando que fuera Frank pidiéndole que lo intentaran de nuevo.

Director y actriz se dieron cita en pleno corazón de Hollywood a la hora de la comida. Ava se arregló de tal forma que desaparecieron sus ojeras y sus párpados hinchados. Volvía a ser la mujer más sensual y bella de la pantalla. Mankiewicz la felicitó por su papel en *Mogambo*.

—Estoy muy contenta porque el resultado ha sido mejor de lo esperado. Ahora se están haciendo algunas adaptaciones según los países en los que distribuyen las copias. Es gracioso que para España se ha hecho un montaje en el que Linda y Donald son hermanos. Los censores, tan listos ellos, han querido eliminar el pecado de adulterio sin percatarse de que han propiciado una relación incestuosa mucho más escandalosa.

Mankiewicz se echó a reír y, después de un rato prolongado charlando sobre *Mogambo,* fue al grano.

—Ava, me gustaría que trabajaras en mi próxima película, el papel está hecho a tu medida. Se trata de una joven bailaora española, María Vargas, que empieza su vida profesional siendo una humilde artista de los bajos fondos y acaba convertida en la condesa Torlato-Fravrini. El guion comienza de una manera chocante, con su funeral, y uno de los miembros de la comitiva fúnebre, un director de cine, es quien narra la historia de María. Tendrás que salir la mayoría del tiempo descalza.

—Eso suena bien, Joe.

—Lo sé y, además, deberás aprender a bailar.

—¿Dónde hay que firmar? —Ava estaba eufórica.

—Tendremos que sufrir bastante porque la Metro, cuando di tu nombre, ha puesto mil pegas.

—¡Serán hijos de puta!

—He tenido una reunión a gritos con Nick Schenck, tu hombre de las finanzas en la Metro, y me ha dicho gritando que ¡jamás volvería a trabajar en este negocio! Por fortuna, su fuerza no es tan grande como para impedírmelo, pero me ha demostrado que quiere que este rodaje se convierta en un infierno. ¿Sabes lo que te digo? Que no lo va a conseguir.

—Pero ¿qué pega te ponen para cederme y poder hacer esta película? ¡Lo han hecho otras veces!

—El escollo más grande ha sido la cifra. Me piden por tu trabajo, y por tu subcontratación, doscientos mil dólares. Humphrey Bogart va a ser el coprotagonista y ¿sabes lo que cobra? Cien mil. Una de las estrellas más brillantes de Hollywood y tu empresa me pide el doble por cederte.

—Les habrás dicho que no a esos jodidos malnacidos.

—No, les he dicho que sí. Ahora, solo dependo de ti y de que estés de acuerdo en cobrar sesenta mil dólares. Eso es lo que te van a dar, porque ellos quieren para sí la mejor tajada.

—¡Dios, qué tacaños! Pero la quiero hacer. Me da igual. Yo estaré contigo donde y cuando me llames.

Mankiewicz se levantó y le dio un abrazo.

—No sabes la alegría que me das. Me ha costado mucho llegar hasta aquí. Desde el principio he pensado en ti. Me han ofrecido desde Elizabeth Taylor a Joan Collins, pero la condesa eres tú. Aquí, además, asumo toda la responsabilidad: soy el director, el guionista y el productor. Me juego mucho con esta película, que será la primera con la compañía que acabo de crear: Fígaro Inc., una productora para hacer lo que quiero y no lo que los grandes estudios desean imponerme. Pero ya te digo que la Metro me ha hecho la vida imposible.

—Con más razón para decirte que sí. Pero necesito la verdad: ¿por qué te has empeñado tanto en que sea yo?

—No te oculto que el personaje de María guarda muchas semejanzas contigo. Sobre todo, en esa necesidad imperiosa de sentirte libre, que se simboliza en el deseo de ir descalza. María también busca un hombre al que amar y no lo encuentra... El infortunio se ceba sobre ella. Es el precio que paga por no traicionar sus convicciones. Tampoco se deja llevar por Hollywood, no se siente parte del tinglado.

—Me hará mucho bien interpretarla. ¿Acabo con Bogart en la cama?

—No, esa es la cuestión. Todo el mundo pensará que dos seductores como vosotros acabaréis juntos, pero seréis nada más que grandes amigos. No hay sexo entre vosotros, solo amistad.

—¿Cuándo tendré el guion? Estoy deseando leerlo.

—Mañana mismo si tú quieres.

—Estupendo, ¿cuándo empezaremos el rodaje?

—A primeros de año en Roma.

—¿Pero la trama no se desarrolla en España?

—Sí, pero el gobierno no nos deja meter cámaras en el país.

—Yo he rodado allí, no lo entiendo.

—No te preocupes. En los estudios de Cinecittà están trabajando duro para que los decorados simulen que estamos en España en la primera parte y, en la segunda, rodaremos exteriores en Italia. Faltabas tú nada más para echar a rodar este puzle.

—Pues adelante. —Se dieron la mano y, por un momento, Ava olvidó la tormenta sentimental que estaba viviendo a raíz del anuncio de su separación—. El único problema es que Bogart es muy amigo de Frank y le contará con todo lujo de detalles cada uno de mis pasos.

—Por eso no te preocupes. Es un profesional al fin y al cabo. En los próximos días necesitaré que te tomen medidas.

—Muy bien, cuanto antes empecemos, antes olvidaré las miserias de mi vida.

—Intentaremos que tu estancia en Roma sea lo más agradable posible.

Ava se despidió de él con dos besos, y un coche de la productora la llevó hasta su casa. Estaba eufórica no solo por trabajar con Mankiewicz, sino porque intuía que podía ser un gran salto en su carrera. Protagonista junto a Humphrey Bogart y una trama que le iba como anillo al dedo. A lo mejor, la suerte estaba ahora de cara...

Cuando al día siguiente le llegó el guion, no se movió de la cama hasta que lo leyó de principio a fin. Una mujer de origen humilde que baila en un tugurio de mala muerte cuando la descubren y le ofrecen ir a Hollywood para hacerle una prueba. Al igual que le había ocurrido a ella, su personaje en la ficción se convierte en una gran estrella bajo el nombre de María D'Amata.

—Bappie, esta película me recuerda mucho a mi vida. Parece que la hayan escrito pensando en mí.

—Bueno, tu caso no es tan especial. Rita Hayworth podría decir lo mismo que tú y tantas estrellas cuyo origen es humilde.

—Lo que me encanta de mi papel es que casi todos los

hombres de la película se quieren acostar con ella y María les deja bien claro que «ella no pertenece a ninguno». Me siento identificada con este personaje. Es realmente maravilloso.

Continuó leyendo el guion y cuando lo terminó, se echó a llorar. Bappie y Reenie acudieron a su cuarto para saber qué ocurría.

—Tiene un final muy triste. Cuando ella cree que ha encontrado al hombre de su vida, el conde de Torlato-Favrini, se casa ilusionada, pero él esconde un gran secreto. No os cuento el final, pero cuando ella piensa que tiene la felicidad, la nube de la desgracia descarga sobre ella. ¡Soy yo! ¡Es mi vida! La condesa descalza jamás puede ser feliz. Su condena comienza cuando la descubren y la hacen ir a Hollywood. Si hubiera seguido con su pobreza y rodeada de los que la querían por ella misma, habría sido mucho más feliz. La felicidad escapa de aquellos que están en lo más alto. Lo he visto clarísimo con este guion. Me siento María Vargas. La interpretaré desde el fondo de mi corazón. El personaje soy yo.

—¿Cuándo comienzas el rodaje?

—A primeros de año tengo que estar en Roma. ¿Me acompañaréis?

—¿Lo dudas? Además, tengo ganas de conocer a Bogart.

—Pues yo tengo miedo. Me pone nerviosa trabajar con un mito.

—Ya has rodado con varios mitos y no ha habido ningún problema.

—Con este, sí lo habrá. Es amigo de Frankie...

Luis Miguel viajaba a Francia en su Cadillac con Chocolate, su hermano Domingo y don Marcelino. Al volante, Cigarrillo. Su cuadrilla iba detrás en el Hispano-Suiza en el que a duras penas cabía el Mozo, el picador, que era de grandes dimensiones y, por eso, se había acomodado delante, al lado del conductor. Atrás, Canito, que tenía el encargo de retratar la corrida, hizo todo el viaje entre el mozo de espadas y el banderillero. Era un día importante para todos después del parón tras la cornada en la pierna que tuvo lugar en Caracas. Domingo padre, Pepe y el doctor Tamames habían salido antes en tren. Querían resolver los problemas del contrato que habían cerrado verbalmente antes de que llegaran todos y habilitar una enfermería para cualquier contratiempo. Era una corrida excepcional, organizada por un millonario de la Costa Azul que celebraba su cumpleaños abriendo una de las fincas de su propiedad, en la que había hecho construir una plaza de toros.

Antes de que la expedición pasara la frontera, don Marcelino se percató de que no llevaba pasaporte.

—Don Marcelino, le tendremos que dejar aquí y ya le recogeremos a la vuelta —le dijo Domingo.

—No, ni hablar. Don Marcelino se viene con nosotros —replicó Luis Miguel muy serio.

—Pues ya me dirás cómo lo hacemos —contestó su hermano.

—Si quieres, yo me quedo aquí con él —apuntó Chocolate, dispuesto a sacrificarse y perderse la corrida de su admirado Luis Miguel.

—¡Ni pensarlo! Los dos vais a pasar la frontera como el resto. Don Marcelino, te vas a esconder debajo de mi asiento. Como eres pequeño, te haces un ocho y no habrá ningún problema.

—Joder! ¿Quieres que me detengan?

—Si te detienen, ya te sacaré, pero aquí nadie nos va a mirar el coche. Tienen orden de dejarme pasar sin ningún tipo de pegas. Oí a Franco cómo le daba la orden a don Camulo. Tengo la seguridad de que será así. ¡Vamos a pasar! No pongáis cara de preocupación. Tenéis que disimular.

—Y usted, don Marcelino, ¡chitón! No vaya a fastidiarla —le dijo Domingo de malos modos.

—¡El que se tiene que callar es usted!

—¡Silencio los dos! —ordenó el torero.

Luis Miguel fue el que asomó su cara por la ventanilla del coche para entregar el pasaporte de todos en la garita de la Guardia Civil.

—Señor agente, voy a torear a Francia.

El hombre se cuadró al reconocerlo.

—Don Luis Miguel, pase usted. Me alegro mucho de que vuelva a los ruedos.

—Poco a poco. A ver cómo me siento.

—¿Sigue convaleciente de su pierna?

El hombre estaba al día sobre su cornada y su lenta recuperación.

—Un poco mejor. Precisamente voy a probar...

Don Marcelino casi no respiraba. Pensó que el calor que hacía debajo del asiento acabaría por asfixiarle si Luis Miguel seguía conversando con el guardia civil.

—Pase, pase... Un honor haberle conocido —se despidió el agente, volviéndose a cuadrar.

—El coche de atrás también viene conmigo. En él viaja mi cuadrilla.

—¡Adelante!

Los dos vehículos cruzaron la frontera sin problemas, pero Luis Miguel le tomó el pelo a don Marcelino.

—Todavía no puedes salir. Este lugar no parece seguro. Está lleno de policías y de guardias. Sigue debajo del asiento.

—Casi no puedo respirar. ¡Me muero de calor!

—¡Shhhhh! No tientes a la suerte. De momento, hemos pasado... Vamos a recorrer un par de kilómetros por si acaso. —Luis Miguel le guiñó un ojo a su hermano y este se tragó la carcajada.

—¿Ya puedo salir? —preguntó don Marcelino de nuevo cuando solo habían recorrido un kilómetro.

—Un poco más... ¿Quiere que nos detengan a todos con un polizón en el coche? —le reprendió Domingo.

—Usted no sabe lo incómodo que es ir aquí debajo. Me gustaría que fuera usted así cinco minutos. Habría que oírle.

—Es un quejica. ¿Todavía no se ha enterado del peligro que corremos por su culpa?

—Anda, sal ya. ¡Con tal de no oírte! —le dijo Luis Miguel.

Don Marcelino apareció congestionado de debajo del asiento y con un humor de perros.

—Sois unos cabrones. Me habéis mantenido ahí abajo para mofaros de mí.

—En absoluto —negó Domingo, aguantándose la risa.

—En lugar de darnos las gracias, sale bufando como un toro —apuntó Chocolate.

—No, eso no quita para que reconozca que Luis Miguel le ha echado un par de cojones.

—¿Y los demás qué? —siguió azuzándole Domingo.

—Pues a los demás que os parta un rayo.

Siguieron bromeando con don Marcelino hasta que llegaron a Arlés y pasaron con el coche por la plaza de las Arenas. El bibliotecario quiso exhibir sus conocimientos y, ante la imagen del colosal anfiteatro romano, tomó la palabra.

—Este era un templo del juego donde se enfrentaban los gladiadores hasta el final del Imperio romano. Aquí se celebraron las victorias de los emperadores. En el siglo IV, Constantino I organizó aquí también grandes combates con motivo del nacimiento de su primer hijo. El anfiteatro se renovó. con Childeberto I, rey de París y...

—No le voy a negar lo mucho que sabe usted. Será pequeño, pero menuda cabeza que tiene... —le alabó Domingo.

—Dale con mi altura, ¿me quiere dejar en paz? ¿Se cree que no me veo en el espejo todos los días?

—Marcelino, ¡continúa! —le pidió Luis Miguel.

—Pues lo que os contaba hasta que me interrumpió este rojo... Fue en el siglo XIX cuando Próspero Merimée consiguió que fuera reconocido como monumento histórico. ¡Es una joya!

—Todavía no estoy al cien por cien, pero me gustaría volver a torear aquí.

—Lo cerraré, no te preocupes. Prefiero que vayas poco a poco incorporándote al toreo. Esta plaza de la finca es bastante grande.

—Me da igual que sea la plaza de una finca o esta otra en la que me he jugado la vida muchas veces. Al final, estoy yo solo frente a un toro.

—Te servirá de prueba para ver cómo te encuentras de cara a esas tres corridas que hemos firmado en América —añadió Domingo—. A fin de cuentas, es a puerta cerrada. Solo para el millonario y sus amigos.

—No me lo puedo tomar como una prueba, porque los toros matan y no saben de pruebas. Hoy voy a torear como sé.

—¡Bien dicho! —aplaudió Chocolate.

—Estará la flor y nata de Francia.

—Mi amigo Jean Cocteau lo mismo se presenta con Pablo Picasso.

—¡Comunista de pro! —añadió Domingo.

—Bueno, ¿se puede ser comunista estando forrado? Ahora, sus colegas, le han dado de lado a raíz de un retrato que le hizo a Stalin como si fuera un mozalbete bigotudo con los ojos saltones. Vamos, retrató más a un quinqui que a otra cosa.

—Haga usted el favor de retirar esas palabras. Está hablando de uno de los grandes de nuestra época. Es cierto que ha sido criticado, pero de ahí a descalificarlo...

—Pero si ha sido un pez gordo del partido el que ha dicho que era una mamarrachada. Incluso alguno lo ha tachado de herejía porque no dejaba entrever la bondad de Stalin. ¿Bondad? ¡Ja! Yo me río de lo que llaman bondad los comunistas.

—Que usted sea un fascista no le califica para dar opiniones absurdas sobre los comunistas, a los que considera poco menos que «diablos».

—¡Justo! Pienso eso exactamente.

—La vuelta la hacéis en coches distintos. Es insoportable escucharos —dijo serio Luis Miguel.

—Yo ya me callo —aseguró don Marcelino.

—Está el cielo encapotado. Espero que no llueva —intervino Chocolate, cambiando de tema.

—Sabíamos que el tiempo podía fastidiarnos la fiesta, pero no parece que vaya a llover mañana —añadió Domingo.

Durante toda la tarde, Luis Miguel recibió a conocidos y amistades en el hotel al que siempre iban en Arlés. Prefirió estar tumbado en la cama para recuperar su pierna de un viaje de tantos kilómetros. En calzoncillos y a pecho descubierto, habló con todos los que quisieron acercarse a saludarle. Ni se inmutaba cuando lo hacían los ganaderos o empresarios en compañía de sus mujeres. Todos podían ver en su cuerpo el dibujo que formaban sus cicatrices. En ningún caso mostró el mínimo interés por levantarse de la cama mientras le presentaban a lo más granado de la sociedad francesa. El hecho de enfrentarse a dos toros, aunque fuera a puerta cerrada, otorgaba a las horas previas una trascendencia que le borraba hasta la sonrisa.

43

Al día siguiente, Luis Miguel se despertó tarde y, después de comer algo ligero, continuó en la cama. Llegó el momento de vestirse con el tradicional traje campero y, con la ayuda de Miguelillo, su mozo de espadas, comenzó todo un ritual que tenía aprendido desde niño. Dejó que entrara el empresario que le había contratado y su señora junto con varias invitadas justo después de ajustarse una calzona con caireles y vuelta en los bajos de color gris. Tenían curiosidad por verle vestir antes de salir al ruedo.

Desde primeras horas de la tarde, Tamames estuvo en la enfermería dejando todo a punto. El torero estaba mucho más tranquilo desde que había llegado a un acuerdo con el doctor para que le acompañara a todas sus corridas. También su propio plasma iba a todas partes con ellos.

En la habitación del hotel de Arlés, las señoras se quedaron muy sorprendidas de verle semidesnudo... Murmuraron entre ellas. Él se mostró elegante con ellas.

—Hago mía aquella sentencia árabe que dice que los tres ruidos más deliciosos de la vida son: el ruido del agua, el del metal y el de la voz de una mujer.

Las saludó con un gesto y continuó con el ritual. Don Marcelino se apresuró a ser el cicerone de las francesas, que miraban al torero como un objeto de deseo. En francés les explicó que el traje de los toreros tenía su historia y, cuando estaba empezando a contársela, comenzaron a hablar entre ellas. El bibliotecario las recriminó.

—Esto es algo muy serio, señoras. El torero está en las horas previas a enfrentarse a un toro y necesita concentración.

Se quedaron callados y Miguelillo continuó vistiéndole. Le calzó los botos, le puso la camisa blanca de batista y el torero se la abotonó con cierta parsimonia. Inmediatamente después, el mozo de espadas le acercó el chaleco y él, sin mirarse al espejo, se lo abrochó con una seriedad que sus allegados ya conocían.

—Maestro, será una gran tarde. Si hay alguien que sabe qué hacer con un toro, ese es usted —le dijo el empresario.

—Los toreros tenemos la responsabilidad de saber lo que hay que hacer con el toro desde que sale del toril hasta que se lo llevan las mulillas.

—Nos vamos a marchar. Me da la impresión de que le estamos distrayendo.

—No, por favor. Si es por eso, no se vayan. Me encanta la presencia femenina. En la plaza para mí es imprescindible, tanto como lo es el toro. Ver a las mujeres en los tendidos no es solamente una bella estampa, es un estímulo —afirmó, mirándolas a todas de un modo seductor.

Miguelillo le ajustó el fajín. Y, finalmente, le ayudó a ponerse la chaquetilla gris con adornos de pasamanería. Luis Miguel cogió el sombrero del mismo color que el traje y se paró delante de las estampas que había sobre una mesita. Lo hizo para tranquilizar a su padre, porque ya solo creía en sí mismo.

—Mis queridas señoras —continuó don Marcelino con las explicaciones—, hoy el torero viste de corto, pero cuando va de luces, se pone, en lugar del sombrero, una montera. Esta es más moderna que el propio traje de luces. La introdujo Paquiro en el siglo XIX, sustituyendo la redecilla que empleaban los majos para recogerse el cabello.

—Don Marcelino, deje ya su clase magistral, por favor —le recriminó Domingo—. El silencio se agradece en estos momentos.

Don Marcelino no replicó. Sabía que, en esos instantes, el torero sentía todo el peso de la responsabilidad sobre sus espaldas. Luis Miguel se acordó de Manolete y de las horas previas a la corrida en las que cruzaron unas palabras antes de que Islero acabara con su vida. El torero cordobés estaba cansado y había anunciado su intención de dejarlo al terminar la temporada. El joven Luis Miguel tenía grabada en su memoria aquella tarde en la que murió, igual que muchos de sus allegados y muchos de sus enemigos... Volvió a la realidad cuando Miguelillo le ayudó a ponerse la chaqueta de paseo, que era de la misma tela que el traje pero con adornos negros en el cuello y en los remaches. Salió de la habitación y los demás, detrás de él. Su padre se acercó y le dijo algo que solo escuchó él.

—¡Mucha suerte, hijo!

—Gracias, padre.

Su hermano Domingo también quiso despedirse de él mientras bajaban por las escaleras del hotel.

—Es a puerta cerrada, no hace falta que intentes demostrar a todos que eres el número uno. Todavía estás convaleciente. ¡Ten cuidado!

—Tranquilo, pero a mí me da igual que sea a puerta cerrada o en la Monumental de Las Ventas. Toreo igual.

Antes de que entrara en el Cadillac, Pepe habló asimismo con su hermano.

—Miguel, todos sabemos quién eres. No tienes que demostrar nada.

—Toreo para demostrarme a mí mismo que puedo estar arriba del todo. ¡Tranquilo! No es la primera vez que regreso a los ruedos después de una cornada. Hoy el toro no me va a coger.

Se metió en el coche solo con su padre. Durante todo el camino hasta llegar a la finca del millonario fue en silencio. Cigarrillo y su padre sabían que no podían desconcentrarle con una conversación intrascendente. A los veinticinco minutos llegaban. Los invitados ya ocupaban todos los asientos de la plaza. Al salir del coche y a punto de entrar en la arena, se encontró con un rostro conocido.

—Hombre, Jean, cuánto bueno por aquí.

—No quería perdérmelo —le dijo Cocteau—. He venido solo, sin Pablo —explicó, refiriéndose a Picasso—, porque hoy tenía un compromiso.

—Muchas gracias por estar aquí, amigo. —No se extendió más porque no le salían las palabras.

A los pocos minutos hizo el paseíllo acompañado de su cuadrilla. En esta ocasión, toreaba solo, no había terna. Miró al público y observó que los tendidos estaban entregados a la faena que hiciera. Comenzó la corrida con el cielo encapotado amenazando lluvia. Salió el primer toro. Negro, bragado y con casta. Luis Miguel lo observó y supo rápidamente que podría lucirse. Lo muleteó por bajo, parándose en unos derechazos que pusieron la plaza en pie. Brindó ese primer toro a la mujer del empresario que le había contratado. Se escucharon los primeros bravos y olés de la tarde. Dominguín tenía ganas de dejar patente que seguía siendo el número uno. Dio la espalda al animal y se puso de rodillas delante de él. Desafiaba de esta manera a su enemigo. Después de varios segundos en esa posición, dejó a la plaza sin aliento, cogió de nuevo la muleta y se puso en pie. Los naturales iban acompañados de los olés del público. El toro se acercó tanto que le dejó todo el abdomen manchado de sangre. Le pasó rozando con su pitón derecho... Luis Miguel ni se inmutó. Se sentía valiente y dispuesto a torear como si estuviera en una plaza de primera. Cuando llegó la hora de matar, la estocada fue certera. Le dieron las orejas y el rabo.

Se enjuagó con agua las manos para limpiar la sangre de su enemigo. Respiró hondo, bebió agua de un botijo y cerró los ojos durante unos segundos. Antes de que saliera el segundo toro de los toriles, miró a su padre, que estaba en el burladero, y leyó en sus ojos todo lo que quería saber. «Has estado soberbio».

Nadie notaba que su pierna todavía no estaba en condiciones óptimas para enfrentarse a un enemigo de esa envergadura. Salió el segundo toro. Era meano, calcetero y un poco bizco. Que no guardara simetría en sus dos astas no le gustó. Después de darle varios pases y comprobar que derrotaba por el lado derecho, el torero continuó la lidia y comenzó a dar una clase magistral de cómo se torea de capa: de frente por detrás, a la verónica e incluso una larga cambiada de rodillas. Se lució colocando al morlaco en suerte para ser picado. En el quite posterior al puyazo hizo temblar a la plaza cuando volvió a hincar la rodilla en el suelo y miró desafiante al animal. El capote descansaba en la arena pero sujeto a su mano derecha. Solos toro y torero en el ruedo. La respiración del público contenida. Después de unos segundos, Luis Miguel se puso de pie y resolvió el trance con unas chicuelinas muy ceñidas.

Tras las banderillas, brindó el astado a su amigo Jean Cocteau.

—Por nuestra amistad de antes, de ahora y de futuro. Va por ti —dijo, lanzándole el sombrero. Cocteau lo cogió al vuelo.

—Somos muy amigos —se justificó ante el empresario—. Luis Miguel sabe desde que era un niño que había nacido para torear.

—De modo que es un torero con el ego bien alimentado desde que era pequeño.

—Sí, pero ya verás cómo acabarás fascinado por su personalidad.

—Me hubiera gustado que Picasso viera esto —añadió el empresario—. Creo que habría disfrutado muchísimo. De todas formas, ya sabes que la gente de derechas y que comulga con Franco no es plato de su devoción.

—Yo ya le he dicho que se equivoca si cataloga a Luis Miguel de derechas. Es un espíritu libre. Hace y dice lo que le da la gana. Te aseguro que se trata de la persona más valiente que he conocido en mi vida. Si estás a su lado, te arrastra. Tiene como un imán, lo podrás comprobar.

En la barrera, su padre y sus hermanos estaban asombrados ante su buena forma física.

—Este Miguel está que se sale —comentó Domingo González Mateos a sus hijos—. Domina todas las suertes del arte de Cúchares.

—Es el número uno sin duda —admitió Pepe.

—Este cabrón está mejor que nunca.

Cuando mató al toro de una certera estocada, la plaza se vino abajo de aplausos y bravos. Luis Miguel consiguió las dos orejas y el rabo de nuevo y dio la vuelta al ruedo. Hubo quien le tiró un reloj suizo; la mujer del empresario le lanzó su pitillera de plata; la mayoría de los invitados se quitaron el sombrero a su paso y lo arrojaron a sus pies. Las mujeres le rindieron honores con los claveles que habían recibido a la entrada y dejaron la arena tapizada de rojo hasta casi cubrir el redondel. A hombros y empapado de sudor, salió de la plaza. Chocolate era uno de los porteadores y dirigió al torero hasta el coche. Le habían reservado una habitación en la casa del empresario. Se duchó y, a los tres cuartos de hora, estaba ya en el cóctel que daba el millonario a las autoridades y celebridades que habían acudido.

Jean Cocteau fue el primero que se acercó a agradecerle el brindis.

—Has estado valiente y desafiante. Muy en tu línea. Estoy deseando ver a Pablo para hablarle de tu triunfo.

—Muchas gracias. Estás obsesionado con presentármelo y, a lo mejor, él no quiere —aventuró Luis Miguel, como siempre tan intuitivo.

Un grupo de mujeres se acercó a saludar. Cocteau se puso a conversar con el empresario.

—Luis Miguel intuye algo. Pero Picasso, si hubiera venido, habría dejado de pensar que Miguel es un torero para la Place Vendeime. Se morderá las uñas cuando le cuente lo que hemos vivido esta tarde. Quiero presentárselo cuanto antes. Los dos tienen muchos puntos en común.

Las damas, que no querían otra cosa que llevarse dos besos de Dominguín, los dejaron solos y Cocteau volvió a hablar con su amigo.

—Hoy tendrás para escoger...

—¿A qué te refieres?

—Esto está repleto de mujeres que desean llevarte a la cama. —Luis Miguel se echó a reír—. No son como Ava Gardner, pero hasta que regrese a España... tienes vía libre.

—Lo de Ava ya es pasado.

—¿Ahora? ¿Justo cuando se acaba de separar de Sinatra?

—¿Dónde te han contado eso?

—Ha salido en los periódicos. La Metro ha llegado incluso a hacer un comunicado hablando del tema.

Una leve sonrisa apareció en su rostro. La noche cambió de color para él.

Ava necesitaba hablar sobre sus sentimientos y se presentó en la casa de su peluquero sin avisarle con antelación. Sydney Guilaroff se quedó de piedra al abrir la puerta y ver ante sí no a una estrella, sino a una mujer completamente derrumbada.

—¡Ava! ¿Qué te ocurre?

—Necesito hablar contigo. No sé si he hecho bien anunciando que iba a solicitar el divorcio de Frank. En casa, Bappie no quiere ni oír su nombre, pero me ahoga algo aquí dentro —admitió, señalando su pecho.

—Por supuesto, pasa. Esta es tu casa.

—¡Oh, por Dios! —Ava retrocedió y se quedó en el jardín de la entrada. No tenía fuerzas ni para pasar adentro. De pronto comenzó a temblar y se abrazó a él—. Creí que podría hablar de Frank, pero no puedo. Déjame a solas... por favor.

—Está bien. —Sydney se introdujo en su casa y de vez en cuando miraba a través de la ventana y veía a Ava caminando de un lado a otro del jardín bajo la luz de la luna. De pronto escuchó el ruido del motor de su coche y vio cómo se alejaba de allí. Nunca había visto a Ava tan desolada.

Frank tuvo que comparecer ante la Comisión Fiscal de Nevada. Había solicitado comprar un dos por ciento del hotel Sands, donde recibió la noticia de la separación de Ava. No todos los accionistas estaban de acuerdo, ya que el cantante debía dinero al gobierno.

Finalmente, la comisión dio su aprobación. Frank podía comprar el dos por ciento del hotel en el que recibió la noticia más desgarradora de su vida. El Sands arrastraba la fama de estar dirigido por personas cercanas a la mafia. La ciudad de Las Vegas en poco tiempo se había convertido en un paraíso fiscal para las actividades clandestinas. Frank también utilizó aquella inversión para poder desarrollar algo que había heredado de sus padres: el vicio por el juego. El Sands le proporcionó una línea de crédito para poder jugar mil dólares cada día. Así ahogó sus penas entre el alcohol y el bacarrá.

—Si pierdo, me da igual. Solo el juego me quita la imagen de Ava de la cabeza.

—Bueno, y cantar... Nunca lo has hecho con tanto sentimiento como ahora —le dijo su productor.

—Le canto a ella. Hay quien dice que el desamor de Ava

me ha enseñado a cantar mejor, pero preferiría cantar peor y estar junto a ella... Me duele que se haya dado tanta prisa en recoger sus cosas y salir de casa.

—No se ha ido muy lejos, ha alquilado una cerca de la tuya.

—No puedo vivir sin ella.

—Igual lo puedes arreglar, como tantas veces has hecho después de una tormenta.

—Esto ha sido más que una tormenta. ¡Oh, Dios! ¿Por qué siempre lo estropeo todo? ¡Joder!

—Ahora debes centrarte en tu profesión. La Capitol te ha pedido que grabes un disco de ocho canciones: *Songs for Young Lovers*. ¡Hazlo! Y olvídate de todo lo demás. Esa puede ser tu tabla de salvación.

—Sí, tienes razón. Quiero grabar «My Funny Valentine», una de las canciones más románticas que se han escrito nunca. Los cabrones de Rodgers y Hart han clavado mis sentimientos y Riddle ha hecho unos fabulosos arreglos. *Yes, you're my favorite work of art...* * Ava es y será siempre la mujer perfecta. No se imagina cómo la echo de menos. No debí dejar que entrara tan dentro de mi corazón.

—Ahí, desde luego, te equivocaste.

—Te aseguro que he aprendido la lección, pero necesito oír su voz. Me voy a arrastrar y la voy a llamar.

—¿Estás seguro?

—Sí.

Fue decirlo y marcar su número de teléfono. No contestó Ava, sino su fiel Reenie.

—¿Puede ponerse Ava? Soy Frank.

—Está durmiendo. Ayer se acostó muy tarde.

—Está bien. Dile que necesito hablar con ella. Me he comportado como un auténtico gilipollas. Deseo hablar con ella para disculparme.

* «Sí, tú eres mi obra de arte favorita».

—No te quiero mentir, Frank. Ava no desea saber nada de ti. La humillaste y eso no te lo perdonará nunca.

—Estaba bebido, Reenie. No era dueño de mis actos. Por favor, hazle llegar mis disculpas. Te lo ruego.

—Está bien...

Cuando colgó, Frank lanzó el teléfono todo lo lejos que pudo, rompiendo el cable que lo sujetaba a la pared.

—Va a ser imposible la reconciliación... ¡Dios! ¡Cuánto la necesito! —La rabia provocó que esa tarde en el estudio cantara con tanta tristeza que dejó a todos muy preocupados por su estado de ánimo.

—No se le puede dejar solo —se dijeron, y volvieron a hacer turnos para que cuando abriera los ojos estuviera siempre uno de su equipo o de sus amigos junto a él.

Ava fue con su hermana a Frascati's, uno de sus restaurantes favoritos en Beverly Hills, a tomar algo con su asesor financiero. Mientras comía se encontró con Peter Lawford.

—Peter, ¡qué alegría verte! ¿Por qué cuando acabes no te vienes a tomar una copa con nosotras al Luau? Un restaurante chino que está cerca, en Rodeo.

—Lo conozco... Es que estoy con Milton Ebbins. Te presento a mi mánager. Estamos hablando de cuestiones de trabajo.

Peter se pensó la respuesta porque conocía a Sinatra y, sobre todo, sus reacciones, pero, a la vez, le atraía la idea de volver a salir con Ava, a la que admiraba. Su mánager le animó.

—Peter, esto lo resolvemos en la comida. Podemos ir...

—Está bien. Nos vemos allí —le dijo a Ava.

Al acabar de comer se fueron a tomar una copa con las hermanas Gardner. Una periodista, Hedda Hopper, estaba allí y le pareció que aquella reunión a cuatro escondía en realidad un encuentro a dos. Demasiadas risas y complicidades recién separada de Sinatra. Al día siguiente apareció una columna en la que la periodista insinuaba que Ava salía con Peter. Cuando Frank leyó la información, no dudó en llamar al actor. Estaba hecho una furia.

—¿Peter?

—Hola, Frank, ¿qué tal estás?

—Jodido, quiero que sepas que eres hombre muerto. No perdono a los que me joden la vida, y tú lo has hecho.

—¿A qué te refieres? —se sorprendió.

—Me has quitado a Ava, no disimules.

—Pero si solo hemos tomado una copa después de comer y no estábamos solos. Por favor, no seas niño.

—Tómatelo como quieras, pero ya he enviado a alguien para que te rompa las piernas y algo más por salir con mi chica.

—Frank, déjame explicarte...

Oyó cómo Sinatra colgó el teléfono. Lawford se quedó sin reaccionar durante segundos hasta que llamó rápidamente a su mánager:

—Haz algo ya, porque Sinatra me ha amenazado de muerte. ¡Está complemente enloquecido!

Milton Ebbins movió todos sus contactos para que le dijeran dónde se encontraba el cantante. Supo que estaba en Nueva York. Le localizó en casa de su amigo Jimmy van Heusen.

—Ve y habla con él. Me está volviendo loco. Solo piensa en Ava.

Ebbins se presentó allí y habló con Frank cara a cara.

—Hola, Frank, vengo de parte de Peter.

—No sé a qué vienes. Ya le he dicho que es hombre muerto. Nadie puede salir con mi chica, ¿entiendes?

—No fue Peter, fui yo.

—¿Qué estás diciendo?

—Peter no deseaba ir, pero yo no conocía a Ava y tenía curiosidad por hacerlo. Solo tomamos una copa, nada más. Y no habrá más copas en el futuro, ¿entiendes?

—Me da igual, dile a ese hijo de puta que disfrute hoy, porque lo mismo mañana ya no está aquí.

—Frank, fui yo... Peter es tu amigo. Estás completamente equivocado. Escúchame. Sabemos que siempre será tu chica y no queremos inmiscuirnos. Por favor, atiende a razones.

—Escucha lo que te está diciendo. Haz el favor de entrar en razón. ¡Te vas a volver loco! —intervino su amigo Jimmy.

Frank, poco a poco, se fue calmando y comenzó a hablar con los dos como si la conversación anterior no hubiera existido.

—¿Tomamos una copa o has promulgado la ley seca en tu casa?

Así sellaron el incidente. Frank se moría de celos y cualquier persona que estuviera cerca de ella se convertía en su enemigo a abatir.

44

Luis Miguel se propuso localizar a Ava en cuanto regresó a España. Después de la información que le había proporcionado su amigo Jean Cocteau, supo que tenía vía libre para intentar con ella una relación más intensa que la que habían mantenido hasta entonces. Los Grant le dieron el nuevo teléfono y de paso le informaron de que vendría a España a pasar las Navidades.

Tumbado en la cama, esperó a que la telefonista le pusiera una conferencia con Estados Unidos. Veinte minutos después descolgaba Bappie.

—Buenos días, soy Miguel. ¿Podría hablar con Ava?

—¡Miguel! ¡Qué alegría! ¿Cómo has dado con nosotras? Llevamos aquí muy poco tiempo.

—Los Grant me acaban de dar el contacto. ¿Cómo se encuentra Ava?

—Ha habido muchos cambios. Seguro que te habrás enterado, pero casi que te lo cuente ella...

Esperó segundos al otro lado del teléfono.

—¡Miguel! No imaginas la ilusión que me hace tu llamada. —Se le iluminó la cara al hablar con él.

—¿Cómo estás? —su voz sonó más sugerente que nunca.

—Hecha una mierda, como te puedes imaginar. He roto públicamente con Frank. Me decidí a dar el paso... Bueno, la noticia es que me voy a Europa antes de terminar el año. Espero verte.

—Aguardaré tu llegada. Yo me voy diez días a torear a tres países americanos. Confío en regresar de una pieza.

—¿Estás ya recuperado de tu pierna?

—No, no, pero ya he toreado en Francia y me he visto bien frente al toro, aunque todavía no tengo decidida la fecha de mi regreso a los ruedos en España. Dependerá de ti...

—¿De mí? ¿A qué te refieres? —coqueteó.

—Sabes perfectamente a qué me refiero. ¿Vienes a quedarte?

—Tengo claro que deseo poner distancia con todo lo que me recuerde el pasado. Y sí, he pensado quedarme en España. De momento, rodaré una película en Roma nada más comenzar el año nuevo. Estoy muy ilusionada porque el personaje que voy a interpretar se parece mucho a mí.

—Me alegro por ti. Ya sabes que estoy dispuesto a seguirte adonde haga falta.

Ava se echó a reír, pero no le respondió. En estos momentos, no quería ningún compromiso con nadie. La herida de la separación seguía sin cerrarse. Le costaba hablar de él.

—Espero verte por mi cumpleaños en Madrid.

—No pienso faltar. Para finales de año ya estaré en España.

—¿Vas a torear toros, toros?

—¡Claro! No son capeas, son corridas en toda regla.

—Pues ten mucho cuidado...

—Lo tendré, no te preocupes. ¿Sabes? Cierro los párpados y apareces siempre tú, mirándome fijamente con tus ojos de gata. Desafiándome.

—¿Has conocido a muchas mujeres en estos meses?

—A muchas, pero eso no significa nada. A veces estoy rodeado de gente y me siento solo. Creo que tú mejor que nadie me puedes entender.

—A la perfección. Yo también me siento sola aunque me

veas rodeada de personas. Es una sensación muy extraña que únicamente podemos entender nosotros.

—Estoy dispuesto a compartir soledades contigo, pero no te dejas.

—Es pronto, Miguel. Es pronto...

—Esperaré lo que haga falta.

Terminó la conversación y Luis Miguel se quedó pensativo en la cama. Aquella atracción que sentía hacia Ava le convertía en un ser vulnerable. Nunca una mujer le había quitado tantas horas de sueño. Estaban hechos de la misma pasta; pensaba que pertenecían a mundos humildes de los que lograron escapar por una popularidad inesperada y difícil de digerir. Solo deseaban exprimir la vida como si nada fuera a existir más allá de la hora siguiente. Las emociones fuertes los motivaban para volver a verse. Nunca se habían engañado el uno al otro. Sentían una enorme atracción y dejaban libre su mente para comprender que nada los ataba. Su principal vínculo era la libertad.

—¡Tío, tío! Ve a la habitación de María, que se encuentra muy mal —su prima Mariví, completamente alterada, le arrancó de sus pensamientos.

—¿Qué ocurre?

Se puso unos pantalones y se fue hasta el cuarto de servicio. María estaba asustada, tumbada sobre la cama.

—María, ¿qué te pasa?

—Tengo unos dolores muy fuertes en la tripa. ¿Le estará pasando algo al crío? ¡Ay, ay, ay...!

Apareció doña Gracia, alertada también por su sobrina. Luis Miguel le estaba tocando la tripa a María, intentando averiguar de dónde le venían los dolores.

—Tienes la tripa dura como una piedra.

—Eso son contracciones —apuntó doña Gracia—. Déjame a mí, que estas cosan son de mujeres. Como eres primeriza, todavía te queda un rato largo, pero habría que ir llamando a la comadrona.

—Aquí tengo su número —dijo María, señalando a la mesita de noche—. ¡Ay! Vuelve otra vez. Es un pinchazo muy fuerte.

—Y cada vez serán más frecuentes y más fuertes. Ha llegado el momento de que nazca tu hijo.

—¿Y por qué estáis las dos tan seguras de que se trata de un niño? —preguntó Luis Miguel.

—Por la forma de la tripa y por la cara que has tenido durante el embarazo —señaló doña Gracia.

—Yo siempre he pensado que se trataba de un niño... ¡Huy! Otra vez...

—Eso no es nada científico. Puede ser una niña y se van al traste vuestras teorías —afirmó Luis Miguel.

—¡Ayyyyyyyyyyyyyyy!

—¡Llama corriendo a la comadrona, que lo mismo viene antes! ¡Dile que se dé prisa! —le ordenó doña Gracia.

—¿Qué ocurre? —se interesó el padre, entrando en la habitación—. ¿Estás de parto, María?

—¡Pues claro que sí! Quita esa cara de susto, que ya has visto hasta cinco veces parir. ¡Ni que el niño fuera tuyo!

Luis Miguel y su padre se quedaron blancos como la pared. María incluso dejó de quejarse y miró a los ojos a Domingo. Sintió como si acabaran de descubrirlos. El torero salió al quite.

—A mí también me impresiona mucho todo esto. Padre, ¡vámonos! Aquí los hombres estorbamos más que otra cosa.

Salieron los dos y se quedaron Mariví y doña Gracia con María.

—¡Ayyyyyyyyyyyy! —gritó María al sentir de nuevo los dolores.

—No te quejes tanto, que mi suegra paría sola a sus hijos y sin ayuda de nadie.

—¡Ayyyyyyyyy!

—Las mujeres antes éramos más fuertes y soportábamos mejor el dolor.

—¡Ayyyyyyyyyyy! Los dolores son terribles. ¿Y si lo que tengo es un cólico?

—No, los dolores de parto son así. Te lo puedo asegurar. Parece que te vas a volver del revés. Pero luego pasan, nace tu hijo y se olvidan. Son los únicos dolores que no tienen memoria.

—Yo no volveré a traer más hijos al mundo. Se lo aseguro, doña Gracia... ¡Ayyyyyy! Algo me pasa que he mojado la cama.

—Sois muy burras. Eso que te acaba de pasar es que has roto aguas. El niño quiere salir ya y está pidiendo pista.

—¡Pues creo que va a llegar de un momento a otro! ¡Ayyyyyyyyyy!

—Miguel, por Dios, ¿dónde está esa comadrona? —gritó—. Mariví, ve a por tu primo y dile que deje lo que esté haciendo y se la traiga por los pelos si hace falta.

Mariví buscó a su primo y le dio el recado. Luis Miguel se había vestido después de tomarse un coñac con su padre. Acudió lo más rápido que pudo a la habitación.

—He mandado a Cigarrillo a por el doctor Tamames. Digo yo que si no viene esa mujer, el doctor la podrá ayudar a sacar el crío...

—¡Ayyyyyyyyyyyyyyyyyyyyyyyyyyyyyyyyyy!

—Cada vez son más frecuentes y más intensos. Esto va a mucha velocidad. Todavía tendré que ser yo quien traiga al mundo a la criatura. ¡Quédate con ella! Voy a por paños y agua caliente por si acaso.

El torero aprovechó que se fue su madre de la habitación para tranquilizarla:

—Después de que nazca tu hijo, te irás al pueblo y no vas a volver hasta que puedas dejar al crío a cargo de alguien de tu familia. Aquí no debes estar con él. ¿Lo entiendes, verdad?

—¡Ayyyyyyyyyyyyyyyyyyyyyyyyyyyyyyyyyyy ¡Pobre niño sin padre y sin madre! ¡Ayyyyyyyyyy!

—Cuántos quisieran lo que va a tener tu hijo. No le va a faltar de nada y ya me encargaré yo de que reciba la educación que se merece.

María se echó a llorar. Se le juntaron los dolores con la sensación de vértigo ante lo que iba a ocurrir de forma inminente. Apareció doña Gracia con una palangana y paños limpios.

—Tenemos que estar preparados por si las moscas...

Sonó el timbre y la niña se fue corriendo a abrir la puerta. El doctor Tamames acababa de llegar.

—¡El doctor, el doctor! —gritó Mariví desde la entrada.

—¡Estamos salvados! El doctor Tamames ya está aquí —afirmó Luis Miguel.

El médico organizó con rapidez la llegada al mundo del hijo de María. Echó a todos de la estancia y se quedó con ella a solas. Una hora después se escuchó el llanto de un bebé.

—¡Ya ha nacido! —exclamó Domingo con lágrimas en los ojos.

—Pues sí que estás sensible, Domingo, los años no perdonan —se burló su mujer.

—Estoy deseando ver al crío. Espero que todo haya salido bien —dijo Luis Miguel.

—Estáis los dos preocupadísimos. Por favor, un niño que nace es una boca más para alimentar. Eso no es para añadir sensiblería al momento, sino para cortarla de raíz.

—Bueno, el embarazo ha sido muy duro para ella sin un brazo en el que apoyarse —afirmó Domingo.

—Ella se lo ha buscado. A saber en la cama de quién se ha metido. Lo mismo es un hombre casado y nos ha contado una milonga.

Luis Miguel le sirvió a su padre otro coñac, que este se bebió de golpe sin añadir ningún comentario más a lo que acababa de decir su mujer. El doctor salió con el niño envuelto en una toquilla.

—Aquí tenéis a este machote...

—¿O sea que es un niño? —preguntó el torero.

—Sin lugar a dudas, y muy bien dotado.

Domingo padre sonrió orgulloso.

—Pues tenían razón las mujeres sobre que iba a ser un niño —se sorprendió Luis Miguel.

—Sabe más el diablo por viejo que por diablo —comentó doña Gracia.

Fueron a la habitación siguiendo al médico, que llevaba al crío a su madre para que se lo pusiera al pecho inmediatamente. De pronto, sonó el timbre. Volvió Mariví a abrir la puerta. Llegaba la comadrona con una gran tranquilidad. Luis Miguel fue a su encuentro.

—¿No le dieron el recado de que la necesitábamos urgentemente?

—Sí, pero conozco a las primerizas, que tardan horas o días en dar a luz.

—Pues pase a la habitación, porque si no es un niño lo que sujeta en sus brazos, debe de ser un muñeco.

Al entrar en la habitación y ver a la madre dando de mamar al bebé, se quedó helada.

—Vaya, pues se ha adelantado. —Sin hacer más comentarios, revisó la placenta y miró cómo había cortado el médico el cordón umbilical—. Bueno, pues me voy, porque el médico ha hecho todo mi trabajo. ¡Quién me lo iba a decir! Ha corrido usted mucho. ¿Qué nombre le va a poner al niño?

—Manuel. Creo que se lo debo al doctor, por haberme ayudado a traerlo al mundo.

—Un nombre precioso —dijo doña Gracia, y todos asintieron.

—María, en cuanto pueda andar, se irá al pueblo y estará allí hasta que vuelva a trabajar. Mientras tanto, nos ha buscado a una joven del pueblo que llegará mañana mismo —informó Luis Miguel a sus padres.

—Menos mal, porque esta casa parece una pensión y yo sola no puedo con tanto ir y venir de gente.

María no tenía oídos ni ojos para nadie. Aquel niño por el que tantas lágrimas había derramado ya estaba en su regazo. Dejó de pensar en el padre y en todos los avatares que le habían traído al mundo.

Domingo y Pepe se acercaron hasta la casa. Su intención era ultimar el viaje a América y se encontraron con el nacimiento del pequeño. Cuando se quedaron solos los tres hermanos, hablaron entre ellos:

—El tío es clavado a nosotros —aseguró Domingo.

—¿Te quieres callar? Mamá tiene oído de tísica —afirmó Luis Miguel.

—Todos los niños al nacer son iguales. El problema será cuando crezca si es un calco de uno de nosotros —apostilló Pepe.

Se fueron a ver cómo mamaba el niño del pecho de su madre mientras se miraban entre ellos con complicidad.

—Mirad cómo coge el pezón... —Sonrieron—. Está claro que es de la familia —afirmó de nuevo Domingo.

—¡Shhh, Domingo, que esto no ha acabado todavía! —le recriminó Luis Miguel.

—Te han destronado, hermanito —siguió Domingo con sorna—. Ya no eres el varón más pequeño.

—Bueno, ¿qué tal si hablamos del viaje de mañana a Colombia? —Pepe cambió de tema aposta y, justo en ese momento, entró su madre.

—Sí, mejor... El avión sale a las diez de la mañana.

—¡Venga pesados, fuera de esta habitación! Que María le va a dar mala leche al niño con vosotros aquí. Vuestro padre está con Tamames en el salón. ¡Idos allí!

Lo hicieron y el doctor Tamames aprovechó para leer una de las poesías que acababa de escribir sobre Luis Miguel.

—Después de verte torear el otro día, te he escrito esto.

Espero que te guste:

> *Ese jugar con la muerte*
> *—rosa de cuernos al viento—,*
> *ese jugar impasible*
> *de los corazones tensos.*
> *No te arrimes, Luis Miguel,*
> *que me das miedo.*
> *¡Qué citar tan angustioso!*
> *¡Qué majestad en tus gestos!*
> *¡Qué dar ventajas al toro!*
> *¡Qué cortos son los terrenos*
> *para burlar las saetas*
> *de la muerte en los cuernos!*
> *No te arrimes, Luis Miguel,*
> *que me das miedo...*

—¡Precioso, doctor! —exclamó Domingo padre.

—Solo os he leído unos versos. Aquí lo tenéis entero. Me quedé muy impresionado al verte torear la otra tarde y me salieron del tirón.

—Muchas gracias, doctor. No le quiero entretener más, porque mañana por la mañana nos toca madrugar para coger el avión.

—Sí, y hoy quiero pasar el día con mis hijos para despedirme de ellos. Bueno, pues he contribuido a traer un niño más al mundo. No sabe el pobre lo que le espera. —Dio el último sorbo a su copa y se fue.

—Cuando volvamos, me voy a comprar el coche nuevo que ha salido. ¿Habéis visto el Seat 1400? El primer modelo de factura nacional —afirmó Pepe.

—Sí, lo he visto en el *Nodo* —contestó Domingo—. Lo han fabricado en Barcelona y tiene un cambio de cuatro velocidades. Es bonito, pero ¿tú sabes a quién favorece que compres ese coche?

—No, ni idea.

—Sé por dónde vas y te equivocas —intervino Luis Miguel.

—Favoreces a Franco, que lo que quiere es fomentar una industria estatal de cara a reforzar su régimen autárquico.

—Por favor, Domingo, déjate de pamplinas. Se trata de un paso más para lograr un país económicamente fuerte y libre, sin dependencias del exterior.

—Como te lo compres no te hablo. Este país será todo lo que tú quieras, pero libre, ¡no!

—¡Vámonos a la Alemana, porque no te aguanto! ¡Anda! —Salieron de casa, pero continuaron discutiendo durante todo el camino hasta que llegaron a la cervecería de la plaza de Santa Ana. A Pepe se le veía feliz y lleno de planes después de muchos meses de sufrimiento.

—Espero que dure la racha. Ya sabéis cómo es esto. Hoy lo tienes todo y mañana, nada...

Después de colgar el teléfono, Ava Gardner despotricó en voz alta:

—Me dice Peter Lawford que si no llega a ser por su mánager, Frank le hubiera dado una paliza o algo mucho más serio por tomarse una copa con nosotras. ¿Me oyes, Bappie? ¡Será cabrón! ¡Se ha vuelto loco!

—¡Cuanto más rápido te alejes de él, mucho mejor! ¿Cuándo nos vamos a España?

—En dos o tres semanas. Tengo prisa por salir de aquí. Todo lo que me cuentan de Frank me parece sórdido. Tendré que agilizar los trámites con la Metro. Ya sabes cómo les gusta ponerme difíciles las cosas. He pensado en enviarle un telegrama al viejo Schneck para decirle que estoy ansiosa por realizar la película.

—Coméntale lo mucho que has perdido por venir para el estreno de *Mogambo*.

—Sí, pienso hacerlo. De alguna manera se sentirá en deuda conmigo y me dejará partir de inmediato. Al menos, eso espero de estos jodidos explotadores.

—¿No te dará pena irte de Los Ángeles?

—No, después de veinte años, tengo muy pocos vínculos. Más bien ninguno. Vosotras sois lo único que me ata a la tierra. Donde estéis, yo me sentiré bien.

—Hollywood te ha dado popularidad y mucho dinero, aunque ellos hayan ganado más. Pero me extraña la ligereza con la que dices que te vas...

—Quiero dejar atrás cuanto antes este lugar tan artificial, tan perverso y, sobre todo, lleno de entrometidos que no tienen otra cosa que hacer que husmear en la vida de los demás. Europa significa para mí renacer, volver a empezar, ¿entiendes? Un futuro sin el lastre de mis tres maridos. Comenzaré a andar y me sentiré renovada.

—Me alegra oírte tan optimista —le dijo Bappie.

—Y a mí. Hacía tiempo que no veía esa luz en tus ojos —observó Reenie, incorporándose a la conversación—. No sé yo si habrá tenido algo que ver la llamada del torero...

Empezó a empaquetar en cajas todo lo que quería que llegara por barco a casa de los Grant. Se lo guardarían hasta que concluyese de rodar en Roma y, luego, buscaría una casa para vivir definitivamente en Europa.

Frank, que sabía las intenciones de Ava de escaparse a vivir a otro continente, estaba realmente desesperado. Se sentía impotente al ver que su todavía mujer se iba de Estados Unidos para siempre y no podía impedírselo. Estaba muy mal, no podía dormir y se pasaba las noches sentado en la cama sin cerrar los ojos.

En el apartamento de su amigo Jimmy van Heusen se organizaban noches maratonianas de bebida y juego, donde

Frank solo hablaba de su historia con Ava y de su fracaso matrimonial. No podía dejar de pensar en ella y tarareaba sin parar la canción que a ella tanto le gustaba de Billy Strayhorn: «Apareciste... para tentarme hasta la locura...». Una y otra vez, hasta que su garganta se resentía.

Una de esas noches se levantó furioso y rompió una foto de Ava en mil pedazos... Minutos después buscaba por el suelo todos esos pedacitos y, como si se tratara de un puzle, intentó reconstruirla. Aquel sinvivir constante era agotador para sus acompañantes.

—Me falta un trozo para completarla. Tiene que estar por algún lado. No os podéis ir sin ayudarme a encontrar el jodido pedacito.

—Frank, ya lo encontraremos mañana. Estoy muerto, me voy a dormir —le dijo Jimmy.

—¡Nooo! Por favor, me volveré loco si no aparece ese pedazo.

—Te recuerdo que fuiste tú quien destruyó la foto de Ava, no yo. Llevamos acostándonos con la luz del sol meses, y este ritmo solo lo puedes seguir tú. Los demás vamos a caer enfermos.

Sonó el timbre de la casa. Era el repartidor de leche para preguntarle a Jimmy si el siguiente mes seguiría con tanto consumo de leche como hasta ahora.

—Sí, sí. Vamos a seguir igual. Tengo aquí a un amigo...

—¿Quién es? —preguntó Frank desde dentro.

—El repartidor de leche.

—Dile que entre, por favor. A lo mejor él, como viene fresco, encuentra el pedazo que me falta.

El chico entró y se encontró con Frank Sinatra en el suelo buscando desesperadamente debajo de los muebles un trozo de papel.

—Amigo, si me encuentra el trozo que falta de esta foto —le señaló la reconstruida imagen de Ava—, le regalo mi reloj.

El muchacho dejó las botellas de leche que cargaba y se

agachó a buscar por cada rincón. Se tiró al suelo y fue moviendo muebles. Al final...

—Aquí lo tengo, señor Sinatra. —Se lo dio como el que encuentra una pepita de oro en mitad de un río.

Frank le abrazó. Miró el trocito de fotografía con veneración. Se quitó su reloj de oro y se lo dio al muchacho.

—Señor Sinatra, muchas gracias, será un honor llevarlo encima.

El repartidor se fue corriendo de allí ante la posibilidad de que el cantante cambiara de opinión. Jimmy le recriminó.

—¿Tú estás loco? Le acabas de dar a ese crío un reloj que cuesta miles de dólares por encontrarte un pedazo de fotografía. Yo te habría hecho miles de reproducciones de esa misma foto.

—Sí, pero no estaría dedicada por Ava. Ese es el verdadero valor de este retrato, ¿entiendes? No es la foto en sí, sino la dedicatoria.

Después de completar el puzle en el que había convertido la fotografía de la actriz, se echó en la cama, agotado física y psicológicamente. Cinco horas después ya estaba despierto con una idea que le rondaba por la cabeza.

—¡Jimmy, despierta! —le dijo a su amigo, que ya no podía más con sus horarios y con sus explosiones de euforia, así como con sus depresiones—. Necesito que me acompañes. Quiero regalarle a Ava un perro. Eso le ablandará el corazón. Estoy seguro.

Se vistieron y acudieron a la finca de un conocido que criaba corgis. Allí, se encaprichó de dos cachorros y pensó que tendría más efecto que le regalara dos en lugar de uno.

—Estos dos cachorros no saben estar separados. Resulta curioso. Si los apartas durante un rato, no paran de aullar de una manera muy lastimera.

—Lo mismo Ava te los tira a la cabeza y entonces tendrías no uno, sino dos problemas.

—Sé que le van a gustar. Creció en el campo, rodeada de animales, y le van a hacer regresar a su infancia. ¡Lo tengo clarísimo!

El criador se alegró mucho de que Sinatra hubiera ido allí a escoger a sus cachorros.

—Se trata de una de las razas de pastoreo más antiguas del mundo. Proceden de la familia de los teckel. Estos animales vienen de Gales y, de hecho, la familia real británica siempre ha tenido pembrokes, que son como los primos de los corgis.

—Son perros enanos, ¿verdad? —preguntó Jimmy.

—Bueno, la gente los llama así o perros de patio. Se adaptan muy bien a vivir en un apartamento o en una casa de campo. Tampoco el clima supone un problema para ellos. Son muy versátiles. El corgi galés es un perro estupendo.

—Por favor, ¿los puede enviar a una dirección con una nota?

—Sí, por supuesto.

Frank escribió en un papel algo parecido a una petición de una nueva oportunidad: «Nena, aquí te envío a Rags y Cara. Dos almas gemelas nuestras que no saben estar separados uno de otro. ¿Por qué no lo intentamos nosotros de nuevo? No quieres separarte de mí, como yo tampoco sé vivir sin ti. Dame una nueva oportunidad. ¿No escuchas mis aullidos? Sin ti estoy jodido... Frank».

—Le pido que los envíe en una cesta con comida para perros y con esta nota.

—Muy bien. Así lo haré.

—Muchas gracias. Daría todo por ver su cara cuando aparezcan ante ella estos dos cachorros. Fíjese en su expresión. No pierda detalle y después me lo cuenta.

—Muy bien.

Dos horas después, el hombre llamaba a la puerta de Ava. Abrió Reenie y, sin dejarle pasar, se fue corriendo a avisar a la actriz.

—Ava, mira lo que te han traído. Te vas a quedar de piedra. Dicen que solo te pueden hacer la entrega a ti.

—¿Qué me tienen que entregar? —preguntó Ava, saliendo a la puerta sin mucho convencimiento.

Cuando vio a los dos cachorros, se agachó y abrió los ojos con sorpresa.

—¿Qué nos traes? —le preguntó al criador.

—Son dos corgis. El señor Sinatra me ha dado esto para usted —le entregó la nota.

—¡Será cabrón! —Abrió la nota y, después de leerla, cogió a cada cachorro—. Tú debes de ser Rags... Y tú Cara. ¿De modo que no podéis vivir el uno sin el otro? Está bien... Muchas gracias. Me los quedo.

Ava firmó la entrega y cerró la puerta. Reenie y Bappie no podían creer lo que estaban viendo.

—¿Qué vamos a hacer con los perros? Nos marchamos en poco tiempo a Europa.

—¿Pues qué vamos a hacer? ¡Llevarlos con nosotras! Os presento a Rags y a Cara. Al parecer, no pueden vivir el uno sin el otro. ¡Qué listo es el jodido Frank! Sabe cómo abrir mi corazón.

45

En el último mes del año, el mal tiempo se había instalado en toda España con muchas precipitaciones en forma de nieve y rachas de viento. A pesar de esa mala climatología, Luis Miguel no tenía más remedio que continuar con su viaje tal y como estaba previsto. Sus compromisos en América tenían día y hora. Antes de que sonara el despertador, Domingo irrumpió en su habitación.

—¡Miguel, abre los ojos! En tres horas cogemos un avión para Colombia y quiero darte una noticia que he escuchado en la radio...

—¿Qué noticia? —masculló entre dientes.

—Ha muerto el cantante Jorge Negrete de una cirrosis hepática.

—¡No me jodas! Solo llevaba casado un año con María. —Se refería a María Félix, con la que él mismo había mantenido una relación dos años antes. Los había pillado la prensa en París a las puertas del hotel donde habían pernoctado.

—La prensa volverá otra vez sus ojos hacia ti. Debes estar preparado. Te preguntarán en cuanto lleguemos a América. Todo el mundo sabe que María y tú tuvisteis un romance.

—Solo somos buenos amigos.

—Ya, pero el brindis que le hiciste justo hace un año en la festividad de la Virgen de Guadalupe, en México, todavía se recuerda: «¡María, por nuestros recuerdos!».

—Fue un brindis, nada más.

—¿Un brindis nada más? ¿A qué recuerdos te referías? ¿Que te la beneficiaste? Por no hablar del ambiente hostil en el que Arruza puso mucho de su parte para que nos recibieran de uñas.

—Bueno, también por las secuelas del viejo pleito del convenio taurino entre España y México.

—De todas formas, tus declaraciones diciendo que «a tu lado Hernán Cortes era un caniche» ayudaron poco.

—Me gustaría mandarle un telegrama —seguía pensando en María—. Mi relación con ella fue más intensa de lo que la gente cree. Es una mujer con corazón de hombre, así se define ella. Ciertamente tiene mucha personalidad además de belleza.

—«María bonita», como le cantó su segundo marido, Agustín Lara...

—Tiene que estar destrozada. No tenía ni idea de que Negrete estuviera enfermo. Ha sido un desenlace rápido. Si uno se tiene que morir, mejor así que de una larga agonía. Yo no sé si estaría preparado para una enfermedad larga, preferiría quitarme de en medio.

—Ahí te doy la razón. Todo menos verte a rastras por la enfermedad... Pensamos eso quizá porque no somos nosotros los que la padecemos... Bueno, que tenemos un viaje. Venga, ¡arriba! No vayamos a perder el avión por Jorge Negrete.

—Haz el favor de mandar este telegrama mientras me arreglo.

Escribió una nota rápida: «María, siento mucho la pérdida. Stop. Aquí me tienes para lo que haga falta. Stop. Tu amigo, Luis Miguel Dominguím».

Una hora después, los tres hermanos, la cuadrilla, Chocolate y el doctor Tamames se encontraron en el aeropuerto de Barajas facturando las maletas. Vieron mucho movimiento de policía y muchas caras largas entre el personal que les atendía.

—Lagarto, lagarto... demasiada policía para que yo esté a gusto —afirmó Domingo.

—Ya tenía ganas de que volviéramos a viajar —dijo Pepe—. Estaré más cerca de María Rosa. Lo mismo algún día me escapo a verla.

—Me parece muy bien, hermano.

—Así me gusta. ¡Genio y figura! Este tío no pierde el tiempo —se adelantó Domingo.

—¿Volverás a torear en España la próxima temporada? —Pepe quiso desviar la conversación.

—Después de verme en Francia, no tengo problema para torear en América, pero no sé cuándo regresaré a los ruedos en España. Aunque me hayáis visto bien, no estoy al cien por cien.

—Bueno, tu nivel de exigencia siempre es superior al de los demás. Pero te aseguro que estás en plena forma —le dijo Domingo.

Una vez que tomaron asiento en el avión, Luis Miguel se parapetó detrás del periódico. No les extrañó el retraso en el vuelo, ya que suponían que el mal tiempo impedía el despegue. Un pasajero que estaba cerca de ellos les hizo una pregunta.

—¿Saben por qué motivo no salimos?

—El mal tiempo —aventuró Domingo.

—No solo es por eso. ¿No han visto a muchos grises en el aeropuerto? Están con más precauciones porque ayer por la tarde se estrelló un avión en la sierra Cebollera, en Somosierra.

—La radio no ha dicho nada —señaló Domingo, llevando la voz cantante.

—Pues han muerto veintitrés personas. Lo sé de buena tinta. Se trataba de un vuelo de la compañía española Aviaco que realizaba el trayecto entre Bilbao y Madrid. Diez pasajeros han conseguido salvar la vida. Tengo un hermano en Lozoyuela que ha participado en las tareas de rescate junto con la Guardia Civil. Ha sido terrorífico.

—Pues qué noticia más oportuna para que nosotros nos montemos en un avión. Lo mejor será que nos salgamos de aquí —dijo Pepe.

Luis Miguel bajó el periódico que tapaba su cara y le preguntó al pasajero, todavía no muy crédulo con lo que decía:

—¿Se sabe si iba alguien conocido en el avión?

—Era un Bristol 170. Sí, iba el jugador del Atlético de Bilbao Rafael Escudero y su esposa.

—Anda, es la hija del ganadero Felipe Pablo Romero —apuntó Chocolate.

—Vaya, ¡qué desgracia! —Luis Miguel no articuló frases más extensas. Se dio cuenta de que el otro decía la verdad.

—Y entre los supervivientes está el exalcalde de Bilbao José María Oriol y Urquijo —continuó dando información el hombre.

—Oye, si no podemos salir por el mal tiempo, será mejor que nos bajen del avión. ¡Azafata! —Una joven de la tripulación se acercó con una sonrisa forzada—. Mire, no nos torturen más. Si el tiempo lo impide, nos bajamos y esperamos otro momento más apropiado.

—Señor, vamos a despegar en diez minutos. Les aconsejo que se abrochen los cinturones de seguridad.

—¡Vaya día para viajar, joder! —fue la última frase que pronunció Luis Miguel.

—Señores, no hay problema. Los aviones están preparados para despegar y aterrizar en las peores condiciones.

—Bueno, eso lo dice usted, pero hay noticias que... —El pasajero que acababa de informarles sobre el accidente no quiso polemizar con ella y se calló.

—Hay tantas noticias de las que no nos enteramos... Lo malo ocurre siempre fuera, pero aquí nunca pasa nada —continuó Domingo—. ¡Viva la libertad de expresión! ¡Qué país!

Nos tenemos que enterar por un hermano de un vecino de Lozoyuela. ¡Es alucinante!

—¡Joder! ¿Quieres callarte de una vez? Hablemos de otra cosa —le recriminó Pepe desde el asiento de atrás.

Nada más despegar, se pusieron todos a fumar de forma compulsiva. Luis Miguel volvió a la lectura del periódico y, finalmente, cerró los ojos. Permaneció durante casi todo el viaje sin decir ni una palabra. Las noticias que acababan de contarle avivaron sus pesadillas. La que más se repetía en su mente había ocurrido hacía seis años: la tarde en la que Manolete perdió la vida. Aquel episodio volvía con mucha frecuencia a su memoria. Se le quedó grabado a fuego... En esta ocasión revivió todo como si de nuevo sucedieran los hechos:

Luis Miguel, con una toalla a la cintura, y Manolete, casi desnudo, coinciden en el baño del hotel Cervantes. Más allá de unas palabras de cortesía, una declaración sincera:

—*Te va a caer una buena, Miguel. Están esperando a que yo me vaya para machacarte. Lo sabes bien, ¿no?*

—*Claro que lo sé, Manuel. Claro que lo sé. Pero tú, en cuanto puedas, descansa. ¿Te vas al campo o a navegar por ahí?*

—*A mí me gusta mucho el mar y a Lupe, lo mismo. Lo que sí quiero decirte es que, en cuanto pueda, me caso. Para el otoño. ¿Te gustaría venir a mi boda?*

—*Tampoco tengas prisa, Manolo; no hay que tener prisa ni para escapar. Tú, tranquilo, que esta tarde estarás bien, seguro, y mañana mismo tomas una decisión. Pero no ahora, justo antes de salir a torear.*

—*La decisión está tomada, Miguel. En otoño me corto la coleta y me caso, pase lo que pase. Esto es insoportable.*

Cuando apareció José Flores, Camará, el apoderado de Manolete, con sus gafas oscuras aun en el interior del hotel, los dos toreros cambiaron de tema.

—¿Cómo está la corría, don José? —preguntó Manolete.

—Cómoda. He hablado con Antonio Bellón en los corrales. Por cierto, que ha ofrecido su sobrero, ese que lleva siempre a los toros. En él se han movido las fichas. Sé que a ti te han tocado dos cómodos de cabeza.

—Lo mismo me da, don José, lo mismo me da.

Tenía nítidas las imágenes en su cabeza. Parecía que estaba de nuevo en Linares y se olvidó de que iba en avión con destino a Colombia...

Ya vestido de verde y oro y Manolete de rosa y oro se volvían a encontrar en la plaza antes de hacer el paseíllo junto a Gitanillo de Triana. Manolete lucía el mismo rictus serio de siempre y las mismas palabras que ya le había dicho antes: «Prepárate, porque todo va a caer sobre ti. Te lo juro, quiero irme cuanto antes de esta mentira... Es como vivir en medio de un infierno».

Realizaron el paseíllo a las cinco en punto. Una tarde calurosa de finales de agosto. El público obligó a Manolete a saludar. Gitanillo de Triana abre plaza pero no logra ningún trofeo. El torero cordobés torea el segundo toro con oficio, pero sin lucimiento. El ambiente estaba caldeado, no iba a ser una tarde normal. Había mucha exigencia, mucha rivalidad. Luis Miguel consigue una oreja y es el primero en dar una vuelta al ruedo. El cuarto toro lo lidia Gitanillo sin que el público logre emocionarse. Sale el quinto toro, Islero. La cuadrilla en el callejón le pide que abrevie la faena nada más ver salir al toro por la puerta de toriles. Manolete no hace caso y se entrega a fondo con el astado. Cuando ven que se cuadra para entrar a matar, respiran aliviados. Se perfila dirigiendo la punta de su estoque hacia «el hoyo de las agujas». Hunde su espada en el toro y su propio cuerpo se inclina lentamente hacia el animal. Pare-

cía que el torero dejaba su ingle a merced del pitón izquierdo de Islero. «El toro no cogió a Manolete, fue Manolete quien se echó al toro», repitió Luis Miguel en voz alta una y otra vez.

—Miguel, Miguel, estás soñando en voz alta. Hablas de Manolete... Vas en un avión con destino a Colombia. ¡Despierta!

—¿Qué pasa? —preguntó Miguel, todavía aturdido.

—Hablabas dormido, y me da la sensación de que pensabas en Manolete y en la tarde de marras.

—Puede ser, puede ser... No me acuerdo. ¿Cuánto queda para llegar?

—Una hora, aproximadamente. Menudo sueño te has echado. Por lo menos has descansado.

—Sabes que en un avión uno no descansa del todo. Domingo, ¿te importa cambiar el asiento con Tamames? Tengo que hablar de unos asuntos.

—Por supuesto. —Se trasladó a donde viajaba el médico y le pidió que ocupara su plaza.

A los pocos minutos, el doctor estaba junto a Luis Miguel.

—¿Cómo te encuentras? ¿Va todo bien?

—Sí, claro que sí. Doctor, siempre he tenido una duda: si los médicos le hubieran cortado la pierna derecha a Manolete, ¿hoy viviría?

—Seguramente, sí. Pero ¿quién se hubiera atrevido a cortarle la pierna? De todas formas, es probable que una de las transfusiones que recibió no fuese compatible con él o no estuviese en condiciones. De esto ya sabes que se ha hablado mucho... Hoy no ocurriría. La medicina ha evolucionado en estos seis años y sabemos mucho más que aquel fatídico 1947.

—Doctor, si a mí me ocurre un percance similar, corte donde haga falta. Lo del plasma lo tenemos resuelto.

—Sí, yo no viajo sin tu sangre. ¡Los médicos aprendimos

mucho con la muerte de Manolete! ¡Quítate esa preocupación de la cabeza!

Ava recibió el visto bueno definitivo de la Metro para que se fuera a Europa. La actriz no paró esos primeros días de diciembre haciendo gestiones para que todo quedara listo para su viaje sin retorno. Dio la dirección de sus amigos Frank y Doreen en España para que quien quisiera ponerse en contacto con ella lo hiciera a través de ellos. Se pasó días y días guardando sus cosas en cajas de cartón. Todos creían que iba a pasar una larga temporada en otro continente, pero solo Frank, su familia y el responsable de la Metro sabían que esa salida era definitiva. Y precisamente eso desesperaba al todavía marido de la actriz. Sus amigos le acompañaban a cualquier hora del día o de la noche. Parecía que empezaba a encajar la noticia y que remontaba. Las timbas de alcohol y juego empezaron a distanciarse unas de otras. Incluso una noche se quedó solo en el apartamento de su amigo Jimmy. Fue entonces cuando comenzaron a aparecer todos sus «demonios», como solía decir.

Llevaba puesto un pijama blanco impoluto y no podía dejar de fumar un cigarrillo detrás de otro. La imagen de Ava ante sus ojos se hacía insoportable. El nudo que sentía en el estómago era similar al vacío que le había dejado la noticia de su separación. De pronto, sintió el peso del fracaso sobre sus hombros y la necesidad de huir de lo irremediable. Se cogió una botella de Jack Daniel's y se la bebió casi de un trago. Deseaba perder el conocimiento y dejar de pensar en todo lo que le torturaba: «No he sido capaz de retener a mi lado a lo único que me llenaba como hombre y como persona: Ava», se decía a sí mismo. Ella, siempre ella en la diana de sus pensamientos. Con la vista nublada por el alcohol, se fue hasta el baño. El dolor que sentía no se esfumó bebiendo hasta la extenuación. Abrió el armario y sacó la cuchilla de afeitar. No lo pensó. Se cortó las venas y se quedó de pie, aturdido, sin saber muy bien qué era lo que acababa de hacer.

—¡Frank! ¡Frank! ¿Dónde estás? Perdona que me haya retrasado un poco. ¿Estás en el baño? —gritó Van Heusen nada más entrar por la puerta.

El cantante no tenía fuerzas ni para decir: ¡aquí estoy! Se limitaba a asistir a su muerte de una manera callada, lenta, sin hacer nada para dar marcha atrás. Jimmy entró en el baño y se lo encontró con los brazos extendidos sobre el lavabo, apoyado en la pared y mirando cómo se desangraba aturdido y sin querer manchar de sangre su pijama.

—¡Joder! ¿Qué has hecho, Frank? ¿No te podemos dejar solo ni cinco minutos? Menuda acabas de montar...

—No quiero mancharte de sangre, perdona.

—Joder, me da igual que manches todo, lo que no entiendo es por qué te quieres hacer esta putada. —Con la toalla intentó detener la sangre de sus muñecas pero parecía imposible. Le llevó hasta la cama y le tumbó. Como pudo, llamó a una ambulancia, que llegó a los pocos minutos, y los enfermeros lograron parar la hemorragia. Fue trasladado hasta el hospital Mount Sinai. Pidieron la máxima discreción a todo el personal sanitario. No deseaban que este nuevo intento de suicidio llegara a la prensa y, menos aún, a los oídos de Ava.

Sin embargo, la noticia corrió como la pólvora entre los amigos. Se recriminaron unos a otros no haber estado con él esa noche. Nadie supo quién de ellos se fue de la lengua, pero el caso es que la nueva tentativa de suicidio llegó a los oídos de su primera mujer, Nancy, quien intentó ponerse en contacto con él sin éxito.

—Uno de vosotros me ha traicionado. Si no, ¿por qué me iba a llamar Nancy? Si se entera Ava de que vuelvo a hablar con ella, mi reconciliación será imposible.

—¿Crees que puedes volver con ella?

—Tengo esperanzas, porque ha tenido días para plantear la demanda de divorcio y no lo ha hecho.

Frank regresó al apartamento de su amigo y continuó con las grabaciones para su nuevo disco. A todos les sorprendía que, pesando poco más de cincuenta kilos, tuviera fuerzas suficientes para cantar y hacerlo con un chorro de voz más propio de un hombre corpulento.

Ava no se enteró y continuó con las despedidas familiares. Reunió a todos sus hermanos en el restaurante Frascati's, que tanto le gustaba. Y allí disfrutó mucho de ver a la familia junta. Las mayores, Beatrice Elizabeth (Bappie), Elsie Mae y Edith Inez, fueron las primeras en llegar. Así como el único chico de la familia: Jack —en realidad, era el segundo hijo varón; el primero, Raymond, había muerto cuando solo era un niño—, que fue el más abrazado por todas sus hermanas. Y, finalmente, llegó la que iba justo antes que ella: Myra. Junto a ellos, regresó su acento, ese que la Metro había intentado eliminar, y adaptó su personalidad a lo que había sido siempre: la pequeña de la familia. Fue una comida muy divertida en la que Ava se despidió de todos.

—Chicos, será más fácil que me vengáis a ver a Europa a que yo regrese a Estados Unidos. Deseo dejar mi existencia pasada aquí en esta tierra y comenzar una nueva allí, lejos de todo. Os juro que os llevaría conmigo, pero tenéis aquí vuestras vidas. ¡Jodidos Gardner, espero que os echéis de menos! —Comenzó a llorar y todos se levantaron a besarla.

—Bueno, a ver si me dejáis hablar, puesto que soy el único hombre de la familia. —Todas gritaron a Jack para callarle la boca—. Os jodéis porque pienso seguir haciéndolo. Ava, nos sentimos muy orgullosos de todos tus éxitos. —Las hermanas guardaron silencio—. Comprendemos tu marcha y, allí donde vayas, estará la familia contigo. —Ella no pudo reprimir sus lágrimas—. Como dirían nuestros padres, deja el apellido Gardner todo lo arriba que puedas. Papá y mamá estarían felices de ver el éxito que tienes. Te echaremos de menos, Liz.

—Hacía mucho tiempo que nadie la llamaba así.

—He tardado en tomar esta decisión por vosotros. Pero necesito sentir que empiezo de nuevo. Demasiado lastre con tres maridos a mi espalda. —Todos la comprendieron.

—¿Quién nos iba a decir que la calvita de la familia se iba a transformar en una mujer tan guapa? —continuó Jack, que en realidad se llamaba Jonas como su padre.

—¿Quieres callar ya? —le dijo Bappie sonriente.

—No me saquéis lo de que no tenía pelo, por favor.

—Calva como una bola de billar —insistió Myra. De pequeña se había metido mucho con ella por celos, ya que fue quien la había destronado del puesto de pequeña de la familia—. Bueno, luego te salió pelusilla rubia y Molly se esforzó mucho en hacerte rizos.

—A los ocho meses ya andabas y pedías salir de la cuna. Tenías prisa por ver mundo —le dijo Edith.

—Tuvimos una infancia a lo Tom Sawyer, fuimos muy afortunados con nuestros paseos descalzos por el campo, con los veranos calurosos y los baños en el estanque del bosque con nuestros amigos... Recuerdo a Shine. ¿Y vosotros?

—¡Claro, como para olvidarlo! Fue tu primer amigo y también el primer disgusto de mamá. Cuando te vio con el jornalero, por poco le da un patatús —afirmó Elsie Mae—. Además, en aquella época eras un auténtico chicazo. Te subías a los árboles, jugabas a las canicas, no tenías miedo a hacer cosas que a las chicas nos tenían prohibidas.

—Bueno, intentaba parecerme a Jack. Sabéis que era mi héroe y trataba de emularle en todo. Y eso que atravesaste una época, digamos, difícil... —afirmó Ava.

—Y tan difícil, incendió el granero. —Todos se rieron—. Vendía whisky de forma ilegal hasta que le pilló papá —siguió Bappie.

—Bueno, dejadme en paz y hablad bajo, porque ahora que

me dedico a la política solo falta que me saquen estas cosas del pasado. ¡Sois tremendas! No sé qué pinto aquí rodeado de tanta mujer.

—No te quejes, pero sí, hablemos de otra cosa, ¡maldita sea! ¿Cómo es posible que no haya seguido con mi afición al baile? En la próxima película se van a enterar de la bailarina que llevo dentro.

—Si sonaba una música, allí estabas marcándote un baile. ¿Os acordáis del piano que había en la pensión?

—Me acuerdo del piano y de Myra, a la que odié durante meses por haber sido elegida para unas clases gratuitas de piano. ¿Lo sabías?

—Desconocía que me odiases. —Se echaron a reír de nuevo.

—Tú no te acuerdas, porque eras muy pequeña, pero a ti lo que te atrajo desde niña fue el cine. Sobre todo, las películas románticas —apuntó Bappie.

—Sí, ya apuntaba maneras. Tiene razón Bappie. A mamá y a ti os llevaba la maestra hasta Smithfield para ir al nuevo cine.

—Anda que no he visto a Greta Garbo, Joan Crawford y mi querido Clark Gable, al que adoraba y adoro.

—Tendrías que presentárnoslo —rogó Myra—. Tienes mucha suerte de hacer esas escenas tan tórridas con él.

—Por Dios, ¡cállate! Esas escenas son todo lo que quieras menos calientes. Te besas con cincuenta personas observándote y repitiendo una y otra vez... Créeme que uno no piensa en eso, sino en salir de allí corriendo y acabar cuanto antes.

—Bueno, brindemos por Ava —Jack volvió a tomar la palabra—. La que más se parece a papá: alta, delgada, ojos verdes y hasta su hoyuelo de la barbilla. Gardner cien por cien. —Levantó su copa de vino y brindaron.

—Nunca os estaré suficientemente agradecida. Todos me habéis ayudado siempre. Incluso me llevasteis de recién casados a vuestras casas para liberarme de los malos ratos de la escuela de Newport News. Trasladarnos allí fue para mí una tortura. Esas son mis pesadillas de adolescente. La casa estaba pegada al puerto y rodeada de estibadores lujuriosos que me miraban mientras trabajaban; parecía que me querían comer. Por eso, te quiero dar las gracias, Elsie Mae, por llevarme con tu familia a Brogden. Y a ti, Inez, también gracias por hacerme ir a Raleigh para olvidarme de aquello... Todos asistimos al deterioro físico de papá. Ni él ni yo encajamos en Virginia. Gracias a todas, pero me tengo que acordar de Jack en especial, que me pagó los estudios de mecanografía y taquigrafía, aunque luego no me han servido para nada. —Todos volvieron a reír—. Pero hubiera sido una buena secretaria.

—A la que más tienes que agradecer que te ayudara a cambiar tu vida es a Bappie. Si no fuera por ella y por la foto de Larry, todavía seguirías en Carolina.

—Sí, ya se lo he dicho muchas veces a ella. Ha sido más que una hermana. Ha ejercido casi de madre conmigo. Lo que nunca sabré es si yo habría sido más feliz siendo una secretaria o la mujer de un granjero y rodeada de hijos. Desde luego, mi vida no es tan bonita como parece desde fuera. A veces me siento en una cárcel y añoro todo lo que vosotros tenéis, vuestra rutina, vuestras dificultades, vuestros hijos... Yo no tengo nada más que un trabajo en el cine.

—Y muchos admiradores —dijo Edith.

—Y mucho dinero —añadió Myra.

—Y mucha soledad rodeada de gente. Ese sigue siendo mi problema. Tengo que agradecer a Bappie que se venga conmigo a Europa. Eso me hace menos infeliz. —De nuevo se echó a llorar.

Pidieron una botella de champán y los Gardner brindaron por la hermana pequeña, que se iba definitivamente a vivir a Europa.

—Así tenemos una excusa para ir y conocer otro continente —dijo Jack—. ¿Dónde te quedarás? ¿En Londres, en París, en Roma...?

—Estos primeros meses voy a trabajar a Roma, pero mi intención es instalarme en España. Conecto totalmente con los españoles y sus ganas de vivir. Además, allí tengo buenos amigos.

—Seguro que has conocido a alguien que te hace tilín —aventuró Edith.

—De eso también hay en España —añadió Bappie, sin dar más información.

—Por favor, no nos dejes así, ¡cuéntanos!

—Se trata de un torero...

—¿Con el que saliste en la película *Pandora y el holandés errante*? —preguntó Jack.

—No, por favor. Es otro tipo de persona. Se llama Luis Miguel Dominguín, una figura en lo suyo. Cuando estoy junto a él, me olvido de mis problemas.

—Un tipazo de hombre, muy detallista y divertido. Nada que ver con Frank —añadió Bappie.

—¡Estamos deseando conocerle!

—Bueno, de momento, solo hay una amistad. Nada más. A partir de ahora iré con pies de plomo. No me quiero enamorar. Cuando los hombres se enteran de que estás colada por ellos, comienzan a hacerte sufrir.

—Vaya teoría más rara sobre los hombres —comentó su hermano.

—¡Es la realidad! —Todas las hermanas le dieron la razón a Ava.

—¡Brindemos por los hombres que nos saben hacer felices! —Bappie alzó su copa y acabaron todos chocando las suyas.

—Nunca os olvidaré. Os llevo a todos en el corazón.

Comenzaron las despedidas entre lágrimas. Sabían que sería muy difícil volver a verla en un corto espacio de tiempo. Eran conscientes de que su hermana, cuando tomaba un camino, ya no daba marcha atrás. Ava sentía mucha pena por dejar a su familia, pero, al mismo tiempo, sus ojos estaban repletos de ilusiones. Volvía a renacer de sus cenizas. Empezaba para ella una nueva vida.

46

Luis Miguel no se esperaba un recibimiento como el que tuvieron nada más poner pie en tierras colombianas. Parecía que llegaba un presidente de gobierno en un viaje oficial. Una banda de música esperaba en la pista y, cuando el torero bajó la escalerilla del avión, fue saludado con honores mientras decenas de seguidores le vitoreaban.

Un calor húmedo y pegajoso empapó en sudor a todos los que acababan de descender del aparato. Viejos rostros conocidos del mundo del toro y aficionados se dieron cita allí para darles la bienvenida: Manuel Piquero, el odontólogo amigo de la familia; Antonio Reyes, que dejó de hacer de Charlot por las plazas de toros para pasar a ser organizador de pequeños espectáculos, y el Loco Zamorano. Las fotos, como siempre que llegaban hasta estas tierras americanas, corrían a cargo de Manuel, el presidente de la peña taurina más importante de Bogotá. Y, por supuesto, no podía faltar Luis Ospina, el Bizco, que siempre se ponía a las órdenes de Chocolate en estos viajes de temporada taurina.

Dos coches les trasladaron hasta el lujoso hotel Granada, pero antes les hicieron un recorrido por el centro de la ciudad y, de ahí, fueron a visitar el sector de San Diego, donde pudieron ver por fuera la plaza de toros de Santamaría, la primera de cemento armado de la ciudad, donde Luis Miguel torearía dos días después. Prácticamente las catorce mil quinientas entradas de aforo estaban vendidas.

—Aquí eres Dios, Luis Miguel —le dijo su hermano Domingo.

—Los tres nos hemos jugado la vida aquí muchas tardes y este público no olvida al que lo da todo.

—¿No recordáis la primera vez que vinimos? —preguntó Pepe.

—¡Como para olvidarlo! El día anterior a torear, no pudimos dormir por una pareja de recién casados que no paraban de mover los muelles de la cama... Bueno, ya sabéis. Me fui desesperado de la habitación porque era imposible pegar ojo —le contestó Domingo.

—A pesar de no dormir, tú desorejaste al primer novillo y Miguel armó una escandalera aunque solo era un adolescente —comentó Pepe.

—Y tú estuviste soberbio, Pepe —añadió Luis Miguel—. Al final, todos los novillos fueron al desolladero sin orejas. Yo creo que, desde entonces, nos quieren en esta ciudad. El problema que veo de cara a pasado mañana es que no tengo demasiado tiempo de adaptación. ¿No os acordáis de que las piernas nos pesaban como el plomo?

—Yo recuerdo más los ahogos, las náuseas, los mareos, las vomitonas y el aire que parecía no llegar a los pulmones... Deberías ir hoy y mañana a dar unos capotazos a la plaza para acostumbrarte, porque, si no, tendrás muchas dificultades para torear. De todas formas, el peor día es el segundo, o sea, mañana.

—Espero adaptarme sin problema alguno.

—Cuando lleguemos al hotel, me han dicho que habrá periodistas de diferentes medios para hacerte alguna pregunta.

—Está bien... Oye, ¿qué sabéis de Armillita? Me estoy acordando de él. La última vez estuvimos aquí juntos, toreando. Los dos tuvimos mala suerte la pasada temporada, yo con la pierna en Venezuela y él con una cogida terrible al poner el par de banderillas en México.

—Pues sigue mal. Yo creo que no volverá a los ruedos —afirmó Pepe.

—Tenemos que llamarle cuando volvamos a España. Un gran tipo... —añadió Luis Miguel—. El año pasado terminamos los dos de la peor manera posible: postrados en la cama.

—Según se mire, porque os pudo costar la vida y aquí estáis —le dijo Domingo.

Los coches acabaron el pequeño tour por la ciudad y varios periodistas taurinos ya le estaban aguardando en la puerta del hotel.

—Luis Miguel, bienvenido a Bogotá. ¿Qué significa para usted volver a Colombia?

—Significa mucho. Aquí mi familia siempre ha sido muy bien recibida.

—¿No se doctoró usted en Bogotá?

—Sí, el 23 de noviembre de 1941. Me acuerdo hasta de los toros; eran de la ganadería de don Víctor Montoro y fue mi padrino Domingo Ortega. Yo no había cumplido los quince años. Ahora mismo lo estaba recordando con mis hermanos.

—¿Desde entonces fue matador?

—Solo en América, porque, al regresar con esa edad a España, volví a torear de novillero. La alternativa que tomé en Colombia no sirvió en mi país.

—¿Eran toros, toros, los que lidió con tan pocos años?

—Pasaban en todas las corridas de veintidós arrobas. Sí, eran toros, toros.

—¿Viene completamente restablecido de su cogida de Venezuela?

—Lo sabré dentro de dos días, pero pasará tiempo hasta que mi pierna no me recuerde cada día que estuve a punto de quedarme cojo.

—¿No le ha acompañado su padre en este viaje?

—Solo mis hermanos. En esta ocasión mi padre se ha quedado en España al frente de los negocios, Se puede imaginar que nada le hubiera gustado más que venir con nosotros.

—¿Nunca volverán los tres hermanos a vestirse de luces?

—Nunca no se puede decir. Los tres llevamos la misma afición en la sangre.

—¿A qué hora empieza usted a pensar en los toros?

—Desde que me levanto. Mi padre, mis hermanos y yo no hablamos de otra cosa. De niño recuerdo que me despertaba por la mañana y corría a meterme en la cama de mi padre para hacerle mil preguntas sobre toros. Después, ya de mayor, cuando me ha acompañado, le he buscado en el burladero para comentarle lo que pensaba de cada morlaco. Si tenía un defecto, una querencia, un resabio; él, igual que yo, sabía verlo antes de que diese la cara; coincidimos en qué lidia había que hacerle... Lo mucho o lo poco que sé de toros lo he aprendido de él. Para nosotros siempre ha sido un gran maestro.

—Se habla mucho sobre sus relaciones con mujeres muy famosas, ¿alguna de ellas le tiene arrebatado el corazón?

—Siempre hay una mujer en mi corazón, pero de esos temas ya saben que yo no hablo.

—¿Se ha puesto en contacto con María Félix para darle el pésame?

—¡Por supuesto! Le he mandado un telegrama. Perdonen, pero no voy a contestar a más preguntas. Muchas gracias.

—¿Nos podría dar una foto suya firmada?

—¡Por supuesto!

Chocolate siempre llevaba cientos de fotografías para que el maestro las dedicara a sus seguidores. A su vez, se dejó fotografiar con todo aquel que quiso, saludó a los aficionados que le esperaban en el hotel y, finalmente, se encerró en su habitación. Los días siguientes a su llegada solo salió de allí para ir a la plaza y entrenar a solas. El calor asfixiaba su garganta y el aire parecía que no entraba en los pulmones. El resto de las horas las pasó en posición horizontal, sin moverse de la cama. Así, semidesnudo, recibió a todas sus amistades.

El día de la corrida, hora y media antes del festejo, Miguel Laguna, Miguelillo, se acercó a la cama y le dijo: «Maestro, ya es hora de vestirse». El traje de luces yacía en una silla con las prendas colocadas por el mozo de espadas, en el orden en que se las iba a poner. Todos sabían que, cuando comenzara el ritual, ya no habría vuelta a atrás. La suerte estaba echada. Primero se ajustó la calzona protectora y las medias rosas de seda que le llegaban hasta el muslo. Debían estar perfectamente estiradas y sujetadas con dos ligas a la altura de la rodilla. Después, la taleguilla, el calzón de seda que tenía que quedar bien ceñido al cuerpo. Eligió un traje cuya seda era de color purísima —azul claro—, uno de los colores preferidos de Manolete. El traje que estrenaba esa tarde iba adornado, como todo traje de luces, con bordados, alamares y lentejuelas de oro en los laterales. El mozo de espadas tiraba con fuerza de la taleguilla para que se le ajustara al cuerpo de tal forma que pareciera su segunda piel. No había que dejar al toro que encontrara en su lidia un solo resquicio por donde enganchar al torero. Miguelillo continuó calzándole las zapatillas de cuero negro y le abrochó los machos. Le dio la camisa blanca de batista y el corbatín negro. A continuación, unos tirantes recorrieron de un extremo a otro su cuerpo, consiguiendo tensar el calzón de seda todavía más. El mozo de espadas le acercó el chaleco del mismo color purísima y se lo abotonó el propio torero. Y, finalmente, le ayudó a ponerse la rígida y pesada chaquetilla con las sisas abiertas para permitir el movimiento de los brazos.

Miguelillo se aseguró de que la castañeta no se le moviera del pelo en toda la tarde. El diestro cogió la montera con la mano derecha y se paró delante de las estampas colocadas sobre la mesita de noche. Pensó en no defraudar a su padre, pero no rezó. El mozo de espadas le alcanzó el capote de paseo, que dobló sobre su antebrazo izquierdo. Ya estaba listo para ir a la plaza. Antes de salir de la habitación, les dijo a todos la frase que llevaba pronunciando desde que se vistió de luces por primera vez: «¡Que Dios nos reparta suerte!». Fuera ya del hotel, y antes de meterse en el coche, saludó a los aficionados que se habían acercado a estrechar su mano.

Dentro del vehículo, el silencio fue el mejor aliado del torero. Mientras el coche zigzagueaba por la ciudad, su mente se fue lejos de allí y voló al lado de la mujer de ojos verdes que no podía apartar de su pensamiento. Casi podía sentir sus labios y ese olor a perfume sofisticado que tanto le embriagaba. Contaba los días, los minutos y los segundos para volver a encontrarse con ella. Al llegar a la plaza, regresó de golpe a la realidad. Como cuando explota una pompa de jabón, se vio vestido de luces. Nuevamente, aficionados y curiosos se acercaron para tocarle en la espalda y dedicarle palabras de ánimo: «¡Buena tarde, maestro! ¡Deseando verle triunfar aquí!». A todos saludó con la mirada y esbozó algo parecido a una sonrisa. El diestro se envolvía siempre de un halo de seriedad, que ya conocían todos en la plaza y fuera de ella.

Luis Miguel hizo el paseíllo y se olvidó de su pierna. A las cinco y diez minutos de la tarde, salió a la arena con el capote, dispuesto a que se hablara de él. Se hincó de rodillas y mandó abrir el chiquero. El silencio se podía cortar en la plaza. Recibió a su enemigo a portagayola realizando una soberbia e impecable larga cambiada, que hizo estallar al público en un grito agudo y ensordecedor. Inmediatamente después, efectuó unas verónicas impecables con el capote, seguidas de bravos y olés del público. Era evidente que se sentía a gusto coqueteando con la muerte. Alguien gritó desde las gradas: «¡No te arrimes tanto!». Pero no hizo caso, despreciaba al miedo. Tenía majestad en sus gestos y una gran seguridad en sus movimientos. Cuando llegó el momento de las banderillas, pidió los palos a su primo, Domingo Peinado, y, partiéndolos en las

rodillas, clavó tres pares de las cortas al cambio. Eso enloque-
ció al público. Cuando fue a la barrera a por el estoque, Chocolate se acercó para advertirle:

—¡Cuidado, Miguel!

—Chocolate, ahora vas a ver torear con la mano izquierda
—replicó él, pleno de confianza.

Con la muleta en la zurda, se fue al toro y logró una de las
faenas más clásicas, precisas y toreras que se habían visto en
esa plaza. Daba pases naturales rematados con el de pecho.

—Coño, ¿cómo lo hace el cabrón? —le comentó Domingo a su hermano Pepe.

—Está *sembrao* —apuntó Chocolate.

Terminó dando con la muleta unos lances prietos, templa-
dos y ceñidos, rematados con una media verónica. Supo matar
de una estocada certera. En las gradas estalló un mar de pañuelos blancos. La presidencia le concedió dos orejas. El segundo toro, después de pedir permiso al presidente, se lo
brindó al público. Lanzó la montera a los medios y cayó hacia
arriba. No hizo caso de supersticiones y pensó que aquella
sería una gran tarde. Adelantó la muleta parsimonioso y alzó
su voz: «¡Eh, toro!». El viento tímidamente comenzó a hacer
acto de presencia y, en un determinado momento, levantó
peligrosamente la muleta, mostrando el cuerpo del torero al
enemigo. Quinientos kilos le pasaron rozando y le dejaron un
rastro de sangre en el delantero del traje de luces. A punto
estuvo de cogerle. El público gritó y salieron los subalternos
ante lo que parecía una cogida segura, pero Luis Miguel no se
inmutó ni cambió su posición. Siguió como si nada, citando
con su muleta y con su voz: «¡Eh, toro!». Entre los hermanos
y Chocolate se cruzaron las miradas.

—¿Se ha vuelto loco? —preguntó Domingo al aire sin esperar respuesta.

—Este Miguel parece que tiene un desprecio absoluto por
la vida —apuntó Pepe.

Luis Miguel continuó lidiando como si no hubiera ocurrido nada. El doctor Tamames se relajó al comprobar que no tenía que intervenir. Las respiraciones entre el público parecían entrecortadas. El torero, después de varios naturales, cuadró a su enemigo, montó la espada y se fue tras ella en un limpio y auténtico volapié que hizo caer al toro de manera fulminante.

Le dieron las dos orejas y el rabo. El público se volvió loco y se echó en masa a la arena para sacarle a hombros. Cuando Luis Miguel llegó al hotel, estaba ebrio de adrenalina. Deseaba celebrar el éxito por todo lo alto cenando fuera con su cuadrilla, hermanos, Chocolate y Tamames. Se unieron sus amigos colombianos y unas jóvenes que deseaban conocer al torero y a las que Domingo invitó.

—Pensé que te darían las patas también, como en tu primer triunfo aquí. ¿Lo recuerdas? No supieron cómo agradecerte tu entrega.

—Nadie tiene que agradecerme nada. Yo toreo igual en pueblos que en ciudades. Para mí, el público, sea el que sea, se merece mi máximo nivel.

—Por eso, aquí eres el rey... Brindemos por ello. —Levantaron las copas y las chocaron. Cualquier excusa les daba motivo para hacerlo una y otra vez.

La noche fue larga y la cena se prolongó hasta la madrugada. Corrió la bebida y les acompañó la música. Unos bailarines comenzaron a danzar al ritmo de las cumbias, los joropos y los mapales. Ellas iban vestidas con trajes rosas o de flores rematados con volantes blancos. Ellos, de blanco con un pañuelo rojo a la cintura y sombrero de paja. Sacaron a la mayoría de los comensales a bailar ritmos colombianos, que no les resultaban difíciles de seguir. Chocolate y Tamames se fueron a dormir. El resto continuó la noche bajo una nube de tabaco mientras jugaban a las cartas y masticaban hojas de coca que les dieron los paisanos para no desfallecer. La bebida no dejó de correr durante la madrugada y, finalmente, hubo sexo con aquellas jóvenes que se habían unido al grupo a última hora. Al día siguiente, Luis Miguel amaneció con una de ellas en su cama. El torero tuvo dificultades para reconocer quién era aquella mujer con la que despertaba entre las sábanas. En algún momento llegó a pensar, por su color de pelo, que se trataba de Ava, pero, en cuanto escuchó su acento, supo que la noche había sido muy larga.

Luis Miguel resultaba encantador e irresistible al sexo femenino, con su porte alto, casi sin caderas, moreno, con el cuello largo y rostro grave. Aunque lo intentó, no pudo ahogar la ausencia de la actriz con otra mujer. La echaba de menos y aquella joven, de la que no recordaba ni su nombre, no le quitó el deseo de ver a la actriz cuanto antes. Todavía le quedaban dos citas taurinas antes de su reencuentro: una en Medellín y otra en Caracas. En esta última coincidiría con su cuñado Antonio Ordóñez, después de la boda con su hermana.

Ava quedó con su primer marido, Mickey Rooney. Quería despedirse de él y comunicarle su intención de irse a vivir a Europa. La cita fue en uno de sus rincones favoritos de Hollywood. Ava había conseguido librarse de todo el rencor que le había provocado la separación tras su fugaz matrimonio.

—¿Cómo estás, Joe? —Su verdadero nombre era Joe Yule Jr.

—No tan estupendo como tú. Me alegro mucho de verte.

—¿Con cuántas mujeres te has casado desde que rompimos? —bromeó.

—¡Oh, no me digas esas cosas! No debimos separarnos nunca, Ava... Ni tú has encontrado a tu media naranja, ni yo tampoco. Los dos vamos dando tumbos.

—No he venido para hablar de nosotros. Simplemente quería despedirme de ti. Me voy a vivir a Europa.

—¿Cómo? ¿Te has vuelto loca?

—No, me siento más de allí que de aquí. Quiero romper con todo, pero me apetecía decírtelo en persona y no que lo leyeras en los periódicos.

Mickey pidió un whisky doble para seguir escuchando a su exmujer. Aunque Ava le hablaba de su futuro, el actor seguía obsesionado con el pasado.

—Ya sabes que soy un chico de barracas de feria, un hijo de artistas que desde pequeño cantaba, tocaba el tambor y contaba chistes...

—No sigas. Un niño mimado que nunca supo asimilar el éxito, pero con un enorme talento interpretativo. La vida siempre ha sido muy fácil para ti.

—No digas eso. Acuérdate de que conseguir la primera cita contigo me costó tiempo y tiempo. No todo ha sido fácil en mi vida —se echó a reír—. Tus rechazos fueron un duro golpe para mi ego. Al final, accediste, pero con tu hermana como guardiana. Fuiste dura de roer.

—¿Cuántas veces me pediste que me casara contigo? —Ava rio también—. Reconoce que estabas loco por mí.

—Lo reconozco... Eso lo sabe todo el mundo. Además, eras la más estrecha de las actrices que he conocido. No me dejabas acercarme si no era con la intención de casarme contigo.

—Bueno, ya sabes que tenía muy reciente la influencia de mi madre. A toda la familia le caías bien e hicieron su labor por detrás para que mi respuesta, siempre negativa, se convirtiera en un sí.

—El mismo día que los japoneses atacaron Pearl Harbor y Estados Unidos entró en guerra, te pedí que te casaras y..., por fin, me dijiste que sí.

—Ahí empezaron mis males con la Metro. Dios mío, me hicieron la vida imposible. Querían que fueras el eterno niño y me veían como la depravada que te había cazado y te convertía en adulto. Solo les preocupaba el posible perjuicio en taquilla de tus películas de eterno adolescente.

—En el mundo del cine pocos se han atrevido a lo que hicimos nosotros: oponerse a los deseos del viejo Louis B. Mayer y haber sobrevivido a sus amenazas de aniquilarnos profesionalmente. Brindemos por ello.

Pidieron otro whisky doble. Ava estaba bellísima con un vestido de terciopelo negro y Mickey con traje y camisa sin corbata. Ella le miraba con admiración, a pesar del precipitado final de su vida en común.

—Tengo que reconocer, Joe, que fuiste el primero y mi maestro en la cama. Bueno, no en la primera noche sino a partir de la segunda, porque la primera te quedaste dormido como un ceporro. Me gustó eso tan prohibido del sexo... Algo nuevo para mí.

—Menuda sinfonía de sexo... Creo que, a pesar de todos los temores que te había metido tu madre en la cabeza, disfrutaste muchísimo. Y después ya no hubo quien te parara.

—Es cierto que aprendí rápido. Te aseguro que ningún hombre me ha vuelto a dominar en la cama. Me lo enseñaste todo, cabrón. Nunca perdonaré a la Metro que no dejara venir a mi familia desde Carolina a nuestra boda. Solo estuvo Bappie. ¡A mi madre le hubiera hecho muchísima ilusión! Se metieron hasta en qué traje debía llevar y me dejaron sin el vestido blanco con el que tantas veces había soñado... ¡Oh, los odio!

—Estamos hechos el uno para el otro. Siempre nos hemos compenetrado muy bien. Sobre todo en la cama. Deberíamos intentarlo de nuevo.

—Joe, no vayas por ese camino. No quiero saber nada de hombres. Todos, al final, acabáis siendo infieles.

—Y tú morirás de un ataque de celos.

—¡Como para no tenerlo! Recién operada de apendicitis y mientras seguía en el hospital, tú estabas tirándote a una o varias de tus fans. Fue el principio del fin. Siempre me pasa lo mismo. Amo más de lo que me aman...

—No digas eso, no es cierto.

Ava y Mickey siguieron recordando su vida amorosa y no pararon de recriminarse y ponerle sentido del humor a una experiencia que se había transformado del amor en rencor y, ahora, en amistad.

—Te estaré siempre agradecida por haberme llevado a la Casa Blanca, al sesenta cumpleaños del presidente Roosevelt. ¡Qué pena que mi padre no pudiera verlo! Su hija junto al hombre del que siempre habló como si fuera un Dios. Bueno, y por darme las mejores clases de interpretación. Yo era una novata en el cine y me fuiste quitando el miedo que sentía a ponerme delante de una cámara.

—Solo te animé un poco, porque nunca había conocido a una actriz tan tímida como tú. Te equivocaste al querer encontrar en la bebida la seguridad que no tenías.

—Creo que superé ese momento cuando me separé de ti.

—Bueno, antes destrozaste toda la casa. Rasgaste los sillones y rompiste los muebles para que, cuando yo llegara, creyera que había entrado una manada de búfalos. Tenías celos de todas las mujeres que se acercaban a mí.

—Admítelo, en nuestra casa no reinaba la felicidad.

—Nos equivocamos los dos. Tú eras muy joven y yo, un artista que, con un chasquido de dedos, conseguía todo lo que deseaba. No supe ver lo que tenía en casa.

Continuaron la velada sincerándose uno con el otro. Acabaron mareados cantando sus canciones favoritas. Ambos sabían que probablemente no coincidirían nunca más.

Ava continuó con las despedidas y, días después, decidió hacerlo del hombre que la había perseguido desde que se separó de Mickey Rooney: Howard Hughes. Desde entonces, nunca había dejado de proponerle matrimonio, de intentar acostarse con ella a toda costa y de espiarla allá donde estuviera. Ava se había convertido en mucho más que una obsesión, en un trofeo que alcanzar.

Howard había pasado a formar parte de su vida el día que buscó al mejor especialista en cáncer para tratar a Molly. Ava jamás lo había podido olvidar, aunque su madre no lograra esquivar la muerte. Murió a los cincuenta y nueve años, justo a la misma edad que su marido. El millonario le consiguió dos plazas de avión para volar a Smithfield. Aun así, llegaron tarde al funeral y tuvieron que hacer un acto religioso aparte para que Bappie y ella pudieran rezar por su madre.

Sin embargo, Hughes confundía el agradecimiento con los sentimientos y, desde ese momento, no cesó de pedirle matrimonio con todo tipo de regalos costosísimos. Y Ava no dejó de decirle que «no fuera ridículo». No estaban enamorados. Por lo menos, ella. A pesar de su negativa, en todos estos años nunca se habían interrumpido los regalos caros que Ava recibía con total indiferencia. Su hermana Bappie, en más de una ocasión, le había comentado que estaba loca por rechazar al hombre más rico del país, aunque por su forma descuidada de vestir pareciera todo lo contrario.

Quedaron a cenar, y Ava le confirmó lo que él ya sabía por sus espías: se iba a vivir a Europa.

—Howard, siempre seremos buenos amigos.

—Sabes que a mí me gustaría cambiar ese estatus de amistad por el de marido.

—No empieces, por favor. Eres divertido y absolutamente apasionante. ¿Por qué no podemos seguir siendo solo amigos?

Ava desconocía que desde que les presentaron, el magnate mandó vigilarla las veinticuatro horas del día. Recibía informes con fotos y detalles minuciosos sobre su vida y su trabajo. Hughes conocía todos y cada uno de sus movimientos. De haberlo sabido, la actriz le habría dejado de hablar inmediatamente.

Esa noche, ella pidió pasta italiana para cenar, pero Howard siempre solicitaba lo mismo fuera donde fuera: un bistec con veinticinco guisantes. Ava pensaba, cada vez que le veía y compartía mesa, que estaba loco. Su hermana, en cambio, le decía que la loca era ella por rechazarle siempre.

—¿Vas a vivir en España? —le preguntó.

—¿Cómo sabes cuáles son mis intenciones? A veces creo que me lees el pensamiento. —Howard sonrió—. De momento, voy a permanecer varios meses en Roma rodando una película con Mankiewicz.

—¿Va en serio lo tuyo con el torero?

—Howard, me preocupas. No pienso contestarte. He venido para despedirme de ti, aunque tengo la impresión de que vendrás a verme a Europa.

—Por supuesto. De todas formas, nunca has elegido bien a tus maridos. Con Shaw todos sabíamos cómo ibais a acabar. Bueno, todos menos tú.

—¿Por qué metes a Artie en esta conversación?

—Te dije que tenía fama de hacer con las mujeres eso de ¡ámalas y déjalas! A sus treinta y cuatro años ya había tenido cuatro esposas, pero tú... caíste en sus redes. Incluso llegaste a aparcar tu carrera cinematográfica por seguirle en sus giras.

—Sí, perdí la cabeza. Tienes razón, me enamoré locamente de él y nos casamos. La victoria sobre Japón animó a muchas parejas a emprender una nueva vida. Yo fui su quinta esposa y pensé que conmigo formaría su familia definitiva.

—¿Cómo pudiste ser tan ilusa? Siempre ha sido un ser vanidoso y egocéntrico.

—Eso dijo mi amiga Lana después de divorciarse de él antes de que yo le conociera. Después, tuve que ir al psiquiatra. Me hizo mucho daño. Llegué a dudar hasta de mi inteligencia a fuerza de que me repitiera tanto que no servía para nada. Me llegué a someter a un test donde me dijeron que era normal, pero me detectaron un complejo de culpa del que nunca me he librado: pensaba que había dejado morir a mi madre de un cáncer de útero mientras yo estaba en Hollywood y me encontraron un miedo insuperable a tener hijos por el tipo de muerte de mi madre y de mi abuela... En fin, no te quiero aburrir con mis neurosis, pero Artie consiguió que a los veintitrés años me sintiera acabada y sin futuro. No se lo perdonaré jamás.

—Afortunadamente, el cine, ese que tanto aborreces, te rescató y te puso en el lugar que mereces. Habías apuntado talento en la película *Whistle Stop*, pero en *Forajidos* demostraste a todos que, allá donde estuvieras, brillarías.

—Sí, fue un papel corto, pero me dio la gran oportunidad. Al poco de interpretarlo me separé de Artie. Imagino que en algún momento se hartó de mí. Desde ese instante, me propuse ser más prudente en el amor.

—¿Eso qué significa?

—Significa que el amor me ha llevado por mal camino. Hay que ser más cauta y no mostrar todas tus cartas frente a un hombre. Es bueno que se quede siempre con la duda de si le amas o no. Llevar tú la voz cantante, ¿me entiendes?

—Desde luego, en mi caso, llevas tú las riendas.

—Howard, no... Por ahí, no. Bebamos. Espero que nuestra amistad siga aunque esté lejos.

—Nuestra amistad seguirá siempre. No lo dudes.

Ava ya no quiso despedirse de nadie más. Hacerlo de Frank todavía le resultaba muy doloroso. Pidió a un amigo común que le comunicara sus intenciones de abandonar Estados Unidos y le diera las gracias por los perros. Había decidido viajar con Rags y Cara a Europa. Solo le quedaba cerrar su casa y enviar todos los paquetes por barco a casa de los Grant. Ella emprendía un viaje sin billete de vuelta. Ya nada la ataba a América. Solo soñaba con una nueva vida lejos de allí.

47

Cuando Luis Miguel llegó a Medellín, su nombre destacaba en las primeras páginas de la prensa local. La que llamaban Ciudad de la Eterna Primavera le esperaba con los brazos abiertos después del triunfo en Bogotá. La segunda ciudad más importante del país estaba situada en la región natural conocida como valle de Aburrá, en la cordillera central de los Andes. El río Medellín la atravesaba de sur a norte. Precisamente en la ribera del río Medellín se ubicaba la plaza de toros de La Macarena, al costado norte de la avenida San Juan. Esta ciudad acogedora había sido siempre el centro financiero, comercial e industrial de Colombia.

La corrida de Medellín tuvo todavía más repercusión que la anterior en Bogotá. Luis Miguel quería demostrar que seguía siendo el número uno y la mejor manera que encontró fue exponiéndose y toreando como si su pierna estuviera en perfectas condiciones. Volvió loco al público cuando en el segundo toro de la tarde, después de ordenar al Mozo, Epifanio Rubio, que no se recreara en la suerte de varas, puso el primer par de banderillas aprovechando una arrancada del toro. Con el segundo par se lució más, ya que el toro estaba mejor colocado, y despertó los bravos más sonoros de la tarde. El tercero, como era su costumbre, lo puso al quiebro en el tercio. Primero, citó al toro, pero este se fue hacia él con un andar que no era una embestida. Luis Miguel le desafiaba con la voz: «¡Eh, toro!». Pero no llevaba velocidad de quiebro. Supo esperar sin moverse y, antes de que llegara el animal, se paró. El torero siguió inmóvil; se quedaron frente a frente los dos. Luis Miguel, quieto, erguido, volvió a citarlo a tan corta distancia. En la plaza se hizo el silencio. El toro arrancó de nuevo y, en tan breve terreno, le quebró el tercer par. Estalló la plaza.

—Joder, qué huevos le está echando —comentó Domingo.

Ya con la muleta, toreó de nuevo con la izquierda. El toro se revolvió en varias ocasiones, pero Luis Miguel impuso su jerarquía y logró coronar una faena donde todo estuvo bien colocado: la muleta, las distancias y el estoque. La plaza ardía en palmas y él se olvidó de todo nuevamente.

—Este tío está siempre en su sitio. Todo lo que hace parece fácil —alabó Pepe—. Quizá sea el momento de vestirme de nuevo de luces. Una faena como esta renueva la afición. —Pensó, sin embargo, que esa decisión no le gustaría a María Rosa. Y mientras él no se cortara la coleta, ella seguiría en el cine.

—Me parece estupendo. Lo hablamos cuando regresemos a España —replicó Domingo.

Esa noche volvieron a celebrar el rotundo éxito con vino. Esta vez no querían música, ni la compañía de mujeres, ni whisky... Necesitaban seguir hablando de toros con la mente despejada. Primero, Pepe les comunicó su idea de regresar a los ruedos, aunque sin apuntar el momento de hacerlo. Y, en segundo lugar, la discusión se centró en la responsabilidad del torero, pero derivó hacia el miedo que sentían todos en el ruedo.

—No he visto a nadie con tantos cojones como tú, maestro —le dijo Miguelillo.

—Parecía que despreciabas al miedo que todos sentíamos en la plaza —apuntó su primo banderillero, Domingo González Peinado.

—No os equivoquéis. Yo siento miedo y no me importa decirlo. Para mí el miedo tiene dignidad y considero que es necesario. Nadie sabe el miedo que tengo; lo que ocurre es que no lo enseño. El valor, como el miedo, hay que tenerlo muy controlado. La cobardía, en cambio, envuelve al hombre en la indignidad más absoluta porque paraliza —afirmó Luis Miguel.

—O sea, lo que tú planteas —dijo Chocolate— es que el torero debe tener siempre miedo, pero con un único camino por recorrer: ¡vencerlo!

—El miedo le da al torero conciencia de su arte y de su responsabilidad —apuntó Domingo.

—Si es así, el torero representa la dignidad humana por su miedo mismo, lo venza o no. Sin embargo, el público, cuando injuria e insulta al que se está jugando la vida en la plaza, representa todo lo contrario. Encarna la indignidad humana —señaló Tamames.

—Habría que aclarar que solo tendrías razón cuando ese público se vuelve exhibicionista y tan irresponsable como estúpido. Ahí sí hablaría de cobardía. No obstante, hay otro público que entiende perfectamente lo que está pasando en el ruedo y con respeto te premia o te penaliza sacando o no su pañuelo. Ese público también tendría dignidad.

—Y la muerte, que siempre está rondando en el ruedo, ¿te parece digna o indigna? —preguntó Domingo a su hermano Miguel.

—La muerte, desde luego, está en el ruedo. Es algo tangible, algo que existe y que se bebe en el aire. Una vieja compañera del toro y del torero, pero... es digna y necesaria. Imagino a la muerte como un metro cuadrado que anda dando vueltas por la plaza. Lo que ocurre es que no hay que pisarlo en el momento en que el toro viene hacia ti. Nadie sabe dónde se encuentra ese metro cuadrado. La respuesta la tiene el destino. Esta teoría os la he dicho muchas veces.

—¿Cómo puedes decir que la muerte te parece digna? —le preguntó Domingo extrañado.

—Hermano, sin muerte no habría fiesta, no tendría la trascendencia que todos sabemos que tiene una corrida de toros.

—Pero los que nos vestimos de luces cuando toreamos no pensamos en ella —remató Pepe.

—Sí, eso es cierto. Pero ¿alguno habéis sentido la sensación real de la muerte? —preguntó Luis Miguel.

—Sí —asintieron todos.

—Yo también la he sentido, pero el día en el que noté su tacto, su aliento, no fue en la plaza de toros, sino en un lugar insólito.

—¿Dónde, Miguel? —quiso saber Domingo.

—En una atracción de circo...

—No hablas en serio —replicó su hermano.

—Totalmente. Allí anunciaban: «Cogida y muerte de Manolete». Compré la entrada y vi cómo reproducían el diálogo ficticio entre él y yo. Yo le decía: «Perdóname por no llegar a tiempo. ¿Por qué entraste a matar allí? ¿Por qué te dejaste coger?». Era ficticio, pero me quedé helado porque eso justo lo llegué a pensar. El charlatán no paraba de decir falsedades y algunas verdades como puños.

Filosofando llegaron hasta la madrugada. Al día siguiente tenían que partir hacia Venezuela, la última escala de su viaje por América. Luis Miguel estaba eufórico. Todos pensaron que era por el éxito que estaba cosechando. Sin embargo, solo él sabía que el único motivo era pensar que le quedaban menos horas para reencontrarse con Ava Gardner.

Cuando llegaron a Caracas, les pareció que la ciudad estaba transformada. Se habían construido nuevas avenidas y estaban terminándose autopistas, que imprimían un aire de modernidad a la capital. El presidente Marcos Pérez Jiménez había consolidado todos los cambios que ya se habían iniciado años atrás. De nuevo, varios periodistas aguardaban la llegada de Luis Miguel Dominguín. A los pies de la escalerilla del avión, le lanzaron preguntas como dardos:

—¿Cómo se encuentra de su grave cogida?

—Mucho mejor, aunque ya estaría totalmente recuperado si me hubieran operado de las tres trayectorias y no solo de dos...

—El médico de la plaza les criticó por armar un escándalo en lugar de dejarle atender las heridas...

—No voy a entrar en polémicas. Pero no creo que haya visto usted salir huyendo de la enfermería a muchos toreros a los que haya cogido un toro. Prefiero no hacer comentarios.

—Está bien. En el mismo cartel están usted y Antonio Ordóñez, su cuñado. Dicen que entre ustedes no hay química.

—Pues dicen mal. No hay ningún problema. Por casarse con mi hermana Carmina ya es de mi familia. Es un honor compartir cartel con él.

—Viene de un éxito rotundo en Colombia, ¿qué cree que pasará aquí?

—Que tendremos una gran tarde de toros, ¡por ganas que no quede! Muchas gracias, me están esperando.

Antes de llegar al hotel, los dos coches recorrieron las calles de la capital hasta alcanzar la zona oeste de la ciudad, donde vieron en toda su rotundidad el Nuevo Circo de Caracas, la plaza de toros donde al día siguiente se enfrentaba a dos toros de La Guayabita, la misma ganadería que le dejó sin poder torear toda la temporada en España. Luis Miguel se acordó del momento en el que el toro le atravesó el muslo, hiriéndole gravemente. A partir de ahí empezó algo más parecido a una comedia que a una tragedia, porque desembocó en una huida en un coche particular que paró en plena calle, mientras su pierna no cesaba de sangrar. Después, una llegada a un hospital y una mala operación practicada por alguien que dudaba que fuera un cirujano. Y, para rematar, lo que ya parecía una opereta, otra huida en pleno posoperatorio, vestido de mujer, a un hotel de la Guayra donde la joven China Machado lo dejó todo por cuidarle e irse con él a España a continuar su convalecencia. ¿Qué sería de Noelie?, se preguntó con curiosidad. ¡Qué belleza tan especial y tan exótica la de Noelie! Por sus venas corría sangre china, portuguesa y probablemente india. Al llegar al hotel, pidió a Chocolate que, por todos los medios, le ayudara a localizarla en alguno de los teléfonos que les había dejado. Una hora después, desde la cama, hablaba con ella:

—China, ¿cómo estás?

—No esperaba oír tu voz. Estoy bien, ¿y tú? —La llamada le sorprendió tanto que casi no podía articular las palabras.

—¿Sabes dónde me encuentro? En Caracas. Acabo de llegar con la cuadrilla y me he acordado de ti y de lo mucho que hiciste por mí. Te estaré agradecido todos los días de mi vida. ¿Cómo te va?

—No me tienes nada que agradecer. Lo hice porque quise... Pues me va muy bien. Me ha elegido el diseñador Givenchy para pasar sus modelos. Según me cuentan, se quedó impactado al conocerme y ahora estoy posando con sus trajes para varios fotógrafos. Richard Avedon, que más que un fotógrafo es un artista, quiere hacerme diferentes fotos para sus colaboraciones en distintas revistas. Me ha ofrecido una portada y estoy ilusionada... Se me ha abierto una puerta en París y no quiero desaprovechar esta oportunidad.

—Me alegro muchísimo por ti. Eso quiere decir que no tuve mal ojo.

China no le contestó. Había tensión a través del hilo telefónico. Siguió como si no le hubiera oído y, en lugar de contestar, preguntó:

—¿Qué tal te va con ya sabes quién?

—Hace mucho que no la veo, pero ahora coincidiremos en España. No deberías haberte ido. Aunque no lo creas, te echo de menos.

—Por favor, Miguel, no me digas esas cosas, que todavía me duelen. Yo no me fui porque quisiera. Mi decisión estuvo forzada. Ya lo sabes.

—Está bien... Espero verte en París. Algún día me perderé por allí.

—Será mejor que vengas solo cuando la hayas dejado.

—Eres muy cabezota. Te deseo lo mejor, ya lo sabes... Un beso fuerte, China.

—Hasta siempre, Miguel.

Se quedó muy pensativo después de colgar. Aquella mujer le había querido de verdad y estaba dolida en su orgullo por su inesperada amistad con Ava. Realmente la actriz había cambiado su mundo y ya nada le parecía interesante sin ella. No le podía prometer nada a Noelie porque ahora solo pensaba en la actriz americana. Desde que había aparecido en su vida, las experiencias más duras y las más bonitas vividas junto a otras mujeres parecían haberse borrado. Fue como si un huracán se llevase todo su pasado por delante.

Estos pensamientos se esfumaron cuando llegó la tarde en la que se tenía que enfrentar a dos toros junto a Antonio Ordóñez y al torero venezolano Joselito Torres. El caso es que no le preocupaban tanto los toros que le salieran en el lote como estar ajustado en la lidia de cada uno de ellos. «No puedo cometer fallos», se decía a sí mismo. Se concentró en el desafío que suponía para él torear con su cuñado.

Hicieron el paseíllo y comenzó una tarde difícil de olvidar para los aficionados. Luis Miguel demostró un poder extraordinario y una inteligencia aplicada a su oficio insuperable. Estuvo mejor con la muleta que con el capote. Ordóñez quiso marcar las posiciones con el máximo rigor y demostrar la ortodoxia de su toreo.

En las gradas unos se mostraron partidarios del madrileño y otros, del de Ronda. Los aficionados estaban absolutamente divididos.

—Luis Miguel tiene un toreo redondo, muy eficaz, pero me deja frío —aseguró uno.

—¿Le deja frío? ¿Dígame quién torea como él con la mano izquierda? Es el único del que se puede esperar una sorpresa, una genialidad —contestó otro.

—Y los desengaños más fuertes. Demasiado alto para procurar la estética del puro estilo académico de Ordóñez.

—Me va usted a comparar la fuerza mental de Luis Miguel a la de Ordóñez...

—Hombre, el toreo de Ordóñez es el toreo puro, intachable... Ahora, yo no le niego que su cuñado sea un torero soberbio y arrogante, con una gran personalidad —intervino otro.

—No me diga que alguien supera a Luis Miguel toreando al natural...

—Pero no es un buen estoqueador y sí lo es Ordóñez, al que yo definiría como catedrático del toreo. Además, al otro le faltan gracia y duende.

—No tiene ni idea... Luis Miguel es el número uno y eso le chinga. Me va a comparar al rondeño, que lleva solo dos años como matador, con Luis Miguel, que lleva diez... ¡Por favor!

Los aficionados pasaron de discutir acaloradamente a pegarse y tuvo que intervenir la policía para separar en las gradas a los seguidores de ambos matadores. Los toreros, ajenos al alboroto que se formaba en uno de los tendidos de la plaza, continuaron con la corrida como si nada. Al final, los tres salieron a hombros de la plaza. El triunfo en Caracas fue el colofón al periplo americano. Ordóñez seguiría algunos días más por tierras americanas.

En el aeropuerto, Luis Miguel se topó con el director de cine mexicano Roberto Gavaldón, que estaba junto a una bella actriz, regresando a su país después de promocionar en Venezuela la película *Las tres perfectas casadas*.

—Luis Miguel, le presento a la actriz Miroslava Stern.

—Encantado —saludó, besándole la mano y clavando sus ojos en los de ella—. Conozco alguna de sus películas en la que está usted soberbia.

—Muchas gracias. Yo también sé sobradamente quién es usted —la actriz coqueteó con él sin dejar de sostenerle la mirada—. He leído en la prensa que ayer tuvo un gran éxito...

—Bueno, ya sabe que, como decía Kipling: «El éxito y el fracaso son dos grandes impostores». He toreado y me he sentido a gusto. Esa es la verdad.

—¿No vendrá a México a torear?

—De momento, no. Tengo grandes recuerdos de mi presentación allí el año pasado. Luis Procuna me entregó los trastos. Fue inolvidable. Ahora, por volver a ver a Miroslava, soy capaz de torear mañana.

La actriz se rio con timidez y se quedó completamente magnetizada por la simpatía y atractivo del torero. Mientras ellos seguían hablando, Domingo había quedado en ese mismo aeropuerto con varios intelectuales españoles exiliados tras la Guerra Civil. En ese grupo de cinco había dos médicos, un escritor y dos profesores universitarios.

—¿Cómo están las cosas por España? —preguntaban.

—Igual que cuando os fuisteis o peor, porque ahora Franco se siente apoyado por los americanos. El Partido Comunista sigue moviéndose en la clandestinidad, pero ahora más activo que nunca. Necesitamos de vuestro apoyo aquí, en América Latina.

—Es fundamental que esa corriente entre América y España fluya. Cuéntenos, ¿se sigue encarcelando a la gente?

—Por supuesto, y cepillándose a todo el que pueden con absoluta impunidad; pero también he notado que están disimulando de cara a la galería, permitiendo la entrada de intelectuales como Hemingway, Cocteau, Tennessee Williams... Todos han metido la pata rindiendo homenaje a la «gloriosa tradición cultural de España», aunque algún que otro periódico del régimen ya les ha recordado que años antes no decían esas cosas, sino otras menos gratas. Cada vez que dejan entrar a alguien crítico con Franco, lo consideran una rendición, un triunfo de ellos.

—Dalí también ha vuelto, ¿no?

—Sí, y ha dicho que se queda definitivamente a vivir en Port Lligat, en Cadaqués.

—Añoramos todo de España, se hace duro vivir tan lejos de nuestras raíces... Muy duro.

—Lo sé. ¿Queréis que lleve alguna cosa a vuestros familiares?

—Yo he traído una carta para que se la hagas llegar a mi hermano.

—Yo tengo otra para que se la entregues en mano a mi madre. No me fío de la censura.

—Bueno, la censura es una risa. Para unas cosas, no te pasa ni una y, para otras, dejan a la vista de los españoles cosas inauditas. Ahora se les ha colado algo tremendo como la película italiana *Ana*, que narra la historia de una monja cuyos amores se detallan en toda su crudeza. El censor debía de estar dormido.

—¿Y qué nos cuentas de allí? ¿Alguna relación sonada, algún amorío digno de mención?

—Se han casado Maruchi Fresno y Juan Guerrero Zamora, Carmen Aranda y Manolo Gómez-Bur... Luis Lucía está dirigiendo *Jeromín*, una adaptación del padre Coloma donde Adolfo Marsillach hace de Felipe II; Bardem está rodando *Cómicos*; un director nuevo, Luis García Berlanga, ha revolucionado el patio con *¡Bienvenido, Mister Marshall!*, una sátira del esquinazo que nos dio el Plan Marshall. Por cierto, yo ahí he tenido algo que ver... Y Vicente Escrivá produce *El beso de Judas* y parece ser que va a costar más de doce millones de pesetas.

—¡Qué barbaridad! ¡Qué dineral!

Mientras Domingo ponía al día a los exiliados, Luis Miguel seguía hablando con la actriz Miroslava.

—Su nombre no es mexicano, ¿verdad?

—No, es checoslovaco. Nací en Praga, pero me fui a México huyendo de los nazis junto con mis padres, hace ya trece años...

—Podía haber venido a España y no habría tardado tanto tiempo en encontrarla.

El director de cine que los presentó se mostraba cómplice y divertido ante ese flirteo del torero con la actriz.

—Ten por seguro que, si vamos a España, te llamamos —comentó su conocido mexicano.

—No dejéis de hacerlo. Tomad mi teléfono. —Les dio una tarjeta a cada uno con su número de teléfono particular—. Me enfadaré si me entero de que estáis en España y no me llamáis.

—No te preocupes —dijo el director.

—Yo quiero ir a España en agosto del año que viene, aprovechando que me nombran representante del cine mexicano en el Festival de Venecia y que ya estaré en Europa. Me quedaré con su número para telefonearle, ya que se ha ofrecido. No conozco su país.

—Si me sigue tratando de usted, me puedo enfadar también por eso.

—Está bien, te llamaré si finalmente voy allá. —Le hizo una caída de ojos que le dejó mudo durante segundos.

—Esperaré ese momento...

—Muchas gracias —replicó, sonriéndole tímidamente.

—Con mucho gusto te haré de cicerone.

Por los altavoces realizaron la primera llamada para el vuelo que los llevaría a España. Chocolate fue a decírselo al torero y este, después de volver a besar la mano de la actriz, se alejó definitivamente con un: «¡Hasta pronto!». Domingo, por su parte, apuró hasta el segundo aviso para despedirse de los exiliados, con el compromiso de llevar las cartas hasta su destino.

El viaje de vuelta lo hicieron durmiendo casi todo el camino. Luis Miguel estaba intranquilo, no sabía si su avión llegaría a tiempo para recibir a la actriz americana. Cuando puso pie en España y comprobó que le sobraban dos horas, se mostró eufórico. Podía ir a casa a cambiarse de traje y regresar al aeropuerto. Pensó que la actriz había hecho una primera escala en Mallorca, en el hotel Maricel, para darle tiempo a regresar de América y, de paso, descansar al sol para recuperarse de la tensión sufrida los últimos días. Tenía claro que si había algún motivo para hacer este viaje... era él.

Con tres cuartos de hora de retraso sobre la hora prevista, la actriz bajó por la escalerilla del avión acompañada de Bappie y de Reenie, que cargaba con Rags y Cara, cada uno en un cestillo. Llegó con un abrigo beige y un sombrero del mismo color, guantes marrón oscuro y sus gafas de sol como si fuera el mes de marzo. Un periodista de la agencia EFE, que siempre estaba en el aeropuerto esperando fotografiar a rostros conocidos, al ver a Luis Miguel, supo que habría noticia. Cuando vio descender a Ava, esperó a que estuvieran los dos juntos para disparar su *flash* sobre ellos. Luis Miguel no hizo ningún aspaviento y a Ava cualquier información que publicaran sobre ella y sus amoríos ya le daba igual. Su matrimonio con Sinatra estaba acabado y se había hecho público. Se sentía libre.

Luis Miguel la besó con sentimiento una vez que estuvieron en el coche, sin nadie a la vista. Bappie y Reenie se quedaron calladas como si no hubieran visto nada. Intuían que ese beso traería consecuencias a no mucho tardar.

—¡Qué ganas tenía de verte! ¡Estás preciosa! —le dijo mirándola a los ojos

—Yo también me he acordado mucho de ti. —Se acercó y le devolvió el beso.

—Si queréis os acompaño a ver a los Grant, pero esta noche no tengo más remedio que pasarme por casa. Está la familia al completo esperándome. Había pensado que mañana podíamos ir los cuatro a mi finca Villa Paz.

—No, id los dos. Reenie y yo nos quedamos en el Hilton, por si alguien nos quiere localizar. Hemos dado esa dirección y lo mismo Mankiewicz desea algo de ti y yo siempre le puedo poner en contacto contigo —contestó Bappie.

—¿Qué respondes, Ava?

—De acuerdo. —La actriz estaba feliz—. ¡Soy una mujer libre! ¡Libre! Quiero que se entere todo el mundo. No tengo que dar explicaciones a nadie. ¡Libre!

Luis Miguel pisó el acelerador y llegaron rápidamente al Castellana Hilton; dejaron todo el equipaje y las llevó hasta la casa de los Grant. Saludó a Frank y a Doreen:

—Os dejo a las tres viajeras... Mañana me llevo a Ava a Villa Paz.

—¡Estupendo! Una gran idea. Le vendrá bien estar en el campo para su cumpleaños —afirmó Doreen.

—Si queréis, celebramos allí la Nochebuena y su cumpleaños con mi familia.

—Cuanto más familiar, mejor —pidió la actriz.

Se despidió de ella con otro beso en la boca y un susurro al oído que despertó la risa de la actriz. Los dos tenían un brillo especial en la mirada que delataba su entusiasmo.

Al llegar a su casa de la calle Príncipe, Chocolate y sus hermanos estaban todavía allí. Ponían al corriente de las tres tardes de toros a su padre, que se fumaba un puro a la salud de su hijo. Su madre y sus hermanas salieron a recibirle.

—¿Todos aquí? —Besó a su madre y a sus hermanas—. Así aprovecho para proponeros pasar las Navidades en Villa Paz. ¿Qué os parece? Estaremos alejados de todo y no habrá nadie que pueda fotografiarnos a Ava y a mí. Vendrá con nosotros.

—¡Eso es estupendo! —dijo Carmina—. Así no echaré de

menos a Antonio. ¿Qué tal la corrida en la que coincidisteis? Un poco movidita, ¿no?

—Los dos salimos por la puerta grande mientras en un tendido sus seguidores y los míos se pegaban. Cosa de poco, sin importancia.

—Hijo, te veo muy delgado —se preocupó su madre—. Seguro que no te has alimentado bien.

—Sí, mamá... Entonces ¿el 24 os espero allí a todos?

—¡Claro que sí! Tu padre querrá ir donde estéis todos —afirmó doña Gracia por los dos.

Domingo padre asintió con la cabeza y se sentaron a cenar. La novedad es que servía la mesa una amiga de María. Era rubia, corpulenta, con el rostro curtido por el sol.

—Mira, Remedios, el que te faltaba por conocer: Miguel.

—Señor, un honor para mí conocerle. María me ha hablado tanto de usted... Bueno, y también su tía Ana María.

—¿De dónde eres? —preguntó Miguel, desplegando la servilleta sobre sus rodillas.

—Soy de Saelices, y una hermana mía trabaja en Villa Paz.

—Bueno, pues bienvenida. Y, por favor, no me llames señor...

—No, señor. Me dijo su tía que no podía llamarle por su nombre porque, si no, me echaba ella. De modo que seguiré llamándole así, aunque le disguste.

—Bueno, Remedios, llámame como quieras.

Remedios sirvió la cena y, al acabar, recogió los platos con mucha diligencia.

—Estoy encantada con ella. Es más respetuosa que María, que se creía la dueña de la casa —susurró doña Gracia.

—¡Mamá, por favor! —replicó Domingo.

—Esta sabe estar en su sitio. Es de la familia de La Torre. Son todos agricultores. Tienes que conocer a su padre. Por cierto, se ha enfadado con ella porque deseaba que siguiera segando el campo, pero ella le ha dicho que nones, que prefería venir a servir a esta casa. Al parecer, su padre ahora no le habla.

—Ya se le pasará. Seguro.

—Cuando vengáis a la finca, traeros a Reme. ¿Dónde está la niña? —preguntó, refiriéndose a Mariví.

—Con sus padres. Ya tiene vacaciones. ¿Sigues creyendo que lo mejor para ella es que estudie en Francia?

—Sí. Le costará más, pero acabará hablando francés e inglés perfectamente, algo que a nosotros de mayores nos está costando muchísimo. Ella no tendrá problemas.

—Lo que tú digas.

—Bueno, Pepe y yo nos vamos —anunció Domingo.

—Nosotras, también —dijeron Pochola y Carmina.

—Al final, os vais todos de golpe —comentó su padre.

—Sí, quiero ver a las niñas —repuso Pepe.

—Están como las dejaste. Me refiero a Verónica, claro. La pequeña crece y cada día parece más guapa —le informó su madre—. Tienes que cogerla más. Está deseando que la lleven en brazos. Es listísima y aprende rápido. Pero vigílala, porque ha empezado a toser hace unos días...

—Cuando la miro, me recuerda el día que perdí a su madre. Pobrecita, no tiene la culpa, pero no lo puedo evitar. ¿Dices que tose?

—Sí, no te preocupes, será poca cosa... Ya has visto que la vida te va abriendo puertas. El tiempo todo lo borra. Ya lo verás.

Después de que se fueran sus hermanos, Luis Miguel siguió media hora más con sus padres y les anunció su intención de comprarse una casa en Madrid.

—Me han hablado de una casa en El Viso, como yo quería, y he pensado que estaría bien que me fuera a vivir allí solo.

—¿No estás a gusto aquí? Lo suyo es que te fueras cuando te casaras.

—Bueno, si finalmente cierro la compra, viviré a caballo de las dos casas. Iré acondicionándola poco a poco. Sin prisas...

—Tú verás... Yo creo que es un gasto innecesario.

—Deja al chico. Tiene dinero, pues que se lo gaste en eso mejor que en juergas interminables.

—Entonces ¿ya te has decidido por ella?

—Sí, el administrador, Servando, ha ido a verla y dice que es la casa que yo quiero. Antes de salir para Saelices, mañana pasaré por allí y, si me gusta, la compraré.

—Estos chicos modernos que se van a vivir lejos de sus padres sin haberse casado. Lo que tienes que hacer es sentar la cabeza y buscar a una buena chica.

—No empieces —refunfuñó, levantándose y dándole dos besos—. Me voy a acostar, que el viaje en avión me pone mal cuerpo.

—Buenas noches —le dijo su padre, guiñándole un ojo.

Luis Miguel se proponía empezar el año con muchos cambios en su vida. El primero, conocer a Ava en profundidad. Estaba dispuesto a seguirla a donde hiciera falta.

48

Cuando Ava se levantó, Bappie la puso al día de lo que había publicado el periódico *Los Angeles Daily News*. Acababa de hablar con Inez por teléfono y se lo había comentado.

—Ya han dicho que viajas a Europa sin Frankie. Dicen concretamente: «Ava ha hecho el equipaje para viajar a Roma y una de las cosas que no ha metido en su maleta ha sido a un esquelético Frank Sinatra».

—Sinceramente, me da igual lo que comenten de mí. Ya no tengo ningún miedo a lo que nadie pueda pensar.

—Ya, pero parece que algunos no se han enterado de tu intención de firmar los papeles del divorcio. Por cierto, ¿hablaste con tu abogado antes de salir?

—Sí, ya sabes que ese trámite lleva su tiempo.

—Ya, lo digo porque todavía no has firmado nada, ¿verdad?

—¿Qué insinúas? —preguntó, bebiendo un sorbo de una taza de té—. Lo dices como si fuera a reconciliarme con Frankie.

—Sí, me has leído el pensamiento. Mientras no le mandes los papeles para que los firme cuanto antes, no creeré que das el paso definitivo.

—Aunque no me creas, ya lo he dado. Estoy aquí y me siento libre. Incluso ilusionada de conocer más a fondo a Miguel.

—¿Sales de una relación y te metes en otra? ¿No decías que estabas harta de hombres?

—Lo que te aseguro es que nunca más voy a exponer mi corazón para que me lo devuelvan hecho añicos. Seré yo quien imponga las normas en mis nuevas relaciones.

—Bueno, a ver cuánto te duran esas intenciones.

Reenie no deshizo del todo la maleta de Ava, ya que se iba unos días con Luis Miguel. Le recomendó que no se llevara los perros con ella.

—Déjalos aquí para que no se vuelvan locos con tanto cambio de casas.

—Está bien. ¡Que no les falte de nada! Son mis niños...

—Pues tienen hocico y rabo, un poco feos te han salido...

Esa misma mañana, Luis Miguel se fue al número 25 de la calle Nervión y, después de ver por dentro el chalé de El Viso, una de las zonas más exclusivas de Madrid, cerró la compra. Servando, su administrador, había hecho un precontrato de compraventa, que el torero y el dueño del chalé firmaron. Se dieron la mano y Luis Miguel se fue de allí pidiéndole a su administrador que, entre su hermana Pochola y un decorador amigo de ella, le organizaran rápidamente la casa.

—No creo que haya el más mínimo problema. Las tiendas están deseando vender y, con dinero, los plazos de entrega se acortan.

—¡Pues hazlo cuanto antes!

—De acuerdo.

Condujo su Cadillac hasta el Hilton. La mañana era fría pero el cielo no podía estar más azul ese mes de diciembre de 1953. Cuando bajó Ava, seguida del botones del hotel con su equipaje en las manos, se quedó contemplándola con admiración. Llevaba puesto un traje de chaqueta verde oscuro, un pañuelo en el cuello y su abrigo beige en el brazo.

—En Cuenca hará frío. ¿Llevas ropa de abrigo?

—Imagino que sí. Reenie no me ha deshecho la maleta.

—No te preocupes. Si no, ya te dejaremos algo. Estás guapísima. —La besó en el cuello.

Aquel beso hubiera sido noticia de portada en periódicos y revistas, pero, afortunadamente, no había ningún reportero allí para captar ese momento. El viaje en coche a Saelices le sirvió a Luis Miguel para que Ava le pusiera al corriente de su situación con Sinatra.

—No he querido despedirme de él. El final de nuestra relación ha sido muy doloroso. Me volvió a engañar... Esta vez ya me dije a mí misma: «Hasta aquí he llegado». Y de pronto comprobé que esa decisión me liberaba en lugar de ser traumática.

—Quizá deberías haberlo hecho antes, pero, Ava, lo importante es que ya está la decisión tomada.

—Ahora, te aseguro que se ha quedado muy, muy mal...

A Luis Miguel la situación anímica del artista no le preocupaba en absoluto. Al revés, pensó que nada podía haberle venido mejor que esa infidelidad del cantante para dejarle el terreno libre. Por su parte, él le contó que acababa de comprarse una casa en Madrid.

—Venía dándole vueltas a la idea de vivir solo. Y esta mañana, antes de venir a recogerte, me he comprado una casa. Cuando esté medio amueblada, te la enseñaré. Me parece que he hecho una buena inversión.

—Creo que cuando vuelva de Roma, yo también miraré algo que me guste para mí.

—Bueno, yo he pensado que podías venirte conmigo cuando la tenga reformada y decorada.

—Vayamos poco a poco, Miguel. No voy a cometer los mismos errores del pasado. Necesito un espacio que sea mío.

—Está bien. Si eso es lo que deseas, te ayudaré a buscarlo.

Le contrarió que no quisiera irse con él, pero pensó que podría cambiar de opinión en los próximos meses. Al entrar en la finca, el ladrido de los perros alertó a sus tíos y a su prima de que acababan de llegar. Mariví se abalanzó a sus brazos.

—Miguel, ¡qué bien que estés aquí! —Le llenó la cara de besos.

Ava sonrió, aunque la niña no mostró ningún interés por ella. Su universo lo llenaba Luis Miguel, que había organizado su presente y su futuro.

—Esta jovencita —le dijo a Ava— se irá a comienzos de año a estudiar a Francia.

—¡No! Yo me quiero quedar aquí cerca de ti.

—Ya me lo agradecerás... —La dejó en el suelo refunfuñando y cogió de la mano a Ava para guiarla hasta su cuarto durante su estancia allí.

Nada más entrar se podía leer un letrero que decía: «No hagas nada en todo el día y descansa después». Al torero le hacía gracia que todo el mundo aplaudiera la máxima que presidía Villa Paz. Subieron las imponentes escaleras de aquel palacio que había pertenecido a la infanta Paz de Borbón.

—Es preciosa esta casa, Miguel. Parece llena de historia.

—Y de secretos palaciegos. Dicen que la infanta Paz no era hija de su padre, Francisco de Asís, sino de un secretario de la reina que estaba muy enamorado de ella.

—Me encantan esos chismes...

Entraron en su espléndida y luminosa habitación. Había veinte en total en toda la gran casona.

—Si quieres, ponte cómoda y nos vamos a pasear por el campo.

—Cierra la puerta y ven un segundo conmigo.

El torero así lo hizo y se fue hasta la magnífica cama de aquel dormitorio.

—Mi cama todavía es más grande... —comentó sonriendo—. ¿Por qué no vamos allí?

—Aquí estamos bien. —Comenzó a besarle y a desabrocharle la camisa.

—Yo también estaba deseando quedarme a solas contigo.

Ava dejó caer sus ropas a los pies de la cama y una sinfonía de caricias comenzó a transformar el infierno de sus recuerdos en un paraíso del que no deseaba salir. Se borraron de golpe las borracheras, las infidelidades y los ataques de ira. No era un sueño, aquel recorrido por las brumas del deseo era una realidad de la que emergía como un dios griego el cuerpo delgado y fibroso de Luis Miguel. Comprendió que entre ambos existía un universo por explorar cuando él recorrió con sus dedos su piel suave, caliente y tersa. Comenzó por sus pechos a pintar un dibujo ficticio repleto de subidas y bajadas libidinosas donde un ciego hubiera detectado, solo por el tacto de aquel bello tapiz, la ansiedad de esa mujer por ser amada. Exploró cada poro de su piel, logrando revivir viejas sensaciones dormidas. Aquel lenguaje de sus manos mostraba una enorme destreza por complacer los deseos de Ava, despojada de todas sus estrellas, sedienta de afecto. Su cuerpo temblaba en espasmos que se aceleraban cuando Luis Miguel alcanzaba el cénit húmedo de su rincón más íntimo. Sus soledades se fundieron en un abrazo carnal de fuego que llenó aquel espacio de colores nuevos. Se convirtieron en un todo, ajenos a lo que acontecía a su alrededor. Ava notaba el aliento caliente de Luis Miguel en su oído y aquel sonido la alejó por completo de su identidad. Tan solo un hombre y una mujer salvajemente atraídos, amándose en la claridad de aquel día de invierno, mientras se unían sus destinos. No se pedían nada a cambio de aquella moneda de amor incandescente que se entregaban. Era un sencillo acto generoso y altruista sacudido por la espuma de unas olas que lo salpicaban todo. Amaban amando en un movimiento agitado y compulsivo. Estallaron miles de estrellas en aquella mañana de diciembre que se convirtió en infinita. Ava no pudo reprimir las lágrimas. Brotaron de sus ojos sin medida. Hacía tiempo que deseaba que la amaran. Se sintió mujer. Solo eso. En aquel rincón de aquella finca, se había obrado el milagro. Volvía a ser ella, después de tantos meses usurpando una identidad impuesta. No hubo mentira, solo una verdad, y se sintió inmensamente feliz.

Se quedaron sobre el lecho extenuados. No podían hablar. Las palabras hubieran dejado pequeño el milagro que acababa de acontecer. El silencio ocupó aquel espacio que minutos antes habían llenado sus respiraciones. Decidieron cerrar los ojos y esperar, esperar, esperar...

En la centralita del hotel Hilton recibieron una llamada desde Roma. El director Joseph Leo Mankiewicz necesitaba localizar a Ava Gardner. Bappie contestó en su nombre.

—Siento mucho que mi hermana no esté aquí. ¿Ocurre algo?

—Necesitaría que viniera a Roma pasado mañana. Hay que hacer una prueba de maquillaje y vestuario. Además, me gustaría repasar el texto con los actores antes de comenzar el rodaje.

—¿Pasado mañana?

—Sí, la dejaré libre todas las fiestas hasta el primero de enero. Esto de ahora nos llevará solo dos o tres días. ¿Cuento con ella?

—Por supuesto. No se preocupe, mi hermana estará allí. Tendrán todo organizado para su estancia en Roma, ¿verdad?

—Sí, hemos buscado una habitación en el Grand Hotel. Ahí nos alojamos yo mismo y el resto de los actores. Se trata de un lugar extraordinario.

—Muy bien, pero sería mejor que le encontraran un apartamento lo más parecido a una casa. En los hoteles se agobia mucho. Además, queremos acompañarla otra persona y yo para hacerle la vida más fácil. La pobre siempre está fuera de casa.

—OK, pediré que vayan buscando un apartamento para cuando iniciemos el rodaje en unos días.

—Ava se lo agradecerá muchísimo.

—¡Hecho!

El sonido del teléfono de la habitación de invitados sonó varias veces en Villa Paz hasta que los dos amantes reaccionaron. Lo descolgó Luis Miguel.

—¿Sí? ¿Quién llama?

—¿Está Ava? Soy Bappie.

—Sí, ahora mismo se pone... —Luis Miguel la besó en los labios—. Te llama tu hermana.

Ava puso cara de incredulidad y finalmente contestó. Luis Miguel se fue al baño a darse una ducha.

—¿Bappie? ¿Qué ocurre?

—Ava, menos mal que me quedé en el Hilton. Ha llamado Mankiewicz y quiere que pasado mañana estés en Roma. Necesita hacerte pruebas de vestuario y repasar el texto.

—¡Oh, no! Bappie, no puedo ir. Lo haré en enero, pero ahora dile que me quiero quedar aquí.

—No seas caprichosa. Lo primero es lo primero.

—¡Joder! ¿Alguien piensa en mí alguna vez?

—Sí, yo. No hago otra cosa y te digo que mañana tienes que regresar a Madrid para que pasado mañana puedas coger el primer avión a Roma. Yo me encargo de los billetes. Tranquila. Va a ser una buena película para ti. No lo veas como una tortura.

—En este momento no lo puedo ver de otra forma.

—Mañana por la tarde debes estar en Madrid. ¿Me oyes? No lo estropees.

—Joder! ¡Maldita sea! ¡Allí estaré! —Colgó rabiosa. Hubiera deseado paralizar el tiempo y seguir al lado de Luis Miguel tal y como habían estado hacía diez minutos. «No te enamores, no te enamores», se decía a sí misma.

Se metió en la ducha con él y le contó el contenido de la llamada que acababa de recibir.

—¿Te das cuenta de que mi vida es una mierda?

—No pasa nada, son dos días. Te esperaré. Tranquila...

Luis Miguel le hacía todo fácil. Decidió aprovechar aquellas horas al máximo. Se pusieron cómodos y después de comer salieron a dar una vuelta por la finca. Tenían día y medio para disfrutar y conocerse más a fondo. Quisieron relajarse y no compartirlo con nadie más.

—Ava, ¿qué planes tienes para el futuro?

—Ya te lo he dicho. Instalarme en España y conocerte mejor... Sabes que me gustas mucho.

—Ya... —La contestación le supo a poco.

—Evidentemente, la razón principal por la que me vendré a vivir aquí es porque estás tú —fue más explícita.

—Cuando salgo con una mujer, no me gusta esconderme. ¿Tendré que seguir sorteando a periodistas y fotógrafos?

—Por lo menos hasta que obtenga el divorcio, si no, en mi país me pueden crucificar. Ya lo hicieron cuando me achacaron la ruptura del matrimonio entre Frank y Nancy. ¡Oh, mencionar su nombre me da urticaria!

Pasearon por la impresionante finca de más de dos mil hectáreas y la llevó hasta la orilla del río Cigüela, que ese año bajaba muy caudaloso.

—¿Tienes frío?

—¡Ninguno!

—Pues te voy a llevar a un lugar único, pero tenemos que coger el coche.

A unos cuatro kilómetros del pueblo, llegaron al manantial de Fuencaliente. En él afloraban trescientos litros de agua por minuto a diecinueve grados de temperatura.

—Son aguas astringentes y recomendadas para las personas enfermas de reúma y parálisis o para los que desean prevenirlas. —Bebieron y continuaron la excursión—. Espera a ver otro lugar...

Llegaron hasta un rincón llamado La Garita, en una zona de piedra caliza que se distinguía por sus cortados de unos veinticinco metros de altura.

—Este lugar me parece realmente precioso, Miguel. No me extraña que te quieras escapar aquí huyendo de la ciudad.

—Aquí está mi mundo, Ava. Piensa que mi familia es de campo. Amo la naturaleza y estar al aire libre me llena de vida.

—Resulta curioso que seamos tan parecidos... Ya sabes que a mí poner los pies en el suelo y andar descalza me da la vida también.

—No te digo que lo hagas ahora porque se te quedarían helados, pero en primavera, cuando acabes la película, podrás andar sin zapatos por aquí todo lo que quieras.

Cuando regresaron a la finca, ya era de noche. Sus tíos y su prima Mariví les estaban esperando para cenar. La actriz agradeció mucho aquella noche tranquila y familiar. Le recordaba a sus noches en casa de sus padres.

—Contadme cómo era Miguel de pequeño... Sería un trasto, digo yo.

Miguel apoyaba a su tía traduciendo aquellas palabras que Ava no entendía.

—De niño ya parecía un viejo por su seriedad y por su determinación de ser torero por encima de cualquier otra cosa. Una vez que los chiquillos se metieron con él, dudando de que fuera a vestirse de luces, Miguel le dio tal puntapié al que se reía de él que su zapato salió volando y rompió un cristal. Aquel hombrecito tenía cinco años.

—Mamá, cuenta más cosas del tío —solicitó Mariví.

—Otra vez vino Ribereño, un torero amigo de su padre, y se metió con el niño sabiendo que quería vestirse de luces. Cuando le cogió en volandas a la hora de despedirse, Miguel aprovechó y le dio dos tortazos. Así era de grande su orgullo.

—Abrió los brazos—. Los toros son su vida y en la familia, cuando se juntan los hermanos, ya no hablan de otra cosa.

—Miguel —tomó su tío la palabra— nació para luchar con los toros y con el público. Mira, cuando ha existido alguna conspiración contra algún torero con el deseo de levantarle de los carteles, mi sobrino se ha negado. ¿Recuerdas el boicot al mexicano Gaona? —le preguntó a su sobrino—. Tú te negaste y le propusiste torear solos un mano a mano, ya que ningún otro se sumaba a hacerlo. Eso luego no te lo perdonó Joselito y te levantaron a ti de los carteles de Sevilla. Es un mundo muy perro este de los toros.

—¡Pobre Ava! ¿No veis que ella no entiende nada de toros ni de toreros? Bueno, con vuestro permiso, nos vamos a retirar a nuestras habitaciones. Queremos madrugar para aprovechar la mañana por el campo.

Hicieron como que se iba cada uno a su habitación. Media hora después, Luis Miguel atravesaba el pasillo con una botella de whisky en la mano y abría la habitación de invitados sin llamar a la puerta.

—Ya estoy aquí. Perdona lo pesados que son mis tíos contando mis andanzas. Yo, en cambio, estaba deseando subirme para poder estar a solas contigo.

Se encendieron un cigarrillo y se acomodaron en los sillones de la habitación a hablar de sus sueños. Luis Miguel sirvió dos copas.

—Yo querría viajar y conocer el mundo entero. Eso sí, al lado de una mujer como tú. Pero no hacer nada más que eso, viajar y vivir.

—Yo ahora no sueño nada. Y si tengo alguno sería el de volver a ser la que era, dejando el cine y dedicando el tiempo a los míos. Lo he pasado muy mal, Miguel. Al lado de Frank un día estaba bien y otro mal. Nunca había grises, ni términos medios. En realidad, no me ha ido bien con ninguno de mis maridos. —Se bebió la copa de un trago.

—Los problemas no se solucionan bebiendo...

—Ya lo sé, los problemas los tengo antes de beber. Es el motivo por el que bebo. Comencé a hacerlo cuando Mickey me dejaba sola en nuestra casa y creía que así combatía mejor la soledad. También una copa me enseñó a adquirir seguridad antes de ponerme delante de una cámara. Después, con Artie, la bebida me ayudó a calmar la ansiedad que sentía ante un hombre que me creía tan mediocre y tan mierda. Y con Frank había que beber para seguir a su lado. Al final, la botella se ha convertido en una fiel compañera.

—La bebida tiene que servir para divertirte, pero no para tapar problemas, ¿entiendes? Si dependes del alcohol para superarlos, llegará un día en que estarás bebiendo desde que te levantas. Te lo digo porque me importas, si no, me callaría.

—Ahora me recuerdas a mi hermana Bappie. —Se sirvió otra copa por el hecho de llevar la contraria, y se la volvió a beber de golpe.

Luis Miguel decidió no seguir mencionando el tema. Le propuso un plan para la mañana.

—¿Te parece que nos levantemos pronto y vayamos a caballo por la finca?

—¡Me encantará!

—Así, de paso, veo cómo están los cultivos.

Se metieron en la cama y encendieron un último cigarrillo. Se sintieron una pareja y disfrutaron de esa sensación. El torero la abrazó fuertemente y Ava, por primera vez, se durmió pronto. Esa noche no aparecieron sus miedos.

«No debes enamorarte, Ava», se repitió como una letanía antes de quedarse dormida.

Los primeros rayos de sol sobre sus caras despertaron al torero. Eran las diez de la mañana y se oía movimiento del personal que trabajaba en la finca. Lo primero que hizo fue contemplar con detalle la belleza tan irresistible de su compañera de cama. Estaba más guapa al natural que maquillada. Despertar a su lado hacía renacer en él todos sus instintos. Tenía el pelo revuelto sobre su cara y su rostro reflejaba placidez y hasta una ligera sonrisa en sus labios. Levantó la sábana y apareció su cuerpo como si se tratara de un sueño. Sus piernas semiabiertas y sus pechos turgentes parecían mirarle como ávidas pupilas. Deseó quemarse en el calor de ese día y la fue despertando lentamente con sus besos... La deseaba con todas sus fuerzas y la hizo suya sin que Ava supiera a ciencia cierta si aquello era un sueño o algo real. Ella decidió no oponer resistencia y se unió al vaivén de aquel oleaje tan pasional. No encontró mejor forma de empezar el día.

Al bajar al comedor, su tía había hecho preparar un desayuno más propio de un hotel que de una casa. Había churros, huevos, chorizo, beicon, pastas... Ava no sabía qué descartar y optó por comer un poco de todo. Parecía tan insaciable como en el amor.

Media hora después paseaban por la finca sobre dos yeguas alazanas. Aquel día no se veía casi el sol porque el cielo estaba encapotado. Amenazaba lluvia, pero para cuando cayeran las primeras gotas, ellos ya estarían camino de Madrid. Fueron horas inolvidables, en las que los dos supieron que merecía la pena haber esperado tanto tiempo para reencontrarse.

—¿Volverás en cuanto puedas o te perderás por Roma con Bogart?

—No, con Bogart te aseguro que no. Es amigo de Frankie. Me hará la vida imposible. Volveré en cuanto me suelte Mankiewicz. Ha prometido que estaré aquí para mi cumpleaños.

—Contaré las horas.

—Yo también...

A la mañana siguiente, Ava partió para Roma. Dormir sola todavía le parecía algo insuperable, pero prefirió que Bappie y Reenie se quedaran en Madrid. Cuando llegó al aeropuerto de Ciampino, en Roma, una multitud de fotógrafos y periodistas la esperaban formando un pasillo. A todos conquistó con su imagen fresca, sencilla y encantadora. David Hanna, jefe de publicidad de la productora, y Michael Waszynski, su asistente personal, esperaron pacientemente a que acabara la sesión de fotos y las preguntas de los reporteros. Se cayeron los tres muy bien. Hubo química, y a la actriz le gustó el detalle de encontrar inundada de flores su habitación. Una tarjeta de Mankiewicz le daba la bienvenida y numerosas botellas de champán, estratégicamente colocadas por la estancia, la invitaban a celebrar su llegada a Roma. Esa misma noche quedó con Hanna para cenar con los mandamases de la productora.

Cuando entraron en el restaurante Alfredo, ya les estaba esperando el presidente de United Artist, Arthur Krim, y el máximo responsable de DEAR Films, Robert Haggiag, la compañía que representaba a la UA en Italia. Ava se mostró encantadora, divertida y cercana. Logró con su actitud alejar de ellos el pensamiento de que estaban ante una actriz problemática. El dueño del restaurante le preparó su especialidad gastronómica: los fettuccine. La actriz los alabó muchísimo y felicitó al propio Alfredo llena de entusiasmo.

—Nunca hago dieta ni ejercicio. De modo que podemos seguir probando platos.

—¡Qué suerte! No todas las estrellas pueden decir lo mismo.

De todos modos, decidió frenarse a la hora de beber —las palabras del torero habían surtido efecto, aunque le diese a entender todo lo contrario—. Después de la cena, una sola copa y se fueron pronto a acostar, puesto que a las nueve y media los había citado a todos el director.

Sola en la suite del hotel, regresaron los viejos miedos, sus fieles compañeros. A las tres de la mañana ya no pudo aguantar más y llamó a Hanna.

—David, no puedo dormir. No soporto las camas de los hoteles. Necesito un apartamento ya. Algo que me recuerde a una casa. ¡Estos jodidos hoteles no son para mí!

—Ava, ¿sabes qué hora es?

—Sí, son las jodidas tres de la mañana y no logro pegar ojo.

—Pero puedes imaginar que a esta hora no puedo encontrarte un apartamento.

—¿Qué te lo impide?

—¡La hora que es!

—Está bien, a las nueve de la mañana espero que lo tengas solucionado. ¡Mierda! —Colgó furiosa.

Dio vueltas en la cama sin lograr conciliar el sueño. Se levantó, se dio un baño caliente pero no hubo forma de cerrar los ojos. No se le ocurrió nada mejor que llamar a Mankiewicz. Al fin y a la postre, ella era la estrella de la película.

—Joe, soy Ava...

—¿Te ocurre algo? —se le oyó decir con voz somnolienta.

—Sí, tu jodido David Hanna me ha tratado como una puta mierda.

—¿Qué ha pasado?

—Que no soporto dormir en hoteles y me ha dicho que hasta mañana no lo puede solucionar y se ha quedado tan tranquilo. Mientras, yo aquí estoy jodida.

—Yo tampoco puedo hacer nada a estas horas. Son las cuatro de la mañana. Tranquilízate y mañana lo arreglaremos inmediatamente. A las nueve y media te quiero en Cinecittà.

—Allí estaré. Nadie me entiende... —Colgó y despotricó también contra el director. Cogió cuanto pilló encima de las mesas y lo tiró al suelo—. ¡Joder! ¿Es tan difícil llevarme a un jodido apartamento?

No se durmió hasta las seis de la mañana cuando el cansancio del viaje y el sueño acabaron por vencerla.

49

Sonó el teléfono de la suite y Ava no lo cogió. No podía. Estaba completamente dormida. A los diez minutos, alguien comenzó a golpear la puerta con insistencia. Un cuarto de hora después, una camarera del hotel accedía a la habitación con una llave maestra. David Hanna entró con sigilo.

—¿Ava? ¿Ava? ¿Estás dormida? —Encendió la luz y vio todo lleno de cristales rotos por el suelo y a la actriz envuelta entre las sábanas con la almohada por encima de la cabeza—. ¡Ava! Tenemos que estar en una hora en una reunión de actores. No puedes llegar tarde.

—¡Déjame en paz! ¿Por qué no me hiciste caso esta noche cuando te llamé?

—Eran las tres de la mañana, Ava.

—No me podía dormir... Ahora no me puedo levantar.

Hanna se fue al baño, llenó de agua una de las cubiteras en las que se enfriaba el champán y se la echó a la cara sin ningún tipo de contemplación.

—¡Mierda! ¿Qué haces? —dijo la actriz—. ¡Serás cabrón!

—¡Ava! Esperaré abajo media hora y, si no estás, me iré sin ti a la reunión.

Hanna se fue enfadado a la recepción del hotel y, tras fumarse cinco cigarrillos, pidió un taxi. Cuando iba a irse cansado de esperar, se abrió la puerta del ascensor y apareció la actriz vestida con traje de chaqueta, poco maquillada y muy perfumada, luciendo la mejor de las sonrisas.

—Justo cuando ya me iba a ir...

—David, te pones muy nervioso. No pasa nada... Salvo que quiero un jodido apartamento.

—¡Qué raras sois las estrellas! Te aseguro que antes de comer lo tienes.

—Eso espero. —Le revolvió el pelo con simpatía. Hanna no entendía nada. La actriz podía pasar de ser la mujer más perturbada del mundo a la más encantadora. Y no parecía que estuviera actuando. ¡Era así!

Fueron en taxi hasta la vía Tuscolana, en la parte oriental de Roma, donde se encontraba el complejo de estudios de cine y de televisión Cinecittà. Cuando entraron en la reunión, todos los actores ya habían tomado asiento. Mankiewicz les estaba dando la bienvenida. Al verla paró de hablar y la recibió con una enorme sonrisa, invitándola a que se sentara. Ava lo hizo al lado de Bogart. El actor saludó con la mano, pero no se mostró simpático con ella. El resto del reparto, sí. Todos le sonrieron y ella les devolvió una mirada pícara. Con la lectura en voz alta del guion, Hanna se ausentó de la reunión. Dos horas después ya estaba de vuelta. Se acercó a Ava y le susurró algo al oído.

—Ya tienes más que un apartamento. Te he encontrado una casa grande en la primera planta de un viejo edificio del bullicioso Corso d'Italia. Me he permitido trasladar todas tus cosas allí.

—¡Oh, eres realmente adorable!

—Tendrás ruido de tráfico y de gente... pero el edificio vale la pena. Los muebles son un poco oscuros y un tanto recargados. A lo mejor no te gustan.

—No te preocupes. Me encantará.

Antes de comenzar a releer su parte, se descalzó.

—No me importaría estar así toda la película. —Mostró

sus pies a la vez que movía sus piernas en el aire. Todos se rieron menos Bogart.

—Mi querida Ava, me temo que en alguna secuencia tendrás que ponerte zapatos... —continuó Mankiewicz.

Cuando el director les pidió que dejaran de leer e interpretaran sus papeles, Ava inició su diálogo con Bogart y este estuvo muy desagradable con ella.

—¡Eh, Mankiewicz! ¿Puedes decirle a esta dama que hable un poco más alto? No me entero de lo que dice.

—Estamos ensayando, Humphrey. Lo que sí quiero que se note en la interpretación es que transformáis a una joven bailarina de un cabaré de mala muerte en una gran estrella, y tú, Ava, tienes que creértelo. Pasar de la nada al todo cuando te conviertan en María D'Amata.

A ella no le costaba imaginárselo porque el guion parecía una réplica de su propia vida. Con rabia contenida, se esforzó más. En aquella sala, sin cámaras delante, se percibió que su interpretación sería una de las mejores de su carrera. La actriz no se volvió a dirigir a Bogart. Aquel desprecio delante de todos marcaría no solo los días previos al rodaje, sino todos los demás.

—Será una gran película y la tuya una gran interpretación —le dijo Rossano Brazzi, el actor que haría de su marido, el conde Vincenzo Torlato-Favrini, quien le cayó bien desde el primer momento.

El director detuvo la lectura y quedaron para la mañana siguiente, porque después de comer los actores debían probarse los trajes de la película. Las hermanas Fontana —Zoe, Micol y Giovanna— eran las diseñadoras del vestuario de Ava. Tuvieron que rectificar muy poco sobre las medidas que tenían de la actriz.

—Son trajes increíblemente bellos. Tengo que felicitaros por el diseño, las telas y la confección —les dijo con toda sinceridad.

—Según la revista *Vogue*, nuestras habilidades son parecidas a las de las monjas en la Edad Media —comentó Micol, provocando la risa de Ava.

—Estos vestidos, Ava, marcarán tendencia. Ya lo verás —añadió Zoe.

—Seguro, porque son maravillosos y sexys.

Después de la prueba, David Hanna se la llevó hasta el estudio del escultor búlgaro Assen Peikov. El bigotudo artista miró a la actriz de arriba abajo como quien observa una pieza de arte. Su cometido sería realizar una escultura de la actriz en un tiempo récord.

—A ver, a ver... —Giró alrededor de ella—. Haré de ti una diosa... Si quieres, podemos empezar hoy.

—Por mí, sí. Quiero regresar a España cuanto antes. Me gustaría pasar allí las fiestas y mi cumpleaños, que coincide con la Nochebuena.

—Pues... si te puedes quedar en combinación, te lo agradecería —le pidió sin dejar de dar vueltas en torno a su figura.

—Si no hay más remedio. —Se quitó el abrigo y el traje de chaqueta y se quedó con una fina combinación de color carne, que, al menos, le mitigaba la vergüenza que sentía delante de aquel desconocido.

David Hanna quedó en volver a por ella en dos horas. Al principio, cuando se quedó sola, le turbaba la forma de mirar del escultor pero, poco a poco, se fue desinhibiendo. En el estudio hacía mucho frío y humedad. Varios barreños estratégicamente situados recogían el agua que rezumaba de unas goteras que tenían historia. Al poco rato de estar posando, la actriz comenzó a temblar. El escultor se disculpó y enchufó una estufa que caldeó algo el ambiente. Sin embargo, la cara del artista era de una constante insatisfacción.

—Sucede algo? —preguntó la actriz.

—No acabo de inspirarme con la combinación. Si pudiera quitársela...

—¿Quiere que me quite la combinación? ¿Es necesario?

—Para mí, sí.

La actriz hubiera deseado salir de allí corriendo. Más que un artista, le pareció un pervertido... Pero le hizo caso y se quedó en ropa interior. El frío que sentía se incrementó. El escultor subió la temperatura de la estufa. Ava comenzó a tiritar y estornudar simultáneamente... Se la notaba cansada y le dijo que ya no aguantaba más en la misma posición. Él lo comprendió y dio por acabada la primera sesión. Ava esperó la llegada de Hanna con el abrigo puesto... Esa noche quiso cenar en su apartamento, estaba agotada y notaba que el frío había calado en su cuerpo. Además, deseaba estudiar a fondo el guion para que Bogart no volviera a decir nada negativo sobre su interpretación.

Le gustó aquella casa vetusta, de muebles antiguos, que le había buscado el jefe de publicidad. Le recordaba a la pensión de sus padres, con el ajetreo de la gente paseando por la calle y las bocinas de los coches. Tanto ruido le hizo sentir que no estaba sola. Antes de acostarse, llamó a Hanna.

—David, me gusta la casa y me encanta el ruido, pero... necesito un gran espejo. Debo ensayar los bailes y me vendría muy bien.

—No te preocupes, mañana mismo lo tendrás.

—¡Eres estupendo!

—Tú también. Acuéstate, Ava. Hoy has tenido mucho tute.

—Sí, creo que dormiré bien porque estoy cansadísima. ¡Hasta mañana!

El ruido de los coches y de la gente la hizo entrar en un agradable sopor rápidamente. Ava pensaba en Luis Miguel y en el día y medio que había pasado en su finca. La había amado bien. Le echó de menos y se abrazó a la almohada. Justo cuando empezaba a dormirse, sonó el teléfono. Tardó en comprender que ese sonido no era de su sueño. Se levantó y pudo descolgar no sin soltar varios improperios.

—¿Quién es? —refunfuñó.

—Soy yo, Frank. Necesitaba oír tu voz. Humphrey me ha proporcionado este teléfono.

—No entiendo nada. ¿Sabes qué hora es? Tu amigo ha estado muy solícito contigo, pero conmigo no ha podido ser más grosero.

—Bueno, ya sabes cómo es... Te llamaba porque en un par de días voy a cantar a Londres. Estaba pensando que, después de mi actuación, podía pasarme por Roma a verte. ¿Qué te parece?

—Bueno, si quieres... —Otra vez no fue capaz de decirle que no. Su voz sonaba muy lastimera.

—Te echo de menos, Ava. Estoy jodido, muy jodido. Ha sido mi cumpleaños y esperaba una sola llamada: la tuya, y no la hiciste.

—Pero, Frankie, hemos decidido separarnos. No puedo hacer como si no hubiera ocurrido nada... Ha pasado algo muy gordo.

—Yo no he decidido separarme. Creo que deberíamos hablar para solucionar nuestro matrimonio de una vez por todas. Si no lo intento, mi vida siempre será lunes, ¿entiendes? Y no me has enviado los papeles del divorcio, eso me da una esperanza...

Ava estaba agotada y más al oír la voz del hombre al que no había conseguido dejar de querer. Resurgía de la oscuridad de la noche y volvía a remover los cimientos de su vida.

—Haz lo que quieras, Frankie. No me siento capaz de decirte que no.

—Gracias, nena. No te arrepentirás.

A pesar del cansancio, la ansiedad pudo con ella y ya no logró pegar ojo. Otra vez la sombra de Frank Sinatra sobre ella. Aquello parecía una tortura eterna. De nuevo surgía su presencia cuando daba por pasada esa página de su vida.

Al día siguiente, cuando Hanna llegó a por ella, ya estaba

vestida y maquillada. Fue una forma de disimular sus ojeras. Había repasado el guion una docena de veces y ya casi se lo sabía de memoria. En la lectura de ese día, Ava comprendió que la mujer a la que encarnaba se había convertido en una ficha del tablero de Hollywood.

—Ava, tienes que comprender que ella es una mujer manipulada por la maquinaria hollywoodiense y que juegan con ella a su antojo —le explicó Mankiewicz.

—Eso lo conozco perfectamente... —Ava estornudó varias veces—. No me costará meterme en su piel —comentó muy seria mientras se sonaba—. Se ve que me he resfriado.

—El hecho de querer estar siempre descalza —continuó el director— simboliza las ansias de libertad del personaje. Una mujer que no pertenece a ningún hombre, aunque al mismo tiempo siempre está buscando una persona a la que amar, y cuando la encuentra, el infortunio se ceba sobre ella. Y tú, Humphrey, eres el hilo de la narración. Todo empieza con el funeral de ella y tú, como director de cine y miembro de la comitiva fúnebre, comienzas a contarnos la vida del personaje. La vida de María tiene muchas similitudes con la historia de la Cenicienta.

Ava pensó que esa era una coincidencia más, porque en alguna ocasión los periodistas la habían llamado la Cenicienta de Hollywood. «Cómo se parece a mí», no dejó de pensar en toda la sesión.

Por la tarde volvió al estudio del escultor búlgaro. Lo encontró más caldeado gracias a la presencia de otra estufa más.

—Creo que ayer me resfrié. Hoy no he parado de estornudar.

—Lo siento de veras. Hoy notará el ambiente mejor.

—Sí, eso parece —dijo detrás del biombo donde se quitó la ropa. Volvió a salir con una combinación sin ropa interior.

—Gracias por quitarse usted casi todo... Trabajaré mejor...

Ava se abstrajo de donde estaba y pensó en la visita de

Frank a Roma. No entendía cómo no le había contestado que no fuera. Ahora surgía para ella un problema.

—No sé, hoy no me inspiro. La veo incómoda... Quizá si apartara los tirantes...

Ava se soltó los tirantes y poco a poco la combinación se fue deslizando hacia abajo dejando sus pechos al aire...

—Así mucho mejor. —Se le veía activo y contento contemplando al natural los pechos de la actriz.

Ava seguía con sus pensamientos y apareció en su mirada un halo de tristeza que al escultor le gustó. Esa mirada no era impuesta, se trataba del reflejo de su alma.

—Ava, si fuera tan amable de quitarse la combinación completamente...

No rechistó. Tenía ganas de acabar cuanto antes aquella tediosa sesión y le hizo caso. Se quedó completamente desnuda frente al escultor, que no dejaba de subirse las gafas que una y otra vez se le escurrían por el sudor que caía de su frente.

—¡Maravilloso! ¡Maravilloso! —repetía mientras modelaba la arcilla, paso previo a esculpirla en mármol.

Después de tres horas en las que Ava se había transportado con la mente a lo que ella consideraba el paraíso —rodeada de animales en el campo y cerca del único hombre con el que se había sentido mujer—, oyó exclamar al escultor:

—¡Lo tengo! Vístase cuando quiera. ¿Me ha oído? Puede usted vestirse, que su tortura ya ha terminado.

Ava reaccionó tapándose tímidamente con la sábana en la que se apoyaba.

—Espero que, cuando la tenga en mármol, le guste al director. Antes le enseñaré la prueba.

—Muy bien. Muchas gracias. —No le dijo mucho más. Aunque a la gente le costara creerlo, tenía brotes de timidez que nadie comprendía pero procedían de su pasado. Ella, de jovencita, había sido extremadamente tímida. Ahora, a punto de cumplir los treinta y un años, no sabía ni quién era en realidad. Como decía el conde en el guion de la película: «Casi la única parte de mí que no quedó destruida fue mi corazón». Pensó que a ella le ocurría lo mismo.

Al día siguiente, a punto de concluir la tercera lectura, apareció el director de fotografía, Jack Cardiff, que conocía a Ava del rodaje de la película *Pandora y el holandés errante*. Los dos se fundieron en un abrazo.

—Jack, no sabes lo que me alegro de que estés aquí. Por fin, una cara amiga en este rodaje en el que todos nos vemos por primera vez, y alguno tampoco es que me haya recibido con los brazos abiertos.

—¿A quién te refieres?

—A Humphrey... Se cree por encima del bien y del mal. No sabes lo grosero y maleducado que ha estado conmigo.

—No le hagas ni caso. Eso es que sabe que tú vas a brillar tanto como él.

Mankiewicz interrumpió la conversación y le comentó a Ava que la prueba en arcilla no le servía.

—Por Dios, Joe. Me he cogido un terrible resfriado porque ese tío no estaba contento con que estuviera en ropa interior y hasta hacerme desnudar no ha parado.

—Pues esa escultura no debe salir así. Por una de estas cosas nos pueden echar para atrás la película. Se ve claramente que eres tú completamente desnuda.

—¡Claro! Como quería ese hombre.

—Pues ya le he dicho que te ponga un velo por encima o una túnica para disimular tu cuerpo.

—¿Tengo que volver a posar?

—No, afortunadamente, no. Pero me tenías que haber dicho que estabas posando sin ropa.

—Eso fue ayer, porque veía su cara de jodida insatisfacción. Aunque no lo creas, lo pasé fatal porque yo no le conozco de nada y soy tímida. Sé que resulta difícil de creer, pero lo soy. —Recordó que le había ocurrido lo mismo en la película *Venus era mujer.*

—Bueno, solucionado, pero, a partir de ahora, todo lo que te llame la atención o te choque, me lo comunicas. Te podía haber evitado ese mal rato. A cambio una buena noticia: te puedes ir a España. Nosotros ahora vamos a trabajar en los escenarios y no tienes por qué estar.

—¡Eres estupendo! —Le abrazó—. ¿Cuándo quieres que vuelva?

—El día 1 de enero por la tarde. El 2 comenzaremos a rodar... Te quiero fresca y en buenas condiciones. Vamos a trabajar en un tiempo récord.

—¿Cuánto calculas?

—En marzo tenemos que haber acabado. De no ser así, me salgo del presupuesto.

Ava se despidió de todos y decidió hacer la maleta e irse. David Hanna le consiguió el primer vuelo para España. Por la tarde estaría ya en Madrid.

A primera hora de la tarde, su avión aterrizaba en Barajas. Luis Miguel la esperaba en el coche. Esta vez el fotógrafo de EFE no los iba a pillar. Bappie fue la encargada de recibirla y llevarla hasta donde la esperaba el torero.

—No lo creerás, pero en cuanto cerraba los ojos, te veía a ti. Me moría de ganas de volver contigo. —Le dio un beso en la boca.

—¡Bienvenida! ¿Hasta cuándo te vas a quedar?

—El 1 tengo que estar en Roma. Cogeré un avión esa misma mañana. La productora se encargará de todo. ¿Sabes? Me han conseguido un piso enorme en uno de los barrios más bulliciosos de la ciudad y estoy feliz.

—Sí, mi hermana es así. Todos deseamos no oír nada de ruido, pero Ava, al contrario: cuanto más barullo y más sonido de coches, mejor.

—Sabes que no soporto la sensación de soledad. Me vuelve loca, y el ruido me hace pensar que estoy rodeada de gente.

Luis Miguel las llevó hasta la Cervecería Alemana, donde se encontraban su cuadrilla, Chocolate y sus dos hermanos. Nada más verlas, el dueño se secó las manos, salió del mostrador y fue a saludarlas.

—Para mí es un honor tenerlas aquí. Están invitadas a lo que quieran.

—¿A nosotros qué? —se oyó de lejos la voz de Domingo.

—Ya está tu hermano... ¡Pues claro, vosotros también! ¡Menuda cara tienes, Domingo!

Fue decir eso y Domingo gritó en voz alta la frase que más odiaba el dueño: «¡Invita la casa!». Todos aplaudieron y ya no pudo dar marcha atrás. El propio Domingo le ayudó a servir cañas y vasos de vino.

Por su parte, Luis Miguel enseñaba a Bappie a decir palabras y frases malsonantes para que cuando llegara alguien a saludarle, gastarle la broma. Aparecieron don Marcelino y Canito, y la hermana de Ava soltó la primera:

—Se me caen las bragas de verte...

Don Marcelino por poco pierde el equilibrio y Canito se echó a reír.

—Muy bien dicho... pero que muy bien —rio el fotógrafo.

Ava era cómplice de lo que estaba pasando y siguió la broma sin comentarle nada a su hermana. Bappie estaba pasando el calvario que ya le había tocado a ella. Antes de que la mujer de un empresario se acercara a saludarles, Luis Miguel le enseñó otra frase que enseguida puso en práctica:

—Encantada, señora coñazo...

La mujer, entre el bullicio del bar y la frase pronunciada por una extranjera, pensó que había oído mal. Pero cuando se dio la vuelta y anduvo varios pasos, oyó las risas.

Luis Miguel y sus hermanos disfrutaban muchísimo con este tipo de bromas. Al rato apareció el doctor Vallejo-Nágera, al que no veía desde hacía tiempo. Bappie también le dedicó una frase...

—Nos salen granos de verte.

Pero el doctor ni se inmutó. Sabía que era cosa del torero y la saludó como si nada.

—El doctor es un sieso... No le hacen gracia las bromas. ¿Qué tal te va, amigo?

—Muy bien. Como siempre, trabajando y estudiando mucho. ¿Qué tal por América? Me han dicho que has triunfado.

—No me ha ido mal. Espero que me acompañes a Arlés antes del verano. Se ha empeñado mi amigo Cocteau. ¿Vendrás o tus locos te lo impedirán?

—Hombre, con tanto tiempo, algo apañaré. No me lo quiero perder, pero tampoco lo sé a ciencia cierta.

Bebieron vino y cerveza y tomaron tantos aperitivos que ya no tuvieron ganas de cenar en su casa. Canito aprovechó el momento en el que todos se levantaban para acercarse al torero.

—Miguel, necesito cobrar los últimos trabajos. Tengo a mi mujer bastante mosqueada y me vendría bien que me pagaras.

—¡Domingo, paga a Canito lo que se le debe!

—Al final, has conquistado a la mujer más bella del mundo. ¡Eres un canalla! ¡Me das mucha envidia!

—Te quejarás... Oye, ¿por qué no te vienes a Villa Paz y nos haces algunas fotos? Doy una fiestecita flamenca para los amigos americanos de Ava. Puede ser divertido...

—¡Cuenta conmigo!

Teodoro los llevó hasta el Hilton.

—¡Cámbiate rápido! Deberíamos salir para Saelices cuanto antes.

—¡Por supuesto! Pero esta vez me llevo a Bappie. Reenie se queda con los perros en el hotel. Alguien tiene que estar de guardia por si me llaman de nuevo.

Media hora después salían camino de Villa Paz. Esta vez les llevó más de lo habitual, ya que la carretera estaba cortada por la nieve y las lluvias que habían caído en las últimas horas, formando balsas.

Esa noche acudieron a Villa Paz los amigos americanos, que deseaban ver a Ava antes de su cumpleaños para felicitarla: Aline Griffith y su marido, el conde de Quintanilla; los Grant; los Sicre; el escritor y guionista Peter Viertel y el multimillonario Frank Ryan. Este último les invitó a todos a pasar la Nochebuena en su casa de La Moraleja y la mayoría aceptó. Luis Miguel tuvo que cambiar sus planes. Hablaría con la familia para pasar la Nochebuena en Madrid.

Durante toda la velada charlaron a caballo entre el inglés y el español. La conversación enseguida derivó a contar anécdotas de otros toreros que habían dejado el listón muy alto a las generaciones posteriores.

—¿Es cierto lo que comentan que le dijo Rafael el Gallo a Ortega y Gasset? —preguntó Aline.

—Esto yo lo sé de primera mano —contestó Luis Miguel—. Estaba el Gallo en una fiesta que se celebraba en un hotel de Madrid y de pronto alguien le presenta a José Ortega y Gasset. Cuando se fue el filósofo, preguntó quién era ese con pinta de *estudiao* y alguien le intentó explicar que se trataba de una persona que se dedicaba a pensar y a analizar el pensamiento de la gente. Después de un momento en el que se quedó parado sin decir nada, comentó: «Hay gente *pa to*».

—Luis Miguel se rio con ganas y sus invitados, también.

—El Gallo tiene muchas anécdotas —comentó Canito—. Estaba con unos amigos en un café y a la hora de pagar a alguien se le cayó un duro de plata. Todos se agacharon debajo de la mesa para encontrarlo, pero no se veía nada. Rafael cogió un billete de mil pesetas, se agachó también y le prendió fuego. Entonces sentenció: «A ver si ahora con más luz aparece la monedita». —Así eran las ocurrencias de uno de los toreros a los que la afición respetaba más—. Me gustaba mucho ir a Sevilla y visitar Los Corales, allí se organizaba una tertulia muy interesante en torno a Juan Belmonte, Joselito y Rafael el Gallo. Tristemente, este año han cerrado. Al parecer, los dueños quieren abrir otro restaurante.

—¡Anda, pues sí que lo siento! —comentó el conde de Quintanilla—. Yo fui a esa tertulia también en compañía de un torero. Doy fe de que era magnífica.

—¡Qué ratos más maravillosos! ¡Qué conversaciones más amenas! ¡Cuántas veces he lamentado no ir con una cámara del *Nodo!* Pero aquí hay dos señoras que bien podrían contar sus experiencias, que no son pequeñas.

—¿A quién te refieres, Cano?

—A Betty Sicre y a Aline Griffith. Si ellas hablaran...

—Lo nuestro, comparado con las anécdotas de toreros, es menos divertido —comentó Betty.

—Hay que reconocer que alguna experiencia digna de contar sí tenemos. El espionaje también da para mucho, pero ¿qué tal si jugamos al pinacle o al bacarrá? —A Aline no le gustaba hablar de su reciente pasado. Daba la sensación de que, aunque no lo supiera su marido, seguía de alguna manera ligada a los servicios secretos.

Organizaron dos mesas de pinacle y comenzaron a jugar. Luis Miguel había invitado a su amigo, Emilio Cuevas, Cuevitas, fotógrafo como Cano, a tomar algo a la finca y este llegó justo en ese momento. El tiempo pasó a toda velocidad entre las cartas y la bebida... A primeras horas de la mañana decidieron dejarlo. Luis Miguel ofreció su casa para que todos durmieran allí. Aceptaron y se fueron a la cama en torno a las diez de la mañana. Doreen, en un aparte, le preguntó a Ava por sus planes con el torero.

—¿Piensas casarte con él?

—Si todavía no me he separado de Frank, dame tiempo. —Ava había bebido mucho—. Pero te aseguro que no entra en mis planes volverme a casar. Miguel me gusta mucho. Es encantador, divertido y, sobre todo, no me necesita. Tampoco busca publicidad, como tantos hombres que me han rondado. Miguel tiene todo lo que quiere.

—Me parece que hacéis una pareja extraordinaria.

—Lo sé. Pienso lo mismo, pero ahora soy libre y esa sensación no la cambio por nada en este momento. ¡Todo me da vueltas, Doreen! Creo que me he pasado con la bebida. Será mejor que me acueste.

Siete horas después de aquella fiesta que dejó con resaca a todos, llamó Reenie muy nerviosa a Villa Paz. Necesitaba hablar con Bappie cuanto antes.

—¡Dime, Reenie! —contestó en voz baja para no despertar a su hermana.

—Bappie, está a punto de ocurrir una tragedia... Frank ha ido a Roma cargado de regalos y, al no encontrar a Ava, se ha cogido un avión privado, ya que el resto de vuelos comerciales estaban completos, para venir a España. Me acaba de llamar David Hanna. Dice que está dispuesto a encontrar a Ava hasta debajo de las piedras. Imagino que vendrá al Hilton, que es donde le han dicho que estaba. ¿Qué vamos a hacer?

50

Bappie salió de su habitación y se fue a despertar a Luis Miguel. Dio unos golpecitos en su puerta y el torero, que tenía un sueño bastante ligero, la hizo pasar. Estaba en calzoncillos pero no le alteró la presencia de la hermana de Ava.

—¿Ocurre algo?

—Sí. Me acaba de llamar Reenie, porque está volando hacia España el todavía marido de Ava, Frank Sinatra.

—¡No me jodas! ¿Qué viene a hacer aquí? ¿No le ha quedado claro que Ava no quiere nada con él?

—Se ve que no. Pero a ella no le beneficia que llegue a sus oídos que estáis juntos. La puede liar. No te imaginas cómo es.

—Está bien, despierta a tu hermana.

—Miguel, ha bebido mucho. Será imposible hacerlo.

—Voy a pedir que suban café a vuestra habitación y entre los dos la vamos a llevar a la bañera. No queda otra que espabilarla a base de agua y café. Tenemos que darnos prisa.

Luis Miguel se vistió rápidamente y se fue con Bappie a despertar a Ava. Entre los dos la llevaron hasta la bañera y abrieron el grifo del agua. La sorpresa del líquido a presión sobre su cuerpo fue tremenda.

—¡Hijos de puta! ¿Qué me estáis haciendo? ¡Dejadme dormir!

—No podemos. Ava, despierta, que está a punto de llegar a Madrid tu marido. ¿Me oyes?

—¿Qué dices de marido? Yo no tengo marido. Soy libre, ¿te enteras?

Luis Miguel dejó a Bappie sola con el mal humor de Ava. Pensó que un amigo que tenía en el Hilton le podría parar los pies a Sinatra y así ganar tiempo. Llamó al hotel y enseguida le localizó.

—Está a punto de llegar Sinatra. Ava no está en el hotel y tardará en llegar. Haz el favor de despistarle y decirle que está en Toledo pasando el día con unos amigos. Coméntale que hasta la noche no regresará. ¿Lo has entendido bien?

—Perfectamente. No te preocupes.

—Muchas gracias, amigo. ¡Gana todo el tiempo que puedas!

Luis Miguel acudió a la habitación de los Grant y les puso sobre aviso de lo que estaba ocurriendo.

—Sería bueno que os fuerais a vuestra casa por si a Frank le da por ir allí. Comentadle que se ha ido a Toledo. ¿Vale? Ya me encargo yo de que llegue despejada al Hilton.

Los Grant se arreglaron rápidamente y se fueron camino de Madrid. Ava no se dejaba vestir y tardó más en salir. Finalmente, entre todos, la obligaron a meterse en el Cadillac, mientras Bappie llevaba sus cosas y la iba arreglando por el camino. Cuando llegaron al Hilton, Sinatra se había ido a casa de los Grant, tal y como había imaginado Dominguín. Encontraron a Reenie llorando como una Magdalena.

—¿Qué ha ocurrido?

—Al no encontrar a Ava, se ha enfadado muchísimo conmigo. Yo le he explicado que estaba en Toledo, una ciudad muy cercana a Madrid, pero que no podía asegurarle con quién se había ido. Se ha puesto hecho una fiera y me ha llamado de todo. Está como un pollo descabezado.

—¡Ese hijo de puta se va a enterar! ¡Oh, mi cabeza! Me va a estallar.

—No puedes ir así a casa de los Grant. Haz el favor de

arreglarte un poco y poner de tu parte para que esta situación se resuelva.

Una hora después, el chófer de Dominguín la llevaba junto a su hermana a casa de sus amigos americanos. Frank les había confesado su estado anímico.

—Estoy jodido. Necesito vuestra ayuda para que Ava vuelva conmigo. No sé vivir sin ella. —Les mostró los recientes cortes en sus muñecas.

—Frank, ¿te has vuelto loco? Hay que aprender a retirarse cuando algo no funciona —le dijo su tocayo.

—¿Quién te ha dicho que lo nuestro no funciona? ¿Ha sido ella? Porque yo creo que nadie la amará como yo la amo...

—¡Tranquilo, Frank!

Media hora después llegaban Ava y su hermana. Cuando vio a Frank, casi se desmaya. Estaba cadavérico y ojeroso. Nunca le había visto en tan mal estado.

—¡Frankie! ¿Cómo te encuentras? —Parecía que no había pasado nada entre ellos—. De modo que al final has venido a verme...

—¿Por qué no me esperaste en Roma? ¿Hay otro hombre en tu vida? Dime la verdad y no me mientas.

—No hay nadie, Frank. Deja de comportarte como un adolescente.

De pronto la actriz vio las marcas de sus muñecas.

—¿Y esto? ¡Frank, por Dios! Reacciona como un adulto. Aunque nos hayamos separado, no puedes hacer estas cosas, porque ¿quién te dice que no volvamos en el futuro?

—Eso me deja una puerta abierta. Nada tiene sentido sin ti. Vuelve conmigo, Ava.

—Por favor, Frankie...

Los Grant decidieron retirarse con Bappie a otro salón. Les dejaron solos con aquella conversación.

—Me engañaste con una jodida corista, ¿cómo pensabas que iba a reaccionar?

—Solo he venido a pedirte perdón y a que me des una sola oportunidad. Una nada más... —Frank tenía los ojos llenos de lágrimas.

—Frank, yo ya no soy la misma. He cambiado mucho desde ese nefasto día...

—Sé que existe alguien. Lo noto en tu mirada. ¿Quién es, el actor que hace de conde y se casa contigo? ¿Ya te lo has follado?

—¡Mierda! ¿Te das cuenta de que no tienes solución? Tu jodida presencia me perturba. ¡No me estoy follando al actor del que todavía no me he aprendido ni su nombre! ¡No! ¿Quién te ha dicho semejante cosa, Humphrey?

—No metas a Bogie en todo esto. Está bien, te pido disculpas de nuevo, pero me muero de celos, nena. Algo aquí dentro —se señaló el pecho— me está quemando. No quiero perderte.

Ava pensó que ya la había perdido hace tiempo, pero disimuló para que no montara un escándalo en casa de los Grant.

—¿Qué tal si nos vamos a cenar? Tengo hambre. ¡Doreen! ¡Bappie! —Aparecieron las dos seguidas de Frank Grant—. ¿Cenamos en Jockey?

—Por supuesto. Deja aquí las cosas, Frankie. Estamos encantados de que te alojes en nuestra casa.

Después de la cena, Ava sugirió ir a un lugar donde estaba segura que acudiría Luis Miguel, el tablao Villa Rosa. Y así fue, el torero ya se encontraba en compañía de su hermano Pepe, don Marcelino, el doctor Vallejo-Nágera, Lola Flores, el productor de cine Cesáreo González, el escritor y autor teatral Edgar Neville y el periodista Alfonso Sánchez, amigos a los que admiraba y respetaba mucho.

Cuando vio a Ava con su marido y los Grant con un temple fuera de lo común, los saludó y los invitó a que se sentaran con ellos. Durante el resto de la noche, Ava le estuvo rozando en la entrepierna con su pie descalzo. Luis Miguel no solo no se incomodaba, sino que aquella circunstancia parecía que le divertía.

—Me encantan sus canciones, señor Sinatra —dijo el doctor, intentando dar normalidad a una situación en la que los más cercanos estaban en tensión—. ¿Se encuentra en Europa por alguna actuación?

—Sí, canté antes de ayer en Londres. Fue bonito... La sala estaba más llena que nunca.

Aprovechando un descanso de Regla Ortega y de Juanito, de la familia gitana Terremoto, salió Lola Flores a demostrar su arte delante de Ava y de Sinatra. Este correspondió aplaudiéndola y cantando —puesto en pie desde su sitio— «Stormy Weather». Comenzó dedicándosela a Lola, pero inmediatamente después miró a su mujer mientras cantaba. Hubo muchos aplausos del público, que se encontró por sorpresa con estas actuaciones. Regresaron los flamencos y, después de escuchar tres bulerías, un fandango y una sevillana más, Sinatra decidió que debían irse a descansar, pero Ava se negó. El cantante no insistió y se marchó de allí enfadado. Los Grant le acompañaron.

En cuanto su marido salió de allí, la actriz empezó a despotricar contra él, mezclando insultos en inglés y en español. No había forma de hacerla callar.

—Tiene un ataque de histeria —aseguró el doctor.

—Pues solo se me ocurre una cosa.

El torero se levantó de su asiento, se fue hacia ella y le dio una bofetada. Uno de sus pendientes de brillantes salió despedido. Ella se quedó sin habla y se echó a llorar. Los invitados disimularon como si no hubieran visto nada. Luis Miguel intentó calmarla.

—Ya pasó... Estás entre amigos.

Pidieron otra ronda de vino y, por más que buscaron el pendiente, no apareció. Ava, recuperada de su ataque de nervios, sugirió cambiar de local e ir a El Duende. Cuando quería algo, no era para mañana, sino para el instante. Luis Miguel aplaudió la idea. Les siguieron Pepe y don Marcelino; el doctor Vallejo-Nágera se fue a su casa y el resto del grupo se quedó en Villa Rosa.

Esa noche en El Duende estaba al frente de todo Gitanillo de Triana. A su suegra no se la esperaba en toda la velada. Para Luis Miguel, Rafael Vega de los Reyes era como un hermano. No había mesa, pero el *maître*, Francisco Román, don Paco, rápidamente les hizo hueco en la sala.

—¡Cuando digo que eres la Salvadora! —Hizo ademán de darle una propina, pero el hombre la rechazó. Se sentaron muy cerca del escenario.

Ava, como ya empezaba a ser costumbre, salió a la tarima invitada por los gitanos que estaban cantando y bailando. La actriz pensaba que en *La condesa descalza* tendría que moverse tal y como lo hacían las jóvenes que allí vestían los trajes de gitana.

—Si conoces bien Madrid, las noches no se acaban nunca —comentó el torero, y lo puso en práctica.

En Nochebuena, el día del cumpleaños de Ava, los conocidos de la actriz acudieron a la cena que se daba en la casa del multimillonario estadounidense Frank Ryan. Luis Miguel no acudiría hasta pasada la medianoche, ya que cenaba con sus padres y hermanos.

Hubo dos novedades en esa noche familiar: Pochola acudió con sus dos hijos y sin su marido y Pepe se presentó por sorpresa con María Rosa Salgado, recién llegada de Estados Unidos para pasar las fiestas con su nueva familia.

—Eres guapísima —le decía doña Gracia, con una enorme satisfacción por ver a su hijo feliz.

—Para que mi felicidad fuera completa, deberían estar aquí mis hijas, pero una está postrada en la cama y la pequeña, con el ama de llaves, en La Companza. Espero que el campo mejore sus pulmones.

—Todo ha empezado a cambiar en tu vida, hermano —le tranquilizó Domingo.

—Ya me dirás el secreto para conquistar a mujeres tan guapas y que te digan que sí a las primeras de cambio —añadió Luis Miguel.

—¿Te quedarás mucho tiempo en España? —preguntó Domingo padre.

—No, me voy a Suiza a rodar una película policiaca, *El cebo*, y luego... ya veremos. —Se quedó mirando fijamente a su flamante marido.

—Bueno, si ella deja el cine, yo me he comprometido a dejar los toros, pero ahora, justamente, estaba pensando en regresar a los ruedos...

—Ese es el pacto —afirmó la actriz, divertida.

—Me encanta que le aprietes para que deje los toros. Ahí siempre seré tu cómplice —le dijo doña Gracia.

—Bueno, hay algo más... Quería que estuviera ella para decíroslo: María Rosa está embarazada.

Se hizo el silencio. Luis Miguel fue el primero en reaccionar:

—Desde luego, mi hermano no ha perdido el tiempo. ¡Que sea enhorabuena!

—¡Es la mejor noticia que me podíais dar! —Doña Gracia lloraba emocionada.

—Esta sí que es una «Nochebuena» de verdad —aseguró el padre elevando su copa.

Brindaron por el brusco cambio en la vida de Pepe y por el hijo en camino.

Pasadas las doce de la noche, Luis Miguel acudió conduciendo hasta la zona exclusiva de La Moraleja. Nada más entrar en el salón y después de buscar a Ava con la mirada, la vio a lo lejos, como una reina dorada que brillaba con luz propia. Él llevaba una rosa roja en la mano y, al llegar a su altura, se la dio.

—A la mujer más interesante que he conocido en mi vida. ¡Muchas felicidades! —Se acercó a su oído y le susurró más palabras—: Hoy estaría amándote toda la noche para celebrar tus treinta y uno.

Ava se rio tanto que Sinatra, que no andaba muy lejos, comenzó a observar la escena. Bappie, que no le perdía de vista, cogió varios bollos de coco y de chocolate que había hecho para la ocasión, como era tradición en su familia, y le hizo soplar una vela. De esa manera, logró que Sinatra se olvidara de lo feliz que acababa de ver a su mujer en presencia del torero. Frank estaba harto de dormir con los Grant y de que su mujer lo hiciera en el Hilton. Esa noche le pidió algo más cuando le entregó como regalo un costosísimo anillo de diamantes.

—Esta noche no me dejes solo. Ven a casa de los Grant. Estamos aquí al lado.

A Ava le hubiera gustado perderse con Miguel, pero veía a Frank tan agotado y tan consumido que decidió dormir con él. Bebió más de la cuenta y le pidió a Doreen que la llevara a su casa. Luis Miguel se ofreció para trasladarla hasta el Hilton con su coche.

—No llega en pie al hotel. Nuestra casa está aquí al lado, ¡nos la llevamos! —comentó su amiga.

Frank hacía tiempo que se había ido a casa de los Grant. Luis Miguel pensó que Ava no estaba en condiciones de seguir. No parecía una excusa y la acompañó hasta el coche.

—No deberías beber tanto... pero hoy es tu cumpleaños y, si querías perder el sentido, has hecho muy bien. ¡Hasta mañana! —La besó y cerró la puerta del coche.

Media hora después él también se fue a su casa. La fiesta sin ella había dejado de tener sentido.

Al llegar al chalé de los Grant, Ava se recuperó milagrosamente. A decir verdad, había conseguido hacer creer a todos que se había emborrachado.

—No soy tan mala actriz... Os he engañado a todos. Voy a ver qué quiere Frank —se metió en la habitación donde estaba su marido.

Frank sostenía un cigarrillo en una mano y una copa de whisky en la otra. Comenzó a cantarle sus canciones de forma susurrante y sensual para que Ava olvidara el infierno en el que se había anclado su convivencia. El cantante se esforzó por enamorarla y la fue conduciendo con el sonido que salía de su garganta hasta la cama, como si fuera el flautista de Hamelín. Aquella música la embriagaba más que el alcohol. Pero la magia de la noche se rompió cuando sintió a Frank encima de ella intentando hacerla gozar. Ava parpadeó y comprendió que aquella forma de amarla ya no la complacía. Aunque intentó disimular, Frank supo que ella no se excitaba ni con su poderoso miembro viril ni con sus movimientos desesperados. Aquel saco de huesos volvió a dejarse la columna en el último intento por amarla, pero su mujer se quedó igual de fría que el río Hudson en invierno.

—No te puedo hacer feliz y sin ti no concibo vivir. No existe solución. ¡Todo es una mierda! —Se levantó y comenzó a romper todo lo que encontraba a su paso: cuadros, espejos, sillones, rasgó el colchón e hizo salir todas las plumas como si nevara en aquella estancia, donde algo más que los muebles estaba roto.

Ava salió de allí corriendo. Frank Grant la llevó al Hilton todo lo rápido que pudo. Al llegar allí, pidió a Reenie y a Bappie que hicieran las maletas y que se fueran con ella al aeropuerto. Tenía miedo de Frank. Se había vuelto loco.

—¡No habéis visto su mirada! ¡Terrible! ¡Parece capaz de hacer algo monstruoso!

Dos horas después Ava llamó al torero desde una cabina

del aeropuerto para despedirse. Le explicó que Sinatra se había vuelto loco. No le quedaba otra salida que salir huyendo de allí. Adelantaba su vuelta a Roma.

—Está completamente fuera de sí. Le he dejado destrozando la casa de los Grant. —No paraba de llorar.

—¿Por qué no llamáis a la policía?

—No, los Grant no quieren que salgan sus nombres en los periódicos junto a este episodio. Son buenos amigos de Frank y también saben que le puede perjudicar en su carrera. Pero nosotras nos vamos. No tenemos otra salida.

—Está bien. Espero que me llames. No tengo ningún problema para coger un avión e irme a tu lado.

—Lo sé. En cuanto me organice allí, lo haré. *I love you...*

Luis Miguel se quedó sentado sobre la cama sin poder hacer nada para que Ava no se fuera así de España.

—¡Mierda de Sinatra! —Pegó un puñetazo en la pared—. Un día alguien le tendrá que parar los pies.

Mientras tanto, los Grant fueron calmando poco a poco al cantante. Avergonzado por lo que acababa de hacer en aquella habitación, donde no quedaba mueble ni cuadro alguno, ni tan siquiera el moderno aparato de televisión que había tirado por la ventana, abrió su billetera y sacó un buen fajo de dólares, que dejó caer al suelo.

Parecía que se hubiera librado una batalla campal. Frank Grant, molesto con lo que acababa de hacer, llevó al artista hasta el Hilton sin cruzar una sola palabra con él. Una vez allí comprobaron que Ava ya se había ido. Sinatra le pidió a su amigo un último favor:

—Sé que estás molesto conmigo y no te falta razón, pero ¿me puedes llevar al aeropuerto? Te lo pido por favor.

—Está bien... pero deberías dejarla ir y no continuar con esta agonía —accedió porque le vio enajenado por completo.

—No lo entiendes... Si no está a mi lado, me muero. No puedo vivir sin ella cerca. Es puro egoísmo y necesidad.

—Creo que te equivocas. Con todos estos ataques de ira, solo estás consiguiendo que ella se aleje cada día más. Olvídate de Ava por un tiempo, continúa con tu vida, tu trabajo... y déjala libre. Sabes que es como un pájaro. Necesita volar, no le cortes las alas.

—No la puedo dejar así sin más. No me lo perdonaría nunca. Tengo que volverla a ver.

—Dios mío, Frank, estás perdiendo la razón. Deberías ir a un psiquiatra a que te trate esa dependencia. No estás bien, necesitas ayuda.

Le llevó hasta el aeropuerto pero llegaron tarde, el vuelo a Roma acababa de salir. Tiró su maleta al suelo y procuró contener su rabia mordiéndose el puño.

—¡Mierda! Si no hubiera destrozado la habitación, ahora estaría con ella. Me he vuelto loco, Frank. No quería dejar rastro del lugar en el que noté que se había roto su amor por mí. Soy el hombre más desgraciado del mundo.

—Si quieres, me quedo a dormir contigo en un hotel y mañana coges el primer avión.

—¿Harías eso por mí?

—Por supuesto. Así la dejas tranquila esta noche y mañana a la luz del día verás las cosas de otra manera.

—Tienes razón. —Recogió del suelo su equipaje y regresaron sobre sus pasos hasta el coche.

Aquella madrugada no pegaron ojo, Sinatra estuvo hablando sin parar de Ava. La situación que vivía ya no era solo de ruptura, se había transformado en una patología, una obsesión que le impedía pensar. Horas después subió al primer avión que salía para Roma.

Al llegar a su casa, Frank Grant intentó localizar a Ava por todos los medios, pero no pudo. El matrimonio se quedó muy preocupado. ¿Qué pasaría en Roma cuando Ava le viera de nuevo? No querían ni imaginárselo. Las dos chicas del servicio tardaron horas en recoger la habitación y deshacerse de los muebles y enseres rotos que yacían desperdigados por todas partes.

Sinatra localizó a David Hanna y le mintió, le dijo que quería dar una sorpresa a su mujer.

—Nos hemos visto en España y ella cree que me he ido a Estados Unidos, pero aquí estoy, tras sus pasos.

Actuó tan bien, que Hanna le puso hasta un coche de producción para llevarle hasta el Corso. Una vez que llegó al edificio, respiró hondo y se armó de valor para subir al primer piso y llamar al timbre. Esperó unos minutos y volvió a hacerlo.

La puerta se abrió y Reenie se quedó aterrorizada al verle.

—¡Hola, Reenie! ¿Está por aquí mi mujer? —preguntó, colándose hasta dentro soltando la maleta en la entrada.

—¿Quién es, Reenie? —preguntó Bappie.

—Soy yo. He venido a disculparme con tu hermana. — Encendió un cigarrillo.

—Pero ¿qué haces aquí? ¿Te has vuelto loco? ¿Quieres dejarla de una vez? ¿No te das cuenta de que ya no quiere nada contigo? Aquí no te vamos a consentir que organices uno de tus numeritos, ¿me entiendes?

—Solo deseo hablar con ella. Nada más. Si me rechaza, me iré para siempre, pero necesito verla una vez más.

No hizo falta que Bappie la despertara. Ava, con un camisón de seda blanco, irrumpió en aquel salón oscuro. Parecía una visión, un sueño... más que una imagen real.

—¿Qué haces aquí? —le preguntó con poca fuerza en su voz.

—¿Nos dejáis solos, por favor? —pidió Frank.

Ava miró a su hermana y a su doncella y les sugirió que se retiraran. Ellas se quedaron detrás de la puerta por si pasaba algo.

—Me he equivocado mil veces. Lo sé. Todo lo que me está pasando es por desesperación. Me vuelve loco la idea de perderte. Si tengo todavía una oportunidad, ¡dímelo!

—No, Frank. Esa oportunidad se esfumó ayer con la violencia con la que reaccionaste después de..., bueno, ya sabes. Tienes que olvidarme, cariño.

—¿Hay otro hombre?

—Sí, lo hay.

Tuvo que apoyarse en la pared al oír lo que tanto temía.

—¿Lo conozco?

—Sí. —No quiso ser más precisa.

—Dame su nombre...

—No, no lo pienso hacer. Volverá tu cólera...

—No, Ava. He peleado mientras te creía libre, pero ahora ya me retiro. ¿Quién es él?

—No, lo siento...

—Está bien. Dejo que sigas tu camino. —Frank hacía verdaderos esfuerzos para contener su rabia—. ¡Hasta siempre, nena! —Se dio la vuelta con intención de irse de aquella casa.

—¡Hasta siempre, cariño!

Se quedó paralizado y retrocedió sobre sus pasos.

—Si me vuelves a llamar cariño, te juro que te arranco la lengua —escupió, acercándose a ella fuera de sí—. ¡Zorra de mierda!

Su hermana y Reenie salieron rápidamente en su defensa.

—¡Fuera de aquí! ¡No vuelvas a acercarte a ella! ¡Fuera!

Rags y Cara comenzaron a ladrar y a morderle los bajos del pantalón.

—No hace falta que me echéis, soy yo el que no quiero seguir aquí. ¡Idos a la puta mierda! ¡Hasta nunca! —Dio un sonoro portazo a la puerta de la casa.

Desde una de las cabinas telefónicas de Ciampino, Sinatra habló con David Hanna otra vez.

—David, creo que habéis encargado una escultura a tamaño natural de Ava.

—Sí. Así es.

—Pues si no sabéis que hacer con ella cuando acabe la película, yo la quiero. Cueste lo que cueste.

—No creo que haya ningún problema. Será tuya...

El cantante, completamente noqueado, logró subirse al primer avión con destino a Nueva York. Unos periodistas le fotografiaron en la sala de embarque y se encaró con ellos.

—¡Jodidos buitres, apartaos de mi vista!

Al llegar a Nueva York, encontró una cara amiga entre tanta gente. Jimmy van Heusen había acudido a buscarle. No hizo falta hablar ni una sola palabra. Bastaba verle para entender que su relación con Ava estaba rota, sin posibilidad de arreglo. Le llevó hasta su casa y, sin deshacer la maleta, como un autómata, comenzó a desplegar fotos de la actriz por todas las habitaciones. Buscó unas velas y las encendió, transformando la casa en un santuario donde solo se adoraba a una imagen: la de Ava Gardner.

—Dios, Frank, esa mujer ha arruinado tu vida. ¿No te das cuenta? Eres un despojo humano. ¡Mírate a un espejo!

Jimmy hizo ademán de coger una de esas fotos y romperla, pero el brazo de Frank se lo impidió. Le cogió con tanta fuerza que creyó que se lo iba a arrancar.

—¡No toques eso! Ni se te ocurra romper una sola foto de ella mientras vivas en esta casa.

—Vale, pero me has hecho daño, ¿sabes? Solo estoy aquí para ayudarte. No lo olvides. No soy tu enemigo sino tu amigo. Debes reaccionar cuanto antes si no quieres acabar como la mierda, pisoteado por todos.

Frank no le hizo caso. Siguió adorándola a su manera. Tampoco dormía y se pasaba el día bebiendo muchísimo y cantando las canciones melancólicas de su repertorio. Entre todas, una se repetía en su garganta: «Nevertheless». Sobre todo ese párrafo que decía: «Puede que viva una vida llena de amargura, pero, a pesar de todo, estoy enamorado de ti...».

Jimmy no pudo más y un día le dijo que se tenía que ir de allí.

—Al final, el que me voy a volver loco soy yo.

Frank llamó a otro amigo, Jule Styne, para vivir con él. El gran compositor de musicales le dijo que sí. No podía dejarle solo en ese estado. A la mañana siguiente le acompañó a la consulta del psiquiatra Ralph H. Romy Greenson, cuñado de su abogado. Desde ese día, no dejó de verle cada semana.

El problema se acentuaba por las noches, no lograba dormir, y eso que le habían recetado una medicación para ello. El amigo, agotado, caía rendido de madrugada y Frank le recriminaba por quedarse dormido.

—¡Vete a dormir, pedazo de gandul! ¡Menudo amigo!

Cuando Jule se levantaba al día siguiente, Frank seguía en la misma posición y con la botella de brandy vacía. Así un día detrás de otro. Hasta que una mañana le oyó hablando con alguien.

—Nancy, eres la única mujer que me ha sabido entender... Estoy muy jodido. Necesito hablar de mi problema... ¿De verdad que no te importa? ¡Eres un ángel!

Jule se percató de que estaba descargando toda su pena en su primera mujer. No le comentó nada. Hizo como que no sabía con quién hablaba. Y esa misma mañana Frank recibió la llamada de un director de cine, que pareció sacarle de aquel estado en el que se encontraba.

—¿Te gustaría protagonizar una película con Marilyn Monroe?

—¿Lo dudas?

—Pues en los próximos días ya te diré algo más concreto. De momento, no es más que un proyecto. Os citaré a los dos uno de estos días.

Pero a pesar de esta llamada que le distrajo durante un tiempo, fueron días muy duros para Sinatra. Soñaba con ver la estatua que habían hecho de Ava. De vez en cuando llamaba a Hanna para saber cuándo se la iban a enviar. Su mujer volvería a estar a su lado aunque fría como el mármol... pero sería ella al fin y al cabo.

51

Ava celebró la Nochevieja en su casa de Roma. En realidad, no festejaba tanto el inicio de un nuevo año como su libertad y haber superado un leve sarampión. Los invitados no eran otros que sus compañeros de reparto: Edmond O'Brien, Warren Stevens, Mari Aldon, Rossano Brazzi y Valentina Cortese, entre otros. Bogart fue el único de los artistas principales que no acudió. Prefirió encerrarse en su habitación del Excelsior con su amante, la peluquera Verita Thompson. Al final, todos los secretos de los actores salían a la luz en tan estrecha convivencia.

Una nube de fotógrafos se apostó en la puerta de la actriz durante varios días para captar las imágenes de quienes entraban y salían de allí. Ella aprovechó para ensayar su papel una y otra vez frente al gran espejo que le había instalado Hanna e ir fijando la coreografía de sus pasos de baile. Cuando vio que su portal por fin se despejaba, llamó a Dominguín.

—Cielo, ¿te apetece acompañarme unos días de rodaje?

—Será un placer.

—Pues no tardes, que me sentiré más segura si estás a mi lado. Empiezo a tener un miedo aterrador.

—Mañana mismo iré contigo.

Ava se mostraba nerviosa no solo por ponerse delante de una cámara, sino por actuar al lado de Bogart. Era una de las pocas estrellas de Hollywood con las que nunca había trabajado, pero, sin haberlo hecho, sabía a ciencia cierta que eran absolutamente incompatibles. Descargaba sus ansiedades con Hanna:

—Dave, ¿por qué tiene Bogart esa actitud conmigo?

—No le des la más mínima importancia. Disfruta sacando a la gente de quicio. Sobre todo, si ve que eres vulnerable. Eso, aunque no lo creas, le divierte.

Hanna se fue a Ciampino a por el torero. Se lo había pedido por favor la actriz y, por no contrariarla, fue él mismo en persona. Se cayeron bien. Luis Miguel desplegó todo su magnetismo con el jefe de publicidad, que le confesó que no había visto jamás una corrida de toros.

—Eso lo solucionamos cuando tú quieras. Quizá al acabar el rodaje sea el mejor momento. Eso sí, solo puedes alojarte en mi casa. De otra manera, me enfadaría.

—Hecho. Será un honor.

El encuentro en la casa del Corso fue de película. Ava corrió por el pasillo al saber que era él y de un salto se encaramó a sus piernas. El torero se fundió con ella en un beso largo y profundo. Todos, incluido Hanna, esperaron a que despegaran sus bocas para decirle a qué hora debía estar lista para acudir a la primera sesión de rodaje.

—No hagas esperar al chófer. A las doce tendrás que estar en maquillaje y empezaremos a rodar a la una y media.

—¿Y ese horario tan raro?

—Mankiewicz está probando ya los movimientos de cámara; cuando entres en el plató, verás que no se para de rodar. Mañana a las siete de la mañana tendrás que estar otra vez allí. De modo que hoy ha sido una excepción. Ese será tu horario.

—Estupendo. Me lo temía.

Bogart llegó al rodaje con un Oscar reciente debajo del brazo por su interpretación en *La reina de África*. Como intuía que había demostrado cierta frialdad con todos, quiso ser amable por primera vez con Ava y, antes de comenzar a rodar las primeras escenas, se acercó a saludarla al camerino.

—¡Buenas! —Se quedó sorprendido de todas las personas que acompañaban a la actriz—. No he visto nunca un camerino tan lleno de gente —masculló entre dientes—. Solo quería desearte suerte, pero veo que estás muy bien acompañada.

—Igual te deseo. Mira, te presento a mi hermana y a un amigo: el torero Luis Miguel Dominguín.

—Encantado —dijo con una media sonrisa, aunque pensaba que el circo acababa de llegar.

—Gracias por el detalle de venir —agradeció Ava todavía sorprendida.

Le gustó que su compañero de reparto tuviera esa deferencia con ella. Sin embargo, a Bogie le pareció un despropósito el séquito que la acompañaba. En aquella minúscula habitación estaban un maquillador, la secretaria e intérprete italiana de la actriz, su hermana Bappie y el torero. «Pero ¿quién se ha creído que es? —se dijo a sí mismo el veterano actor—. Esta gitana de Grabtown, ¿de qué va?». El intento de acercamiento le puso de mal humor.

Llegó el momento de salir al plató. Todos se fueron del camerino excepto Luis Miguel.

—Ahora sal y cómetelos a todos. Tú puedes. Eres una estrella. Haz el favor de creértelo.

—Cielo, estoy hecha un flan. Ahora mismo me iría de aquí corriendo.

—Conozco la sensación de la que hablas. Es normal. Al miedo solo se le vence mirándole a los ojos. Después del primer minuto, todo fluye. —La besó, estropeándole el carmín de sus labios recién pintados.

Tras la voz de Mankiewicz gritando «¡Acción...!», fue Ava la que comenzó a hablar. Bogart le daba la réplica y a los dos minutos tuvieron que cortar. La actriz se dio cuenta de que él sería una china en su zapato.

—¡Sigo sin oír una maldita palabra de esta dama! —protestó iracundo.

—Ava, procura hablar más fuerte... ¡Repetimos!

La actriz proyectó su voz para que Bogie no siguiera machacándola en público. Estaba realmente furiosa con él, pero procuró que por ella no se tuvieran que cortar las escenas. Sin embargo, la incesante tos de fumador de Bogart sí que interrumpía una y otra vez los diálogos, teniendo el director que cortar continuamente. El primer día de rodaje no fue fluido.

La actriz se sentía sola. Mankiewicz, que producía y dirigía, no podía estar sobre sus diálogos todo lo encima que ella hubiera deseado.

—Me deja sola con todas esas peroratas que tengo que soltar delante de la cámara. Estoy aterrada —se quejaba a Luis Miguel—. Joe no me ayuda a perfilar mi interpretación como hacen otros directores.

—Deberías decírselo —le aconsejó él.

—No, ni se me ocurre. Me diría: con todo lo que cobras, qué menos que te prepares tú el papel. No, no lo voy a hacer porque seguro que me humillaría en público. Con Bogart tengo suficiente.

Por las noches, las cenas y largas sobremesas con el torero la ayudaron a que ese rodaje no fuera tan duro. Incluso algunos días llegaba prácticamente sin pegar ojo después de haber estado bebiendo y haciendo el amor con Luis Miguel, a quien le gustaba el sexo tanto como a ella y se entregaba a la misión de complacerla con verdadera pasión y dedicación. Ava acudía sonriente todos los días al rodaje, a pesar de que Bogart y ella no se podían ni ver.

Su momento preferido llegaba al vestirse para la película. Los trajes de las hermanas Fontana le gustaban tanto que les pidió que le diseñaran buena parte de su guardarropa para su vida cotidiana.

—¿Por qué no vienes esta noche al pase de modelos donde presentamos nuestra próxima colección? —la invitó Zoe.

—Me encantará. Decídselo a Dave y, cuando salga de aquí, me voy a ver vuestros trajes.

Aquel día el rodaje acabó un poco antes y Ava se presentó en el local de las tres hermanas con Luis Miguel. El pase iba a comenzar. El torero, al que le gustaban las bromas, la provocó para que se atreviera a salir con alguno de los diseños sin que las hermanas supieran nada. A la actriz le pareció divertido y hablaron con una de las modistas. Dicho y hecho... A punto de terminar el desfile, salió Ava contoneándose como las modelos y luciendo un precioso vestido. El público aplaudió sin dar crédito a lo que estaba viendo. A las hermanas Fontana se las veía muy emocionadas. Cuando acabó el desfile, todo fueron felicitaciones para las diseñadoras y para la actriz.

—Ava, eres fantástica. Gracias por el regalo que nos acabas de hacer —le dijo Micol.

—Ha sido realmente divertido.

—¡Quédate el traje que has lucido! Para nosotras es un honor —afirmó Giovanna.

Aquella noche de euforia acabó en la cama con el torero, como cada noche de su estancia en Roma. Ava no perdonaba un solo día y Dominguín estaba encantado. Todos soñando con la estrella y él en el lecho con ella, se decía a sí mismo.

Pero a la mañana siguiente, la actriz estaba cansada por primera vez desde el comienzo del rodaje. Durante un descanso se tumbó en uno de los divanes del decorado y cerró los ojos. Cuando la vio Mankiewicz, le habló en voz alta:

—¡Eres la actriz más sentada que jamás he conocido!

A Ava le sentó fatal, no volvió a sonreír ni a tumbarse en ningún diván. Estuvo correcta pero sin chispa. No estaba motivada. Le pareció que el director había estado muy grosero con ella. Jamás había llegado tarde a una sesión, siempre estaba lista para rodar sin hacer esperar ni un minuto a nadie y, sin embargo, el director le decía que no había conocido a nadie más sentada que ella... ¿Eso qué significaba?, se preguntó durante todo el día y siguió por la noche, ya en familia.

—¿Qué ha querido decirme? ¡Joder! ¡Tengo a todos en mi contra!

—¿Por qué te lo tomas así? —le preguntó Luis Miguel—. Seguro que es un comentario sin ninguna trascendencia. Ha querido hacerse el simpático y contigo ha metido la pata. La gente desconoce que detrás de tu carácter hay una mujer de enorme sensibilidad.

—¡No aguanto más esta profesión de mierda! Todos se creen con derecho a humillarme. ¡Salgamos a tomar una copa! Necesito beber para olvidarme de todo.

—¿Por qué? Sé más fuerte que ellos. Es mejor que te vean segura y que les plantes cara sabiendo lo que dices y haces. Bebiendo es imposible. Al día siguiente uno está hecho un guiñapo.

—¿Por qué no jugamos a las cartas? —propuso Bappie.

—Me parece muy bien —contestó Luis Miguel.

—¡Oh, no! Las cartas no me apetecen nada. Me voy a mi cuarto a repasar el guion de mañana.

—Reenie, ¡vente con nosotros a jugar! —llamó Bappie en voz alta.

Después de un rato de juego, oyeron una voz lastimera pidiendo socorro. Luis Miguel lanzó las cartas sobre la mesa y se fue corriendo al dormitorio donde creía que se encontraba Ava. Vio la ventana abierta y enseguida se imaginó lo que estaba ocurriendo. Miró al exterior y la vio colgada de una sábana pidiendo ayuda. Le había salido mal su plan para escapar de allí. Aunque estaba enfadado, salió a la calle a rescatarla. Se puso debajo de ella y le pidió que se soltara. La cogió al vuelo. Menos mal que la distancia era pequeña, ya que el intento de huida había sido desde un primer piso.

—¿Te has vuelto loca? ¿En qué estabas pensando? A mí estas excentricidades no me hacen ninguna gracia —le dijo realmente enfadado.

—Ha sido una chiquillada, perdóname...

—Ava, no aguanto estas tonterías. Eres libre para irte por la puerta de tu casa sin necesidad de jugarte la vida por la ventana. Mañana regresaré a Madrid. —Se sentía herido en su orgullo—. Así no te verás forzada a escapar de nadie.

—No te vayas, por favor. Ahora te necesito más que antes.

Bappie y Reenie no daban crédito al episodio que acababa de protagonizar Ava.

—¡Eres una niña con cuerpo de mujer! ¡Una caprichosa! —la riñó Bappie.

—¡Te has podido matar! —dijo la fiel Reenie.

Luis Miguel metió su ropa en una maleta. Vestido, se recostó en el sillón. Todas comprendieron su enfado. Lo mejor era aguantar el chaparrón hasta el día siguiente para ver si las cosas volvían a su ser. Lo que no se esperaban era que, cuando se levantaron, él ya no estaba en la casa. Había dicho que se iba y eso era justo lo que había hecho. No le gustaba que jugaran con él y menos que le hirieran en sus sentimientos.

Esa mañana Ava apareció con unas ojeras muy difíciles de disimular para el maquillador. Nadie sabía qué le había ocurrido y tampoco se lo preguntaron. Era mejor ignorar la vida de las estrellas fuera de los platós de cine.

Humphrey tampoco estaba de humor; su mujer acababa de llegar de Estados Unidos. Lauren Bacall se presentó en los estudios con un regalo que le había dado Frank Sinatra para ella.

—¡Hola, Ava!

—Me alegro de verte, Betty.

—Te he traído algo que Frank tenía ganas de que recibieras.

—Muchas gracias... —Cogió la caja y la dejó en un rincón de su camerino sin prestar mayor atención al obsequio.

La señora Bogart se quedó sorprendida del poco interés y entusiasmo que había puesto en el regalo de Sinatra. Regresó al camerino de su marido y le contó lo ocurrido.

—¡Es increíble! ¿Qué va, de diva? No ha hecho ni caso al paquete que le he traído.

—Te está bien empleado. Yo que tú se lo hubiera quitado y lo hubiera tirado a la basura delante de sus narices. ¿Qué se puede esperar de una gitana de Grabtown?

—Ni tan siquiera, por deferencia a mí, lo ha abierto para saber qué era. He cargado con él en un taxi, en una limusina, en el avión miles de kilómetros sujetándolo para que llegara entero. Sabía qué era el pastel de coco que le gusta a Ava. Un detalle precioso de su marido... ¡Esto es increíble! No me ha dado ni las gracias.

—Es una paleta sin modales, no se puede esperar educación de ella.

El maquillador y su secretaria comentaron con el equipo lo que acababa de acontecer en el camerino. Al final del día, todo el mundo conocía la reacción de la actriz. Ese gesto le ocasionó más rechazo del que ya existía en el plató por culpa de Bogart y de su constante campaña contra ella.

—¿Cómo puede rechazar a su marido por un torero, con sus zapatillas de baile y su capa? Un tío completamente afeminado. Es de idiotas —repetía Bogart una y otra vez.

Bappie, viendo el estado anímico de su hermana, le pidió a Doreen que viniera cuanto antes a Roma. Y su amiga no tardó en aparecer por aquella casa oscura del Corso. Coincidió con los ensayos de baile. Aquello le gustó mucho más a la actriz, quien se entregó al baile flamenco por completo. Fueron tres semanas donde no paró ni un solo momento. Al final, las escenas se rodaron en un olivar de Tívoli, a las afueras de la ciudad. Cien gitanos, al ritmo del compás de un disco, daban palmas. En un momento determinado se estropeó el gramófono, pero ellos siguieron batiendo palmas y Ava continuó bailando. Llevaba un jersey muy ceñido y una falda de satén que se transparentaba. Estaba absolutamente seductora. Mankiewicz dio por buena aquella toma.

—¡Estás genial bailando! Además, me encanta cómo actúas. Oye, cuando sale Bogart, hacéis muy buena pareja —apuntó su amiga Doreen.

—Por favor, ni me lo menciones. Además, en esta película con él ni me rozo. El director da a entender que hay deseo entre los dos, pero nada más. La relación de los personajes, afortunadamente para mí, es completamente pura.

—Menos mal que esas cosas no trascienden en la pantalla.

—Tú no lo notas, pero yo sí cuando observo las miradas de los actores. De ellos, es lo único que no miente.

Se acordó del torero y de lo desgraciada que se sentía. No lo podía apartar de su mente.

—Soy incapaz de hacer feliz a un hombre. No hay otra culpable más que yo. Miguel se ha ido y no he vuelto a saber nada de él.

—Los toreros tienen mucho orgullo. No aguantan como el resto de los hombres.

—Fui una tonta. Solo pensé en escaparme aquella noche y eso le sacó de quicio. No entiendo por qué lo hice. Fue un impulso.

—¡Llámale y pídele perdón! Es la única manera de arreglar las cosas...

En casa de Luis Miguel, se puso Remedios:

—El señor se ha ido al campo con sus hermanos —le dijo escuetamente.

Ava le dejó su nombre para que supiera que se había interesado por él. Al día siguiente, al no obtener respuesta, llamó de nuevo. Otra vez respondió Remedios:

—El señor está en el campo, invitado por el señor Gandarias. Cuando se ponga en contacto con nosotros, le daré el recado.

Pasaron los días y Luis Miguel seguía sin llamar. Ava no podía soportar esa ausencia de noticias. Se recriminó una y mil veces por haber intentado escaparse por la ventana. «¡Ahora te jodes! ¡Eres tonta!», se decía a sí misma.

Él quería olvidarla, pero no podía. Su rebeldía le causaba rechazo, pero al mismo tiempo le atraía. Un día pensaba una cosa negativa de la actriz y al otro, todo lo contrario. Decidió irse al campo para reflexionar y encontrarse a sí mismo. Montando a caballo en la finca de su amigo, se planteó su presente y su futuro con Ava. «¿Adónde me lleva esta relación?», se preguntaba muchas veces, pero no era capaz de encontrar una respuesta. Toreó un par de veces en la placita de aquella finca. En el albero se entregó a fondo a pesar de que no tenía más espectadores que sus hermanos. Envuelto en polvo y sudor, se sinceró con Pepe y Domingo.

—Es una mujer imprevisible. No soy capaz de saber lo que va a hacer un minuto después.

—Da la sensación, por lo que cuentas, de que se trata de una mujer caprichosa... Pienso que te hará sufrir mucho —le dijo Pepe.

—¡Es Ava Gardner! Se le puede consentir eso y veinte cosas más —comentó Domingo—. No estás con cualquiera. Pienso que te has enamorado, hermano.

—No, yo creo que ella está más colgada de mí que yo de ella.

—No pasa nada por reconocer que te tiene bien cogido...

—No digas tonterías, Domingo. Estoy cabreado porque ha jugado conmigo y eso no se lo perdono.

—Las actrices tienen un imán para los toreros pero son muy peligrosas —insistió Pepe—. Tienen algo que las convierte en especiales. ¿Te recuerdo que estoy casado con una?

—Yo me llevo bien con ellas porque las miro de tú a tú.

—Claro, ¡eres el número uno y los demás estamos por debajo de ti en el escalafón! —le dijo Domingo con sorna.

—Eres un cabrón.

Cuando Pepe llamó a casa de sus padres, le dijeron que Ava

había telefoneado varias veces preguntando por Miguel. Se lo contó a su hermano y el gesto serio y taciturno de las últimas horas se transformó en otro mucho más amable y sonriente.

La actriz tenía una sesión fotográfica con David Hanna. Estuvo más relajada que durante el rodaje. En un momento determinado, se untó vaselina en los pezones para que se le marcaran más en las fotos. La productora la quería vestida para un tipo de fotografía y semidesnuda para otro. Al final, con una piel de tigre por el suelo y un bañador de la misma tela, la hicieron posar con actitud felina.

—Pareces el animal más bello del mundo —admiró Hanna y Ava se rio.

Así, como si ella fuera un animal salvaje, cerraron la sesión. Para Hanna fue un descubrimiento observar la soltura con la que se movía delante de una cámara fotográfica. Mucho menos tímida que delante de las de cine.

—Dave, me has hecho sentir realmente a gusto.

—Me he quedado sin palabras.

—¿Tomamos una copa?

—De acuerdo.

Ava bebió como una esponja durante toda la noche. Firmó autógrafos a todos los que se acercaron a ella y dejó que la besaran en la boca unos marines norteamericanos. A pesar de que se acostó muy tarde, a las siete de la mañana estaba lista para empezar a rodar. Nadie sabía de dónde sacaba la energía para estar bien sin haber dormido más de una hora. El rodaje terminaba en Cinecittà pero continuaba en San Remo, uno de los lugares turísticos más atractivos de Italia. Cuando lo supo, volvió a llamar a casa de Luis Miguel. De nuevo se puso Remedios, pero esta vez el torero estaba en casa... Pasaron varios minutos hasta que se puso al teléfono. A Ava se le salía el corazón del pecho.

—¿Ava? Perdona por haberte hecho esperar, pero estaba durmiendo.

—Lo siento, no sé muy bien tus horarios. Ya sabes que yo me levanto muy temprano para rodar. Quería decirte que me voy en dos días a San Remo. A lo mejor te apetece acompañarme... Prometo no hacer más tonterías.

—Ava, ¿sabes que conmigo no se juega? Si estoy contigo, me lo tomo en serio.

—Tú eres mi chico y yo soy tu chica. Eso lo saben todos aquí. No estoy jugando contigo.

—¿Hasta cuándo seguiremos así?

—Por favor, no te pongas trascendental. Solo importa hoy; mañana, ¿quién sabe? ¡Vente, por favor!

—Está bien, mañana por la noche llegaré a Roma y me iré contigo a San Remo.

—Tráete dinero de paso, porque nos podremos escapar al casino alguna noche...

—Está bien.

—*I love you* —fueron las últimas palabras de Ava antes de colgar.

Después de supervisar las obras del chalé que se había comprado y de pagar los gastos de su decoración, se fue a coger el avión que le llevaría a Roma. Por la noche, ya estaba junto a la actriz. Las chicas celebraron el regreso del torero y se fueron con él a cenar. Doreen, Reenie, Bappie y Ava le trataron como si fuera un príncipe. Él, aunque no lo reflejaba en su rostro, estaba feliz de volver a reencontrarse con la mujer que más insomnio le había provocado. Después de cenar se entregaron a la bebida y hasta cantaron por la calle. Hacía frío, pero la noche se prestó al paseo. Fueron a la Fontana de Trevi, la más famosa y monumental de Roma, y, como dos enamorados, lanzaron de espaldas dos monedas.

—No me digas tus deseos porque, si no, resulta imposible que se cumplan.

—Está bien. No te los confesaré, pero... —le susurró al oído—: Vámonos a la cama.

—¡Shhh! No digas nada. Imagina que no se cumplen tus deseos... —Ava estaba pícara y divertida.

Agotados de tanto andar, pararon al primer taxi. Aunque el conductor protestó porque eran muchos para un solo coche, les dejó que subieran y les llevó hasta la puerta de casa.

—*Grazie mille!* —le dijo Ava, dándole un beso en la frente. El taxista no se lo podía creer.

Nada más entrar, la pareja se excusó:

—Miguel y yo tenemos muchas cosas de que hablar. ¡Hasta mañana!

No habían cerrado la puerta de la habitación, cuando Ava se abalanzó sobre él y le besó hasta sentir su saliva en su lengua. Le envolvió su perfume tan sofisticado. ¡Cuánto lo había echado de menos estos días! Luis Miguel la cogió en volandas y apoyó su espalda en la pared. La ansiedad de ese encuentro hizo que en segundos las respiraciones se volvieran entrecortadas. Ava se desabrochó la camisa y aparecieron sus pechos tan desafiantes que el torero se perdió en ellos. Buscó un punto de apoyo y continuó besándola con Ava sobre sus caderas. De vez en cuando ella le decía frases en inglés y él le contestaba en español. La deseaba tanto como ella a él. Se paró décimas de segundo a mirar sus ojos verdes y se perdió en ese mar de fuego. Fueron minutos o quizá horas, pero los dos se entregaron al baile más ancestral del ser humano. Al ritmo de las pulsaciones del corazón, Luis Miguel se movía embriagado por el olor dulce de aquella mujer tan salvaje y tan libre. No había espacio para pensar, solo dos hambrientos dejándose llevar por el deseo más primario. No supieron cómo llegaron al suelo, pero acabaron rodando por la alfombra de la habitación. Incapaces de moverse, yacían los dos después de aquel cuerpo a cuerpo en el que ninguno supo quién era el vencedor y quién el vencido. Heridos por su pasado, restañaban juntos sus cicatrices y se lamían la sangre de sus heridas.

Al día siguiente, Ava estaba resplandeciente para viajar a San Remo. Tenía tanta energía que desayunó huevos con beicon y un café bien cargado para despejarse. Por la tarde todo el equipo y sus acompañantes ya estaban paseando por el mercado de flores de aquella ciudad, situada sobre el golfo de Génova. Alguien les contó que allí se escogían las flores que adornaban el concierto de fin de año de Viena. Llegaron caminando hasta el puerto y les dejaron la noche libre.

Al día siguiente, un sol espléndido de finales de marzo les daba la bienvenida para una jornada en la que se tenían que rodar las últimas escenas de la película. Cuando el director gritó: «¡Corten!», Ava no se quitó el traje de las hermanas Fontana y, en coche, se fugó con Luis Miguel hasta el casino de Montecarlo. El torero perdió dos millones de pesetas con absoluta tranquilidad y, aunque no era su noche de suerte, Ava consiguió que riera y bebiera hasta el amanecer.

Prácticamente sin dormir, la actriz se presentó a la última sesión de rodaje. Nadie lo notó, solo ella era capaz de recuperarse con una hora de sueño. Habían pasado tres meses a mucha velocidad y sin que Bogart cambiara su actitud hacia ella. Por fin, Mankiewicz dio por válida la última toma y casi todos se abrazaron; hasta hubo quien soltó alguna lágrima. Quedaron en celebrar el final del rodaje en una sala de fiestas de San Remo. Los actores todavía tenían que doblar en Roma sus diálogos, pero el trabajo más complicado y duro ya estaba hecho. Ava tenía muchas cosas que celebrar: primero, que nunca había salido con tanto glamur en una película y, segundo, que acababa de ser elegida por el gremio de sastres a medida como «la chica a la que más les gustaría tomar medidas»; y por la asociación de ascensoristas como «la chica con la que les gustaría quedarse atrapados». Todos, incluso ella, sabían que era su momento.

52

Frank Sinatra cantaba esa noche en el Copacabana el repertorio de su último disco. El humo del tabaco envolvía al cantante mientras aparecían la nostalgia y la soledad entre cada una de las notas de sus canciones. De pronto, un revuelo le distrajo, aunque siguió cantando sin saber qué ocurría. Era Marilyn Monroe, la tentación rubia, que acababa de divorciarse del jugador de béisbol Joe Di Maggio, que acudía a escucharle. El público había dejado de prestar atención a Sinatra y miraban a la atractiva actriz, que se sentaba en la primera fila.

Marilyn y Frank compartían soledades desde que la actriz había rechazado el guion de la película que iban a rodar juntos, una nueva versión de *Se necesitan maridos*. Los dos, que iban a ser los protagonistas, se habían hecho amigos justo en el momento en el que ambos estaban en proceso de divorcio. Se consolaban mientras seguían enamorados de sus antiguas parejas. No había contacto sexual entre ellos, era pura y llana amistad.

Acababan de dar el salto de vivir juntos y, aunque todos creían que había algo más, lo negaban. Marilyn acostumbraba a pasearse desnuda por la casa, mientras Frank lo hacía en calzoncillos. Ninguno cambió sus costumbres. Y gracias a Marilyn su ego empezó de nuevo a crecer.

—Jule —le contó al compositor que ya no vivía con él—,

es muy difícil pasar a su lado y no quedarse fascinado, pero sigo pensando en Ava todos los días y a todas horas.

Una noche estaba Frank con sus amigos jugando una partida de póquer y apareció Marilyn desnuda. Él siguió apostando como si nada mientras los demás permanecían sin habla, sin poder ni pestañear, esperando que aquella escultural mujer se fuera de la habitación.

—¿Queréis jugar, nenazas? ¿No habéis visto nunca a una mujer desnuda? Y tú, Marilyn, ¿quieres sacar tu culo de esta habitación?

Cuando ella se fue, todos comenzaron a darle codazos.

—¡Qué callado lo tenías! ¡Eres un rompecorazones!

—¿Sois gilipollas? No estoy enamorado de ella y pienso que otra actriz en mi vida sería algo nefasto.

—¡Estás mal, muy mal, querido amigo!

—Tal vez un día, en otra vida, nos juntemos... pero en esta, no.

—¿Por qué habláis con Frank de estos temas? Dejadle ya...

Y continuaron con la partida de cartas, que era lo único que le distraía.

A finales de marzo, acudió a la ceremonia de la entrega de los Oscar sin mucho convencimiento. Estaba seguro de que quien se llevaría la estatuilla sería Ava por su interpretación en *Mogambo*. Si no salía nadie en su nombre, lo haría él, pensó. Así tendría una excusa para volver a verla. De pronto, tras leer las candidaturas de los secundarios... dijeron su nombre y todos comenzaron a aplaudir... Sinatra no se lo podía creer. Su hija Nancy le animó a que subiera al escenario. En ese momento, los ojos se le nublaron de emoción. Su papel de Maggio en *De aquí a la eternidad* le había devuelto a la vida profesional. Ava no ganó. El Oscar se lo llevó Audrey Hepburn por su papel en *Vacaciones en Roma*.

—¡Mierda! No se lo han dado. ¡Serán cabrones!

—Pero, papá, si te lo han dado a ti...

Su hija no entendía que su padre estuviera tan enfadado porque Ava no hubiera recibido el galardón.

La actriz se encontraba en Roma para terminar de doblar los diálogos de la película. Cuando supo la noticia del Oscar que había recibido Frank, le envió un escueto telegrama: «Te lo mereces. Stop. Eres el mejor. Stop. ¡Disfrútalo!». Esa noche, se emborrachó.

Luis Miguel había regresado a España para recoger a toda su cuadrilla y viajar al sur de Francia. En Arlés le ofrecieron una fortuna por participar en la feria de Pascua y su padre le convenció para que volviera a vestirse de luces. Esta vez no viajaba Pepe con él —su hija pequeña, Bárbara, también había caído enferma—, pero sí su padre y Domingo.

Durante el camino, Chocolate fue hablando de Domingo padre, su tema preferido junto a todo lo concerniente a Luis Miguel.

—Vuestro padre es uno de los más grandes creadores de toreros que han existido y un gran matador de toros. Yo, que le conocí de chaval, os puedo asegurar que los tenía bien puestos. ¿Te acuerdas de cuando me decías: «Chocolate, para ser torero no hacen falta latines, que solo con cojones se puede llegar a algo, a despiojarse y a ganar dinero... O me mata un toro o viviremos mejor los míos y yo»? ¿Lo recuerdas?

—Esas cosas, mi querido amigo, no se olvidan porque son el motivo que me empujó al ruedo. Tampoco olvidaré jamás que mi padrino fue Joselito el Gallo y que un toro se lo llevó un mal día por delante. Son cosas que se quedan ahí, en la memoria, y salen a flote constantemente; como a este lo de Manolete. Eso ya se quedará grabado a fuego hasta el final de nuestros días.

—¿Quién ha sido para vosotros el torero más grande? —preguntó Domingo.

—¡Pero mojaos! —añadió Luis Miguel.

—Cuando yo me vestía, lo hacían también Joselito y Juan Belmonte y eso son palabras mayores... pero ¡qué puñetas!, el torero más grande he sido yo... —Rieron todos—. Bueno, después de Luis Miguel —le dijo al oído a Chocolate.

—Pero, padre, la filosofía que nos ha inculcado usted en esto del toreo ha sido la línea clásica de la lidia, basada en el conocimiento del toro y en el dominio de las suertes.

—Como el toreo de Guerrita y Joselito. Esa es la forma de torear que has querido transmitirnos —apuntó Luis Miguel.

—Yo respeto mucho el toreo de arte, pero para mí torear es ejercer el poder en la plaza. Pudiendo dominar al toro, se puede con todo lo demás. El toro tiene que estar siempre a merced del torero.

—¿Las cornadas las ve como medallas o como fallos? —preguntó don Marcelino.

—Las equivocaciones son casi siempre el motivo de las cogidas. El fallo es del hombre, el toro no se equivoca nunca.

—No le podemos discutir, está claro que sobre toros sabe más que nadie —comentó Luis Miguel.

—¿Sabes qué ha dicho uno de los Lozano al preguntarle un periodista sobre ti? —dijo Domingo a su padre.

—Dímelo tú.

—Ha dicho que eres la mejor cabeza que ha conocido en el toreo. «Domingo padre si no es el mejor», cito palabras textuales, «fue uno de los mejores. Para mí es el número uno. Ve la vida a través del toro: como empresario, como apoderado y como aficionado. Es una enciclopedia taurina». Y no ha dicho más que la verdad.

—Le daré las gracias al primer Lozano que me encuentre en una plaza. ¡Grandes tipos!

En un momento de la conversación, Domingo les pidió que al entrar por Perpiñán pararan cinco minutos a tomar un café, porque tenía que hablar con alguien importante del Partido Comunista.

—Pero ¿quién le habrá metido tanto pájaro en la cabeza? —saltó don Marcelino, que siempre estaba al quite.

—Jorge Ferrero, *Ro-Zeta*. Cuando comenzaba a escribir de toros, ya era un marxista convencido. A fuerza de discutir con él, se lo llevó al huerto —afirmó Luis Miguel.

—Hombre, los primeros libros que leí sobre Marx fueron gracias a él. La lectura subrayada de *El capital* me la proporcionó el propio Ro-Zeta.

—Pero si tu hijo no es comunista... Él se cree comunista, pero eso es otra cosa.

—Don Marcelino, no se meta conmigo que la tenemos...

—Siempre dando dinero a todos los indeseables. Siempre engañado por todos y desplumado.

—¿Le parece de indeseables nuestras plazas de toros en España o en América? ¿Qué me dice de la organización de festejos taurinos? O voy mucho más allá, ¿le parece indeseable la UNINCI para hacer las películas que queremos? Pues todos los que vamos en este coche somos indeseables, hasta su querido y admirado Luis Miguel, que también se juega su dinero y también ha dado a fondo perdido muchas pesetas para la causa. ¿Le llama indeseable también?

—Él sabe que se lo llamo a usted. Habrá dado dinero por no oírle sus monsergas, pero no por comunista.

—¡Bueno, dejadlo ya! —les pidió Luis Miguel.

—Un día se va a envenenar con esa lengua que tiene —siguió don Marcelino.

—Para tan poca salud, más vale morirse pronto... aunque sea así, como dice usted.

—Por favor, en el coche no la lieis. Es muy difícil para Cigarrillo conducir con dos que no paran de discutir —insistió el torero.

—Por mí no hay problema. Estoy acostumbrado —intervino por primera vez el leal Teodoro.

Llegaron a Arlés por la tarde y lo primero que hizo Luis

Miguel fue ir a la plaza. Quería pisar el albero de Las Arenas, el majestuoso anfiteatro romano que tantas tardes de gloria le había proporcionado. Miró los veinticinco mil asientos vacíos y pensó que aquel silencio casi le imponía más que cuando estaban ocupados y se podía escuchar el murmullo del público. Las horas siguientes, como siempre, las pasó tumbado en la cama del hotel. Hasta el momento de vestirse, no se movió de su habitación. Apareció su amigo Cocteau y le avisó de que Picasso estaría en la barrera durante toda la corrida.

—Ya sabes que, cuando acude, es tradición en Francia que el primer toro de la tarde se lo brinden a él.

—Las tradiciones están para romperlas, ya te lo dije la última vez. Prefiero brindártelo a ti.

—Eso ya lo hiciste este invierno. Puede sonar a un desaire. Tiene muchísimas ganas de comer contigo si te quedas mañana. Ha cambiado la idea inicial que tenía de ti después de hablar con numerosas personas, que solo le han comentado maravillas de tu persona.

—¡Por supuesto! No tengo nada mejor que hacer que comer con él. Pero lo del brindis... ¡ya veré! Hay toros que solo se pueden brindar a los amigos.

Se despidieron hasta el mediodía del día siguiente, pero su sorpresa fue mayúscula cuando, bajando por las escaleras del hotel, vestido de luces, vio en la salida un pasillo al fondo del cual había un hombre ataviado con un sombrero ancho andaluz. Ese hombre se destocó y, con el sombrero en la mano derecha, inició un pase de pecho, que fue jaleado por las personas que allí aguardaban al torero. Finalmente, aquel espontáneo remató lanzando el sombrero a manos de Luis Miguel. Se trataba de Picasso.

—¡Bien hecho! —aplaudió Luis Miguel.

—¡Maestro! —exclamó el pintor, abrazándose al torero.

—Maestro, tú... Mañana he quedado con Cocteau en que comeremos juntos.

—Estoy deseando hablar contigo.

Se acercaron a saludar al pintor el padre de Luis Miguel y su hermano Domingo, que le profesaba una enorme admiración por ser artista y defender el comunismo. La hora de comienzo de la corrida impidió que aquel momento se prolongara más. Quedaba la duda de si después de haberse conocido, le brindaría el toro o no. Como era de esperar, no lo hizo. Bastaba que alguien le dijera lo que tenía que hacer para que Luis Miguel se inclinara a lo contrario. Así era su personalidad, no se le podía obligar a nada, aunque fuera Picasso. La corrida fue extraordinaria. La plaza vibró. Se le vio muy seguro con el capote e hizo un alarde de su muñeca con la muleta. En un momento de la lidia del segundo toro, realizó un pase natural en redondo, con la mano derecha, hasta completar la circunferencia, que hizo saltar de los asientos a los aficionados, incluido Picasso. Entonces volvió a mostrar a la plaza su dedo índice.

—Eso se llama arte. Yo quiero ser Luis Miguel Dominguín —le dijo Picasso a su amigo Jean Cocteau.

Con el público francés no echó mano de su actitud provocativa, pero sí de su valor y amor propio. Estoqueó con maestría a sus dos reses.

Salió por la puerta grande. El público que le llevaba a hombros le arrancó todos los adornos del traje, hasta el punto de entrar en el hotel como si le hubieran dado una paliza en el trayecto. El traje quedó para el sastre, pero el triunfo le supuso no solo sumar otro éxito, sino la llave de la amistad con Picasso.

Al día siguiente, comieron en uno de los restaurantes favoritos del pintor. No solía pagar con dinero, sino con un dibujo que le hacía al dueño mientras se fumaba un puro en los postres. El artista estaba feliz de compartir este momento con Luis Miguel y su familia. Esa tarde solo dibujó toros y toritos en servilletas, papeles, posavasos...

—¿Qué significa el toro en tu pintura? —le preguntó Luis Miguel después de haber repasado la situación de España con la ayuda de Domingo, que trazó de forma más completa el panorama social y político.

—Para mí, como para Goya, el toro significa mi vínculo con España, más allá de regímenes y dolorosos exilios.

—La simbología taurina es central en la que me parece la obra maestra del siglo XX, el *Guernica...* —afirmó Luis Miguel—. Alguno incluso ha apuntado que el toro puede simbolizar al pueblo español.

—El toro significa mucho en mi pintura, tienes razón, pero en algunos cuadros también sirve para camuflarme. En unos puedo ser un torero, en otros un picador, incluso un caballo despanzurrado. Depende de mi estado de ánimo.

—También dicen —apuntó Cocteau— que hay un simbolismo erótico en todo lo relacionado con el toro. Por ejemplo, los Minotauros que pintas, mitad hombre y mitad animal y también semidiós... El Minotauro, como hijo de los amores culpables de Pasifae, esposa del rey Minos, con un toro, encarna la oposición de la sombra y la luz, el bien y el mal, el salvajismo y la humanidad.

—Al final, ¿vas a saber más de la pintura de Picasso que el propio autor? —Rompieron a reír todos con la pregunta del propio pintor malagueño.

—Podría seguir diciendo cosas... Por ejemplo, que el Minotauro es tu alter ego. ¿Miento? Refleja tus diferentes estados de ánimo en un periodo especialmente convulso.

—Todos los periodos de mi vida han sido especialmente convulsos por unas cosas o por otras.

—Con el Minotauro haces confluir los dos elementos más característicos de la cultura griega: lo apolíneo y lo dionisíaco —siguió Cocteau, demostrando sus conocimientos.

—Mira, Jean —le interrumpió Picasso—, el Minotauro es uno de los fetiches del surrealismo. Significa ambigüedad y crueldad...

—Mitos que Freud hubiera trasladado de la leyenda al inconsciente; la fuerza irresistible que se rebela contra las leyes de la lógica humana; las pulsiones más secretas y reprimidas saliendo a la luz.

—A mí lo que me fascina del monstruo es su capacidad de actuar tal y como me gustaría hacerlo a mí.

—Lo que te gustaría es tener su misma condición atlética y así poder mostrar orgulloso tus atributos sexuales... ¡Eres un pervertido, Pablo! —Volvieron a reír.

—Bueno, hablemos de otra cosa, vamos a aburrir a estos señores —cambió de tema Picasso.

—¿Por qué no vuelves a España? —le preguntó directamente el torero.

—Me meterían en la cárcel. Además, yo no quiero volver mientras esté Franco. Me moriré con esa pena de no regresar a mi país. ¿Sabes? Hay días que me voy a Perpiñán y me subo a una colina donde se ve suelo español. Me paso horas mirando... Incluso me pongo cerca de quienes hablan español, porque me da vida.

—Se me está ocurriendo algo... Tengo un amigo que se parece mucho a ti. Se lo he dicho muchas veces. Si quieres, podría convencerle para suplantarle unos días y que pudieras entrar en España.

—¿Quién es? —preguntó su padre con curiosidad.

—Un amigo que forma parte del grupo de Edgar Neville, Jardiel Poncela, Miguel Mihura... que se parece muchísimo a Pablo.

—Yo con una noche me conformaría. ¿Harías eso por mí? ¿Y si se entera Franco?

—Te aseguro que, si vienes conmigo, no te va a pasar nada. Ya le hablé a Franco de la necesidad de que regresaras a España, pero no obtuve una respuesta positiva.

—Mi hermano me ha salvado de numerosos apuros y de alguna que otra situación delicada. Miguel se la ha jugado muchas veces por encubrir mis reuniones clandestinas. Con más motivo lo haría por ti.

—Dame un tiempo. La propuesta es muy tentadora.

—Podríamos ir en un avión privado justo para llegar de noche a Madrid y regresar antes de que amanezca. Así, ten por seguro que nadie se va a enterar. No tendría por qué existir ningún problema. Lógicamente, el que te suplante deberá estar encerrado en tu casa el tiempo que sea necesario.

—¿Y también acostándose con Jacqueline? —rio—. Bueno, me quedo con la idea.

—La decisión depende de ti. Te organizo el viaje en un abrir y cerrar de ojos.

—Muy tentador, realmente tentador... Oye, estoy pensando que me gustaría que posaras para mí. Te haría un retrato espléndido.

—¡Cuánto honor! Quizá en otro momento, porque ahora tengo que regresar a Madrid. —No le gustaba la idea de posar para el pintor y le dio largas.

—Está bien. ¡Piénsatelo y, cuando tengas un hueco, vienes y te lo hago! Hasta ahora nadie me ha rechazado un retrato, ¿no serás el primero, verdad?

—No me tientes, que siempre me gusta ser diferente al resto...

Rieron, pero lo que decía Picasso no dejaba de ser una realidad. Nadie le había rechazado hasta ahora.

Ava regresó a España ya en el mes de mayo. No hubo tregua alguna, porque el torero quiso que la actriz estrenara el chalé de El Viso, que ya estaba listo. Dejaron a Reenie y Bappie en el Hilton y se fueron los dos a inaugurarlo. Hicieron el amor en el dormitorio principal —en una cama descomunal—, en el salón, en la cocina, en el baño... Durante días no quisieron ver a nadie, ni compartir la casa con ningún amigo. Solos ellos dos, sin más compromiso que comer y entregarse al sexo.

Todavía no tenía servicio contratado y Ava no estaba dispuesta a limpiar, por lo que decidieron continuar con la misma ocupación pero en una suite del Castellana Hilton. Los ventanales de la habitación hicieron que las cicatrices de Luis Miguel se vieran con más intensidad gracias a la claridad del día. Estaban salpicadas por todo su cuerpo: en el interior de sus muslos, en sus nalgas... eran cortes profundos; en ocasiones, parecían pequeñas cavernas rojas... Ava procuraba contener la angustia que siempre le provocaba verlas.

—En realidad, las primeras curas tras una cogida en la plaza de toros las hacen los veterinarios, no los médicos... —le explicó el torero.

—¡Dios mío! ¿Cómo es posible? —Miguel se rio, sin decirle que se trataba de una broma.

Ava le preguntó por la historia que se escondía detrás de cada una de esas heridas, pero a él le dolían más al recordarlas.

—Hubo una que sería mejor olvidarla —le dijo—. La primera vez que un toro me cogió por los testículos. Fue una cornada tremenda en los cojones, ¿entiendes? Me metió el cuerno por ahí y me levantó hasta que dejé de pisar el suelo... Luego me tuvieron que llevar corriendo a la enfermería y, ya puestos, no se me ocurrió otra cosa que rechazar la anestesia. Quería probar mi voluntad frente al miedo que sentía. Los médicos, después de decirme que estaba loco, me dieron tres pañuelos... Al final, de tanto apretar y aguantar el dolor, perdí tres dientes. ¡Era muy joven!

Ava sentía curiosidad por todo aquello que configuraba el mundo de Luis Miguel. Le preguntó por la vida que había llevado su madre con su padre y sus tres hijos toreros.

—La vida de las esposas o madres de toreros resulta muy dura. Mi madre era una gran deportista. Una pelotari de las buenas, pero se cruzó mi padre y lo dejó todo por él y, después, por nosotros. Nunca jamás nos ha visto torear, ni en el

Nodo, vamos, en el cine. No puede ver las imágenes, aunque sean grabadas, porque se ahoga.

Llamaron a la puerta. No se trataba del servicio de habitaciones sino de las dos hermanas del torero: Pochola y Carmina. La mayor era tan parecida a Luis Miguel que muchos decían que era el torero con peluca y, con Carmina, todos coincidían en que resultaba la más agraciada de la familia. Ninguna de las dos era especialmente simpática con las amigas, novias o mujeres de sus hermanos. Llegaban con varias muestras de telas para que el torero escogiera. Luis Miguel siguió en calzoncillos delante de ellas y Ava se vistió rápidamente. Cuando terminaron de escoger las cortinas para el chalé, se fueron tan rápido como habían venido. La actriz deseó entablar con ellas algo parecido a una conversación antes de que salieran de la habitación.

—Me gustaría conocer más a vuestra madre. Me atrae mucho la gente sencilla.

—Bueno, mi madre de sencilla tiene poco. A veces tiene un sexto sentido que da miedo. En su familia hay quien dice que los Lucas tienen alguna cualidad que les hace especiales para aventurar el futuro y para dialogar con los muertos —le contó Pochola.

—¿De verdad? Yo quiero que tu madre me diga el futuro... —se dirigió a Luis Miguel.

—No, ni se te ocurra. ¡Jamás! No les hagas caso a estas brujas.

—Si sabe que te interesa, lo mismo un día te utiliza de médium... Con mi hermano lo hizo cuando era pequeño.

—No le contéis falsedades. Yo no recuerdo nada.

—¿Tampoco recuerdas cuando cogiste a una prima de mamá por los pies y la amenazaste con tirarla por el hueco de la escalera si no le decía a mamá que no iba a morirse esa noche? Es que a nuestra madre le entran a veces unas obsesiones... Y esa noche estaba convencida de que se iba a morir.

Menos mal que la prima dijo aquello que tú querías que escuchara mamá.

—¡Bueno, ya basta! Estos cuentos no le interesan a nadie. ¡Mil gracias por vuestra ayuda! ¡No sé qué hubiera hecho sin vosotras!

Se despidió de ellas y ambas se marcharon rápidamente. Al cabo de un rato, Ava empezó con una molestia en el vientre que fue a más.

—No te preocupes, seguro que es hambre. Voy a llamar al servicio de habitaciones.

El camarero subió varios sándwiches, pero a la actriz no solo no se le pasó el dolor, sino que se hizo más agudo. Luis Miguel llamó al doctor Tamames y a los veinte minutos entraba en la habitación.

—Ava, déjame ver... —Le estuvo tocando el vientre, aunque observó cómo se echaba las manos a los riñones—. Está clarísimo, te está dando un cólico nefrítico —diagnosticó el doctor—. Debes de tener piedras en el riñón. Vamos a pedir una ambulancia. Mientras llega, métete en el baño con agua caliente. Te calmará el dolor. Habrá que ingresarla —le dijo a Luis Miguel en un aparte.

La actriz llegó al hospital y no paró de lanzar improperios por su boca. El dolor era tan grande que insultaba a todo el que la tocaba o le ponía medicación. Solo dejaba que se acercara Luis Miguel, que incluso tuvo que trasladarla en brazos hasta la sala de rayos. Le pusieron un tratamiento, pero los dolores no se mitigaban y cuando aparecía una monja por allí, le sacaba los colores aunque no entendiera lo que decía en inglés. Luis Miguel no la quiso dejar sola en ningún momento y pidió que le pusieran una cama a su lado. Allí estuvo sin pegar ojo cuarenta y ocho horas.

Una de esas noches, la actriz se despertó y le vio de rodillas, apoyado en la cama, como si estuviera rezando a oscuras, mirándola con los ojos húmedos pero muy abiertos. Aquella mirada, pensó la actriz, ¡era la de un enamorado! «He vuelto a hacerlo», se recriminó.

En el momento en que se durmió ya sin dolores, Luis Miguel se fue y, cuando la actriz volvió a abrir los ojos, él estaba de vuelta en compañía de una de las personas a las que más admiraba, pero con la que jamás había tenido la oportunidad de intercambiar una sola palabra: Ernest Hemingway.

—¡Ohhh! ¿Qué haces aquí, Ernest? Justo cuando estoy más jodida.

—Tenía muchas ganas de conocerte, después de haber protagonizado dos de mis adaptaciones cinematográficas. Estuviste espléndida en las dos.

—Yo me he leído entera tu obra literaria. Primero, me obligó mi segundo marido, que creía que era gilipollas y, después, me enamoré de tu forma de contar las cosas.

—¿Qué novela te gusta más, Ava? Me interesa mucho tu opinión.

—*Adiós a las armas*, es posible que sea mi novela favorita de todas las que has publicado. He intentado que la Metro rodara una nueva versión, pero no me han hecho caso.

—Ava, acompañan a Ernest su mujer y un amigo. ¿Permites que pasen?

—¡Por supuesto!

Luis Miguel, antes de hacer las presentaciones, tuvo que esperar a que terminara de hablar por teléfono. Habían llamado desde Estados Unidos y, por lo que decía la actriz, era posible que le estuvieran ofreciendo un trabajo que no quería realizar.

—No me interesa nada. Podéis metérosla por el culo. Además, estoy en el hospital recuperándome de un cólico nefrítico.

Cuando colgó, todos estaban algo cohibidos, pero Ava reaccionó como si no hubiera pasado nada.

—Preséntame a los amigos, Miguel.

—Hotchner, amigo de Ernest, y Mary, su mujer.

Ava estuvo encantadora y malhablada. Pidió a Hemingway que se sentara a su lado en la cama y el voluminoso escritor no lo dudó.

—Gracias a tu marido —le explicó a Mary—, hoy soy una estrella. Si no fuera por la película *Forajidos*, nadie se hubiera fijado en mí.

—No creo que yo haya hecho nada especial, pero muchas gracias.

—¡Estoy harta de Hollywood! Desde que hice la primera película, he necesitado cerca de mí a un psiquiatra. ¿Tú no has ido alguna vez?

—No, afortunadamente. Pero ha sido gracias a mi máquina de escribir. Me ha liberado de muchos de mis demonios interiores.

—Os propongo algo —dijo el torero—. El día que Ava salga del hospital, nos vamos a una tienta de toros bravos. ¿Qué os parece? ¿Estaréis por Madrid?

—Sí, hasta que acabe la feria de San Isidro nos tendrás en la capital. ¡Cuenta con nosotros y con un conocido tuyo, Ava!

—¿Quién?

—Peter Viertel...

—¿El escritor? Sí, me lo presentó Artie y nos llegamos a bañar juntos en la piscina. Un ser adorable.

—No se hable más. Os llamaré a todos para deciros el día. ¡Habéis hecho que la sonrisa vuelva a la cara de Ava! ¡Lo ha pasado francamente mal!

53

—¡Bappie, lo he hecho! ¡Lo he vuelto a hacer! —fue lo primero que Ava le dijo a su hermana nada más entrar en la habitación del Hilton después de abandonar el hospital.

—¿Qué has vuelto a hacer? —quiso saber asustada.

—Me ha mirado con esos ojos que ya he visto antes... Está enamorado. ¡La he jodido! No tenía que enamorarse, ¡pero lo ha hecho!

—Y ¿qué hay de malo en ello? Realmente no te entiendo.

—Bappie, no comprendes nada. Es más fácil no equivocarse desde la amistad que desde el amor. Los hombres cuando se enamoran se vuelven posesivos. Ya he pasado por esto tres veces y me había dicho a mí misma que no me iba a volver a pasar.

Apareció Reenie y acabó de poner nerviosa a Ava con su comentario:

—Luis Miguel me ha caído muy bien. ¡Es un gran hombre! No quiso que nos quedáramos nosotras y te cuidó mañana y noche en esa clínica. Ni sé cómo se ha podido mantener en pie tantos días sin dormir.

—¡Oh, no! ¿Te das cuenta? Me das la razón. Cuidarme de la manera que lo ha hecho solo es capaz de hacerlo un hombre al que de verdad le importo. Soy una persona, digamos, especial, no estamos en igualdad de condiciones... Por eso pienso que le puedo hacer mucho daño. No tengo más remedio que irme a Estados Unidos seis semanas para que me den el divorcio y de paso intentar poner distancia en nuestra relación.

—¿Te vas a comprar una casa en Madrid para luego irte a Estados Unidos? Explícamelo, porque no entiendo nada.

—Sí, antes de irme cerraré la compra. No puedo seguir cerca de Miguel, porque el paso siguiente será pedirme en matrimonio... ¡No quiero casarme! ¡No quiero tener hijos! ¡Él quiere formar una familia y yo no estoy preparada!

—Por primera vez en tu vida aparece un hombre guapo, figura del toreo, atractivo y forrado de dinero... Se interesa por ti, no viene de un matrimonio anterior, empezaríais juntos una nueva vida, y lo siguiente claro que sería formar una familia. No veo nada malo. Al contrario.

—Bappie, no tienes ni idea del problema en el que me estoy metiendo yo solita. No puedo seguir, porque la que caería en sus redes sería yo. ¡Teníais que ver cómo me miraba el día que me dijeron que tenía piedras en el riñón! No deseo sufrir más por amor. ¡Se acabó!

—No quedes mal con él. Procura ser amable y ya, cuando salgas de España..., el tiempo dirá qué camino seguir.

Ava se quedó muy mal. No tenía ánimo ni para salir de fiesta, que era lo que más añoraba en su estancia en el hospital.

—Ahora sí que pienso que tú también estás tocada —le dijo Bappie—. Aunque no lo creas y te resistas a ello, te has enamorado. ¿Por qué no tiras la toalla y das esta batalla por perdida?

—No, todavía tengo mis heridas al aire. Frank no es el pasado. ¿Entiendes?

—No, no entiendo, pero, al final, harás lo que te dé la gana.

Al día siguiente, Luis Miguel fue a buscarla muy temprano. Iba a llevarlas a la finca de Antonio Pérez. El ganadero, dedicado a la cría de toros bravos, ofrecía su finca para que probara los becerros y evaluara el potencial de su bravura.

Al llegar, Hemingway y su mujer, así como sus amigos Viertel y Hotchner, asistían a ese momento apostados en la barrera. Ava aprovechó para hablar con el escritor.

—Muchas gracias por venir a verme el otro día al hospital.

—Ha sido un placer conocerte, aun en esas circunstancias, hija.

Ava sonrió y a partir de ese momento comenzó a llamarle «papá». Los dos compartían historias de África. Ella le contó anécdotas del rodaje de *Mogambo* y él la historia de su reciente accidente de avioneta.

—Ni sé cómo no nos matamos. La avioneta se cayó en plena jungla cuando regresaba de un safari.

—Bueno, te diré que muchos te dieron por muerto. ¿Sabías eso, papá?

—Sí, en las primeras horas hubo bastante confusión. Tuve mucha suerte, la verdad.

Luis Miguel toreaba a los becerros mientras Ava y Hemingway no paraban de hablar. Mary, la celosa esposa del escritor, se relajó cuando observó de qué forma miraba Ava al torero. Le salió del alma un suspiro mientras le contemplaba con ojos tiernos.

—¿Estás enamorada, Ava? —le preguntó a bocajarro el escritor.

—Puede... Me parece un hombre encantador. ¿No estás de acuerdo?

Hemingway sonrió, resultaba evidente lo que estaba ocurriendo entre ellos.

—Sabes que Luis Miguel tiene pedigrí de don Juan, ¿verdad?

—Tampoco el mío es pequeño... —Rieron sin que los demás supieran por qué lo hacían.

Luis Miguel, vestido con traje campero, empezó a sacar al ruedo a los asistentes. En un momento determinado, se acercó a la barrera donde estaba Ava y la convenció para que compartiera el capote con él porque sabía que le gustaba. Toreó con un gran desparpajo de la mano del torero. Incluso se llegó a poner de rodillas, tal y como había hecho Luis Miguel en alguna ocasión. Ese gesto de valentía despertó los bravos más sonoros de la jornada. Cuando volvió a sentarse en la barrera, su hermana Bappie le susurró al oído:

—No puedes más que rendirte ante las evidencias, aunque te dé rabia.

—Bappie, ¿quieres callarte? No sé a qué te refieres.

La jornada en el campo le dio la fuerza que necesitaba para reponerse del todo de su reciente enfermedad. Hemingway siguió compartiendo confidencias con ella:

—Acuérdate de mí cuando eches las piedras. Yo quiero una, estoy seguro de que me dará suerte.

—Está bien, cuando la expulse, será tuya.

A punto ya de regresar a Estados Unidos, Hemingway invitó a la pareja a su casa de las afueras de La Habana, en Cuba.

—Está cerca del mar, en una finca llamada Vigía, donde he escrito mis últimas novelas. El entorno es extraordinario. Os gustará.

Ellos prometieron tomarle la palabra. Esa misma noche, cuando regresaron al hotel, Ava comentó su intención de regresar a América.

—Me ha dicho mi abogado que, si quiero obtener el divorcio, tengo que pasar seis semanas seguidas allí. De modo que aprovecharé para descansar, meditar todo lo que nos está pasando a ti y a mí y... ayudar a promocionar la película por toda América del Sur. La distancia nos vendrá bien a los dos.

—Vaya, no me lo esperaba. Pues... esperaré esas seis semanas a que tomes una decisión. Sabes lo que siento por ti y juegas con esa ventaja. Pensé que ya estabas decidida a vivir en España.

—Sí, me han hablado de una casa en la calle Doctor Arce, y, si me gusta, me quedaré con ella. Este viaje no cambia mis planes.

—Este viaje lo cambia todo...

El torero se fue a su chalé frustrado y rabioso. No quiso compartir cama con ella. Estaba convencido de que Ava, además de irse para obtener el divorcio, se marchaba por él. Durante toda la noche meditó sobre si se había extralimitado quedándose a dormir en la clínica. Ava enseguida se sentía acorralada. ¿Se habría equivocado? Ya dudaba de todo. Quizá eso explicaría su comportamiento: había pasado del agradecimiento más absoluto al distanciamiento. No entendía nada de sus reacciones, pero cada vez era mayor la atracción que sentía hacia ella.

La actriz recibió la llamada de un amigo que aceleró su proyectado viaje a Estados Unidos. Tenía que ver con el ofrecimiento de la Metro para que protagonizara la película *Love me or leave me*, dando vida a la cantante Ruth Etting. No lo había meditado del todo, quizá porque estaba tumbada en una cama de hospital, cuando no solo rechazó la película, sino que mandó a sus directivos a paseo. Ahora le comunicaban una decisión que comprometía su futuro.

—Ava, me he enterado de que te han suspendido el contrato por negarte a interpretar ese papel —le dijo uno de los pocos amigos que tenía dentro de la productora.

—¿Por qué? —No comprendía nada.

—Dicen que has rechazado un papel que te iba como anillo al dedo y que tu comportamiento, en general, deja mucho que desear.

—¡Serán cabrones! Seguro que les molestó que les mandara a la mierda, pero es mi forma de hablar. No sé de qué se extrañan. Saben que soy una chica de campo. Tienen que apencar con el monstruo que han creado. ¿Ahora se sorprenden? ¡Ja! Pues que no piensen que voy a ir arrastrándome a ellos.

—Pues deberías venir cuanto antes y solucionarlo. Te pueden hacer la vida imposible y hundir tu carrera. Igual que te encumbran, te pueden machacar.

—¡Que se vayan a tomar por el culo! ¡Díselo de mi parte!

—Yo te he avisado...

Al colgar maldijo durante minutos. Bappie y Reenie se quedaron muy preocupadas.

—¡Que se jodan! Por fin, dejaré de torturarme con el cine.

—No sabes lo que estás diciendo. ¿No te acuerdas de lo que es pasarlas canutas? Porque yo, que soy mayor que tú, sí lo sé. Recuerdo a mamá trabajando sin aliento limpiando la mierda de todos y papá sin trabajo. Fue muy duro. Tú eras muy pequeña, pero yo viví su angustia y no quiero eso para ti.

—Pues me pongo a trabajar de secretaria. Lo que sea menos ir allí y arrodillarme.

—Tu orgullo va a acabar contigo.

Ava se encerró en sí misma y solo apagaba la ansiedad que sentía bebiendo sin parar. Necesitaba hablar con Luis Miguel, pero se había ido molesto de su lado cuando le dijo que regresaba a Estados Unidos. En una sola jornada parecía que su mundo se caía desplomado delante de sus narices.

Pasaron un par de días y el torero no daba señales de vida. Se fue al campo a seguir entrenándose. Su hermano Domingo aprovechó para viajar a Pontevedra y apagar el nuevo fuego que acababa de encenderse en *El Litoral*. Rafael Andín, el director del diario, acababa de dimitir. Cuando llegó a la redacción, los pocos que allí continuaban tenían la certeza de que les iban a cerrar.

—Busquemos a otro director con carné de periodista. No veo el problema.

—Andín se va porque no se le paga. Por lo tanto, ¿quién va a querer venir a un periódico que te deja señalado y en el que encima no cobras? ¡Es de locos! —le dijo el apoderado, Alejandro Milleiro.

—De momento, que asuma la dirección Pedro Antonio Rivas y luego ya veremos.

—Eso está bien pensado, pero no tiene carné... y no se lo van a dar porque lo que quieren es cerrarnos. Con la excusa de que no hay director, a *El Litoral* lo van a finiquitar.

—No nos podían cerrar por ideología teniendo a los americanos por aquí; sin embargo, les hemos puesto en bandeja la excusa perfecta. Voy a hacer un último intento con mi hermano Luis Miguel. La clave está en encontrar a un director con carné.

—Nos han dado un ultimátum, tenemos cuarenta y ocho horas para encontrarlo. Si el periódico no lo consigue, el sábado ya no podrá salir a la calle. Mientras tanto, Rivas seguirá haciéndose cargo de todo... ¡Ha sido una pena!

—Andín nos ha hecho una faena enorme.

—¡Pero si llevaba dos meses sin cobrar! ¡Se ha hartado!

—Hombre, hay cosas que están por encima de todo, como la ideología.

—Sí, eso díselo a su mujer a fin de mes...

Domingo se echó en cara el no haber sido constante en los pagos de la redacción, pero había antepuesto ayudar a las personas que pertenecían al Partido Comunista en la clandestinidad a pagar las nóminas del periódico. Por su mala cabeza —se recriminaba— iba a perder el único periódico que le plantaba cara al régimen de Franco. Por la noche, localizó a su hermano en casa de sus padres.

—Miguel, necesito tu ayuda.

—¿Cuánto te hace falta?

—Ahora no se trata de dinero, sino de encontrar a alguien que quiera ponerse al frente del periódico de aquí, de Pontevedra.

—¿Te refieres a ese panfleto comunista?

—Sí.

—¿Y qué quieres que haga?

—Que alguno de tus contactos me ayude a conseguir un carné de periodista.

—Lo intentaré. ¡Llámame en una hora!

El torero llamó a Emilio Romero, hasta el año anterior director de *Pueblo,* uno de sus contactos en la prensa, y le preguntó abiertamente cómo podía conseguir un carné para un conocido.

—No soy el que mejor te puede ayudar en este momento —le dijo el avezado periodista—. Sabes que, por ponerme en contra de la destitución de Torcuato Luca de Tena, me han castigado. De todas formas, el carné no es más que un filtro para depurar a quien interesa y a quien no. Para que te lo den, se exige que la persona en cuestión no tenga antecedentes. Le investigan a conciencia.

—Ya, y si así fuere. Es decir, si no hay registro de ningún antecedente político, moral... de esa persona, ¿se lo dan inmediatamente?

—Quizá si das con el delegado nacional de información e investigación de FET de las JONS, adscrito a la Dirección General de Seguridad, consigues que se adelanten los plazos. Pero, aun así, no pasará un mes antes de recibir una respuesta de la Jefatura Superior de Policía.

—Me temo que el problema que tiene mi hermano requiere de un carné para mañana.

—Aquí todo va lento. Mira, yo me he quedado dentro de este tinglado porque me sigue produciendo insatisfacción lo de fuera y porque reconozco que tengo más alma de partisano que de combatiente organizado como tu hermano.

—Mi hermano es un idealista que sueña con un imposible: la llegada al poder del Partido Comunista.

—Todo lo que hay frente a la nueva realidad española: monárquicos, republicanos, socialistas o comunistas, no me atrae nada. Forma parte del pasado trágico de España y, además, con los resentimientos ulcerados. Creo más en el combate desde dentro. Como sabes, llevo desde el año pasado fuera de *Pueblo* como ninfa Egeria de Solís. Hasta que no eliminen a Fernández Cuesta, no creo que pueda regresar.

—Todo el mundo pide tu regreso...

—Habrá que esperar.

—Muchas gracias por la información. Te deseo mucha suerte, Emilio.

—Igualmente.

Cuando colgó, supo que al periódico de su hermano solo le quedaban horas. No contaba con un mes para el trámite que necesitaba. Domingo llamó antes de cumplirse la hora y el torero le dio la mala noticia.

—No hay nada que hacer, o encuentras a alguien ya con carné que quiera implicarse, o que te tramiten uno nuevo, de una persona que esté limpia de antecedentes, tarda un mes como poco.

—No tengo ese tiempo...

—Lo siento, pero no puedo hacer más.

—¿Si mueves algún hilo en las alturas?

—Nos vamos tú y yo a la cárcel. No estamos hablando de *El Alcázar* o el *Arriba...* Me pones en la tesitura de mediar para un periódico en el que le has dedicado todo un número a las grandes mentiras de Franco. Ten un poco de cabeza.

—¡Joder! *El Litoral* es algo único, insólito en España. Cuando lo enseño fuera, nadie lo puede creer.

—Te han pillado, hermano. Durante un año has sido una auténtica mosca cojonera.

—Se van a enterar, porque moriremos, pero con la cabeza bien alta...

Luis Miguel pensó en cuál sería el próximo lío en el que se metería su hermano. Sabía con seguridad que no tardaría mucho. En el fondo, era al que más admiraba. Estaba harto de sus líos y de sus constantes sablazos, pero sentía una simpatía especial hacia él. Quizá porque era un idealista frente a su pragmatismo...

Estaba tumbado sobre la cama, meditando en todas estas cosas cuando Bappie lo llamó. Necesitaba su ayuda.

—Miguel, mi hermana está muy mal. Le han suspendido el contrato con la Metro. Debería irse cuanto antes a Estados Unidos, pero no toma ninguna decisión y solo bebe a todas horas.

—Joder! ¿Y eso por qué?

—Es muy largo de explicar. El caso es que se ha ido del Hilton dispuesta a emborracharse. Yo creo que estaba esperando a que la llamaras, porque no tenía claro cuándo partir.

—¿Ahora dónde está?

—No tengo ni idea. Hace una hora que salió.

—Está bien, voy a buscarla. No creo que me cueste mucho encontrarla. No te preocupes.

A miles de kilómetros, Frank Sinatra recibía la noticia de que Luis Miguel Dominguín, el torero que había conocido en su viaje a España, era el nuevo amante de Ava. El caso es que, cuando se lo presentaron, había sentido rechazo al verlo. Su cuerpo supo antes que su mente que le robaría a la persona que más amaba en su vida. Le maldijo apoyado por una botella de Jack Daniel's. Marilyn seguía paseándose por la casa como si estuvieran en el Paraíso. A Frank algo le quemaba por dentro. Parecía una llama que arrancaba en su pecho y terminaba abrasándole la garganta. Así que la imagen de la actriz desnuda abriendo y cerrando la nevera le pareció un oasis en medio del desierto. Frank se puso de pie. Dejó la botella en la mesa de la cocina y se acercó a ella despacio. Marilyn, al observarle, supo qué iba a pasar.

—¡Oh, Frankie! ¿Nuestro pacto? —Fue lo único que pudo decir.

—A la mierda con el jodido pacto. Tú eres una mujer y yo un hombre.

En un segundo desapareció aquella relación platónica que mantenían. La nevera sirvió de soporte para amar a Marilyn, que no fue capaz de rechazar a aquel hombre del que no estaba enamorada. La noticia del torero que usurpaba su sitio en la habitación de Ava fue la espoleta que puso en marcha el mecanismo de su venganza. Frank parecía poseído, un autómata que amaba sin amar. Los dos ahogaban sus fracasos con sus parejas uniendo sus soledades. Al final sus amigos tenían razón. Aquella presencia femenina en su casa terminó como todos esperaban... Ya no había nada que le atara a Ava y sintió la necesidad de hacer el amor con todas las mujeres que pasaran cerca de él. Era su reacción a lo que consideraba una traición.

El problema es que Marilyn comenzó a mirarle con otros ojos y, en lugar de pasearse desnuda como hasta ese momento, empezó a vestirse. Frank se percató de que se estaba enamorando de él.

—¿Por qué has cambiado de repente? Antes de estar juntos te daba todo igual y ahora, ¿te tapas?

—¡Claro! Me empiezas a gustar y cambia todo.

—¡Mujeres! No hay quien os entienda. Solo te pido que no te enamores.

—Eso dime cómo se controla...

No quería aferrarse a un solo cuerpo ni a una sola mujer.

Cometió todos los excesos que le permitían sus compromisos musicales. Un día se acercó a felicitarle Carmen, una joven de dieciocho años, y solo pensó en conquistarla. Se trataba de una jugadora de golf y espléndida chica de calendario. Frank seguía pensando en vengarse de la mujer a la que seguía amando. Supuso un aliciente saber que era la novia del gánster Johnny Roselli. «Con un poco de suerte —se dijo a sí mismo— apareceré muerto de dos tiros en cualquier cuneta».

Todo en aquella joven le recordaba a Ava: su pelo, su piel, su gusto por descalzarse, sus pechos...

—Tienes las tetas un poco más grandes que mi esposa. ¡Que se joda!

Todo lo que hacía o decía siempre era en comparación con Ava. Incluso se dejó ver en su compañía para que le fotografiaran los periodistas. La foto enseguida dio la vuelta al mundo.

Luis Miguel, por fin, encontró a Ava en Chicote con periodistas de la noche de Madrid. Estaba completamente bebida. Hablaba y hablaba sin parar...

—¡Menudo hijo de puta! Está buscando imitaciones baratas porque no puede tener a la auténtica —les decía a los reporteros que acababan de enseñarle la foto de Frank, que había llegado por la agencia EFE hasta sus manos.

—Ava, te voy a llevar al hotel —le dijo Luis Miguel—. ¿No veis en qué estado se encuentra?

Uno de los presentes hizo ademán de sacar la cámara, pero una mirada del torero le hizo desistir.

—A las estrellas siempre hay que cuidarlas. No puedo permitir que nadie la vea en este estado. Me entendéis, ¿verdad?

—¡Déjame en paz! No eres mi padre. Llevo muchos días sin saber de ti. Ahora no puedes aparecer y ordenarme lo que tengo o lo que no tengo que hacer. ¡Todo me da igual! ¡Mierda para todos!

El torero no hizo caso de sus palabras y la cogió en volandas, como tantas veces había hecho, y así la sacó de Chicote. Justo a la puerta su coche, con Teodoro al volante, esperaba en plena Gran Vía. Con la actriz contrariada y dando manotazos, la metió como pudo en la parte de atrás.

—¡A mi casa!

Cigarrillo hizo un giro de ciento ochenta grados y se fue camino de la calle Alcalá para ir en dirección a Nervión.

—¿Por qué no me dejas con ellos? ¿Acaso te importo? —continuó increpándole.

—Mucho. Más de lo que piensas...

—No necesito a ningún hombre a mi lado, ¿te enteras? No eres mi dueño.

—Eso lo sabe cualquiera que te conozca. De todas formas, no pretendo serlo.

Poco a poco, la actitud calmada del torero fue amansándola. Al llegar al chalé, solo tenía sueño y ganas de dormir. La bajó como pudo del coche y la trasladó sin oposición alguna hasta su cama. Permaneció observándola hasta que el sueño también acabó por vencerle. Ocho horas después sonaba el teléfono. Era Bappie, preocupada:

—¿Está contigo?

—Sí. No te llamé porque era muy tarde.

—¡Menos mal! No sé cómo agradecértelo.

—No tienes por qué. Está durmiendo desde que la acosté.

—Orson Welles la invita a cenar esta noche en el hotel Ritz de Barcelona. ¿Podrías acompañarla? Tú puedes dominarla, pero yo no.

—Sí, no te preocupes. ¿A qué hora sale el avión?

—A las cuatro de la tarde.

—No hay problema. Tenemos tiempo...

Llegaron a Barcelona en una tarde cálida y veraniega. La ciudad estaba repleta de turistas que se paseaban Rambla arriba y Rambla abajo sin otro cometido que ver pasar gente y mirar los quioscos de flores, de pájaros, y las cafeterías y puestos de limonada o de horchata. Aquel era un escaparate humano de personas de diferentes nacionalidades que buscaban al artista que se ponía a pintar en mitad del paseo o a escuchar al que recitaba una poesía a cambio de unas monedas. Luis Miguel la llevó por los lugares más emblemáticos de la ciudad, que tan buenos recuerdos le traían.

—Aquí he vivido tardes de toros inolvidables. A Barcelona siempre hay que volver.

—Sobre todo, contigo. —La actriz tenía otra actitud. Como siempre, sus reacciones eran completamente imprevisibles.

—¿Has decidido cuándo te irás?

—En una semana, más o menos. Quería cerrar aquí varios asuntos. La casa... y despedirme de los amigos.

—Me gustaría dar una fiesta en La Companza.

—Será estupendo, así la conozco.

—Ahí fue donde arrancó nuestra historia relacionada con el mundo del toro. Te gustará aquello.

Llegaron al Ritz y ya les esperaban Orson Welles y el jefe de comunicación de la Paramount Films y United Artist, Jaime Arias. El hecho de dominar el inglés y el francés, aparte del español, le hacía imprescindible para tanto ir y venir de artistas y cineastas internacionales. Además, como periodista, estaba unido al *The New York Times* y al diario *La Vanguardia*. Precisamente, en el vestíbulo del Ritz se obtenían grandes exclusivas.

—¡Qué gusto verte, Ava! Ya me han dicho el eslogan de tu próxima película: «El animal más bello del mundo».

—¿Sí? No me lo habías dicho —le comentó el torero—. Estoy completamente de acuerdo con él.

—¡Calla, por favor! Me horroriza. No entiendo qué puede gustaros de ese reclamo publicitario. En el fondo, me están llamando animal —comentó con humor.

—¿Cuándo volverás a torear? —le preguntó Welles con interés porque ya se conocían y le admiraba.

—Todavía no estoy para regresar a los ruedos en España. Procuro torear algo en el extranjero. Acabo de llegar de Arlés, donde me he visto bien frente a dos toros.

—Realmente, tanto a ti como a Antonio, tu cuñado, os sobra arte y valor.

—Tú tampoco andas escaso de ambas cosas...

—¿Orson? —añadió Arias—. Todo lo que hace lo borda:

actor, director de cine y de teatro, rebelde, inconformista y, por encima de todo, genio. Estoy de acuerdo contigo, Luis Miguel.

—¿Qué haces aquí? —preguntó la actriz.

—Estoy localizando exteriores en el puerto para mi próxima película: *Mister Arkadin*. Lo que ocurre es que el presupuesto que manejo es muy bajo.

—No solo será el director, también encarnará al protagonista. Welles es así —afirmó Arias.

—Pero he dudado mucho antes de venir. Pensad que yo apoyé sin ambages la causa republicana.

—No hay problema. Hemingway está por aquí desde el año pasado y nadie le ha parado en la frontera.

—Bueno, los acuerdos con Estados Unidos han hecho mucho para que los americanos entréis sin ninguna restricción, aunque durante la guerra os posicionarais en el bando republicano —afirmó Arias.

Orson y Ava cenaron como si no volvieran a hacerlo nunca más, ante el asombro de Luis Miguel y Jaime.

—Me da la impresión de que hay muchas cosas que os unen a los dos y no solo el amor por la comida...

—Sí, tienes razón. También nos sobra temperamento y locura por la bebida —rio Ava.

—Te dije que a esta mujer acabarías adorándola —le comentó Orson a Jaime.

—Oye, ¿habéis pensado en hacer una película los dos juntos? Esto de rodar con toreros está de moda. —Jaime no quiso mencionar a Mario Cabré.

—Algo nos ha dicho Sáenz de Heredia, el director de cine. Quiere que rodemos una juntos en Roma, pero yo no me veo delante de una cámara, la verdad —contestó el torero.

La noche se cerró en torno a una copa de whisky. Jaime en un aparte habló de hombre a hombre con Luis Miguel:

—¿Te vas a casar con ella?

—De momento, estamos bien así.

—Me da la impresión de que te han cazado... Te veo enamorado...

Esa apreciación no le gustó; no quería parecer vulnerable.

—Es una mujer sensacional, pero complicada, Jaime. Y no te equivoques, me parece que ella está más enamorada que yo —replicó, dejando patente que él seguía dominando la situación.

La velada terminó con la luz del sol. No dio tiempo más que a superar la resaca y regresar a Madrid al día siguiente.

54

El marco no podía ser más idílico para despedirse de España, ya que todo lo que abarcaban sus ojos era campo. A cincuenta kilómetros de Madrid, el color verde se erigía como verdadero protagonista del paisaje. Verde esperanza en todos sus matices gracias a los olivos, las encinas y los pinos que irrumpían con fuerza en aquella tierra que se escondía entre la hierba y los arbustos. Cerraba los ojos y los aromas a jara y tomillo inundaban su cerebro de imágenes que tenían que ver con su niñez; un pasado que se resistía a olvidar. Allí quiso descalzarse y sentir la hierba fría en sus pies, como cuando era pequeña y se escapaba corriendo por las plantaciones de tabaco de su padre, antes de que su mundo se desmoronara. Disfrutó mucho al recordar que un día fue libre e incluso feliz. Luis Miguel la llevó al cercano Alberche para que pudiera bañarse entre las cristalinas y frías aguas. Todo tenía para ellos la trascendencia de la despedida.

—Me tranquiliza que te hayas comprado la casa finalmente. Eso significa que piensas volver.

—¿Lo dudas? Aquí está ahora mi hogar. No me reconozco en otra parte.

Luis Miguel combatió el frío tirándose de cabeza. Siempre vencía al miedo enfrentándose a él bruscamente.

—¡Venga, Ava, que no está tan fría! —le dijo después de la inmersión.

Ava hizo una entrada en el agua en varios tiempos, sin percatarse de que en aquel momento los seguían desde la distancia varios trabajadores de La Companza. No querían perderse a la estrella de Hollywood en bañador. Parecía que estuvieran en la primera fila del cine donde acostumbraban a verla.

Los dos, ajenos a la expectación de sus movimientos, se fundieron en un abrazo y se besaron con la emoción de dos adolescentes. Fue al empezar a sentir escalofríos cuando Ava decidió salir de allí. En ese momento, los peones de la finca agudizaron sus miradas.

—Está en puntas —comentaron entre ellos con los mismos términos que utilizaban cuando los toros tenían los pitones bien formados.

—Vámonos, no nos vaya a descubrir el maestro...

Al volver a la casa, la familia al completo junto a Chocolate, don Marcelino y Canito estaban esperándoles en torno a una mesa repleta de productos de la última matanza. En Quismondo siempre había buenos chorizos y buen jamón. Cuando se sentaron, el padre llevaba un rato hablando.

—Siempre hemos pasado aquí las vacaciones. Eran y son el pulmón de nuestra salud. Por eso hemos traído a la pequeña de Pepe.

—Y para nosotros era la liberación de vuestro control. Aquí campábamos a nuestras anchas —añadió Domingo.

—Aunque hay que decir que la abuela tenía mucha autoridad y actuaba con energía ante nuestros desmanes. ¡Qué tiempos! Los abuelos nos hicieron familiarizarnos con la tierra, los árboles, la caza, los pastores... el ganado.

—Bueno, y no os olvidéis de que la abuela también se empeñó en que conociéramos todas las hierbas, desde las venenosas hasta las saludables —se incorporó Pochola a la conversación—. No he visto nunca a nadie tan sabia sin haber estudiado nada.

—No todo era tan idílico como lo cuentan, Ava —interrumpió Luis Miguel—. No vayas a creer que éramos unos señoritos... También aprendimos el uso de la pala, el azadón y a trazar surcos con el arado.

—A nosotras —dijo Carmina— eso tan duro, no. Sin embargo, sí nos enseñó a diferenciar un melón o sandía maduros de los todavía pepinos. Además, había un hombre que se encargaba de todo. ¿Os acordáis?

—Por supuesto, el Sapo. El tío Mariano era cazador furtivo cuando vino por vez primera a La Companza —siguió hablando el padre—. Pero capaz de hacer de todo. Un gran tipo.

La finca era para la familia una especie de santuario donde todo había dado comienzo. El origen de las ilusiones y el duro camino de convertirse en alguien en el mundo del toro. También representaba la conquista de un sueño en el que siempre creyó Domingo González Mateos.

—Eran frecuentes nuestras escapadas al monte, bien en busca de nidos de palomas o de cualquier clase de caza. Un bañador y unas alpargatas componían nuestra vestimenta —apuntó Pepe.

—Di que eran unos cabrones —le dijo el torero a Ava—. No me dejaban acompañarles y me hacían todo tipo de perrerías. Un día hasta tuve quemaduras del sol de segundo grado por culpa de estos gañanes. Ahí estaba también nuestro primo Peinado en el ajo... No me olvido, ¿eh? —les recordó Luis Miguel entre bromas y verdades.

—Te zurrábamos para que no nos siguieras, pero aun así lo hacías a distancia y te podías pasar las horas muertas al sol. ¡Eras un cabezota!

—Lo dicho, unos cabrones...

Canito hizo fotos hasta hartarse de aquella escena familiar y tampoco se quedó corto contando a la familia la última que había protagonizado Domingo en la Cervecería Alemana.

—Al salir de mi casa, que está a dos manzanas, me pasé por allí, y cuando me vio me llamó a voces: «¡Canito, pasa, que tú eres comunista como yo!».

—Hijo, tienes que tener cuidado. No se pueden decir determinadas cosas en voz alta y menos en un bar —le reprendió doña Gracia, dándole por un caso perdido.

—No queda ahí la cosa. De repente, se metió detrás del mostrador y cogió una fuente de langostinos que no se la saltaba un gitano y me ofreció uno. Después otro y otro... nos metimos la fuente entera entre pecho y espalda.

—Pobre Ramón —se lamentó la madre, pensando en el dueño—. Un día le va a dar un ataque al corazón con las cosas que le haces.

—No, si se despachó a gusto con su hijo —le dijo don Marcelino—. Pero todo lo arregló con un abrazo, porque con dinero, nada de nada. No vio ni un duro.

—Eso es comunismo puro —aseguró Domingo entre risas.

—No, eso es ser un caradura. Así yo también soy comunista... —apuntó con bala don Marcelino.

—¡En qué hora habré sacado el tema! —se disculpó Canito a Luis Miguel.

—¿Sabe lo que voy a hacer? Fumarme un puro a su salud —continuó don Marcelino.

—No, si, en el fondo, creo que usted y yo acabaremos juntos... ¡Páseme un puro de esos!

Cuando el calor rebajó un poco su intensidad, decidieron que había llegado el momento de la capea, con la que acababan todas las celebraciones. Picaron a Canito para que saliera a torear.

—A ver, el que sacó la foto de Juan Belmonte meando... que dé un paso al frente —pidió Domingo.

—Sí, le saqué meando, pero esa foto nunca se la di a nadie. ¡Fue una broma entre él y yo! ¿Sabes qué le pregunté no hace mucho? ¿Qué es el toreo, maestro? Y me contestó: «El toreo es como cuando un buen pianista entra hasta con su espíritu dentro del piano y se integra de tal manera en la partitura que casi no respira. Vive la música de tal forma que se olvida de todo y de todos. El toreo también es así. Hay que estar siempre pensando en una profesión que crea un arte que proporciona un goce inmenso...». ¿Tiene arte o no tiene arte Belmonte?

—¡Ya lo creo! Pero vamos a poner a prueba el tuyo... Venga, que no se diga. Además, me tengo que vengar de la que me liaste aquí el día que invité a la mujer de Churchill y a media embajada inglesa.

—Eso fue hace mucho...

—Sí, pero todos lo recordamos como si fuera hoy. Cambiaste las señales y acabaron veinte o treinta coches en las zanjas que se formaron en el camino de vuelta a Madrid. Me pasé toda la noche sacando vehículos de los barrizales —comentó Luis Miguel entre risas.

—O la que te lio en una de las últimas cacerías con Franco. ¿No te acuerdas? —apuntó Pepe, riéndose también.

—¿Que no me acuerdo? Todavía hoy siento vergüenza de aquello. Este pieza que te cae tan bien —se dirigió a Ava— por poco me enfrenta a Franco en una cacería en Torrijos. No se le ocurrió otra que choricear al Caudillo cuatro perdices de las que había matado. Al momento, se nos presentaron tres guardias y un coronel a decirnos que las cuatro perdices que se le habían distraído al general había que devolverlas.

—Menuda bronca me echaste y no fue para tanto —le dijo Canito.

—Tuve que pedir disculpas. Imagínate el bochorno. Ahora me las vas a pagar por esas y por las futuras.

—¡Eso, que lo pague! —corearon todos.

Al final, Canito tuvo que torear... Ava no pudo aplaudir más durante la faena. Se notaba la soltura del que había toreado en más de una plaza.

—Canito podía haber sido torero, pero le tentaron más las cámaras y las mujeres que los toros.

Ava se lo pasó muy bien con el fotógrafo y con don Marcelino toreando novillos. Luis Miguel bromeó mucho con los dos y con sus hermanos, que tampoco se resistieron a coger el capote. Fue una jornada intensa y divertida, que terminó brindando por el regreso de la actriz.

—Espero que vuelvas pronto —le dijo el padre de la saga.

—Muchas gracias. Por lo menos, tendrán que pasar seis semanas. Ese trámite es necesario para conseguir el divorcio en mi país. Además, una vez allí tendré que promocionar mi última película. Calculo que hasta primeros de año no estaré por aquí.

Doña Gracia la escrutaba desde su posición en la mesa, pero no decía nada. Vio algo que los demás no apreciaron. No pudo por menos que comentárselo a su marido.

—Nuestro hijo no acabará con ella, te lo digo yo.

—¡Qué cosas tienes! Están enamorados, solo hay que verles la cara y los ojos con que se miran.

—Pues yo te digo que no. Esta chica no será de los nuestros, nunca será una Dominguín.

—¡Que no te oiga Miguel! ¡Tienes cada cosa!

Hubo besos, lágrimas y el deseo de volver a verla muy pronto. Luis Miguel la acompañó en aquella noche calurosa y emotiva hasta Madrid. Un reportero de la revista *Semana* les hizo varias fotografías en el Hilton. Llevaba horas esperándoles. El portero del hotel le había dado el chivatazo.

—No nos han pillado en todo este tiempo y ahora, que te vas, nos fotografían. Esto es de chiste.

—¿Por qué no subes y te tomas la última copa conmigo a solas? Así nos podremos decir adiós sin testigos y sin fotos.

Subió, pero no se despidió de ella. No podía. No quería... Hicieron el amor con la ansiedad del que sabe que quizá nunca más vaya a sentir la piel y el aroma de la persona amada. «*I love you*», decía Ava con su voz grave. No hubo respuesta de Luis Miguel. No deseaba hablar. Le hubiera dicho tantas cosas... Pero pesaba más la tristeza en aquella cama. Los dos perdidos entre las sábanas, sin saber si algún día sus destinos volverían a unirse. Se entregaron a lo que mejor sabían: amar. Luis Miguel hubiera prolongado ese momento, pero ambos sabían que su relación tenía fin. «*I love you*», repetía Ava. Quizá fuese la última vez que oía su voz cálida susurrándole al oído. Cuando explotaron sus sentidos y quedaron extenuados sin saber qué decirse, Luis Miguel se vistió y se despidió de ella. No quiso prolongar la noche hasta el amanecer.

—Ava, te estaré esperando. No lo olvides... —No dijo adiós ni hasta siempre, solo le deseó suerte.

—Miguel, estas semanas voy a vivir en Las Vegas, ¿por qué no vienes a verme?

—Si me llamas, iré. Quiero que seas libre y que decidas lo que tú quieras. No tienes ningún compromiso conmigo... No te sientas atada a nada ni a nadie. Sabes que no me hace feliz que te vayas, pero siempre respetaré tus decisiones.

—Miguel, ¡quédate conmigo esta noche!

—No, Ava. No podría estar contigo sabiendo que quizá te vayas para siempre. Me importas y hoy no es mi noche. Solo tengo ganas de conducir sin rumbo adonde me lleve la carretera. No quiero estar cerca mañana cuando te vayas. No lo podría soportar.

Ava le besó. Sabía lo que estaba pasando entre los dos. Era necesario poner distancia. Luis Miguel no había llegado en el mejor momento de su vida. Necesitaba olvidar a Frank para volver a empezar. No podía dar alas a una historia de amor si otra no había concluido.

—Hay cosas contra las que uno no puede luchar. Te has metido en mi vida y no voy a hacer nada por sacarte de ella. Aquí estaré.

Se besaron larga y profundamente una, dos, tres veces... La miró por última vez y se fue escaleras abajo. Otra vez le fotografiaron al salir del Hilton. Su cara no era la misma que cuando entró. Su sonrisa se había borrado y había desaparecido la luz de sus ojos... Necesitaba hacer kilómetros, y pisó el acelerador del Cadillac durante toda la noche.

Howard Hughes esperaba la bajada de Ava de las escalerillas del avión, dispuesto a ser su sombra durante estos meses de estancia en Estados Unidos.

—Muchas gracias, Howard. ¿Cómo te has enterado? —le saludó, rodeada de fotógrafos y periodistas a los que no quiso contestar nada. Les dedicó a todos la mejor de sus sonrisas, pero no tenía fuerzas para volver a ser la estrella que todos esperaban.

—Ya sabes que manejo mis propias fuentes. —No la engañaba.

Además la esperaba con todo tipo de regalos carísimos, que Ava recibió con el desdén de siempre. Antes de viajar a Las Vegas, quiso pasarse por la productora para mostrarles una radiografía, con sus dos piedras en el riñón, para que comprobasen que su enfermedad no había sido una excusa sino una realidad.

—¿Cómo te encuentras? —le preguntó Howard camino de la Metro Goldwyn Mayer.

—Cuando tu cara y tu nombre están en pósters por el mundo entero y se te trata como propiedad pública, cualquiera lo llevaría mal. Y yo soy un ser humano normal, llevo fatal estar en el foco constantemente. Cada vez, peor. Sé que es ingrato quejarme, porque, si acepto un dinero por mi trabajo, debo asumir lo siguiente, es decir, la popularidad. Pero, Howard, no me acostumbro. Es injusto que todos me miren cuando salgo por la noche y cuenten las copas que me tomo. Todo el mundo se cree con derecho a saber. Es más, piensan que lo saben todo sobre mí y no tienen ni idea.

—Veo que has vuelto guerrera y eso me gusta mucho.

—Vengo dispuesta a reivindicarme y a ser más yo misma que nunca.

Hughes la acercó hasta el edificio de la productora mientras le deslizaba su mano por la espalda.

—Esas manos... —no le consentía que la rozara—. Distancia, Howard, distancia.

—En una hora vengo a recogerte.

—¿Una hora? Lo mismo ni me reciben... ¡Voy a intentarlo!

Ava entró pisando fuerte por los pasillos de la productora. Llevaba encima no solo la radiografía, sino un botecito transparente con uno de los dos cálculos biliares que tardó en expulsar. El otro se lo había quedado Hemingway como amuleto. La actriz sonrió al recordarlo. Al llegar al despacho del director, no tuvo que esperar, pero no la saludó como ella esperaba.

—¿Cómo es posible que hayas rechazado una película sobre la vida de Ruth Etting? —Louis Burt Mayer no se anduvo por las ramas.

—¿No entiendes que yo no voy a estar abriendo y cerrando la boca como si fuera una carpa? Creo que puedo hacer la vida de esta rutilante estrella de los veinte con mi voz. Te aseguro que me veo capaz de interpretarla, pero si no estáis dispuestos a que yo cante, no soy la persona idónea. Estoy en mi derecho. Ya bastante humillación sufrí con el doblaje de *Magnolia* y no quiero repetirlo. Además, cuando quisisteis que viajara a Los Ángeles, estaba en una cama de hospital expulsando dos piedras como esta. —Le mostró el cálculo y sacó la radiografía para que la viera.

Ninguno de sus argumentos, ni tan siquiera la piedra, le convenció.

—La va a hacer Doris Day, aunque tampoco le hacía gracia interpretar a la novia de un gánster, pero al final ha aceptado.

—Me alegro por ella. ¡Felicita de mi parte a la carpa!

El director, visiblemente molesto, le comunicó que su contrato había sido suspendido. Ava, con un enfado monumental, se fue del despacho dando un sonoro portazo. Cuando Hughes la vio salir de la productora, supo por su expresión que la reunión había ido mal.

—¡Serán cabrones! Menuda encerrona me tenían preparada. Pues se van a enterar cuando vean mi cara en todas partes. Voy a pedir a Mankiewicz que hagamos una campaña enorme por Estados Unidos y Sudamérica. Bueno, antes necesito ir a Las Vegas para conseguir mi divorcio.

—Para tu información, en estos momentos, tus tres exmaridos están actuando en Las Vegas. Mickey, Artie y Frank. Con alguno de ellos necesariamente te vas a encontrar, o con los tres...

—¡Mierda! No quiero ver a ninguno. ¡Joder! ¿Lo han hecho adrede? Solo me faltaba ver juntos a los tres «damnificados».

—Se me ocurre que vayas a Nevada. Yo allí tengo varias casas. Tu estancia podría ser estupenda frente al lago Tahoe. Mientras, te iré buscando un buen abogado, ¿qué te parece?

—¿Harás eso por mí? ¡Eres un gran amigo!

—Bueno, ya sabes que siempre estoy dispuesto a que me quites esa condición de amigo por la de esposo. ¿Por qué no te casas conmigo?

—Pero Howard... ya no sé ni por qué número de esposa vas... Seguramente acabas de pedir en matrimonio a alguien y de repente aparezco y cambias de planes. —En efecto, había planeado casarse con Kathryn Grayson, la compañera de Ava en *Magnolia*, pero días antes de este encuentro, suspendió la boda.

—Es por si algún día cambias de respuesta.

Hughes lo organizó todo para que Reenie se reuniera con ella en una de las cabañas de madera de las que era propietario. Compartiría con su leal ayudante seis semanas de sol y descanso en un paraje único. Pero ella pensó que sería lo más parecido a una condena, alejada de todo y de todos.

Antes de que llegara a esa casa rústica, Hughes había encargado que todas las habitaciones tuvieran instalado un micrófono para que supiera cada frase y cada movimiento de la actriz en esas cuatro paredes. Pidió ese minucioso seguimiento al mejor detective, Robert Maheu, presidente de su propia compañía de seguridad. Si Ava estaba echada al sol, tomando una copa, hablando por teléfono, bañándose en el lago..., segundos después lo sabría Howard.

Frank no daba crédito a que Ava iniciara los trámites del divorcio. Creía que seguía enamorada y la noticia le pareció un golpe bajo. Durante unos días se volvió loco al saber que estaba en Nevada dispuesta a cumplir las seis semanas de rigor y rompió todo aquello que era susceptible de hacerse añicos. Pero, de pronto, David Hanna le llamó para decirle que la escultura de *La condesa descalza* que había pedido con la cara y el cuerpo de Ava a tamaño natural se la podían entregar inmediatamente. Eso le hizo revivir después de haber muerto varios días al pensar en su separación definitiva. La llegada de la escultura provocó que muchas amigas dispuestas a empezar una aventura con él se echaran para atrás. Ya no solo sus fotos y sus velas invadían todas sus habitaciones... ahora la escultura a tamaño natural se encargaba de darles la bienvenida. Tenían que estar dispuestas a convivir con Ava en mármol, y eso ya era demasiado...

Un vecino de Frank que llegó tarde una noche vio la puerta de la casa abierta y, conociendo su adicción a la bebida, entró sigilosamente por si había ocurrido algo grave. Cuál no sería su sorpresa al encontrar a Sinatra sentado en un sillón con una pistola apuntando a tres fotos de Ava. Se asustó mucho, y más cuando oyó el primer disparo. Pero por la detonación se dio cuenta de que era un arma de aire comprimido. Lo mejor era salir de allí a toda prisa. Le dejó ahogando su soledad entre el alcohol y los disparos.

Luis Miguel, a punto de volver a torear en Francia y de paso ver a Picasso, recibió una llamada de la atractiva actriz mexicana que había conocido en el aeropuerto hacía seis meses, Miroslava Stern, quien solicitaba su ayuda.

—Luis Miguel, ¿te acuerdas de mí? Soy la actriz que conociste en el aeropuerto...

—No sigas, sé quién eres.

—Mira, estoy en un apuro porque no me dejan entrar a tu país. Estoy en la frontera con Francia y me niegan la entrada.

—Pero ¿qué razones te dan?

—Me dicen que no puedo pasar, pero no me dan más argumentos. No sé si me puedes echar una mano.

—Por supuesto. ¡Llámame en dos horas! Espero poder darte buenas noticias.

Telefoneó a Camilo Alonso Vega para saber el motivo por el que le negaban la entrada a la actriz. Un cuarto de hora después de haber dejado a su secretaria el recado, el director general de la Guardia Civil le llamaba.

—Camilo, muchas gracias por contestar tan rápido.

—¿Qué? ¿Han detenido ya a tu hermano?

—No, no tiene que ver con nada relacionado con mi familia —se echó a reír—. Me acaba de llamar una actriz mexicana, a la que conocí hace meses, contándome que no la dejan entrar en España.

—¿Cómo se llama?

—Miroslava Stern...

—¿Te refieres a la actriz?

—Sí, a la actriz mexicana...

—Bueno es que ella no es mexicana sino checoslovaca, y la

cosa cambia. No la dejan entrar porque está acusada de espionaje. Más que nada por su origen...

—Por favor, Camilo, tú sabes que solo te llamo si estoy seguro de que se está cometiendo una injusticia. Es una actriz guapísima a la que invité a conocer nuestro país.

—¿Me hablas de otro ligue?

Dudó antes de contestar, pero, en realidad, la excusa se la estaba sirviendo en bandeja el propio director de la Guardia Civil.

—Pues sí, para qué lo voy a negar. Sí, la quiero conocer más a fondo...

—Te llamo en un rato. Déjame que haga unas pesquisas. ¡Siempre pidiendo favores de faldas!

—Bueno, a los amigos hay que molestarles de vez en cuando. Ya te digo que estará poco tiempo aquí.

—Está bien, dame unos instantes...

No tenía ni idea de cuánto tiempo estaría Miroslava en España, pero lo que sí tenía claro es que daría la cara por ella. Media hora después volvía a llamarle Camilo Alonso Vega.

—Mira, tienes todo arreglado. He cursado una orden para que la dejen pasar en cuanto llegue a la frontera.

—No sé cómo agradecerte una vez más todo lo que haces por mí. Bueno, y mi más sincera enhorabuena por ese título que te han puesto en la calle.

—¿Cuál? Espero que no sea una de tus bromas...

—El Director de Hierro, ¿no lo has oído?

—Algo me ha llegado. La verdad es que creo que el maquis está finiquitado. Quizá quede alguno perdido por los montes. Te advierto que ya estos últimos que hemos cazado solo luchaban por la supervivencia más que por la resistencia. Oye, pues no me disgusta ese título... Aquí siempre hay que actuar con mano dura.

—Lo dicho, gracias... Te debo una.

—Tiene fácil solución.

—¿Cómo?

—Con una cena.

—Eso está hecho.

Miroslava se encontró con que Luis Miguel le había abierto las puertas del país. Le sorprendió su mano para mover los hilos del poder.

—Ya te dejarán entrar sin problema.

—¡Estupendo! Tenía pensado ir a Madrid. Solo estaré un par de días. Si no te importa... me gustaría agradecerte que te hayas tomado tantas molestias.

—Te espero mañana en el hotel Wellington. Habrá una habitación reservada a tu nombre. Espérame allí.

—Muy bien...

Cuando Miroslava llegó al Wellington, le dieron una de las mejores habitaciones. La actriz bajó al encuentro con el torero vestida con sus mejores galas. Luis Miguel, acompañado por sus hermanos, intentó llevarla por el Madrid que tanto frecuentaba, pero la noche no estaba igual de iluminada que con Ava a su lado. Después de cenar quiso dejarla en el hotel de nuevo, no tenía ánimo para ir a ningún tablao.

—¿Quieres subir a mi habitación a tomar una copa?

—No, muchas gracias. Espero que me perdones, no me encuentro bien.

—Será solo un rato... para conocernos mejor.

Miroslava se le insinuó y el torero no opuso resistencia. Si había algo por lo que estaba dispuesto a sucumbir, era por un parpadeo de mujer. Fue una noche sin pasión y repleta de evocaciones. Parecía que estaba en la cama con la actriz mexicana, pero su mente rememoraba a Ava en cada gemido. Ella seguía llenándolo todo.

55

Luis Miguel se acercó a despedirse de sus padres a la casa de la calle Príncipe antes de viajar a Francia. Estuvo una hora y, al salir, le abordó una mujer vestida de negro con un bebé en los brazos.

—¡Coño, María!

Hacía tiempo que no sabía de ella, pero a primeros de cada mes le giraba puntualmente un dinero para la manutención del niño.

—¿Qué haces con ese pañuelo negro en la cabeza? No te había reconocido.

—En el pueblo tengo que vestir así. Este es... ya sabe —señaló al niño—. Algo tiene que ver con usted. Quería que lo viera; a fin de cuentas está subvencionando su salud y su alimentación.

Contempló a aquel niño gordo, con mofletes, y sonrió después de hacerle una carantoña.

—Realmente es Dominguín puro. Tiene la marca de la casa. Esa cara es de mi padre cien por cien. Está guapísimo. ¿Qué te han dicho en el pueblo?

—Bueno, mis padres lo están pasando muy mal porque las vecinas andan especulando que si es hijo de este o de aquel. Ya sabe cómo son en los pueblos.

—¿Cuántas veces tengo que decirte que me llames de tú? Pero... ¿te están haciendo la vida imposible?

—Las lenguas de los pueblos se ceban con los que no tienen posibilidad de defenderse. Una mujer sola con un hijo no está bien vista. Han llegado a decir que en Madrid ejercía la prostitución... Pero miro a mi niño y se me pasan todos los males.

—¿Has venido solo a saludarme?

—No, esperaba a que saliera tu padre. Me hacía ilusión que viera al niño.

—¿Estás loca? Imagínate que sale con mi madre y te ve. Te dije que ella, que es muy larga, puede sospechar algo y, entonces, se acabaría la ayuda. No podría darte nada, ni un duro. Todo irá bien si mi madre sigue sin saber nada. Este niño, María, será el único Dominguín que tenga carrera. Te lo prometo. Yo me encargaré de eso.

—¡Gracias! Me ilusiona que mi hijo tenga mejor vida que yo. Eso me hace pensar que mereció la pena que el señor se fijara en mí.

—¡No lo digas ni en voz baja! Este secreto te lo tienes que llevar a la tumba. ¿Verdad que me entiendes? No vuelvas por aquí... Sabrás de mí todos los meses. Asume las circunstancias, será mejor para todos.

—Está bien, me iré, pero te pido un último favor, ¿le puedes dar esta foto a tu padre?

Miró la fotografía y la vio a ella junto a su hijo.

—Se la daré. No te preocupes. —Pensó en quedársela él, no debería llegar a manos de su padre—. Ahora, insisto, ¡vete! Toma, para el autobús y para que le compres algo. —Le dio trescientas pesetas.

—Entonces, ¿no regresaré nunca a esta casa? Creía que cuando alguien del pueblo se quedara con el niño...

—Ha empezado Remedios, la chica que recomendaste, y mi madre está contenta. No remuevas las arenas. ¡Déjalo estar!

Luis Miguel creía que hacía lo correcto, aunque entendía que lo que le estaba pidiendo era duro. Al final, María se dio la vuelta y, caminando despacio, se perdió por la calle Príncipe con su hijo en brazos. Se giró y levantó su mano una última vez. Iba vestida como una viuda, toda de negro. Luis Miguel pensó que seguramente no volvería a ver a aquel niño gordito, con los mismos rasgos familiares, ni a aquella joven cuya vida se truncó al conocer a su padre.

Respiró hondo cuando la vio desaparecer entre la gente. Miró el reloj y observó que llegaba tarde a su cita con su amigo Juan Antonio Vallejo-Nágera. Habían quedado en el bar del Palace a solas. Necesitaba hablar con él de hombre a hombre.

Tras los saludos, empezaron a dialogar sobre temas intrascendentes hasta que terminaron por abordar el que tanto le preocupaba: Ava Gardner.

—Querido amigo, cada vez entiendo menos a las mujeres...

—Pues tienes el doctorado cum laude con ellas.

—Cuando no les prestas atención, más interés y atracción sienten por ti. Y cuando te vuelcas en atenciones, te muestras rendido a sus pies, te machacan... No entiendo nada de su comportamiento. Estuve horas pegado a su cama en el hospital. Le quise demostrar que me importaba y, cuando salió de allí, me dijo que se iba... Sinceramente, no sé si pasar página o ir detrás de ella... Tengo la sensación de que no desea pertenecer a nadie...

—Ava es el espíritu más puro y más libre que me he encontrado nunca. Será muy difícil que puedas entenderla.

—Entonces ¿me olvido de ella?

—No podrás. Una mujer así no se olvida nunca.

—Pero necesito a mi lado una mujer que quiera ser parte de mi mundo. —Había comprado una moneda de plata y la había hecho partir por la mitad.

—Ella nunca será la media naranja de nadie y, sin embargo, necesita sentirse amada. Me parece una mujer para estudiar, te lo digo como médico.

—Si no me llama, yo no haré por localizarla.

—Ese orgullo también es para echarte de comer aparte. De repente te ha entrado prisa. ¿Qué querías? ¿Casarte con ella?

—No lo sé, pero no quiero seguir como hasta ahora.

—Eso se llama madurez... Necesitas una mujer, la misma, a tu lado. Lo que dudo es que esa mujer sea Ava.

—¡Somos tan iguales!

—A lo mejor por eso...

Siguieron charlando toda la tarde en torno a un café. El torero no se sintió aliviado después de confesar a su amigo lo que le estaba pasando y, menos aún, cuando le dio a entender que Ava nunca sería de nadie. Antes de partir hacia Francia, se fue al hotel a despedirse de Miroslava. La encontró más sonriente y optimista que el día anterior.

—Vengo a despedirme, espero que tu estancia en España sea de tu agrado. Te dejo varios teléfonos para que llames si necesitas ayuda. Uno es de mi hermano Pepe —pensó que María Rosa estaba fuera de España y le encantaría conocer a una mujer tan atractiva como ella— y otro es de un amigo, Enrique Herreros, que te puede presentar a todos tus colegas españoles.

—Muchas gracias... Espero que nos veamos de nuevo.

Luis Miguel se acordó de que llevaba una moneda que jamás le daría a Ava después de lo que le había dicho su amigo.

—Toma, te doy la mitad... Hasta que no nos volvamos a ver, no estaremos completos. —Esa frase también la había pensado para la actriz norteamericana.

Miroslava se echó a llorar. Pensó que ese gesto estaba cargado de amor hacia ella.

—No pararé hasta volverte a encontrar con la otra mitad, Miguel. Significa mucho para mí. —Al ver su efusiva reacción, Luis Miguel se arrepintió de lo que acababa de hacer sin pensar.

Miroslava acercó sus labios y el torero, como un autómata,

los besó. Un beso no suplía los besos que añoraba. Tampoco su sonrisa eclipsaba la que recordaba sin cesar... Más solo que nunca, se fue de allí sin ser consciente del terremoto que acababa de provocar. Teodoro le recogió y durante toda la noche fue pendiente de él. Luis Miguel se limitó a cerrar los ojos, ya que no tenía ánimo para hablar con ninguno de los que iban en el coche. Pensaba en los ojos salvajes, la piel de terciopelo y el cuerpo en el que añoraba perderse. Sentía su ausencia como si fuera un adolescente. Su nombre retumbaba una y mil veces en su cabeza. Al entrar en Nimes a las doce de la mañana del día siguiente, se dijo a sí mismo que solo un toro podría ayudarle a olvidar. Al fin y al cabo, coquetear con la muerte también tenía su atractivo.

Picasso llegó pronto a esta cita taurina. Al pintor le hacía gracia que Luis Miguel fuese tan transgresor y hasta entendía que no le brindara un toro, como hacían los demás. Se puso en pie cuando el matador terminó la lidia de cada morlaco y el público le siguió. Le acompañaba su amigo el barbero republicano, que desde hacía muchos años le rasuraba y, de paso, hablaban de España, uno de sus temas favoritos. Con él iba también Jaqueline, la mujer que, poco a poco, a pesar de su timidez y aparente fragilidad, le había ido conquistando. Picasso había puesto sus ojos en ella, pero todavía no había superado la crisis tras su ruptura con Françoise, su anterior pareja.

Al terminar la corrida y antes de regresar a Vallauris, el pintor quedó con Luis Miguel a solas.

—Necesito pintar toros y caballos, porque he llegado a la conclusión de que es un combate con fuerzas opuestas: la sombra y la luz, el bien y el mal, lo masculino y lo femenino, el hombre y el universo. Me gustaron mucho las palabras de Cocteau la última vez que estuvimos juntos. También pienso que se trata de una metáfora del acto erótico... ¿No te parece?

—Puede ser; el acto sexual tiene algo de sublime y también algo de tragedia. Los toros, exactamente igual. Oye... uno de esos dibujos que estás pintando me lo podrías regalar. Nada me haría más feliz.

El pintor trazó sobre la marcha la cabeza de un toro con los ojos y la nariz de una persona.

—No me jodas... Ese eres tú.

—Sí, podría ser yo. Pero yo, cuando pinto, no busco, encuentro. No se puede pretender que mi pintura tenga una explicación. Miguel, ¿verdad que no tratas de entender el canto de un pájaro? Pues mi pintura tampoco hay por qué entenderla. El arte es, por su naturaleza, un ámbito de libertad y puede adoptar muchas formas que nadie comprenda.

—¡Eres verdaderamente un genio!

—Pues ahora mismo me cambiaba por ti.

—No me digas eso, por favor.

—Te lo digo como lo siento.

Picasso y Dominguín se hablaban de igual a igual y eso les gustaba a los dos. Un genio en presencia de otro genio; así es como se sentían cuando estaban juntos.

—¿Posarás para mí? —volvió a pedirle el pintor.

—Algún día, Pablo. Algún día...

Disfrutaron hablando de toros y de mujeres. Podían estar horas sin agotarse dialogando de lo mismo sin que el tiempo les apremiara, pero el torero debía regresar a España. Se despidió animándole a regresar, aunque solo fuera por una noche.

—Tengo la persona que podría suplantarte y tú, mientras, viajar conmigo a Madrid con su identidad. Una noche. Tan solo una noche. Vas y vienes en avión privado. ¿Te animas?

—No me tientes cada vez que me ves, porque alguna vez lo mismo te respondo que sí... No quiero volver mientras Franco siga ahí. Haré como tú con mi retrato: alguna vez... Alguna vez...

Se dieron un abrazo y cada uno partió en dirección opuesta. Se habían visto solo un par de ocasiones, pero los dos sentían que su amistad era sincera.

Ava se pasaba el día tomando el sol y nadando en las aguas cristalinas que provenían del río Truckee. Aquel entorno idílico entre la frontera de California y Nevada le producía nostalgia más que felicidad, pero no tenía más remedio que esperar, sin poder hacer otra cosa que dejar pasar los días. Se torturaba dándole vueltas a la cabeza. No sabía si, tras el divorcio, dar el paso que esperaba Luis Miguel o seguir libre, sin ataduras. Después de dos semanas allí, envuelta entre sus recuerdos y sus fantasmas de siempre, se presentó la visita más inesperada... Dio unos golpecitos a través de una de las ventanas de la cabaña. Reenie salió a abrir y se quedó sin palabras...

—¿Nena? ¿Dónde estás?

Ava, que estaba tumbada al sol, creyó que la voz de Frankie era fruto de su imaginación, pero... apareció ante ella como si no ocurriera nada.

—¿Qué tal, nena? —se acercó hasta la hamaca y le dio un beso en la boca. Ava no le rechazó.

—¿Se puede saber qué haces aquí? —fue lo único que alcanzó a decirle.

—Vengo a disuadirte para que no sigas adelante. Abandona esta representación, porque tú me amas. No quieres divorciarte pero eres una cabezota...

—Frankie, ¿vienes para decirme lo que tengo que hacer?

—¡Claro! Te echo de menos y tu estatua de mármol no me resulta suficiente. Prefiero a la de carne y hueso.

Reenie vigilaba desde el interior de la cabaña. Aquella situación le preocupaba por si se tornaba en violenta. Les conocía sobradamente a los dos y sabía que la llama de la ira podía explotar en cualquier momento.

Con unos prismáticos, camuflado entre los árboles, el jefe de detectives de Howard Hughes, Robert Mahen, seguía los pasos de Sinatra. Pensó acudir en ayuda de la actriz, pero esperó a ver cómo se sucedían los acontecimientos. De pronto, ella se vistió y se pusieron a caminar en dirección al lago. Anduvieron hasta el pequeño muelle de madera y se metieron en una de las barcas de remos que allí había. Cualquiera que no les conociera hubiera pensado que se trataba de dos enamorados.

—Nena, no puedo vivir sin ti —insistió Sinatra mientras remaba.

—La verdad es que estás hecho un asco...

—¿Por qué no me das otra oportunidad? Esta vez no te voy a fallar.

—Frankie, no hay vuelta atrás. No puedo seguir anclada en un pasado que no me lleva a ningún lado.

El detective se subió a otra barca detrás de ellos. Manteniendo la distancia, comenzó a hacer fotos con disimulo. Frank Sinatra, que miraba constantemente a su alrededor, observó que alguien les seguía. Creyó que se trataba de un periodista y se fue hacia él remando a toda velocidad e increpándole.

—¡Hijo de puta! ¿Crees que no nos íbamos a dar cuenta de tus intenciones? ¡Te vas a tragar los remos!

El detective huyó a tanta velocidad como pudo y, en cuanto tocó tierra, salió corriendo. Frank no pudo darle alcance. Ava, a gritos, le pidió que se tranquilizara, pero no le hizo caso.

—¿Quieres parar ya? Si tuvieras una pistola, serías capaz de matarle y lo único que nos ha hecho es una foto. Nada más.

—Pues ese buitre no tiene por qué hacer una sola foto sin mi consentimiento.

Ava estaba cansada de los ataques de ira de Frank. Todo aquello ya lo sentía ajeno a ella. Supo, mientras llegaban a la cabaña, que Sinatra había salido de su vida y se congratuló de estar completamente curada. Se lo dijo al propio Frank y este reaccionó mal, como siempre.

—Joder! Hazme caso y rompe los papeles...

—No pienso hacerlo.

—¡Es una orden! ¡Hazlo ya!

—A mí ya nadie me va a dar órdenes. Conmigo no te equivoques... Se acabó la chica de campo tonta que traga con todo.

—¿Te has follado al de las zapatillas de ballet y ya no quieres nada conmigo?

—¿Te das cuenta de que no tienes solución? No sé a quién te refieres...

—Al torero.

—No voy a entrar en ese juego ni te voy a echar en cara a todas las que te has follado en mi ausencia. Es más, me da igual... Tírate a Marilyn, a la golfista Carmen no sé qué... a quien tú quieras y déjame en paz.

—Para no importarte nada, estás muy bien informada. No te preocupes, que no voy a insistir. Si quieres seguir adelante con el divorcio, ¡que te follen! Creía que serías más sensata... —Y se largó dando un portazo, que dejó a Ava con el convencimiento de que cuanto más lejos de él, mucho mejor.

—Reenie, estas cosas recuérdamelas cuando tenga tentaciones de volver a casarme. Prométeme que lo harás.

—Con mucho gusto. Dios mío, ¿qué se ha creído?

—Vamos a tomar unas copas a la salud de todos los hijos de puta que un día fueron mis maridos. ¡Que se jodan todos ellos!

Ese día Reenie bebió con Ava. Chocaron sus copas una y otra vez. El whisky se había convertido en el mejor aliado para ahogar sus penas. Ya no debía rendir cuentas a nadie, ni tampoco tenía que guardar las formas. Sola en mitad del campo huía de sí misma.

Sin embargo, no habían pasado ni veinticuatro horas de ese episodio y Ava sintió la necesidad de llamar a Doreen para que hiciera algo en su nombre.

—¡Ava, qué alegría! ¿Qué tal en tu retiro?

—Sería para escribir un libro, pero no tengo nada que hacer y todo el día sola me va a matar de aburrimiento. ¿Puedes localizar a Miguel y le dices que venga a verme cuanto antes? Creo que tenerle cerca puede resultar mucho más interesante.

—No te preocupes, aunque sea difícil, daré con él. Sé en qué sitios se mueve.

Al día siguiente, la amiga de Ava se acercó a la Cervecería Alemana, el cuartel general de los Dominguín. Al verla, se hizo el silencio porque no era habitual que una mujer entrara sola. Luis Miguel la reconoció y la invitó a sentarse.

—No, muchas gracias. Solo vengo a darte un mensaje de Ava. Quiere que vayas a verla a Nevada, a una de las cabañas del lago Tahoe.

—¿Te ha llamado ella?

—Sí.

—¿Cómo se encuentra? ¡Cuéntame algo!

—La he notado cansada. Está deseando verte.

Sin dar demasiadas explicaciones a nadie, cogió un avión hacia Estados Unidos. Se habían reactivado de nuevo todas sus ilusiones cuando oyó a Doreen que Ava estaba deseando verle de nuevo.

Probablemente en la soledad de la cabaña habría cambiado de opinión y necesitara hablar con él, verle e incluso amarle. Habían pasado muchos días sin mirarse a los ojos, sin reírse juntos y sin compartir noches de desenfreno. A su lado, la vida tenía sentido y parecía que los días eran menos largos...

Ava le recibió con un beso tan efusivo que las gafas de sol que llevaba puestas se cayeron al suelo. Luis Miguel le dedicó la más magnética de sus sonrisas y su mirada más penetrante. Ava llevaba puesto un bañador azul atado al cuello. El sol había tostado por completo su piel y sus ojos verdes parecían más intensos. Hablaron durante horas y hasta le contó la visita por sorpresa de Sinatra. Nunca habían sido más cómplices.

Durante toda la semana tomaron el sol, nadaron, salieron de pesca y se entregaron al juego que más les interesaba: el sexo. Hicieron el amor tantas veces como su cuerpo resistió. Cualquier excusa era suficiente, cualquier rincón les parecía que les empujaba a iniciar la danza atávica que ellos con tanta maestría dominaban. Tenían hambre caníbal. No se pusieron barreras e investigaron en el territorio de la lujuria hasta caer en una rutina que fue apagando aquel ardor inicial.

El juego surgió como alternativa y se convirtió en la mejor herramienta para no consumirse amando. Comenzaron a ir al casino todas las noches. Luis Miguel la cogía de la mano mientras ella apostaba al rojo o al par y oían aquello de «Hagan juego, señores». La ruleta giraba y el azar unos días les hacía ganar y otros, perder. Tampoco aquello les sació del todo y volvió el Jack Daniel's como el anestésico que Ava necesitaba a todas horas. Luis Miguel intentó que bebiera con más moderación y esa fue la espita que sirvió de excusa para pelear. Ella le ridiculizaba delante de los compañeros de ruleta y el torero fingía que no la entendía. Le sacaba de quicio verla en ese estado tan lamentable continuamente. Una noche, al regresar a la cabaña, explotó.

—¿Quieres dejar de beber tanto? Estás dando una imagen deplorable. Pareces tu propia sombra. Das pena.

Fue oír eso y la actriz sintió ganas de alejarse de allí corriendo. Pero hizo lo contrario, se quedó y se sirvió otra copa.

—No me da la gana. Pienso seguir bebiendo porque no te importa lo que haga. No te pertenezco.

—Te recuerdo que fuiste tú la que me llamó para que viniera. Si quieres que me vaya, lo haré inmediatamente. Y sí, me importa que te vean en ese estado.

—Pues no eres nadie para decirme lo que tengo o no tengo que hacer, ¿entiendes? ¡Nadie! ¡Vete con tu jodida prepotencia por donde has venido! No te necesito.

Luis Miguel se fue al cuarto que compartían y metió sus

cosas de cualquier forma en la maleta. De nuevo se sentía herido en su orgullo y harto de que hiciera con él lo que quisiera. De pronto se vio como el chico de los recados, el motivo de sus bromas con los desconocidos por su falta de vocabulario en inglés, el amante siempre dispuesto a saciarla, el pim pam pum de sus frustraciones... Todo tenía un límite.

—Eso, vete de aquí cuanto antes. ¡Todos sois iguales! Controladores, controladores, controladores... ¡Harta estoy de tanto control! Hago lo que me da la gana y no tengo por qué dar explicaciones a nadie. ¡Quiero ser yo! ¡La jodida chica de campo!

De la nada apareció el hombre de confianza de Howard Hughes, Johnny Meyer, ofreciéndose al torero como solución para salir de aquel lugar perdido en el mapa.

—Perdone que le moleste. No he podido por menos que escuchar lo que le ha dicho la señorita y comprendo que usted desee salir de aquí cuanto antes. Soy del servicio de seguridad que ha contratado el señor Hughes, pero me ofrezco a llevarle donde usted quiera. Hay cosas que un hombre no puede consentir.

—Se lo agradezco —balbuceó, sin acertar a pensar nada coherente.

—Si yo estuviera en su lugar, la pondría en su sitio. Irse me parece más digno que arrastrarse como un gusano para que le vuelva a pisar. A las mujeres así hay que darles una lección de vez en cuando.

—Sí, tiene razón... ¿Podría llevarme hasta el aeropuerto?

—No tengo ningún problema. Los hombres nos debemos apoyar entre nosotros.

Meyer llamó a su jefe y le comunicó que Dominguín ya no sería un obstáculo. Hughes le explicó su miedo de que se diera la vuelta y regresara junto a ella.

—¡Le pondré un avión particular para sacarle esta misma noche de allí! Cuando llegues al aeropuerto, cerciórate de que se monta en el jodido avión.

—De acuerdo.

Luis Miguel estaba extrañado de tantas atenciones por parte del amigo de Ava. Pero, en aquel momento, no podía pensar. Estaba rabioso por cómo se habían desarrollado los acontecimientos y se montó en el avión que le llevaría a Los Ángeles. Se acordó de que en la ciudad se encontraba el escritor Peter Viertel y le llamó. Este enseguida acudió a buscarle.

—¿Qué ha pasado?

—Ni yo mismo lo sé. Simplemente le dije que no bebiera tanto y me contestó con frases que me dolieron mucho.

—¡Seguro que ni se acuerda de ellas! ¡Ava es así!

—Ya, pero hay cosas que un hombre no puede consentir...

Ava se despertó y bajó las escaleras de su habitación esperando encontrarse con el torero.

—¿Dónde está Miguel? —le preguntó a Reenie después de buscarlo por todos lados.

—Se ha ido.

—Pero si no le dije nada en serio... Ni tan siquiera lo recuerdo.

—Pues Miguel sí se lo tomó en serio y se fue. Imagino que le dirías todo lo que se te pasara en ese momento por la cabeza. No todos los hombres tienen aguante suficiente para ser pisoteados y machacados.

Ava no comprendía por qué se había ido. Confiaba en que habría una reconciliación esa misma mañana. Había tenido un simple ataque de ira después de haber bebido sin parar durante toda la noche. Aquella situación le provocó una jaqueca que no logró quitarse en todo el día.

Al final de la noche apareció al rescate Howard Hughes.

56

Hughes pensó que un anillo de zafiros y diamantes en el dedo le haría olvidar al torero, así que no perdió ni un minuto en lo que creyó que era su oportunidad.

—Ava, has estado casada tres veces. ¿No te parece que ahora me toca a mí?

—Howard, cielo, haces que me parta de risa. ¿Crees que soy un maldito caballito de tiovivo?

—Ava, no te burles de mí. He esperado durante diez años a que entres en razón. Piensa en la vida que podrías llevar a mi lado... Te daría todos los lujos que imaginaras. ¿Por qué no actúas con sensatez?

Ava sintió algo por dentro que le quemaba y, como si fuera un dragón, lanzó su llamarada todo lo lejos que pudo.

—¡Howard! Has cometido el mayor error de tu vida al decirme que sea sensata... ¿Sensata para qué? ¿Para hacer lo que tú quieras conmigo? ¿Casarme sin estar enamorada? ¿Es eso lo que quieres? Pues ponte a la cola de hombres que me quieren cambiar, modificar, hacerme a su manera... No quiero nada... Solo deseo ser yo misma. ¿Entiendes? Si bebo, pues mejor. Si hablo jodidamente mal, y molesta, ¡que se jodan! Si no soy como todo el mundo espera que sea, ¡también que se jodan! ¡Estoy harta! —Se quitó el anillo y se lo lanzó a la cara.

Tras las seis semanas de rigor para conseguir el divorcio de Sinatra, Ava ya tenía las maletas hechas. No soportaba seguir allí encerrada ni un solo día más. Los periodistas aguardaban en la entrada del palacio de justicia para ver cómo recogía los papeles, pero Ava no apareció... Sí lo hicieron los abogados que pidieron a Sinatra que devolviera a su exmujer todo el dinero que ella le había prestado para sus excentricidades y sus regalos desorbitados. No pidió pensión, ni ningún otro acuerdo sobre sus propiedades. Solo quería lo suyo. Nada más.

Sinatra, sin embargo, se lo tomó a mal y les dijo a los letrados que ya lo entendía todo. «¡Es una simple cuestión de dinero!». Aquella reacción le hizo mucho daño a la actriz y, después de estar un tiempo en Miami, se marchó a Cuba. Allí podría hablar con Hemingway, que era el único que comprendía su carácter y su forma de ser... Durante días y noches, se bañó desnuda en la piscina del escritor. Esos baños eran seguidos por muchos espectadores que no querían perderse el espectáculo gratuito que daba a los ojos de cuantos trabajaban en aquella finca.

Las noches cálidas regadas con daiquiris dieron pie a muchas conversaciones sobre su futuro.

—Papá, no tengo ni idea de lo que voy a hacer con mi vida, pero sí te diré lo que no quiero... Eso sí lo sé.

—Eso es más importante de lo que piensas. Al menos, tienes algo claro.

—Sé que no quiero depender de un hombre. Me siento fuerte para ser dueña de mis actos y no tener que rendir cuentas a nadie. No soporto que me controlen y menos que me digan lo que tengo o no tengo que hacer.

—Eres libre, Ava. Disfruta mientras puedas de esa libertad. Ahora, esa elección requiere sacrificios y renuncias.

—Lo sé. Pero ya he elegido. Eso creo...

—¿Dominguín ya es el pasado?

—No, todavía no. Pero necesito distancia para no volver a cometer los mismos errores.

Esa misma noche, sonó el teléfono. El director de publicidad de *La condesa descalza* requería su presencia en Nueva York. Necesitaban que se involucrara en la campaña de la película. Ava estaba dispuesta a volcarse, aunque solo fuera para dar en las narices a los directivos de la Metro.

Dos días después llegaba a Nueva York. David Hanna le explicó con detalle todos los viajes y países que tendrían que visitar antes de su estreno en Estados Unidos. La actriz pensó que igual en alguno de ellos podría coincidir con Luis Miguel, que estaba toreando en América del Sur. Tristemente, no se encontraron... Cuando uno llegaba, el otro se acababa de ir.

Luis Miguel se concentró en el toreo. Solo quería que le hablaran de su profesión y no deseaba ni que le contaran chistes sobre mujeres. Había salido de Estados Unidos como un gato escaldado. Tampoco puso mucho interés en encontrarse con ella. Todavía estaba dolido.

«¡No eres nadie para decirme lo que tengo que hacer! ¡Nadie!». Retumbaba sobre su cabeza la misma palabra que le oyó gritar aquella noche nefasta: ¡NADIE! Tenía claro que, en el fondo de su corazón, era lo que pensaba la actriz sobre él. ¡NADIE! En realidad, nunca había sido nada más que eso: nadie en su vida. Una anécdota. Un paréntesis entre su marido y su divorcio. Un desahogo lujurioso, un capricho... No soportaba ese pensamiento y el afecto que sentía por ella se fue transformando en rabia y en un inmenso vacío. Solo se encontraba a gusto en la plaza de toros. Puso su arte y su conocimiento al servicio de lo que consideraba la única verdad inamovible: el toro. Solos el toro y el torero frente a frente. Uno de los dos moriría en el ruedo. Aquello era lo único cierto. Sus triunfos copaban todas las portadas de los periódicos y su nombre estaba en todas las conversaciones de los aficionados.

Miles de fans esperaban la llegada de Ava Gardner en los aeropuertos, en los hoteles, en los cines donde presentaban la película. Su popularidad se incrementaba día a día. Los chilenos, argentinos, peruanos, venezolanos y uruguayos confirmaron que la imagen de la artista se había convertido en un fenómeno internacional. Hanna fue el primer sorprendido y desbordado por su alcance internacional. Brasil fue un punto y aparte. Antes de que el avión aterrizara, la policía se vio desbordada por el gentío, que derribó las vallas y puso en peligro sus propias vidas. El aparato consiguió tomar tierra con el piloto alarmado por la presencia de la gente en las pistas de aterrizaje. La salida de Ava provocó una avalancha que estuvo a punto de aplastarla. La sacaron de allí cojeando y con un tacón roto. Sorteando *flashes* y preguntas de los periodistas, se dirigió al hotel. Pero después de llevarla a la habitación, no le gustó y quiso que la trasladaran a otro establecimiento hotelero del que le habían hablado: el Copacabana Palace. Al ver que salía con sus maletas, ordenaron que alguien rompiera todo en la habitación que había ocupado para que su reputación quedara por los suelos. Era mejor atacar que defenderse, y se inventaron que Ava se había emborrachado y había arrancado hasta la lana de los colchones... Cuando, al día siguiente, Hanna vio las fotos de la habitación como si hubiera pasado Atila, comprendió que se trataba de un montaje. Aunque mediaron las embajadas y el gobierno de Brasil pidió disculpas, las imágenes con la falsa noticia dieron la vuelta al mundo. Desde Río, Ava, desolada, intentó localizar a Luis Miguel. Necesitaba desahogarse con él. Finalmente, logró dar con él.

—Miguel, estoy muy mal. Unos sinvergüenzas han engañado al mundo entero contando una mentira que todos se han creído.

—Ya, la he leído también. No te preocupes, la tormenta pasará.

—Vuelvo a Nueva York mañana. ¿Crees que podrías estar

allí para acompañarme? No podré soportar sola toda esta presión. ¡Estoy muy jodida! ¡Ayúdame!

—Allí estaré. Ya lo sabes.

—Eres un amigo de verdad...

La palabra amigo no le gustó nada, pero no hizo nada para corregirla. A fin de cuentas no era «NADIE». Aun así, estaba en el aeropuerto de Nueva York cuando aterrizó Ava. Se repitieron los *flashes* y los periodistas preguntaron por el escándalo de Río. David Hanna hizo de pararrayos:

—Señores, en su momento daremos una rueda de prensa. Ahora respeten el agotamiento de Ava, que se ha recorrido en pocas semanas miles de kilómetros con una acogida que nos ha desbordado a todos.

Hanna les dejó a los dos en el hotel Drake de Manhattan. Por fin, se encontraba con el hombre que minimizaba sus problemas. Durante dos días intentaron borrar las recientes escenas que habían minado su relación. En ese tiempo, solo vieron a los camareros, a los que recibían en la cama tapados por una simple sábana. Ava se percató de que el torero ya no era el mismo.

—¿No me perdonas por las cosas terribles que te dije? Estaba ebria, tú lo sabes.

—Claro que te las he perdonado, si no, te aseguro que no estaría aquí. Es otra cosa... ¿No te parece insuficiente que nos veamos cada mucho y que solo compartamos una cama? Yo quiero algo más. No me entiendes, ¿verdad?

—Sí, ya lo creo que te entiendo, pero, de momento, es lo único a lo que yo me quiero comprometer. Necesito tiempo... Sabes que no me gusta sentirme atada ni agobiada.

—Lo sé. Pero no voy a aguantar esta situación mucho más. Se me está haciendo muy difícil, Ava. Quisiera llegar a algo más contigo.

—¿Me estás pidiendo que nos casemos?

—Me gustaría un compromiso, porque, de lo contrario,

seguiré pensando que no soy NADIE en tu vida. Eso me lo dejaste claro.

—¡Dios! Olvida lo que te dije. Eres importante, muy importante en mi vida, pero acabo de conseguir mi tercer divorcio y quiero disfrutar de esa sensación que da el sentirse libre.

Dominguín no respondió. Sus palabras añadían más distancia. Era consciente de que entre ambos había dos mundos irreconciliables. Se despidió de ella sin saber si habría una próxima cita. Sería siempre que ella le reclamara. Aguardaría, como de costumbre, a que el mundo se hundiera a sus pies para que le llamara al rescate. La besó en los labios, aspiró su aroma una última vez y se fundió con su mirada...

—Te noto tristes los ojos.

—Hombre, no me voy muy contento. Ya lo sabes. ¿Cuándo nos volveremos a ver?

—No lo sé, Miguel. Iré a Madrid cuando pase el estreno de la película...

—Estaré esperando, como siempre.

Se abrazaron. Un beso furtivo más y Luis Miguel bajó rápido por las escaleras. No soportaba las despedidas... Otra vez a esperar el momento y el lugar en el que ella quisiera volver a verle. Por fin supo que su relación con Ava no tenía ningún futuro.

Regresó a España y pasó las Navidades con sus padres. La Nochebuena se acordó de Ava y de su cumpleaños. Cuando la llamó para felicitarla, le contó otro escándalo en el que se había visto inmersa.

—Me hice unas fotos con Sammy Davis Jr. para una revista «negra» y han sido muy criticadas. Yo, una estrella blanca, a los pies de un Santa Claus negro. Siempre igual... Haga lo que haga, alguien lo va a ver mal. ¡Estoy harta! Necesito que vuelvas... Por favor, no me dejes sola.

—Está bien, iré a primeros de año. Te lo prometo. Y no te

preocupes por lo que digan sobre ti. Mañana sus ladridos se habrán callado.

—Ven en cuanto puedas... Gracias por acordarte de mi cumpleaños.

Luis Miguel les contó a sus padres su proyecto de viajar a Nueva York. Su madre, como siempre que le hablaba de Ava, torció el gesto.

—Esa mujer no es para ti. ¡No sé cómo no lo ves! —insistió doña Gracia.

Pero él no atendía a razones. Esos días buscó consuelo en su amigo Vallejo-Nágera.

—Es la mujer más guapa, la más fiera que he conocido en mi vida, pero es imposible meter a una loba feroz en una jaula. Me limito a acariciarla, se acurruca un ratito en mi regazo y así hasta que ella vuelva a querer.

—Hay una sintonía absoluta entre los dos porque sois parecidos. Pero tú vas demandando algo más... Ella bebe mucho, tú no. Ella ya no está unida formalmente a ningún hombre y tú quieres poner un nuevo collar a un gato salvaje. Convéncete de que es imposible.

—¿Si puedo con animales de dos cuernos, no voy a poder con un gato salvaje?

Luis Miguel estaba convencido de que con Ava había que tener paciencia y saber esperar. Pensaba que, posiblemente, su reciente divorcio y posterior «libertad» estaban detrás de sus últimos arrebatos y salidas de tono.

Al día siguiente de verse con su amigo, sacó el billete para ir a Nueva York. Volvería otra vez al lado de la mujer que le había arrebatado la voluntad y los sueños. Lo haría tantas veces como le demandara la actriz. Pero antes de su partida, debía acudir a la fiesta que daba la embajada de Cuba en España. Habían invitado a los personajes más conocidos del momento. Allí estaba Nati Mistral, brillando entre las actrices junto a la temperamental Lola Flores y el cantante Juanito Valderrama que seguía cosechando un gran éxito por toda España con su canción «El emigrante», escrita cinco años atrás. Toreros consagrados también se dieron cita junto con nuevos valores del toreo, como Jaime Ostos, al que Dominguín profesaba una enorme simpatía.

—¡Niño, sigue así, que llegarás lejos! Eres bueno con la espada. Te diré que desde Rafael Ortega no había visto nada parecido. ¿Por qué no vienes un día a mi finca y hablamos?

—¡Eso está hecho! —exclamó el joven torero—. ¿Cómo va tu pierna, maestro?

—Cada día un poco más fuerte. Ya he empezado con mis hermanos a entrenarme y aunque me sigue molestando mucho, la noto más fuerte. Lo dicho, ¡ven a verme!

Dominguín iba de corrillo en corrillo hablando con unos y con otros y de pronto... cruzó su mirada con la de una joven que jamás había visto. Muy delgada, morena y con mucha personalidad. Se acercó hasta ella y su amigo, el productor Manolo Goyanes, hizo las presentaciones.

—Te presento a Lucía Bosé. Acaba de llegar de Italia para rodar en España una película.

—¡Encantado de conocerte! —besó su mano y se quedó hipnotizado por sus enormes ojos, de un color único entre verde y violeta—. Me llaman la atención tus ojos. Parece que están descubriendo el mundo por primera vez.

—Será porque tardé quince días en abrirlos cuando nací. Ahora quiero ganar el tiempo perdido. —Le contestó sin sonreírle. No le gustó su forma de ser.

—¿Vas a estar por aquí mucho tiempo? —preguntó el torero con un repentino interés.

—No lo sé. No depende de mí. Voy a rodar una película...

—*La muerte de un ciclista*, a la órdenes de Bardem —comentó el productor.

—Me lo tienes que contar todo sobre ella —le pidió a Coyanes en voz baja.

El torero ejerció todo su poder de seducción sobre la actriz italiana que no sabía nada de toros ni de toreros.

—¿Qué comen los toros? ¿Son carnívoros? —le preguntó Lucía medio en broma medio en serio.

Luis Miguel se rio con ganas. Le gustaba la enigmática y a la vez inocente forma de ser de la artista italiana. Aunque ya tenía la capa española puesta con intención de abandonar la fiesta, decidió quitársela y quedarse allí más tiempo.

—El toro es un animal herbívoro. ¡Ah! Y no muerde, embiste, que es distinto. Cuando quieras te invito a mi finca para que los conozcas de cerca.

A la italiana le pareció un prepotente con intenciones donjuanescas, justo lo que ella más aborrecía en un hombre. Decidió quedarse callada y dar un sorbo a la copa que tenía entre sus manos.

—Visconti está absolutamente enamorado de ella y ejerce de Pigmalión —intervino Goyanes.

—No me extraña que un genio esté enamorado de ti... —admiró a la joven sin apartar sus ojos de los suyos.

Se acercaron otros invitados a hablar con Goyanes y Luis Miguel pudo hacer un aparte con Lucía.

—¿De dónde eres?

—Soy de Milán. ¿Lo conoces?

—Sí, he estado allí. Cuéntame algo más de ti...

—No sé qué quieres que te cuente. Quizá lo que me relataba mi madre cuando yo era pequeña. Cuando nací, cayó tal nevada, que hasta los mirlos eran blancos —le miraba fijamente al hablar con sus ojos tan diferentes a los de todos—. ¿Y tú de dónde eres?

—Yo soy de Madrid, de una familia en la que todos los hombres somos toreros. Y cuando yo nací, cayó tal aguacero que hasta los pájaros nadaban —le contó con picardía y la actriz sonrió.

Goyanes se acercó y quiso que Lucía conociera a otros invitados que estaban en la embajada. Luis Miguel observó que no llevaba ningún anillo que delatara algún compromiso y le hizo una última pregunta:

—¿Dónde te alojas?

—En el hotel Palace —respondió a la vez que le lanzaba una última mirada a modo de despedida antes de irse con Goyanes.

Luis Miguel se quedó pensativo durante unos segundos mientras sacaba un cigarrillo de su pitillera. Aquella joven de veintidós años tenía algo que le atrajo como un imán desde el primer momento que la vio. Su amigo Enrique Herreros, que observaba la escena desde la distancia, se acercó a él intuyendo lo que le estaba ocurriendo.

—Fue Miss Italia el mismo día que mataron a Manolete. ¿Qué te parece? La vida, a veces, tiene estas coincidencias.

—Ya ves, Manuel muriendo entrando a matar y ella recogiendo un cetro de belleza... ¡Curioso!

—Nos ha enamorado a todos.

—Ciertamente.

El torero y la actriz ya no hablaron en toda la noche pero Dominguín no perdió ni uno solo de sus pasos. Cuando se fue de allí, se despidió de todos, sosteniendo la mirada de ella desde la distancia.

Ava se sentía especialmente sola. Un periodista quería entrevistarla y ella había aceptado porque necesitaba hablar con alguien que no fueran ni Reenie ni Bappie. El joven se acercó hasta Palm Springs. Ava le permitió que usara magnetofón. El simple hecho de ver un papel y una pluma la bloqueaba a la hora de hablar.

—Me llamo Joe. Será una entrevista corta.

—¡Dispara! —le apremió la actriz, encendiendo un cigarrillo.

Una persona se acercó por detrás y le preguntó si era Ava Gardner, pero el periodista dijo que no. «Se le parece mucho».

Comenzó preguntándole sobre su infancia y Ava se extendió en hablar sobre su padre.

—Me obsesiona no haber hecho todo lo suficiente en sus últimos días...

Después se centró en su vocación.

—¿Qué le hubiera gustado ser si no hubiera sido actriz?

—Me habría gustado ser la reina Isabel de Inglaterra. Tiene marido, hijos y un pueblo que la quiere y la admira. Yo nunca tendré las dos cosas que he deseado con todas mis fuerzas: un marido y unos hijos. Soy terriblemente posesiva con las personas... Rodeo a mis maridos de tal forma que acaban buscando otras mujeres.

—Si quiere damos un paseo...

El periodista y la actriz estuvieron andando un buen rato. Ella se paró frente a un motel.

—¿Por qué no seguimos ahí? —dijo, señalando aquel modesto lugar con picardía.

—No, la llevo a su casa. Además, no soy un gran amante. Sería el final de mi entrevista porque me diría eso de: «¡Hasta nunca, bocazas!».

—¡Hijo de perra! Veo que ya empiezas a conocerme...

Luis Miguel acudió a Barajas con una maleta no muy grande. Antes de facturar su equipaje, varios aficionados le pararon para pedirle un autógrafo. Después de firmar y charlar con todos ellos se fue caminando lentamente hasta la sala de embarque. Se detuvo y sacó un cigarrillo de la pitillera de plata que había pertenecido a Ava. Atrás quedaban casi dos años desde que se vieron por primera vez. Habían sido los más vertiginosos y apasionantes de su vida. Sin embargo, tuvo la sensación de que ya pertenecían al pasado.

Parecía que las piernas le pesaban y su caminar se hizo lento y parsimonioso. Iba dando caladas largas al cigarrillo mientras sus últimas vivencias pasaban ante él como si se tratara de una película. Tuvo una sensación parecida a la que podría sentir un náufrago antes de ahogarse: vio pasar su relación con Ava en forma de recuerdos. Sus pasos eran cada vez más cortos... Otra calada y apareció ante él una imagen que borraba las anteriores. Se abrían camino en sus recuerdos una mirada y unos ojos entre verdes y violetas. Surgía con fuerza la evocadora imagen de la joven italiana que había conocido la noche anterior.

Una calada más... «Hay algo en ella que me intriga», pensaba mientras detenía su marcha. Intentó reanudar sus pasos pero parecía que las piernas no le respondían. Recordó las palabras que ella le dijo en la embajada: «Soy de Milán y decía mi madre que cuando nací cayó tal nevada que hasta los mirlos eran blancos».

Su imagen y su mirada aparecían y desaparecían de su mente de forma intermitente. Simulaban flashes que irrumpían con tanta fuerza que anulaban y desdibujaban todas las vivencias pasadas. «¿Qué me está ocurriendo?», intentaba averiguar.

Luis Miguel tiró el cigarrillo al suelo y lo apagó con la suela del zapato. Se dio media vuelta y comenzó a desandar lo andado. Le entró prisa y no hizo intención de sacar su maleta del avión, dejó que viajara hasta Nueva York. Acababa de tomar una decisión.

—¡Señor Dominguín! ¡Señor Dominguín! ¡Última llamada para el señor Dominguín! Embarque por la puerta tres.

Luis Miguel oía su nombre por los altavoces pero no quiso acudir al embarque. En ese preciso instante supo que sus lazos con el pasado acababan de romperse. Entendió, igualmente, que el destino le brindaba una nueva oportunidad. En realidad lo supo cuando sus ojos se cruzaron con los de la enigmática actriz italiana. Ahora no estaba dispuesto a confundirse de camino. Debía darse prisa. Sus pasos volvían a ser rápidos. Su futuro no podía esperar, emergía ante él otro nombre de mujer... Lucía.

Qué fue de...

Luis Miguel Dominguín no acudió al encuentro con Ava Gardner porque sintió una gran atracción por la actriz italiana que acababan de presentarle, Lucía Bosé. El torero necesitaba conocer a aquella mujer que mostraba tal indiferencia hacia él.

Con esa personalidad entre «Don Juan y Hamlet» —como diría Hemingway—, se apuesta con sus amigos que será ella quien vaya a su encuentro y maquina una estrategia para que así sea. Se presenta en los estudios Chamartín, donde se rueda *La muerte de un ciclista*, con una escayola en el pie que le ha colocado, sin necesidad alguna, su amigo y médico Manuel Tamames. Al verlo en ese estado, Lucía se sorprende y acude a su lado para interesarse por lo que aparenta ser una rotura. Por lo pronto, Luis Miguel gana su apuesta.

Consigue una primera cita para ir a cenar y después pasan la noche en el hotel Castellana Hilton sin acostarse juntos. Luis Miguel sujeta con sus pulgares una mesita de noche que tiembla cada vez que pasa el tranvía. Así, de esa manera tan artesanal, impide el temblor que tanto molesta a la italiana. Al despertarse, Lucía comprueba que el torero sigue allí sujetando la mesita de noche con sus dedos. Se gana su simpatía.

Dos meses después de conocerla, le pide que se case con él.

Acaba de conquistar su corazón. Deciden casarse por lo civil en Las Vegas. Antes, pasan tres días y tres noches viviendo en el Castellana Hilton, lo que califican como un «ataque de pasión». «Perdí la virginidad a los veintidós años y lo hice con tanta entrega que todo me resultó bello y delicado», cuenta Lucía Bosé a Begoña Aranguren en sus memorias. Finalmente, se casan el 1 de marzo de 1955. Luis Miguel llamó a Ava para comunicarle la noticia. Esta, sorprendida, le dio la enhorabuena y le pidió continuar la amistad.

La actriz mexicana Miroslava Stern se suicida ocho días después de conocer la noticia de la boda del torero. Encontraron el cuerpo de la actriz sosteniendo en su mano derecha una fotografía tamaño postal de Luis Miguel. Días antes mandó por correo la otra mitad de la moneda que le había regalado el torero meses antes. Tras su muerte, surgieron muchas hipótesis en torno a su fallecimiento, algunas cercanas a la ciencia ficción.

Otra tragedia familiar golpea fuerte a Pepe Dominguín: su hija pequeña, Bárbara, muere de una pulmonía a los dos años de edad. Su hija mayor, Verónica, continuó postrada en la cama tras padecer una meningitis tuberculosa hasta que murió a los quince años.

Lucía Bosé, embarazada de su primer hijo, rueda a las órdenes de Buñuel *Así es la aurora*. Luis Miguel no quiere que haga más cine. Le exige que sea la señora Dominguín y no Lucía Bosé.

La sociedad española, con Franco a la cabeza, deja de contar con Dominguín en sus actos sociales por no haber contraído matrimonio eclesiástico. Ante el castigo social, decide casarse por la Iglesia, el 19 de octubre de 1955, en su finca Villa Paz. Inmediatamente después, volvieron a invitarle a las cacerías de la alta sociedad que tanto le gustaban. El torero llegó a pronunciar una de sus frases más conocidas: «Me casé por la Iglesia por unas perdices».

En enero de 1956 Luis Miguel comienza a entrenarse para regresar de forma oficial a los ruedos. Tras el anuncio de su vuelta a los toros, inicia la temporada en América. Lucía, embarazada de ocho meses, le sigue a México y, de ahí, a Guatemala, país en el que se encuentra con su hermano Domingo y su primo Domingo Peinado. Finalmente torea en Panamá, donde el 3 de abril de 1956, en el hospital de la capital, Lucía Bosé da a luz por cesárea a Luchino Miguel González Bosé. El abuelo paterno, jugando con su nieto, sentenció: «Llegará lejos». Ese mismo año, Luis Miguel compra la ganadería de Piedad Figueroa Bermejillo, procedente del duque de Tovar. El hierro que escoge es el número 1.

En septiembre de 1956, Lucía se vuelve a quedar embarazada. Antes de acabar el año, Luis Miguel compra la finca La Virgen, en Andújar. Acuden allí todos los fines de semana. El 19 de agosto de 1957 nace, en la clínica Ruber de Madrid, la primera hija del matrimonio, a la que ponen por nombre Lucía, como su madre. El torero suspende la corrida que tenía programada en Tarragona y acude rápidamente a su lado. «Su temor era que le cambiaran a su hija en el hospital», afirma Lucía. Asiste al parto el doctor Tamames, que fue el padrino de la niña. Dejan el chalé de El Viso y buscan una casa en las afueras de Madrid, concretamente en una zona residencial ubicada en el municipio de Pozuelo, Somosaguas.

Un año más tarde, el 21 de agosto de 1958, muere el padre de la saga Dominguín, Domingo González Mateos, tras una larga enfermedad, y deja sumido a Luis Miguel en una profunda tristeza. El golpe para toda la familia fue muy duro. Antes de morir le hace prometer a su hijo que se volverá a hablar con su cuñado Antonio Ordóñez —desde que había dejado a su hermano Domingo como apoderado por José Flores González, Camará, le había retirado la palabra—. «Si eso te tranquiliza, te lo prometo», le llegó a decir. Después de enterrar a su padre, se va a Cádiz a cumplir con sus compromisos taurinos. «Es el mejor homenaje que puedo rendirle», le dijo al periodista y amigo Federico Sánchez Aguilar. Hizo el paseíllo llorando con un brazalete negro en su brazo izquierdo. Fue la primera vez que se le saltaron las lágrimas en público.

El 28 de septiembre de 1958, se conmemora el cincuenta aniversario de la plaza de toros de Vista Alegre, en Carabanchel, de la que es propietario. Torea junto a Antonio Bienvenida y Cabañero. Ese día regresa a los cosos madrileños ante una gran expectación.

Luis Miguel y Antonio Ordóñez torean juntos y viven su momento de mayor rivalidad en el verano de 1959. Hemingway, ya Premio Nobel, escribe un libro sobre ellos titulado *Verano peligroso*. Luis Miguel sufre la primera cornada el 30 de julio en la feria de Valencia: el viento le levantó la muleta y el toro le hirió gravemente en el vientre. Le opera en la plaza el doctor Tamames. Lucía aprende rápido lo dura que es la vida de una mujer de torero. El 1 de agosto, resulta herido su rival, Antonio Ordóñez, al que trasladan al mismo hospital, el Ruber, en Madrid. Se pasan mensajes por la ventana ayudados por una cuerda. El 14 de agosto los dos vuelven a torear en Málaga. Para Hemingway fue «el acontecimiento más grande de toda la historia de la tauromaquia». Luis Miguel vuelve a pasar por el quirófano: el toro lo empitona por el glúteo derecho, se le sueltan todos los puntos de la cogida anterior, pero remata su faena con una estocada corta. Le otorgan orejas y rabo. La fotografía de su cogida en la revista *Life* da la vuelta al mundo.

En la feria de Bilbao, todavía sin recuperarse, vuelve a torear.

Asiste Carmen Polo, la mujer de Franco. Habían cortado orejas Ordóñez y Ostos, cuando en el cuarto toro Luis Miguel quiere su trofeo y arriesga. Se produce una aparatosa cogida en el instante en el que el toro se arranca y recibe el puyazo llevándose por delante a Luis Miguel entre los cuernos. El peto del caballo del picador despide al torero. De no haber sido así, la tarde se hubiera convertido en tragedia. Dominguín le dijo al escritor y periodista francés Jean Cocteau que «en la tarde de Bilbao simplemente yo no vi la muerte».

Nace su tercera hija, Paola González Bosé, el 5 de noviembre de 1960. Su padrino fue Pablo Picasso. Luis Miguel vuelve a hacer un parón en su carrera profesional. «Dejó por un tiempo los ruedos y también nos empezó a dejar a nosotros», palabras de Lucía Bosé en sus memorias. Veranean en Marbella, San Sebastián, Bilbao y Biarritz. Se unen a su amplio grupo de amigos el ministro Gregorio López Bravo y su mujer, Marian.

Lucía Bosé sabe de las cada vez más frecuentes infidelidades de su marido y está convencida de que su «incontinencia sexual» le hace llevar a la cama a amigas comunes y conocidas artistas. Los viajes fuera de España cada vez son más largos.

Una noticia impacta en el corazón de los Dominguín y los Ordóñez: el suicidio de Ernest Hemingway. Muy poco antes de hacerlo había declarado que «incluso la muerte no debe ser cosa que se deba posponer».

En 1961, Lucía vuelve a quedarse embarazada. Nace Juan Lucas, quien por culpa de un virus solo sobrevive un mes. Las desavenencias de la pareja son cada vez más grandes. Ella no puede salir sola de casa y se mueve por Madrid con el chófer y con una de las tías de su marido. El pintor Viola, amigo de los dos, un día se la encuentra por la calle y le dice que por su aspecto parece una muerta en vida. «Te has traicionado a ti misma y a todos», le llegó a decir. Lucía sabe que debe tomar una decisión. Por lo pronto, consigue que salga de su casa Mariví, la prima de Luis Miguel, que llevaba un tiempo con ellos después de que él hubiera costeado su formación en Francia y en Inglaterra.

En 1967, Luis Miguel vende la ganadería a Miguel de Castro Morello.

Lucía se presentó un día de forma inesperada en Villa Paz.

Allí estaba Luis Miguel con su prima Mariví, veinte años más joven que él, y muchos invitados que fueron testigos del momento. Lucía irrumpió con sus tres hijos en la fiesta de etiqueta que estaba dando y dijo: «Vengo a echar a esa *puttana* que se esconde en la casa». Mariví huyó en compañía de un conocido, Valery Giscard d'Estaing —más tarde presidente de Francia—. El escándalo fue mayúsculo. Máxime cuando esa noche la finca acabó ardiendo. Aquello para Lucía fue la gota que colmó su paciencia y decidió separarse de Dominguín. Así se convirtió en una de las primeras mujeres en separarse en España. El torero intentó convencerla para que no lo hiciera y la amenazó con que sus influyentes amistades la echarían del país y le quitarían a sus hijos. Ella respondió de forma tajante: «Si hacen eso conmigo y me quitas a mis hijos, te pego un tiro». El día que les cita el juez para su separación les piden el documento nacional de identidad y Dominguín, que no lo lleva nunca encima, contesta: «Yo y el rey jamás vamos identificados porque todo el mundo nos conoce». El 19 de enero de 1968 se formaliza la separación.

Mariví Dominguín explicaría en un libro, titulado *Paseo por el amor y la vida*, que, en realidad, cuando se unió sentimentalmente a su primo: «Él no era libre, estaba casado, por lo que nuestra relación desafiaba las leyes y las convenciones sociales». El disgusto familiar fue enorme. Los matrimonios eran «para siempre» y ella se había interpuesto entre el torero y la actriz. Mariví se excusó en su libro diciendo que quien siempre se había inmiscuido en su vida había sido el torero.

A pesar de todo, le siguen invitando a las cacerías y a los actos sociales de las familias de mejor alcurnia: los Urquijo, los Fierro, los Quintanilla, los Gandarias... Su círculo de amigos era muy amplio, desde Pablo Picasso —quien interrumpió su amistad tras su separación de Lucía—, a Hemingway, quien había optado por Ordóñez en su rivalidad sangrienta. Luis Miguel lo achacó a que un día le dijo delante de periodistas: «Usted podrá discutir de lo que quiera y darme todos los consejos que le apetezca, pero no hable de toros porque no tiene ni idea». La lista de amistades fue muy larga a lo largo de su vida: Igor Stravinski, Rafael Alberti, Manuel Viola, Agustín de Foxá o Jean Cocteau, entre otros muchos que se encontraban en su círculo, junto con Antonio el Bailarín, la Polaca, Lola Flores, Antonio Blanco, Alfonso Fierro, Manolo Prado, Gregorio López Bravo, Joaquín Ruiz Jiménez, Claudio Boada, Enrique Sendagorta, los Goyanes, Raúl del Pozo, Antonio D. Olano, Adolfo Marsillach o el doctor Juan Antonio Vallejo-Nágera. Cuando este último enfermó de cáncer, se despidió de Luis Miguel en su finca y le hizo prometer que rezaría por él todos los días un avemaría. Lo prometió y lo cumplió a pesar de proclamarse no creyente.

La nómina de sus amores fue extensa. Hubo rostros muy conocidos, como Deborah Kerr, Romy Schneider, María Félix, Lana Turner, Rita Hayworth, Lauren Bacall, Anabella Power, Ira de Fustenberg, Brigitte Bardot —de la que dijo que su piel no olía bien—... y otros no conocidos a los que se dedicó en cuerpo y alma. Fue muy amigo de sus amigos... y de las mujeres de sus amigos. Ava Gardner permaneció siempre en su círculo íntimo, aun después de casado con Lucía Bosé.

«Luis Miguel, con aquella dejación suya interior, aquella mirada triste... era el hombre de voluntad de hierro al que no se le podía decir nunca que no», afirmó Mariví. Mientras está con ella, el torero continúa con sus conquistas, pero su prima le paga con la misma moneda. Se separan y la familia Dominguín se rompe. «Luis Miguel nunca fue sofisticado ni innovador en el importantísimo campo del sexo», sentenció Mariví despechada.

El 12 de septiembre de 1973, en la Monumental de Barcelona, Dominguín se retiró definitivamente de los ruedos. A pesar de que siempre dijo que había que retirarse con treinta y cinco años, se fue de los toros con cuarenta y siete.

Conoció en Marbella a Pilia Bravo, hermana del pintor chileno Claudio Bravo, y mantuvo un largo romance con ella.

El 13 de octubre de 1975, su admirado y querido hermano Domingo se suicidó en Guayaquil, Ecuador. Su muerte cayó como un jarro de agua fría en la familia. Sus restos descansan en Cayambe, en las cercanías de una finca que había adquirido para fundar unas ganaderías de reses bravas.

El hijo de María —nombre ficticio de la chica de servir de la familia— que lleva sangre Dominguín se licenció como abogado. Se cumplió el deseo y la promesa de Luis Miguel: «Será el único con carrera de todos los Dominguín».

La saga de toreros continuó, aunque no en la figura de su hijo Miguel. Fue tío político de los matadores de toros Francisco Rivera Paquirri, Juan Carlos Beca Belmonte, Ángel Teruel, Curro Vázquez y Paco Alcalde. Y tío abuelo de los toreros Francisco y Cayetano Rivera Ordóñez.

En muchas entrevistas decía entre bromas que había pasado de ser Luis Miguel Dominguín a ser el padre del conocido cantante Miguel Bosé.

En 1982, se casó por segunda vez, por lo civil, con Rosario Primo de Rivera, sobrina de José Antonio Primo de Rivera, fundador de la Falange. Se retiró a vivir con ella a su hacienda de Sierra Morena.

En 1996, una semana antes de morir, le pidió a su hija Paola que terciara entre Lucía Bosé y él para conseguir la anulación de su matrimonio. «Yo no juro en vano. Además, que me llame para pedírmelo» fue la contestación de Lucía. Jamás llamó para solicitárselo.

Mito indiscutible del toreo y un gran seductor, en distintas entrevistas manifestó: «No me hubiera puesto delante de un toro si no hubiera sido por la mujer. Únicamente por una mujer se afronta la muerte, ni por dinero, aunque algunos crean lo contrario».

De su toreo dijeron:

Gregorio Corrochano, crítico taurino al que los Dominguín tenían una enorme admiración y respeto por su independencia y conocimiento del mundo del toro: «Torero, lo que se dice torero de casta, es Luis Miguel Dominguín. El torero de casta se define por su modo de estar en la plaza, por la atención constante al toro, por la tranquilidad, por sus reacciones, por su superioridad». José María de Cossío, escritor y autor del monumental tratado taurino: «Pertenece Luis Miguel al género de toreros largos, generales, de los llamados a ser el eje de la fiesta en cada época... Es torero de un poder extraordinario y de una inteligencia del oficio insuperable». Carlos Abella, escritor y amigo de Luis Miguel: «De Manolete heredó el toreo de perfil, el toreo en línea, aunque el menor de los Dominguín es un torero de una notable potencia física y de una gran elasticidad. En el cetro del torero, y como había vaticinado Manolete en la última y fatídica tarde de Linares, Luis Miguel heredó también sus enemigos».

Luis Miguel falleció el 8 de mayo de 1996 de una insuficiencia cardiaca que le provocó un derrame cerebral, a la edad de sesenta y nueve años, según declaró la familia. Ocurrió la repentina muerte en su finca de Sotogrande, en San Roque (Cádiz). Lucía Bosé llegó a decir de él: «Ha sido la persona a la que más he querido en mi vida... aunque murió sin enterarse».

Ava Gardner había fallecido seis años antes sola en un apartamento de Londres, ciudad a la que se fue a vivir en 1969, después de residir en España durante quince años. Días antes de morir le había dicho a su nueva ama de llaves, Carmen Vargas, que tenía la sensación de que pronto «viajaría a Chicago»; era la expresión que utilizaba para decir que sentía cerca el final de su vida.

Según pudo saber el escritor Lee Server, al flaquear sus fuerzas y al sentir cercana su muerte, Ava sacó de un escondite un «tesoro» que había ido acumulando durante toda su vida: una simple caja de cartón donde guardaba los secretos y recuerdos de sus sesenta y siete años de existencia. «Si me ocurriera algo, quiero que la destruyas», le pidió a su mujer de confianza y esta se comprometió a hacerlo. Así desaparecerían las vivencias, los secretos, flaquezas, ilusiones e insatisfacciones de una existencia vivida al límite. Nadie sabría realmente qué hilos se movieron en su interior para no volver a casarse tras su divorcio de Sinatra. Tampoco se sabría nunca por qué no quiso unir su vida a la de Luis Miguel Dominguín después de vivir dos años trepidantes junto a él. En su biografía, titulada *Con su propia voz*, habló de ese momento en el que recibió una llamada del torero anunciándole su boda con Lucía Bosé: «Estaba ansioso por sentar la cabeza, casarse y tener una familia y yo... sabía que no estaba preparada para esa clase de domesticidad. Puesto que éramos grandes amigos, además de amantes, nunca sentí celos, todo lo contrario a lo que me ocurrió con Frank. Incluso, cuando me comentó que se iba a casar con Lucía Bosé, me puse contenta por él».

Fue una de las grandes estrellas del siglo xx y uno de los mitos de todos los tiempos del séptimo arte. Rodó a las órdenes de los mejores directores de la época: Siodmak, Ford, Huston, Mankiewicz, King, Sherman, Farrow, Sidney, Cukor, Ray, Kramer, Robson, Thorpe, Johnson, Frankenheimer, Young, Frankel, Winner, Rakoff... Trabajó hasta que sus múltiples enfermedades se lo impidieron. Protagonizó su última película, *Regine*, junto a Anthony Quinn. Regresó a los estudios de Cinecittá en Roma, donde vivió sus años más turbulentos y también los más felices. La vida le hizo un guiño cuando apareció en su vida Walter Chiari, con el que trabajó y mantuvo un sonoro romance. El destino quiso que el antiguo novio de Lucía Bosé se enamorara de ella. En total realizó cincuenta películas y algunas series para la televisión.

Se la relacionó con multitud de hombres, unos de renombre y otros no. Su leyenda creció hasta atribuirle amoríos con todo tipo de personas que se acercaban hasta ella: desde botones a taxistas, pasando por cámaras de cine y personajes de gran relieve social. Unos fueron reales pero otros muchos inventados. Frank Sinatra y Luis Miguel Dominguín siempre mantuvieron contacto con ella a lo largo de su vida.

La actriz se obsesionó con la belleza y en alguna ocasión manifestó que «esta la había destruido. No he sido capaz de construir en serio una sola cosa que valiera la pena».

La estrella quedó muy mermada con una hemiplejía que le afectó a la movilidad del brazo izquierdo y le torció la boca. También contrajo lupus y su cuerpo se debilitó por completo al ser vulnerable a cualquier virus. A pesar de ello, no perdió su encanto y su sentido del humor. Estuvo a punto de interpretar un último papel encarnando a una mujer lisiada, en silla de ruedas, pero finalmente lo rechazó por «no querer que la vieran en ese estado». Por último, le sobrevino una neumonía después de haber superado un cáncer de útero —enfermedad que ya padecieron su madre y su abuela— y Ava supo que sus fuerzas se estaban agotando. El 25 de enero de 1990, Carmen Vargas le llevó una bandeja con el desayuno; se lo tomó y después de sonreírle le dijo: «Estoy cansada, Carmen». Fueron sus últimas palabras. Murió a los sesenta y siete años después de haber vivido una vida muy intensa en la que siempre huyó de las ataduras y renunció a una vida cómoda y estable en aras de su libertad.

La noticia de su muerte corrió como la pólvora en todo el mundo. Llegaron a escribir en la prensa: «La última diosa», «La mujer más irresistible de Hollywood» y alabaron su sinceridad, su sencillez y su sentido del humor. Hubo algunos que dudaron de su calidad como actriz —parafraseándola—, pero la inmensa mayoría se refirieron a Ava Gardner como una buena artista, con una personalidad fuerte y con el gran poder de traspasar la pantalla como pocas. Su poderoso físico y su extravagante forma de vivir fueron también comentados por algunos de sus compañeros.

Mickey Rooney, su primer marido, tras conocer la noticia de su muerte, dijo estar «destrozado por la pérdida de mi primer amor. La belleza y la magia de Ava siempre estarán en nuestros corazones».

Su segundo marido, Artie Shaw, se negó a comentar nada, aunque meses después afirmó: «¿Qué decir de alguien que forma parte de tu pasado y que ya no reconoces? Ni siquiera sabía quién era. No tengo nada que decir. Arruinó su vida y se suicidó... Me refiero a que no paró de beber y de fumar».

Frank Sinatra, según supo la noticia, se desplomó al suelo. Su hija Tina, que estaba junto a él, le oyó decir entre lágrimas: «¿Por qué no estuve ahí con ella? ¿Por qué no estuve a su lado para ayudarla?». En sus declaraciones a la prensa fue elegante: «Ava era toda una dama y su pérdida me resulta muy dolorosa».

Luis Miguel Dominguín, con el que vivió los años más trepidantes de su vida, afirmó: «Fue una mujer de una gran belleza y sensibilidad. Siempre recordaré su corazón generoso, su sentido del humor y su inteligencia».

Ava hoy descansa junto a sus padres en el panteón familiar de Smithfield. Mientras tenía lugar el responso junto a su tumba, en el Sunset Memorial Park, llegaron unas flores y una corona con una tarjeta que decía: «Con mi amor... Eternamente tuyo».

Agradecimientos

Al fotógrafo Paco Cano, Canito, por su amistad y por su valiosa información plagada de anécdotas. Con ciento dos años, es el superviviente más longevo de la época que se narra en este libro.

A Eduardo Osca, por ayudarme de forma incondicional a encontrar datos sobre los protagonistas en la memoria de Canito.

A Pablo Azorín, por su información sobre los servicios de espionaje y, en concreto, sobre Ricardo y Betty Sicre.

A Emilio Sicre, por aportarme datos de primera mano sobre sus padres.

A los hermanos Tamames, por la extensa información acerca de su padre, Luis Miguel, su familia y Ava Gardner.

A Aline Griffith, por rescatar de su memoria momentos inolvidables con la actriz y el torero.

A Sagrario Parrilla y a su amiga Carmen Botella, por prestarme sus años vividos junto a Luis Miguel y hacer un generoso esfuerzo de memoria.

A Manuel Villanueva, por ponerme en contacto con toda una institución dentro del periodismo: Pedro Antonio Rivas. Y a este, por su información de primera mano sobre el periódico *El Litoral;* así como su aportación sobre la vida de los hermanos González Lucas. Por su interés narrativo, adelanté dos años la desaparición del periódico.

A Federico Sánchez Aguilar, por narrarme algunos de los pasajes más interesantes de la vida de Luis Miguel.

A Pablo Lozano y Mariano Palomeque, por ayudarme a trazar la personalidad del torero.

A Jaime Ostos y María Ángeles Grajal, por hablarme de los comienzos del maestro.

A la torera Cristina Sánchez, por ayudarme a resolver algunas dudas.

A Carmen González, Pati Dominguín y al diestro Curro Vázquez, por aportarme datos muy valiosos que no vienen en los libros, así como a la inefable ayuda de Jimena González Salgado, también de sangre Dominguín.

Al doctor Jesús Sánchez-Martos, por asesorarme en los datos médicos que se recogen en este libro.

A Charo Montiel y Charo Carracedo, dueña y directora de la revista *Semana*, por prestarme su archivo original.

A Antonio y Carlos González Gómez, gerente y director económico de Botín, por ayudarme a poner sabores y olores en el libro.

A Begoña Aranguren, por aportarme información de primera mano sobre Lucía Bosé.

A Alejandra Vallejo-Nágera, por aclararme algunos datos de su padre.

A Carmen Laudo y al doctor Ricardo Aguilar Portolés, por proporcionarme la mejor documentación sobre Ava Gardner gracias a su íntima conexión con el cine.

A Chus Pueyo y Juan Carlos Antón Rosales, por proporcionarme bibliografía muy útil y darme su amistad.

Bibliografía

ÁLVAREZ DE MIRANDA, Ángel, *Ritos y juegos del toro*, Biblioteca Nueva, Madrid, 1998.

AMORÓS, Andrés, *Luis Miguel Dominguín. El número uno,* La Esfera de los Libros, Madrid, 2008.

ANTIGÜEDAD, Alfredo R., *Y el nombre se hizo renombre,* Prensa Castellana, Madrid, 1949.

ARANGUREN, Begoña, *Lucía Bosé. Diva, divina,* Planeta, Barcelona, 2003.

DOMINGUÍN, Mariví, *Paseo por el amor y la vida. Memorias,* Temas de Hoy, Madrid, 1993.

DOMINGUÍN, Pepe, *Mi gente,* Piesa, Madrid, 1979.

El pozo del tío Raimundo, edición particular.

ENRÍQUEZ, Carmen, *Carmen Polo. Señora de El Pardo,* La Esfera de los Libros, Madrid, 2012.

Europa del siglo XXI, ABC Prensa Española en colaboración con un equipo de Europa Press Reportajes.

FRANCO, Pilar, *Nosotros, los Franco,* Planeta, Barcelona, 1980.

GARCÍA GARZÓN, Juan Ignacio, *Lola Flores. El volcán y la brisa,* Algaba, Madrid, 2007.

GARRIDO, Luis y MUÑOZ HERAS, Manuel, *Tres décadas del siglo XX. Un recorrido por la Historia de España de 1920 a 1950,* Libro Hobby, Madrid, 2012.

Gaudeamus Igitur (1959-1999), editado por Casa Botín.

GINZO, Juana y RODRÍGUEZ OLIVARES, Luis, *Mis días de radio. La España de los 50 a través de las ondas,* Temas de Hoy, Madrid, 2004.

GONZÁLEZ VIÑAS, Fernando, *Manolete. Biografía de un sinvivir,* Almuzara, Córdoba, 2011.

GRAVES, Lucía (trad.), *Ava Gardner. Con su propia voz,* Grijalbo, Barcelona, 1991.

GROCH, Juan, *Picasso. Enigmas de su obra erótica,* Dunken, Avacucho, 2010.

HEMINGWAY, Ernest, *El verano peligroso,* Planeta, Barcelona, 2005.

HEMINGWAY, Mariel, *Hemingway. Homenaje a una vida,* Lumen, Barcelona, 2011.

HERNÁNDEZ GARVI, José Luis, *Episodios ocultos del franquismo,* Edaf, Madrid, 2011.

MARTÍNEZ, Fernando, *Breve diccionario taurino,* Almuzara, Córdoba, 2005.

MEDINA, Tico, *El día que mataron a Manolete,* Books4Pocket, Barcelona, 2009.

OLANO, Antonio D., *Picasso y sus mujeres,* El Tercer Nombre, Madrid, 1987.

—, *Dinastías,* Visión Libros, Madrid, 1988.

ORDÓÑEZ, Marcos, *Beberse la vida. Ava Gardner en España,* Aguilar, Madrid, 2004.

PICÓ, Francisco, *Cano: esta es mi vida,* Avance Taurino, Valencia, 2009.

PINEDA NOVO, Daniel, *Las folklóricas y el cine,* Caja de Huelva y Sevilla El Monte, 1991.

PRIETO GARRIDO, José Luis, *Cómo ver el toro en la plaza,* Almuzara, Córdoba, 2009.

QUINTANILLA, condesa de, *La historia de Pascualete,* Planeta, Barcelona, 1964.

Revista *Semana,* tomos 1953-1954.

ROMANONES, Aline, *El fin de una era,* Ediciones B, Barcelona, 2010.

Romero, Emilio, *Tragicomedia de España. Unas memorias sin contemplaciones,* Planeta, Barcelona, 1985.

Sánchez Dragó, Fernando, *Volapié. Toros y tauromagia,* Espasa-Calpe, Madrid, 1987.

Serrano Cueto, José Manuel, *Todo sobre Ava Gardner,* Jaguar, Madrid, 2007.

Server, Lee, *Ava Gardner. Una diosa con pies de barro,* T&cB, Madrid, 2012.

Stassinopoulos Huffington, Arianna, *Picasso. Creador y seductor,* Maeva, Madrid, 1988.

Tamames, Ramón, *España 1931-1975. Una antología histórica,* Planeta, Barcelona, 1980.

Taraborrelli, Randy J., *Sinatra. A su manera,* Grupo Zeta, Barcelona, 1998.

Tusell, Javier, *Historia de España en el siglo XX,* Taurus, Madrid, 1998.

Vázquez Montalbán, Manuel, *Crónica sentimental de España,* Lumen, Barcelona, 1971.

Vizcaíno Casas, Fernando, *La España de la posguerra (1939/1953),* Planeta, Barcelona, 1975.

—, *Historia y anécdota del cine español,* Adra, Madrid, 1976.

—, *Personajes de entonces,* Planeta, Barcelona, 1984.

VV.AA., *1952. Queda inaugurado este pantano. El franquismo año a año,* Biblioteca *El Mundo,* Unidad Editorial, Madrid, 2006.

VV.AA., *Y por fin Mr. Marshall llega a España. 1953. El franquismo año a año,* Biblioteca *El Mundo,* Unidad Editorial, Madrid, 2006.

Walther, Ingo F., *Pablo Picasso (1871-1973). El genio del siglo,* tomos I y II, Taschen, Madrid, 1999.

Wayne, Jane Ellen, *Los hombres de Ava. La vida privada de Ava Gardner,* Ultramar, Madrid, 1990.